timeCRIME

SERGIO FANUCCI

Codice Lumière

romanzo

FANUCCI EDITORE

Dello stesso autore abbiamo pubblicato:

Codice Scorsese
Codice Scriba

Prima edizione: giugno 2018

via Giovanni Antonelli, 44 – 00197 Roma
tel. 06.39366384
Il marchio Timecrime è di proprietà
di Sergio Fanucci
Indirizzo internet: www.fanucci.it

Stampato in Italia – Printed in Italy

Progetto grafico: Grafica Effe

SERGIO FANUCCI

Codice Lumière

A Maurizio,
che mi ha salvato la vita
nel vero senso della parola.

Personaggi principali

Elisabeth Scorsese	avvocato
James Scorsese	padre di Elisabeth, generale maggiore dell'esercito statunitense
Caterina Scorsese	madre di Elisabeth, agente segreto statunitense
Lara Donovan	assistente di Elisabeth Scorsese
Capo Hoffman	comandante della Manhattan North Homicide Squad
Peter Makarov	detective della Manhattan North Homicide Squad
Richard Derek	detective della Manhattan North Homicide Squad
Rachel Thompson	agente speciale della DARPA
Sally Armstrong	assistente del procuratore
Jeremy Vance	direttore della DARPA
Joe Nisbet	direttore delle Forze armate congiunte statunitensi
Alex Sanders	direttore della Comunità d'intelligence statunitense
Morgan Williams	direttore della NASA
Deborah McRoland	scienziato responsabile di un progetto della NASA
Cobra	agente segreto statunitense
Robert Palmer	soldato in congedo

Prologo

Venezia, 19 dicembre 2001

Il treno entrava nella stazione di Santa Lucia con la giusta velocità, ma Andrea, se avesse potuto, lo avrebbe spinto ad accelerare. Era eccitato e mille emozioni lo pervadevano. Finalmente la rivedeva e poteva condividere con lei il successo appena raggiunto, oltre che l'amore che sentiva forte. Debbie, la sua fidanzata americana, era lì ad attenderlo, proprio in fondo al binario. Un sms arrivò in quell'istante: 'Tra poco ti vedo, amore mio', e lo fece sorridere. Ce l'avevano fatta e quella sera avrebbe festeggiato in un piccolo ristorante dietro piazza San Marco. Andrea avrebbe ordinato un riso venere al curry con gamberi sgusciati e lei del baccalà alla veneziana, i loro piatti preferiti. E la signora Marta, la padrona del 'Pietro Panizzolo', avrebbe abbondato le dosi riconoscendoli come clienti abituali. Era ancora indeciso sulla bottiglia da stappare per celebrare il loro successo, un ottimo rosso d'annata o un Prosecco doc. Rimise il cellulare in tasca e si posizionò vicino all'uscita. Ancora pochi minuti e quegli occhi marroni, profondi e intelligenti, lo avrebbero accolto nella città più bella del mondo. Avevano lavorato insieme per tre anni presso l'università di Padova su un progetto che prevedeva lo sviluppo della Fisica quantica, si erano innamorati e alla fine erano riusciti nel loro intento: creare un algoritmo che rendesse possibile il teletrasporto quantistico.

Andrea scrollò le spalle come a liberarsi del peso che aveva sostenuto fino a quel momento. Attese che le porte si aprissero e un pensiero lo investì prima che scendesse i due gradini: era in quel luogo che l'aveva conosciuta, mentre aspettava il treno che l'avrebbe condotta ad Aviano, dove suo padre era di stanza da un paio d'anni. Come fu sulla pensilina la cercò con lo sguardo, ma non la vide. Si fermò per concentrarsi meglio e in quell'istante una donna lo urtò. La borsa gli cadde a terra, rallentandolo.

«Mi scusi,» gli disse velocemente senza curarsi troppo della sua reazione e si chinò a raccoglierla. Strano, non è ancora qui, ma dove può essere?, si chiese mentre si alzava di nuovo in piedi.

Camminò fino alla fine del binario, proprio sotto il cartello che indicava il numero, e si fermò. Girò la testa da una parte e dall'altra e attese che gli altri passeggeri si diradassero. Ancora nulla. Tirò fuori il cellulare dalla tasca, selezionò il suo nome e premette il tasto. Suonava libero. Si stava ancora chiedendo cosa diavolo potesse essere successo che un grido in lontananza attirò la sua attenzione. Si girò da quella parte e si rese conto che quello che stava sentendo era il suo nome.

Si mosse velocemente in quella direzione e all'improvviso la intravide. Due uomini la tenevano stretta come a volerla portar via, e lei cercava di divincolarsi chiamandolo a gran voce. Scattò in avanti cercando di raggiungerla ed evitando i passeggeri che riempivano la stazione a quell'ora della sera neanche fosse mattino presto. Spinse un paio di persone e fece appena in tempo a vederla sparire dietro un angolo. Era l'uscita. Ebbe come la sensazione che se avesse varcato l'ultima porta per ritrovarsi davanti al Canal Grande l'avrebbe persa per sempre. Un'ansia improvvisa lo colse e sentì chiudersi lo stomaco. Strinse la borsa che aveva con sé con più forza e fece un ulteriore scatto in avanti. Girò dietro lo stesso angolo dopo pochi secondi e una sorpresa lo fece quasi fermare. Tre uomini grandi come un armadio lo stavano aspettando. Rallentò, ma non riuscì a evitare l'impatto con uno di loro.

«Eccoti qui.»

Lo circondarono e lo afferrarono, bloccandolo. Mani che sembravano d'acciaio non gli diedero scampo e si accorse che l'unica cosa libera era la bocca.

«Cosa cazzo volete? Lasciatemi andare. Io devo...»

«Non devi fare più nulla, hai fatto fin troppo.» Lo bloccò il primo e una lama apparve nel palmo della sua mano destra.

Andrea spalancò gli occhi e la sua mente matematica conteggiò quante probabilità aveva che quel colpo non arrivasse a lui.

Nessuna. Il dolore al cuore non gli diede neanche il tempo di pensare alla sua amata Deb. Perse peso in un attimo e gli uomini lo lasciarono andare, dileguandosi velocemente. Era ancora vivo, ma la vista già cominciava ad andar via.

Cadde a terra. Grida e persone che scappavano ovunque, ma un uomo si fermò, chinandosi.

«Respira e guardami.» La mano stretta sulla ferita con il sangue che zampillava intorno.

«Non mollare, sono qui. Stanno arrivando.»

Quel tono così caldo lo fece sorridere. Gli ricordò suo padre. Ancora una volta lo avrebbe deluso.

Si sforzò di parlare e l'uomo si chinò verso di lui.

«Copernicus...»

Poi chiuse gli occhi per sempre e l'amore per Deb se ne andò con lui.

1

New York, diciassette anni dopo

Sembrava che il vento, tanto era forte, avesse deciso di spazzare via anche gli ultimi nuvoloni che minacciavano la settimana della festa dell'Indipendenza. Quest'anno cadeva di mercoledì e per ogni americano era un'occasione da non perdere: cinque giorni per celebrare il giorno più importante per gli Stati Uniti d'America. La Grande Mela si apprestava a essere invasa da turisti disposti a spendere oltre che divertirsi e il tempo prometteva finalmente sole. Una situazione che i newyorkesi avrebbero vissuto godendosi la città. Ma non per tutti sarebbe andata in quel modo.

Nel suo ufficio al diciannovesimo piano del grattacielo al 1230 di Avenue of the Americas, Elisabeth Scorsese guardò fuori la finestra per l'ennesima volta domandandosi cosa avrebbe dovuto fare. Erano ormai sei mesi che non aveva più notizie di suo padre e la preoccupazione iniziale si era trasformata in rassegnazione. Sapeva bene che se gli fosse successo qualcosa l'avrebbero sicuramente informata, ma questo non era sufficiente.

Aveva bisogno di sentirlo, abbracciarlo, parlare solo con lui, perché il sentimento nei suoi confronti era diventato tanto forte quanto esigente. Era come se una parte di lei reclamasse quell'affetto che l'aveva sempre sostenuta e non riuscisse ad accettare di vivere senza. Inoltre, non si capacitava di come lui riuscisse invece a non chiamarla o farle sapere cosa diavolo stava facendo. Cosa gli era successo veramente? Sospirò e stava per afferrare il telefono quando qualcuno bussò alla porta.

«Vieni pure, Lara.»

La donna si affrettò a entrare e mentre la richiudeva disse: «Non so come fai a capire che sono io. Insomma, la porta non è trasparente...» Lasciò cadere la frase e dopo pochi passi si sedette di fronte a lei.

«Semplice. Ti avverto. Il battito lieve delle dita, la cadenza del movimento, il tempo tra un tocco e l'altro sono caratteristiche proprie e le tue sono impresse nella mia mente.»

«Già, cose da niente, hai ragione,» rispose ironica l'amica. Gli eventi condivisi avevano dato a entrambe la certezza di poter contare l'una sull'altra e il loro rapporto era diventato più forte e sincero.

«Posso farti una confidenza?»

Lara annuì con un semplice gesto della testa.

«Per me sei la sorella che non ho mai avuto. Con te mi sento a casa e hai dimostrato di comprendermi come pochi, forse nessuno. Per questo voglio ringraziarti, dal profondo del cuore.»

«Wow!» Esclamò la donna che ricopriva il ruolo di braccio destro in uno dei più prestigiosi studi di avvocati di New York. Il suo volto abbozzò un sorriso e scosse la testa.

«Mia cara, sei una persona che crea imbarazzo, lo sai questo?»

Anche Elisabeth sorrise divertita. «È la mia specialità.»

«Sai essere schietta e diretta, doti non comuni.»

«Ma anche pericolose, mi hanno messo più volte nei guai.»

«Giusto, ma almeno non hai mai usato la menzogna come arma di conquista...»

Elisabeth alzò una mano. «Non aggiungere altro, sai che non sempre sono stata completamente onesta con chi avevo di fronte. Ho taciuto informazioni che hanno messo in pericolo alcune persone e questo non è certo un vanto.»

Lara annuì. «Lo hai fatto per proteggerti e perché il desiderio di conoscere la verità era più forte della totale collaborazione che ti chiedevano.»

Entrambe sapevano a chi si stavano riferendo. Era passato più di un anno e mezzo dai tragici eventi del caso Brimley e ancora ne vivevano le conseguenze.

«La vita ci porta sempre a sacrificare il male minore, non trovi? Sembra non ci sia scelta che non coinvolga un dispiacere, o peggio, un torto a qualcuno.»

«O faccia del male, perché è di questo che si tratta, cara Elisabeth. Come agisci, sbagli.»

«È un'amarezza ma è la realtà dei fatti.»

Lara allargò gli occhi come a sottolineare il peso di quelle parole. Ne avevano sopportate tante e le avevano superate, già, ma a quale prezzo? Perdere la spensieratezza della vita era niente in confronto al dolore provato, e aver visto la morte in faccia gli aveva fatto capire quanto tutto fosse relativo e dannatamente evanescente. In un attimo, potevi morire.

«Basta parlare di noi, come mai mi cercavi?»

«Ho ricevuto un biglietto ma forse non è il caso che te lo dia in questo momento.»

Elisabeth inarcò le sopracciglia.

«Il mittente è Christopher Brimley.»

Spalancò la bocca.

«Sì, lo so, avrei dovuto buttarlo via, ma ecco...» Lara fece una pausa, poi scosse la testa come a mandar via un brutto presagio o un avvertimento, e aggiunse: «Il tipo che me lo ha consegnato ha detto che avrebbe aspettato in sala d'attesa fino a quando non lo avresti letto.»

«E allora?» C'era risentimento nelle parole di Elisabeth e anche un pizzico di ammonimento. «Potevi dirgli che non ero qui o che ero impegnata per tutta la notte. Non voglio più avere a che fare con quei tipi.»

Lara alzò una mano. «Lasciami spiegare. Si è presentato chiedendo di te e gli hanno detto che eri già qui...» Alzò le spalle e continuò: «A quel punto mi hanno chiamata e gli sono andata incontro. Mi ha accennato che ha un problema di formule, qualcosa che ha a che fare con i computer... mi ha ricordato un po' Brian, cioè, il primo Brian, quello imbranato e un po' nerd...»

«Appunto,» la interruppe Elisabeth pensando a come poi era andata a finire.

«Ho pensato che un biglietto non uccide, tutto qui. Per me dovresti leggerlo.»

«Perché?»

Lara sospirò.

«Lo scorso quattro luglio lo hai passato in piena disperazione e anche se ero con te, ti sentivi sola e abbandonata. Non ti capacitavi di come si potevano perdere due genitori, e anche se non credi in Dio, pregavi che tuo padre si risvegliasse presto e soprattutto senza brutte conseguenze. Qualcuno lassù ti ha ascoltato e dopo quattro mesi ha fatto il miracolo.»

«Non è andata proprio così.»

«Lasciami finire, per favore.»

Elisabeth non le staccò gli occhi di dosso e Lara attese un paio di secondi prima di riprendere a parlare. «Tua madre non si sa se è viva, ed è la seconda volta che la perdi, tuo padre non ti rivolge la parola e il giorno della festa dell'Indipendenza sarai ancora sola, forse meno disperata... comunque la sostanza non cambia. Credo che un biglietto non ti debba spaventare. Non dargli un valore che non ha e...»

Lara sospirò e poi aggiunse: «Smettila di nascondere la testa sotto la sabbia.»

Elisabeth fece per parlare, gli occhi spalancati, le braccia che si stavano alzando ma poi la rapì lo sguardo luminoso del padre che le stava sorridendo da una fotografia sulla sua scrivania. Si ricompose e chiuse gli occhi. Cosa le aveva scritto nell'ultimo biglietto che le aveva lasciato prima di partire per quella che si sarebbe rivelata la sua ultima missione? 'Credi in te stessa e segui l'istinto, sempre.'

«Dammelo.»

Lara sorrise. Glielo porse e lei lo aprì con delicatezza, come si fa con le cose di cui si ha paura o un grande rispetto. Qual era la differenza? Non inducevano alle stesse reazioni?

Lesse ad alta voce: «Cara Elisabeth, gli eventi dello scorso anno ci hanno travolto e spero che il tempo sia stato benevolo e passionevole, pieno di amore e luce, un balsamo per le ferite. Da parte mia, ti invito ad ascoltare quest'uomo, intelligente e generoso, perché potrebbe portarti alle risposte che cerchi. Tuo, Christopher Brimley.»

Un silenzio improvviso scese su di loro. L'aria era immobile e l'unica cosa che la riempì fu lo sguardo che si scambiarono, carico di emozioni e interrogativi. Nessuna delle due aveva voglia di interrompere quel pensiero: tutto stava per ricominciare. Era come se chi avesse parlato, avrebbe dato inizio a un nuovo domani, come lo start per i concorrenti sulla linea di partenza. E le parole di Lara furono come lo sparo del 'via': secche, forti, esplosive, assolute.

«Ci risiamo.»

Elisabeth scosse la testa.

«Mandalo via.»

Lara rimase immobile e la fissò. Passarono alcuni secondi e poi il suo capo aggiunse: «Perché non parli?»

«Potrei pentirmene.»

Un sorriso amaro apparve sul volto di Elisabeth.

«Questo pensiero ti rende nobile ma non cambia il senso delle cose, anzi le complica.»

Alzò il mento invitandola a dire quello che le passava per la testa, al diavolo le conseguenze.

«Sono quasi diciotto mesi che brancoli nel buio, non riesci a trovare una ragione o meglio, a comprendere come la vita ti abbia potuto fare uno scherzo del genere ma non accenni a reagire. Credo che sia il momento di fare un passo, o forse più di uno, anche se questi potrebbero deluderti ancora una volta.»

«Tu credi di capire, ma non è così. Dov'è la verità se poi provi emozioni che ti squassano l'anima, che ti fanno cadere nel profondo della disperazione? Vale la pena comprendere ciò che è giusto per poi vivere con la certezza che quello che hai sacrificato era la parte migliore di te, il fuoco sacro che alimenta il tuo animo? La risposta è semplice: no, non vale la pena.»

Lara sospirò.

«E allora qual è la soluzione? Cosa c'è di più importante per cui vale la pena vivere? L'amore, la dignità, la famiglia, il lavoro...? Cosa, Elisabeth?»

Il tono non lasciava adito a repliche e continuò: «Sai meglio di me che tutto questo lo tiene insieme solo la forza di affrontare qualsiasi situazione, anche il dolore se occorre. Non eri tu quella che mi ha detto di andare avanti nel caso Brimley quando le minacce erano evidenti e tangibili? Sei tu quella che ha sempre condotto una battaglia per un senso di lealtà e sempre con coraggio, e ora, cosa fai, ti tiri indietro?»

Le ultime parole volarono nell'aria come uno schiaffo e il rumore silenzioso che fecero lasciò entrambe ammutolite.

Elisabeth la guardò.

Lara rimase in silenzio.

«Hai ragione. Mi sono persa.»

L'amica si alzò mentre il suo capo abbassò lo sguardo e disse: «Anche tu sei come una sorella. Non ti negherò mai il mio sostegno ma non posso fare molto se non sei tu la prima ad aiutarti.»

Si girò, avviandosi verso l'uscita.

«Aspetta.»

Elisabeth si alzò a sua volta, le andò incontro e l'abbracciò. Lara fu presa alla sprovvista, ma ricambiò quella stretta e sentì il suo cuore aprirsi ancora di più.

«Grazie,» le disse quando si staccò.

«Riprenderemo i nostri mercoledì al Breaking Night se ne hai voglia.»

Lara reclinò il capo. «Non vedo l'ora.»

«Bene. E ora riceviamo il nostro ospite.»

La sua più fidata collaboratrice uscì dalla stanza con un sorriso luminoso stampato sul viso. Aveva rischiato di farsi cacciare, ma aveva riportato il suo capo a muovere il primo passo verso quello che più contava nella vita: la verità.

***

La mole dell'uomo era impressionante. A stento la sedia di fronte alla scrivania lo conteneva e lui era visibilmente contrariato. Forse non riusciva a capacitarsi di come mai le dimensioni delle cose fossero così ridotte; che diamine, non era mica il primo e unico obeso in America, no? I capelli, poi, neri e arruffati, avevano conosciuto giorni di pulizia che sembravano svaniti per sempre e gli abiti che indossava confermavano come l'estetica non fosse il suo primo pensiero.

Elisabeth Scorsese rigirò il suo biglietto da visita stropicciato e con gli angoli arricciati, tirato fuori da una tasca dei pantaloni. Anche quel piccolo pezzo di carta aveva conosciuto tempi migliori. Si sforzò di cercare un lato positivo e allora le parole di Christopher Brimley divennero l'unica speranza: intelligente e generoso. Aveva qualcosa da cui partire.

Si erano presentati e ora erano seduti anche con Lara, pronta a prendere appunti.

«Signor Delany, prima di cominciare a parlare, le posso fare una domanda personale?»

L'uomo non rispose, ma da come si mosse non sembrava sentirsi a proprio agio.

«Mi dica,» si sforzò di pronunciare.

«Lei colleziona libri antichi?»

Philip Delany spalancò gli occhi, quasi divertito.

«No! Perché me lo chiede?»

Elisabeth accennò a un sorriso e lasciò che un gesto della mano rispondesse per lei.

«Però ho tutta la collezione dei *Superman*, fin dal primo numero del giugno del 1938, una rarità... vale milioni di dollari. E poi sto per completare quella dei *Fantastici 4*. Sa, ho dovuto cambiare casa per sistemare tutti i fumetti, saranno più di trentamila copie. Ho creato un programma che, una volta catalogati, ne calcola il deterioramento in base al numero delle volte utilizzato, l'umidità della stanza, la posizione del sole e del fumetto stesso. Così, ho una persona che li gira continuamente in modo da mantenerli il più possibile integri. Diciamo che ne rallenta l'invecchiamento.»

Ecco, il signor Philip Delany era terribilmente soddisfatto. Il suo bel faccione si allargò come se non avesse fine e sembrò si leccasse le labbra solo al pensiero della sua collezione.

Lara fissò Elisabeth e nascose un sorriso con un colpo di tosse. Da dove saltava fuori questo tipo?

L'avvocato Scorsese da parte sua alzò lo sguardo verso l'alto e fece finta che qualcosa le era entrato in un occhio. Erano entrambe delle pessime attrici, ma se l'uomo se ne accorse fece finta di nulla. Forse ci era abituato. Si mise a giocare con un braccialetto particolarmente luccicante che portava al polso della mano destra.

«Bene. Sono contenta per la sua passione. Ci dica come possiamo aiutarla.»

L'uomo si schiarì la gola.

«Alcuni anni fa, ho inventato un algoritmo per il recupero dei satelliti in disuso nello spazio.» Fece una pausa e rivolse uno sguardo anche alla donna seduta al suo fianco. Lara gli fece capire che era concentrata e pronta a scrivere. Visibilmente colpito, continuò: «L'ho venduto alla RoboTech, una società che da molto tempo opera nel campo dell'ingegneria spaziale e della robotica. Avevano e hanno tuttora la licenza commerciale per poter agire materialmente al recupero ma a quanto mi risulta non sono ancora operativi.»

«Vuol dire che non hanno ancora avuto modo di utilizzare il suo algoritmo?» Chiese Elisabeth.

«Sì e no.»

«Ci spieghi meglio, per favore.»

«La formula prevedeva il primo passo e il contratto da entrambi sottoscritto si limitava a un calcolo sui dati che mi avevano fornito. Ora però ho scoperto che lo hanno elaborato a uno stadio successivo per rivenderlo.»

«A chi?» Chiese Lara.

«Alla NASA.»

Le donne si guardarono. «Cosa c'è di strano?»

«La RoboTech non ha risorse sufficienti a portare avanti il progetto, con loro dietro invece lo possono finalmente realizzare. Per risorse intendo non solo economiche ma anche di capacità intellettuali e conoscenze tecniche.»

«Cosa c'è di sbagliato in tutto questo?»

Philip Delany si mosse e sembrò che la sedia tremasse.

«Il mio algoritmo ha fornito loro un codice sorgente da cui poi qualsiasi implementazione porterà alla realizzazione del progetto. È come se io avessi fornito il DNA di un individuo. Questi cresce, diventa un bambino, poi un ragazzo e infine un uomo. Si evolve, ma tutto nasce dal DNA. È chiaro ora?»

Entrambe annuirono.

«Bene. Io voglio una parte dei soldi che la NASA ha pagato alla RoboTech.»

Elisabeth rimase un attimo in silenzio e poi aggiunse: «Come se fosse un diritto d'autore, giusto?»

«Più o meno. L'algoritmo è una proprietà intellettuale, quindi potrebbe rientrarvi.»

«Ma...»

«Loro sostengono che le modifiche apportate, la sua evoluzione, hanno di fatto snaturato il calcolo iniziale, che preso da solo oggi non significherebbe nulla.»

Lara si sporse leggermente in avanti per entrare nel campo visivo di Delany.

«Se fosse così, allora potrebbero svincolarla» disse.

«Non lo vogliono fare.»

«Perché? Se è lecito chiederlo...»

«Semplice, perché io potrei sviluppare da solo quello che loro non sono riusciti ancora a fare. Ho trovato ingegneri e finanziatori pronti a procedere.»

A quelle parole il pensiero di Elisabeth corse a Christopher Brimley e agli uomini che lui rappresentava.

«Cerco di riassumere, signor Delany. La RoboTech non le vuole riconoscere un diritto d'autore, chiamiamolo così, per la cessione del suo algoritmo o delle loro successive elaborazioni alla NASA e al tempo stesso non vuole lasciarla libero di utilizzarlo per un suo personale sviluppo, giusto?»

L'uomo sorrise e rispose compiaciuto: «È così.»

Un silenzio calò nella stanza. Ognuno attendeva le parole dell'altro. Fu di nuovo Elisabeth a parlare.

«Posso sapere a quale cifra lei lo ha venduto alla RoboTech?»

«Venti milioni di dollari. Era il 2008.»

«Una cifra importante,» si limitò a commentare Elisabeth.

«Non è nulla rispetto alla cifra che hanno ottenuto dalla NASA e a quello che gli permetterà di guadagnare non appena riusciranno a rottamare i satelliti in disuso.»

«E quale sarebbe?» Chiese Lara con un filo di voce.

«La NASA ha versato cento milioni di dollari e se pensate che là fuori ci sono più di quindicimila satelliti non più funzionanti, vi rendete presto conto di quali cifre parliamo. Se il recupero costasse un milione a satellite...» Lasciò il semplice conteggio al movimento di una mano.

Elisabeth sospirò e si appoggiò alla poltrona incrociando le gambe. Portò le mani alla nuca e fissò un punto lontano.

«Mi dica sinceramente cosa preferisce: la metà dei proventi dalla cessione del suo algoritmo sorgente, oppure riaverne indietro il pieno utilizzo?»

Philip Delany ridacchiò e batté una mano su una coscia. Tanta fu la violenza che la sedia scricchiolò. Se ci fosse stato un nuovo incontro, avrebbero dovuto rinforzarla.

«Non voglio i loro soldi, avvocato Scorsese, ma che il mio gioiello torni a casa.»

Le donne sorrisero e annuirono all'unisono.

«Bene. Se riesco a farle ottenere quello che chiede, sarò io a condurre le trattative per i nuovi contratti e la mia percentuale sarà del 20%.»

«Il 10% fino a un massimo di cinque anni da oggi.»

«Il 15%.»

«Affare fatto.»

L'uomo allungò una mano ma non si mosse. Elisabeth fu costretta ad alzarsi e porgersi in avanti per stringergliela. Era sudaticcia.

«Mi servono due cose: un versamento di cinquantamila dollari per le spese da affrontare e una copia del contratto che ha firmato con la RoboTech.»

L'uomo annuì.

«Bene, è tutto. Lara stilerà il nostro accordo. Una volta sottoscritto, cominceremo a lavorare. Lasci pure a lei tutti i dettagli.»

Finalmente Delany si concentrò e con calma riuscì a mettersi in piedi.

«La ringrazio avvocato Scorsese e mi saluti Christopher quando lo vedrà.»

«Sono io che ringrazio lei e lo farò senz'altro,» disse Elisabeth pur sapendo che si sarebbe tenuta alla larga dal figlio di Jonathan Brimley.

Abbozzò un sorriso e si ravvivò i capelli. Quell'uomo le ricordava un tempo che voleva dimenticare.

Come rimase sola, si sedette di nuovo e ancora una volta il suo sguardo cadde sulla foto di suo padre, James Scorsese.

Lara l'aveva strigliata a dovere e aveva avuto ragione: già sentiva l'eccitazione di questo nuovo caso e la sua rinascita prendere forma. Era il momento di tornare a essere quella di un tempo.

2

A volte il tempo sembra non passare mai, altre andare veloce; raramente invece decide di fermarsi. Non succede quando lo vorresti per riprendere fiato, tanto meno per gioire quell'attimo in più, invece ti sorprende, e a te non resta altro che assecondarlo stando attento a non cadere. Già, perché è come se i piedi perdessero l'appoggio cui sono abituati, la ragione e il motivo di esistere e la dimensione cui apparteniamo diventasse pura illusione. Quello fu ciò che provò Peter Makarov quando la mano destra si poggiò alla grande maniglia del portone del distretto in cui per oltre dieci anni aveva servito come detective. Lo colse una sensazione di vuoto e i piedi rimasero ancorati al terreno.

«Scusi giovanotto, può farmi passare?»

Una vocina alle sue spalle lo destò e le molecole ripresero a girare come sapevano fare da milioni d'anni. Ogni cosa ebbe di nuovo un senso e un'improvvisa euforia quasi lo stordì.

«Mi perdoni, signora, passi pure.»

«Grazie ma potrebbe essere tanto gentile da tenermi aperta la porta? Le mie gambe impiegano troppo tempo a muoversi e non ho più forza nelle braccia.»

Peter le sorrise. Ci voleva intelligenza a prendere la vecchiaia per le corna e accettarla.

«Certo, certo,» si affrettò a dire e quasi s'inchinò quando lei lo superò.

«Non faccia così, mi fa sentire una regina e m'imbarazzo.» La donna accennò un sorriso e divenne tutta rossa. Si portò le mani al volto.

«Oh, no. Che vergogna, alla mia età sono ancora così timida.»

Si mosse verso sinistra e raggiunse una panca poco distante. Si sedette senza avere il coraggio di guardare Peter di nuovo. Lui le sorrise ancora e passò oltre, diretto verso l'ascensore ma una voce da dietro lo bloccò.

«Detective Peter Makarov pensa di scappar via senza salutare?»

Il tono non era quello di una comune domanda ma piuttosto ricordava un urlo da stadio. Tutti si fermarono, i poliziotti presenti alzarono lo sguardo e lo inchiodarono sul posto, mentre le persone che erano lì per denunce o altro lo guardarono con sorpresa.

Lui si girò verso il banco d'accoglienza e allargò le braccia. Se lo aspettava, certo, ma non così.

In meno di un secondo partì un applauso e alcuni colleghi cominciarono a fischiare. Durò per almeno un minuto buono e poi uno a uno gli vennero a stringere la mano e a dargli sonore pacche sulle spalle. Peter non si tirò indietro e non si fece pregare per qualche selfie improvvisato. Era diventato una celebrità e ora era anche il figliol prodigo.

«Se lei è così importante, forse può aiutarmi.»

Di nuovo la voce della donna anziana lo costrinse a girarsi.

«Non potrei negare nulla alla mia regina.»

Le sorrise e mimò un inchino platealmente.

«Oh, non faccia così, la prego.»

«Mi scusi, come posso esserle utile?»

La donna si alzò e si avvicinò.

«Devo fare una denuncia.»

«Ha smarrito le chiavi di casa? O il portafogli?»

«No,» rispose sconsolata. Sembrò che gli occhi le si riempissero di lacrime. Peter si fece più vicino.

«Cosa è successo?» chiese abbassando la voce e chinandosi verso di lei. Con una mano le toccò il gomito.

«Mio nipote, Alejandro, è sparito. Ho paura...» La donna cedette e Peter si affrettò ad afferrarla prima che cadesse a terra.

«Presto, portatemi una sedia,» ordinò a nessuno in particolare. Due poliziotti scattarono e in pochi attimi la donna fu seduta più comodamente. Peter le teneva la mano.

«Si calmi, va tutto bene, è nel posto giusto. Siamo qui per aiutarla.» Lei lo guardò e in quegli occhi Peter vide quelli di sua madre: profondi, sinceri e pieni di amore. Solo nell'ultimo anno aveva capito quanto e da chi lo aveva protetto. Averlo tenuto lontano dalla sua famiglia mafiosa non era stato solo per salvarlo da un futuro di morte o galera, ma anche una scelta che l'aveva portata a continui sacrifici e a una vita d'inferno. Ha sofferto per non farmi soffrire, si disse mentre si ritrovò a chiedere: «Alejandro vive con lei? È senza genitori?»

Lei annuì e spalancò gli occhi.

«Non ha altri parenti?»

Di nuovo quella testa anziana si mosse a confermare l'intuizione di Peter.

«Ha una sorella ma... lui è il mio preferito.»

Makarov stava per aggiungere qualcosa quando una voce lo chiamò.

«Detective, hanno saputo che è qui e la stanno aspettando di sopra.»

«Li raggiungo subito.»

Si chinò verso la donna che gli afferrò un braccio.

«Non se ne vada, per favore.»

Peter le sorrise e si piegò sulle gambe.

«Deve stare tranquilla, ora si occuperanno di lei e cercheranno il suo Alejandro. Io mi occupo di omicidi, non posso seguirla ma sarà in ottime mani.»

La donna non sembrava molto convinta. Peter se ne accorse e, alzandosi, si rivolse al poliziotto che gli stava di fronte. Era una donna, perfetto.

«Sergente, la prego di prendersi cura di questa signora e scoprire cosa è successo a suo nipote Alejandro. Non ha genitori e vive con lei. Per favore, massima priorità.»

«Sarà fatto, detective.»

La collega si presentò e prese la mano che Peter aveva lasciato. Poi con gentilezza fece alzare la donna e la portò via con sé.

Così va meglio, pensò mentre le guardava allontanarsi, ma in quel momento l'anziana si voltò, come se avesse sentito gli occhi di Peter su di lei. Gli sorrise e Makarov le fece un cenno con la mano.

Si girò ed entrò nell'ascensore. Solo due piani lo dividevano dal suo primo giorno dopo oltre diciotto mesi di convalescenza. Tanto gli ci era voluto per tornare dall'inferno. Un'eternità.

Le porte si aprirono e fece un paio di passi avanti. Poi si fermò. Le stesse emozioni e sensazioni di poco prima lo travolsero nuovamente lasciandolo senza respiro.

Quando si riprese, si ritrovò davanti alla parete con le foto di chi non c'era più. Sarah era lì, la partner di due anni prima, uccisa davanti ai suoi occhi. Era riuscito a mantenere la promessa che le aveva fatto in punto di morte; prendersi cura di sua figlia Kate come fosse propria e ora, insieme a Sally e alla loro bambina appena nata, faceva parte della sua famiglia. Baciò due dita e poi, come d'abitudine, toccò la fotografia all'altezza delle labbra.

«Sapevo di trovarti qui.» Il tono della voce era inconfondibile come l'odore di fumo che si portava dietro. Mancava solo l'alito che sapeva di whisky, ma a quell'ora si accontentava di un caffè nero e senza zucchero.

Si girò e un uomo alto e grosso, con la testa piena di capelli rossi gli stava sorridendo.

«Capo Hoffman, non sbagli mai.»

«Magari Peter. Vieni qui, fatti abbracciare.»

Makarov fece due passi e quell'omone lo strinse forte. Sapeva di affetto, quello di un padre verso un figlio, e dentro di sé Peter aggiunse un altro membro alla sua nuova famiglia. Per uno come Hoffman quel gesto così intimo era l'unico modo per dirgli che gli voleva bene.

Si staccarono.

«Bentornato a casa. Vieni, ti aspettano.»

Hoffman gli fece strada e Peter non riuscì a togliersi un sorriso dalle labbra. Mentre si avvicinava ai colleghi, si rese conto che quel posto e quelle persone gli erano mancate profondamente. Sentirsi parte di qualcosa ha un valore che apprezzi solo quando non lo hai più.

«Signori, ascoltatemi!»

Hoffman attirò l'attenzione e i presenti si zittirono facendosi più vicino.

«Oggi salutiamo un uomo che ha vissuto pericolosamente ma che siamo riusciti a riportare a casa. Oggi abbracciamo di nuovo Peter Makarov.»

Partì un applauso e cori di saluto. Per la prima volta dopo tanto tempo, Hoffman vide come la sua squadra era sollevata e di nuovo compatta. Sorrise, cosa che lui faceva raramente e in cuor suo giustificò il primo sorso di Lagavulin invecchiato sedici anni.

«Vieni con me, Peter, dobbiamo brindare.»

Il detective lo seguì nel suo ufficio, dispensando le ultime strette di mano, le spalle dritte e lo sguardo fiero. Era a casa, definitivamente.

Chiuse la porta dietro di sé e si accomodò di fronte al capo. Lo vide versarsi da bere, una dose solo per lui. Le vecchie abitudini non si dimenticano mai, pensò mentre esclamò sorridendo: «Ma non è troppo presto, Hoffman?»

«Non rompermi i coglioni, Makarov, non siamo mica al college.»

Risero entrambi; sembrava non fosse passato neanche un minuto dall'ultima volta che avevano vissuto quest'identica scena.

Hoffman alzò il bicchiere a mo' di brindisi e Peter lo imitò con il pugno chiuso.

«Al tuo ritorno.»

«No, a te che non hai mollato e mi hai salvato da morte certa.»

«Eh, sì eri messo male,» disse l'irlandese prima di scolarsi le prime due dita della giornata. Poi si accomodò.

«Come sta la tua famiglia, diciamo composita?»

«Non sono mai stato meglio, capo.»

«Bene.» Si guardò intorno e poi aggiunse: «Hai passato tutti i test, hai recuperato perfettamente e ora sei qui, ma voglio sapere da te come ti senti, Peter. Niente scherzi.»

«Non potrei mai con te, lo sai bene.»

Poi ripensò a quando gli aveva taciuto l'omicidio del fratello e si diede dello stupido. Non avrebbe mai commesso lo stesso errore due volte.

Hoffman annuì con un gesto. Se c'era una cosa positiva in tutto quello che avevano vissuto, era averli uniti profondamente. Non era molto, ma qualcosa d'importante.

«Allora?»

Peter sorrise di nuovo. Ecco il grande e grosso capo che conosceva.

«Mi hanno riempito di merda tanto da scoppiare, il cervello si stava sciogliendo e il corpo gli stava andando dietro. Ho seguito per tutti questi mesi una cura alternando lo sport alla meditazione, dovevo ritrovare l'equilibrio che avevo prima...» Fece una pausa, più per imprimere nella memoria quello che stava per dire che non per un effetto teatrale. «E ora mi sento in forma al 100%, sono tornato quello di prima, capo.»

Hoffman alzò gli occhi al cielo. Da ateo convinto, a volte si ritrovava a pregare; non sapeva chi, ma sicuramente qualcuno o qualcosa lo avrebbe ascoltato.

«Non sai quanto sono contento di sentirtelo dire.»

Peter annuì, non c'era più bisogno di aggiungere altro.

«Cosa volevi dirmi ancora?»

Ora era lui che voleva stanare l'irascibile irlandese.

Hoffman si versò altre due dita di whisky e rispose: «Hai un nuovo partner, Richard Derek.»

Peter lo conosceva; aveva seguito il caso dove era stato accusato e si era schierato fin da subito per la sua innocenza. Era un tipo particolare, a quanto ricordava muoveva sempre le mani senza un motivo preciso, ma era intelligente e intuitivo.

«Non avrò problemi.»

«Mi piace sentirlo. Una cosa però: ha avuto una partner fino a dieci mesi fa poi lei ha ricevuto un'offerta per un corpo speciale e se n'è andata.»

«Come l'ha presa?»

«Male, credo ne fosse attratto.»

Makarov fece una smorfia.

Senza attendere oltre, Hoffman chiamò con un gesto Derek invitandolo a raggiungerli. Non gli tolse gli occhi di dosso fin a quando non fu nel suo ufficio.

«Ecco il tuo nuovo partner,» disse prendendo un sigaro.

I due detective si strinsero la mano.

«Mi spiace per quello che ti è successo, Makarov.»

«Grazie... ma ora sono qui.»

Gli sorrise sapendo bene quanto iniziare con il passo giusto fosse la prima cosa importante da fare.

«Vuoi la tua scrivania?»

Peter ci pensò su e poi annuì. Era il momento di riprendere le vecchie abitudini.

«Signori, vi prego di uscire, approfondirete la vostra conoscenza fuori di qui, se non vi dispiace.» L'ironia del loro capo li fece sorridere e si dileguarono in un istante.

«È un uomo buono, dopotutto,» esclamò Derek una volta che aveva preso posto alla scrivania di Rachel.

«Ma anche un gran rompiballe,» rispose Peter.

«Se non fosse stato per la sua tenacia a non lasciarti in mano a chi ti aveva preso... non saresti tornato.»

Peter guardò Derek con ammirazione. Stimava chi parlava senza giri di parole e non aveva timore a dire le cose come stavano. Annuì con un gesto del capo e si accomodò.

Il suo sguardo cadde verso le foto di Sarah e Kate. Era tempo di sostituirle con una della sua famiglia. La vita va avanti, che lo vogliamo o meno, si disse mentre accendeva il computer, e un'altra Sarah è già vicino a me.

Sorrise; dopotutto era quello il nome che aveva scelto con Sally per la loro bambina.

3

Non riusciva ancora a crederci; tra pochi mesi la sua presidenza sarebbe finita. Gli anni che lo avevano visto come l'uomo più potente della Terra sarebbero rimasti solo un bellissimo ricordo. In cuor suo, era soddisfatto di come aveva operato fino a quel momento, anche se era stato costretto a nascondere alla Nazione alcune nefandezze di chi lo aveva preceduto. Ma nella corsa al voto, il suo partito sembrava non avere i consensi sufficienti per portare un altro democratico alla Casa Bianca. Eppure gli sembrava di aver governato fino a quel momento con il massimo dei consensi.

Dubitare sempre di chi ti dice che le cose vanno bene... e fare di testa propria!, si era detto il giorno prima e la decisione che aveva preso coinvolgeva solo due persone.

Sono ancora il presidente degli Stati Uniti, ho un po' di spazio per muovermi, pensò per l'ennesima volta ma non fece in tempo a ripeterselo perché la sua assistente lo chiamò.

«Il direttore Alex Sanders è arrivato, presidente.»

«Bene. Aspetta che sia qui anche il generale Nisbet.»

«Certo, presidente.»

Trovava quel continuo uso della parola Presidente un po' troppo lusinghiero ma negli anni se n'era fatto una ragione: le persone si rassicuravano nel nominarlo. A volte una parola rappresenta più del suo significato, si disse mentre per la trentesima volta scuoteva la testa. Pochi mesi ancora e tutto quello che per lui era stato vita, piena e gratificante, sarebbe potuto sparire come inghiottito da un'improvvisa slavina. Era questo che ognuno temeva; che il nuovo corso avrebbe spazzato via ciò che di buono era riuscito a costruire portando avanti un progetto folle e antidemocratico. E se al nuovo eventuale presidente avesse dovuto confidare cose di cui vergognarsi, avrebbe esposto il fianco a critiche che, una volta rese pubbliche, avrebbero alimentato ancora di più l'incertezza degli anni a venire. I mercati avrebbero risposto negativamente, la violenza sarebbe esplosa, la tolleranza e la convivenza tra razze avrebbero lasciato il posto all'odio e a una lacerazione del tessuto sociale. No, non poteva permetterlo. Come presidente in scadenza del doppio mandato avrebbe fatto ogni cosa pur di garantire la trasparenza e l'onestà dei suoi primi anni di governo. Per questo motivo aveva convocato le più alte cariche militari e di sicurezza nazionale del Paese.

La segretaria gli confermò che i due uomini erano arrivati e lui li fece accomodare. Si posizionò proprio al centro della stanza, sotto la microcamera che riprendeva ciò che succedeva lì dentro. Anche il potere più alto aveva un limite.

Come i suoi ospiti entrarono, gli andò incontro con la mano tesa e un sorriso aperto e sincero.

«Signori, ben arrivati. Prego accomodatevi.»

Sanders fu il primo a stringergli la mano e accennò un inchino.

«Signor Presidente,» disse in un soffio e si fece di lato permettendo al generale Nisbet di salutarlo. Questi fece uno scatto sull'attenti e a sua volta gli strinse la mano. Quel saluto militare gli ricordò che era ancora il capo assoluto di tutte le forze del Paese. Deglutì e con un movimento della testa, indicò agli uomini i due divani perfettamente in ordine.

Dopo pochi istanti erano seduti uno di fronte all'altro.

«Quello che sta succedendo mi preoccupa molto,» disse. «Il Paese non può permettersi un cambio di presidente dopo soli quattro anni.»

Sanders annuì con un gesto del capo mentre Nisbet lo guardò solidale. Il capo delle Forze armate congiunte non era un ruolo così esposto come quello di capo della Comunità d'intelligence e quindi non temeva una sostituzione, ma comprese comunque le preoccupazioni del presidente.

«Dobbiamo fare in modo che il lavoro di questi prossimi mesi sia vincente, che porti elogi e voti al mio partito. Dobbiamo chiudere negoziati a nostro vantaggio, agire sulla sicurezza come massima priorità per far sentire ogni americano protetto in casa propria e nel mondo.»

«Cosa ha in mente, signore?»

Mr Liberty sbuffò.

«Voglio lasciare un segno indelebile per ogni elettore. Qualcosa che possa pendere a nostro favore in futuro.»

I suoi ospiti si guardarono. Per ogni amministrazione era stato quello il vero problema, nulla di nuovo.

«Temo,» continuò Mr Liberty, «che il nuovo presidente possa distruggere quello che abbiamo fatto in questi otto anni sia qui che fuori dai nostri confini. Abbiamo recuperato situazioni impossibili, reso effettiva l'apertura di Cuba, rafforzato il patto con l'Unione Europea, favorito l'accordo tra la FARC e il Governo colombiano anche grazie all'aiuto del Papa, questo per citare i nostri impegni più rimarchevoli.»

Nisbet sospirò. Ricordò come un anno prima il presidente della Colombia, neo vincitore del Nobel per la pace, lo aveva chiamato per ringraziarlo personalmente di aver eliminato un noto narcotrafficante, Manuel Roja, contribuendo a una pulizia 'necessaria ed essenziale per l'equilibrio del Paese.' Già, ma non conosceva il reale motivo per cui Roja era stato ucciso e le conseguenze che aveva vissuto. A volte l'onore non giustifica l'onere di un'impresa.

«Anche a livello nazionale abbiamo ottenuto importanti vittorie, ma non vi ho convocato per farvi un resoconto del mio operato...»

Sanders improvvisò un colpo di tosse.

«Mi dica, Alex.»

«C'è il lancio del primo satellite quantico previsto tra meno di tre settimane, signore.»

«Sì, giusto. Un ottimo traguardo, ma non è certo il primo che sganciamo, no? Comunque servirà anche quello.»

Sanders voleva sottolineare la differenza del tipo di satellite, ma lasciò perdere.

Mr Liberty sospirò. Era visibilmente preoccupato e non voleva rassegnarsi a quello che secondo tutti stava per succedere.

«Ho bisogno del vostro aiuto.»

«Per cosa, presidente?» Fu ancora Sanders a parlare e prima che potesse ottenere una risposta, aggiunse: «Anche io devo scontrarmi con il malumore che i sondaggi stanno alimentando e non è facile tenere buoni i direttori delle varie agenzie.»

«Suvvia, Sanders, non mi dica che dopo tutti questi anni non ha canali affidabili e a noi fedeli?» C'era stizza nelle sue parole come se non avesse intenzione di digerire un no come risposta.

L'uomo annuì.

«Bene. Lei invece, generale Nisbet, non credo abbia di questi problemi, quindi può continuare a vigilare affinché il nostro lavoro possa essere svolto al meglio. In campagna elettorale vince l'eco di una conquista.»

Parole grosse, pensò il capo delle Forze armate congiunte temendo a quello che sarebbe potuto succedere con le tensioni in Medio Oriente e la Turchia sempre più ingestibile. Non si sentiva molto tranquillo e intoccabile come sosteneva l'uomo più potente al mondo.

«Cosa dovremmo fare?»

Il presidente fece un lungo respiro e poi rispose: «Più di un anno fa abbiamo affrontato quel problema legato alle miniere di grafite, ricordate? Quelle altamente cancerogene.»

Entrambi annuirono.

«Ha portato ad altre situazioni, diciamo 'incresciose', ma che sono sotto controllo, o sbaglio?»

Di nuovo ottenne una conferma.

«Ottimo. Ecco quello che dovete fare: cercare tutte le situazioni in sospeso che possano screditare la mia amministrazione e fate in modo di 'sistemarle' prima delle elezioni. Siamo intesi?»

Sanders chiuse gli occhi come se il cervello stesse valutando le conseguenze possibili di quell'ordine. Nisbet se ne accorse e gli concesse del tempo rispondendo per primo.

«Può contare sul mio impegno, signore, e sulla mia lealtà.»

L'uomo lo ringraziò con un cenno del capo.

«Sanders?»

Il capo della Comunità d'intelligence sospirò e fissando il suo interlocutore con gli occhi appena aperti, sibilò: «Perché dovrei, signore?»

Il presidente scattò in avanti, quasi saltando su dalla poltrona, ma poi si ricompose e sorrise amaramente. In otto anni si era abituato a situazioni del genere.

«Dimenticavo che l'ho scelta per la sua capacità di essere diretto e allora le dirò come stanno le cose. Se chi prenderà il mio posto dovesse trovare situazioni poco pulite, non solo le userà per screditare la mia persona e poi io lo farei con lei, ma renderà ancora più legittimo il proprio modo di agire al di sopra delle regole. Questo getterà il Paese nel caos più assoluto e gli scenari mondiali diventerebbero imprevedibili e pericolosi per ognuno di noi. Ora le è chiaro quello che c'è in ballo?»

La domanda del presidente non chiedeva una risposta o perlomeno una che lo contraddicesse.

«Va bene, signore, ma a una condizione.»

«Mi dica.»

«Voglio l'immunità.»

Il sorriso del presidente si allargò e divenne meno amaro. Non aveva in mente cosa nascondesse Sanders ma di certo non valeva quanto il pericolo cui stavano andando incontro. Scegliere sempre il male minore, si disse e anche in quel momento aveva aggiunto un altro compromesso alla sua lunga lista. Era un prezzo che poteva pagare.

«D'accordo.»

Sanders sorrise a sua volta e si strinsero la mano.

«Ora vi chiedo la massima collaborazione, condivisione delle informazioni e delle strutture, nonché dell'apporto di uomini e mezzi, intesi?»

«D'accordo,» risposero entrambi.

«Un'ultima cosa: farete rapporto solo a me.»

«Come sempre, signore.» Furono le parole di Sanders accompagnate da un ghigno che a Nisbet suonarono più come una derisione che una promessa.

«Grazie.»

Il presidente si alzò subito imitato dai due uomini. Li accompagnò alla porta e poco dopo li salutò velocemente.

Rimasto solo, si accomodò di nuovo alla scrivania. Era giunto il momento di trovare le parole giuste per infondere fiducia a un Paese che sentiva il risultato delle elezioni del prossimo novembre come destabilizzante e incerto.

Non sarebbe stato facile. Anche il suo cuore avvertiva la stessa esigenza e in quel momento lo sentì accelerare. Cosa sarebbe potuto saltar fuori in questi ultimi mesi? Portò entrambe le mani al volto: il suo sogno stava per finire e non avrebbe voluto mai e poi mai che sul finale si trasformasse in un incubo.

Come Alex Sanders uscì dalla Casa Bianca e rimase solo, prese il cellulare dalla tasca e prima di salire in auto, si allontanò di qualche passo dal suo autista.

Non riusciva a nascondere l'eccitazione che lo aveva preso dalla promessa del capo supremo.

Per i prossimi quattro mesi aveva in mano il lasciapassare che lo rendeva intoccabile.

Compose un numero che sapeva a memoria, attese tre squilli e poi chiuse. Lo digitò di nuovo e questa volta attese cinque squilli per poi riagganciare. Infine, lo compose per l'ultima volta e al sesto squillo una voce rispose: «Allora?»

«Le cose si sono messe per il meglio.»

«Quindi?»

L'uomo sospirò. Detestava dare spiegazioni ma non era il momento per fare il prezioso. «Procediamo come ci siamo accordati.»

«Ottimo. Ma non è tutto, immagino.»

«Esatto, ma non ora.»

Un attimo di silenzio suggellò un nuovo accordo.

«Va bene, faremo a modo tuo, come sempre d'altronde.»

Sanders sorrise e chiuse la comunicazione.

Si avvicinò all'auto di servizio e salì.

Era ora di sistemare ogni cosa in sospeso, doveva farlo velocemente e bene, i giochi si stavano chiudendo e questa volta sarebbe stato per sempre.

4

Il Jacob K. Javits Center sembrava non risentire dell'aria che si respirava nel resto della città: frastornata e al tempo stesso rassegnata. L'imminente festa dell'Indipendenza alimentava i sorrisi e i gridolini di gioia di chi aveva deciso di visitare l'annuale convention, RobotCon, dedicata alla robotica e alle sue applicazioni, dall'industria spaziale ai droni, dalla scienza cognitiva all'impatto sull'ambiente e la vita quotidiana. Una sorta di mondo chiuso in sé stesso, con le sue regole e i suoi obiettivi sempre più raggiungibili e spregiudicati. Sembrava di essere in un romanzo di fantascienza tante erano le pubblicità degli androidi e delle connessioni virtuali che la tecnologia ormai permetteva. Per un comune mortale il linguaggio appariva ostico, quasi incomprensibile, ma per loro che erano cresciuti ad algoritmi e formule, tutto era chiaro ed esaustivo. La nuova frontiera del sapere umano non aveva più barriere, se non il limite della propria intelligenza. Chi partecipava si sentiva come il depositario di una cultura superiore, unica soluzione ai problemi che assillavano il mondo terreno.

I seminari che facevano da contorno alla mostra erano la più qualificata dimostrazione di come la mente umana potesse sviluppare il futuro e addirittura programmarlo.

Ingegneri da tutto il mondo, professori, tecnici informatici o semplici curiosi rappresentavano il parterre di quei tre giorni nei quali si sarebbero affrontati temi legati all'etica, allo sviluppo sostenibile e all'interazione con la rete. La robotica avrebbe aperto a nuovi confini, oltre i quali c'era solo l'esplorazione dello spazio.

Ma ci stiamo lavorando, pensò il professore Samuel Van Vogt quando varcò l'ingresso della mostra dopo aver ritirato il badge come relatore.

Da oltre quindici anni alla NASA, aveva ricoperto ruoli legati allo sviluppo di sistemi tecnologici sempre più sofisticati in grado di simulare i comportamenti umani e finalmente quel pomeriggio poteva presentare uno dei risultati cui andava fiero. Lo portava con sé in una borsa voluminosa ma senza fatica.

Finalmente avevano acconsentito a mostrare quello che era uno dei primi passi raggiunti, anche se i loro studi erano decisamente più avanti. I soliti riservati, si disse, mentre raggiungeva la sala delle conferenze. Era leggermente in ritardo perché sapeva bene che l'ospite d'onore doveva farsi attendere in modo da aumentare la curiosità sul suo intervento. Li avrebbe sorpresi ancora una volta e avrebbe fatto fare un'ottima figura al suo datore di lavoro. Anche se non se lo meritano, concluse il suo pensiero, mentre un uomo sulla cinquantina gli stava venendo incontro sorridendo.

«Samuel, ami farci preoccupare, lo sai questo?»

L'ingegnere alzò le spalle e sorrise a sua volta.

«Caro Kirk, sei uno degli organizzatori della prima ora, dovresti conoscere le abitudini dei relatori.»

L'uomo lo guardò reclinando il capo e aggiunse allargando le braccia: «Appunto.»

Si strinsero la mano e dopo poco entrarono nella grande sala.

Van Vogt rallentò il passo e valutò velocemente quante persone potevano esserci. Sapeva che la sala conteneva millecinquecento posti a sedere ma era così gremita che la sua mente matematica ne calcolò almeno il doppio. La cosa che lo sorprese fu il silenzio assoluto, come quello che si percepisce in una chiesa piena di gente durante le preghiere delle festività.

Si meravigliò di tale e tanta adesione ma poi ricordò che l'industria della robotica era in crescita di oltre il 30%, un mercato in grande espansione che garantiva posti di lavoro e possibilità di carriera.

'E pensare a quanto costa partecipare a queste conferenze...' Memorizzò quel pensiero per giustificare l'aumento a quattro cifre che avrebbe chiesto per il prossimo anno.

Come raggiunse il palco, partì un applauso che contagiò tutti i presenti. Il suo intervento era il più atteso perché lui, Samuel Van Vogt, era uno degli ingegneri più noti e stimati della NASA: un'élite, una mente al servizio del popolo americano, una sorta di eroe nazionale.

Kirk attese che l'applauso scemasse e poi prese la parola invitando con un gesto plateale a fare silenzio. Come un esercito ben addestrato, si zittirono.

«Signore e signori, la vostra accoglienza mi permette di saltare la presentazione del professor Van Vogt. Qui lo conosciamo tutti e siamo ansiosi di ascoltarlo e vedere cosa contiene la sua grande borsa quindi non mi dilungo oltre e lascio a lui la parola.»

L'uomo si sedette al suo posto e fece un segnale alla regia. Le luci si abbassarono fino a illuminare solo l'ospite d'onore. Dietro uno schermo molto grande proiettava il titolo del suo intervento: 'Una stretta di mano'.

«Care amiche e amici, grazie per essere qui questa sera. È per me un immenso onore potervi presentare nella sua prima uscita assoluta l'ultimo gioiello prodotto dalla NASA con la collaborazione della RoboTech. Abbiamo lavorato per molti anni e ancora ci vorrà del tempo per vedere compiuto il nostro obiettivo principale, quello di creare un robot sensibile e intelligente, ma nel frattempo le nostre invenzioni sono applicabili a diversi campi, da quello industriale al tempo libero. Questo piccolo gioiello che porto con me ha un valore inestimabile. Rappresenta la prima sintesi di un progetto di sviluppo atto a migliorare la condizione di vita di ogni individuo, mettendo a suo servizio la tecnologia spinta ai massimi livelli. Nella mia carriera da programmatore prima e poi da consulente per le grandi imprese, ho sempre tenuto come obiettivo principale la sostenibilità di un impatto tecnologico verso la nostra società. Ho cercato di garantire il controllo dell'uomo sulle macchine, discussione che oggi coinvolge anche il campo etico, spaventa i più refrattari al progresso ma stimola la ricerca e l'ambizione di ognuno di noi.»

«Non voglio dilungarmi su questi temi, darò spazio alle domande e vi risponderò con molto piacere, non solo ma mi tratterrò con voi anche dopo la mia presentazione. Quello che vi chiedo ora è la massima attenzione e silenzio assoluto. Grazie.»

La richiesta di Van Vogt era superflua; non volava una mosca e sembrava non circolasse neanche l'aria tanto i respiri erano trattenuti.

Partì un filmato di come gli ingegneri della RoboTech stavano lavorando alla realizzazione di una mano artificiale: dalle dita, al polso, alle varie articolazioni, al rivestimento prodotto in un materiale difficile da individuare, per arrivare alle terminazioni rivestite da sottilissimi fili che andavano a formare una membrana dura e resistente. In pochi minuti, ruotava davanti a loro un perfetto guanto del colore della pelle. Due potenti batterie di piccolissima dimensione nascoste nell'avambraccio completavano quella meraviglia tecnologica. Il filmato terminò, le luci si riaccesero e scoppiò l'inferno. Applausi, grida, urla e sorrisi passarono tra la folla e Samuel Van Vogt si godette l'ennesimo successo. Chissà cos'avrebbero fatto se avessero saputo che quel guanto era solo la punta dell'iceberg, quello che poteva affiorare in superficie ed essere visto.

Diventereste il mio esercito, si disse mentre sorrideva. Il suo ego era talmente colmo che non mosse un muscolo e Kirk, seduto poco lontano, fu costretto ad alzarsi a reclamare silenzio.

«Signore e signori, per cortesia un attimo di attenzione, la presentazione non è terminata...» Notando che pochi lo stavano ascoltando, quasi urlò: «Non siete curiosi di sapere cosa c'è nella borsa?»

Ottenne l'effetto desiderato. Di nuovo fu assoluto silenzio. Van Vogt annuì più volte con la testa e come un dio che vuole mostrare la sua creatura, si mosse con lentezza esasperata.

«Vuoi proprio lasciare un ricordo indelebile, ingegnere» mormorò tra sé Kirk, mentre anche lui allungava il collo come quelli seduti nelle prime file.

Dopo alcuni secondi di attesa che parve infinita, il guanto dell'immagine fissa sul megaschermo apparve davanti agli occhi dell'uditorio.

Di nuovo partì un applauso ma decisamente più contenuto.

«Eccolo.» Van Vogt lo alzò con entrambe le mani e partirono i primi flash.

L'ospite così amato non attese oltre, lo indossò e con naturalezza scese dal palco. Spinse un bottone invisibile e il guanto si accese, solo una piccola luce a indicarlo.

«Non posso stringervi la mano perché l'ho caricato per sbriciolarvela...»

Un coro di risate sottolineò il suo momento di gloria.

«Non ci credete?»

Tornò sui suoi passi e tirò fuori dalla borsa un pezzo d'acciaio lungo circa mezzo metro. Lo fece vedere a destra e sinistra e poi con estrema semplicità afferrò un'estremità con la mano guantata e lo piegò in un istante. L'inferno scoppiò di nuovo e Kirk si portò le mani tra i capelli. Ora erano al delirio puro e quella presentazione non avrebbe mai avuto fine.

La cena era stata noiosa come al solito. Aveva evitato il più possibile di parlare della NASA e di quello che stavano portando avanti, ma il dibattito che si era acceso tra i commensali non avrebbe potuto evitarlo neanche applicando il teletrasporto.

'Quello della serie televisiva, non certo quello che noi scienziati conosciamo.' Sorrise tra sé: a volte la fantascienza era così lontana dalla realtà e non ne immaginava il potenziale. Il rinnovo dei finanziamenti sulla ricerca e sull'esplorazione spaziale avrebbero portato tanto di quel denaro e lui sarebbe stato lì pronto ad accumularne il più possibile. La sua azienda era ormai legata a filo doppio con il Governo e non vedeva ostacoli sul suo cammino.

«Solo quello stronzo di Philip Delany mi sta tra i piedi, ma saprò come sistemarlo,» disse ad alta voce mentre le porte dell'ascensore si aprirono. Lo aveva fermato nella hall per cercare ancora un accordo ma lui lo aveva liquidato infilandosi in ascensore. Era un povero cristo. Van Vogt si diresse in camera. Aveva scelto per la terza volta di seguito il Westin, dietro Times Square, perché durante il giorno amava confondersi tra la folla di turisti, guardare le maschere dei supereroi e sgranocchiare qualche nocciolina pralinata appena tostata. 'Roba da uomo qualunque, altro che genio.'

Camminò lentamente e si accorse che barcollava leggermente. Quel merlot californiano, il Three Palms, lo aveva gustato particolarmente. Cercò di ricordare la marca, suonava come Duck e qualcosa, e non si accorse che un uomo in divisa dell'hotel gli stava venendo vicino.

«Si sente bene, signore.»

Van Vogt si appoggiò alla parete con una mano come se un improvviso capogiro lo avesse colto.

«Sto bene grazie...» Cercò la targhetta posizionata vicino al taschino, ma non c'era nulla.

«Venga, le do una mano fino alla stanza. Che numero è?»

«1237.»

L'uomo lo prese sottobraccio e lo aiutò a camminare in linea retta. Dopo pochi istanti, furono davanti alla camera.

«Mi dia la tessera che le apro.»

Van Vogt si meravigliò di tanta gentilezza ma poi pensò che in fin dei conti un uomo come lui andava trattato in quel modo. Non attese oltre e gliela diede. L'uomo la inserì nell'apposita fessura, scattò una lucina verde e spinse la porta.

«Ecco qui, servizio a domicilio.» Gli sorrise e l'ingegnere lo guardò bene per la prima volta. Era molto alto, più di lui e questo lo colpì. Poteva essere un modello o un attore del cinema; pelle olivastra, occhi scuri, capelli folti... chissà com'era finito a fare quel lavoro. Alzò le spalle, non era affar suo.

«Grazie.» Lo salutò con una stretta di mano ed entrò. Fece per girarsi per chiudere la porta ma l'uomo lo afferrò per le spalle facendolo girare e spingendolo in avanti.

«Ma cosa diavolo sta facendo...»

Van Vogt non riuscì a finire la frase perché gli prese la testa tra le mani e con una torsione improvvisa, gli spezzò l'osso del collo. L'ingegnere cadde a terra con un tonfo. L'uomo si mosse velocemente. Aprì l'armadio, prese il borsone tirando fuori il pezzo d'acciaio, controllò che al guanto non mancasse nulla e uscì dalla stanza portando con sé quel perfetto esempio di cosa la mente umana potesse inventare. Sorrise e alzò le spalle; peccato che il suo creatore non ne avrebbe mai più beneficiato.

5

La sala al pianterreno dell'ambasciata americana al 2 di Avenue Gabriel, era stata allestita pensando a tutto. I vetri delle ampie finestre quasi splendevano tanto erano puliti, le luci riflettevano un ambiente caldo e accogliente, i lampadari a candelabro erano maestosi appesi ai soffitti a volta e i pavimenti in parquet brillavano al passaggio degli ospiti. Insomma, l'ambasciatore americano a Parigi non aveva badato a spese per suggellare un accordo su cui lavorava da tempo: un progetto franco-americano sulla fisica quantistica applicata ai satelliti. In poche parole, il primo satellite quantico. Solo al pensiero di volerci capire qualcosa, Ethan Leather alzava le spalle e afferrava la prima flute di champagne che aveva a tiro. Adorava queste occasioni mondane perché gli ricordavano che il suo lavoro era anche divertimento 'E non solo scartoffie da compilare tutti i giorni o noiose relazioni da mantenere.' Si guardò intorno e notò che erano rimasti pochi ospiti. Vide il ministro degli Interni francese, al diavolo il nome che non ricordava, e gli si avvicinò. Stava parlando fitto con la dottoressa Deborah McRoland, la relatrice per il progetto da parte americana.

«Signor ministro e mia gentile ospite, spero che tutto sia stato di vostro gradimento.»

«Stavo giusto dicendo alla nostra simpatica dottoressa che il suo intervento è stato illuminante. È riuscita a rendere comprensibili formule, teorie e applicazioni anche a uno come me che si occupa di ben altro.»

«Di cose comunque importanti,» disse l'americana lusingata di tanti complimenti. In effetti, era spesso ammirata per la sua capacità di sintesi ed eloquenza e sorrise al ministro con naturalezza. Ethan lo notò e si rilassò mandando giù un altro sorso di champagne.

«Il suo lavoro è ben più complicato, mi creda. E purtroppo negli ultimi tempi avete subito troppi attacchi terroristici,» aggiunse la donna mostrando una sincera partecipazione.

L'uomo annuì. «Sono stati giorni terribili, ora abbiamo stretto una maggiore collaborazione con altri Paesi europei, soprattutto quelli confinanti. Non ci crederà, ma la miglior intelligence europea è quella italiana.»

La donna sorrise. «Non stento a crederci. Noi americani prendiamo da loro la tecnologia per i nostri droni, per esempio, per non parlare di quella dei satelliti. Sono un'eccellenza anche in quel campo.»

«Chi lo avrebbe mai detto,» intervenne l'ambasciatore ammiccando ai suoi ospiti, «sono famosi per la pizza e la Mafia, o almeno così si dice.»

«Mai fermarsi ai luoghi comuni, signor Leather,» gli disse la donna facendo finta di non aver colto la pochezza della sua battuta, «dietro ognuno di noi si nascondono mille realtà...»

«E mille segreti,» aggiunse il ministro sorridendo e guardando la dottoressa negli occhi.

«Mi domando infatti, cosa ci sia dietro la sua scorta. Devo ammettere che quando mi hanno interpellato da Washington chiedendomi di affidarle due uomini, sono rimasto sorpreso. Se permette la sfrontatezza francese, cosa nasconde mia cara?»

La donna scoppiò in una risata e buttò la testa all'indietro. I capelli biondi si mossero e prima che le coprissero il viso li fermò con entrambe le mani portandosi due ciocche dietro le orecchie.

Ethan notò che non era bella, ma molto femminile. Un corpo magro e minuto, muscoli ben delineati come se alternasse l'attività sportiva al lavoro, un naso dritto, una bocca a forma di cuore e un paio di occhiali tondi che lasciavano vedere due occhi azzurri. Una donna solare e sincera, ecco come l'avrebbe definita.

«Non ha risposto al ministro,» si ritrovò a dire e lo sguardo di lei si posò su di lui. Non ne fu certo, ma gli sembrò di vedere negli occhi una traccia di fastidio subito sostituita da un sorriso.

Lei reclinò leggermente il capo e poi disse: «Il progetto che stiamo portando avanti ha diverse applicazioni, anche in campo militare, oltre che commerciale. Come sapete bene, gli hacker russi hanno intercettato notizie delle intelligence americane e il satellite quantico è la risposta definitiva alla protezione dell'informazione.»

«Chiaro,» sentenziò il ministro. Non sembrava volesse saperne di più, lui aveva problemi più 'terreni' che non informazioni perse nell'etere. L'ambasciatore invece la incalzò, rapito dal suo modo di parlare. «Perché, come funziona?»

Debbie McRoland lo studiò un attimo prima di rispondere. Voleva capire quanto fosse reale il suo interesse. Rassicurata dal suo sguardo, disse: «Per farla semplice, le informazioni che trasmette un satellite quantico non possono essere decriptate e se c'è un tentativo il flusso s'interrompe.»

«E i nostri odiati hacker rimangono con un pugno di mosche.» Ethan si gloriò della sua battuta, complice un bicchiere di troppo, ma Debbie decise che alla fine era un tipo simpatico. Non che incarnasse l'esatta idea di un ambasciatore, sembrava più un texano alle prese con ranch e praterie, ma tutto sommato non gli dispiaceva. Lanciò un'occhiata di sfuggita alla mano sinistra e notò che non portava la fede.

«Si è fatto tardi, devo andare a dormire, domani ho il volo per gli Stati Uniti e sapete, noi donne siamo un disastro quando dobbiamo fare la valigia.»

«Non so perché ma lei non è un disastro in nulla, dottoressa. Mi sono permesso di farle inserire il mio numero di cellulare dalla sua segretaria, spero di non essere stato troppo invadente?»

Di nuovo le parole di Ethan la presero alla sprovvista. Che avesse notato il suo sguardo? Sentì le guance diventare rosse e s'irritò per essere ancora così timida. Cercò una via d'uscita.

«No, affatto... comunque sono una vera tragedia, dovrebbe chiederlo a mia figlia.»

«Sarà un piacere se la incontrerò di nuovo.»

Debbie voleva sprofondare e stava per farlo se il ministro non fosse corso in suo aiuto.

«Non mancherà occasione, ambasciatore, la dottoressa è a capo del progetto quindi tornerà presto a Parigi. Ora mia cara, esaudiremo il suo desiderio e due miei uomini la scorteranno in hotel. Sono fuori che la stanno aspettando.»

«Tutto questo tempo?» Chiese la donna sbalordita.

«Nel nostro lavoro, come nel suo, ci vuole pazienza e bisogna saper attendere il momento giusto. Nel suo invece non va in questo modo, vero ambasciatore?»

Ethan si ritrovò a farfugliare qualcosa e con un inchino si allontanò.

«Grazie.» La donna sfiorò il braccio del ministro.

«Si figuri, mi sono sentito come un padre verso sua figlia. Ne ho una della sua età e ben cinque nipoti. E poi voi americani ogni tanto perdete il buon senso...»

«Ha ragione ma siamo anche un po' stravaganti, non trova?»

«Lei no, dottoressa, anche se una scintilla diversa è passata nei suoi occhi questa sera.» L'uomo non attese un cenno dalla donna e aggiunse: «Venga, l'accompagno al guardaroba, non vorrei che il nostro Ethan sia ancora in agguato.»

Entrambi sorrisero e lei lo prese sottobraccio.

«Lei è un gentiluomo, in perfetto stile francese.»

«Cara mia, non se ne approfitti perché sono vecchio, le lusinghe piacciono a tutti.»

«È vero ma in questi ultimi tempi non ho incontrato molta gentilezza. Il mondo è più violento e cattivo.»

«Ma le brave persone ci sono ancora. Forse è difficile trovarle della giusta età, magari senza moglie o figli, libere da impegni, con un buon lavoro e con la testa a posto...»

«È più facile vincere alla lotteria, allora.»

Il ministro sorrise e si fermò davanti al guardaroba.

«Ha ragione. Ora la lascio andare a dormire. La sua compagnia è stata molto piacevole; è una donna intelligente, troverà quello che cerca.»

Debbie lo ringraziò e alzò appena le spalle. Non ne era così certa ma in quel momento aveva altro per la testa.

«Troverà la sua macchina oltre la vetrata, uscendo sulla destra. È una Mercedes nera, non può sbagliare.»

Il ministro le fece un leggero inchino e tornò sui suoi passi.

Dopo pochi minuti fu fuori. Il cielo era nuvoloso, poche le stelle che facevano capolino tra le nuvole. L'aria era fresca e pensò che le sarebbe piaciuto rimanere di più in quella città, magari in compagnia di sua figlia. Da quanto non passavano un po' di tempo insieme! Da quando si era lasciata con suo marito non erano più riuscite a parlare serenamente, come se la separazione avesse fatto morire una parte di loro. Ed era vero, ma doveva fare in modo di ritrovarla perché a sedici anni avrebbe potuto perdersi in un attimo.

«Prego, dottoressa.»

Un uomo in completo scuro le aprì la portiera e lei si accomodò sul sedile posteriore.

L'altro era già al volante. Mise in moto, attese che il collega salisse e poi ingranò la marcia.

«Dove andiamo, signora?»
«All'hotel Ritz, grazie.»
L'uomo annuì e lentamente uscì dal parcheggio interno dell'ambasciata. Fecero un cenno ai militari al cancello e si misero su avenue Gabriel.
Debbie si accomodò meglio e chiuse gli occhi. Dopotutto era stanca. Valutò che in pochi minuti sarebbe stata in camera, avrebbe lasciato scorrere l'acqua calda per un bel bagno ristoratore, avrebbe selezionato le sue canzoni preferite, un mix di Michael Jackson, e preso un calice di vino bianco dal mini bar.
Magari, potrei ordinare una bottiglia di champagne visto che non ho bevuto nulla al party dell'ambasciatore, si disse, mentre un pensiero andava a Ethan Leather e alle emozioni che l'avevano scossa.
'Sono proprio una scolaretta, neanche fossi ancora a Venezia ai tempi dell'università.' Ripensò all'amore che aveva perduto, alle storie che aveva avuto successivamente, al padre di sua figlia che se n'era andato perché non sopportava la sua carriera e il successo. Con gli uomini non era stata molto fortunata, sapeva che poteva farne a meno, ma perché aveva reagito in quel modo davanti alle lusinghe dell'ambasciatore? Aprì improvvisamente gli occhi come se volesse tornare di nuovo alla realtà e rimase sorpresa. Fuori dal finestrino vedeva scorrere del fitto scuro e non più le case del centro di Parigi.
«Scusate, ma dove stiamo andando?» Chiese in francese. Il guidatore non parve darle retta mentre l'altro si girò con calma.
«Dottoressa, una piccola deviazione, ci vorrà solo qualche minuto, ci perdoni.»
Debbie annuì con le labbra tirate, non si sentiva tranquilla.
'Rilassati, non essere sempre in ansia, lo dice sempre anche tua figlia... sono guardie del corpo del ministro, e che diamine!'
Cercò una posizione più comoda, appoggiò la testa indietro e chiuse di nuovo gli occhi, ma il cervello era in stato di allerta e fu tutto inutile.
Si piegò in avanti, riducendo la distanza tra lei e quegli uomini.
«Sentite, non sono tranquilla, per favore, portatemi subito in albergo.»
Le guardie del corpo si guardarono e tra le luci dei lampioni che si succedevano, le parve di scorgere un sorriso. Era un segnale? O la stavano prendendo in giro?
Fece per aprire bocca, questa volta non si sarebbe fatta blandire facilmente, ma la canna di una pistola la bloccò all'istante. Sbucava

dal sedile del passeggero e l'uomo che la teneva in pugno stava muovendo la testa a destra e sinistra come a volerla far schioccare.

Il suo respiro si fece corto.

«Non dica nulla, al punto in cui siamo non avrebbe senso,» disse l'uomo in inglese.

«Chi... siete?» Balbettò con un filo di voce. Non era neanche sicura che lui avesse sentito.

«Non certo quelli che lei crede. Diciamo che ci siamo sostituiti all'ultimo momento.»

Debbie prese a tremare e non riusciva a pensare. Cosa era successo alle guardie del corpo del ministro? Non capiva...

«Cosa volete da me?»

«Molte cose, dottoressa.» Fu il guidatore a parlare e il tono che aveva usato la convinse che era lui il capo dei due.

«Io...» Stava per aggiungere che non valeva nulla, che non conosceva cose tanto importanti da farla trovare in una situazione del genere, ma poi chiuse la bocca. Non ricordava un progetto su cui avesse lavorato che non faceva gola a diversi Paesi.

Istintivamente la sua mano andò alla borsetta dove dentro teneva il cellulare.

«Se fossi in lei, lascerei perdere.» La voce dell'uomo che impugnava la pistola la bloccò di nuovo. Vide la canna alzarsi e avvicinarsi minacciosa.

«Perché, mi sparerebbe?»

Lui sorrise e il suo viso si deformò, gli occhi pieni di follia. Se il male ha un volto, è questo, si disse Debbie e sentì crescere in lei un moto di ribellione. Era fatta così, non poteva accettare quello che le stava succedendo.

«Abbiamo ordini di tenerla con noi e portarla in un luogo sicuro, ma se fossimo obbligati...» Ancora quel tono e ora la pausa non lasciava dubbi: l'avrebbero uccisa.

Si guardò intorno. Il buio della notte lasciava intravedere solo vegetazione, neanche fossero in aperta campagna.

«Lo so, è strano, non trova? Una città grande come Parigi ma in pochi minuti sembra di stare in mezzo a campi e boschi. Sa, a volte bisogna solo conoscere la strada giusta da prendere.» Ora il sorriso era diventato un ghigno e il suo compare si lasciò andare a un gridolino di soddisfazione. Aveva apprezzato quella sottile illusione, era lui che stava guidando.

Debbie chiuse gli occhi e fece un respiro profondo. Il panico la stava assalendo e allora pensò a sua figlia, alle continue discussioni, a quanto le sarebbero mancate... gli occhi le si riempirono di lacrime e cominciò a scuotere la testa.

In quel momento decise. Spalancò gli occhi e aprì la borsetta, afferrando il cellulare.

«Stia ferma e lasci andare quel telefono,» urlò l'uomo preso di sorpresa.

«Non ci penso proprio.»

Ethan! Doveva chiamarlo. Grazie a Dio aveva avuto quel pensiero poco educato... Scorse velocemente i tasti mentre l'uomo con la pistola stava armeggiando con la cintura di sicurezza e ordinava all'altro di accostare.

Le sue dita trovarono il numero dell'ambasciatore e spinse il tasto portandosi il cellulare all'orecchio.

'Dio, rispondi presto, rispondi...' Guardò negli occhi l'uomo che stava per saltarle addosso, la pistola lasciata sul sedile, e alzò le ginocchia come per fermarlo ma in un istante sentì il suo alito di alcol e fumo che la investì con prepotenza. Si costrinse a resistere, spostò indietro la testa e in quel momento la voce di Ethan colmò il silenzio dell'assalto.

«Dottoressa McRoland, non mi aspettavo una...»

Debbie urlò. Ma l'uomo fu su di lei, una mano a coprirle la bocca e l'altra ad afferrare il telefono.

Doveva difenderlo ma la forza di lui non le lasciava scampo. Stava per cedere e allora si ricordò di un corso di difesa personale che aveva fatto anni prima... aprì la bocca e morse quella mano che la teneva bloccata.

L'uomo urlò e la sua rabbia esplose. Lasciò andare il cellulare, infischiandosene di cosa potesse sentire chi sbraitava dall'altra parte, le assestò uno schiaffo con una tale violenza che la testa di Debbie scattò all'indietro. Svenne all'istante.

«Accosta, cazzo, subito!» L'uomo prese il cellulare e lo spense. Poi tirò fuori la batteria, aprì il finestrino e gettò fuori i vari pezzi. Anche un idiota avrebbe capito cosa stava succedendo e la polizia si sarebbe mossa in fretta, soprattutto per un'americana tanto influente.

«Cosa vuoi fare?»

«Intanto devo fare in modo che non ci dia più fastidio, poi dobbiamo lasciare in fretta quest'auto. Senti il capo cosa dice. Dove siamo?»

Il guidatore accostò in un piccolo slargo. «Quasi a Vincennes.»

«Bene, non siamo lontani,» disse il compare che scese dall'auto. Rabbrividì, l'umidità lo assalì e scosse la testa. Era anche sudato. Fece il giro della macchina mentre il guidatore apriva la portiera.

«Cazzo che clima, neanche fossimo in aperta campagna...»

«Già.»

Dalle loro bocche uscì il fiato che si perse nella notte.

Si trovavano vicini, le luci interne della vettura li illuminavano proiettando le loro ombre sugli alberi vicini. Sembravano due mostri dalle braccia lunghe e la testa enorme. Si guardarono, era un gioco da ragazzi quello che dovevano fare. Una moto si stava avvicinando, erano fermi in prossimità di una curva e doveva rallentare altrimenti si sarebbe schiantata. L'uomo che era in piedi alzò la testa sentendo le marce scalare ma valutò che non c'era nulla di strano: a quell'ora della notte e con quella temperatura era un piacere viaggiare su due ruote.

Debbie si mosse, emettendo un gemito e aprì gli occhi. Mise a fuoco gli uomini che la guardavano e si portò una mano al volto. La guancia le bruciava.

«Vieni, dammi una mano a sollevarla, si sta riprendendo,» disse il capo e fece per chinarsi verso di lei. Il colpo non lo sentì nessuno dei tre, ma la forza con cui arrivò lo spinse in avanti e la testa esplose in un misto di sangue, ossa e cervello. Debbie urlò alzando le mani come a proteggersi da quell'onda di resti umani, mentre il compare riceveva il secondo colpo dritto al cuore. In un istante si accasciò senza avere il tempo di capire nulla.

La moto rallentò fino a quando riuscì a tornare indietro e a fermarsi a pochi metri dall'auto. Debbie tremava e non riusciva a muoversi. Il suo sguardo era fisso su quella che poco prima era una testa e ora sembrava una poltiglia di un rosso scuro, quasi marrone. In un attimo scese un silenzio quasi irreale ma durò un istante, poi sentì due passi veloci e una mano guantata afferrò il collo della giacca dell'uomo senza testa lasciandolo scivolare a terra. Debbie fu libera. Respirava a fatica, lo stomaco chiuso, l'aria che non voleva entrare. Nel cono di luce degli interni, vide due grosse braccia prenderla per le ascelle e tirarla fuori dall'auto. Erano forti e la tenevano sospesa come se non avesse peso.

Non riusciva ad avere paura o a sentire altro, e all'improvviso una folata di vento la riscosse. L'uomo, colui che l'aveva salvata, sembrò notarlo e la mise a terra.

«Ce la fa a stare in piedi?»

Era una domanda ma sembrava un ordine. Annuì muovendo più volte la testa.

«Bene.» L'uomo armeggiò con il bauletto della moto. Lo aprì e tirò fuori un casco, una tuta da moto, un maglione, delle scarpe, un paio di jeans e dei calzini.

«Ecco, deve togliersi tutto e indossare questi. Sono della sua taglia. Non abbiamo tempo, deve essere veloce.»

Come l'uomo si avvicinò, Debbie scattò all'indietro.

«Non mi tocchi, mi stia lontano.»

Lui si fermò e il casco girò a destra e a sinistra. La visiera scura non lasciava intravedere nulla e a lei ricordò le inquadrature di un pilota in un vecchio film, quando si voltava a seguire il volo ravvicinato di un altro aereo.

'Ma cosa diavolo vai pensando in questo momento...'

«Debbie McRoland non faccia storie, per favore. Le ho salvato la vita per portarla via il più velocemente possibile... La prego.»

«Lei...» Le parole non riuscivano a uscirle di bocca, «...è un assassino.»

L'uomo alzò le spalle.

«Anche, ma in questo momento sono la sua unica via di salvezza, si fidi di me.»

Lei scosse la testa.

«Non credo. Sono riuscita a telefonare all'ambasciatore Leather e come localizzeranno il mio cellulare verranno a prendermi. Da qui non mi muovo, o vuole uccidere anche me?» Ascoltò il suo tono canzonatorio come se a parlare fosse un'altra, cercando di ignorare il pensiero che la stava perseguitando: quest'uomo grande e grosso aveva ucciso a causa sua. Ma a lui non sembrava importasse molto.

«Ragioni e alla svelta. Chi sapeva del suo invito? Chi poteva scambiare le guardie del corpo all'ultimo momento? La risposta è una: l'ambasciata. Quindi qualcuno lì dentro la vuole morta o peggio rapita, non so se l'ambasciatore in persona o chi altri...»

«Le guardie erano del ministro non dell'ambasciata,» disse concitata. Sentiva crescere in lei un senso di stanchezza improvviso.

«È impossibile, la scorta di un ministro non può essere assegnata ad altri, le hanno detto una bugia. Ora abbiamo più di un possibile mandante e questo complica le cose.»

L'uomo si mosse velocemente. Si chinò su entrambi gli uomini, prese i loro cellulari e tolse la batteria, ma non li gettò via, anzi li mise in una sacca che teneva con sé e poi frugò le loro tasche. Tutto quello che trovò, finì insieme ai cellulari.

«Dopo vedremo di capire chi sono, ora la prego di seguirmi. Si metta quelle cose e andiamocene. Non ho voglia di sparare ancora stasera.»

Debbie capì che non aveva molta scelta ma non riusciva a fidarsi di un assassino.

«Si tolga il casco» gli ordinò, anche se sull'ultima parola il suo tono s'incrinò. Lui alzò le spalle e non perse tempo.

«Eccomi qui. Contenta ora?»

La donna lo fissò. Non c'era segno di pentimento o meraviglia, era un killer addestrato ed esperto. Ma una luce quasi divertita riempiva un angolo di due pupille marroni. Era malizia, ne era certa. Abituata a non fermarsi davanti alle apparenze, cercò di capire altro ma la sua voce la bloccò all'istante.

«Non si sforzi ora, avremo tempo le assicuro, ma se ci attardiamo qui rischiamo di non arrivare da nessuna parte.»

«Dove mi vuole portare?»

«Al sicuro.»

Debbie sbuffò ma non avrebbe ottenuto altro e allora si mosse. Sotto lo sguardo sollevato dell'uomo, prese le cose che gli porgeva e cominciò a indossarle. Come le aveva suggerito, doveva essere veloce ma non solo per la fretta, anche perché si sarebbe spogliata davanti a lui senza alcuna protezione.

Lui non smise di fissarla un attimo e solo l'oscurità di quell'ora della notte coprì in parte le sue forme, anche se non riuscì a nascondere le calze autoreggenti e la biancheria intima particolarmente audace. I loro occhi s'incrociarono e lei con un improvviso imbarazzo si girò quasi di spalle. Troppo tardi, l'uomo emise un sospiro di apprezzamento ma nessuno dei due disse nulla.

La serata non doveva certo andare in quel modo.

Dopo pochi minuti fu pronta.

«Bene. Ora il casco.»

Fece come gli ordinò, raccogliendo la massa di capelli biondi e subito sentì il collo nudo. Ebbe un brivido e pregò che l'uomo non se ne accorgesse. Non voleva apparire come una ragazzina ingenua e in difficoltà. Infilò il casco e quando lui annuì, capì che si era comportata alla perfezione.

«Grazie. Porterò i suoi vestiti e le scarpe con noi. Sono troppo preziosi e chissà che non ci sia un'altra occasione.» Le fece l'occhiolino e abbozzò un sorriso. Lei per tutta risposta abbassò la visiera. Come faceva a scherzare dopo che aveva staccato la testa a un uomo e spedito al creatore anche il suo compare?

«Come si chiama?» Gli chiese a bruciapelo. L'uomo non rispose, mise tutto nel bauletto, accese la moto, vi salì togliendo il cavalletto laterale, si mise il casco e le porse la mano.

«Salga.» Ora il tono era di nuovo quello di comando.

Debbie si sistemò dietro di lui rifiutando l'invito e stando attenta a non toccarlo. Aveva paura di essere infettata da tanto male perché, anche se l'aveva salvata, quest'uomo era un demone.

Lui ingranò la marcia e cominciò ad accelerare. Prima che prendesse velocità, la donna disse a voce alta: «Non mi ha detto il suo nome o devo chiamarla 'il Diavolo'?»

Prima che il rombo del motore squarciasse il silenzio della notte di Vincennes, l'uomo rispose: «Non è andata molto lontano. Mi chiamano 'il Cobra'.» Poi la velocità prese il sopravvento e Debbie rimase zitta, immaginando che quest'uomo stesse sorridendo.

E ora, cosa le sarebbe successo?

6

Non riusciva a togliersi il sorriso dalle labbra. Non era per un motivo in particolare, non aveva neanche nulla da festeggiare, ma per la prima volta si sentiva di nuovo rilassata e con la mente libera. Respirò a fondo e poi decise di afferrare la maniglia per tirare a sé la porta del Breaking Night, il loro locale preferito. Come il fresco interno la investì, il suo sorriso si trasformò in una risata che a stento riuscì a trattenere. Il tempo passa ma molte cose restano immutate.

«Non posso crederci, la mia cliente più bella è tornata all'ovile.»

Miguel, il proprietario del locale, sfoderò la sua dentatura di cui andava fiero e si avvicinò quasi ancheggiando. Un perfetto idiota, ma la cucina e i vini che serviva erano sublimi. E poi era come sentirsi a casa.

«Piantala, stai attirando l'attenzione di chi è già qui e sai che odio...» Un applauso solitario la fece interrompere. Si girò seguendo il ritmo delle mani e si fermò sul viso dell'amica.

Reclinò la testa da un lato all'altro come a voler giocare con sé stessa e solo a quel punto si avvicinò a Lara Donovan, concedendo a Miguel un gesto d'affetto. Alla fine gli era affezionata.

«Se non fosse stato per il mio intervento, ti si sarebbe steso addosso.»

«Ma cosa dici, non ha mai manifestato di avere un interesse per me.»

Si sedette dopo averle baciato le guance. L'amica la imitò.

«Elisabeth, devo ancora conoscere uno in grado di resisterti. Figuriamoci un bellimbusto come quell'uomo...»

«Vorrei ricordarti che ci ha aiutato parecchio nel caso Brimley.»

«Sì, ma non lo sapeva... diciamo che lo abbiamo raggirato, giusto?»

Sorrisero entrambe al ricordo di quel giorno in cui lui gli aveva fornito la foto del complice di Ghost. Quell'informazione aveva sorpreso l'FBI e il comandante Hoffman ma anche sancito la loro alleanza. E alla fine ce l'avevano fatta...

«Non volevo rabbuiarti,» le sussurrò Lara chinandosi leggermente in avanti. «E ho già pensato a come tirarti su il morale. Un Cosmopolitan e poi dei noodles con anatra in agrodolce... dice Miguel che è una nuova ricetta. Di solito usa i gamberi ma ho deciso di fidarmi.»

«Grazie. E per il vino?»

«Italiano, un Cabernet Franc, roba d'altro mondo.» Alzò gli occhi al cielo. Quella bottiglia superava gli ottanta dollari, ma era una serata speciale dopotutto. Era il loro ritorno alla normalità dopo oltre un anno di sofferenze e cose lasciate in sospeso.

«Ma cosa vuoi festeggiare, non c'è nulla che abbiamo fatto di tanto speciale.»

«Non è vero.»

Elisabeth alzò le sopracciglia invitandola a continuare.

«Fare un passo avanti non vuol dire per forza risolvere qualcosa.»

«Spiegati meglio.»

Sospirò. Sapeva che con il suo capo non riusciva mai a cavarsela con una mezza frase...

«Hai passato un periodo molto complicato, tua madre è di nuovo data per dispersa ormai da più di un anno e tuo padre, dopo un fortunato risveglio e un lungo recupero si è rifugiato nel Vermont tra boschi e laghetti.»

«In questa stagione è bellissimo.»

Lara alzò le sopracciglia.

«Mi sono informata. Voglio passare con lui questi quattro giorni di festa, prenderò un aereo e poi una macchina a noleggio. Sono meno di due ore di guida dall'aeroporto...»

L'amica sorrise e la bloccò con una mano.

«Cosa c'è, ora?»

Entrambe sorseggiarono il Cosmopolitan appena portato, prima che Lara rispondesse.

«Sei già passata all'azione.»

Elisabeth fece una smorfia. «Non riesco a stare ferma.»

«Lo so, capo, lo so bene, non è questo che mi preoccupa...»

Lasciò la frase in sospeso e si guardò intorno come a voler prendere tempo.

«Cosa ti preoccupa, Lara?»

«Credo che tu non sia pronta ad affrontare tuo padre.»

«Vado a trovarlo perché non risponde alle mie telefonate, ai messaggi e sembra voglia evitarmi.»

«Forse lo sta facendo di proposito, Elisabeth, non ci hai pensato?»

Fece una smorfia.

«Sì, me lo sono detta anch'io ma non riesco a non vederlo o sentirlo. Io...» si bloccò di colpo.

La ragazza stava tornando con il cibo che avevano ordinato e la bottiglia di vino. L'aprì, lo fece assaggiare a Lara che fece un gesto veloce.

Come furono di nuovo sole, la testa di Elisabeth prese a muoversi quasi con furia e i suoi lunghi capelli biondi frustavano l'aria come scossi da una tempesta.

«Ho bisogno di sapere, capisci? Ho bisogno di conoscere cosa è successo veramente quel giorno che ha visto di nuovo mia madre, ho bisogno di sapere com'era, cosa si sono detti, se hanno parlato di me, ho bisogno di...» Non riuscì a terminare la frase perché la voce le morì in gola e gli occhi le si riempirono di lacrime. Li chiuse in un battito di ciglia, e decise di rimanere così, ferma e in silenzio. Sarebbe passato perché tutto passa, prima o poi. Già, ma a quale prezzo?, pensò asciugandosi gli occhi.

Elisabeth si scolò il suo drink e senza attendere un secondo in più si versò un bicchiere di vino. Sembrava sollevata, come se avesse cacciato via l'ombra che l'attanagliava.

L'amica la imitò.

«Stasera non si fanno prigionieri.»

«Ma come parli? Ti conosco da anni e non ti ho mai sentita dire una frase del genere.»

«Se voglio, mi trasformo, te lo assicuro.» Le fece l'occhiolino e Lara colse l'invito che attendeva.

«Chi è il fortunato?»

Il suo capo scosse la testa. «Non c'è nessuno se non qualche avventura ogni tanto, sai per non dimenticare cosa si prova a...»

Una mano di Lara si alzò all'istante. «Non c'è bisogno che aggiungi altro, ho capito.»

Entrambe sorrisero.

«Ma c'è quel Brian, il finto genio della finanza... non riesco a dimenticarlo. Sai, ho ancora il messaggio che mi ha mandato.»

Frugò nella borsa e dopo pochi attimi tirò fuori il cellulare. «Leggi tu, io lo so a memoria.»

L'amica fece come le fu chiesto.

«Sono il tuo angelo custode, lavoro per Iside che mi ha chiesto di proteggerti ed è quello che ho fatto. Torna a casa e chissà, forse un giorno ci rivedremo. Forse...»

Le riconsegnò il telefono e come lei fece per prenderlo, lo tirò indietro. Voleva la sua attenzione completamente e quello era un giochetto che funzionava sempre.

«Sei ancora a questo punto? In tutto questo tempo non sei riuscita a buttare indietro niente?»

«Te l'ho detto, il desiderio di sapere la verità va oltre qualsiasi altra cosa. Sono fatta così, mi dispiace.»

«Ma soffri molto e non sei riuscita a fare un passo, in nessuna direzione.»

«Per questo vado da mio padre. Devo scrollarmi di dosso questo impasse. Trascorro i giorni e le notti come se fossi l'ombra di me stessa. Devo capire, è l'unica cosa che può farmi sentire di nuovo...» Cercò la parola giusta, «...viva.»

Lara stava per aggiungere qualcosa ma una ragazza dalla pelle olivastra si stava avvicinando al tavolo. Puntava dritta verso di loro.

«Elisabeth,» la chiamò e come lei la fissò, le indicò la donna ormai a pochi passi. Sapeva che il suo capo non amava le persone che si presentavano con disinvoltura.

«Scusatemi, non vorrei disturbarvi. Lei è l'avvocato Scorsese?»

Elisabeth mise una mano sul ginocchio di Lara che si bloccò prima di poter dire qualcosa. Squadrò la ragazza da capo a piedi e non notò nulla di strano. Era sorridente e sembrava un tipo solare, ma poi si ricordò di come Brian l'aveva ingannata e si fece più attenta.

«Sono io, signorina. Ma non vorrei essere disturbata, se non le spiace, mi sto godendo del tempo libero e dato che non ne ho molto...»

«Vengo da parte di Margot, la donna che ha incontrato lo scorso anno nel bagno del Tamarind giù a Tribeca. La invita a un party la prossima settimana. Mi ha detto che non deve mancare assolutamente.»

«Ricordo la signora Margot, molto simpatica, per carità... ma non sono un tipo mondano e non mi piacciono i party.»

La ragazza sorrise, era molto sicura di sé e sembrava distaccata, come se quello che stava vivendo non le importasse più di tanto. Poggiò una busta chiusa sul tavolo davanti a loro.

«Mi aveva avvisato... che poteva essere diffidente per natura, ma c'è una cosa che le farà cambiare idea; ci sarà anche Iside. Tutto qui.»

Elisabeth spalancò gli occhi e Lara fece un salto indietro sulla poltrona. 'Iside' era il nome con cui gli Scribi conoscevano Caterina Scorsese. Così le aveva detto Sally Armstrong.

A quel punto, la ragazza si chinò e le sussurrò in un orecchio: «Venga sola.»

Veloce come era apparsa, si allontanò.

Si scambiarono uno sguardo, erano senza parole.

Lara versò altri due bicchieri di vino: a volte l'alcol è la migliore risposta possibile.

«Mia madre è viva e vuole incontrarmi,» sussurrò Elisabeth.

Afferrò il bicchiere e bevve un grande sorso. Sentì il liquido scendere, bruciargli l'esofago e poi scaldare quello stomaco che si era chiuso e non voleva saperne di riaprirsi. A stento riusciva a respirare.

«Ci vado,» riuscì a dire. Nei suoi occhi c'era durezza e anche un'aperta ostilità.

«Perché sei arrabbiata ora?»

«Sono infuriata e non per questa notizia, o per mia madre, o per mio padre che è sparito anche lui... no, ce l'ho a morte con la vita, cazzo, Lara! Questa fottuta vita si sta prendendo gioco di me, ecco il punto. Da anni a questa parte, da quando ho seguito il caso Corvino, sono sempre stata in balia degli eventi e più cercavo di scoprire la verità, più qualcosa di grande e pericoloso mi minacciava...»

Fece una pausa.

«Hanno giocato con la mia vita, come se non valesse nulla. Tutti, da McKinley a Jonathan Brimley, da suo figlio a Brian, per non parlare di Marco De Marco. Andrò a quel party, anche se fosse all'inferno.»

Lara non aggiunse altro, non ce n'era bisogno.

Questa volta non si sarebbe fermata per nulla al mondo e sentì crescere in lei un'idea: ma se invece di essersi ritrovata coinvolta fosse stata sempre lei al centro delle cose?

Rabbrividì al pensiero.

Elisabeth prese l'invito di Margot Massu e lo mise nella borsa.

I giochi erano di nuovo aperti.

7

Peter Makarov guardava oltre la finestra e scorgeva le luci del New Jersey, al di là del fiume Hudson. Erano le tre del mattino ed era il suo turno, quello che Sally odiava di più: la poppata in piena notte. Sarah succhiava dal biberon come se non mangiasse da giorni e lui si meravigliò di quanta forza potesse avere un essere così piccolo. Sorrise al pensiero che era stato a un passo dal non ritorno e che solo la caparbietà della sua donna lo aveva salvato. Non avrebbe mai potuto godere di tanta fortuna e scoperta. Già, perché quello che sentiva per la piccola di pochi mesi che ora coccolava per farla addormentare, era un sentimento così intenso da essere nuovo e incredibilmente prezioso. Non era l'amore che conosceva, era qualcosa che andava oltre, un misto di incredulità e adulazione, un insieme di emozioni che a volte lo faceva sentire un adolescente. Forse è questo che prova un neo padre, si disse mentre la piccola faticava a fare il ruttino. La rigirò tra le braccia come le aveva insegnato sua moglie e decise di raccontarle una storia. Cercò nella sua memoria ma non trovò nulla, anche il tempo di quei giorni così lontani se n'era andato, e con lui tutta la sua famiglia. 'Chissà dove sei finito, Roman, dopo quello che è successo.' Pensò a suo padre, alle indagini sul caso Brimley e alla cattura di alcuni complici di Yuri Baranov, trovato morto nella sua villa a Zurigo, ma del vecchio Makarov non si era saputo più nulla. Era riuscito a fuggire e anche se il Little Odessa era stato messo sottosopra, nessuno aveva fornito uno straccio d'informazione utile. 'Chissà dove ti nascondi, brutto bastardo.' Lo aveva drogato fino a farlo scoppiare e aveva impiegato più di un anno per riuscire a riacquisire quella sicurezza ed efficienza che lo avevano sempre contraddistinto.

Sospirò.

Sarah aveva fatto il ruttino e lui aveva riconquistato il suo posto nella società, quello che meritava e soprattutto desiderava. 'Con una novità in più, la mia famiglia.'

«Puoi metterla giù ora.» Sally quasi lo spaventò tanto era entrata in silenzio. Sorrideva, anche se aveva gli occhi ancora semichiusi.

«Ehi, dove hai imparato a muoverti senza fare rumore? Non ti ho sentito arrivare...» Le mise la piccola in braccio e le sorrise a sua volta.

«Ho ancora delle doti nascoste, mio bel detective, e non le scoprirai facilmente.» Reclinò il capo e lo fissò.

Lui avvertì quel senso di profondità che lo aveva catturato dal primo momento in cui l'aveva vista, i giorni del caso Corvino. Solidità, indulgenza, comprensione e passione, ecco cos'era sua moglie. E molto altro, si disse, mentre le metteva le mani sulle spalle e attirandola a sé, la baciava sulle labbra. Lei si staccò appena e strofinò il naso al suo. Era un gesto d'amore ma anche un gioco che avevano cominciato a fare da quando era nata la figlia. Un gesto di complicità, per ricordare che erano lì l'uno per l'altro. Lei non gli aveva solo salvato la vita, l'aveva resa un'occasione di felicità e lui l'avrebbe protetta e accudita come unica via di fuga dall'orrore che aveva conosciuto.

«Ti ho mai detto che ti amo?»

Lei fece una smorfia.

«Mai.»

«Allora dovrò rimediare.»

Lei posò la bambina nella culla, tirò su il piccolo lenzuolo e si assicurò che rimanesse ben coperta.

«Quando hai intenzione di cominciare?»

La sua voce era un sussurro, forse per non svegliare Sarah ma a lui sembrò un invito esplicito e non si fece attendere. L'afferrò per i fianchi, si avvicinò e cominciò a baciarle il collo. Sally gettò la testa all'indietro e a stento trattenne una risata.

«Vedo che basta poco per accenderti, Peter... Ma non qui e ricordati che c'è anche Kate che dorme, cerca di fare poco rumore.»

«Impossibile, lo sai bene.»

«Già...» Si divincolò dalla sua presa e velocemente si diresse nella loro camera. Lui la seguì e come varcò la soglia chiuse la porta.

Sally rimase in piedi, le gambe che toccavano il letto, le braccia distese lungo i fianchi. Arrendevole, disponibile, eccitante.

Peter si fermò a meno di un passo, le mani appena alzate. Voleva godere la vista del suo corpo, il seno alto, i fianchi tondi, il viso aperto in un sorriso invitante. Ricordò la prima volta che lo aveva portato a casa sua, indossava un grembiule e sotto solo la biancheria intima. Il ricordo quasi lo fece ansimare, dio quanto la desiderava...

«Fermo.» Gli intimò e a lui non rimase che ubbidire. Dipendeva da lei, dal suo sguardo, dal sorriso e da quelle labbra che voleva succhiare.

«Vediamo quanto resisti, detective.» Le piaceva ricordargli chi era per lei l'uomo che l'aveva conquistata e per il quale si era battuta fino a portarlo a casa.

Lasciò scivolare una spallina della sottoveste con cui dormiva. Peter vide che il seno premeva per uscire, il capezzolo duro. Abbozzò un sorriso, ma subito tornò serio, non voleva farle vedere che stava per cedere.

Lei se ne accorse e mentalmente contò fino a dieci, un tempo che a lui sembrò un'eternità.

Poi fece scendere anche l'altra spallina e a quel punto entrambi i seni furono davanti ai suoi, gonfi e alti. Peter scosse la testa. Ma perché si prestava a quel gioco? Perché non la prendeva subito, così, su due piedi?

Lei sembrò leggergli nel pensiero. «Resistere fa aumentare il desiderio e dopo la felicità del momento, non trovi?»

Lui la guardò negli occhi. «Cos'è? Un'altra delle tue amate citazioni...? Tu e la cultura.»

«Non sottovalutarla, se non fosse stato per lei...»

Quelle parole volarono nell'aria, dove sarebbero rimaste, perché in quel preciso istante Sally lasciò andare la sottoveste a terra e rimase completamente nuda.

Si passò la lingua sulle labbra e sorrise più per la sua audacia che per invitarlo ad avvicinarsi.

Ma Peter non perse tempo. Bruciò i pochi centimetri che li dividevano e la spinse con foga sul letto mentre lei lanciava un urlo di sorpresa.

La sua erezione premeva sui boxer che indossava e come fu a contatto con il suo corpo nudo emise un grugnito.

«Mi sembri un animale, lo sai?» Gli sussurrò in un orecchio mentre gli mordeva il lobo inferiore.

«E tu una donna piena di lussuria che deve essere soddisfatta,» ansimò mentre le leccava il collo.

Lei gli spinse il bacino contro e sentendo quanto lo avesse duro non riuscì a rimanere zitta.

«Togliti tutto e mettimelo dentro...»

Lui si bloccò e sorrise. Se mai ci fosse stato un vincitore, questa volta sarebbe stato lui.

«Mi desideri?»

«Come il primo giorno, anzi di più.»

Si calò lentamente i boxer usando solo una mano. Lei si tratteneva, avrebbe voluto toccarglielo, ma si limitò a guardarlo. Amava il suo uomo e gli piaceva ogni singola parte. Notò per la prima volta che il suo pene era... Gli venne da ridere.

«E adesso cosa c'è?»

«Niente. È che ce l'hai elegante, tutto qui.»

«Sì, lo so, me lo hanno già detto...»

«Come... chi?»

«È una lunga storia, ma ora stai zitta.»

Lei cercò di chiudere le gambe prima che potesse entrare, ma lui fu più veloce e la penetrò con forza. Sally trattenne il respiro, il suo cuore esplose.

«Makarov...» riuscì a dire, «sei un gran bastardo, tu mi fai...»

Il cellulare di Peter squillò ed entrambi si bloccarono.

«No, cazzo, a quest'ora no,» imprecò riprendendo a muoversi ma sentì che Sally si era irrigidita e allora lasciò perdere. Si girò per afferrare il telefono che si trovava sul comodino.

«Scusami,» gli disse, «ma mi sa che è qualcosa di urgente.»

Le fece l'occhiolino e un sorriso sghembo apparve sul suo volto. Non era mai stato bravo a sdrammatizzare l'imbarazzo.

«È tutto a posto.» Lei lo accarezzò e poi lo lasciò andare.

«Sono Makarov.»

Sentì un sospiro e poi la voce di Derek Raymond esplose come un tuono in piena notte: «Scusa collega, ero indeciso se chiamarti, ma poi mi son detto che... ecco io, non volevo disturbati, sai la bambina magari si era appena addormentata... insomma, non siamo ancora...»

«Piantala Derek, dimmi cosa è successo.»

«Abbiamo un cadavere.»

Ora fu Peter a sospirare.

«È un po' poco, non trovi?»

«Mi ha telefonato un ex collaboratore, una sorta di genio che lavorava con noi al distretto nel reparto informatico, sai quelli che tirano fuori i file da computer distrutti...»

«Ho capito, vai avanti.»

«Si chiama Kirk e mi ha detto che ha trovato il corpo di un professore, un tipo che era qui a New York per un convegno al Jacob Javits Center. È al Westin hotel a Times Square.»

«Ma è sicuro che si tratti di omicidio?»

«Sì.»

«E perché ha chiamato te in piena notte?»

«Perché si tratta di un personaggio famoso e teme che il suo convegno possa venir danneggiato se non si gestisce bene la cosa. Mi ha chiesto come favore di occuparcene noi direttamente.»

Peter fece un respiro profondo.

«Scusa, ma come ha fatto a scoprirlo in piena notte? Insomma, tra tre ore è l'alba...»

Derek rimase un attimo in silenzio. Si sentiva a disagio.

«Forza, racconta.»

Il collega sbuffò e poi disse: «Makarov, devi sapere che questo tipo di persone non dorme mai o meglio, il loro cervello lavora sempre, e sono spesso collegate alle reti, anche di notte. Kirk stava elaborando un progetto particolare, ha visto che questo professore era collegato e gli ha scritto di una cosa che aveva scoperto. Quando si è reso conto che l'altro non rispondeva, lo ha chiamato, poi non ottenendo nulla si è deciso ad andare a bussare alla sua porta. Preoccupato, ha chiesto al direttore dell'albergo di entrare a controllare e lo hanno trovato steso a terra. Come ha capito che era morto, ci ha chiamato.»

Peter sospirò. Questa storia era assurda e a quell'ora della notte sembrava ancora più stonata.

«Cosa vuoi fare?»

«Kirk ci sta aspettando in albergo, ha detto al direttore che stavamo per arrivare.»

Alzò gli occhi al cielo. Oltre a rimandare il sesso con sua moglie, doveva uscire a quell'ora.

«Va bene, arrivo. Ci vediamo tra venti minuti.»

«Grazie.»

Chiuse la comunicazione e sbuffò.

«Non lamentarti detective. In questo ultimo anno avresti dato l'anima pur di avere un caso, e forse ora che ne hai uno...»

Lui si alzò e cominciò a vestirsi. «Hai ragione ma...»

Lei gli mise un dito sulle labbra e sorrise.

«Fai silenzio. Sei tornato a essere vivo e ora devi dimostrare a te stesso che sei ancora capace nel lavoro. Quindi non fiatare e muoviti.»

Peter mosse la testa da una parte all'altra e le sorrise a sua volta. Le scansò il dito e la baciò sulle labbra.

«Va bene, mio capitano. Farò come ordina.»

Sally attese che si girasse per prendere un giaccone di pelle imbottito e gli diede una pacca sul sedere.

«E cerca di non tornare tardi che magari potremmo recuperare il tempo perso.»

Gli fece l'occhiolino, ammiccando, e lui si allontanò sconsolato.

Quando hai un cadavere di fronte non ci sono regole che tengono.

Fece una smorfia mentre chiudeva la porta alle sue spalle.

Era tutto come prima, la vita e la morte che si mescolavano, e lui a cercare di stare in equilibrio.

Prese l'ascensore per scendere ai garage e salire in macchina mentre i pensieri cominciavano a rincorrersi.

Chi era la vittima? Perché era stato ucciso? Come? Cosa nascondeva?

La testa cominciò a girare di nuovo e una sorta di euforia lo colse all'improvviso.

E pensare che era solo il primo giorno di lavoro.

8

C'erano solo tre pattuglie davanti alle due entrate del Westin a Times Square, due davanti a quella principale sulla Quarantatreesima strada all'angolo dell'8th Avenue e una invece sostava sulla Quarantaduesima strada, proprio di fronte al multisala Regal. In pochi conoscevano quell'indirizzo perché di fatto non era una vera e propria entrata ma piuttosto un accesso secondario, spesso chiuso da una piccola porta a vetri che dava direttamente nella hall al primo piano dal lato del concierge. Peter Makarov decise di usare quell'ingresso, un po' per non farsi notare dai colleghi e poi perché voleva valutare una possibilità di fuga per un killer... sempre se fosse stato confermato l'omicidio, ovviamente.

Mai scartare nessuna ipotesi, si disse, quasi a voler ricordare i concetti basilari di un'indagine. Si sentiva un po' inquieto, ed elettrizzato al tempo stesso. Salì le scale velocemente, entrò nella hall e intravide il suo partner mentre parlava a un angolo del lungo bancone della reception. Intorno a lui, il personale mostrava segni di sgomento e incredulità. Avere un cadavere in una stanza era una notizia da far venire i brividi e poteva avere conseguenze spiacevoli e imprevedibili, oltre alle disdette delle prenotazioni.

«Richard, eccomi.»

Derek si voltò e gli fece un mezzo sorriso seguito da una smorfia. Peter rimase un attimo interdetto ma vide che lui si era rilassato.

«Bene, meno male che sei qui, perché c'è un problema.»

«Dimmi.»

«Il direttore qui presente chiede la massima discrezione...» Il piccolo uomo di fronte a lui, tutto occhiali tondi e cravattino, annuì vistosamente. Sudava e non smetteva di muoversi.

«Gli stavo spiegando che ci sono delle procedure che scattano in automatico, questione di protocollo, e che noi detective non possiamo impedire. Giusto, Makarov?»

Peter annuì impercettibilmente con un segno del capo e poi si schiarì la gola, rivolgendosi all'uomo sempre più preoccupato.

«Vede signor...»

«Miles.»

«Ecco, signor Miles, possiamo tenere lontana la stampa, ma non possiamo impedire ai nostri colleghi della scientifica di fare i vari rilievi, e poi dobbiamo interrogare il personale in servizio, e sa molti di loro non riusciranno a trattenersi dal non raccontarlo... Insomma, un uomo morto in una camera d'albergo è già una notizia, senza contare il fatto che ci troviamo...»

L'uomo alzò una mano e la mosse più volte implorando il detective di stare un attimo in silenzio. Doveva riprendere fiato.

«C'è un'altra complicazione. Ecco, l'uomo che è morto è il professor Samuel Van Vogt ed era un noto scienziato quindi non riusciremo mai a evitare i giornalisti, quei pettegoli... Oddio, sono rovinato, l'albergo è pieno per la festa dell'Indipendenza...» Si portò entrambe le mani al volto, gli occhiali schizzarono verso l'alto quasi a voler lasciare quel viso coperto dall'ansia.

Derek scrollò le spalle.

«Facciamo in questo modo, signor Miles, noi cominciamo a indagare e capire le cause della morte e poi la contatteremo. Non credo che andrà via nelle prossime ore...»

Peter rimase interdetto e non riuscì a capire se il suo partner stava cercando di alleggerire la situazione, ma poi lo guardò e comprese che era maledettamente serio: si stava assicurando la sua più totale collaborazione.

«Non mi muovo di un passo, detective. Potete stare tranquilli.»

«Non solo, direttore. Le chiedo anche di non telefonare a nessuno dei suoi superiori...» poi sembrò pensarci su. «Ha già chiamato qualcuno?» Derek allargò le braccia come a scongiurare qualsiasi risposta negativa.

«In effetti...»

I due si scambiarono un'occhiata.

L'uomo annuì vistosamente. «Mi spiace.»

Derek guardò Peter alzare le spalle. Ormai il danno era fatto.

«A questo punto,» disse rivolto al direttore, «credo che...»

Si bloccò di colpo perché il suo cellulare prese a squillare. A quell'ora di notte poteva essere solo un'altra persona, se non Sally.

Tirò fuori il telefono dalla tasca interna del giaccone ed esclamò reclamando il silenzio degli altri due uomini: «Capo Hoffman, sono qui.»

«Cosa cazzo è successo?» Tuonò il comandante della Manhattan North Homicide Squad.

«Siamo appena arrivati, non abbiamo ancora visto il cadavere.»

«E cosa state aspettando? Che vi chiami la regina Elisabetta?»

Peter non capì a cosa si riferisse ma non disse nulla, lo aveva sicuramente svegliato qualcuno che aveva a che fare con la proprietà dell'hotel e visto che il Westin faceva parte di una catena con alberghi in tutto il mondo...

«Allora, Makarov? Sei arrugginito o cosa?»

«Ci muoviamo subito e ti chiamo come ho novità.»

Hoffman non aggiunse nulla e chiuse la comunicazione.

«Derek muoviamoci.»

Fecero un cenno al direttore promettendogli di aggiornarlo e si diressero verso l'ascensore, seguiti da un poliziotto in uniforme.

«Come mai sei entrato da quella porta?» Gli chiese Derek mostrando una certa diffidenza.

«Sapevo che potevo usarla e l'ho fatto, tutto qui.»

«Intendevo, come facevi a conoscere quell'entrata.»

«Semplice. Ho accompagnato Kate al cinema qui al Regal e nel salire alle sale passi davanti al corridoio che porta qui. Basta leggere le indicazioni.»

Derek sorrise; un partner attento e veloce era quello che gli serviva. Non che Rachel non lo fosse stata, ma con lei era stato diverso...

Il tono di voce di Peter lo distolse dai suoi pensieri. «Tu piuttosto come fai a sapere il numero della stanza?»

«Sai, quel Kirk di cui ti accennavo... è lì davanti da ore ed è la prima cosa che mi ha detto.»

«Perché?»

L'ascensore arrivò, entrarono velocemente e Derek spinse il tasto del piano prima di rispondere: «Pare che il tipo fosse fissato con i significati dei numeri. Hai presente quelli che credono nella numerologia, il 666 per esempio è il numero della bestia...»

«Di Satana,» concluse Peter per lui.

«Sì, esatto,» aggiunse il partner e fece un gesto incomprensibile usando entrambe le mani.

Peter lo squadrò e dopo un istante, chiese: «Fai sempre così?»

«Io...» In quel momento un suono, come quello di una campanella, gli confermò che erano giunti al piano desiderato.

Uscirono senza dire altro e Derek fece strada. Come girò un corridoio, Peter intravide una figura piuttosto corpulenta che stava seduta a terra con un computer in mano.

«Quello è Kirk,» gli disse piano il partner come se gli avesse letto nel pensiero.

Peter annuì. La descrizione che gli aveva fatto al telefono combaciava alla perfezione: questi geni informatici si assomigliavano tutti.

Decise di rimanere in silenzio e dopo le dovute presentazioni s'infilò i guanti imitato dal collega.

«Noi entriamo, voi rimanete fuori.»

Kirk fece per aprire bocca ma un'occhiataccia di Derek lo zittì all'istante. Con lui c'era un altro detective.

Come furono dentro, con la porta richiusa alle spalle, notarono come il corpo dell'uomo giaceva scomposto.

«È caduto senza forze, come se si fosse afflosciato...» Peter si chinò sul cadavere e avvicinò al collo la torcia che aveva acceso. Un segno lungo un avambraccio gli copriva una buona parte della pelle.

«Qui, vedi. Pelle arrossata. Fai alcune foto per favore.»

Derek si mosse velocemente; prese la macchina fotografica e fece come gli era stato detto. Poi cominciò a scattare un po' ovunque. La scientifica avrebbe fatto un esame più approfondito ma loro dovevano portarsi avanti. La telefonata di Hoffman, più che un sollecito a sbrigarsi, era un ordine esplicito.

«Ha aperto al suo assassino, non ci sono segni di effrazione, e gli ha spezzato il collo. Guarda qui.» Peter indicò la parte inferiore della nuca dove spuntava l'ultima vertebra.

«Un professionista,» sibilò Derek che non riusciva a stare fermo. Dopo tutti quegli anni, non si era ancora abituato ai cadaveri. O forse alla violenza in generale. Scrollò le spalle mentre sentì dire dal partner: «È alto almeno un metro e novanta, corporatura robusta, molto forte e veloce. Ci vuole un fisico allenato perché il professor Van Vogt non era di piccola statura e tanto meno esile, quindi il campo del killer si restringe. Vista la forza che ha impiegato, escludo sia una donna. Cerchiamolo nei filmati delle varie telecamere dell'hotel.»

Si alzò e il suo sguardo cadde su un borsone aperto, anch'esso a terra. Aveva stampato il marchio della NASA. Peter arricciò il naso. Lo faceva sempre quando il suo intuito gli stava per dire qualcosa... La NASA è il Governo, e il Governo porta sempre guai, si disse, ripensando a quello che aveva vissuto con l'FBI nel caso Corvino.

«Per favore, fotografa anche quello, grazie.»

Derek eseguì e poi prese ad armeggiare con un piccolo zaino nero. Tirò fuori un portatile e alcuni fogli con degli appunti a matita. Sembravano formule matematiche.

«Stai attento Derek, devi catalogare tutto per bene. Quest'uomo qui non è un genio qualsiasi, lavorava per i piani alti e chissà qual era il suo ruolo. Credo che quel portatile sia roba che scotta.»

«Ma a noi serve.»

«Non ho detto di non prendere nulla, anzi. Ma fallo seguendo bene le procedure, che non venga in mente a nessuno di accusarci di aver 'manomesso' delle prove, okay?»

L'uomo annuì sorridendo.

Makarov gli piaceva sempre di più. Aveva garbo e lungimiranza, due qualità che difficilmente si amalgamavano.

Con attenzione e particolare cura, scattò più volte in modo da catalogare in successione tutte le pagine di quelle formule incomprensibili.

«Chissà cosa vogliono dire, sembrano geroglifici.»

«C'è sempre una spiegazione a tutto, basta scovarla.»

«Se lo dici tu,» rispose Derek titubante ma poi ricordò quando con la sua partner precedente aveva scoperto una password che appariva impossibile da trovare grazie alla sua ostinazione e caparbietà. «Non ci si deve mai arrendere,» lo disse ad alta voce senza accorgersene.

Makarov lo guardò reclinando il capo. Nelle sue parole non c'era nessun riferimento personale. Se ne compiacque, non aveva voglia di affrontare le conseguenze di un passato che aveva buttato alle spalle.

«Bene, vediamo di finire presto, dobbiamo interrogare il tuo amico...»

«Kirk, esatto.»

Perlustrarono minuziosamente la stanza ma non trovarono nulla di particolarmente interessante. Sembrava che il killer fosse rimasto il tempo necessario per uccidere il professore e dileguarsi velocemente.

«Sai quando si è registrato alla reception?»

«Ieri, poco dopo le 13.»

Makarov annuì.

«Bene, andiamo. Chiama il tipo. La scientifica sarà qui a momenti.»

Dopo pochi minuti furono di nuovo nella hall.

«Il direttore ci ha concesso una zona riservata,» disse Derek. «Seguitemi.»

Pochi passi e si ritrovarono in una piccola sala per le riunioni aziendali.

«Allora, racconta quello che sai a Peter Makarov di...»

Kirk alzò una mano e Derek sbuffò infastidito.

«Aspettate,» bisbigliò l'uomo grande e grosso. «Non vorrei che qualcuno ci stesse ascoltando.»

Tirò fuori il cellulare dalla tasca, selezionò alcuni tasti e lo posò sul tavolo che avevano di fronte.

«Ecco, ora possiamo parlare. Ho attivato un'app che disturba le frequenze nel raggio di venti metri, siamo al sicuro.»

Fu il turno di Makarov di spazientirsi.

«Spenga immediatamente il cellulare se non vuole che la portiamo al distretto.»

L'uomo spalancò la bocca sorpreso.

«Ma io...»

«Kirk, fai come ti ha detto.» Il tono di Derek lo fece trasalire e senza aggiungere altro, eseguì il suo ordine.

«E ora vuoi dirci cosa è successo?»

«Il professor Van Vogt, Samuel, era qui a New York su mio invito, sapete, per la RobotCon al Javits Center. È terminata ieri e il suo intervento era la chiusura che tutti aspettavano.»

Ora sembrava commosso, come se la paranoia di poco prima fosse svanita completamente.

«Era un grande amico e non posso credere che sia morto.»

Makarov si protese leggermente in avanti.

«Mi dispiace per quello che è successo, ci dia una mano a capire chi era il professore e a scoprire perché è stato ucciso.»

L'uomo annuì più volte, era addolorato. Riprese a parlare non senza difficoltà: «Samuel era un ingegnere che ha lavorato per anni alla NASA, poi ha fondato una sua azienda e so che lavorava a progetti molto riservati sempre per l'agenzia spaziale. Era un uomo molto in gamba e...»

«Perché si è precipitato qui in piena notte?»

«Ecco, io...» Kirk sembrava confuso, come se non volesse più dire niente.

«Kirk, non farti pregare, è un omicidio, conosci le regole, hai lavorato con noi per diverso tempo, non puoi tacere nulla e questo lo sai bene.» Di nuovo Derek, di nuovo quel tono che non lasciava scampo.

«Stavo lavorando con lui a una parte di un progetto piuttosto ambizioso.»

«Ossia?» Makarov cominciava ad essere impaziente.
«Il recupero dei satelliti in disuso.»
«Cosa significa esattamente?»
Kirk sospirò mentre cercava le parole giuste per spiegare un concetto per lui di una semplicità sconcertante.
«Vedete, tutti i governi del mondo mandano nell'atmosfera dei satelliti per mille scopi diversi, da quello militare a quello commerciale. Dopo un po', questi non servono più perché sono superati, oppure semplicemente si rompono.»
Derek stava per dire qualcosa ma poi ci ripensò, fece un gesto con la mano sinistra che comprese solo lui e richiuse la bocca.
«Sapete quanti satelliti ormai in disuso ci sono lassù? Più di quindicimila, c'è un traffico pazzesco, anche se non si vede.»
«E nessuno ne sa niente.»
«No,» aggiunse Kirk, «sono informazioni troppo tecniche e poco interessanti per la gente comune.»
Ora fu Makarov a fare un gesto con la mano. «Andiamo oltre. Cosa è successo?»
«Stavamo lavorando su un algoritmo che mettesse in collegamento questi satelliti, ossia una sorta di codice che anche un vecchio arnese potrebbe riconoscere, e io ho avuto un'idea su una formula, cioè... mi è apparsa così, come una magia.»
Kirk accompagnò le sue parole con un gesto eloquente.
«D'accordo, e cosa avrebbe dovuto risolvere questa formula?» La domanda innocente era di Derek.
Kirk alzò le spalle e rispose con aria innocente: «Non lo so.»
Un istante dopo sbuffò.
Makarov grugnì. «Senti Kirk, sono le sei del mattino, abbiamo un omicidio in piena Manhattan, in un albergo di lusso e di un personaggio che sembra importante... quindi o ci dai delle informazioni o ti sbattiamo dentro, sono stato chiaro?»
L'uomo s'incurvò come se fosse stato colpito da un meteorite.
«Non ho altro, lo giuro. Conoscevo bene il professore ma collaboravo con lui solo per questo progetto, non l'ho mai visto al di fuori di incontri ufficiali.»
«Perché dici di non sapere cos'avrebbe dovuto risolvere la formula che hai pensato?» Chiese Derek.
«Ognuno di noi lavora a una parte del progetto, risolve un quesito particolare ma non conosce l'intero processo, o meglio quello che si vuole realizzare.

Solo Samuel Van Vogt ne era a conoscenza, ed era lui che smistava e coordinava il lavoro di noi collaboratori.»

L'uomo sembrava più preoccupato per questa ragione che non per la morte di un collega.

«Perché Van Vogt lavorava in questo modo?» Chiese Peter senza togliergli gli occhi di dosso.

«Semplice. La mente è in continuo fermento, noi scienziati ci lasciamo sedurre da mille problemi da risolvere, siamo inclini a cercare di rispondere a più quesiti insieme, ma più abbiamo un terreno limitato per muoverci, più rimaniamo concentrati con maggiore possibilità di successo.»

Entrambi i detective annuirono.

«Il professore aveva dei nemici? Chi poteva volere la sua morte?»

Kirk quasi fischiò, tanto fu potente l'aria di cui si liberò.

«Come tutti i geni, sono amati e odiati al tempo stesso e lui non era certo una persona simpatica.»

«Non si uccide uno perché è antipatico, Kirk,» disse Derek.

«Sì, sì... ma ecco non so molto di lui, solo che...»

«Non farci perdere tempo, parla.»

L'uomo fece un'ennesima smorfia come se volesse simulare l'ansia che lo stava prendendo.

«Ecco, era un uomo molto schivo, aveva una grande considerazione di sé e non sempre raccontava la verità.»

I due detective si guardarono.

«Cosa vuoi dire?» Chiese di nuovo Derek.

«Nulla di particolare, ma credo che stesse lavorando a qualcosa di grosso e non perfettamente...» Fece una pausa e poi, sollecitato dallo sguardo furioso di Peter, aggiunse: «lecito. Ecco l'ho detto. Ma non chiedetemi altro, è solo una mia supposizione.»

L'interrogatorio era concluso.

Cadde un improvviso silenzio ma non certo per le parole di Kirk. Ogni omicidio nascondeva qualcosa, questa era una delle poche cose certe del crimine, ma quello che costrinse gli uomini a riflettere era il ruolo che ricopriva la vittima.

«Possiamo aver bisogno ancora di te, non lasciare New York.»

Kirk aveva lavorato con il distretto fino ad alcuni mesi prima come responsabile informatico e quindi aveva un po' di dimestichezza con omicidi o crimini in genere: sapeva riconoscere quando un caso non presentava particolari difficoltà e questa sembrava un'altra storia.

I due detective si allontanarono ma poi fu Peter che si girò verso di lui.

«Cosa conteneva il borsone che aveva con sé il professore? Quello blu con il marchio in bianco della NASA...»

«Una nuova invenzione, roba forte, un guanto d'acciaio che una volta indossato, dà una forza sovrumana a chi lo usa.»

«Una sorta di superpotere...» disse Derek parlando più a sé stesso.

«Sì, esatto,» esclamò Kirk estasiato. La sua mente stava pensando a come poteva essere utilizzato. Poi tornò serio e guardò Peter fisso negli occhi.

«Perché ha usato la parola 'conteneva'?»

Il detective lo fissò a sua volta e poi aggiunse:

«Il guanto è sparito. Deve averlo rubato il nostro assassino.»

Detto questo, si allontanò velocemente tallonato da Derek lasciando Kirk con la bocca aperta. Avevano un caso d'omicidio e a quanto sembrava anche un movente, insomma qualcosa da cui partire e una pista da seguire. Mentre prendeva il telefono per aggiornare Hoffman, un pensiero lo colpì all'istante: quello che appariva facile da risolvere, si dimostrava sempre il caso più complicato di sempre.

Ebbe come un presentimento e poco prima di premere il tasto del cellulare del suo capo pensò: Sarà una sorpresa e a quanto mi risulta, le sorprese non finiscono mai come si vorrebbe. Certamente non in un crimine.

Scrollò le spalle.

Questa volta niente e nessuno lo avrebbero fermato.

9

Una macchina aveva preso il posto della moto e dopo diverse ore di viaggio Debbie si era addormentata. Aveva lottato con tutte le sue forze per rimanere sveglia, tempestato quell'uomo grosso e silenzioso su dove erano diretti, ma lui si era limitato a guardarla e solo dopo un'ora di suppliche le aveva detto: «Qualcuno vuole ucciderla, stiamo andando in un luogo sicuro. Non deve avere paura, o almeno non di me. Sono qui per aiutarla.» Quelle parole l'avevano zittita, neanche gli si fosse seccata la gola in un istante. Ucciderla... chi mai voleva questo? E perché? Così, girandosi dall'altra parte e guardando il buio della notte che sfrecciava alla sua destra, aveva ripiegato le gambe, come quando era piccola e la mamma le diceva di addormentarsi presto. Aveva trovato in quella posizione un senso di protezione, come se quelle gambe raccolte tenessero lontani gli incubi e i brutti pensieri... Poi la stanchezza della giornata e la spossatezza per le emozioni improvvise e spaventose avevano preso il sopravvento; aveva chiuso gli occhi lasciandosi cullare dal ritmo di una guida salda e sicura.

La velocità diminuì e così la pace che accompagnava quel viaggio. Bastò quel cambio di marcia per farle aprire gli occhi e muoversi appena.

Scrutò nel buio dell'abitacolo per vedere se era successo qualcosa nel frattempo, ma tutto sembrava identico a poco prima.

«Quanto ho dormito?»

Si meravigliò di non provare più paura.

L'uomo non disse nulla come sé stesse valutando cosa fare.

«Non è complicato rispondermi, le ho fatto una domanda semplice o è troppo per lei?»

Ancora nessun movimento; a lei sembrò che sorridesse ma il buio copriva il suo volto.

«Va bene, ho capito, lasciamo perdere.» Si girò di nuovo alla sua destra e solo a quel punto lui rispose.

«Ha dormito quasi cinque ore. Devo mettere benzina e poi ripartiamo subito.»

Debbie McRoland cercò di studiare l'accento del suo inglese per capire da dove venisse, ma non aveva inflessioni particolari e non commetteva errori grammaticali. Non era solo muscoli e freddezza; ebbe la certezza che fosse un uomo addestrato a combattere e a lavorare anche con il cervello. Decise di non sottovalutarlo anche se non poteva concedergli comunque fiducia.

«Devo andare in bagno.»

«Non c'è problema,» rispose lui lasciando l'autostrada ed entrando nell'area di servizio. «È inutile che provi a scappare o chiedere un telefono: al momento sono io la sua unica via di salvezza. Spero di avergliело dimostrato.»

Fermò la macchina dentro le strisce del parcheggio e spense il motore.

«Inoltre a quest'ora della notte non mi fiderei di nessuno. Ma veda lei...» Lasciò che la donna assimilasse quelle parole e poi scese dall'auto afferrando la giacca che aveva lasciato sul sedile posteriore. Lei lo imitò serrando le labbra. Non si sentiva affatto sicura; era in giro con un assassino che a quanto pareva, aveva anche ragione da vendere. Lo seguì ed entrambi si diressero verso i bagni. Prima di entrare lui si guardò intorno e lei si arrestò. Cosa c'era ora?

«Aspetti qui.»

Cobra entrò in quello delle donne e dopo pochi secondi ne uscì.

«Vada pure. Mi troverà qui fuori.»

Debbie scosse la testa, incredula. Quest'uomo aveva preso le cose molto seriamente o forse lei era veramente in pericolo. Affrettò il passo e decise che meno stava in quel luogo e meglio era. Il calore dell'auto e il silenzio della notte le sembravano ora un rifugio indispensabile. Terminò velocemente quello che doveva fare, si sciacquò il viso più volte cercando di schiarirsi la mente, ma non trovando molto giovamento lasciò quello specchio che continuava a rimandarle il volto di una donna pronta a esplodere. Dov'era finito il suo autocontrollo? Cosa diavolo stava succedendo?

«Dio, aiutami tu.» Strinse i pugni e deglutì. Fece tre passi ed aprì la porta.

L'uomo era ancora lì, dove doveva essere. Per ora nessun'altra sorpresa.

«Vuole qualcosa da bere o da mangiare?»

Debbie si accorse che aveva fame e annuì.

«Venga con me.»

Gli si avvicinò e lui attese che fosse a pochi centimetri per muoversi verso la cassa. Il bar era deserto se non per un uomo corpulento che stava sorseggiando un caffè. Li guardò di traverso ma non disse nulla. Lei rabbrividì e aumentò il passo.

«Non voglio nulla, andiamo via per favore.»

Uscirono velocemente e risalirono in macchina.

«Dove stiamo andando?»

«Gliel'ho detto, in un luogo sicuro.»

«Quanto manca?»

«Meno di due ore, non siamo lontani.»

Lui lasciò il parcheggio, si avvicinò alla pompa di benzina e scese a fare il pieno. Fu in quel momento che Debbie scoppiò a piangere. Si portò le mani al volto cercando di calmarsi, ma più provava a stringere gli occhi, più i singhiozzi aumentavano. La disperazione che aveva trattenuto fino a quel momento esplose con tutta la sua pienezza, come se l'avesse travolta una slavina. Lo stomaco le si chiuse ancora di più, un conato di vomito le bloccò la gola e riuscì ad aprire la portiera prima di lasciarsi andare. Un rantolo, che sembrava non venisse da una donna, accompagnò il getto improvviso.

Cobra fece quasi un salto all'indietro, non tanto per la sorpresa quanto per la forza con cui Debbie aveva aperto la portiera.

Mise la pistola al suo posto e le si avvicinò.

«Stia lontano,» riuscì a dire Debbie respirando a fatica. Il suo tono non lasciava dubbi; c'erano furia e umiliazione nelle sue parole, un misto di rabbia e rassegnazione, quello che prova una vittima quando si sente avvilita e non sa cosa fare.

Cobra afferrò un rotolo di carta vicino alla pompa di benzina, ne strappò una parte e gliela porse. Lei scosse la testa ma lui non si mosse.

«Si pulisca, si sentirà meglio.»

Lo guardò di traverso, spostando leggermente i capelli.

«Ho bisogno di altro per sentirmi meglio.»

Lui annuì e chinandosi leggermente disse piano: «Lo so e le prometto che le dirò tutto, ma non qui e non ora. Dobbiamo andarcene subito.»

Per la prima volta lo fissò negli occhi. Alla luce della stazione di servizio, sembravano scuri ma non ci giurò. Quello che vide però era una cosa che a lei mancava e di gran lunga: determinazione.

Si pulì con i fazzoletti e chiuse la portiera. Attese che anche lui salisse, mettesse in moto e si muovesse da lì per dire in un soffio: «Voglio sapere ogni cosa, ora.»

Fu in quel momento che lui le concesse uno sguardo più lungo di una decina di secondi. Aveva raggiunto la velocità che desiderava, gettato più di un'occhiata allo specchietto retrovisore e ai due laterali, e rilassando leggermente le spalle, sospirò.

«Me lo aveva detto.»

«Chi? Cosa?»

Lui alzò le sopracciglia.

«Che era un tipo ribelle. Una che non ci sta.»

Debbie fece una smorfia.

«Lei al posto mio cosa farebbe?»

Lui non rispose e lei si sentì di continuare. «Chi mi vuole morta e perché?»

Cobra mosse la testa, prima a destra e poi a sinistra. Lo faceva ogni volta che voleva liberarsi da un senso d'inquietudine.

«Non riesce proprio ad aspettare di essere a destinazione...»

In quell'istante un boato fece esplodere il lunotto posteriore. Migliaia di piccoli frammenti di vetro li colpirono come una frustata con un gatto a nove code e Debbie urlò sentendo la sua pelle aprirsi. Cobra cercò di non sbandare tanto l'urto lo aveva sorpreso, ma prima che potesse perdere il controllo un secondo colpo forò una gomma posteriore e l'auto cominciò a girare su sé stessa. Ora doveva evitare che si schiantassero.

«Provi a stare giù, presto.» Urlò senza rendersi conto che Debbie stava gridando come un'ossessa. Era in preda al panico. Frenò violentemente pregando che chi lo stava inseguendo non ne avrebbe approfittato troppo sparandogli contro un intero caricatore. Poi, tirò fuori la pistola e puntò dritto al guardrail. Era pronto all'impatto.

«Debbie, si tenga forte!»

Fu questione di attimi.

Lo schianto fece esplodere gli airbag che attutirono il colpo. Poi l'auto rimbalzò diverse volte, ma la cintura fece in modo che i loro corpi non si mossero più di tanto. Cobra con la coda dell'occhio vide che Debbie aveva perso i sensi. Prima che la macchina compisse l'ultima piroetta, sparò un colpo e il suo airbag si afflosciò all'istante.

Era libero. Contò fino a cinque e si sganciò la cintura cercando di muoversi il meno possibile. Aprì la portiera e la tenne spalancata, come fosse un effetto di tutte quelle giravolte. Un'auto si stava avvicinando. Si fermò a pochi metri con il motore spento.

Cobra sorrise. Quello che l'ingannava sempre era la presunzione.

Due portiere si aprirono e chiusero quasi simultaneamente. Strinse la pistola. La impugnava con la sinistra e benedì quel giorno che aveva imparato a sparare perfettamente con entrambe le mani. A volte nella vita fai delle cose senza un motivo apparente, ma poi ti rendi conto di quanto siano importanti. Contò fino a sette e quando sentì i passi che stavano rallentando si spinse fuori, tirandosi su con la mano destra chiusa sul volante. I due colpi partirono a distanza ravvicinata. Uno centrò il primo uomo in piena fronte, l'altro frantumò la mascella del secondo. Il rumore che fecero sembrò quasi l'eco di un unico suono.

Il Cobra uscì dalla macchina e si tastò una caviglia dolorante. Si avvicinò ai due killer, gli prese i cellulari, i portafogli, le chiavi dell'auto e portò con sé anche le pistole. Tornò velocemente indietro mentre le poche auto che arrivavano cominciavano a rallentare.

«Debbie, mi sente?»

La donna non rispose e da una rapida occhiata Cobra comprese che era ancora svenuta. Si assicurò di sollevarla con attenzione dopo aver sgonfiato l'airbag e con agilità l'adagiò sul sedile posteriore dell'auto dei loro inseguitori. Una macchina aveva accostato e un uomo stava uscendo per venirgli incontro.

Non aveva tempo. Doveva fuggire immediatamente anche se questo voleva dire lasciare alcune tracce dietro di lui. Grugnì con un senso di sconfitta nel cuore e prima che il soccorritore potesse avvicinarsi salì in macchina, mise in moto e si allontanò velocemente.

Ora era in fuga e questo non andava affatto bene.

10

Si era girata nel letto per diversi minuti, cercando di prendere di nuovo sonno, ma non c'era stato verso: un pensiero continuava a girarle in testa. E così, alle quattro era scattata verso il portatile, lo aveva acceso e collegandosi aveva preso il primo aereo per Burlington, destinazione finale il luogo in cui suo padre si era rinchiuso in tutti quei mesi: Morristown.

Le previsioni davano cattivo tempo, addirittura minacciavano pioggia torrenziale, ma lei non si fece condizionare e dopo poche ore si stava recando al noleggio Budget dell'aeroporto. Era quasi l'una.

«Sono Elisabeth Scorsese e ho prenotato una macchina questa mattina,» disse mentre lasciava sul banco la sua patente e una carta di credito.

L'uomo alzò gli occhi e le fece un cenno con la mano. Sembrava divertito ma non disse nulla. Digitò alcuni tasti e poi esclamò: «Una prenotazione a quell'ora del mattino...» Il suo viso si allargò in un sorriso. «Voi newyorkesi non dormite proprio mai, eh?»

Elisabeth stava per replicare ma poi cambiò idea. Il viaggio seppur veloce l'aveva stancata ulteriormente. E speriamo che sia una bella sorpresa, si disse, mentre pensava a quello che stava per affrontare. Non era così sicura che suo padre avrebbe apprezzato quella visita inattesa.

«Le ho assegnato una macchina più confortevole visto il tempo che sta arrivando. È dotata di tutti i confort. La riconsegna tra due giorni, giusto?»

Lei annuì. Era il tempo che le serviva per capire come si sarebbero messe le cose. Faceva sempre in tempo ad anticipare o spostare all'occorrenza, non era certo un problema. Erano mesi che non aveva un programma preciso e ormai ci era abituata.

Firmò i documenti, salutò l'uomo e seguì le istruzioni per il parcheggio. Aveva davanti a sé poco più di un'ora di strada e poi si sarebbe affidata a qualcuno del posto per scovare il rifugio di suo padre. Era riuscita a risalire al nome della cittadina dalla casella postale.

Prese la statale 89 in direzione Montpelier e in pochi minuti si lasciò cullare dalla regolarità della guida, non aveva fretta e poteva pensare. Aveva incontrato casualmente Margot Massu e le era sembrata una persona affabile e spiritosa. Di certo non avrebbe mai immaginato di sentire parlare di nuovo di lei e ancora meno che conoscesse sua madre.

Si concentrò sui ricordi, e le tornò in mente cosa le aveva detto come era entrata in bagno... No, un attimo, lei era già dentro e stava piangendo per aver discusso con suo padre quando Margot aveva fatto il suo ingresso e le aveva rivolto la parola. La stava seguendo?

Le aveva offerto un fazzoletto che aveva accettato, e poi l'aveva riconosciuta... Si era lasciata raggirare da un semplice complimento, 'il famoso avvocato Scorsese'... Stupida che non era altro, quella donna era lì per lei e voleva conoscerla a tutti i costi.

Cercò di ricordare ancora e all'improvviso sentì una stretta allo stomaco. Margot Massu aveva poi raggiunto il loro tavolo e si era presentata a suo padre, aveva fatto degli apprezzamenti a entrambi... ma perché? Cos'aveva a che fare con loro? E con sua madre? Non riusciva a trovare una risposta e sperava che suo padre potesse aiutarla, questo il motivo di tanta urgenza. Ma doveva prima sapere dove si nascondeva... un'idea la colse all'improvviso. Era tanto assurda quanto improbabile ma al massimo non avrebbe funzionato.

Prese il cellulare, selezionò un nome nella rubrica e anche se era un giorno di festa, sperò in cuor suo che rispondesse.

L'abitacolo fu invaso dal suono del telefono collegato in vivavoce. Squillava libero.

Dopo pochi istanti, una risata la fece quasi sobbalzare ma poi il tono rassicurante della voce che seguì la tranquillizzò.

«Avvocato Scorsese, non posso crederci...»

La sorpresa era evidente.

«Sono io, Simon, proprio io. Come sta?»

Sentì che l'uomo fece un respiro come a prendere tempo.

«Bene e lei piuttosto? L'ultima volta che ci siamo visti si era appena ripresa da quel brutto incidente. Quanto tempo fa, un anno?»

Elisabeth sapeva perfettamente quanti mesi erano trascorsi ma lasciò correre.

«Di più, ma non è importante, il passato è dietro le spalle.»
«Ne è sicura...?»
Quell'uomo aveva ragione. Se era lì a chiamarlo, il passato la stava ancora tormentando.
«In effetti, la chiamo perché ho bisogno di un aiuto e lei è l'unico che può darmelo.»
«O forse sono l'unico disponibile in questi giorni di festa?»
Elisabeth non riuscì a cogliere l'illusione che quella frase nascondeva e decise di non farci caso. Continuò come se nulla fosse.
«Non so se è al corrente di quello che è successo a mio padre nell'ultima missione, credo di no, quindi vorrei...»
«Anche a lei non è andata bene o sbaglio?»
Cosa ne sapeva Simon Sallis di quello che le era accaduto? Non era un'operazione considerata top secret? O forse lei non apparteneva a quel tipo di missione, era solo la figlia di un soldato...
Si riscosse lasciando andare il respiro. «Se lei dovesse rintracciare una persona e ha solo l'indirizzo postale in cui riceve del denaro, cosa farebbe?»
Fu il turno di Sallis prendersi del tempo per rispondere. Prima di tutto voleva fare bella figura, chissà che questa donna non aveva qualcosa tra le mani che potevano coinvolgerlo. Gli era sempre piaciuto lavorare per lei, anche se era molto rischioso. Non sapeva perché, ma l'avvocato Scorsese si metteva sempre nei guai.
«Gli manderei del denaro e aspetterei che lo venisse a prendere.»
«Non ho tutto questo tempo.»
«Proverei a corrompere qualcuno della posta chiedendogli ciò che le serve.»
«Insomma, non mi sembra una grande idea...»
«Scusi Elisabeth, lei mi chiama così su due piedi dopo un tempo infinito e pretende che le dia una soluzione con nessun elemento a disposizione? Sono bravo ma non certo un indovino.»
Sbuffò ma poi sorrise. Dopotutto le era affezionato anche se nell'ultimo caso che gli aveva affidato era stato arrestato dall'FBI.
«Mi perdoni, ha ragione. L'uomo che cerco è mio padre e sto andando da lui, nel Vermont in un paese che si chiama Morristown, ma non so nulla di più.»
«Solo l'indirizzo postale. E deve vederlo oggi.»
«Esatto.»
«Poteva dirlo subito, allora è più semplice.»
Elisabeth fece una smorfia. Quest'uomo la sorprese di nuovo.

«Ossia?»

«Oggi l'ufficio postale è chiuso. Dovrà attendere domani.»

Un senso di scoramento la prese allo stomaco e quasi imprecò.

Sallis se ne accorse e aggiunse: «Però come sarà aperto, può fare un paio di cose semplici.»

Mentre Elisabeth ascoltava le istruzioni dell'investigatore privato, cominciò a piovere e a tirare un forte vento che spingeva nel senso contrario di marcia. Fu costretta a rallentare, la visibilità cominciava a essere ridotta.

Altro che temporale forte, qui è una bufera. Chissà se ci arriverò mai a Morristown, si disse, mentre ringraziava Simon Sallis. Guardò l'orologio: le 13:37. Dai tempi che le aveva dato la rete per percorrere la provinciale e poi la statale 100, non le mancava chissà quanto ma cominciava a dubitare di potercela fare anche nel doppio del tempo. Ridusse l'aria condizionata, accese la ventola tenendola bassa e cercò di rilassarsi.

Dopo aver salutato Sallis, s'immerse di nuovo nei pensieri ma il vento sembrava che avesse spazzato via anche la sua concentrazione. Nulla, non le veniva in mente nulla. L'unica e debole speranza era appesa all'incontro che avrebbe avuto l'indomani. E chissà cos'altro verrà fuori, pensò mentre intravide un cartello illuminato più avanti che invitava a rallentare. Gettò un'occhiata al lunotto e si accorse che viaggiava a 30 miglia all'ora, quanto ancora doveva frenare? Come un colpo di vento improvviso, comprese che la sua vita nell'ultimo anno era stata solo questa: camminare con il piede sul freno, con la paura che potesse andare solo peggio e senza quel desiderio di vivere che illumina anche i momenti più bui. Scrollò le spalle e abbozzò un sorriso; era un sorriso amaro ed era quello che si meritava.

Proseguì ancora per un paio di chilometri ma la pioggia si stava intensificando e si diede della stupida per aver sottovalutato le previsioni.

Fu costretta a diminuire ancora la velocità finché non si trovò ferma e in coda. Non riusciva a vedere oltre la lunghezza di due macchine e in quel momento le squillò il cellulare. Era Lara. Abbozzò un sorriso, aveva voglia di sentire una voce amica.

«Non mi dire che senti la mia mancanza,» esordì senza darle il tempo di parlare.

«In effetti se fossi con me, mi saresti di compagnia.»

Il vento aveva cominciato a soffiare ancora più forte e le macchine sembravano non essere più così sicure. Elisabeth si ritrovò a pensare a come la natura potesse essere pericolosa.

Rabbrividì.
«Scusa... ma dove sei?»
«Questa notte non riuscivo a dormire e mi sono convinta di venire a trovare mio padre.»
«Ma se non sai dove si trova,» disse Lara senza pensarci troppo. «O almeno, non esattamente.»
«Ho un indirizzo di casella postale, è già qualcosa. E comunque ora sono ferma nel pieno di una tempesta e credo che non andrò avanti per molto.»
«In che senso, scusa...» la voce di Lara sembrò spegnersi e dopo un istante la linea s'interruppe.
Elisabeth guardò il telefono e si accorse che non aveva più campo.
Di bene in meglio, pensò mentre le macchine si muovevano in fila indiana. Poco più avanti un'auto della polizia aveva i lampeggianti accesi e un poliziotto muoveva una torcia. Era coperto dalla testa ai piedi, ma questo non bastava per proteggerlo dalla furia del tempo. L'ammirò per la solerzia con cui svolgeva il proprio lavoro e si rinfrancò sapendo che anche suo padre era un uomo del genere, pieno di coraggio e fede. In quel preciso momento sentì una stretta al cuore, come se il bisogno di lui fosse superiore all'impeto del vento che rallentava il suo viaggio. E poi, sua madre, la donna che non vedeva da più di quattordici anni, colei che era stata data per dispersa per la seconda volta, forse sarebbe stata presente al party di Margot Massu. La vita continuava a metterla a dura prova.
«Più che difficile, cara mia, direi molto complicata e spaventosa,» disse a voce alta mentre accostava per parlare con il poliziotto.
«Mi scusi, devo andare a Morristown, com'è il tempo laggiù?»
«La strada è chiusa per una frana e deve fermarsi per forza più avanti. C'è l'Old Resort, vedrà che le indicazioni la porteranno lì.»
«Grazie.»
Richiuse velocemente il finestrino e cercò di non pensare a dove si era andata a cacciare. Volevo farti una sorpresa caro James, e invece l'ho fatta a me stessa, si disse mentre pensava di aver agito troppo impulsivamente. Ma...
Reagì d'istinto e prese di nuovo il cellulare, il segnale sembrava tornato.
«Avvocato Scorsese, due telefonate nel giro di pochi minuti, devo preoccuparmi?»
La donna sorrise. In quel momento buio e minaccioso, una voce calda come quella dell'investigatore era un toccasana.

«Stia tranquillo, va tutto bene. Ho solo un lavoro per lei.»

L'uomo sospirò. «È così urgente che non può attendere fino a lunedì? Non mi fraintenda, mi è sempre piaciuto lavorare per lei, anche se l'ultimo caso mi ha creato qualche disagio, ma oggi è un giorno di festa.»

«Mi perdoni,» si affrettò a dire Elisabeth, «ma sono in una tormenta, non credo che nelle prossime ore riuscirò a connettermi e allora prima di rimanere isolata...»

«D'accordo, mi dica pure.»

«Vorrei che prendesse informazioni su una certa Margot Massu, le più accurate possibili.»

«Può dirmi altro?»

«È francese, una bella donna sulla sessantina, molto raffinata, credo che appartenga all'alta borghesia. Ora dovrebbe trovarsi a New York.»

«Ha una sua foto?»

«No, mi spiace.»

Ci fu un attimo di silenzio. Sembrava che l'uomo parlottasse con qualcuno.

«Va bene, vedo quello che riesco a fare in questi giorni. Lei quando rientra?»

«Io...»

La linea divenne improvvisamente muta ed Elisabeth sbuffò.

Scosse la testa e vide in lontananza delle torce a terra. Un poliziotto coperto all'inverosimile segnalava di rallentare e indicava un'uscita. Intravide le luci dell'albergo e si rasserenò; per lo meno aveva un posto dove stare in attesa che la pioggia finisse. Ne avrebbe approfittato per pensare a quello che sembrava si fosse messo di nuovo in movimento, e soprattutto a sé stessa. Solo il pensiero di rivedere sua madre le dava i brividi e il tempo che l'attendeva fuori non era nulla al confronto di quello che avrebbe affrontato.

Sospirò ed entrò nel parcheggio. Ora sperava che questo piccolo albergo fosse caldo e accogliente per mandar via i brutti pensieri, almeno per alcune ore. Non immaginava lontanamente che le sorprese erano appena cominciate.

11

L'aria che si respirava nella stanza non era certo quella di un incontro deciso da tempo, anzi rifletteva lo stato d'animo del presidente e dell'uomo che aveva voluto al comando delle Forze armate congiunte, Joe Nisbet.

«Dovete spiegarmi perché avete interrotto la mia festa dell'Indipendenza, cosa diavolo c'è di così importante?»

I suoi occhi furenti fecero il giro del tavolo. Sembrava Caronte dagli occhi di brace. Ma lui non era certo un traghettatore.

Nessuno degli uomini si mosse o disse nulla. Tutti attendevano che prendesse la parola Alex Sanders.

«Presidente, ho deciso io di riunire questi uomini per una notizia che ci ha colto di sorpresa e che merita un'attenzione immediata, sua e delle persone qui presenti.»

Mr Liberty lo guatò per alcuni istanti e poi abbozzò un sorriso come a dire che era pronto per ascoltare.

«Questa notte a Parigi, esattamente alle nostre 17.35, la dottoressa Debbie McRoland è stata rapita da due presunte guardie del corpo degli Interni sotto gli occhi del ministro. Il nome non le dirà nulla, ma la nostra scienziata è a capo di un progetto che riguarda il recupero di satelliti non più funzionanti e ancora in orbita.»

«Rottame nello spazio. Cosa c'è di così minaccioso per la sicurezza nazionale?»

Lo sguardo del Presidente era ora un ghigno che molti conoscevano. La questione dei sondaggi non gli dava tregua e la festa dell'Indipendenza era un buon momento per parlare alla nazione.

«Mi permetta di presentarle le persone che sono qui. Le daranno il quadro completo, come lo hanno dato a me.»

Un impercettibile battito di ciglia fu il suo modo di annuire.

«Signori prego, a voi la parola.» Lo sguardo del numero due della Casa Bianca indugiò sul primo uomo alla sua destra e questi non si fece pregare ulteriormente.

«Mi chiamo Morgan Williams e sono l'amministratore della NASA.»

Mr Liberty alzò una mano e cercò nella sua memoria il giorno in cui aveva visto quell'uomo. Non condivideva più tanto la loro missione originale ma aveva comunque confermato i finanziamenti richiesti.

«Ci siamo incontrati alcuni mesi fa, presidente, e vorrei ancora ringraziarla per l'attenzione che ci ha dedicato.»

Un sorriso a trentadue denti seguì quelle parole.

Mr Liberty quasi sbuffò. Era un ruffiano, ecco perché non lo ricordava. I suoi occhi si posarono su chi era seduto subito dopo e questi ricambiò lo sguardo.

Il presidente tirò indietro le spalle e alzò il mento mentre quell'uomo alto e grosso si alzava per stringergli la mano. C'era un senso di sicurezza in quei pochi passi e Mr Liberty non poté fare a meno di ricambiare.

«Sono Jeremy Vance, da un anno direttore della DARPA, l'agenzia per i progetti di ricerca avanzata della difesa.»

Il presidente lo invitò a continuare mentre Vance tornava a sedersi.

«Sono io che ho chiesto al direttore Sanders di disturbarla e mi dispiace, ma questo rapimento può avere conseguenze molto spiacevoli, signore.»

Il presidente guardò uno a uno i presenti i quali annuirono. Erano già al corrente di tutto; le ore che avevano preceduto questo incontro erano state necessarie per aggiornare ognuno di loro.

«Sembra che sia l'ultimo a sapere le cose,» bofonchiò Mr Liberty, passandosi una mano tra i capelli. Si alzò per prendere la bottiglia di scotch e un paio di bicchieri. Poi invitò con uno sguardo Nisbet a fare altrettanto. Tutti accettarono e sorseggiarono il liquore.

«Allora, direttore, cosa ha da dirmi di tanto urgente e importante?»

L'animosità dei minuti precedenti era sparita completamente.

«La dottoressa McRoland lavora con la NASA a un progetto franco-americano di recupero di satelliti in disuso come le è stato detto, ed era a Parigi per una conferenza.»

Mr Liberty spalancò gli occhi.

«Da quando abbiamo bisogno dei francesi?» La domanda non era rivolta a nessuno in particolare; Sanders si sentì in dovere di rispondere.

«Pochi al mondo sanno che i francesi hanno sviluppato una tecnologia quantistica che attualmente è seconda solo a quella cinese. Diciamo che sono più avanti di noi ma hanno meno contributi dal Governo e qui li abbiamo aiutati, chiedendo in cambio di poter amministrare questa collaborazione.»

«Ossia siamo noi che comandiamo?»

«Esatto, presidente. Il capo è la McRoland.»

Mr Liberty sembrò rilassarsi ma poi chiese: «Cosa c'entrano i satelliti in disuso con la fisica quantistica?»

Non ne sapeva un granché di quelle diavolerie da scienziati ma aveva un po' di nozioni di base e queste lo aiutarono.

«È una copertura, signore.»

Fu Vance a parlare e il suo tono fece girare la testa al presidente un po' troppo velocemente. O forse era colpa dello scotch che si era scolato in un paio di sorsi.

«O meglio in parte,» si corresse il direttore della DARPA.

«Sia più chiaro... Vance.» Il nome uscì dalle labbra di Mr Liberty come fosse una sentenza.

L'uomo raddrizzò la schiena. Prima ancora di mettere piede nella Stanza Ovale aveva deciso di tenere una linea di assoluta sincerità. Posò il bicchiere sul tavolo che divideva i due divani e disse: «Usando la tecnologia quantistica dei francesi stiamo portando avanti un progetto di difesa delle notizie d'intelligence, ossia una protezione che non permetta agli hacker di entrare nei nostri sistemi di comunicazione.»

Il presidente fece una smorfia. Una minaccia per l'economia e la democrazia era rappresentata da queste incursioni imprevedibili quanto dannose e pericolose.

«In cosa consiste?»

«Stiamo cercando di agire sulla comunicazione tra computer quantici installati sui nuovi satelliti che verranno messi in orbita in pochissimo tempo da oggi. Le informazioni che si scambiano due computer quantici non possono essere intercettate. Se c'è un'intrusione, un tentativo di un hacker qualsiasi, il flusso d'informazione si interrompe immediatamente e rimangono con un pugno di mosche.» Vance si fermò per vedere se il presidente aveva compreso bene le sue parole.

«Tutto chiaro,» disse, «vada avanti.»

L'uomo sorrise. Chi aveva di fronte sapeva il fatto suo. Non si rapisce una scienziata solo per un progetto in via di sviluppo anche avanzato.

«La nostra idea è quindi quella di mandare nello spazio, con la collaborazione della NASA, i primi satelliti quantici al solo scopo militare e che siano in grado di comunicare con i nostri computer quantici a terra, per scambiare poi con i paesi alleati le informazioni d'intelligence. In questo modo il terrorismo, la sua sfida che è anche la sfida del mondo, potrà essere fermato.»

Il presidente annuì e poi alzò il mento. Vance proseguì.

«La dottoressa McRoland, oltre a seguire tutti gli sviluppi del progetto, è riuscita ad andare oltre gli intenti dei francesi e sappiamo anche dei cinesi. È riuscita a elaborare un algoritmo che riesce comunque a garantire il flusso quantico dell'informazione, anche se sotto attacco hacker.»

Gli uomini non riuscirono a contenere la portata di quell'informazione. Si passarono un evidente segno di trionfo. Anche il presidente sospirò, come a liberarsi da un peso, ma rimase in silenzio.

«A che punto è il progetto e, diciamo, questa soluzione?»

La domanda era del generale Nisbet, l'uomo che garantiva la difesa del Paese ma anche l'attacco a una nazione nemica. Per lui, il traffico delle informazioni aveva anche uno scopo offensivo.

«Il lancio del primo satellite quantico con un tale procedimento è previsto tra meno di tre settimane, signore.»

Nisbet annuì e chiese: «Chi altri conosce l'algoritmo oltre alla McRoland e chi è a conoscenza di questo progetto che immagino top secret?»

Vance si guardò la punta delle scarpe; sapeva che entrambe le risposte non sarebbero piaciute a nessuno dei presenti.

«L'amministratore della NASA le risponderà alla prima domanda. Circa la seconda, posso dirle che nella mia agenzia solo un piccolo numero di persone sono a conoscenza di quest'informazione, come credo anche alla NASA.»

Tutti si girarono in direzione di Morgan Williams il quale deglutì prima di soddisfare quegli sguardi.

«L'unico uomo che conosceva l'algoritmo era il professore Samuel Van Vogt, anche lui lavorava con Debbie al progetto di recupero dei satelliti e a...»

«Perché conosceva?» Chiese Sanders, il direttore della Comunità d'intelligence.

Williams fu lapidario. «È stato ucciso ieri notte a New York.»

«Cazzo,» urlò il presidente e scattò in piedi. Urtò il tavolino sul quale era poggiata la bottiglia di scotch e il liquore in pochi secondi macchiò la moquette blu scura.

«Al diavolo anche lui!» imprecò ancora e nessuno comprese a chi si riferiva, se all'uomo assassinato o al liquore che si spandeva velocemente.

«Com'è successo?» Insistette Sanders.

Rispose Vance al posto di Williams: «Non sappiamo ancora molto. Ho stabilito un contatto con il distretto che si occupa dell'omicidio, quello del capitano Hoffman della North Manhattan Homicide Squad. Domani andrò da loro.»

Il presidente raggiunse la sua scrivania e fece un gesto agli uomini di avvicinarsi.

«Ditemi se mi sono perso qualcosa. Due nostri scienziati, gli unici che conoscono una formula che potrebbe eliminare per sempre la minaccia degli hacker, sono stati messi a tacere, uno ucciso e l'altro rapito giusto?»

«Non è proprio così, presidente.» rispose Vance. Il presidente trattenne a stento la sua furia e prima che potesse scoppiare, il direttore della DARPA aggiunse: «A quanto sembra dai primi rilievi della polizia francese sul luogo del rapimento, Debbie McRoland doveva essere uccisa ma qualcuno l'ha salvata e portata via.»

«Non è stato nessuno dei nostri, presidente, ho controllato personalmente con tutte le agenzie d'intelligence,» s'intromise Sanders, «quindi crediamo che sia stata rapita da qualcuno che sapeva della formula.»

«Non ci sto capendo più nulla...» sbraitò Mr Liberty.

Il generale Nisbet si affidò alla sua mente militare allenata alla sintesi e disse: «Ecco, signore, qualcuno aveva l'interesse a bloccare il nostro progetto top secret sul satellite quantico eliminando le uniche due risorse in grado di portarlo a termine. A New York ci riescono, a Parigi falliscono, perché un altro attore in campo vuole avere quell'informazione. Può essere chiunque, un Paese nemico, ma anche un alleato che gioca sporco. Sicuramente noi dobbiamo fare qualsiasi cosa per trovare chi ha ucciso il professor Van Vogt e portare a casa la McRoland smascherando chi è dietro a tutto questo.»

«E non è lo stesso responsabile, perché uno li voleva entrambi morti e l'altro ne ha salvata una,» concluse Sanders.

«È così.» Fu Vance a chiudere la discussione ma sembrava volesse aggiungere altro.

Il presidente lo guardò e prima che potesse dire qualcosa, esclamò:

«Facciamo in questo modo. Affido al direttore Vance, che conosce perfettamente il progetto, la gestione del recupero della McRoland, e a lei Sanders di raccogliere informazioni su come è stato possibile portarla via a Parigi, quando era con il ministro francese, se loro sono in qualche modo coinvolti e coinvolgerei l'FBI nel trovare l'assassino di Van Vogt.»

Un colpo di tosse del timido amministratore della NASA fece alzare gli occhi di tutti verso di lui.

«Cosa c'è ora?»

«Presidente, il progetto del recupero dei satelliti in disuso non era solo una copertura al satellite quantico... ecco, vorrei sapere se posso continuare a portarlo avanti. È costato finora milioni di dollari...»

Mr Liberty annuì.

«Non vedo perché debba essere sospeso. Fare diversamente vorrebbe dire mostrare a chi ci spia che stiamo pensando ad altro... ossia a stanarlo, giusto?»

Sanders fece un cenno col capo. Era d'accordo.

«Bene, può procedere allora.»

Morgan Williams fece per replicare ma Vance lo fermò con un braccio.

«Mi permetta, presidente, solo un suggerimento.»

Ora gli sguardi erano per lui.

«Quando ero direttore dell'FBI ho avuto modo di lavorare con il capitano Hoffman e i suoi detective. Sono persone decisamente preparate e credo che lasciarli sul caso, magari supervisionando la loro indagine, sia la scelta migliore. Sono veloci e affidabili.»

«Va bene, ma lei relazionerà a Sanders, qualsiasi cosa accada. Ho anche una domanda: ha gli uomini per portare a casa la nostra scienziata?»

«Ho carta bianca, signore? Sempre nel lecito ovviamente...»

«Ovviamente direttore, ovviamente.»

«Allora sarà fatto, signore.»

La riunione sembrava conclusa ma il generale Nisbet fece un passo avanti.

«I rapporti militari con la Francia sono dei migliori, presidente, e potrei supportare il lavoro della DARPA se lei lo ritiene opportuno. Abbiamo basi in tutta Europa e un appoggio logistico in questi casi diventa fondamentale, come anche le nostre squadre Delta.»

«Giusto,» annuì Mr Liberty che poi aggiunse «Vance, Nisbet è con lei. Diramate un messaggio alle agenzie, il codice di difesa si alza ai massimi livelli. Quest'operazione non deve trovare ostacoli, ha la massima priorità e segretezza, chi non collabora o non sputa sangue dovrà vedersela con me, intesi?»

A tutti i presenti non rimase altro che annuire.
«Bene, e ora torniamo alla nostra festa dell'Indipendenza prima che finisca.»
In pochi minuti la riunione fu sciolta.

Come il generale Nisbet lasciò la Casa Bianca diretto al Pentagono, sentì l'urgenza di fare due telefonate. La prima era per il suo amico McRoland, il padre della scienziata rapita. Sapeva fin dal mattino che era in ansia per il mancato ritorno della figlia e quindi si affrettò a tranquillizzarlo sulle decisioni prese dal capo supremo, mentre la seconda era ben più delicata. Attese di rimanere solo nel suo ufficio nell'edificio a cinque punte e poi aprì un cassetto chiuso a chiave.
Tirò fuori un cellulare usa e getta e compose un numero che da tempo aveva in memoria. Al secondo squillo una voce rispose: «Eccomi.»
«Forse ci siamo.»
«Cosa te lo fa pensare?»
«La posta in gioco.»
Un sospiro a lungo trattenuto trovò finalmente una via d'uscita.
«Sono pronto.»
«Non lo mettevo in dubbio. Ti terrò aggiornato.»
Stava per chiudere la comunicazione ma quella voce parlò di nuovo.
«Spero che ne sarà valsa la pena.»
Il generale allargò il petto come a trovare l'aria di cui aveva bisogno e poi rispose: «Già. Lo spero anch'io.»
In un istante, scese il silenzio interrotto solo dalla linea muta. Questa volta ciò che era stato debolezza, avrebbe forse giocato dalla loro parte.

12

La tormenta era cessata da alcune ore ma la strada era ancora interrotta. Avevano bisogno di una notte di lavoro. Il suo pensiero andò alle montagne in lontananza. Lo spettacolo che vedeva dalla sua stanza al primo piano dell'Old Resort le ricordava una cartolina di Vail, in Colorado, quando da piccola aveva avuto la fortuna di sciare per una settimana intera. Non era mai stata brava ma i suoi genitori avevano cercato più di una volta di farle capire quanto lo sci fosse uno sport divertente e con alcuni valori imprescindibili. Le venne in mente quella volta che era con entrambi, James e Caterina, e stava per scendere da una delle tante piste che chiudevano il paesino che sapeva d'Europa, tanto era caratteristico. Arrivati in cima con lei che si lamentava del troppo freddo, della neve dura, degli scarponi che le facevano male e del tempo che minacciava nevicate, in pochi secondi la lasciarono sola e ammutolita. Si dileguarono, semplicemente. Ricordò come la furia s'impossessò di lei in un attimo, di come odiò entrambi e quasi urlò, tanta era la rabbia. Poi sentì gli occhi diventare umidi, tirò su con il naso e decise di seguirli, giù per una pendenza che non prometteva nulla di buono. Cadde, e più di una volta. Ma con decisione si rialzò senza proferire parola. Solo poco prima dell'impianto di risalita li vide fermi ad abbracciarsi e a ridere, come se lei non fosse neanche esistita.

La rabbia che aveva lasciato in cima tornò più forte che mai e quasi si catapultò su di loro che per fermarla dovettero stringerla forte. Piangeva e si dimenava per la paura provata ma loro non si scomposero. Attesero che si calmasse e poi fu Caterina a parlare, come se nulla fosse successo.

«Sai Elisabeth, oggi hai capito una cosa. Uno dei valori di questo sport.»

«E quale sarebbe? Fartela fare sotto a meno 20 gradi?»

Entrambi sorrisero e sua madre continuò: «Lo sci è uno sport che insegna ad affrontare i propri limiti, sempre. Sei costretta a cavartela con quello che hai e con quello che sei, non permette scorciatoie, non beneficia di un avversario che sbagliando ti avvantaggia, e ti ricorda sempre che hai qualcosa da sistemare, una prova da superare.»

«E c'era bisogno di lasciarmi da sola lassù in cima? Non potevi spiegarmelo a voce?»

James le sorrise e le scompigliò il cappello prima di aggiungere: «No, amore mio, sai come funziona. Le prove vanno affrontare per essere comprese. E poi c'è anche altro.»

«Cosa?» Ricordò che a quella domanda la sua furia si stava trasformando in un senso di appagamento.

«La soddisfazione di averla superata, di avercela fatta. Vedi già ora stai cominciando a sorridere, la rabbia lascia il posto al piacere di essere riuscita a vincere una cosa di cui avevi paura. E questo è un valore assoluto.»

«La quiete dopo la tempesta... un'esperienza unica, figlia mia,» aggiunse Caterina.

«Ma non è tutto, vero?» Aveva chiesto lei notando il loro scambio di sguardi.

Entrambi avevano scosso il capo. «Diglielo tu, James, a te l'onore.»

Lui le aveva posato le mani sulle spalle.

«Lo sci, come la vita, ti obbliga ad avere cura di te stessa, proprio per essere pronta a superare una nuova prova. E la cura va oltre l'allenamento. Devi vivere come un'atleta professionista, sempre attenta a tenerti in forma, a mangiare seguendo una dieta, a gestire il riposo, a migliorare, a pensare e riflettere. Questo tipo di cura include sia il corpo che l'anima affinché tu possa sempre dare il massimo e formarti una mentalità vincente. Così facendo potrai crescere e diventare qualcosa di più di quello che sei già, a fare molto di più di quello che sai già fare. Ecco cosa insegna lo sport, insegna a vivere.»

Lo squillo del telefono interruppe i suoi ricordi.

Elisabeth lasciò quel panorama mozzafiato e rispose sedendosi sul letto: «Sì?»

«Signorina, mi scusi se la disturbo, ma stiamo servendo l'ultimo turno della cena e non so... non mi ha lasciato detto nulla...»

«Sì, grazie, arrivo subito.»

Si rese conto che non mangiava da ore. Dopo aver preso una stanza per la notte, aveva approfittato di quella sosta forzata per riposare, ma anche per leggere i documenti che gli aveva mandato Philip Delany e rinfrescare i suoi studi sul diritto d'autore.

Prese il cellulare, l'iPad, le chiavi della camera che ne dichiaravano l'età, e con un sorriso lasciò la stanza. Indossava un maglione leggero, dei jeans e un paio di stivali neri. Mentre scendeva le scale, raccolse i capelli in una coda e lanciò un'occhiata veloce allo specchio che era appeso nella piccola hall. Quello che vide le piacque, quel giorno lontano da ogni cosa le stava facendo bene. 'Non tutto il male viene per nuocere...'

«Loretta, ecco la signora di New York,» disse ad alta voce un uomo sui settant'anni che doveva essere il proprietario. Gli sorrise e gli si avvicinò.

«Mi chiamo Elisabeth, così è più semplice.»

«Adam, piacere. Lei è mia moglie, cuoca e tuttofare. Se non ci fosse, non saprei come muovermi. Siamo solo noi due ormai e cerchiamo di fare solo ciò che serve. Non le dispiace se l'abbiamo chiamata, vero?»

Elisabeth reclinò il capo.

«Assolutamente no, grazie. Dove posso sedermi?»

Diede uno sguardo veloce e a parte due uomini che sembrava avessero quasi finito, la sala era deserta.

«Dove vuole, è l'ultima cliente. Cosa vuole mangiare?»

«Mi porti il piatto forte della casa, quello che Loretta sa fare meglio.» E così dicendo, strizzò l'occhio a Adam e andò a sedersi all'ultimo tavolo all'angolo. Anche se non si aspettava di avere dei vicini, preferiva comunque un po' di privacy. Un'idea di come impostare la pratica di Delany si stava facendo strada nella sua mente.

Adam si avvicinò portando una bottiglia d'acqua e le chiese se voleva bere altro ma lei declinò l'offerta. Accese il suo iPad e le apparve il suo file di appunti. 'Devo capire se posso ricondurre una ricerca avanzata alla formula originale. Se un concetto alla base di un progetto sia ancora essenziale e non superato dallo sviluppo del progetto stesso.' Le tornarono in mente le parole del suo cliente: 'È come se io avessi fornito il DNA di un individuo. Questi cresce, diventa un bambino, poi un ragazzo e infine un uomo...' Era un punto di partenza ma certo non era sufficiente. Entrò in rete e decise di fare una ricerca veloce sui satelliti e in particolare su quelli in disuso che riempivano i nostri cieli.

Quando lesse il numero dei così detti 'detriti' nello spazio rimase sorpresa: i satelliti in orbita erano più di quindicimila di cui solo mille funzionanti. Il problema non era solo rappresentato dalla presenza di quei rottami ma anche dal pericolo di possibili collisioni con quelli operativi oltre che con eventuali nuovi lanci, con i telescopi in orbita e con le stazioni spaziali internazionali. Diciamo che il traffico si stava facendo troppo caotico e a lungo andare il rischio d'impatto sarebbe stato molto elevato. Per questo motivo la NASA come anche l'ESA, l'Agenzia spaziale europea, avevano accelerato lo sviluppo di tecniche di recupero dei satelliti 'morti'.

Elisabeth si fece un appunto per approfondire i progetti delle due agenzie e si meravigliò come da parte dei cinesi o dei russi non ci fosse alcun riferimento su nessun progetto in embrione o in via di sviluppo.

Stava per digitare le parole 'Cina+satellite' quando Loretta le si avvicinò con un piatto fumante.

«È l'ultima che mi è rimasta, cara mia, quei due bellimbusti di camionisti poco fa ne hanno mangiato ben quattro porzioni,» e così dicendo, le mise davanti un tacchino ripieno con una salsa vicino, con contorno di patate dolci e zucca. Il profumo che Elisabeth avvertì le stuzzicò ancora di più l'appetito.

«Sembra delizioso...»

«Lo è, ne può star certa. Su, lo assaggi, altrimenti non mi muovo da qui.»

Loretta incrociò le braccia al petto e a Elisabeth non restò altro che portare alla bocca il primo boccone.

«La salsa, mi raccomando.»

Incredula ma divertita da tanta risolutezza, fece come le aveva ordinato Loretta e in un attimo comprese che la donna non si era affatto sbagliata.

La salsa in agrodolce alla base di mirtilli rossi dava a quel piatto tradizionale un qualcosa di nuovo, originale, come mai lo aveva mangiato.

«È buonissimo, complimenti,» le sorrise e Loretta gonfiò il petto.

«Seguo una ricetta di famiglia e se vuole, posso lasciargliela, così educherà quei ricconi dei suoi amici.»

Elisabeth si trattenne dal ridere perché la donna continuava a mantenere un'aria di assoluta serietà.

«Ne sarei onorata, grazie.»

«Bene, la lascio mangiare. Se vuole ancora qualcosa, può dirmelo ora? Io e Adam siamo molto stanchi, oggi l'hotel si è riempito a causa della frana quindi ci ritiriamo tra poco. Pulirò domani.»

«Questo tacchino sarà sufficiente, la ringrazio. Potete andare a riposare, non si preoccupi per me.»

Loretta abbozzò un sorriso e disse: «Se vuole dell'acqua la trova in frigo, basta entrare in cucina e come lascia la sala le chiederei di spegnere la luce, è lì sulla destra. Domattina la colazione è dalle sei e trenta fino alle nove.»

Solo in quel momento, Elisabeth si accorse che era rimasta sola.

«D'accordo. Buonanotte.»

La donna le fece un cenno del capo e si ritirò.

Certo che è un posto fuori dal mondo questo hotel, si disse mentre mangiava un altro boccone. 'Però questa signora cucina da dio.'

In pochi minuti, pulì per bene il piatto e si meravigliò di essere sazia e felice. Da tempo non mangiava qualcosa di così buono.

Il silenzio che regnava la invitò a parlare ad alta voce.

«Come mi hai detto James? 'Prendersi sempre cura di sé stessi' e io è da troppo tempo che non lo faccio.»

«E chi sarebbe questo James? Un uomo che l'ha trascurata, mia bella signorina?»

Alzò gli occhi e lo sguardo lascivo di un'ombra che oscurava una parte del tavolo la terrorizzò all'istante. Cercò di mascherare la paura, alzò di poco il mento e fissò l'uomo negli occhi. Lo riconobbe come uno dei due che occupava la sala quando era scesa per la cena. Le aveva lanciato un'occhiata certo, ma non le era sembrato minaccioso. E dov'era il suo compare?

Fece per dire qualcosa ma l'uomo ruttò rumorosamente.

«Oh, mi scusi signorina, forse lei non è abituata a noi villani.» Un ghigno sbilenco apparve sul suo volto.

«Sa,» continuò, «ho scommesso con il mio amico che lei è un'attrice, giusto?»

Questa volta scoppiò in una sonora risata battendosi le mani sulle ginocchia ma in un attimo fu di nuovo serio. Nei suoi occhi lampeggiava uno sguardo libidinoso e sfrontato. Elisabeth cominciò ad allarmarsi.

«Allora zuccherino, cosa fai... non rispondi?»

In quel momento, un altro uomo entrò nella stanza. In lei si accese un filo di speranza, forse poteva evitare brutte conseguenze.

«Ehi, toro, sbrigati che possiamo muoverci, la strada per Hanover è libera,» disse e scomparve.

'Merda!' Era il suo compare e da come aveva parlato non sembrava fosse la prima volta.

Elisabeth afferrò il coltello, si alzò lentamente e fece un passo indietro. Purtroppo il tavolo che aveva scelto era l'ultimo prima del muro. Lo toccò con la schiena e si bloccò. Non aveva scampo. Iniziò a tremare, portò il coltello in avanti e trovò la forza di dire: «Non avvicinarti...»

«Altrimenti cosa fai, principessa?»

Fece un passo in avanti con una velocità che lei non si aspettava, tanta era la sua mole. Avvertì come uno spostamento d'aria e poi uno schiaffo la colpì al viso mandandola a terra.

Rantolò e riuscì ad aprire un occhio solo, il destro. Girò appena la testa per vedere che lui troneggiava su di lei.

«Sei un porco, lurido bastardo,» si sentì dire.

Ma dove aveva trovato la forza di parlare? Cercò dentro di sé qualcosa che la proteggesse e una parte del suo cervello cominciò a cercare una via di fuga.

'Pensa a qualcosa di bello, cazzo...' Le lacrime stavano salendo ma non voleva dargliela vinta. Doveva farsi coraggio.

«Dite tutte così. Poi godete come delle puttane.»

La voce era rauca, lenta, come se si stesse per scatenare una furia.

Lei comprese che niente e nessuno lo avrebbe fermato.

«Ti prego...»

Chiuse gli occhi e le lacrime cominciarono a scenderle sulle guance.

'Perché, perché deve succedere questo...'

Fu un attimo.

L'uomo stava per afferrarla ma dietro di lui la stanza si riempì di una nuova presenza.

Un urlo uscì da quella bocca che l'aveva offesa e il corpo fece uno scatto indietro. Cadde su alcuni tavoli e portò con sé un paio di sedie. L'ombra si mosse velocemente e fu sopra di lui. Le dava le spalle. Gli sferrò un paio di colpi assestati con forza ed Elisabeth vide schizzi di sangue misti a carne volare ovunque. Il bastardo le stava prendendo a dovere.

Dopo una sequela che sembrava non finire mai, l'ombra fece un paio di passi indietro e con la punta delle scarpe che parevano d'acciaio, gli tirò un calcio in mezzo alle cosce. L'ultimo urlo placò ogni istinto di lotta.

«Così la smetterai per sempre di fare del male!» E prima che l'uomo ridotto una maschera di sangue potesse dire qualcosa, aggiunse: «E ora togliti dai coglioni prima che t'ammazzi!»

Quella voce quasi la stordì. Non era possibile. Lì, in quel luogo e in quel momento... com'era potuto accadere? Guardò il bastardo allontanarsi velocemente e sospirò. Poi l'ombra attese di vedere tutti e due uscire dall'albergo e finalmente si girò verso di lei.

Vide il volto di chi l'aveva salvata e riuscì solo a dire: «Tu!»

13

L'uomo le allungò la mano guardandola dritta negli occhi. La stava studiando, come a cercare tracce del panico che fino a quel momento aveva provato.

Lei l'afferrò e appoggiandosi al muro sussurrò: «Sto bene, grazie.»

Fu in piedi ma la sua testa arrivava a malapena ai suoi pettorali. Indossava una tuta nera imbottita, di un materiale che lei non riconobbe e un rigonfiamento usciva da una tasca laterale; era una pistola perché questo uomo era un soldato e a sentire suo padre uno dei migliori. Alzò lo sguardo e i suoi occhi indagatori erano ancora lì.

«Palmer, giusto?»

«Ottima memoria.»

Lei accennò a un sorriso, ma fece una smorfia tanto era il dolore che sentiva alla guancia sinistra. Anche l'occhio non era totalmente aperto.

«Mi faccia vedere.»

Una mano si mosse verso di lei e si fermò solo un attimo prima di sfiorare il livido che si stava allargando.

«Farà male ma devo sincerarmi che non ci sia nulla di rotto. Posso?»

Lei annuì e le dita premettero su più parti. Fitte di dolore le riempirono la testa e dovette appoggiarsi a lui per non cadere, ma fu grata perché quella sera non avrebbe sofferto di più.

A volte è tutto relativo, si gioisce anche per un dolore. Incredibile, si disse, prima che la sua voce tornasse a farsi sentire. Sembrava un uomo che veniva da un altro pianeta tanto era controllato e freddo. Le incuteva rispetto, forse un po' di timore, e sentiva che la corazza che indossava era più dura dell'acciaio.

«Venga si sieda. Vado in cucina a prenderle del ghiaccio...»

Fece per muoversi ma lei lo fermò toccandogli un braccio. Sì, era tutto d'acciaio.

«Mi hai salvato da quel mostro, potresti anche essere meno formale, non trovi?»

Lui accennò a un sorriso. «D'accordo,» disse.

«No, d'accordo Elisabeth.»

La guardò e dopo un istante annuì con un cenno del capo. Lasciò la stanza assicurandosi che quei bastardi se ne fossero andati. Dalla finestra riuscì a vedere che il parcheggio era vuoto.

Come rimase sola, si sedette su una sedia e chiuse gli occhi. Cercò di non pensare a quello che le sarebbe potuto accadere e si chiese come aveva fatto Palmer ad essere lì. Tirò su con il naso e come li riaprì, lui era di nuovo di fronte a lei. Non lo aveva sentito arrivare come, per sua fortuna, non aveva fatto il suo aggressore.

«Tieni,» disse lui chinandosi.

Prese il ghiaccio avvolto in uno straccio e finalmente riuscì a guardarlo alla stessa altezza. I suoi occhi nocciola avevano delle piccole pagliuzze gialle e lo rendevano affascinante. Il resto era una maschera di sale, nessuna emozione trapelava dalla bocca armoniosa, gli zigomi alti, il naso leggermente pronunciato. Chiudevano la cornice di quel quadro invalicabile, i capelli scuri tagliati cortissimi.

Palmer si accorse del suo sguardo indagatore e la lasciò fare. Una parte di lui era colpita da tanta espressione; era come se la vedesse per la prima volta, come se averla salvata l'avesse legato a lei in profondità.

«Come ti senti, oltre al dolore al viso?» Le chiese senza lasciarle gli occhi.

«Un po' stordita, come se mi fosse passato sopra un camion.»

Lui fece una smorfia.

«Quel figlio di puttana era bello grosso. Ho qualcosa in macchina, aspettami qui. E stai tranquilla, se ne sono andati e non torneranno certo per vendicarsi.»

Non per come li hai conciati, si disse Elisabeth mentre Palmer uscì di nuovo.

Lei ne approfittò per guardarsi intorno e come spinta da un desiderio immediato di reazione, si alzò e cominciò a tirar su le sedie e i tavoli rivolti a terra. Poi raccolse quello che era rimasto della sua cena e quando si sentì soddisfatta tornò a sedersi.

In quel momento Palmer stava rientrando con una sacca nera.

«Sei un po' monotono,» cercò di scherzare Elisabeth.
Lui alzò le sopracciglia.
«Mi riferisco al colore, sei tutto nero, dalla testa ai piedi ed ora anche quel borsone.»
Palmer per la prima volta sorrise e lei ne ammirò i denti bianchissimi.
'Ma hai qualcosa che non va, mio eroe?'
Poi si ricordò di quanto suo padre gli era legato, e le aveva accennato di una tragedia che il suo soldato aveva dovuto affrontare, rendendolo un uomo distrutto, e a come lavorare nella sua squadra lo avesse risollevato. Ecco, per James Scorsese, il gigante che aveva di fronte era come un figlio.
«Bevi, è forte ma funziona.»
«Cos'è?» chiese mentre afferrava la bottiglia che gli stava porgendo.
«Un toccasana... diciamo un anestetizzante, addormenta la parte che fa male.»
Lei lo guardò reclinando il capo e arricciando le labbra. Non era stato per nulla convincente. Sapeva bene cos'era quel liquido, doveva solo capire... Al diavolo, non era il momento di fare la preziosa.
Bevve un sorso e dopo un istante staccò le labbra dalla bottiglia e quasi urlò: «Sembra benzina pura!»
La gola le bruciò, seguita dallo stomaco che sembrava andare a fuoco.
Palmer fece una smorfia. «È vero, ma solo il primo sorso e comunque fa il suo effetto. Rilassa.»
Detto da un tipo che sembrava sempre teso come un elastico, quella parola la fece sorridere. Forse era già la conseguenza di quel balsamo. Una strana euforia la colse e decise di berne ancora.
«Ora tocca a te. Nella mia vita non ho mai bevuto da sola.» Gli disse invitandolo a prendere la bottiglia.
Le loro dita si sfiorarono.
«Sei una donna privilegiata. A me è successo sempre il contrario.»
«Non ti facevo un tipo da bar solitario, un tiratardi, uno di quelli che chiudono il locale con il padrone.»
Lui si staccò dalla bottiglia.
«E che tipo sembro?»
Lei reclinò un po' la testa che cominciava a sentire più leggera.
«Un principe che salva le donne in pericolo.»
Palmer sorrise.

«Di solito salvano le principesse.»

«Non è il mio caso...»

I suoi occhi azzurri sembravano risplendere, i capelli biondi parevano illuminati. Palmer fece per dire qualcosa ma poi bevve ancora.

«Dammi la bottiglia, per favore,» disse Elisabeth.

Dopo un istante, sentì il liquido scendere ancora. Guardò di traverso il contenuto. Ce n'era a sufficienza per dormire due giorni interi.

«Mi ricorda un liquore che ho bevuto in Italia.»

Palmer prese la bottiglia che gli stava porgendo e onorò il suo turno.

«Quale?»

«È un'acquavite locale, della Sardegna, si chiama il Filu 'e ferru, buonissimo e maledettamente forte. Con tre bicchieri mi ubriacavo.»

Lui la guardò meravigliato. Lei sospirò e alcune bollicine alcoliche si persero nell'aria.

«Diciamo che ho dato un po' di problemi ai miei.»

«Però te la sei sempre cavata...»

Elisabeth alzò una mano. Ora la testa sembrava volasse. Prese la bottiglia e giù un altro sorso. Attese che anche lui facesse lo stesso e disse: «Mi stai facendo parlare ma voglio sapere di te. Ti ho visto quasi due anni fa, quando siete partiti per riportare mia madre a casa... eravate un piccolo commando, giusto? Poi mio padre è stato ferito e ti ho intravisto solo in ospedale.»

Lui alzò le spalle come se volesse non pensare a quei giorni.

«Cosa nascondi Palmer? Da cosa stai scappando?»

La fissò per un istante ma poi spostò lo sguardo altrove. «Non ho voglia di parlarne,» disse semplicemente.

«Mi hai salvato la vita, sono ai tuoi piedi, forse sono ubriaca, non posso farti del male. Di cosa hai paura? Non certo di me...»

«Ti ho detto che non ho voglia.»

Lei gli prese la bottiglia dalla mano e bevve ancora.

«Facciamo un patto,» disse dopo che il liquore le aveva riscaldato lo stomaco ancora di più. Sembrava che il fuoco che sentiva dentro, non avesse fine.

«Non faccio patti con le donne.»

Elisabeth fece finta di non aver sentito e aggiunse: «Tu mi dirai il tuo segreto, quello vero, quello che ti ha fatto fare le notti ubriacandoti...» Gemette; scavare nella sua anima le stava costando fatica. Continuò. «Quello da cui mio padre ti ha salvato, e io ti dirò il mio.»

«Ti ho detto che non faccio patti con le donne.»

E giù un altro sorso.

«Io non sono una donna, sono una strega.»

Entrambi sorrisero e lei bevve ancora.

«Se andiamo avanti così lo finiamo» disse lui.

«Perché avevi in mente di lasciarlo? È buonissimo.»

Palmer piegò la testa di lato, poi con una mossa rapida, si sedette vicino a lei. Solo in quel momento lei realizzò che era rimasto chino tutto il tempo.

«Cosa ti è successo, soldato?»

La sua non era una domanda ma un invito a parlare e allora quel gigante si spostò di trequarti per averla di fronte, fissò un punto indefinito dietro di lei e scrollando le spalle, sussurrò: «Lavoro con tuo padre da anni. Non siamo mai stati solo una squadra Delta, ossia sempre in azione, ma abbiamo preparato ogni missione con indagini scrupolose che spesso ci hanno semplificato il lavoro. Dopo che tua madre è sparita, la prima volta nel 2002, James non si dava pace, doveva trovarla, sapeva che poteva essere viva perché il suo valore era troppo alto da far fuori su due piedi. Sembrava impazzito, e noi, la sua squadra, lo seguivamo ovunque. Battemmo ogni pista ma non trovammo nulla, finché un giorno qualsiasi di un mese qualsiasi, dopo circa tre anni, catturammo un uomo, un mercenario. Eravamo in Sudan e stava vendendo armi a Omar Al Bashir, il presidente poi condannato per crimini contro l'umanità, e dall'interrogatorio venne fuori che certe informazioni sui nostri eserciti sparsi nel mondo venivano da una spia catturata in Venezuela. Tuo padre non ci credette e usò ogni mezzo per farlo parlare. Quello disse che non sapeva altro ma che era meglio lasciar perdere.»

Afferrò la bottiglia e tracannò un sorso. Poi la guardò; sembrava fosse invisibile tanto era silenziosa.

«Così facemmo un patto. Non avremmo detto a nessuno ciò che sapevamo e continuammo a lavorare di nascosto per cercare di capire se ciò che aveva detto l'uomo era vero e se tua madre era la causa di tutto.»

Elisabeth si riscosse. L'aver sentito parlare ancora di sua madre l'aveva inebetita.

«Cosa c'entra con il tuo segreto?»

Gli chiese rabbrividendo.

«Senti freddo?»

«Non preoccuparti, sto bene. Avevi ragione, il dolore è passato.»

Entrambi rimasero in silenzio e lei ne approfittò per guardarsi intorno. Il silenzio della notte e il buio profondo che era sceso con il passare delle ore rendevano quel posto un confessionale.

«Spegneresti le luci? I lampioni fuori sono sufficienti.»

Palmer si alzò senza rispondere. Se quella richiesta lo aveva colto di sorpresa, non lo aveva dato a vedere.

Ora erano veramente due ombre e lei portò la bottiglia alle labbra.

Dopo un istante lui fece altrettanto.

«Non mi hai risposto...»

«Mi sono preoccupato per te, scusami.»

Elisabeth sorrise e lui se ne accorse. Rimase un paio di secondi a guardarla e poi girandosi un poco, riguadagnò quello spazio che gli serviva.

«Tuo padre mi disse che voleva partire, prendersi un congedo di un paio di settimane e seguire una pista. Tutto fuori dai radar, in incognito. Gli dissi di sì ma il giorno prima della partenza, un uomo, forse un rapinatore, entrò in casa e uccise mia moglie e le due bambine.»

Il fresco della notte, il gelo che Elisabeth aveva provato quel giorno durante l'aggressione di quel bastardo, non le avevano tolto il respiro come quelle ultime parole del soldato Palmer.

Non le rimase che bere un altro sorso. Si mosse, e vide lui fare altrettanto.

«Mi dispiace,» sussurrò e allungò una mano per toccargli un braccio. Le dita lo sfiorarono con incertezza ma poi gli premette la mano sul polso e lo strinse.

Palmer rimase immobile. La penombra nella stanza non inquadrava i suoi occhi ma Elisabeth pensò che fossero lucidi.

«Avevano solo sette e cinque anni, e lei, mia moglie era l'unica cosa bella che avevo al mondo... Non è giusto,» aggiunse Palmer, «non è giusto, cazzo se non lo è. Cosa pensava di trovare in una casa di due soldati?»

La voce si era incrinata fino a rompersi del tutto.

Portò le mani al viso e rimase immobile. Il gigante sembrava piccolo e indifeso. In quel momento Elisabeth comprese tutti i bicchieri che aveva bevuto, la disperazione che lo aveva portato a un passo dal farla finita e la resurrezione che suo padre aveva reso possibile. Già, suo padre...

«Perché sei qui? Cioè, intendo... come hai fatto a sapere che mi trovavo qui? Ho deciso solo la notte scorsa...» La fiducia in quell'uomo parve vacillare e sentì un giramento di testa. Si ritrasse e cercò di guardarlo negli occhi. Che stupida, gli aveva anche detto di spegnere le luci. In un istante si trovò di nuovo sola e vulnerabile.

«Non ti stavo seguendo, non temere. Stavo andando da tuo padre ma la frana mi ha costretto qui. Ho avuto la fortuna di arrivare al momento giusto.»

Non c'era traccia di menzogna in quelle parole e quando lui si girò verso di lei per non sottrarsi alla sua vista, Elisabeth si rincuorò.

«Sai dove si trova?»

Palmer annuì.

«E mi dirai esattamente il luogo?»

«Se è quello che vuoi.»

Lei sospirò. Il fuoco del liquore tornò all'improvviso e afferrò la bottiglia ormai leggera.

«È quasi finito,» disse dopo aver bevuto e invitandolo a fare altrettanto.

«Allora devi sbrigarti.»

«A fare cosa?»

Lui quasi sorrise come a cacciar via la tristezza che lo aveva avvolto. Se finalmente riusciva a parlare tanto tempo con una donna era grazie alla cura che gli aveva dato Carmen Mendoza. Il sesso con lei era stato liberatorio, lo aveva aiutato ad aprire un po' il suo cuore concedendo a letto il sentimento di cui aveva bisogno. E Carmen non si era sottratta a quel gioco di sesso e amore, aiutandolo ad affrontare la paura di provare di nuovo qualcosa. Ora però era diverso: di fronte aveva una donna che era riuscita a farlo parlare, ad ammettere la grande pena della sua vita. Si sentiva nudo e vulnerabile come non mai.

«Mi sono aperto a te perché sei una Scorsese e abbiamo fatto un patto...»

«Solo per questo?»

Lui scosse la testa. Ringraziò il liquore anche se era ancora perfettamente sobrio.

«Ho sentito di potermi fidare nel dirti tutto.»

«È bello quello che dici.»

«È la verità, Elisabeth, solo la verità.»

Entrambi si accorsero che l'aveva chiamata per nome per la prima volta.

«Ho vissuto per troppo tempo a sfidare la morte con il desiderio di morire. Ero spento dentro e fuori ero solo una macchina al servizio del Governo. Tuo padre mi ha salvato, è vero, ma dall'onta del suicidio, non dall'abisso in cui ero caduto. Mi ha dato un codice di vita, una missione oltre quelle che abbiamo condiviso, è stato un padre e sono unito a lui come un figlio.»

«Andavi a trovarlo per questo?»

Lui annuì. «Non si può stare mai lontani da un genitore. Non ne posso fare a meno, anche se lui non vuole vedermi.»

Avevano avuto la stessa idea.

Elisabeth sorrise. Il suo cuore tormentato, le sue emozioni contrapposte che aveva sentito in quegli ultimi mesi, la mancanza di ossigeno, di amore, tutto in un attimo trovò una spiegazione. Fu come se mille pezzi si ricomponessero per magia nel centro della sua mente e del cuore.

In quel momento sentì di essere felice. Aveva di nuovo ritrovato la forza per andare avanti, lo scopo che la spingeva a conoscere la verità.

«Allora, principessa, non mi hai detto il tuo segreto.»

Elisabeth si mosse verso di lui e sussurrò, prendendogli il viso tra le sue mani: «È questo.»

E lo baciò sulle labbra.

La sollevò come si fa con qualcosa cui si tiene veramente, lei con le braccia al collo di lui e la lingua che continuava a perlustrare avidamente la sua bocca. Lui mugugnò qualcosa, il tempo di sottrarsi solo per afferrare le sue cose. Non sembrava avesse bevuto tanto dalla velocità che impiegò nel cercare di nuovo il contatto con lei. Elisabeth lo notò ma non disse nulla, non voleva interrompere quel flusso di emozioni che la stava travolgendo.

Palmer fece le scale, urtò un angolo e lei si staccò:

«Ce la fai?»

La domanda era inutile, lo sapeva bene ma doveva riprendere fiato.

«A fare cosa?» rispose e lei sorrise. Ora diventava anche ironico. Una scoperta dopo l'altra.

«Piuttosto dimmi dove devo andare.»

«Stanza 105, sei fortunato.»

«Puoi dirlo forte.»

Le venne in mente di quel gioco che faceva da ragazza e stava per urlare ma poi si ricordò che avevano già fatto molto rumore; era inutile aggiungerne ancora.

Grazie alla tenue luce dei lampioni che entrava dalle finestre del corridoio trovò la sua stanza e solo davanti alla porta la mise giù.

Lei tirò fuori la chiave dai jeans, la inserì e fece per girarla ma poi si bloccò. Lo guardò negli occhi e sottovoce, disse: «Sei sicuro di voler entrare?»

«Aprila oppure mi tocca tirarla giù con un calcio.»

Il tono che usò non metteva dubbi; lo avrebbe fatto sicuramente.

Sorrise senza che lui se ne accorgesse e spinse la porta. Come fece due passi, vide con la coda dell'occhio che la borsa volava in un angolo e in un istante si sentì afferrata da dietro. Le passò le braccia intorno alla vita, stringendola forte e lei quasi sussultò. Quest'uomo era un fascio di muscoli, una vera potenza. Sentì il viso di lui affondarle tra i capelli e si scostò leggermente offrendogli il collo che lui cominciò a baciare dolcemente. Le sue labbra le trasmettevano piccoli brividi, e sembrava che Palmer non avesse fretta. Ripercorse il collo più volte e solo quando si sentì sazio le diede modo di liberarsi da quella stretta.

«Allora, ce l'hai un po' di tatto soldato?»

Si girò e fece un passo indietro. Lui era sul punto di seguirla ma lei lo fermò con il palmo della mano destra aperto.

«Aspetta... chiudi la porta e...»

Con un calcio, Palmer ubbidì al suo comando e poi con un guizzo le fu addosso.

Le sue labbra cercarono ancora quelle di lei, le mani le incorniciarono il viso. Fu in quel momento che lei sentì per la prima volta il suo odore. Sapeva di un desiderio animale, intenso, come di chi ha vissuto per tanto tempo trattenuto e finalmente può lasciarsi andare senza curarsi delle conseguenze. In lei montò la voglia di assaporare tutta quella energia, come se il vuoto dell'ultimo anno potesse essere spazzato via da quel gigante.

E fu così.

Quasi si strapparono i vestiti, abbandonati a terra come roba superflua, fino a quando, totalmente nudi, lui la sollevò e tenendola stretta si lasciò cadere sul letto.

Con le mani che la cercavano ovunque, Palmer l'avvinghiò con le gambe come a sincerarsi che non sarebbe fuggita via.

Elisabeth non ci pensava proprio.

Quel corpo perfetto, quel sesso che intravedeva tra le sue cosce, erano ciò che più desiderava al mondo. Cominciò a stringerlo a sua volta, mettendosi perfettamente sotto di lui, pronta ad accoglierlo.

Non provava un tale desiderio da molto tempo. Iniziò a muoversi come se lui fosse dentro di lei, e comprese quanto Palmer stesse facendo resistenza.

«Perché fai così...» La voce che le uscì era roca, come venisse dal profondo.

«Aspetta, principessa, non avere fretta.» Parole dette come un soffio vicino all'orecchio.

Lei rabbrividì e s'impose di fermarsi.

Con le mani che stringevano i seni e titillavano i capezzoli, Palmer cominciò a baciarle il ventre per scendere sempre più in basso. Lei chiuse gli occhi e inarcò la schiena, mugolando. Lui emise un sospiro, quasi liberatorio. Sbarrò gli occhi come a voler imprimere la bellezza di quel corpo sotto di lui. I suoi baci si alternavano a piccoli morsi, dolore e piacere si mischiavano rendendo tutto ancora più eccitante e quando le sue labbra sfiorarono il suo clitoride, Elisabeth era quasi sul punto di urlare. Cominciò a muoversi freneticamente, spingendo il pube contro la sua bocca e lui fu costretto a bloccarla con le mani sul ventre. Sembrava una furia, anche lei trattenuta da tempo. Quando la lingua s'insinuò dentro di lei, Elisabeth non riuscì più a trattenersi e si portò una mano alla bocca per cercare di reprimere l'urlo di piacere che stava per rompere il silenzio di quella notte. Due anime che avevano conosciuto il dolore e la tristezza infinita si stavano riconciliando con la pienezza della vita.

«Prendimi, per favore... ora, subito...»

Non era un ordine ma una preghiera. E Palmer l'ascoltò, incredulo di essere in quel luogo e in quel posto, e soprattutto con quella donna.

Lo fissò negli occhi e lui fece altrettanto. Con lentezza si allungò fino a sfiorarle le labbra e si fermò un attimo prima di baciarla di nuovo.

«Sei sicura?»

Quella domanda fu un sussurro diretto più al suo cuore che non a quello di Elisabeth.

Lei lo comprese e si prese un attimo prima di rispondere. Poi non disse nulla ma il suo volto si aprì in un sorriso, grata per aver trovato chi aveva rispetto di lei e le affidava la sua rinascita.

Con un colpo secco, fu dentro di lei e la brama di sesso che li aveva avvolti fin dal primo bacio tornò più forte di prima. Il sentimento di amore e tenerezza si trasformò in una ricerca incontrollata del piacere. Palmer si mosse sempre più velocemente, con il membro che a ogni colpo le irradiava un fiume di emozioni. Elisabeth si arrese a tanta potenza, lasciandosi trasportare dal suo corpo. Lui raddrizzò la schiena un poco lontano da lei per ammirarne il seno che si muoveva al suo ritmo, il collo e quel viso che sembrava trasformato. Dal canto suo, lei si godette quel corpo perfetto, i muscoli delle spalle e delle braccia che sembravano gonfiarsi ogni volta che lo sentiva affondare in lei. Uno spettacolo che non avrebbero mai dimenticato. E così fu per entrambi, quando compresero quanto l'intimità del sentimento condiviso potesse diventare una droga sessuale. Stavano godendo per il piacere immenso che due anime ferite erano riuscite a trasmettere l'uno all'altro, continuando a guardarsi negli occhi. Era come se tutto fosse tanto impossibile da essere vero.

«Sei tu?» Gli chiese Elisabeth, trovando la forza di sussurrare.

Palmer non rispose, ma annuì. L'onda delle emozioni che stava provando, non gli permetteva di parlare. Era un uomo pronto a tutto, a morire in battaglia se necessario, ma per quello che stava sentendo in quel momento, non c'era addestramento al mondo. Solo per un istante lo colse la paura improvvisa del dopo, ma con un battito di ciglia cacciò via quella sensazione. Per uno che aveva vissuto per anni senza un dopo, non era quello il momento per tirarlo fuori.

«Elisabeth...» sospirò, «sto per venire...»

«Aspettami, soldato... è un ordine.»

Gli sorrise di nuovo e per la prima volta, lui fece altrettanto. Un sorriso che era la porta del suo cuore.

«Non vado da nessuna parte, principessa, stai tranquilla.»

Il fiato di lei si fece più corto mentre lui cercava di controllarsi. Ora erano di nuovo vicini; con una mano Palmer le stringeva il seno e cercava il capezzolo, turgido e voluttuoso, mentre con l'altra le teneva il collo sollevandole la testa.

La baciò con la lingua in profondità mentre affondò ancora di più i colpi dentro di lei, il suo pene teso allo spasmo, gonfio e pronto a esplodere.

Attese che lei mugolasse e quando sentì che stava per venire si lasciò andare.

Entrambi urlarono, ignorando il rumore che fecero. Ci sono momenti in cui la gioia non può essere contenuta e diventa felicità, quando le emozioni dell'anima si uniscono a quelle del piacere fisico.

L'attimo dell'orgasmo sembrò durare un'eternità, tanta fu l'attenzione con cui lo accompagnarono, consapevoli della rarità di quell'istante.

Lui si fermò e si lasciò andare sopra di lei, il corpo privo di forze.

Elisabeth non disse nulla quando sentì quella massa enorme avvolgerla, schiacciarle i seni facendole male. Un dolore così era nulla rispetto al suo appagamento. Rimasero immobili come a trattenere la gioia di quegli istanti, come se il momento potesse essere fermato e con lui tutta l'emozione vissuta poco prima.

Fu Elisabeth a rompere l'incantesimo e a togliersi dall'imbarazzo.

«Sto soffocando...» mormorò al suo orecchio.

«Scusami.» Con prontezza, si allontanò da lei senza il minimo sforzo. Sembrava un elastico.

Lei lo guardò ancora una volta.

«Sei bello Palmer...»

Lui si fermò a pochi centimetri, le gambe ancora su di lei.

«Tu sei fuori da qualsiasi categoria.»

«Cosa vuoi dire?» Chiese lei con un tono di finta offesa.

Lui si alzò e raggiunse lo zaino. Elisabeth ne ammirò il corpo da dietro e solo in quel momento realizzò quanto fosse perfetto. Era come se riempisse la stanza, come se le molecole dell'aria si fermassero al suo passaggio. Non era solo uno spettacolo per gli occhi, ma un'emozione per la mente. Quel pensiero quasi la stordì e rimase a fissarlo senza aggiungere nulla. Stava armeggiando come se volesse tirare fuori qualcosa ma non vi riusciva.

«Eccola,» disse dopo un istante.

Tornò a sdraiarsi verso di lei mentre Elisabeth si tirava su appoggiandosi allo schienale del letto.

Il suo corpo era nudo di fronte a lui, ma non sentì l'esigenza di coprirsi. Anzi, desiderava che lui la guardasse ancora.

«Dammi la mano.»

La sua serietà la colpì e decise di stare al gioco. Aveva visto la profondità di quest'uomo ma non lo conosceva affatto. Assecondarlo sarebbe stato un ottimo inizio per colmare quel vuoto.

«A cosa devo l'onore?»

«*Sssh*...» le sussurrò, «e ascolta.»

Anche lei si fece seria e la nudità ora le sembrò un po' fuori luogo.

«Da quel giorno maledetto non mi sono mai liberato di questa medaglia. Era lì, in bella vista, ma il ladro non se ne accorse e non la prese. È stata per me il ricordo di quegli eventi, solo nel vederla cominciavo a disperarmi come se la cicatrice cominciasse sempre a sanguinare. Ma è una medaglia al valor militare, me l'hanno data per aver salvato alcuni compagni...»

«Perché mi dici questo?»

Elisabeth avvertì che stava succedendo qualcosa d'importante, troppo per lei. La sua mano corse ad afferrare il lenzuolo accartocciato in fondo al letto.

Lui la bloccò.

«Ascolta e non scappare, per favore.»

Lo osservò, girando leggermente la testa. Non c'era in lui nessuna traccia di comando, ma era una semplice richiesta, una richiesta d'aiuto. Si stava aprendo di nuovo, indifeso e senza barriere e le stava chiedendo di accoglierlo come aveva fatto poco prima con la sua intimità.

Annuì e tornò ad appoggiarsi allo schienale. È strano come a volte si fanno delle scelte importanti in un battito di ciglia.

«Dimmi.»

«Vorrei che la prendessi tu, per come sei dentro, per quello che provi, per la tua forza a reagire alle cose che succedono, per il coraggio e la capacità di non arrenderti mai. Per me è stata tutto questo e ora voglio che lo sia anche per te.»

Con quelle parole, le mise la medaglia in una mano e poi le strinse le dita. Ora era al sicuro, nel cuore di una donna che ne avrebbe compreso il valore e il significato. Di questo Palmer era certo.

Elisabeth trattenne il respiro. Poi scosse la testa e disse: «Non posso... non posso prenderla, appartiene alla tua vita, al tuo passato...»

«Appunto. È il passato ma io l'ho vissuto sempre come fosse il presente e solo stanotte ho capito di averlo superato. Grazie a te e a quello che abbiamo fatto insieme. Ecco chi sei per me. Sei la donna che mi ha fatto andare oltre. Sei speciale e voglio che sia tua.»

Rimase muta, impietrita. Non poteva fare altro davanti a tanta forza. Quest'uomo si dimostrava potente anche nel devastare l'anima. Era una regina del foro, aveva dimestichezza con le parole, sapeva maneggiarle per imprimere o meno significati importanti, era il suo mestiere d'altronde, ma non aveva mai sentito tanta determinazione in quelle che aveva appena ascoltato.

«Io...» Cercò di dire ma il fiato le mancò.

«Ti prego,» disse e con due dita le sollevò il mento. Il suo viso era lì, gli occhi lucidi, forse persi nella sorpresa del suo gesto.

Palmer appoggiò la fronte alla sua e sussurrando aggiunse: «Ci sono persone destinate a vivere intensamente, e quindi a patire o gioire più delle altre. Fa parte di te, di come sei, non si può fuggire dal proprio essere. Sono le predestinate, le prescelte, coloro che faranno grandi cose con grandi sacrifici, coloro che possono superare anche le tragedie più grandi perché la loro anima va oltre. Tu sei una di queste... ecco cosa sei per me Elisabeth: la forza dell'anima. E non puoi farci nulla, sei destinata a soffrire e ad amare intensamente.»

I suoi occhi neri erano dentro quelli di lei, azzurri come il cielo dopo una tempesta, limpidi e grandi, in grado di contenere la portata di quelle emozioni.

Annuì. Era quello il suo destino. Lo era stato fin dal principio ma non lo aveva mai compreso pienamente. La mano libera di lei gli sfiorò il petto e cominciò a giocare con i suoi capezzoli. Lui le baciò il naso, la fronte e poi ancora il naso. Le mani scesero sulla schiena e la tirò a sé.

Con la coda dell'occhio Elisabeth vide che il desiderio gli stava di nuovo montando e lo mostrava con sfrontatezza. Il suo cuore sorrise, le sue labbra si aprirono, e ancora una volta accolse quel bacio e l'uomo che quella notte le aveva cambiato la vita.

14

Le prime luci dell'alba rischiararono la stanza immersa nel buio. Si trovava distesa su un letto, avvolta da una coperta che sentiva pesante. O forse era la sua testa. Aprì gli occhi cercando di capire dove fosse ma poi in un attimo ricordò. Il suo rapimento, l'uomo che l'aveva salvata, l'incidente... e tutto quel sangue, il killer senza testa chino su di lei, parti del cervello ovunque. Rabbrividì e le venne di nuovo da vomitare. Si girò di scatto e lasciò andare quello che aveva nello stomaco sul pavimento a lato del letto. Una luce si accese all'improvviso e lui si materializzò all'istante.

«Sta bene?»

La sua domanda suonò come un'assurdità e lei fece una smorfia, anche per l'odore che sentiva sotto di lei.

«Aspetti, le prendo qualcosa per pulirsi.»

«Non ce n'è bisogno, non sono una ragazzina. Mi dica piuttosto dove siamo. E mi indichi un bagno.» Era infuriata con quel tipo che continuava a starle addosso e a preoccuparsi per lei.

«Siamo in una casa sicura e il bagno è subito fuori sulla destra. Troverà degli asciugamani puliti, può farsi una doccia. Le darò qualcosa da mettere. Qui pulisco io.»

«Grazie,» disse lei passandogli davanti senza degnarlo di uno sguardo. Condividere quei luoghi sconosciuti e quei momenti terribili con un estraneo la rendevano ancora più inquieta e spaventata.

Entrò, chiuse la porta, accese la luce e scoppiò a piangere. Ma chi poteva volere la sua morte? E perché? Si accasciò a terra e le lacrime lasciarono il posto ai singhiozzi. Dove si trovava? Come stava sua figlia? E i suoi genitori? Cosa avevano saputo? Lo stomaco si contrasse ancora ma per il senso di smarrimento che la colse all'improvviso. 'Dio, come ne uscirò da qui?'

In quel momento, lui bussò alla porta.

«Come si sente?»

Debbie fece per parlare ma non le uscì nulla. Si guardò allo specchio cercando di ripulirsi con un po' d'acqua e del sapone che sembrava essere lì da un secolo. Non aveva nessuna voglia di farsi una doccia; desiderava solo poter riavvolgere il nastro di quelle ultime ore e far finta che nulla fosse successo.

'Ma non è così che funziona, cara mia, e lo sai bene.'

Fece un lungo respiro, chiuse gli occhi e si concentrò sulla sua mente matematica, quella che era in grado di scandagliare tutte le soluzioni possibili per poi applicare quella giusta.

Cercò dentro di sé quella forza che l'aveva sostenuta nei momenti più tristi, quel desiderio profondo che l'aveva spinta a ribellarsi al destino avverso. Come l'omicidio di un suo vecchio fidanzato, Andrea.

Come quel nome le si formulò in testa, aprì gli occhi e uno sguardo diverso le comparve sul viso.

«Sto uscendo.»

Lo disse sperando che quell'uomo le lasciasse spazio per muoversi.

Aprì la porta ma non c'era nessuno. Avvertì l'odore del caffè appena fatto e decise di seguirlo. Lo stomaco pareva essere tornato silenzioso.

Lo vide di spalle; stava armeggiando con qualcosa in cucina, forse alcune tazzine. Come gli fu vicino, si accorse che non era solo alto e robusto, ma sembrava teso come una molla pronta a scattare, una molla d'acciaio. Se avesse voluto ucciderla o farle del male, lo avrebbe potuto fare solo schioccando le dita.

«Si accomodi nella sala principale. C'è un divano confortevole e a quest'ora il sole illumina ogni angolo. Le porterò una tazza tra poco, tempo di un minuto.»

«Non pensa che possa fuggire?»

Cobra si girò e la fissò prima di replicare.

«Ho il compito di proteggerla da chi vuole ucciderla. Se vuole andare via, vada pure. Sarò costretto a seguirla e salvarla di nuovo...» Lasciò cadere la frase alzando le spalle come a dire che non sarebbe stato un problema.

Debbie non si mosse, ma attese che finisse di versare il caffè in due tazze e poi si scostò per lasciarlo passare. La mole riempiva completamente il vano della porta.

Fece alcuni passi e come fu nel salotto, posò le tazze su un tavolino di fronte a un divano e una poltrona.

«Aspettiamo che si raffreddi un po'. Venga, le faccio vedere una cosa.» Si mosse senza attendere una risposta, con una leggerezza che stonava con il resto.

Ma chi è quest'uomo? Che sia veramente il diavolo fatto persona?, si chiese Debbie mentre lo seguiva senza fiatare.

Si avvicinò a una vetrata che si apriva su un lato della sala e la vista le mozzò il fiato. Una montagna e la sua immensità riempivano tutto ciò che uno sguardo potesse catturare. Il sole illuminava il verde dei boschi sottostanti, il resto era roccia e ghiaccio: nella vetta più alta vide una stazione e una funivia che scendeva.

Si girò verso di lui e sussurrò: «Dove siamo?»

Anche Cobra era rimasto incantato da quella vista e si adeguò al suo tono basso e leggermente rallentato.

«È il massiccio del Monte Bianco, siamo a Chamonix. Questo è il luogo sicuro in cui dovevo portarla.»

Debbie lasciò vagare lo sguardo e comprese di trovarsi in uno chalet di montagna, anzi sembrava molto di più. Era fatta di materiali di pregio e arredata con gusto, una residenza di villeggiatura per chi non aveva problemi di denaro.

«Beviamo il caffè altrimenti si raffredda, sempre che ne abbia voglia...»

Lei annuì.

Presero le tazze e si accomodarono, neanche fossero due vecchi amici seduti uno di fronte all'altro.

Dopo il primo sorso, fu Debbie a rompere il silenzio: «Devo parlare con mia figlia e i miei genitori, subito.»

L'uomo scosse la testa.

«Non è possibile.»

Lei fece per replicare ma lui la fermò. «Non si preoccupi, loro sapranno che sta bene.»

Gli occhi chiari di Debbie s'indurirono.

«E chi me lo assicura?»

Di nuovo le spalle dell'uomo si alzarono. Poi fissò la donna che sostenne il suo sguardo sfidandolo. Esigeva una risposta e Cobra capì che non avrebbe lasciato perdere facilmente.

Si alzò, fece due passi e afferrò una borsa nera. Tirò fuori un cellulare, si mise di fronte a lei che fece in tempo a intrecciare le dita, e le fece una foto e poi un'altra. Spinse un paio di tasti seguiti da un breve messaggio.

«È contenta ora?»
Tornò a sedersi senza smettere di guardarla.
«Chi mi dice che l'ha spedita veramente?»
«Deve accontentarsi, di più non posso fare. Ho già corso i miei rischi. E poi deve fidarsi.»
Debbie scattò all'istante.
«Di lei? Un assassino che appare nella notte, mi prende e mi porta in un luogo sperduto tra le montagne? In una casa che sembra una reggia ma è un nascondiglio? Cos'altro mi devo aspettare, che scoppi una bomba da un momento all'altro?» Il suo volto era una maschera di rabbia repressa; in quella donna minuta si nascondeva una brace pronta ad ardere di nuovo. Cobra ne rimase affascinato, ogni sorpresa lo metteva di buon umore.
«Non scherzi, potrebbe anche succedere.»
«Io non scherzo... come ha detto che si fa chiamare?»
«Cobra.»
«Ecco, appunto, colpisce una sola volta ma è letale.» Come lo disse, si ammutolì. Era esattamente ciò che aveva visto fare a quell'uomo. Questa consapevolezza quasi l'afflosciò.
«Perché la vogliono morta?»
Debbie lo fissò e poi scosse la testa. La rabbia di prima era di nuovo smarrimento.
«Allora?»
«Non lo so... le ho detto che non ne ho la più pallida idea...»
«Dottoressa McRoland non giochi con me, non le conviene.»
«Che fa ora, mi minaccia?»
L'uomo scosse la testa.
«Sto cercando di tenerla al sicuro, ma se vuole delle risposte le cerchi nella sua testa. Non posso aiutarla se non mi dice quello che sa.»
«Ma io non so...» Quelle parole suonarono così vuote che si ammutolì. Non c'era bisogno di aggiungere altro.
Cobra si alzò e disse: «Si dia una sistemata, dobbiamo uscire a comprare qualcosa da mangiare e le servono dei nuovi vestiti. Credo che la nostra fuga durerà più del previsto. Faccio ancora un giro di controllo e sarò di ritorno tra una ventina di minuti. Confido nella sua collaborazione e comprensione. E comunque si ricordi che ho ucciso quattro persone nelle ultime quarantotto ore per metterla in salvo e proteggerla.»
Debbie stava per replicare, ma il buonsenso la invitò a rimanere in

silenzio. Era colpa sua. Dopotutto, questo killer non era suo nemico e doveva farsene una ragione. Attese di rimanere sola e poi si trascinò fino al bagno. Ora una doccia era tutto ciò che desiderava, anche se non bastava a lavare via la coscienza.

Il paese era incantevole. Chiuso tra le due catene di montagne che univano tre Stati, la Francia, l'Italia e la Svizzera, era una meta per turisti sia d'inverno che d'estate. In quel periodo dell'anno non erano molti i visitatori. Il ghiacciaio Du Midi si stava sciogliendo, il fiume Arve che lo attraversava era alto e scorreva impetuoso, e la vegetazione dai mille colori donava al tutto un qualcosa di magico, come se la vita si fosse risvegliata da un lungo letargo. I ristoranti e i negozi di lusso facevano da cornice a un misto di palazzine stile Art Nouveau e a tante villette sparse nei boschi subito fuori dal centro. Erano poche le persone che potevano godersi tanta pace e silenzio, ma quella coppia non dava certo nell'occhio. Camminavano vicini e ogni tanto si fermavano a guardare una vetrina, con la loro busta piena di prelibatezze del Refuge Payot oppure del negozio di abbigliamento Snells Sport, entrambi affacciati su Rue du Docteur Paccard.

Come sbucarono in piazza Balmat, lasciandosi alle spalle l'ennesima gelateria, Cobra le disse quasi in un soffio: «Aspetti qui, devo fare una cosa.»

Si diresse a grandi passi verso l'ufficio postale mentre Debbie ordinò un caffè al bar Extreme, proprio di fronte, e si accomodò sui tavolini esterni. Da quella posizione avrebbe notato se qualcuno avesse seguito il suo protettore fin dentro l'ufficio grigio.

Mentre era in attesa, si guardò intorno. Alla sua destra aveva il Casinò che occupava un intero palazzo su più piani con alcuni passanti fermi a osservare una statua di bronzo in posa poco distante. L'uomo, vestito come un esploratore degli anni trenta, era immobile per gli occhi e i commenti dei più piccoli. A ogni suo impercettibile movimento, qualcuno ridacchiava, sorpreso a credere che fosse una statua vera. Alla sua sinistra invece si apriva la piazzetta del centro dove poter mangiare qualsiasi piatto della regione o pizza a volontà. Si meravigliò di come fosse tutto decisamente turistico. Nonostante questo, il paesino era splendido e si respirava un'aria di pace e tranquillità. Si voltò verso l'interno del bar e scorse un televisore da cui poteva vedere solo le immagini. Non fece in tempo a essere contagiata da quel benessere che la sua immagine riempì lo schermo lontano. Spalancò la bocca e strinse gli occhi per cercare di vedere meglio. Era un servizio di un telegiornale e le immagini successive mostrarono un'auto completamente distrutta e due volti di uomini presi da qualche foto segnaletica. Dei ricercati, pensò. Il suo istinto fu quello di fuggire ma quando fece per muoversi una mano le strinse una spalla.

«Stia ferma, abbassi lo sguardo e faccia un sorriso.»

Debbie non si girò ma riconobbe la voce.

Fece come gli era stato ordinato e la figura dell'uomo che l'aveva salvata riempì il suo campo visivo. Si accomodò vicino a lei, occupando un altro sgabello.

«Ha pagato il caffè?»

La donna annuì e si mise a fissarlo. Si sentiva persa.

«Bene. Si alzi con calma, c'è un negozio di occhiali qui accanto, ne prenda un paio scuri e senza uscire prosegua dritta, è collegato all'interno a un altro negozio di abbigliamento sportivo. Al primo piano trova dei cappelli. Ne scelga uno velocemente. Poi esca dalla porta principale, e dalla parte opposta del palazzo sarò lì ad aspettarla, vicino a un grande orologio. Faccia finta di non vedermi. Sulla sua sinistra troverà una farmacia, è sotto i portici, vendono anche prodotti cosmetici. Compri una tinta scura ed esca subito. Mi raccomando, deve pagare in contanti, ne ha?»

Debbie non rispose, cercava di assimilare quello che le aveva appena detto, non aveva idea di quanto avesse in tasca.

«Non importa. Ecco cento euro, dovrebbero essere sufficienti. Ora si muova, per favore.»

Con la coda dell'occhio vide sei poliziotti che risalivano la via principale. Avevano le spalle dritte e si muovevano velocemente. Sembrava scrutassero i volti dei tanti turisti che passeggiavano tranquilli.

«Non sono qui per lei... o meglio, stanno controllando gli alberghi, se fa come le dico non la fermeranno. Si muova, presto!»

La donna si alzò e identificò immediatamente la porta del negozio di occhiali. Vi entrò e solo in quel momento Cobra si mosse. Fece un giro leggermente più largo, passò tra gli edifici che ospitavano i locali che le aveva suggerito e facendo finta di interessarsi a una mountain bike da prendere a noleggio, la vide uscire dopo una decina di minuti.

Bene, ora era meno riconoscibile. La tintura avrebbe fatto il resto. Annuì con un cenno del capo e attese che Debbie riconoscesse la farmacia e attraversasse la strada. In quel preciso istante, due poliziotti sbucarono da un angolo e lei quasi ci finì addosso. Si fermò un attimo prima, la guardarono ma tirarono dritti. Una turista come tante altre.

La donna sparì all'interno. Passarono i minuti e di lei neanche l'ombra.

Quanto ci sta mettendo?, si chiese Cobra mentre cominciò ad avvicinarsi al negozio. Da sotto i portici gettò un'occhiata dentro. Non la vide. Accelerò il passo ed entrò. Non poteva certo perderla ora. Il suo sguardo vagò tra i diversi ambienti ma di lei non c'era traccia. Si girò e la sua mole prese in pieno un piccolo giapponese che perse l'equilibrio e cercando di sostenersi, fece cadere un cesto ricolmo di creme. Il rumore fu assordante e tutti si fermarono.

«Ma che cazzo...»

Cobra non finì la frase, ogni persona presente lo stava guardando. Si maledisse e mentre cercava un modo naturale per togliersi da quel pasticcio, sentì una voce squillante alle sue spalle esclamare in perfetto francese: «Oh, è mio marito, scusate, ma quando non mi vede si preoccupa subito.»

Ci fu una risata generale, un paio di commesse raccolsero i prodotti a terra e Debbie gli si fece incontro e l'abbracciò. Cobra ricambiò sfoderando un sorriso.

«Vieni tesoro, possiamo andare.»

Debbie salutò la commessa che l'aveva servita, e uscirono velocemente.

Nessuno dei due parlò. Cominciarono a camminare lungo la via principale, diretti verso il loro rifugio. Solo dopo una ventina di passi Cobra si ridestò.

«Devo comprare qualcosa, può aspettarmi qui?»

«Dà più nell'occhio una moglie che aspetta fuori il marito oppure una coppia che fa compere?»

L'uomo alzò le spalle.

«Va bene, ma mi lasci fare, d'accordo?»

Lei fece una smorfia ma poi disse: «Non le sarò d'intralcio, non si preoccupi.»

Entrarono da Super U, Cobra scelse del cibo per una cena e anche del vino della Savoia, un Cabernet sauvignon. Dopo poco erano uno accanto all'altra sulla strada di ritorno. Nessuno dei due parlava, ognuno cercava di capire cosa era meglio fare. Fu Debbie a rompere gli indugi.

«Cosa facciamo, ora?»

«Nulla,» rispose lapidario il Cobra che la guardò di sottecchi. Lei parve non reagire.

«Non vorrei sembrarle insistente ma la polizia francese ci sta cercando, il mio volto è sui notiziari nazionali, e noi passiamo il tempo a comprare prelibatezze e vino rosso?»

Lui rallentò il passo e attese che lei facesse altrettanto.

«Sono contento che l'abbia notato...»

La donna spalancò gli occhi senza fermarsi.

«Ora cosa fa, lo spiritoso?»

Cobra scosse la testa.

«Lei non capisce.»

Sbuffò.

«Ha dimostrato di rimanere vigile anche in una situazione di forte stress. È un'attitudine non comune, una qualità che la rende ancor più intelligente.»

«Grazie,» disse Debbie senza pensare. Poi, rendendosi conto di aver dato troppa confidenza, subito aggiunse: «Ma per caso lei è anche un istruttore oltre che un...»

Cobra alzò la mano e si fermò di colpo. Erano all'aperto in una via di traffico principale e non sembrava ci fossero orecchie indiscrete ad ascoltare.

«Per cortesia, la smetta e non offenda la sua intelligenza, per l'appunto.»

Fu sufficiente per farli arrivare a casa in silenzio.

Una volta dentro, Debbie decise di fare un giro per le numerose stanze e comprese quanto quella villa avesse un valore inestimabile. Era circondata da un grande giardino dove piante di alto fusto la isolavano completamente dalle case che la circondavano. Un luogo perfetto per trovare la pace ma anche per nascondersi.

«Di chi è questa casa?»

«Lei fa troppe domande, non trova?»

Gli si avvicinò e notò come quell'uomo avesse dei modi gentili. Più lo osservava e più non si capacitava di come tanta freddezza e gentilezza potessero convivere in un unico essere umano. Forse era per questo che era stata un disastro con gli uomini e si era rifugiata nella scienza. Ma come aveva detto lui, era una donna intelligente...

«La curiosità è una dote rara, come l'autocontrollo. Va rispettata, non trova?»

L'uomo si fermò appena un istante ma a lei non sfuggì. In un modo o nell'altro, stavano cercando di comunicare.

«Mi dia una mano per una cena come si deve e le dirò alcune cose.»

Debbie parve soddisfatta e fece un passo avanti.

«Ma a un patto.» La bloccò lui.
Alzò leggermente la testa annuendo.
«Mi dirà il motivo per cui si è cacciata in questa situazione, intesi?»
Ancora una volta, non le rimase che annuire.

15

Quello che più detestava Hoffman era bere il suo Lagavulin invecchiato sedici anni senza fumare un buon sigaro. Era come se non si sentisse completo, come un omicidio senza un movente o una vittima senza giustizia. Lo rendeva inquieto e quando si accorse che aveva finito la bottiglia aperta solo il giorno prima, sbuffò e tornò a sedersi alla scrivania. Pensò che uno come lui poteva iscriversi alla categoria degli alcolisti 'astemi', ossia quei bevitori incalliti che riuscivano a resistere alla tentazione di non perdersi nell'alcol e a moderare le quantità.

Abbozzò un sorriso e osservò il proprio ufficio. Gli unici appigli per non lasciarsi andare erano la sua famiglia e quel maledetto lavoro di capo della Manhattan North Homicide Squad.

Ma quella mattina era diverso; non c'era motivo che tenesse, il suo nervosismo azzerava ogni resistenza.

Aveva ricevuto una telefonata solo il giorno prima e aspettava una visita che non avrebbe mai desiderato. Non perché odiasse quell'uomo o ciò che rappresentava, anzi alla fine vi aveva trovato un punto d'incontro, ma perché ogni volta che lo vedeva, portava guai.

Era stato direttore dell'FBI, poi da più di un anno ne aveva perso le tracce, finito chissà dove a fare chissà cosa.

Un altro servitore del Governo, arrivista e arrogante, si disse, mentre si accese il primo sigaro della giornata. Per il whisky, avrebbe atteso l'ora del pranzo a meno che...

Chiamò il suo uomo e si meravigliò che rispose al primo squillo.

«Makarov.»

«So chi sei, detective.»

«Dimmi, capo.»

«A che punto siete con le indagini sulla morte del professore... come diavolo si chiama?»

«Samuel Van Vogt.»

«Sembra un nome di fantascienza.»

«In parte lo è. Era un fenomeno della NASA, un genio. Uno scienziato molto quotato e coinvolto in progetti ambiziosi.»

Hoffman aggiunse un altro nome alla lista dei servitori dello Stato.

«Mi aggiornate più tardi, ora ho un incontro ma ho finito il Lagavulin, non è che scenderesti da...»

«D'accordo capo, ma non abituarti.»

L'irlandese agganciò e stavolta sorrise sul serio. Era stato sul punto di non vederlo più, ma era tornato. Sperava che fosse più forte di prima.

Tirò un paio di boccate e pensò che almeno per quel vizio una regola se l'era data, quella di fumarne uno alla volta. Era di buonumore e così, quando la segretaria lo avvertì dei due uomini che stavano salendo, si alzò e aprì la finestra. Un po' di educazione avrebbe contribuito a rendere l'aria più accomodante oltre che respirabile.

Lo vide camminare verso il suo ufficio, seguito da un altro in perfetto completo nero. A vederli sembravano gli ennesimi men in black.

Il tempo passa ma le abitudini rimangono le stesse... che noia, pensò mentre gli andava incontro porgendogli la mano.

«Comandante Hoffman, sono contento di rivederti,» disse Jeremy Vance quando gliela strinse.

«Il piacere è mio, direttore... o devo chiamarti in altro modo?»

L'uomo sorrise. Non si aspettava tanta gentilezza e la cosa lo mise a proprio agio.

«Ora ti aggiorno, capitano. Nel frattempo ti presento Morgan Williams, amministratore della NASA.»

Hoffman si piazzò un sorriso sulle labbra e gli strinse la mano con un cenno del capo. Il suo cervello correva alla velocità della luce per cercare di capire cosa ci facesse lì quell'uomo ma quella folle corsa non produsse nulla.

Prima di chiudere la porta alle loro spalle, lanciò un'occhiata alla scrivania di Peter. Era vuota: buon segno, il suo angelo custode sarebbe arrivato presto.

Dopo che si furono accomodati, il primo a parlare fu Vance, togliendo il comandante da un silenzio imbarazzante.

«Credo che la mia telefonata ti abbia colto di sorpresa, o sbaglio?»

L'irlandese sottolineò la sua reazione con una smorfia e allargò le braccia come a indicare l'ovvietà di quella domanda.

«Bene, allora prima di dirti il motivo della nostra visita, ti racconto di cosa mi occupo.»

Ancora una volta, un gesto fu la risposta del comandante. Lo invitò a continuare.

«Sono direttore della DARPA, un'agenzia che si occupa di progetti avanzati per la difesa del Paese.»

Hoffman rimase impassibile. Non l'aveva mai sentita nominare ma già il nome non prometteva nulla di buono.

«Collaboro con una serie di altre agenzie tra cui la NASA e siamo qui per...»

«Samuel Van Vogt, lo scienziato.» Il tono di voce fu ruvido quanto carta vetrata e s'innervosì per non avere il suo whisky a portata di mano.

Ora fu Vance ad annuire. I due uomini si guardarono. I convenevoli e la gentilezza di poco prima sembravano lontani anni luce.

«Esatto,» disse l'amministratore della NASA, Morgan Williams. Entrambi gli lanciarono un'occhiata veloce come se non esistesse e poi tornarono a fronteggiarsi.

«E cosa ti fa credere che sia disposto a condividere quello che so, mio caro direttore?»

«Sarebbe un bel gesto.»

Hoffman scoppiò in una risata, più per prendere tempo che per sminuire il ruolo di Vance. Non aveva in mano un bel niente ma se quegli uomini erano lì, era perché volevano la sua indagine e non gli rimaneva altro che bleffare.

«Oppure perché mi devi un favore.»

I pensieri dell'irlandese si bloccarono di colpo.

Vance se ne accorse e non mollò la presa.

«Ho saputo che il tuo uomo è tornato, mi sembra che sia anche un po' merito mio, o sbaglio?» Era vero, senza Vance e la sua FBI sarebbe morto da un pezzo.

Hoffman annuì ma il suo sguardo rimase vacuo. Il direttore del DARPA non se ne curò e aggiunse: «Ascolta quello che ha da dire Williams e poi deciderai.»

«Va bene.»

Il direttore della NASA si schiarì la gola: «Samuel Van Vogt ha lavorato per noi per diversi anni, poi ha fondato una sua società, la RoboTech, che opera nel campo dell'ingegneria spaziale e della robotica. In poco tempo ha acquisito contratti per milioni di dollari, ha raggiunto una fama internazionale ed era a conoscenza di progetti top secret. La sua perdita mette a repentaglio questi progetti.»

Il capitano alzò le spalle. «Non mi ha detto nulla che già non sapessi o che avessimo intuito.»

«Era a New York per la RobotCon non solo per l'intervento di chiusura della convention, ma anche come nostro rappresentante. Era a capo di un progetto di robotica applicata a scopi commerciali, militari e scientifici. Insomma, aveva una grande libertà di movimento. Con sé aveva un esempio dei nostri primi successi...»

Williams si bloccò come se avesse detto anche troppo. Passarono alcuni secondi senza che nessuno dicesse nulla e poi fu il padrone di casa a interrompere quell'impasse.

«Signori, sono onorato della vostra visita e, caro Vance, non ti ringrazierò mai abbastanza per aver collaborato al rientro a casa di Peter Makarov, ma se non avete altro da aggiungere, abbiamo finito.»

Vance, visibilmente infastidito, fece per parlare ma l'amministratore della NASA lo fermò con una mano sul braccio.

«Comandante,» disse senza cambiare tono di voce. *Sembra un automa, uscito chissà da quale progetto top secret,* pensò Hoffman sempre più a proprio agio. «Noi dobbiamo assolutamente recuperare il guanto che il professore ha mostrato durante il suo intervento. È importante per la sicurezza nazionale.»

«Dite tutti così, è una storia ormai vecchia.»

«Hoffman, forse non ti è chiara una cosa,» intervenne Vance puntando il dito contro l'irlandese. Il suo tono invece non lasciava dubbi circa la sua incazzatura. «Qui non sei tu a dettare le regole, in gioco c'è più di un assassino. E la sicurezza nazionale non è una cosa da prendere tanto alla leggera. Collabora o ti ritroverai in qualche piccola cittadina persa nel deserto.»

«Ora sei diventato anche minaccioso. Ti preferivo prima, un duro con un po' di diplomazia.»

Vance imprecò e stava per controbattere quando Williams intervenne di nuovo.

«Cosa vuole per collaborare?»

Hoffman sorrise ma il suo volto non fece una piega.

«A cosa stava lavorando il professore?»

«Gliel'ho detto, a un progetto di robotica applicata. Il guanto è in realtà un potenziatore di forza, una delle prime parti del corpo che vogliamo riprodurre.»

«Ci volete rendere dei supereroi, amministratore?»
L'uomo allargò le braccia. Il discorso era più ampio e non era quella la sede adatta.
«Se decidessi di collaborare rendendovi tutto più facile, avrò accesso ai file del professore? Quelli secretati, intendo.»
Williams si mosse sulla sedia, neanche scottasse.
«Vede, signore della NASA,» continuò Hoffman, «a me interessa catturare un assassino, me ne frego dei vostri robot o di qualche astronave che andrà su Marte. E per farlo devo scoprire perché hanno ucciso Samuel Van Vogt, le informazioni sul suo conto sono necessarie se voglio prenderlo e alla svelta.»
Quella visita si stava dimostrando più redditizia di quanto avesse sperato.
«D'accordo, ma a un patto.»
«Sentiamo.»
«Coinvolgerà Jeremy Vance e i suoi collaboratori nelle indagini.»
Ora fu il turno di Hoffman di saltare sulla sedia, ma la sua mole glielo impedì.
«Io... perché dovrei?»
«Perché noi daremo le informazioni che ci chiede a lui esclusivamente e quindi non ha scelta. In più, lei stesso ha detto che è un uomo in gamba, avete già collaborato con successo e in fondo vi stimate. Sono validi motivi per raggiungere ognuno il proprio scopo.»
Hoffman non disse nulla e solo in quel momento comprese che era stato giocato. Non sapeva perché ma Vance voleva entrare nelle indagini, questo era il motivo della visita, e senza dire nulla, ce l'aveva fatta. Decise di mandar giù quel boccone amaro, forse ne avrebbe potuto trarre un vantaggio.
«D'accordo.»
Gli uomini di fronte a lui si scambiarono un'occhiata piena di soddisfazione e poi guardarono il capitano.
«Ora il nostro guanto, comandante.»
Hoffman rimpianse per la seconda volta di non avere il suo whisky sul tavolo. Un brindisi alle sue prossime parole sarebbe stato perfetto. Prese il sigaro e con una lentezza esasperante lo accese. La vendetta va servita fredda, pensò e poi con molta calma rispose: «È sparito. O meglio, il killer lo ha rubato. Abbiamo ragione di credere che possa essere il movente dell'omicidio, quindi la collaborazione che ci state offrendo sarà per noi illuminante, aggiungerei d'importanza vitale.»

I due uomini si guardarono di nuovo, questa volta c'era sorpresa e risentimento nei loro occhi. Erano stati raggirati.

«Vorrà dire che ti sarò di nuovo d'aiuto, Hoffman, e avanzare favori è per me un grande lusso. Prima o poi passo sempre a riscuotere,» Vance disse a denti stretti.

Il suo volto si trasformò in un ghigno. C'era dell'altro e Hoffman sarebbe stato in guardia. Mai come in quel momento voleva rimanere solo.

«Abbiamo finito?» Chiese cercando di mantenere una calma che sentiva venir meno.

Williams annuì, sempre imperturbabile, mentre il direttore del DARPA replicò: «Ti manderò domani una mia agente. Da lei avrete la massima collaborazione, sarà il vostro contatto con la NASA. Non sentirai parlare più di noi, se tutto fila liscio.»

«Lo spero proprio... senza offesa, s'intende.»

«Certo, anche io ti stimo molto Hoffman.»

Gli uomini si alzarono e dopo una veloce stretta di mano, lasciarono l'ufficio.

Lui li accompagnò con lo sguardo e quando sparirono alla sua vista, tirò un sospiro di sollievo. Non amava avere a che fare con cose che non poteva gestire ma ormai ci era abituato. Negli ultimi tempi il crimine non era più una cosa da grande o piccola città, abbracciava il mondo e sembrava impossibile tenerlo a bada.

Sbuffò, tirò indietro le spalle e chiamò i suoi detective. Makarov era tornato. Chissà dove ci porterà questa nuova indagine, pensò mentre i suoi uomini si avvicinavano. Era disposto ad andare ovunque ma non voleva perdere di nuovo l'uomo cui teneva come un figlio. Non lo avrebbe permesso a nessuno e se necessario, avrebbe usato tutta la sua forza e il suo potere anche a costo di sacrificare ciò che aveva più caro al mondo: la sua carriera e forse la vita.

16

Le mancavano pochi minuti e sarebbe entrata nella cittadina di Morristown, dove suo padre aveva deciso di rifugiarsi ormai da più di un anno, ma non riusciva a smettere di pensare a quello che era successo la notte prima.

Era come sospesa.

Non sapeva se darsi della sciocca per essere andata a letto con l'uomo che James Scorsese considerava come un figlio, oppure sentirsi felice, perché quello che aveva provato era un sentimento che da tempo aveva dimenticato. Inebriata, ecco come si sentiva mentre canticchiava *Search for the hero* nella versione di M-People, alzando il volume della radio. Stava per chiamare Lara e condividere con lei questo momento di spensieratezza ma poi decise di tenerlo per sé: le cose intime tenute segrete sono ancora più importanti. Avvertì un sorriso aprirsi sul volto, una sorta di eccitazione nel pensare al corpo di Palmer. Toccò la borsa che conteneva ciò che lui le aveva lasciato quella mattina presto prima di sgattaiolare fuori dall'albergo: un biglietto e quella medaglia, l'oggetto che le aveva riempito il cuore insieme alle parole che le aveva detto. 'Ecco cosa sei per me Elisabeth: la forza dell'anima.' In quel momento chiuse gli occhi. Si era negata per troppo tempo una sensazione del genere.

Cos'aveva aggiunto poi? 'E non puoi farci nulla, sei destinata a soffrire e ad amare intensamente.' Già, era così e il suo essere lo condivideva con l'uomo che stava per rivedere dopo tanti mesi di silenzio.

Mentre entrava nel piccolo paese, si rese conto che la canzone alla radio non era mai stata più indicata. 'Alla ricerca dell'eroe...' quello che era stato suo padre, per lei e per l'Esercito tanto che aveva ottenuto il congedo che meritava. Ma a quale prezzo? Quel pensiero la svuotò dell'euforia di poco prima. Accostò di lato e attese che la macchina dietro di lei la superasse, ne controllò i movimenti e poi tirò fuori dalla tasca il biglietto che Palmer le aveva lasciato sul comodino. Lesse l'indirizzo della casa di suo padre e ad alta voce le righe successive: «Non preoccuparti, terrò sempre un occhio su di te.»

'Sì, certo, ma se voglio rivederti cosa devo fare?'

Ripiegò il foglietto, lo rimise in tasca e poi avanzò fino a scorgere un emporio. Parcheggiò davanti, nello spazio riservato, ed entrò.

Non c'era nessuno e regnava uno strano silenzio. Si mise in allerta; dopo l'aggressione dell'altra sera, era diventata guardinga e più attenta. Cercò le cartine della zona, trovò quella di cui aveva bisogno, ma cominciò a sentire un certo disagio impossessarsi di lei. Accelerò i movimenti e nel girarsi per andare verso il bancone, urtò contro un espositore pieno di matite.

«Ma che cavolo...»

Non fece in tempo a finire la frase che il pavimento si riempì di tanti colori diversi. Si chinò velocemente e cominciò a raccoglierle.

«Che io sia dannato, ma guardi cosa ha combinato...»

Elisabeth alzò lo sguardo verso il punto da cui stava arrivando quella voce e vide un vecchietto in jeans e maglietta proteso verso di lei. Gli puntò gli occhi addosso e l'uomo si sciolse.

«Mi scusi,» gli disse lei. «Cercavo una cartina e...»

«Stia ferma, la prego, stia ferma. Ci penso io dopo, la mia schiena permettendo.»

Ma Elisabeth non lo ascoltò e dopo qualche istante si alzò con l'espositore di nuovo pieno.

«Ecco.»

Il vecchio reclinò il capo, prese la scatola di cartone e la riposizionò sul banco.

«Che Dio la benedica. Da dove viene, signorina, dal paradiso?»

Elisabeth gli sorrise e gli occhi dell'uomo quasi si liquefecero.

«No, da New York.»

L'uomo ridacchiò; era un tipo simpatico. Decise di fidarsi.

«Sto cercando mio padre.»

«Mmm, dritta al punto, proprio come una di città, e che città. Ma è così bella? Intendo New York...»

«Sì, ma a volte viverci è complicato.»

«Per me è una città magica, visto che ci vive una come lei...»

Elisabeth gli sorrise ancora una volta ma decise di rimanere in silenzio creando un certo imbarazzo.

L'uomo si raddrizzò un poco e poi esclamò d'un fiato: «Mi chiamo Ed, signorina...»

«Elisabeth Scorsese.»

«Non poteva essere altrimenti, la figlia del nostro misterioso cliente, immagino.»

«Conosce mio padre?»

«No, o meglio sì. Ogni tanto invia una mail con l'ordine di quello che serve e poi gli mando un ragazzo per la consegna. Cosa voleva chiedermi di lui?»

Il vecchio Ed era pronto per qualsiasi confidenza ed Elisabeth decise di approfittarne.

«Quindi sa dove si trova...»

«Certo che sì. Le posso indicare la strada e quella cartina non le serve. È una baita isolata a circa tre chilometri da qui, sul lago Lamoille. Non è segnata su nessuna mappa.»

«Come mai? È una strada privata oppure una vecchia cascina o...»

L'uomo alzò una mano.

«No, mia cara, al contrario. Prima che arrivasse qui suo padre, sono venuti alcuni uomini dalla capitale e l'hanno trasformata in una bella casa. Lo so perché hanno dato l'appalto a un tipo che lavora in zona e lui ha detto che non hanno avuto problemi. L'hanno trasformata in una reggia.»

«Addirittura, mi sembra esagerato, insomma mio padre è in pensione.»

«Signorina Scorsese, qui in paese ne hanno parlato per mesi. Suo padre è una celebrità ormai.»

Strano, pensò Elisabeth. Se voleva passare inosservato ed espiare le proprie colpe avrebbe dovuto creare meno attenzione.

Si ripromise di chiederglielo più tardi.

«Grazie, Ed. Mi indica la strada per favore? Vorrei andare a salutarlo prima possibile.»

«Certo, certo, venga che le faccio un piccolo schizzo. Sa, ero bravo a disegnare...»

In pochi minuti si salutarono e lei uscì dall'emporio diretta verso la misteriosa abitazione.

Percorse quei pochi chilometri cercando di non pensare a Palmer ma rimanendo concentrata sulla strada e sull'incontro che stava per fare. Aveva deciso di fargli una sorpresa anche se sapeva bene che suo padre non le gradiva particolarmente. Ma non aveva avuto scelta; dopo mesi che non le rispondeva, la sua preoccupazione era al limite.

'E adesso vengo a sapere che vive con tutti i confort della grande città... bah.'

In effetti, seppur in pensione, era sempre stato un uomo dei servizi segreti, anzi era stato uno dei capi, sopra di lui solo il generale Joe Nisbet, il capo delle Forze armate congiunte.

Una sorta di liquidazione, uno chalet nel Vermont, una delle regioni più belle del nostro Paese, perché no?, concluse il suo pensiero e vide in lontananza, in una strada laterale, un cancello e intorno una recinzione fatta di metallo e cespugli alti più di due metri. S'intravedeva un'abitazione subito oltre, ma di certo ogni angolo interno era nascosto alla vista di chi passava lungo la strada.

Elisabeth proseguì per trecento metri circa e poi fece retromarcia. Si sincerò di non essere seguita e comprese quanto la casa fosse isolata. Su tre lati che aveva potuto scorgere, non c'era traccia di altre baite o ville, nulla di nulla, e sembrava che continuasse per chilometri. Ma che necessità c'è di far vivere un uomo nel lusso ma anche nel completo isolamento? Forse a causa delle conseguenze riportate nell'ultima missione? Sì certo, è questo, pensò, mentre parcheggiava vicino al cancello. Tirando un sospiro d'incoraggiamento, scese dall'auto.

«E adesso che faccio? Mi metto a urlare?» Si chiese ad alta voce ma il cancello si aprì quasi per magia. Alzò lo sguardo. Una videocamera, ovvio. Era o non era stato una spia?

Fece un bel respiro e a grandi passi raggiunse la casa.

Il portico, rigorosamente in legno, era il biglietto da visita di uno chalet in pietra e rovere chiaro. Tutto su un piano, le ricordava una villa che aveva visto a Cortina d'Ampezzo, in Italia, quando andava a sciare con i suoi genitori. Il quarto lato affacciava sul lago, come aveva fatto a non pensarci prima?

Salì i due scalini e si portò entrambe le braccia al petto, per abbracciarsi o proteggersi da una sensazione di disagio. Si sentiva un'intrusa.

Attese davanti alla porta d'ingresso e cercò di farsi coraggio quando un suono l'avvertì che era stata aperta e poteva entrare.

La spinse e le apparve una grande sala, un camino in un angolo, diversi divani e un televisore che sembrava più grande della macchina che aveva preso a noleggio. Occupava un'intera parete ed era spento. Ma quello che la colpì non fu ciò che vide, ma l'odore di fumo che aleggiava per la stanza. Suo padre non fumava. C'era qualcuno con lui?

«Non ti aspettavo. Perché sei venuta?»

Quelle parole arrivarono dalla sua destra, come una sciabolata, taglienti e dure. Girò appena la testa e lui entrò nel suo campo visivo. Era in piedi vicino a un tavolo, con una mano appoggiata al bordo di una sedia. Non si muoveva.

Elisabeth guardò suo padre e si sentì una stupida. Aveva fatto tanti chilometri per niente, lui non voleva vederla, non mostrava nessuna contentezza, neanche un accenno di sorriso. L'istinto di voltarsi e fuggire fu immediato ma poi ripensò a quello che era successo a quell'uomo e alle parole che le aveva sussurrato una notte a casa sua, abbracciati come padre e figlia.

Si riscosse, cacciando via la tristezza, e mormorò appena: «Ero preoccupata...»

«Sto bene, non trovi? E adesso puoi andartene.»

Gli occhi cominciarono a riempirsi di lacrime e solo l'orgoglio rallentò la risalita. Ma durò un attimo perché improvvisamente Elisabeth scoppiò a piangere. All'inizio furono solo dei singhiozzi ma diventò un pianto continuo, silenzioso, che la fece piegare in due. Si lasciò andare e si sedette a terra, lì, a pochi metri dalla porta d'ingresso.

James Scorsese stava per lanciarsi verso di lei ma la sua gamba lo tenne inchiodato, la sua dimensione di invalido di guerra lo rendeva uno straccio d'uomo, inutile e da buttar via. Perché sua figlia si ostinava a cercarlo?

Poi si riscosse, trascinò il piede e arrivò fino al lavabo della cucina. Riempì un bicchier d'acqua e tornò nel salone, attento a non cadere. Lei era ancora lì, ripiegata su sé stessa come se un dolore più grande di quello che aveva provato fino a quel momento la stesse dilaniando.

«Perché mi fai questo?» chiese trovando un po' di fiato mentre un grido muto di sofferenza era dentro di lei. «Perché...?»

Lui non rispose ma le prese un braccio e la invitò ad alzarsi. Seguì la sua stretta sempre più risoluta e si alzò fino a quando con lo sguardo non incrociò il suo unico occhio sano. Non vide nulla, se non un pozzo senza fine. L'altro era coperto da una benda nera.

«Prendi,» le ordinò senza che lei riuscisse a dire nulla. Il suo tono era quasi sprezzante, come se ce l'avesse con chi si mostrava tutto integro e perfetto. Si allontanò.

Lei afferrò il bicchiere e bevve tutto in un sorso. Doveva riprendersi e in fretta, finora era riuscita a non farsi sbattere fuori. Non aveva davanti suo padre ma un uomo devastato dal dolore e dalla sconfitta... Sì, era questo oggi James Scorsese, l'eroe amato dai suoi soldati e stimato dalle più alte cariche del Governo.

'Usa la testa Elisabeth se vuoi riprendere il suo cuore, usala, cazzo!'

Imprecò dentro di sé. Ma cosa si aspettava? Che corresse tra le sue braccia e le chiedesse scusa per i silenzi di oltre un anno. Stupida che era altro. Un uomo con il suo orgoglio e il suo passato non lo avrebbe mai fatto.

Ecco, si disse, comincia da qui.

«Non sono qui per te.»

Il tono era quello che usava durante le arringhe, fermo, lento e distaccato. Era il modo migliore par far capire a una giuria qual era il punto focale di una causa.

Lui scosse la testa e un mezzo sorriso affiorò sul suo viso.

«No, certo. E per quale motivo, sentiamo.»

Lei fece alcuni passi avanti e si avvicinò al divano su cui era seduto. Ora gli era più vicino e poteva controllarlo meglio.

«Sono qui per sapere di mia madre.»

Questa volta, l'unico occhio buono di James Scorsese s'illuminò come colto da una sorpresa decisamente inaspettata.

Rimase in silenzio.

«Mi hai mentito sul giorno delle tue dimissioni dall'ospedale, dopo tutti quei mesi che ti sono stata vicino, fino a quando non hai recuperato...»

«Recuperato cosa? Non vedi come sono ridotto?»

Lei non si fece distrarre da quell'interruzione e continuò: «Poi sei sparito, venendo qui e non mi hai mai, dico mai, risposto.»

Cercò di mantenere ancora quel tono che conosceva bene e si concentrò solo sulla modulazione.

«Per dirti cosa? Che il tuo vecchio stava bene, di non preoccuparti se il suo cuore è talmente malconcio da fermarsi da un momento all'altro? Per non parlare che non posso più camminare o andare in giro senza essere chiamato 'orbo'?»

Le parole gli uscirono come una potenza di fuoco di mille uomini.

La furia di James Scorsese era pari alla sua sofferenza e lei lo comprese perfettamente. Attese qualche istante affinché gli passasse ma sembrava che ogni secondo fosse inutile. Lasciò vagare lo sguardo nell'ampia sala e vide in un angolo alcune bottiglie di liquori. Da quando suo padre beveva?

Si mosse decisa e dopo alcuni passi afferrò un bicchiere, la bottiglia con meno liquore dentro e ne versò tre dita abbondanti. Tornò verso di lui e quando gli fu di fronte, gli piazzò il bicchiere davanti.

«Finiscilo, così ti passa.»

Da buon soldato o da uomo che non aveva nulla da perdere, il colonnello maggiore James Scorsese se lo scolò con un lungo sorso.

Posò il bicchiere sul tavolo e il suo sguardo si perse nel vuoto. Ora il respiro era regolare ed Elisabeth benedì gli effetti dell'alcol. 'A volte è la medicina migliore.'

«Raccontami di mia madre, devo sapere com'era quando l'hai incontrata.»

Scorsese piantò l'occhio nei suoi.

«Perché vuoi saperlo?»

Elisabeth si sedette ma tenne una buona distanza. Non voleva fare pressioni.

«Se devo seppellirla per sempre nella mia testa, devo sapere cosa è successo quel giorno che vi siete incontrati.»

«Non ostinarti, non troverai mai una risposta. Ti mancano troppe informazioni. E anni di vita.»

«Aiutami tu. Mi hai protetto per tanto tempo ma ora devo sapere perché...»

Si bloccò all'istante.

«Perché sono un fallito e un disabile, giusto?»

Non c'era astio nelle sue parole; dicevano solo la verità e lei se ne accorse. Come davanti a un giudice severo e risoluto ma cosciente delle scelte giuste, rispose: «Puoi aiutarmi usando l'intelligenza, sono tua figlia, mi conosci meglio di chiunque altro, sai che posso capire se solo me lo permetti.»

Si girò verso di lei. Da quando era entrata, lui la guardò per la prima volta. Ma non cambiò espressione.

«Mi ha chiesto di te,» disse abbassando il tono di voce. Elisabeth si fece più attenta e cercò di muoversi il meno possibile. «Mi ha confidato che si era esposta per te, perché volevano colpirci per arrivare a lei. Per questo hanno cercato di ucciderti e coinvolgerti nei loro giochi di potere.»

«Ma tu li hai fermati.»

«Non solo io, Elisabeth. Non illuderti, non basta una spia o una squadra di uomini decisi a morire pur di scoprire la verità. Il gioco è ben più complicato e pericoloso.»

«Gli Scribi.»

Scorsese annuì e sua figlia si sentì in dovere di proseguire. Ora stavano di nuovo ragionando assieme.

«Il loro capo è morto ma non sono stati sconfitti.»

«Forse, non lo sappiamo. Sembra si siano rintanati, che non ci sia più nulla che li porti a scoprirsi, e noi possiamo solo aspettare.»

Un nodo alla gola la prese alla sprovvista, seguito dallo stomaco che si chiudeva. Paura, ecco cos'era.

«Sono in pericolo, papà?»

L'uomo scosse la testa.

«Servimene un altro, per favore.»

Elisabeth cercò di vincere il desiderio di gettarsi addosso a lui e abbracciarlo. Dio, quanto aveva bisogno della forza e del suo amore. Poi lo guardò meglio e vide un vecchio, con la pancia gonfia e le spalle basse.

Si alzò e dopo poco tornò con il bicchiere pieno.

«Tu non ne vuoi?»

«No, grazie. Voglio rimanere lucida.»

Scorsese fece una smorfia e bevve il secondo bicchiere. Schioccò la lingua e a sua figlia parve un'altra persona. 'Ma cosa ti è successo, papà?'

Come una cantilena, riprese a raccontare: «Mi sono accorto che tua madre non era più la donna che avevo amato e sposato. Gli anni di prigionia, le difficoltà, le scelte fatte... l'avevano cambiata, trasformata. La sua intelligenza al servizio del mondo libero era diventata di suo uso personale, una donna ferita e pronta a tutto pur di difendere la propria libertà.»

«Tu come avresti reagito al suo posto?»

Il Maggiore, così lo chiamavano i suoi uomini in missione, fissò il fondo del bicchiere, vuoto come la sua vita. Senza alzare lo sguardo, rispose: «Non lo so. Forse avrei fatto lo stesso, o forse no. Chi sono io per dirlo?»

Poi con un gesto improvviso scaraventò il bicchiere contro il muro di fronte. Il rumore secco dell'urto e i mille pezzi di vetro che volavano lontano fecero trasalire Elisabeth che cacciò un urlo.

«Ma cosa fai, papà? Come ti sei ridotto? Bevi, fumi e chissà cos'altro fai...» scoppiò di nuovo a piangere, ma questa volta non per il dolore che provava ma per l'uomo che aveva di fronte.

Lui la guardò senza muovere un muscolo. Attese che lei si calmasse guardandola con l'unico occhio buono. Dopo un tempo che sembrò non passare mai, disse: «Vattene e non tornare mai più.»

Le mancò il fiato e in un attimo tutte le immagini di loro due insieme che ridevano e giocavano, gli abbracci e i baci, le parole di conforto e le lacrime... tutto ma proprio tutto le passò davanti come in un film e l'unico secondo che rimase fu la fine, quella fine che stava vivendo.

Lui si alzò precedendola e trascinando la gamba le diede le spalle. Non riuscì a vederlo più in faccia mentre spariva dentro una stanza e chiudeva la porta dietro di lui.

Rimasta sola, camminò fino all'ingresso e uscì senza voltarsi indietro.

Non avrebbe mai immaginato di poter provare tanta sofferenza. Sentì che quel buco nel cuore che le avevano chiuso da bambina si era riaperto.

Questa volta sarebbe rimasto per sempre.

17

Era ancora giorno ma la luna fece capolino dietro la vetta dell'Aiguille du Midi. La stazione della funivia apparve come se fosse vista attraverso un telescopio, più nitida del solito. Nello stesso istante, la catena del massiccio del Monte Bianco fu attraversata da una luce arancione, con il tramonto che rendeva quello spettacolo unico e meraviglioso. E come se la Luna avesse percepito le lingue di fuoco del sole calante, cominciò ad allontanarsi dal ghiacciaio a una velocità visibile a occhio nudo.

«Cosa siamo noi di fronte a questo?»

Si chiese ad alta voce la scienziata americana Debbie McRoland.

L'uomo non rispose e le offrì un bicchiere di Cabernet Sauvignon della zona. Non era un vino particolarmente pregiato ma aveva un sapore che si abbinava a ciò che stavano per mangiare.

Avevano aperto la seconda bottiglia.

«Come faceva a saperlo?»

«Sapere cosa?»

«Che mi sarebbe piaciuto tutto questo,» rispose Debbie abbracciando con una mano quello spettacolo serale, «e questo,» aggiunse indicando la bottiglia del vino a tavola.

Il Cobra alzò le spalle.

«Semplice. Queste montagne conquistano chiunque, anche i più frigidi, e circa il rosso che stiamo bevendo... be', dopo quello che abbiamo passato, l'alcol è l'unica cura possibile per staccare alcune ore.»

La donna lo guardò e scosse il capo.

«Come fa a rimanere così tranquillo? Insomma, ci stiamo nascondendo da chi vuole farmi del male, e certo non la risparmieranno se dovessero trovarci, e lei sta qui a cucinare e bere come se niente fosse.»

L'uomo abbozzò un sorriso.

«Ci sono abituato.»

«Vuol dire che nella sua vita non ha una famiglia, qualcuno che le vuole bene?»

Lui l'osservò reclinando il capo.

«Non mi guardi in quel modo, non sono una scolaretta...»

Non aveva mai considerato l'eventualità che il mondo fosse popolato da persone pronte a tutto, anche a sacrificare una vita 'normale' come la sua. Già, ma per quale motivo?

«Mi parli di sua figlia.»

Debbie chiuse gli occhi ma poi li riaprì di colpo. Quest'uomo era una continua sorpresa.

«Ha quindici anni e assomiglia a suo padre. È una che non si arrende e ha una gran testa.»

«Mi sembra che abbia preso da lei, invece.»

«Forse.»

«Le piace?»

La donna bevve un sorso di vino cercando di prendere tempo. Se Cobra se ne accorse, fece finta di nulla.

«Ma che domanda è questa? Certo che mi piace, è mia figlia.»

«Non è affatto scontato. Sono sicuro che se i miei sapessero che lavoro faccio per vivere, mi ripudierebbero.»

Per la prima volta l'uomo sorrise. Debbie lo fissò e notò che aveva un bel sorriso. In effetti, il suo corpo muscoloso era solo una delle parti di quell'essere che cominciava ad affascinarla.

«Perché fa il killer?»

Lui sgranò gli occhi. Non aveva mai visto il suo lavoro da quel punto di vista.

«Non sono un assassino.»

«Ma se ha lasciato dietro di sé quattro morti... come si definirebbe allora?»

Sembrava che lo trattasse come una formula matematica; fu questa l'impressione di entrambi e Cobra decise di rimanere al gioco.

«Ero una spia, il migliore.»

Fu il turno di Debbie di strabuzzare gli occhi. Questa variante non l'aveva prevista, la sua formula poteva saltare. Si concentrò, guardando le sue labbra illuminate dalla luce della stanza che lo colpiva di tre quarti.

«Perché sapeva uccidere?»

«No.»

L'uomo versò a entrambi un altro po' di vino. Il livello della bottiglia si abbassava pericolosamente e Debbie lo sapeva. Aveva rinunciato allo champagne solo due giorni prima e ora si ritrovava a bere del vino rosso come fosse acqua.

«Parlo più di sette lingue, ho una cultura discreta, so uccidere anche a mani nude e riesco a portare a termine missioni quasi impossibili. L'unico mio limite è il fisico; diciamo che non passo inosservato.»

«Quindi io sarei una missione?»

«E brava la mia dottoressa, lo ha capito.»

«Ma se si tratta di uccidere qualcuno non si fa scrupoli.»

«Se non facessi così, sarei morto da un pezzo. E le ricordo che...»

«... ha ucciso per salvarmi, sì lo so, me lo ha già detto.»

Debbie prese il bicchiere e mandò giù un altro sorso di Cabernet Sauvignon. Cobra fece altrettanto senza staccarle gli occhi di dosso.

«Allora, è tutta colpa mia?»

«Così pare.»

L'uomo si alzò e lasciò il tavolo per darle il tempo di rimettere a posto i propri pensieri. Tornò poco dopo con una giacca per entrambi.

«La indossi, tra poco scende l'umidità e non vorrei che si ammalasse.»

«Sono troppo preziosa.»

«C'è chi lo pensa e mi paga per questo.»

«Chi sono?»

Il momento di far finta di nulla era finito. La notte si fece più scura e lui decise di abbassare il tono. Dovevano entrambi onorare un patto.

«È un'organizzazione che si muove su diversi campi, ha investimenti in settori come le materie prime oppure nell'elettronica o nell'informazione. Non disdegna neanche il settore finanza, dalle banche al trading.»

«Io cosa centro?»

«Mi lasci finire. Sono degli imprenditori di altissimo livello e hanno un unico codice etico; vogliono preservare il mondo dalla sua distruzione e anche qui agiscono a più livelli, dal sociale all'economia sostenibile, dall'istruzione allo sviluppo.»

«Sono dei benefattori.»

«Esatto.»

«Come si chiama quest'organizzazione?»

«Lumière.»

Debbie sospirò. Bevve ancora un po' e cominciò a sentirsi più leggera. Devo smettere anche se finalmente mi sento meglio, pensò mentre si rese conto che lui la stava fissando.

«Cosa c'è ora?» Il suo cuore accelerò. Si sentiva sotto osservazione e questo non le piaceva affatto. E poi da un uomo così enigmatico.

«Mi ha chiesto cosa c'entra con tutto questo, be', me lo dica lei. Perché stiamo fuggendo?»

«Aspetti, aspetti, devo chiederle una cosa prima.»

L'uomo annuì e lei continuò: «Chi mi vuole uccidere se questa Lumière mi sta proteggendo? Cioè, è qualcuno che ce l'ha con loro oppure con me...? Oddio, ho bevuto troppo ed è colpa tua. Io sono sempre così...»

Il vino le aveva sciolto la lingua e il carattere. Entrambi se ne accorsero.

«Impostata. Sì, si vede ma non per questo sei meno vera di altri. Anzi, sei anche più interessante. Comunque, perché ti trovavi a Parigi? Credo che sia importante per risponderti.»

Erano passati a una nuova confidenza, finalmente il muro che li divideva era crollato. Il pericolo si affronta meglio se non ci sono cerimonie inutili da seguire.

«Ero lì per un progetto franco-americano sul satellite quantico, ossia un satellite che trasmette le informazioni a una velocità che gli hacker non sono in grado di intercettare. Io ne sono la responsabile perché ho creato, insieme a un altro ingegnere, il primo algoritmo. Hai capito tutto?»

«Perfettamente. E molto di più. Rapirti a Parigi serviva a mandare un doppio segnale. Uno ai francesi e uno alla Lumière che ha sede proprio nella città delle luci. Temo che ogni Paese del mondo desideri avere quell'algoritmo.»

Debbie lo interrogò alzando le sopracciglia.

«Russia, Cina, India, Turchia, persino la Corea del Nord, per non parlare dell'ISIS... chiunque vorrebbe la tua dannata formula.»

«Ma non è così esclusiva. Insomma, la Cina è più avanti di noi sullo studio del satellite quantico, la loro velocità di trasmissione dell'informazione è venti volte più veloce della nostra. E poi c'è ancora un problema da risolvere.»

«E quale sarebbe?»

«Che in questo stadio del lavoro quando gli hacker cercano di intercettare le informazioni il flusso s'interrompe. Si deve ricominciare da capo ma senza la garanzia che tutto arrivi a destinazione salvo da intrusioni.»

Cobra versò le ultime dita di vino che era rimasto nella bottiglia. Alzò il bicchiere e fece un segno come per brindare.

«Alla tua intelligenza.»

Lei annuì prendendo il suo e abbozzando un sorriso.

Poi lui aggiunse: «Che ci ha messo in questo casino.»

Ora lei sorrise e gli occhi azzurri le s'illuminarono anche dietro le lenti dei piccoli occhiali tondi.

«È sempre colpa mia,» disse a bassa voce fissandolo come se lo vedesse la prima volta.

«È quello che ho detto.»

Il suo sorriso svanì in un attimo e mentre lei stava per replicare, il cellulare di lui vibrò.

Entrambi si guardarono. Era la prima volta che lo sentivano suonare.

Cobra lo prese dal tavolo.

Premette un pulsante, lesse il messaggio e poi la guardò di nuovo.

«Cosa c'è?»

Debbie ebbe un brivido ma non per l'umidità della notte.

«Conosci Samuel Van Vogt?»

Lei annuì.

«È morto. Lo hanno ucciso due giorni fa a New York.»

«No!» Urlò Debbie scattando in avanti. Colpì il bicchiere con la mano che andò in frantumi, il vino sul tavolo. Un improvviso tremito le attraversò il corpo e a fatica riuscì a respirare. Poi si coprì il volto con le mani.

Cobra fece il giro del tavolo e le fu dietro. Non sapeva cosa fare. Si guardò le mani e poi senza pensare le posò sulle spalle. Lei non reagì ma continuò a soffrire in silenzio.

Dopo un attimo che sembrò non finire mai, lui si staccò e iniziò a pulire la tavola.

Ci mise il tempo che Debbie impiegò a calmarsi.

Scostò le mani dal viso e cominciò a osservare i suoi movimenti. Gli trasmettevano un senso di sicurezza che non aveva mai conosciuto, sempre immersa nel suo lavoro, alle prese con una figlia da crescere o una formula da inventare, con un marito che non c'era più, anche lui trascurato come le sue amicizie. Si accorse, in quel senso di paura e precarietà che l'avvolgeva, che la sua vita ora non valeva nulla.

Se avevano ucciso Samuel...

«Chi era lui per te?»

«Un collega,» riuscì a rispondere, gli occhi velati e il mento alto.
Lui si bloccò.
«Per cosa esattamente.»
«Ha lavorato con me all'algoritmo del satellite quantico. Poi era troppo impegnato in un progetto con la NASA, credo per il recupero dei satelliti in disuso, i rottami del cielo come li chiamava, e allora ho proseguito da sola.»
«Da come mi dici era fuori dal tuo piano di lavoro, giusto?»
Lei annuì.
«Allora o c'è dell'altro o chi lo ha ucciso è legato al tuo tentativo di rapimento a Parigi.»
Il tremore di prima si trasformò in gelo.
«Voglio andare a dormire, sono stravolta.»
Fu il suo turno di fare un cenno con la testa. Questa sera non le avrebbe strappato nessuna informazione in più.
Lei si alzò e con passo lento si diresse verso la stanza che aveva occupato la notte prima. Poco prima di entrare, si girò verso di lui e a voce alta disse: «Mi dispiace.»
Poi, senza attendere risposta, entrò e si chiuse dentro.
Cobra rimase solo. Prese il cellulare e compose un numero che sapeva a memoria, attese tre squilli e poi chiuse la comunicazione. Lo digitò di nuovo e questa volta attese cinque squilli per poi riagganciare. Infine, lo compose per l'ultima volta e al sesto squillo una voce rispose: «Cosa succede?»
«Ha saputo di Van Vogt, quanto è collegato?»
«Ancora non lo sappiamo ma è questione di ore.»
«Cosa devo fare?»
«Tieniti pronto, lì siete troppo esposti.»
«Ho capito.»
«Se occorre, portala qui.»
«Va bene.»
Poi chiuse la comunicazione. Controllò che la casa fosse ancora sicura, fece due volte il giro dell'isolato e poi tornò dentro.
Attivò una serie di sensori che avevano un raggio d'azione di cinquanta metri per tutto il perimetro della villa. Non sarebbe sfuggito neanche un gatto.
Spense le luci e si sdraio sul letto. Lo aspettavano giorni di fuga, di questo era certo, ma soprattutto doveva scoprire in fretta cosa le nascondeva la dottoressa McRoland, il prodigio della scienza americana. Non si uccide per dei rottami del cielo, mia cara, anche se val-

gono un sacco di soldi, pensò mente per la terza volta in quel giorno controllò che la sua pistola fosse carica e pronta all'uso. Qualcosa gli diceva che la scia di morti non si sarebbe fermata ai quattro sicari. Portò le mani dietro la nuca, una posizione che conosceva bene, e realizzò che i tredici anni in Siberia non lo avevano abituato al senso di impotenza che sentiva forte anche in quel momento. Un pensiero gli si formò nella mente: 'Siamo solo pedine in un gioco più grande di noi, Debbie McRoland, ma stavolta non staremo fermi ad aspettare.'

Era tempo di agire. Già, ma come?

18

La prima cosa che vide lo catturò all'istante. In principio non ne era certo, ma poi la inquadrò meglio e l'indomabile chioma che lo aveva stregato più di un anno prima, lo colpì di nuovo come fosse un fulmine a ciel sereno. Già, perché quella donna era per lui un misto di stupore continuo e rabbia, uno di quei mix che fanno ribollire il sangue. Poi si voltò verso di lui e non ebbe più dubbi: era lei, in carne e ossa e con quel sorriso stampato in faccia.

«Ciao partner, non pensavo di trovarti ancora qui.»

Derek rimase in silenzio, incapace di reagire come spesso gli era accaduto di fronte a lei.

«Hai perso la parola?»

Il tono era quello di sempre, canzonatorio e complice al tempo stesso. Ringraziò che Peter Makarov fosse in ritardo e finalmente si schiarì la gola.

Almeno fece qualcosa.

Rachel non attese oltre e con lo sguardo passò in rassegna la sua vecchia scrivania, ora occupata dal suo ex partner e poi disse: «Il figliol prodigo è tornato. Ce l'ha fatta.»

«Così sembra,» rispose con voce roca Derek.

«Pensavo avessi una laringite o chissà cosa. Non si accolgono in questo modo le vecchie amiche.»

Lo fissò con quegli occhi di sfida e rimase ferma con il corpo proteso in avanti. Il suo fascino era ancora quello di sempre, realizzò Derek mentre chiese: «Perché sei qui?»

Lei scoppiò a ridere.

«Di bene in meglio. Sai cosa faccio, provo a tornare indietro e vengo da te facendo finta che sia la prima volta, cosa ne dici?»

Derek stava per mandarla al diavolo quando vide arrivare il suo nuovo partner e le fece un segno. Lei non disse nulla, si girò appena e come Peter si avvicinò, gli porse la mano.

«Sono Rachel Thompson, l'agente della DARPA.»

Derek spalancò gli occhi e al collega non sfuggirono i gesti indecifrabili che seguirono.

«Makarov, piacere.»

«Sono molto contenta di conoscerla.»

Peter alzò le sopracciglia.

«Sono stata la partner di Richard prima di lei.»

In quel momento tutto gli fu chiaro. Guardò il collega seduto di fronte che rimase immobile. Era come se fosse riuscito a controllare il suo tic nervoso, quei gesti che apparentemente non avevano significato.

«Bene. Hoffman non c'è ma credo che possiamo iniziare a condividere le informazioni che abbiamo, giusto?»

La donna annuì, sollevata da tanta solerzia. Anche lei non vedeva l'ora di cominciare a lavorare.

Peter si accomodò alla scrivania, indicò una sedia per Rachel, la quale si sedette vicino a lui. Derek sembrò rilassarsi.

«Cos'avete scoperto finora?» Gli chiese senza rivolgersi a nessuno in particolare.

I detective si scambiarono un'occhiata.

«Immagino che saprai meglio di noi chi era la vittima, puoi iniziare tu a dirci quello che avete su di lui?»

La donna rimase in silenzio per qualche istante e poi tirò fuori dalla sua borsa un iPad.

Sentì lo sguardo dei due uomini su di sé, la stavano studiando. Derek stava reagendo male al suo arrivo ma questo lo aveva preventivato, mentre doveva capire Makarov come la pensava sul lavorare con un'agente donna in affiancamento. Per quello che sapeva, prima di essere riportato a casa aveva lavorato con una partner uccisa davanti ai suoi occhi.

Sul piccolo schermo apparve il file sul professore e cominciò a leggere.

«Samuel Van Vogt si è laureato in Matematica all'Università di New York nel 1991 e ha conseguito il dottorato in Matematica all'Università di Berkeley in California, nel 1995, allievo di Hendrik Lenstra, professore emerito di Matematica fondamentale e applicata. Insegnava all'Università dell'Illinois a Chicago e ha scritto diversi software, soprattutto per i server di posta o per i servizi di rete client-server. Affermato studioso di crittografia, era un attivista molto impegnato nel suo campo. Ha contribuito a convincere il Governo americano a cambiare la legge che proibiva l'esportazione dei software di crittografia e da quel momento la sua fama e i suoi soldi sono cresciuti in maniera esponenziale. Vantava collaborazioni un po' con tutto il mondo, dall'Unione Europea, specialmente con Francia e Italia, alla Russia. Era un convinto sostenitore della piena divulgazione di un brevetto, ma a patto che venissero rispettate due condizioni: che tutti i dati dell'invenzione brevettata dovevano essere divulgati per permettere un equo riconoscimento finanziario, e che questo doveva essere fatto seguendo un protocollo ben preciso. I suoi corsi all'università erano famosi per aver individuato decine di buchi neri nel sistema della sicurezza del Paese, tanto che collaborò con la NASA come consulente per progetti classificati come 'Alta priorità'.»

«Cosa c'entra la NASA con la sicurezza delle informazioni ossia gli hacker terroristi?»

Rachel alzò gli occhi al cielo. Odiava essere interrotta e Derek lo sapeva bene. Era un suo difetto dopotutto.

«Lasciala finire, Richard.»

«Grazie,» rispose la donna evitando intenzionalmente lo sguardo dell'ex collega.

«Nel 2011 fondò una società di nome RoboTech, che lavora sugli algoritmi. Essendo un crittografo di origine, peraltro molto capace, la NASA gli affidò di elaborare un algoritmo in grado di recuperare i satelliti obsoleti. Oltre a questo, forniva la sua consulenza anche per la creazione del primo robot umanoide completo, cioè una riproduzione dell'uomo composto da componenti artificiali con forza superiore.»

«Una sorta di superuomo?»

Questa volta la domanda di Derek era pertinente.

«Be', direi di sì.»

«A che punto è questo progetto? E qual era il ruolo di Samuel Van Vogt?»

Rachel aveva avuto ordine di metterli al corrente dei progetti della NASA ma non credeva di potersi spingere troppo oltre. Esitò e Peter se ne accorse.

«Agente Thompson, mettiamo in chiaro subito una cosa. Da quello che ci ha riferito Hoffman, volete scoprire l'assassino del professore per la sicurezza dei vostri progetti...»

«Per la sicurezza nazionale,» lo interruppe Rachel.

«Sì certo, dimenticavo. Comunque, noi lo vogliamo sbattere dentro per il resto della vita, quindi abbiamo uno scopo comune; condividiamo ciò che sappiamo, oppure andiamo a parlare con il direttore Vance.»

Peter lo ricordava bene dal caso Corvino, da come n'era uscito con il merito di aver sgominato un complotto internazionale.

L'agente della DARPA sospirò ma rimase in silenzio.

«Senti Rachel,» disse Derek, «dalle informazioni che ci hai appena letto, la nostra vittima può essere stata uccisa per mille ragioni, tra cui il fatto che ha collaborato con mezzo mondo e può aver venduto a persone sbagliate codici ritenuti fondamentali per la tua NASA. Vuoi deciderti a collaborare oppure continuiamo a perdere tempo?»

Lei lo guatò come non aveva mai fatto. Anche Derek in tutto questo tempo era cambiato e Peter notò che non avesse aggiunto nessun gesto alle parole.

«E va bene,» rispose infine con un tono che sapeva di resa.

«Stava lavorando al movimento delle gambe, ossia agli algoritmi che permettono al robot di muoversi su due gambe senza cadere e soprattutto camminando in equilibrio. Come saprete, ora si muovono su ruote ed è un gran limite.

«Con la tecnologia che c'è oggi, dalla pelle sintetica e sensibile, al cervello multifunzionale, le gambe erano l'ultimo elemento che ostacolava la creazione del super uomo,» sentenziò Peter.

«Mancano le braccia e le mani...» aggiunse Derek ma poi spalancò la bocca. La richiuse prima che una mosca ci finisse dentro, e continuò: «A meno che il guanto rubato non fosse altro che un'invenzione successiva perché quelle ci sono già...»

Rachel annuì. A quel punto valeva la pena svelare le carte.

«Quest'uomo era un genio,» mormorò Derek osservandosi le mani come se fossero frutto di un'invenzione del professor Samuel Van Vogt.

Peter fece un colpo di tosse per riportarlo al presente.

«Se sapeva così tante cose, perché ucciderlo e non rapirlo?»

Sia l'agente della DARPA che il suo partner scossero la testa.

«Insomma,» continuò Makarov, «sei una miniera di sapienza, conosci formule in grado di cambiare il nostro futuro, solo questo dovrebbe proteggerti da un omicidio e invece...»

Di nuovo silenzio. Per ora, le sue domande sarebbero rimaste senza risposta.

«Allora, riprendiamo dal furto del guanto tecnologico come se fosse il movente, anche se sembra un po' troppo debole rispetto al resto che ci ha detto Rachel.»

«Abbiamo controllato i suoi movimenti, le telefonate fatte e ricevute prima della morte,» s'intromise Derek, «e non c'è nulla che sembri fuori posto o abbia un minimo di interesse investigativo.»

«Quindi avete poco o nulla.»

I due uomini si guardarono.

«In realtà qualcosa ci sarebbe. Abbiamo controllato le registrazioni delle varie telecamere della sicurezza presenti in albergo, sia della giornata fatidica, ma anche di qualche giorno prima e c'è un uomo che ha incontrato Van Vogt poco prima della cena. E non sembra sia stato un incontro piacevole...»

Rachel si raddrizzò leggermente.

«Come sarebbe a dire?»

«Guarda anche tu,» fu la risposta di Peter che fece partire un video.

Si vedeva un uomo decisamente corpulento dirigersi verso la reception, parlottare con l'addetto al banco che poi chiamava un numero ma senza successo. L'uomo, seccato, si accomodava nella hall giocando vistosamente con i suoi bracciali. Sembrava nervoso. Qui le immagini s'interrompevano, per riprendere dopo circa mezz'ora quando lo stesso uomo raggiungeva Van Vogt all'ascensore. Nonostante la sua mole si muoveva velocemente.

I due discussero animatamente e Van Vogt fece alcuni passi indietro, seguito dal tipo grande e grosso. Uscirono dalla visuale della telecamera.

«E ora?» Chiese Rachel.

Derek la guardò di sfuggita e poi aggiunse mentre un sopracciglio si alzava involontariamente: «Un attimo... sei sempre la stessa, eh?»

«Sono cambiata Richard, sapessi quanto.»

Non c'era astio nelle sue parole, solo semplice verità.

Lui, senza aggiungere altro, fece partire le immagini successive. Il tipo, vicinissimo al professore, cercò di afferrarlo per il collo. Van Vogt fu veloce a sottrarsi, si scansò di lato e con una mossa a sorpresa tornò indietro e s'infilò in ascensore, scappando via.

«Scusate ma non mi sembra molto.»

«No, ma possiamo cominciare a interrogarlo,» disse Peter provando ad allentare la tensione che si era creata.

«Sapete il suo nome?»

«Lo ha lasciato alla reception, sembrava che vedere Van Vogt fosse una scelta di vita o di morte,» rispose Derek mordendosi un labbro. Stavolta ne fu consapevole.

Rachel alzò gli occhi al cielo.

«C'è un particolare interessante. Guarda qui,» disse Peter.

Zoomò sull'ultima immagine e inquadrò perfettamente il polso. Indossava dei vistosi braccialetti, molto particolari.

«Cosa sono?»

«Ma come, non lo vedi? Sono dei...»

«Certo, Richard, so cosa sono ma questi sembrano... strani. Di solito, gli uomini indossano braccialetti di stoffa o cuoio, quelli sembrano anelli giganti con un teschio?»

«No, è la maschera di Darth Vader,» rispose Derek.

Peter e Rachel lo guardarono sorpresi. «Scusa, e chi sarebbe?»

Richard cercò di controllarsi ma la sua mascella fremette. Al nervosismo per la presenza dell'ex collega si aggiungeva il fastidio di dover spiegare un nome tanto famoso.

«Darth Vader è uno dei principali personaggi della saga di *Guerre Stellari*, il più amato. Rappresenta il lato oscuro della Forza, il male, insomma. Quanto alla sua fama... be', è considerato uno dei più 'cattivi' della storia di Hollywood,» usò le dita per simulare il virgolettato e sembrava recitasse. «Il teschio, come lo avete chiamato voi, è in realtà la sua maschera che non si toglie se non in una scena finale. È un tutt'uno con il personaggio. Sono stato chiaro?»

Entrambi annuirono.

«Mi ricordavo che avessi una passione per la fantascienza ma non credevo che arrivasse a questo punto,» rispose Rachel.

Derek sorrise, finalmente rilassato, e fece uno dei suoi gesti.

«Quei braccialetti dove si possono acquistare?»

Il detective mosse la testa in segno di diniego.

«Sono introvabili. Ne esistono pochissimi esemplari, è roba da super fan. Sono molto preziosi.»

«Come fa ad averne così tanti quel tipo... a proposito, come si chiama?»

«Philip Delany,» fu Peter a rispondere.

Il viso di Rachel s'illuminò.

«Aspettate... ho letto il suo nome nel file di Van Vogt!»

Rachel consultò nuovamente il suo iPad.

«Ecco: la RoboTech ha acquisito da Delany l'algoritmo sorgente per il progetto di recupero dei satelliti.»

«Quindi?» Chiese Derek.

«Non so, forse questo potrebbe essere il motivo della lite. Sicuramente è stato il motivo per cui Van Vogt ha creato la sua società. È il primo contratto che ha firmato con la NASA,» rispose Rachel.

Il computer di Peter emise un suono. Aprì l'email che gli era appena arrivata e sorrise beffardo.

«C'è un elemento in più che ci porta a quest'uomo. Nelle tasche della giacca del professore abbiamo trovato una maschera di... come hai detto che si chiama, Derek?

«Darth Vader, il lato oscuro della Forza.»

«Esatto, forse quest'altro genio è più coinvolto di quanto sembri.»

«Non può essere il nostro assassino,» disse Rachel.

«Forse no,» le rispose Peter. «Ma due chiacchiere le farei volentieri. E poi vorrei interrogare di nuovo quel tuo amico, quello che sa tutto di computer...»

«Ma chi, Kirk? Quello che ti prestò gli episodi di *Star Trek*?» S'intromise ridendo Rachel.

Peter notò come le s'illuminava il visto mentre sorrideva e come quei ricci ribelli riempissero l'aria. Adesso capiva perché il partner se n'era innamorato.

«Non era Star Trek ma...»

«Lo ricordo bene, Richard, era *Battlestar Galactica*.»

Makarov ridacchiò. Questa donna era proprio in gamba; si era lavorata Derek e lui ci era cascato in pieno. Per fortuna che sei dalla nostra parte, agente Thompson, pensò mentre parlò rivolto a entrambi: «Direi di aggiornarci presto. Rachel, grazie di essere venuta. Ti chiameremo come avremo nuovi sviluppi.»

Lei stava per replicare ma poi decise di rimanere in silenzio.

Raccolse le proprie cose, strinse la mano a Peter e poi fece altrettanto con Derek. Prima di lasciare la grande stanza della sezione Omicidi, si girò e rivolta al suo ex partner, disse: «Richard, il mio numero di cellulare è sempre lo stesso. Non è mai cambiato.»

Poi, senza attendere risposta, si diresse verso l'ascensore e sparì allo loro vista in pochi istanti.

Come Rachel uscì dal distretto e girò l'angolo, prese il cellulare e selezionò il nome Jeremy Vance.

«Mi dica agente Thompson,» gli disse dopo un solo squillo. Si era sempre chiesta come facesse a rispondere così velocemente.

«L'incontro è andato molto bene, entrambi i detective sono stati collaborativi e le indagini proseguono.»

«Bene, mi tenga aggiornato, è un caso delicato.»
«Ne sono pienamente cosciente.»
«Se lo risolverà brillantemente, le farò una sorpresa. D'accordo, Rachel?»
Vance pensò che ognuno aveva un prezzo e non sapeva quanto avesse ragione. L'agente della DARPA sorrise.
«Certo direttore. Rimango qui a New York per seguire le indagini.»
Si salutarono velocemente e il sorriso di Rachel si trasformò in un ghigno. Compose un numero che sapeva a memoria e attese tre squilli e poi chiuse la comunicazione. Lo digitò di nuovo e questa volta attese cinque squilli per poi riagganciare. Infine, lo compose per l'ultima volta e al sesto squillo una voce rispose: «Allora?»
«Gli ho detto quello che volevamo e si stanno muovendo in un'altra direzione.»
«Ottimo, ma non si distragga.»
«Nessun problema, la missione ha priorità assoluta.»
«C'è molto di più. Lei non lo immagina neanche.»
«Non sono stata assunta per pensare.»
«Ecco, brava, agisca sempre nel migliore dei modi, nel rispetto dei ruoli e nessuno si farà del male.»
Rachel non credette a una sola parola ma non disse nulla. Dopo un istante, la comunicazione fu interrotta. In cuor suo pregò di non essersi messa in un gioco più grande di lei. La sua scaltrezza e l'addestramento dell'ultimo anno forse l'avrebbero protetta ma non era convinta. La sua vita era a un bivio e lo sapeva bene. Il patto con il diavolo era stata l'unica soluzione per scuotersi dall'impasse della sua coscienza.
'Ci sono persone che hanno la testa complicata, capirla è impossibile se non con un gesto estremo.' Non ricordò dove l'avesse letto, forse in qualche libro, ma lo trovava adatto a lei.
Strinse le spalle e cominciò a camminare: New York in quella stagione era molto calda ma rimaneva la città più bella al mondo, per viverci come per morire.

19

La sensazione era stata quella di un dopo sbornia: non ricordava come aveva fatto a tornare a Burlington, lasciare la macchina a noleggio, fare il check-in, prendere l'aereo per New York e arrivare a casa. Le uniche cose nella sua mente che continuavano a martellarle il cervello erano il senso di svenimento continuo e la nausea che ancora l'attanagliava. E quelle parole, come due frecce che bucano il cuore: «Vattene e non tornare mai più.»

Si era imposta di mettere la sveglia, pensando di riuscire a dormire ma in realtà non aveva chiuso occhio. Aveva pianto, fino a quando non era caduta in uno stato che lascia spazio solo agli incubi o alla negatività. Come diceva Freud, i sogni non erano altro che simboli della nostra realtà. Sono impazzita, ci manca pure uno strizzacervelli, altro che tristezza, si disse fissando il soffitto. Erano le 6.19, ed era ora di farsi una doccia. Poi l'ufficio, il lavoro, qualsiasi cosa pur di distrarsi. Sotto il getto dell'acqua calda, sentì lo stomaco contrarsi di nuovo ma subito dopo si accorse di essere affamata. Da quanto non mangiava? Il suo ventre piatto, quasi scavato, le diede la risposta che cercava. Una ricca colazione e poi un caffè espresso, nero e forte. Ecco cosa doveva fare, un passo dopo l'altro: aveva bisogno della normalità. Tutte cazzate, si disse, asciugandosi con più energia del solito. Evitò di guardarsi troppo a lungo allo specchio e decise di mettersi qualcosa di leggero: il caldo di luglio non dava tregua. Un trucco appena accennato e poi uscì quasi di corsa con l'idea di fare una piccola deviazione. Erano appena passate le sette di mattina e il Paris Baguette sulla Trentaduesima doveva aver aperto da poco. Forse a quell'ora avrebbe trovato posto a sedere nel locale stretto e lungo. Fermò il primo taxi che le capitò a tiro e in pochi minuti raggiunse la sua meta preferita. Come entrò, l'odore del primo caffè la avvolse, solleticando ancor di più il desiderio di dolci. Ne ordinò uno alla fragola con sopra gocce di cioccolato fondente, poi un frullato sempre alla fragola e un espresso per finire. Si accomodò nel tavolo più lontano dall'entrata, quello all'angolo prima delle toilette. Da quella posizione poteva controllare l'ingresso del locale. Come portò alla bocca quella bontà, la vita le sembrò per un attimo meno disastrosa. Si costrinse a mangiarlo con calma, sorseggiando il frullato. Il caffè si stava raffreddando ma non ci badò. Era il primo momento da ore che riusciva a ritagliare per sé. Cercò di guardarsi da fuori e quello che vide non le piacque affatto. Scrollò le spalle come se l'aria condizionata si fosse fatta sentire tutta insieme. Era ancora presto, ma girava già al massimo. Un difetto di molti negozi di questa città, si disse, mentre le venne in mente che non aveva più acceso il cellulare da quando era andata a trovare suo padre. Lo aveva volutamente spento per non avere distrazioni in quello che doveva essere l'incontro del chiarimento e dell'amore... Già, e guarda cosa ho ottenuto? Io e la voglia di fare sorprese... pensò mentre digitava il suo codice di accesso.

Come il telefono prese la linea, le arrivarono diversi messaggi.

Finì la sua colazione, mandò giù l'espresso in un sorso e si decise a vedere chi l'aveva cercata.

Lara, Lara, Lara... sempre e solo lei, non c'era traccia di Palmer. Poi c'era una chiamata da Simon Sallis, e infine un sms disperato dell'amica. Valutò di non dirle nulla su quello che era successo con Palmer e con suo padre. Non ne aveva la forza, non ora.

Guardò l'ora, le sette e trenta, era sicuramente in movimento, la chiamò.

«Elisabeth, dove sei stata? Sono due giorni che ti cerco.»

«Una storia lunga, non ne voglio parlare.»

Lara notò il tono di voce freddo e distaccato ma decise di non farci caso. Ogni cosa a suo tempo.

«Ti aggiorno sulla giornata di oggi.»

Elisabeth si fece più attenta.

«Dimmi.»

«Alle nove, ossia tra un'ora e mezza, il nostro cliente nerd, sai il tipo bello grosso...»

«Ho capito chi è, Lara.»

«Okay, scusami. Philip Delany sarà interrogato dalla Omicidi. Lo hanno invitato a presentarsi spontaneamente altrimenti avrebbe mandato un'autopattuglia a prenderlo.»

«Addirittura...» fece una pausa cominciando ad alzarsi. «Si sa il motivo?»

«No.»

«Come lo hai saputo? Sì, insomma, ti ha chiamata lui?»

«Sì, e gli ho detto che saremmo state presenti. Sono rimasta sul generico perché non ti avevo ancora parlato, mi ha cercato cinque volte chiedendomi espressamente di te ma io...»

«Lara, va bene, grazie. Hai fatto quello che hai potuto.»

La sua collaboratrice rimase un attimo in silenzio e poi aggiunse: «Mi sono preoccupata. Insomma, il viaggio da tuo padre e quello che comportava.»

«Lascia perdere, non è il momento. In quale distretto devo andare?» Le chiese Elisabeth.

«Quello della North Manhattan Homicide Squad, lo stesso di Peter Makarov.»

Si bloccò all'istante, era appena uscita in strada alla ricerca di un taxi.

«Stai scherzando?»

«Nient'affatto e... mi dispiace.»

Elisabeth sospirò rumorosamente senza nascondere il suo disappunto. Di tanti distretti a New York, le doveva capitare proprio quello che l'aveva vista protagonista dei suoi casi più pericolosi e difficili. Inoltre, era anche quello di Hoffman, il burbero irlandese.

«Va bene, vado subito, arriverò in anticipo, nel frattempo aggiornami sugli omicidi degli ultimi giorni qui in città che possano avere a che fare con il nostro cliente, non so... affinità di lavoro, status, quello che ti viene in mente. Mi raccomando che siano nella giurisdizione di quel distretto.»

«Sì, quel distretto, appunto. Io...»

«Ciao Lara,» tagliò corto Elisabeth, «ci sentiamo tra poco, grazie.»

Chiuse la comunicazione bruscamente, non aveva voglia di sentire un'altra raccomandazione, ne aveva abbastanza.

Salì sul primo taxi che si fermò al cenno della mano, gli diede l'indirizzo che conosceva ormai bene e si mise comoda. Aveva ancora in mano il cellulare, selezionò il numero di Simon Sallis e lo chiamò.

«Avvocato Scorsese, buongiorno.»

«Buongiorno a lei, Simon, ho visto che mi ha cercato.»

«Ho le informazioni che mi ha chiesto su Margot Massu.»

«Ottimo, vediamoci alle 14 nel mio ufficio, va bene per lei?» Più riempiva il suo tempo e meglio era.

«D'accordo, a dopo.»

Riagganciò e strinse le braccia. Tra tutti i messaggi ricevuti, mancava quello che più desiderava. L'aveva lasciata senza salutarla e con quella frase enigmatica, ma ora aveva urgenza di vederlo non solo perché lo desiderava, ma anche perché voleva sapere cosa era successo a suo padre in quell'ultimo anno. Quando lo aveva visto risvegliarsi, affrontare le conseguenze delle ferite, la perdita dell'occhio e l'uso della gamba, i problemi cardiaci, non aveva mai avuto sentore che l'uomo pieno di forza com'era lui, potesse vacillare. Dopo sei mesi di terapie per cercare di recuperare il più possibile la sua integrità, lo aveva accompagnato a casa prendendolo sottobraccio e non aveva assolutamente avvertito che quell'essere che lei amava più di ogni cosa al mondo potesse trasformarsi in un disperato alcolizzato. Cos'era veramente successo quando aveva incontrato sua madre dopo oltre tredici anni? Cosa si erano detti? Ripensando al tempo che erano stati insieme, realizzò che lui non ne aveva mai parlato. Lei aveva intuito che non era andata come suo padre aveva sperato o creduto, ma non sapeva esattamente quanto fosse stata la sua delusione.

Mentre il taxi accostava davanti all'entrata principale del distretto, il cellulare le squillò di nuovo.

Era Lara. La pregò di rimanere in linea, pagò la corsa e quando fu sul marciapiede, disse: «Sto per entrare, devo intercettare Delany prima che inizi l'interrogatorio.»

«Giusto. Io comunque gli ho confermato che ti avrebbe trovato lì.»

«Hai qualcosa per me?»

«Certamente, avvocato Scorsese.»

Elisabeth immaginò che stesse sorridendo. Un po' di buonumore era quello che ci voleva.

«Quattro giorni fa è stato trovato morto il professore Samuel Van Vogt, un matematico di prim'ordine, un luminare nel suo campo. Era qui per partecipare al RobotCon al Javits Center che si è concluso il giorno che è stato ucciso. Lo hanno trovato in un albergo a Times Square, non dicono quale, e tieniti forte perché ora arriva il bello.»

«Spara, mia cara.»

«Era proprietario della RoboTech, l'azienda che nel 2008 ha comprato l'algoritmo madre dal nostro cliente, quello per cui lui vuole indietro i diritti.»

Elisabeth rimase di sasso. L'effetto del buonumore di Lara e della colazione al Paris Baguette scomparve all'istante.

«È un gran casino.»

La sua assistente non disse nulla, non ce n'era bisogno.
«Ti ricordo che domani sera hai il party di quella tipa che hai incontrato lo scorso anno con tuo padre, sai, l'invito che hai ricevuto al Breaking Night.»
«Me ne ricordo eccome, non dubitare.»
In quel momento sarebbe fuggita lontano ma le cose che stavano accadendo intorno a lei erano troppo importanti per guardarlo. Inoltre sentiva anche il desiderio di andare fino in fondo e quella Margot poteva essere una giusta sorpresa.
Chiuse la telefonata, si sistemò la giacca del completo di lino bianco che indossava sopra una camicetta azzurra e fece per salire le scale quando si sentì chiamare a gran voce.
Si girò e qualcosa le disse che quell'incontro sarebbe durato più del previsto.
«Sally, che piacere vederti.»
Si abbracciarono con slancio come se fosse la cosa più naturale al mondo. Non si vedevano da moltissimo tempo, ma quello che avevano vissuto insieme in quella stanza d'albergo a Londra non le avrebbe mai più divise. Erano legate da un incubo impossibile da dimenticare.
«Devo aggiornarti su tante cose,» le disse Sally Armstrong passandosi una mano tra i capelli. Era solare e sorridente come non l'aveva mai vista e questo le diede la spinta per confessarle: «Sentiamoci più tardi allora, devo scappare, ho un interrogatorio.»
«Anche io. Vieni, saliamo insieme.»
Elisabeth la guardò di traverso e pregò che quello che aveva in mente, fosse un grosso sbaglio. D'altronde cosa ci faceva un'assistente del procuratore in una sezione dell'Omicidi? Decise di togliersi quel peso senza troppe cerimonie.
«Sei qui per Samuel Delany?»
Sally si fermò sui gradini che portavano all'ingresso sfiorandole un braccio.
«Stai tranquilla, sono in veste non ufficiale. Hoffman mi ha chiesto di capire che elementi ci sono per poter andare eventualmente avanti. Sono in maternità quindi è come se non ci fossi.»
Ossia formulare o meno un'accusa di omicidio al mio cliente, pensò Elisabeth mentre diceva: «Già, ma sei qui e conoscendoti non rimarrai insensibile...»
«Elisabeth non preoccuparti, non sappiamo ancora nulla. Entriamo pure.»

Un'idiota, ecco cosa sono, un'idiota. La vecchia Elisabeth Scorsese non avrebbe mai giocato sulla difensiva, pensò mentre varcava l'ingresso.

Come mise piede dentro, ebbe un déjà-vu. Una notte di tre anni prima era stata aggredita da alcuni uomini che l'avevano minacciata con un coltello e grazie all'aiuto di un amico, aveva sporto denuncia proprio in quel distretto dove aveva conosciuto Peter Makarov.

Senza dire nulla, seguì in ascensore Sally Armstrong che nel frattempo si era fatta annunciare.

«Elisabeth! Ehi, ci sei?»

«Sì, sì... scusa, ero sovrappensiero.»

L'assistente del procuratore la guardò di traverso. Immaginò ci fosse altro ma decise di passarci sopra. Era molto tempo che non la vedeva e non poteva sapere cosa l'era successo.

«Il tuo cliente è già qui,» disse quando le porte dell'ascensore si aprirono.

«Come è possibile?»

Sally alzò le spalle.

Le due donne proseguirono fino all'ufficio di Hoffman il quale, alzò lo sguardo verso di loro e fece una smorfia.

Come entrarono, le salutò entrambe ed esclamò: «Scusi avvocato Scorsese, cosa ci fa lei qui?»

«Philip Delany è un mio cliente.»

Hoffman cercò di mascherare la sorpresa ma con scarsi risultati.

«Avviso Peter,» bofonchiò afferrando il telefono.

Dal grugnito che seguì anche Makarov rimase decisamente meravigliato.

Li raggiunse nell'ufficio dell'irlandese.

«Avvocato Scorsese, sono contento di vederla.»

Erano entrambi in soggezione. L'ultima volta che lo aveva avuto di fronte, lui voleva ucciderla. Era in preda alle droghe, ma comunque la situazione era decisamente imbarazzante.

«Anche io detective,» rispose Elisabeth sorridendo e stringendogli la mano. Sembrava avesse superato il trauma degli ultimi eventi.

«La trovo bene,» aggiunse con sincerità.

«Grazie,» rispose Peter mentre Sally le sorrideva.

Hoffman si rese conto che il clima era quello giusto per cominciare e con un leggero colpo di tosse richiamò l'attenzione di ognuno di loro.

«Peter è arrivata Rachel Thompson?»

Makarov annuì.

«Bene. Se volete seguirmi, comincerei il nostro interrogatorio. Vi ricordo che è in corso un'indagine per omicidio e il suo cliente, avvocato, potrebbe sapere delle cose attinenti al caso in questione.»

Elisabeth annuì, chiedendosi chi fosse questa Thompson. Era un nome che le diceva qualcosa ma non riuscì a ricordare nulla in quel momento.

In pochi minuti, erano tutti nella sala preposta. Regnava un silenzio assoluto. Ci fu un solo sguardo d'intesa tra cliente e avvocato e fu proprio Elisabeth a parlare quando Hoffman e l'assistente del procuratore uscirono dopo le dovute presentazioni.

Si accomodarono, Elisabeth vicino a Delany.

«Detective,» disse ai due uomini seduti di fronte a loro, «vorrei ricordarvi che il mio cliente si è presentato qui subito dopo la vostra convocazione, e addirittura prima dell'ora prevista.»

«Come mai, signor Delany?» Chiese Richard a bruciapelo.

«Non ho niente da nascondere...»

Elisabeth lo bloccò stringendogli un braccio.

«Inoltre,» fece finta di nulla, «questo incontro non è un interrogatorio formale e quindi non registrabile, sia per la disponibilità del mio cliente che per la presenza non ufficiale dell'assistente del procuratore dietro al vetro oscurato. Ritengo quindi che non ci siano accuse formulate a suo carico e che la mia presenza qui è solo per assisterlo e non difenderlo da tali accuse. Siamo d'accordo?»

Finalmente riconobbe la sua grinta, la stessa che in passato aveva messo sotto scacco il distretto di Hoffman per il caso Corvino. Sorrise dentro di sé mentre il suo volto impassibile attendeva la parola dei detective.

Peter gettò un'occhiata al vetro e dopo un solo istante, disse. «Siamo d'accordo, nessuna registrazione, è solo un incontro per chiarirci alcune cose che sono emerse dall'indagine.»

«Bene. Signor Delany, è tranquillo? Vuole un bicchier d'acqua?»

L'uomo si mosse e la sedia scricchiolò. La sua mole faticava a trovare un luogo comodo, figurarsi in un posto come quello dove tutto era studiato per mettere a disagio chi vi entrava.

«Sto bene, grazie.» In realtà stava già cominciando a sudare nonostante l'aria condizionata.

Anche i due detective lo notarono e fu ancora Derek a parlare: «È sicuro di sentirsi bene e non volere un bicchiere d'acqua?»

«No, no... sto bene, cominciamo pure.»

«A me sembra che...»

«Detective, la prego. Nessuno di noi ha tutta la mattina libera,» s'intromise Elisabeth con una punta di asprezza nel tono di voce.

I due uomini si guardarono e a lei venne da sorridere. Il tempo passa ma le consuetudini rimangono le stesse: Makarov era il poliziotto buono, Derek quello cattivo.

«Per cortesia, ci conosciamo da diverso tempo e abbiamo condiviso esperienze difficili, chi più e chi meno, vi prego di rispettare la nostra intelligenza e andare subito al dunque.»

Makarov la fissò per un attimo con uno sguardo divertito negli occhi. Anche se era più complicato, preferiva avere a che fare con persone scaltre e questa donna le era sembrata tale fin dal primo momento che l'aveva vista.

«Signor Delany, prima di tutto la ringraziamo per essere qui e crediamo che lei sappia già il motivo. L'omicidio del professor Samuel Van Vogt è ancora sulle pagine dei giornali nazionali e a quanto ci risulta era un suo amico.»

Si fermò in attesa di un intervento di Delany che però non arrivò. Peter proseguì: «Sappiamo che si è incontrato con la vittima poco prima che venisse ucciso.»

«Quanto esattamente, detective?»

«Non siamo tenuti a darvi quest'informazione, mi spiace.»

Elisabeth alzò le spalle.

«Ha avuto una discussione con il professor Van Vogt nella hall del suo albergo, ed esattamente in un vano dopo gli ascensori, verso il bar. Lo ricorda?»

«Certo, al Westin di Times Square.»

«Qual era l'argomento?»

L'uomo tentò un movimento ma non vi riuscì. Imbarazzato, rispose: «Lavoro.»

Derek sbuffò e poi disse: «Caro signor Delany sappiamo dei vostri affari, o meglio tra lei e la RoboTech, quindi potrebbe essere più specifico?»

L'avvocato Scorsese alzò una mano e richiamò l'attenzione su di sé.

«Il mio cliente è intenzionato a chiedere la restituzione della proprietà di un algoritmo che la RoboTech ha venduto alla NASA. Un progetto che credo debba rimanere segreto.»

«Non per noi, avvocato. Era per il recupero di satelliti obsoleti ormai in disuso.»

Elisabeth finse di non rimanere sorpresa e valutò quella nuova informazione.

«Signor Delany, di cosa parlavate esattamente?» Chiese Peter.

L'uomo grande e grosso si girò lentamente verso il suo avvocato che annuì. Poteva rispondere.

«Gli ho chiesto di restituirmi ciò che è mio, altrimenti gli avrei fatto causa.»

«Era una semplice richiesta o c'era qualcosa in più?»

Per tutta risposta l'uomo alzò le spalle.

«Bene,» disse di nuovo Makarov. «C'era bisogno di chiamarlo almeno dieci volte e aspettarlo un'ora nella hall dell'albergo se era una cosa di poco conto? E di aggredirlo come ha fatto quando lo ha visto?»

«Io non gli ho fatto niente.»

«Senta Delany, abbiamo dei filmati che la riprendono perfettamente. O ci dice tutto o dovrò incriminarla per ostruzionismo alle indagini su un omicidio fino a quando non troverò quello che cerco,» sentenziò Makarov senza staccargli gli occhi di dosso.

«Calma Peter, un attimo. Posso parlare con il mio cliente in privato?»

Derek fece un movimento incomprensibile e poi esclamò: «Non ha detto lei che era un incontro informale? Che motivo c'è di chiedere questa sospensione?»

La donna sospirò. Insistere avrebbe solo dimostrato che il suo cliente aveva qualcosa da nascondere e chissà come e quando ne sarebbero usciti. Lo guardò. Sudava copiosamente e si muoveva a scatti. Non avrebbe retto un interrogatorio serrato e così detto 'ufficiale'.

«Va bene. Signor Delany, racconti esattamente ai detective cosa è successo quella sera, per favore.»

L'uomo strinse gli occhi come a voler mettere a fuoco il pensiero e cominciò a parlare.

«Cercavo Samuel per il motivo che ora sapete. Per me quell'algoritmo rappresenta una sorta di figlio perso, come se ti accorgi solo dopo anni che sei padre e rivuoi tuo figlio indietro.»

I due detective si guardarono. Ma chi era questo tipo?

Lui non ci badò e continuò. «Così mi sono rivolto all'avvocato Scorsese ma nell'attesa di intraprendere una trattativa con Samuel, ho saputo che era a New York per quel convegno e mi sono informato dove dormiva... il resto lo sapete.»

«Chi le ha dato il nome dell'albergo?» Chiese Derek.

«Kirk dell'organizzazione, è un vecchio amico.»

«Vorremmo la sua versione dei fatti sul resto,» insistette Makarov. «Ci dica per favore.»

L'uomo annuì. Sembrava disteso ora.

«L'ho cercato più volte, è vero, poi sono andato in albergo, credo verso le sei, ho pensato che rientrasse per cambiarsi prima della cena. Kirk mi aveva detto che alle otto lo aspettavano per l'ultima serata della convention, era l'ospite d'onore. Alle sette o poco più l'ho visto salire con le scale mobili e dirigersi verso l'ascensore. L'ho seguito e chiamato a gran voce, quando mi ha riconosciuto, gli ho parlato dell'algoritmo e...»

Delany si bloccò di colpo. Le sue dita corsero ai bracciali che aveva al polso e che cominciò a ruotare come se stesse recitando un mantra per ritrovare il controllo di sé. In effetti, stava muovendo impercettibilmente le labbra, come se sussurrasse. A Peter venne in mente un rito induista ma in realtà poteva essere di qualsiasi religione.

«Samuel,» disse osando una certa confidenza, «capisco bene che quando si tiene tanto a qualcosa o qualcuno si è disposti a fare di tutto per averlo...» Esitò il tempo necessario per gettare un'occhiata al di là del vetro oscurato dove Sally lo stava ascoltando e guardando.

Poi riprese: «Le assicuro che siamo in grado di comprendere il suo dispiacere. Quindi ci dica cosa gli ha detto...»

«Quel verme mi ha riso in faccia,» tuonò Delany. «E mi ha detto che se ne sbatteva della causa, che non avrei visto né la formula né un soldo. Non solo, aggiunse che la NASA aveva ben altri progetti e avevo perso il treno.» Si portò le mani al volto e continuò: «Ho cercato di afferrarlo ma mi è sfuggito e si è infilato nell'ascensore.» Sembrava sinceramente disperato.

Elisabeth gli posò una mano sul braccio.

«Va tutto bene, signor Delany, è tutto a posto.»

Poi piantò i suoi grandi occhi blu sui due detective e con un cenno del capo li invitò ad andare avanti.

«Cosa ci sa dire del guanto presentato alla convention?» chiese Makarov.

L'uomo si riscosse immediatamente.

«Nulla di nulla, perché me lo chiede?»

La sincerità stavolta era palese. Il detective sorvolò e Derek capì che era il suo turno.

«Cosa porta al polso?»

Questa volta la reazione fu diversa. «Non capisco cosa c'entra questo con...»

Derek alzò una mano mentre Elisabeth s'irrigidiva.

«Quelle sono riproduzioni della maschera di Darth Vader, giusto?»

Delany annuì come se fosse la considerazione più naturale al mondo mentre il suo avvocato lo guardò stupita. Il detective continuò: «Immagino sia una produzione per veri appassionati, giusto?»

Ancora un cenno con la testa.

«Anche il professor Van Vogt lo era.»

Questa volta non ci fu bisogno di alcun movimento.

«Dove vuole arrivare detective?» Gli chiese Elisabeth guardinga.

«La vittima è tornata per cambiarsi e ha indossato uno smoking per la cena di gala. Poi è rientrato, ha incontrato l'assassino in albergo, gli ha aperto la porta e lo ha fatto entrare. Lo conosceva, se è questo che si sta chiedendo. C'è stata una piccola colluttazione perché il professore è stato preso alle spalle, si fidava del suo ospite che gli ha spezzato l'osso del collo. Mentre il killer lo uccideva, gli è scappato via qualcosa che gli apparteneva. E sa cosa, signor Delany?»

L'uomo non rispose, gli occhi fissi su Richard Derek. E così quelli del suo avvocato.

«La stessa riproduzione che porta infilata nei suoi bracciali.»

Il silenzio che seguì, riempì la stanza.

Dopo alcuni istanti, Derek continuò. «Se le chiedessi le impronte digitali, ce le concederebbe? Dobbiamo verificare se combaciano con quelle lasciate sulla riproduzione in nostro possesso. In caso contrario, saremmo costretti a fermarla come indagato per l'omicidio del professor Samuel Van Vogt.»

Se Philip Delany, un uomo di oltre centotrenta chili, avesse potuto muoversi, sarebbe saltato su dalla sedia. E pensare che ci era venuto con le proprie gambe in quel distretto, e ora rischiava di non uscire mai più. Sbiancò, incredulo.

Si girò verso il suo avvocato con uno sguardo di supplica; doveva colmare quel vuoto dalle conseguenze imprevedibili.

Lei fece per parlare e in quella frazione di secondo ricordò il primo insegnamento in casi del genere: confondere l'avversario. Si dice che la velocità di pensiero è un sintomo d'intelligenza. Ebbene, quello era il momento per provare se fosse vero.

«Detective, prima di andare oltre, potrei avere alcune informazioni?»

Derek diede un'occhiata a Makarov che annuì.

«Quanto era alto il professor Van Vogt?»
«Dovrei vedere i dati dell'autopsia.»
«Potrebbe farlo? È molto importante.»
L'uomo bofonchiò qualcosa a bassa voce, si alzò e uscì.
«A lei, Peter, chiedo invece un'altra cosa.» Senza attendere risposta, Elisabeth aggiunse: «Le telecamere di sicurezza dell'albergo hanno ripreso il mio cliente entrare e uscire prima o dopo l'omicidio? In quell'arco di tempo, intendo.»
«Ho capito bene, avvocato, e la risposta è no.»
«Ottimo. Conosco bene il Westin e ha un'altra entrata sulla Quarantaduesima, accanto al cinema Regal, anche su quel lato nessuna ripresa?»
Makarov negò con un cenno del capo.
Elisabeth si ritrovò in vantaggio e ne approfittò.
«Come ogni albergo che si rispetti a Manhattan, c'è sicuramente un'entrata per i dipendenti, i fornitori della lavanderia o delle bevande o del cibo per il ristorante interno, o per il bar al primo piano, giusto?»
«Immagino sia così.»
«E allora l'assassino non potrebbe essere entrato e uscito da lì?»
Peter cominciava a innervosirsi, il loro vantaggio si stava assottigliando.
«Certo, può averlo fatto anche il suo cliente, avvocato, ci pensi bene.»
Elisabeth scoppiò in una risata che cercò di contenere ma ottenne comunque l'effetto che aveva desiderato.
Peter perse la pazienza.
«Avvocato, qui non c'è una giuria e nessuno su cui fare colpo, quindi mi dica cos'ha in mente senza questa messinscena.»
Elisabeth piantò gli occhi dentro ai suoi e Peter tornò in un attimo alla prima volta che li aveva visti. Due pozzi di vita inesauribile.
Poi lei parlò: «Caro detective, il mio cliente non passa inosservato per la sua mole e fisicità. Di notte in cucina, o nei reparti che utilizzano l'uscita secondaria ci sono poche persone e sicuramente lo avrebbero notato. Ma se non avete nessuna testimonianza in questo senso o nessuna ripresa con una telecamera, possiamo escluderlo dalla lista dei possibili assassini, non trova?»
«E quella maschera di... come diavolo si chiama?»
«Come ha detto il suo collega, sono un gruppo di super fanatici quindi parliamo di centinaia se non migliaia di persone per non con-

tare poi tutte le vendite fatte di quell'oggetto da quando è stato realizzato. È un elemento debole e lei lo sa bene.»

Come terminò la frase, Derek rientrò ma non si mise seduto.

«L'altezza di Van Vogt è di un metro e novantadue centimetri.» Elisabeth non perse tempo, voleva uscire presto da quella stanza.

«Signor Delany, lei quanto è alto?»

«Un metro e sessantasette centimetri.»

L'avvocato Scorsese si girò verso i due detective e mentre si alzava lanciò un'occhiata al vetro oscurato.

«Bene, direi che qui non c'è altro da aggiungere. Se ritenete di formalizzare un arresto per il mio cliente, fatelo, altrimenti noi ce ne andiamo.»

Derek guardò Makarov e poi il vetro oscurato, nessuno disse null'altro. Passarono alcuni secondi, quindi Elisabeth esclamò: «Signor Delany, abbiamo finito. Detective, grazie del vostro tempo e delle vostre informazioni. Cara Sally, spero tu stia bene, e arrivederci anche a lei capitano Hoffman.»

Poi con passo di carica, lasciò la stanza aprendosi da sola la porta.

Attese che fossero in strada e poi si rivolse al suo cliente: «Per ora è andato tutto bene. Ora vada a casa a rilassarsi e poi ci vedremo per la nostra causa. Quest'omicidio ci deve far pensare una nuova strategia. È d'accordo?»

Lui annuì.

«La chiamo io nel pomeriggio.»

Gli strinse la mano e fermò il primo taxi in avvicinamento.

Come fu salita ed ebbe comunicato un indirizzo che conosceva bene, mise la mano nella borsa e la toccò per sincerarsi che fosse ancora lì: la medaglia al valore di Robert Palmer.

Si mise comoda, aveva davanti a sé un buon quarto d'ora di macchina e voleva impiegarlo senza crogiolarsi nel dolore subito il giorno prima.

Ripensò all'interrogatorio e per fermare i suoi pensieri accese l'iPad.

Prima considerazione: la sezione Omicidi era in contatto con la NASA, sapevano dell'algoritmo e dei satelliti.

Seconda: chi era quella tizia che aveva nominato Hoffman? Rachel Thompson. Si appuntò di chiederlo a Lara come fosse andata in ufficio.

Terza: l'assassino era un tipo alto e forte, era entrato dall'ingresso dei dipendenti dell'albergo e quindi doveva essere in divisa, ecco perché gli aveva aperto Van Vogt, non perché lo conosceva.

Quarta: la causa che stava per intentare alla RoboTech poteva essere collegata all'omicidio?

Quinta: Makarov aveva citato un guanto, cosa c'entrava con Philip Delany, tanto da chiedergli se ne avesse avuto notizia?

Alzò la testa e vide che mancava una manciata di secondi alla sua destinazione. Ripose tutto nella borsa e si preparò a scendere.

Come il taxi accostò, pagò la corsa e si ritrovò davanti al Devil's Paradise, il negozio di Omar Faruk, un vecchio amico dei suoi genitori.

La porta era chiusa, come sempre. Fece un respiro profondo e la spinse.

Il suono di un campanello avvertì il proprietario che un nuovo cliente era appena entrato. Faruk si trovava dietro al bancone, alzò gli occhi distrattamente ma poi, come la riconobbe, scattò dritto come se avesse ricevuto una scossa elettrica.

Fece per aprire bocca ma poi decise di non dire nulla. Attese che lei si avvicinasse.

Il negozio era vuoto ad eccezione di loro due.

«Immagino si ricordi di me.»

«Come potrei dimenticarla.»

Elisabeth lo osservò per qualche istante. Le spalle curve, il ventre gonfio, le mani che si muovevano impercettibilmente, gli occhi spenti e i capelli ben più grigi. Era decisamente invecchiato e sembrava portasse un peso enorme da tempo. Erano circa due anni che non lo vedeva ma lo ricordava una persona completamente diversa. Un tipo enigmatico, senza dubbio, ma attento alla forma fisica e a quella mentale, forte e convinto dei suoi pensieri. Ora ne aveva davanti un vago ricordo.

Il suo silenzio solleticò la curiosità dell'arabo.

«Come posso aiutarla?»

Non era mai stato così distaccato ed Elisabeth se ne meravigliò. Le due volte che era andata a trovarlo, l'aveva accolta con entusiasmo e affetto, degna figlia di due amici che lo avevano salvato da morte certa. Non solo, ma era stato molto prezioso. Le aveva spiegato l'esistenza degli Scribi, la loro origine e quello che erano diventati oggi. Cose che aveva poi scoperto sulla propria pelle, e così suo padre, entrambi coinvolti in un gioco più grande di loro.

Pensò di assecondare il suo atteggiamento, qualunque fosse il motivo, e rimase fredda.

«Avrei bisogno di sapere da dove arriva questa...», tirò fuori il regalo di Palmer. Mise l'oggetto sul banco davanti all'uomo. Lui la prese con estrema attenzione e si fece accorto.

«È una medaglia della Marina e del Corpo dei Marine, il più alto riconoscimento concesso dal dipartimento. È molto rara. Vede qui la parola 'Eroismo', ecco viene assegnata solo per atti eroici che non riguardano un conflitto in corso.»

«Come una missione sotto copertura?»

L'uomo la guardò negli occhi e attese qualche istante prima di rispondere.

«Anche no. La principale motivazione per cui viene concessa è il salvataggio in mare con un altissimo rischio della propria vita e deve essere richiesta dall'ufficiale in comando al momento dell'atto d'eroismo.»

Elisabeth cercò di mantenere la calma. Questo tipo la irritava, forse era per la sua flemma o i continui 'detto' o 'non detto'.

«Ho capito. Ha un valore?»

Faruk abbozzò un sorriso.

«Come vede è di bronzo, il nastrino è semplice stoffa, no, non vale nulla, ma ha un altissimo significato etico, chi l'ha ricevuta viene considerato un eroe perché ha salvato una vita umana rischiando la propria.»

«Che lei sappia ne vengono assegnate molte?»

L'uomo alzò le spalle. Continuava a mantenere una distanza che non gli apparteneva. Nelle visite precedenti non aveva perso occasione di mostrarle la cultura che aveva al limite del patetico, ora invece doveva tirargli fuori le informazioni che chiedeva. 'Perché Omar, cosa ti è successo? Non solo, ma non mi hai chiesto nulla di mia madre o mio padre...'

«Assolutamente no! Non conosco bene queste procedure ma come lo ho detto, è un evento raro.» Reclinò il capo, come se parlasse con una bambina, e poi le chiese abbassando lo sguardo: «Dove l'ha presa?»

Elisabeth fu pronta a rispondere: «L'ho trovata in un cassetto di un albergo e volevo capire se potevo rintracciare il proprietario. Ho capito fin da subito che era qualcosa d'importante.»

«Lo è. Poteva farlo presente alla reception dell'hotel, credo che tengano i registri delle camere anche dei giorni precedenti.»

Alzò gli occhi al cielo, incapace di replicare. Ovvio, giusto, che stupida... pensò mentre cercava una scusa valida.

«Non perda tempo,» aggiunse Faruk, «lei non sa dire bugie. Ma non si preoccupi, non le chiederò niente.»

«Perché?»

L'uomo fu preso alla sprovvista. Non si aspettava tanta franchezza.
«In che senso, non capisco cosa vuol sapere...»
«Perché non mi chiede dove l'ho presa? O chi me l'ha data? Perché oggi è così evasivo con me quando le poche volte che ci siamo visti era tanto loquace da essere un gran vanitoso? Perché non s'informa dei miei genitori? Perché...»
«Basta così,» tuonò Faruk, gli occhi fuori dalle orbite. La sua rabbia era così evidente che Elisabeth fece un passo indietro, spaventata. Lui se ne accorse e fece un segno con la mano.
«Scusi, scusi, non volevo...»
Scosse la testa e cercò di ricomporsi. Lei rimase immobile e lui aggiunse: «Il tempo passa per tutti, mia cara, e a volte devi fare i conti con il passato senza preavviso. Non le ho chiesto dei suoi genitori perché so cosa è successo e me ne dispiace, non volevo darle altro dolore.»
I suoi occhi erano di nuovo diretti verso di lei. Sembrava sincero ma lei non gli credette. Non aveva dimenticato la volta precedente, quando era riuscito a manipolarla senza che se ne accorgesse.
«Chi è lei?»
«Sono un uomo che è fuggito dal proprio Paese grazie all'aiuto dei suoi...»
Elisabeth alzò la mano e lui si bloccò.
«Chi è veramente?»
Faruk sospirò e abbozzò un sorriso.
«È meglio che non lo sappia.»
Ora la prendeva anche in giro.
«Mi ha sempre trattata come una ragazzina e continua a farlo. Non mi dice qualcosa per proteggermi per caso?»
L'uomo annuì e lei realizzò che aveva parlato troppo. Scoppiò in una risata fasulla gettando la testa all'indietro.
«Lei è speciale, lo dico davvero. Se le avessi dato un'altra risposta, mi avrebbe comunque assecondato.»
L'arabo rimase impassibile. Il suo volto e il suo corpo erano tanto immobili da sembrare imbalsamato.
«Lei è un codardo.»
Un guizzo passò nei suoi occhi e dopo alcuni istanti di silenzio sibilò: «Ora cosa fa, mi offende?»
«Non cerchi di rigirare a suo vantaggio questa chiacchierata, Omar Faruk, le ricordo che sono un avvocato, con le parole e l'eloquenza ci vivo.»

«Prenda la sua medaglia e se ne vada, subito.»

«Furbo... ora che sta per cedere mi manda via, non è solo un codardo ma anche un vile.»

L'uomo increspò le labbra e poi esplose: «Cosa sa lei della vita e della morte? Cosa sa delle bombe che il suo Paese ha sganciato sul mio come se fossero doni piovuti da cielo con la scusa di liberarci dall'oppressore? Cosa sa della gente mutilata che trascinava il corpo senza più gambe per cercare rifugio dalla bomba successiva? Cosa sa dei bambini che urlavano e correvano a tentoni perché accecati dai vostri ordigni? Lei che vive nel lusso e nella vostra magica città, capitale del mondo, lei che...»

«Noi l'abbiamo accolta.»

Il suo tono fu gelido e profondo, quasi distaccato. E riuscì a fermarlo. Fu il turno di Faruk di simulare una risata di gusto.

«Sì certo, dopo che avete distrutto il mio Paese. Un rimorso di coscienza, una richiesta di perdono.»

L'uomo mosse appena il capo e sputò a terra, poco distante da Elisabeth.

Lei non si lasciò impressionare e rimase ferma, gli occhi nei suoi.

«È questo che crede veramente?»

L'arabo aprì un cassetto e tirò fuori una pistola.

Questa volta, Elisabeth trasalì.

«Se non vuole finire come quei bambini, se ne vada immediatamente.»

S'impose di non muovere un dito. Non voleva che capisse fino a che punto fosse impaurita.

L'uomo alzò leggermente la canna e distese il braccio.

«Forse non ha capito cosa ho detto.»

«Una sola domanda,» riuscì a sussurrare. Faruk annuì con un battito di ciglia.

«Perché i miei genitori l'hanno salvata?»

«Perché hanno rispettato un patto.»

«E qual era la sua parte? Del patto, intendo.»

«La domanda era una soltanto. Se ne vada e prenda questa merda di trofeo.» Afferrò la medaglia e gliela gettò contro. Elisabeth riuscì ad afferrarla prima che scivolasse a terra.

Poi si mosse camminando all'indietro e senza smettere di guardare la canna della pistola. Come fu vicina alla porta si girò velocemente, afferrò la maniglia, e Faruk la bloccò, sibilando di nuovo come un serpente: «Il mio tempo è finito da un pezzo, avvocato, ma stia attenta al suo, o a quello dei suoi genitori. Vi manca poco, ve lo assicuro.»

Lei stava per replicare ma riuscì a infilare la porta e a uscire.

Come fu sul marciapiede, respirò di nuovo. Lo stomaco le si attorcigliò e un brivido le percorse il corpo. Scosse la massa dei capelli biondi, gettò la testa all'indietro e fermò un taxi.

Voleva fuggire prima possibile da quel luogo. Si girò e guardò l'insegna del negozio che ospitava un nemico del suo Paese: 'Il paradiso del diavolo'. Mai un nome era stato più indicato.

Entrò in taxi, inforcò gli occhiali e in cuor suo lo mandò a fanculo.

20

Il generale Joe Nisbet non riusciva a stare fermo sulla poltrona del suo ufficio presso il Pentagono. Aveva rimandato quell'appuntamento di ventiquattr'ore per cercare di avere più informazioni possibili dal direttore Vance sul rapimento della scienziata ma non aveva ottenuto molto. Il luogo dell'ultima sparatoria tra il 'salvatore' della donna e due pregiudicati trovati stesi sull'asfalto, era a pochi chilometri dall'Italia e la Svizzera, nella regione della Savoia. Da quel momento, le polizie di mezza Europa erano state allertate, i confini erano presidiati potenziando i controlli, anche con unità cinofile. Avevano alterato il volto della donna in dieci versioni diverse, e distribuito a ogni singolo agente quelle nuove immagini. Purtroppo il periodo coincideva con le ferie di molti italiani o francesi e quindi il traffico del tunnel del Monte Bianco non poteva essere rallentato ulteriormente. Avrebbe contribuito a creare tensioni tra gli automobilisti in coda per attraversarlo e quello che volevano evitare, era il caos.

«Maledizione,» urlò sbattendo un pugno sul tavolo. La sua rabbia era palese, l'impotenza lo schiacciava più di ogni cosa. Si accorse che il potere che esercitava non serviva a nulla. Ogni azione era l'insieme del lavoro e dell'intelligenza di più persone, e una catena di comando doveva funzionare a tutti i livelli, come l'impegno di ogni risorsa impiegata in una missione o indagine che fosse. E qui si tratta di trovare la figlia di un caro amico, pensò mentre il suono del telefono e la successiva voce della segretaria lo avvisavano che il generale McRoland era arrivato.

«Caro Steve,» gli andò incontro porgendogli la mano, che l'altro strinse vigorosamente.

«Joe,» rispose il generale ora in pensione.

«Accomodati.» L'uomo fece come gli aveva detto. Per quell'occasione aveva indossato l'uniforme come a sottolineare che ancora si sentiva parte di una squadra che era stata la sua vita.

«Scusami se ti ho disturbato ma...»

Nisbet agitò una mano e le parole dell'amico seduto di fronte a lui si spensero in un istante.

«Come posso aiutarti?»

Il generale scosse la testa.

«Sono... siamo preoccupati, Joe, molto preoccupati. La figlia di Debbie non fa che piangere, io e mia moglie non possiamo fare altro che consolarla.»

«La riporteremo a casa, Steve, lo sai questo, vero? L'intelligence e la polizia di mezzo mondo lavora su questo caso, la troveremo.»

«Ecco... io non sono così sicuro. Ne abbiamo vissute insieme molte, ma questa volta è diverso.»

Il tono era grave, rassegnato, come se si vedesse già camminare seguendo un carro funebre.

Nisbet attese qualche istante e poi con tono misurato, chiese: «Perché ne sei così certo?»

«Debbie mi ha detto alcune cose prima che partisse per Parigi. In realtà è da tempo che vive nella preoccupazione che le sue scoperte possano essere più un danno che un valore aggiunto.»

«E perché mai?» Esclamò Nisbet incredulo. «È una delle scienziate più riconosciute nel nostro Paese e anche all'estero, è responsabile di un progetto della NASA altamente top secret e...»

«So tutto, Joe.» Lo interruppe McRoland alzando una mano. Poi si rese conto di aver esagerato e gli chiese scusa. Il comandante in capo alle Forze militari congiunte fece una smorfia: andava bene così, c'erano cose ben più importanti in campo che non le formalità.

«Cosa vuoi dirmi esattamente? Ti ascolto.»

L'uomo fece un sospiro di sollievo.

«Grazie. Sono anni che porto questo peso sulla coscienza e se finora ho taciuto, è solo perché Debbie mi ha fatto promettere di non raccontare niente. Ma in questa situazione, sento di doverti dire quello che so, forse potrebbe esserti utile.»

Fece una pausa e chiuse gli occhi come se cercasse nella memoria qualcosa che aveva sepolto.

«Successe tutto esattamente diciassette anni fa. Eravamo vicino alle vacanze di Natale, io comandavo la base di Aviano, era il 2001, poco dopo l'attacco alle Torri Gemelle. Credo tu possa capire quanto era alta la tensione e non solo: i servizi segreti avevano mandato dei loro uomini. Tutti volevano stanare Osama Bin Laden. C'erano anche delle squadre Delta pronte a intervenire in caso lo avessimo individuato. È stato il periodo più attivo degli anni in cui sono stato lì.»

«Lo ricordo bene. Se non erro, ci sentimmo anche un paio di volte.»

«Esatto, avevi dei tuoi uomini da me.»

Nisbet annuì. Anche James Scorsese e la sua squadra passarono da Aviano prima di andare a caccia del nemico numero uno di allora in Afghanistan.

«Debbie allora frequentava la facoltà di Fisica e Astronomia all'Università di Padova dopo la laurea in Matematica che aveva preso l'anno prima. Seguiva il corso di Fisica quantistica ed era l'allieva migliore, un piccolo genio.»

L'amico che lo stava ascoltando allargò le braccia. Il futuro lo avrebbe poi dimostrato.

McRoland non ci fece caso e continuò: «A quel tempo aveva una relazione importante con un ricercatore, un certo Andrea Carli. Si erano innamorati mentre portavano avanti un progetto, la creazione di un algoritmo non so per fare cosa. Erano a buon punto quando Carli venne ucciso alla stazione Santa Lucia a Venezia da alcuni tipi che fuggirono immediatamente. Debbie era lì e vide tutto. Lo stavano aspettando in fondo al binario ma mentre lo accerchiarono, lei fu presa a forza e portata via.»

Ci fu un silenzio carico di tensione come solo il silenzio della verità sa essere. Si fissarono, entrambi stavano pensando la stessa cosa.

«Continua.»

«La portarono alla base e quando arrivò, mi si gettò contro. Aveva pianto tutto il viaggio, in macchina con uomini che sembravano spie. Era disperata, mi raccontò per filo e per segno cos'era successo e il motivo per cui lo avevano ucciso, ossia il loro progetto.

Mi sbatté in faccia il loro lavoro. Chiamai subito il corpo di guardia che piantonava l'ingresso ma di quei tipi nessuna traccia. Allora mi misi in contatto con Washington, il giorno dopo parlai con un certo Sanders, era il direttore della CIA, l'unico vicino al presidente in quei mesi, e lui mi disse che se ne sarebbe occupato. Avrebbe trovato il killer di Carli, l'omicidio non sarebbe rimasto impunito, anche perché la Casa Bianca aveva ricevuto forti pressioni dal Governo italiano. Inoltre, mi consigliò di mettere Debbie sul primo aereo per gli Stati Uniti, cosa che feci immediatamente. Quei mesi furono molto intensi; ricevevamo segnalazioni su Obama più di una volta al giorno, c'era molto da fare e i servizi segreti entravano e uscivano come volevano. Erano loro i padroni della base.»

Scosse la testa sconsolato come a chiedersi del perché avesse permesso tutto questo.

«Cos'è successo poi?»

«Dopo pochi giorni, la polizia italiana arrestò un uomo a Pisa, in un ristorante. Ricordo bene la notizia pubblicata la sera dell'arresto. Lo incriminarono per l'omicidio di Andrea Carli, parlai con il commissario della squadra mobile che si occupò del caso, e mi confermò che le prove erano schiaccianti. Sanders mi scrisse dopo alcune settimane dicendo che si erano accordati per l'estradizione e quindi l'uomo fu portato negli Stati Uniti. Sarà laggiù in carcere. Fine della storia.»

«E Debbie?»

«Completò gli studi alla Columbus University, incontrò un uomo molto più grande di lei, fece una figlia e poi il resto lo sai.»

Il generale tenne lo sguardo basso e sembrava esausto anche se a Nisbet sfuggiva qualcosa.

«Cos'altro c'è che devo sapere Steve? Sempre se vuoi che ti aiuti...»

Lasciò la frase a metà e McRoland alzò gli occhi. Era combattuto e Nisbet gli diede il tempo per riflettere.

«C'è una cosa che posso farti vedere, mi è arrivata ieri mattina sul cellulare. È una foto di Debbie, ed è recentissima.»

La tirò fuori dalla valigetta che aveva con sé e la porse a Nisbet. Lui la prese e la rigirò tra le dita.

«È la prova che è viva e non mi sembra sofferente.»

«Voglio sapere chi gliel'ha fatta.»

«Presumo chi l'ha salvata?»

Il generale McRoland saltò su dalla sedia.

«Prima che cominci a dare in escandescenze, ti aggiorno su quello che so. C'è stata una riunione alla Casa Bianca con il presidente e chi si sta occupando di Debbie. Lei stava lavorando a un progetto top secret della NASA. Era a Parigi per un convegno sui satelliti quantici, pare sia una dei due inventori di un algoritmo in grado di neutralizzare gli hacker.»

«L'altro chi è?»

«Ci sto arrivando, porta pazienza. Si chiamava Samuel Van Vogt ed è stato assassinato cinque giorni fa a New York.»

Questa volta McRoland saltò su dalla sedia.

«Ma come, allora... Debbie è in pericolo?»

«Lo era Steve, e diciamo che lo è ancora e per questo che la stiamo cercando.»

«Spiegati meglio.»

Nisbet fece un sospiro: non era la prima volta che affrontava un padre sofferente.

«Riteniamo che un uomo non identificato l'abbia salvata da un tentativo di omicidio. Non conosciamo i mandanti, stiamo lavorando con la polizia francese per cercare di risalire a loro attraverso i cadaveri rimasti sul campo ma ancora non abbiamo nulla. Quello che sappiamo è che quest'uomo è un professionista, molto addestrato, un infallibile tiratore e uno che si muove bene ovunque. Lui ha Debbie e le ha scattato quella foto. Ho bisogno di rintracciare da dove arriva anche se credo che sarà un binario morto.»

«La sta proteggendo.»

«Esatto, e quella foto lo dimostra.»

«Ma perché non si mette in contatto con voi? Possibile che non conosca una via per raggiungervi?»

Nisbet scosse la testa.

«Probabilmente non si fida.»

McRoland guardò l'uomo che aveva di fronte con occhi nuovi e a Nisbet sembrò che si fosse illuminato.

«Cosa c'è ora? Cosa ho detto di così importante?»

«Una tesina, come le chiamano gli studenti universitari, ecco dove ho già visto quelle dita intrecciate. Debbie mi ha mandato un messaggio facendosi fotografare in quella posa.»

Nisbet abbozzò un sorriso.

«Molto astuta, complimenti. E a quale tesina ti riferisci?»

«A quella che aveva scritto con Andrea Carli, al motivo per cui lo hanno ucciso.»

Gli uomini si guardarono. Ormai era tutto chiaro.

«Non la sta proteggendo solo da chi vuole ucciderla, Joe, ma anche da noi.»

Nisbet annuì. Il suo amico generale aveva ragione. Le carte erano state girate ed era uscita una donna di cuori, la più preziosa e la più desiderata.

Strinse gli occhi. La partita era solo all'inizio.

21

Aveva passato l'ora di pranzo cercando di dimenticare quello che era successo al Devil's Paradise, ma Omar Faruk rimaneva nei suoi pensieri. Cos'era successo tanto da trasformarlo in quel modo? Da devoto amico dei suoi genitori e quindi molto disponibile nei suoi confronti, a uomo tanto minaccioso da puntarle una pistola contro? Se non se ne fosse andata le avrebbe sparato? Lo dubitava, ma non era pronta a scommetterci. Stava andando tutto per il verso sbagliato e non aveva bisogno di altre sorprese.

Seduta alla scrivania, distese le gambe e portò le mani dietro la nuca. Con una leggera spinta dei piedi fece roteare la poltrona fino a quando il suo sguardo non cadde sulla fotografia di suo padre.

Come aveva potuto trattarla in quel modo? Poteva anche capire il silenzio per le ferite riportate ma non riusciva comunque a farsene una ragione. Aveva bisogno del suo amore, sapere che era presente, il suo faro nella notte. E ora che comprendeva che non sarebbe più stato così si sentiva persa, in preda a una necessità incolmabile di sicurezze.

«Posso?»

Lara mise dentro la testa e la distolse da quel senso di vuoto.

«Certo, dimmi.»

«C'è qui Simon Sallis, per l'appuntamento fissato.»

Elisabeth annuì e si preparò a incontrare il suo investigatore privato. Non ne aveva avuto bisogno negli ultimi due anni e da quello che ricordava l'ultimo caso di cui si era occupato, era stato il caso Corvino.

«Avvocato, cos'ha visto... la morte?»

Quelle parole di Sallis la fecero trasalire non tanto per lo spavento quanto per la verità che contenevano.

Perse colore e Lara accomodandosi dopo di lui, non se lo fece sfuggire.

«Benvenuto,» rispose mascherando l'imbarazzo. «È riuscito ad avere quello che le avevo chiesto?» Continuò Elisabeth senza guardare Lara. Non sapeva perché, ma sentiva di non essere più a proprio agio con lei. La sua vita si stava di nuovo complicando e non voleva coinvolgerla.

L'uomo si schiarì la gola e accese il suo computer.

«Devo dire che non è stato complicato raccogliere informazioni, almeno quelle di facciata. Margot Massu è nata a Parigi nel 1960 ed è nota in ambienti internazionali. Molto ricca, frequenta il jet set internazionale. Si muove con facilità tra la capitale francese, New York, Londra, Roma, Dubai e non disdegna Mosca anche se ci va più raramente. Il suo profilo Instagram mostra le sue foto con personaggi famosi un po' ovunque. È nipote del generale Jacques Massu, figura controversa del periodo di Charles De Gaulle. Attenzione, questo è importante per quello che vi dirò in seguito.»

Le donne annuirono e lui continuò.

«Lo zio aderì immediatamente all'appello del 1940 di De Gaulle di rifiutare l'armistizio e l'avvento del regime pétainista. Fu protagonista della liberazione di Parigi nel 1944 con la divisione Leclerc e, vittorioso, viene mandato a comandare l'esercito francese in Indocina e poi in Nord Africa; nel '50 diventa generale e nel '57 lo mandano a reprimere la ribellione ad Algeri con seimila uomini di polizia. Ogni mezzo è ammesso e usa la tortura segnando una delle pagine più vergognose della storia francese. Obbedì in quanto soldato ma poi, una volta in pensione disse che la Francia doveva pentirsi per quello che era stato fatto in quei giorni. Venne comunque richiamato anche se aveva apertamente criticato De Gaulle ma come per magia, visto le sue forti aderenze politiche immagino, fu riabilitato e trasferito al Comando generale dell'esercito francese in Germania. E qui accadde un fatto insolito che nessuno in Francia è mai riuscito a spiegarsi.»

«Ossia?» Chiese Lara; stava cercando di capire dove volesse arrivare con questa storia di ottant'anni prima.

«Nel maggio del 1968 in Francia ci fu una rivolta politica, sociale e filosofica contro il Governo gollista, e il 29 maggio di quell'anno, nel pieno dei traumatici eventi, Charles De Gaulle vola a Baden Baden per incontrare proprio il generale Massu. È un mistero per tutti cosa si siano detti, il generale promise che lo avrebbe confidato in punto di morte ai propri figli ma così non fu. Il risultato di quell'incontro inaspettato divenne però fondamentale per la storia della Repubblica francese. Infatti, il giorno dopo De Gaulle sciolse l'Assemblea Costituente e un mese dopo i francesi andarono al voto. Finì per sempre un Governo fortemente influenzato dai militari.»

«Dove vuole arrivare, Sallis?» Elisabeth lo sollecitò.

«La nostra nipote era solo una bambina in quegli anni ma è cresciuta molto vicino allo zio che è morto nel 2002. Pare che i due andassero molto d'accordo e che la formazione culturale di Margot sia stata influenzata dal generale in pensione. Non solo; come vi ho detto, Massu aveva forti appoggi politici e questo gli ha permesso di favorire la nipote nei contatti di alto livello come anche di quelli militari.»

«Quindi abbiamo una ricca e apparentemente spensierata nobildonna con un'impostazione molto rigida e forti legami con la patria, l'onore e i codici militari.» Fu il pensiero di tutti ma solo Lara lo disse ad alta voce.

«Esatto.»

Rimasero un attimo in silenzio e poi Elisabeth esclamò: «Questo è quello che si legge in superficie, ma sotto cosa troviamo, Simon?»

«Il tempo che ho avuto, mi ha permesso di scomodare un po' di vecchie conoscenze e riuscire ad avere accesso a dei documenti francesi.»

Nessuno volle indagare sulle generalità delle 'vecchie conoscenze' visto il passato borderline di Simon Sallis.

«E...?» Fu ancora la curiosità di Lara a prendere il sopravvento.

L'uomo la guardò con dolcezza ed Elisabeth si ricordò di come anni prima lui l'avesse invitata a uscire e lei avesse rimandato perché impegnati nel caso Corvino.

«La nostra bella signora gestisce una serie di società ma tutte fanno capo a una con sede a Parigi e si chiama Lumière.»

«Luce.»

«Già. Mai nome più indicato per i propositi che si è prefissata.»

«In che senso?» Chiese Elisabeth.

«Opera in vari settori, tutti legati allo sviluppo sostenibile e lavora con vari paesi, dall'Africa agli Emirati Arabi, dalla Russia al nostro Paese, ovvio. La società ha un codice etico inflessibile, fatto di comprensione del prossimo, tolleranza dell'altro ma anche di regole rigide e assolutamente vincolanti. Chi lavora con loro firma una sorta di patto imprescindibile. Se uno sgarra, è fuori.»

«Il rigore militare.»

L'uomo annuì.

«Un misto di progresso controllato, una filosofia moderna e innovativa ma con princìpi che vengono dalla nostra storia, dal nostro passato,» aggiunse Lara.

«È così,» confermò Sallis.

Il silenzio s'impossessò della stanza e durò qualche istante.

«C'è altro, Simon?»

«No, avvocato.»

«Intendo come conti segreti, procedimenti in atto, legami con aziende sospette o governi copertura, o addirittura dittatori?»

«Niente, sembra pulita. L'unica cosa che mi lascia perplesso è che lavorando con tanti Paesi dalla cultura e impostazione così diverse come puoi mantenere regole così ferree e farle rispettare? Insomma, trovo complicato fare andare di comune accordo questo tipo di scelte. Penso all'Africa per esempio...»

«Perché proprio l'Africa?» Elisabeth alzò il tono della voce e Lara si meravigliò della sua reazione.

Simon non ci fece caso.

«Be', nel loro sito c'è un programma che sostiene quel continente, dalla riduzione della fame all'approvvigionamento di medicinali, dalla costruzione di strutture come ospedali alle scuole e via dicendo.»

«Quindi ha uno scopo benefico...» Elisabeth sembrò rilassarsi.

«Non proprio.»

Entrambe lo guardarono.

«Il programma prevede anche lo sfruttamento delle risorse minerarie, o del petrolio per esempio.»

«Con quale Paese lavora principalmente?»

«Provi a indovinare, avvocato.»

Elisabeth fece un cenno con la testa invitandolo a continuare.

«L'Algeria.»

Le donne si scambiarono un segno d'intesa.

«L'influenza del generale, tutto torna.»

«Non solo. Ma Margot Massu ha contribuito a cercare di fermare la desertificazione facendo piantare pini e cipressi per millecinquecento chilometri.»

«Dare e avere, altro che beneficenza.»

«E dove sei radicata da anni tramite tuo zio, agganci politici e militari» aggiunse Lara.

«Non solo, l'Algeria è una Repubblica presidenziale democratica ma l'esercito gode ancora di grande influenza.»

«E il nostro caro zio Jacques, anni dopo la sua repressione ad Algeri, disse di essersene pentito, e così doveva fare tutta la Francia. Aprì la strada alla nipote.»

«Un po' azzardato e fantasioso ma possibile,» concluse Elisabeth.

Sallis capì che l'incontro era finito.

«Rimango a sua disposizione se le serve altro.»

«Grazie Simon.»

Si salutarono e Lara lo accompagnò fuori dalla stanza.

Rimasta sola, cominciò a rimuginare su quelle informazioni. Margot Massu era una donna piena di risorse, non solo finanziarie. Solide conoscenze, educazione militare, visione progressista e un obiettivo importante quanto difficile da realizzare: rendere il mondo più pulito. Già, ma da cosa? Dall'inquinamento, dalla corruzione dei Paesi più poveri, dalle grandi corporation?

«A cosa stai pensando?»

Elisabeth fece un salto indietro. Era troppo nervosa.

«Mi hai spaventato.»

«Scusa,» disse Lara avvicinandosi. «Allora?»

«A Margot Massu, è un personaggio decisamente affascinante, enigmatico direi.» Ripensò all'incontro che aveva avuto quella sera a cena con suo padre al Tamarind a Soho. Tutto era cambiato da quel giorno e oggi non sembrava essere stato un incontro causale. Cosa nascondeva Margot da starle dietro e invitarla al suo party?

Poi le venne in mente un particolare che la preoccupò all'istante. Si rabbuiò.

«Cosa c'è?»

Guardò l'amica e vide una sincera preoccupazione.

«Sallis ha parlato dell'Algeria e dei progetti in terra africana a fin di bene ma anche come investimento di sviluppo, e soprattutto nel rispetto delle culture. Sono parole che ho già sentito una sera a cena qui a New York un anno e mezzo fa.»

Sospirò al ricordo delle fragole e champagne e di quelle ore tanto piacevoli quanto ambigue.

«Con chi, Elisabeth?»

«Christopher Brimley.»

«E Philip Delany. Lo ha mandato Brimley.»

Elisabeth annuì.

«Lui e Margot, sono apparsi dopo tanto tempo e negli stessi giorni.»

«Non è una coincidenza,» sentenziò Lara.

«Non credo.»

Nessuna delle due disse nulla per un po'. Poi fu Lara a parlare: «Stai attenta Elisabeth. Intendo...»

«So a cosa ti riferisci, mia cara. Non preoccuparti. E ora, perdonami, ma ho da fare.»

L'amica increspò le labbra, per niente convinta di quell'urgenza d'impegni ma lasciò la stanza in silenzio.

Elisabeth accavallò le gambe lunghe e abbronzate. Portò di nuovo le mani dietro la nuca e si lasciò cullare dalla poltrona reclinabile.

Una cosa tra tutte la incuriosiva più delle altre: cosa c'entrava Margot Massu con sua madre Caterina?

Fece una smorfia. Lo avrebbe scoperto a breve e questa volta si sentiva pronta. Una sorta d'eccitazione la colse all'improvviso. Era quello che sentiva prima di ogni nuova sfida. Ora sorrise pienamente. La paura di qualche giorno prima sembrava svanita e il suo cervello si era messo di nuovo in movimento. Ma un pensiero la colpì all'improvviso: era pronta ad affrontare Iside?

22

L'aurora non segna solo un nuovo giorno ma rimette in movimento quello che si è fermato per il buio. E la partenza di ogni cosa, si sa, è il momento più intenso. Chi è che diceva che l'alba è solo per pochi eletti?, si chiese Debbie McRoland guardando il cielo rischiararsi e i primi raggi colpire il ghiacciaio Aiguille du Midi. Uno spettacolo magnifico, come il tramonto della sera prima... già, prima che venisse a sapere di Samuel, prima di trascorrere una notte insonne, prima...

Era in piedi nel grande salone quando un rumore la fece girare all'improvviso, la pelle si drizzò sulle braccia e poi su per il collo, un tremore violento le attraversò il corpo e restò immobile.

Era Cobra.

Tirò un sospiro di sollievo.

«Mi dispiace, non volevo spaventarti.»

«Non sono spaventata, sono terrorizzata.»

Lui non aggiunse nulla.

«Da quanto tempo sei lì?»

La fissò qualche istante prima di rispondere: «Un proverbio africano dice che il tuo destino si sveglia sempre prima di te... diciamo che non ho fiducia del destino e quindi lo anticipo.»

«C'è qualcuno di cui ti fidi?»

Cobra ci pensò su.

«Forse, ma devo chiarire alcune cose prima.»

«Una donna?»

Lui annuì.

«Mai fidarsi delle donne.»

Il suo viso era in penombra e lui non riuscì a capire se stava scherzando, il tono di voce non tradiva nessun sentimento.

«Detto da una donna che nasconde un mistero, non è cosa di poco conto.»

Lei alzò le spalle. Non era affar suo.

Poi si spostò leggermente di lato e la luce del primo mattino la illuminò completamente. I suoi occhi quasi brillarono e i capelli ora neri mandarono un riflesso violaceo. Non era bella ma aveva un fascino particolare, quasi ammaliante.

«Qual è il tuo vero nome?»

Lo sorprese e lui abbozzò un sorriso; era raro che succedesse.

«Ti fa sorridere questa domanda o c'è altro?»

«Perché vuoi saperlo?»

«Devo fidarmi di te e quindi voglio sapere il tuo nome.»

«Mai fidarsi degli uomini.»

Ora fu lei a sorridere. «Detto da un uomo che deve proteggermi, non è cosa di poco conto.»

Lui si unì al sorriso di lei e fece un paio di passi avanti. Li dividevano pochi centimetri.

Cobra scrollò le spalle. Erano anni che non parlava così con una donna, da un tempo infinito non aveva uno scambio intelligente con qualsiasi essere umano. Decise di stare al gioco, lo appagava ed era divertente.

«Ho almeno dieci nomi diversi per altrettanti passaporti ma in realtà non ne posso utilizzare più molti, le mie identità sono bruciate quasi ovunque.»

Lei avvertì una nota stridula nelle ultime parole.

«Cosa è successo?»

«Mi hanno venduto, più di quattordici anni fa. Ero in Italia per delle missioni, una volta portate a termine, fecero in modo che venissi accusato per omicidio e mi arrestarono a Pisa.»

«Chi è stato?»

Scosse la testa. «Lo saprò quando avrò concluso questa missione.»

Debbie strabuzzò gli occhi. Ora il cielo era pieno di luce.

«Non capisco. Io sono la moneta di scambio? La mia incolumità per quest'informazione?»

Cobra non riuscì a dire altro; vista così, lei sembrava merce da barattare ma era la verità e da anni si era ripromesso di non mentire alle persone che gli piacevano. Annuì.

Lei scoppiò in una risata e gettò la testa all'indietro.

«Non ti biasimo, avrai avuto le tue ragioni per accettare ma mi sarei fatta pagare bei soldi per rischiare la vita dietro a una come me. Non trovi?»

Cobra ne ammirò la capacità di sfilarsi da una situazione scomoda e rispose candidamente: «Per quello che sei o per quello che vali?»

Gli occhi di lei si allargarono ed entrambi se ne resero conto. Debbie sentì la forte tentazione di sottrarsi al suo sguardo ma c'era qualcosa che la teneva inchiodata. Sfida? Curiosità? Eccitazione o semplice gioco? No, follia, ecco cos'era.

«Non è la stessa cosa?»

«Sai bene che non lo è. Il tuo valore lo decidono gli altri, quello che sei lo decidi tu.»

«Mi sembra un po' troppo riduttivo anche se...»

Lui alzò una mano, quasi a sfiorarla. Lei la fissò e rimase in silenzio. Era segnata, forte, e sentì il desiderio di toccarla ma rimase immobile, trattenendo il fiato. Cosa le stava accadendo?

«Prova a pensare. Tu fai qualcosa, anche d'importante, ma se non c'è qualcuno che lo apprezzi e lo trasformi in valore, rimane solo una soddisfazione personale. Quello che invece sei, già lo conosci e non hai bisogno di altri per dimostrarlo. Comunque non mi hai risposto. Ti credi importante per gli altri o per te stessa?»

Debbie rimase in silenzio; non si era mai vista da quella prospettiva.

«Sono importante per mia figlia, i miei genitori...»

«Appunto, per gli altri. Anche se speciali, non sono te stessa. Ti vuoi bene Debbie?»

Di nuovo una domanda su cui non si era mai soffermata. Sospirò e in quel momento si rese conto di quanto tempo era stata sotto pressione.

«Come siamo finiti a parlare di questo? Che senso ha? Chi siamo noi in questo preciso istante?»

Cobra fece un passo indietro.

«Vedi, professoressa, io non credo che hanno cercato di ucciderti per una semplice formula, come non credo che il tuo amico ucciso a New York sia una coincidenza. Quello che penso è che c'è molto di più e solo nel momento in cui deciderai di confessarlo a te stessa, be', allora saprai chi sei veramente. Ecco, come siamo finiti a parlare di questo.»

Fece una pausa per lasciarle il tempo di assorbire quello che le aveva appena detto e poi continuò: «Circa quello che siamo ora io e te, mi sembra che...»

Cobra smise di parlare all'istante e si portò l'indice alle labbra. Girò più volte la testa e poi le fece cenno di abbassarsi, erano un bersaglio troppo esposto. Di nuovo un rumore di passi veloci attirò la sua attenzione. Questa volta erano più vicini e anche Debbie li sentì.

«Ci hanno trovato,» sussurrò. «Cammina piano fino alla tua camera, prendi le cose che puoi, vestiti da montagna che ce ne andiamo. Hai meno di due minuti.»

Lei annuì. Non riusciva a dire una parola tanto la lingua le si era attaccata al palato.

«Solo una domanda.»

Di nuovo un solo cenno con la testa.

«Sai sparare?»

«Sono figlia di un generale della USAF, cresciuta nelle caserme, tu che dici?» Riuscì a dire.

«Bene. Andiamo.»

Si mossero fino alle rispettive stanze ed erano pronti a lasciare la casa quando sentirono suonare alla porta. Con passi leggeri si ritrovarono di nuovo nel salone.

Lei lo guardò con aria interrogativa. Cobra le si avvicinò e in un orecchio le disse: «È la polizia francese, stanno controllando le case.»

«Come fanno a sapere che ci siamo?»

«Rilevatore termico. Indica la presenza umana, identifica anche quante persone ci sono e se si muovono. Hanno usato un satellite. Cara mia dottoressa, per te non badano a spese.»

«E allora perché non entrano?»

«Non sanno chi siamo e non possono buttare giù tutte le porte del Paese.»

Suonarono di nuovo e poi seguirono dei battiti sulla porta principale.

Cobra tirò fuori due maschere antigas dalla sua borsa.

«Mettila e tieniti pronta. Vieni.»

Lei lo seguì fin dietro un divano e lì si nascosero.

Passarono pochi minuti, sentivano parlottare in lontananza e Cobra cercò di capire quanti fossero. Due, forse quattro. Accadde tutto in un attimo. La porta d'ingresso che dava sul salone si spalancò con un boato e quattro poliziotti in mimetica e mitra spianati entrarono dentro. Appartenevano a un corpo speciale. Non fecero in tempo a fare dieci passi che dai bocchettoni dell'aria condizionata uscì un getto di gas narcotizzante tanto visibile quanto impossibile da evitare. Gli uomini urlarono ma non riuscirono a muoversi. Cobra contò tre secondi prima che caddero tutti al suolo. Ne avrebbero avuto per un po' di ore. Quel tempo gli bastava. Avevano scelto Chamonix come luogo sicuro non per la sua capacità di mimetizzare una casa protetta ma perché aveva più di una via di fuga. I confini con l'Italia e la Svizzera attraverso le montagne erano due opportunità difficilmente replicabili altrove.

Cobra le fece un segno e uscirono correndo. Come furono in giardino si liberarono delle maschere e poi presero la strada verso il paese camminando piano. Debbie aveva seguito alla lettera quanto le aveva detto e ora sembravano una coppia pronta per fare trekking come centinaia di altre in quel posto. Un travestimento perfetto.

Si guardarono in giro e la squadra che era stata mandata a stanarli non sembrava fosse l'unica. Con discrezione, si accorsero dal movimento della zona che qualcosa stava succedendo.

«Non abbiamo molto tempo. Fanno rapporto ogni quindici o venti minuti. Come non risponderanno, li localizzeranno e allora scatterà la caccia all'uomo.»

«Ho paura.»

«Non devi averne, in fondo è la polizia francese. Non sono loro che ti vogliono fare del male.»

Debbie ripensò alla gentilezza del ministro degli Interni che aveva conosciuto solo pochi giorni prima a Parigi. Lui l'avrebbe aiutata a tornare a casa e allora perché non chiedeva aiuto? Perché non si fermava e cominciava a urlare? Che cosa la tratteneva vicino a quell'uomo, un assassino dopotutto?

Cobra aumentò il passo.

«Dove stiamo andando?»

Lui accennò a un sorriso, alzò la testa e indicando una vetta, rispose: «Lassù.»

Lei seguì il suo indice e lasciò andare il fiato.

«E come pensi di arrivarci? Volando?»

«È la Punta Helbronner, ci arriva la funivia dell'Aiguille du Midi.»

Debbie quasi si fermò.

«Scusa ma sei impazzito? Ci rifugiamo in un luogo minuscolo e a quattromila metri di altezza? Se dobbiamo scappare di nuovo che facciamo, prendiamo una slitta?»

Lui la prese per un braccio e la costrinse a riprendere il passo, non mancava molto e la funivia aveva aperto alle sei e trenta.

«Ho detto che ti proteggerò e ti porterò in salvo, vuoi fidarti?»

Si guardarono di sfuggita e lei non disse nulla. Continuò a seguirlo.

Arrivarono nel piazzale ante stante la funivia che a quell'ora era ancora vuoto. Cobra fece due biglietti di andata e ritorno per non destare sospetti e poi si misero in attesa. Mancavano otto minuti alla partenza della prossima corsa. C'era un countdown con led rossi.

Debbie non riusciva a stare ferma.

«Cerca di calmarti,» le disse lui parlando in francese. Lei si meravigliò; il suo accento era perfetto.

«Non sapevo che...» gli rispose sempre in francese.

Lui le poggiò due dita sulle labbra e le si immobilizzò. Poi Cobra mosse la testa da una parte all'altra come a dire di lasciar perdere.

In quell'istante tre sirene distinte si sentirono in lontananza. Lui le fece un segno d'intesa: avevano scoperto la squadra narcotizzata.

Debbie allargò di più gli occhi che erano azzurri come il cielo del mattino presto, e sentì che cominciava a sudare. Si tolse la giacca a vento e il maglione che aveva comprato solo il giorno prima.

«Ho caldo e sono nervosa,» gli sussurrò in inglese.

Lui rimase impassibile, i sensi all'erta come se... una sirena era molto vicina. Cobra guardò l'orologio alla parete, mancavano 4 minuti, troppi. Era stretto in mezzo alla fila che si era formata. Molti turisti erano spagnoli, altri inglesi, nessuno immaginava chi avevano vicino. Ridevano o parlottavano pronti per la salita al punto più alto del massiccio del Monte Bianco. Un'esperienza unica, un momento indimenticabile. Anche per loro, non c'era dubbio.

Valutò se era il caso di uscire da quel gruppo ma non fece in tempo a muoversi perché una Peugeot della Gendarmeria entrò nel piazzale a sirena spiegata. Frenò di colpo, eliminò il suono, e due poliziotti scesero correndo. Si diressero immediatamente alla cassa, urlarono qualcosa e la ragazza annuì: non più biglietti fino a nuovo ordine.

Uno dei due rimase fermo a pochi passi mentre l'altro, sempre correndo, andò dritto al tondello che immetteva alla funivia. Lì c'era un altro addetto al controllo che, come lo vide, gli fece un segno. Si conoscevano. In caso di scontro, gli uomini da eliminare sarebbero stati tre.

Parlottarono qualche secondo. Ogni persona in fila si era chiusa in un silenzio pieno di spavento e curiosità. Cosa stava succedendo?

Mancavano due minuti.

«Signore e signori,» disse l'uomo del tondello, «faremo un veloce controllo dei biglietti, non allarmatevi, è solo un'esercitazione. Vi prego di agevolare il lavoro della polizia.»

Debbie e Cobra si guardarono. Avevano davanti circa dieci persone.

Un vocio nervoso sembrò diffondersi in un istante, con gli spagnoli più preoccupati e meno abituati ai controlli degli inglesi. Lei ne approfittò per spingersi contro di lui. Il seno gli premette sul braccio. Cobra sentì una scossa ma rimase vigile.

«Cosa facciamo?»

«Improvvisiamo.»

Mostrava una calma che gli lesse negli occhi e la fece stare meglio. Non sapeva perché ma una parte di sé era eccitata, incosciente della paura e delle conseguenze di quello che poteva succedere. È proprio vero che nel pericolo o davanti alla morte, una parte del cervello continua a credere che sia tutto un sogno.

L'uomo invitò il primo della fila a passare e mostrare il biglietto al poliziotto. Venne squadrato da capo a piedi, viaggiava solo e passò tranquillo. Poi fu il turno di una coppia di anziani che furono appena degnati di uno sguardo, subito dopo a una famiglia di cinque persone il poliziotto dedicò lo stesso scarso interesse. Con gli occhi stava puntando Cobra e la mora vicino a lui.

Davanti a loro una coppia di inglesi, lui una sorta di nerd e lei una bionda piccola e magra gli chiesero alcune cose e il poliziotto rispose educatamente.

Erano vicini da sentire ogni parola ma anche da essere ascoltati.

Fu in quel momento che Debbie si mosse. Fece un piccolo passo avanti, si girò verso Cobra per averlo di fronte e parlò in francese:

«Allora amore mio, ieri sera non mi hai risposto,» gli disse poggiandogli una mano sul petto. «Vuoi mandare nostro figlio al college in America o no?»

Il poliziotto alzò lo sguardo verso di loro come se aspettasse la risposta. Cobra sospirò; nella vita di una spia, recitare è la prima cosa che insegnano.

«Tesoro, lo sai che voglio tenerlo con me a Parigi.»

«Ma amore, è una grande opportunità...» Gli sorrise nel momento in cui i due ragazzi inglesi passarono il tornello. Ora il poliziotto li aveva davanti, erano stati costretti a fare due passi verso di lui.

Debbie, si mise sulle punte dei piedi e con tutta la naturalezza del mondo, lo baciò su una guancia.

Cobra la sfiorò e le sorrise.

Il poliziotto li scrutò per un istante e chiese: «Posso avere i biglietti?»

«Eccoli.»

Debbie lo guardò negli occhi, diretti, sinceri, sicuri. Cobra fece altrettanto.

Andata e ritorno per due adulti. Questa coppia sarebbe scesa con la funivia e una volta finita la vacanza sarebbe tornata a Parigi.

«Prego.»

Passarono il tornello inserendo i biglietti e si unirono agli altri turisti in attesa di partire. Evitarono di parlare mentre lo spazio davanti alla cabina si andava riempiendo.

Attesero altri quindici minuti e poi salirono con gli altri passeggeri mischiandosi alla piccola folla. Il tragitto fu di venti minuti con una sosta per cambiare cabina e quando arrivarono, il freddo tornò prepotente. Si rivestirono e quando rimasero soli, Debbie finalmente parlò, quasi a sé stessa.

«Non avrei mai pensato di vivere tutto questo. Ora siamo in vetta al mondo, è un posto unico da ammirare e invece sono qui perché sto scappando... questo è assurdo.»

«Lo è, ma te ne devi fare una ragione. Le cose non succedono mai per caso, neanche la vincita alla lotteria.»

«Non posso accettarlo. Mi sembra di stare in un'altra dimensione, è una follia.»

Cobra la fissò per un istante, attese che lei lo ascoltasse e poi disse. «Allora, agisci. Fai qualcosa per cambiare.» Allargò un braccio a indicare la vastità di ghiaccio che li circondava. Tanto il cielo era pulito e il sole forte che si era colorato di azzurro.

«Cosa?»

«Raccontami la verità, solo così potrò aiutarti.»

Cobra non attese la risposta ma la prese per mano con l'intento di guidarla nei piccoli scalini che scendevano verso il corridoio che univa lo spazio italiano ma anche con il desiderio di toccarla. Quel contatto che aveva avuto alla base a Chamonix lo aveva sorpreso e lasciato con qualcosa di nuovo... curiosità, ecco cos'era. E curiosità per una donna, dopo tutto questo tempo. Mentre la precedeva, ripensò all'ultima donna che aveva visto prima di finire ad Aquila Nera per tredici anni in Siberia, quel veloce incontro a Pisa al ristorante poco prima del suo arresto. Era stata per molto tempo la sua partner, Caterina Scorsese, l'unica con un cervello intelligente, una capacità unica di seduzione e un naturale talento a manipolare le persone. Il tutto in un corpo e un viso da modella. Un mix micidiale per una spia di alto livello. E lei lo era diventata, tanto le sue abilità le avevano permesso di arrivare alla Studio Ovale, con i presidenti di turno che dipendevano da lei. Potere e capacità, la chiave per realizzare il proprio sogno. E lui per un periodo aveva avuto l'onore di farne parte...

«Credo che adesso puoi lasciarmi la mano, grazie.»

Cobra non si era accorto di quanti passi aveva fatto e che davanti a loro c'era l'accesso alla Skyway, la via per l'Italia.

«Ora dobbiamo fare un'andata e ritorno e aspettare il nostro turno come abbiamo fatto prima.»

Debbie annuì e si mosse per prima verso la biglietteria.

Non c'erano poliziotti a piantonare l'accesso alla funivia e a quell'ora sarebbero stati i primi della prossima corsa. Si misero in un angolo in modo da avere la visuale libera sul corridoio verso la Francia.

«Poi ricordami che ho una domanda da farti...»

«Un'altra?»

«Diciamo che è una curiosità come dire... tecnica.»

«Abbiamo del tempo, dimmi ora.»

Lei incrociò le braccia e fissandolo, chiese: «Come hanno fatto a trovarci a Chamonix? Sì, ho capito, il rilevatore termico... ma sarà pieno di coppie...»

«Hanno confrontato il rilievo di tre giorni fa con quello di oggi, le case occupate nell'arco di questo tempo sono state 'visitate'.»

«Chiaro. E come mai è venuto fuori quel gas?»

«Quando mi hanno detto dove andare, ho avuto accesso alle informazioni del luogo, e la sera prima che andassimo a dormire, ho attivato quella difesa, tutto qui. Così come mi sono sincerato di sapere dove fossero le maschere antigas. Semplici precauzioni che a volte salvano la vita.»

Debbie scosse la testa.

«Quella casa... perché qualcuno doveva pensare di difendersi? Insomma, chi è veramente la società che c'è dietro, cosa fa di così rischioso tanto da dover armare una casa di villeggiatura in un bunker super protetto?»

«Cara mia dottoressa, hai tante domande in testa, comincia a rispondere dove sai, il resto viene da sé. Come ti ho detto, nulla viene dal caso. E ora andiamo, ne abbiamo ancora di strada da fare.»

La discesa dello Skyway verso Pontal d'Entrèves, con un cambio alla fermata intermedia del Pavillon du Mont- Fetry, fu comodo e veloce, con una vista mozzafiato ma sia Cobra che Debbie avevano altro cui pensare. Troppe le domande per lei che esigevano una risposta ma un'unica domanda per lui che continuava a tormentarlo: perché lo aveva seguito, neanche fosse sua complice, e non si era semplicemente consegnata alla polizia francese?

Come l'ultima cabina entrò con dolcezza nella struttura a Pontal d'Entrèves e le porte si aprirono, Cobra si mise di nuovo all'erta. Fece uscire le poche persone che erano con loro e poi trattenne Debbie dietro di sé. La guardò di traverso. Cosa mi nascondi?, si disse mentre scrutava da una parte all'altra.

Nessuno. I francesi non avevano avvertito per tempo i colleghi italiani. Uscirono camminando lentamente e senza parlare, uno a fianco all'altro. Erano in Italia ed erano in fuga ma almeno erano liberi.

E soprattutto erano ancora vivi.

23

Erano da poco passate le due del pomeriggio, aveva bevuto una tazza di caffè bollente e si era di nuovo gettato nei suoi appunti. Derek aveva chiesto un permesso e non sarebbe rientrato prima di un'ora.

Dovevano cercare una nuova pista dopo che l'avvocato Scorsese li aveva costretti ad abbandonare l'ipotesi Philip Delany.

Makarov ripensò a quello che stava succedendo.

Se il direttore dell'agenzia per i progetti di ricerca avanzata di difesa, Jeremy Vance, una vecchia conoscenza di quando era direttore dell'FBI, aveva chiesto e ottenuto la loro collaborazione al caso, e addirittura si erano ritrovati a fianco una ex collega del suo attuale partner, forse c'erano sotto motivi che andavano ben oltre un guanto rubato o il contendersi un algoritmo per i diritti d'autore. Sentì l'esigenza di parlarne con Hoffman. Lanciò un'occhiata al suo ufficio e lo vide intento a parlare al telefono fumando un sigaro. Pregò che fosse di buon umore e si decise ad andare da lui.

«Disturbo capo?» Chiese, mentre l'altro chiudeva la telefonata.

«Tu non disturbi mai, Makarov, rompi solo i coglioni. Entra pure.»

Peter sorrise tra sé. All'irlandese piaceva far vedere quanto era burbero ma in realtà aveva un cuore tanto grande da farci stare dentro tutti.

«Volevo parlarti di un pensiero che ho in testa, riguarda il caso Van Vogt.»

Hoffman lo guardò di traverso. A quest'ora del mattino preferiva qualsiasi cosa pur di non sentire elucubrazioni fantasiose, il risultato di una notte insonne.

«Quanto è importante o quanto tempo ti serve?»

Peter alzò le spalle. Non ne aveva la più pallida idea.
«È tornato Derek?»
«Non ancora.»
«Allora, spara. Ma sii sintetico che devo darvi una notizia come sarà qui.»
Peter annuì e si accomodò di fronte alla sua scrivania.
«Mi sono chiesto il perché Vance sia interessato all'omicidio e soprattutto al guanto rubato.»
«Peter, è semplice.» Hoffman lo guardò in tralice. «Per favore, non farmi perdere tempo. Van Vogt era un genio che lavorava per la NASA e il guanto lo hanno prodotto loro e gli appartiene.»
«Appunto.»
Il capitano sospirò scuotendo la testa.
«Come hai detto tu,» aggiunse Makarov, «è la NASA l'agenzia coinvolta, cosa c'entra Jeremy Vance e la sua agente?»
Hoffman si fece serio.
«Continua.»
«Capo, è semplice,» gli fece il verso sorridendo, «Van Vogt stava lavorando a un progetto per la difesa e dipendeva dalla DARPA. Ecco perché il direttore vuole seguire il caso, chi lo ha ucciso ha di fatto fermato questo progetto. E visto che la collaborazione con loro deve essere reciproca, forse è il caso di sentire il famigerato Jeremy Vance.»
Hoffman alzò le sopracciglia. «Ora cos'è, vuoi rubarmi il posto?»
Peter accennò a un sorriso e non aggiunse altro.
«E dovrei convincere anche il direttore della NASA, ammesso che si scomodi da Washington per noi.»
«Una strada ci sarebbe.»
Hoffman lo fissò per un istante e si accorse che gli era mancato, non solo come uomo ma anche come detective. Si godette quell'attimo.
«Ti ascolto.»
«La Scorsese ha detto che Delany vuole fare causa per quei diritti sulla proprietà dell'algoritmo alla NASA e noi dovremmo saperne di più, non trova? Ho fatto anche un altro ragionamento. Van Vogt era un crittografo, ossia un uomo in grado di scrivere codici nascosti, indecifrabili, algoritmi per l'appunto. Bene, Delany ci può spiegare come funzionano e quindi aiutarci a trovare nuove piste per l'indagine. Non solo, ma può anche scoprire per noi a cosa stava lavorando con la NASA attraverso le amicizie che gli hanno permesso di avvicinarlo facilmente. Tra di loro, intendo i cultori di quelle cose, si capiscono e dialogano. Noi per loro siamo come stranieri.»

«Furbo...»
Makarov alzò le spalle.
«Con Delany come nostro collaboratore, possiamo costringere Williams a parlare e non tacere su informazioni che potrebbero rivelarsi vitali per l'indagine.»
Hoffman sorrise. Gettò un'occhiata all'orologio che portava al polso e decise che era arrivato il momento per il primo bicchiere di Lagavulin.
Teneva la bottiglia sulla scrivania e il gesto fu veloce quanto meccanico.
Peter voleva aggiungere qualcosa ma rimase in silenzio.
«Cosa volevi dirmi prima?» Chiese ignorando il lungo sorso del capitano.
«Un ragazzo è stato trovato morto. Non è nel nostro distretto ma quando hanno inserito il nome nel database è venuto fuori che era stata fatta qui una denuncia della sua scomparsa. Si chiama Alejandro Gomez, un americano di origini argentine.»
Makarov ebbe un cattivo presentimento.
«Quando è stata fatta la denuncia?»
«Cinque giorni fa. Perché me lo chiedi?»
Peter sospirò e scosse la testa.
«Quella mattina era il mio primo giorno e sono entrato con la nonna. L'ho affidata a una collega. Era molto preoccupata e addolorata.»
Hoffman lo guardò negli occhi. Sapeva riconoscere quando un suo uomo provava compassione e non sarebbe mai stato lui il primo a ostacolare quel sentimento.
«Senti Derek, se ve la sentite potete occuparvene voi ma non dovete distrarvi dal caso Van Vogt. Quell'uomo era considerato da tutti come una potenza e chissà cosa succederà se non daremo presto un volto al colpevole. Chiaro?»
Makarov annuì.
«Chiamo il collega e vi faccio mandare quello che hanno. Saranno felici di togliersi un caso d'omicidio.»
«Come, scusa?»
Makarov spalancò gli occhi. «Non mi hai detto che è stato ucciso.»
«Ti riferisco solo quello che mi ha accennato il capitano al telefono poco fa. Non ha mai parlato di suicidio o morte accidentale. Te ne vuoi ancora occupare o no?»
Peter sospirò. Aveva affrontato i parenti delle vittime per omicidio

tante volte e si era fatto un'idea precisa sul peso che quella notizia portava. Morire di malattia, di incidente, o addirittura per suicidio avevano cause legate al destino, alla sfortuna o alla propria volontà, ma perdere la vita per mano di un altro essere umano aggiungeva un dolore più grande di quello che già si provava. Non solo; ma la sofferenza non accennava a placarsi fino a quando non avrebbero visto il colpevole dietro le sbarre e la giustizia trionfare. Insomma, il loro compito, come detective della squadra omicidi, era al tempo stesso infausto e fiducioso, due contrari che convivevano in una triste realtà.

«Seguiremo il caso io e Derek.»

Non attese che il suo capo aggiungesse altro, si alzò e uscì dall'ufficio.

Si diresse a grandi passi verso la sua scrivania e in quel momento vide entrare il suo partner. Aveva un'aria trafelata, come se si fosse affrettato o scappasse da qualcosa.

«Cosa ti succede, Richard?»

L'uomo si guardò intorno e dopo alcuni istanti parve calmarsi.

Makarov gli andò vicino e attese una risposta.

«Niente, niente... è solo che pensavo fosse qui.»

Si sedette alla sua scrivania e sospirò. Peter lasciò cadere l'argomento, ripromettendosi di affrontarlo alla prima occasione e lo imitò attirando la sua attenzione.

«Abbiamo un nuovo caso da seguire...»

«Come? Siamo stati sollevati da quello di Van Vogt?»

«Nient'affatto, è che sono stato coinvolto per ragioni che poi scoprirai e ho assicurato a Hoffman che ce ne saremmo occupati noi.»

Derek corrugò la fronte come se avesse davanti un rompicapo e dopo qualche istante disse: «D'accordo,» come se nulla fosse.

«Bene.» Anche Peter si accomodò meglio e cercò sul computer centrale il file del loro nuovo caso.

«Non c'è ancora molto. Sono in attesa dei rilievi della scientifica e dell'esame autoptico, ci sono solo le generalità e notizie sul suo lavoro e sul conto in banca.»

«Un po' poco per cominciare.»

Poi Makarov guardò meglio e scoprì che l'autopsia era stata programmata per quella mattina presto quindi doveva essere già terminata. Scrutò il nome del medico incaricato e abbozzò un sorriso. Lo avrebbe rivisto volentieri. Quante persone erano state lontane dalla sua vita in questo ultimo anno!

«Hai ragione Derek. Diamo una scossa al tempo. Vieni con me, andiamo.»

«Come hai detto scusa?»

Peter lo guardò senza capire.

«'Diamo una scossa al tempo', mi piace. Ma è una citazione?»

Il partner sbuffò e si affrettò verso l'ascensore. Scuotere il tempo non significa perderlo.

Dopo un istante, erano di nuovo vicini. Nessun dei due disse nulla fino a quando non furono nella macchina di Peter.

«Dove andiamo?» Chiese Derek.

«All'obitorio,» rispose laconico Makarov.

Il suo partner mormorò qualcosa d'incomprensibile mentre lui prendeva la Nona Avenue.

«Ti danno fastidio i cadaveri per caso?»

«No... sì, diciamo di sì. Non ho mai capito come ci si possa abituare.»

«Credo che nessuno ci riesca. Gli anatomopatologi sono dei medici e mantengono quella distanza professionale come il dottore con il paziente. Se dovessero lasciarsi andare a quello che quei corpi sono stati o hanno vissuto... be', non sarebbe più il loro mestiere, diventerebbe altro.»

Derek si lasciò trasportare da quella conversazione.

«E cosa sarebbe allora?»

Peter sorrise.

«Sarebbe il nostro lavoro. Siamo noi a dover entrare in empatia con le vittime per scoprire chi le ha uccise. Ed ecco perché non ci abitueremo mai al loro odore, colore ed espressione. Ogni volta che dobbiamo affrontarle sappiamo in anticipo che non sarà una passeggiata e che soffriremo...»

«Oltre alla rabbia. Quella è la prima sensazione che provo.»

«Giusto, Richard, oltre alla rabbia. E all'incredulità. Ti sembrerà una follia, ma io ho ucciso ed è da più di dieci anni che sono alla Omicidi, ma ancora mi domando come si possa arrivare a far morire qualcuno. Eppure ne ho viste di cose che voi umani...»

Peter lasciò cadere la frase senza preoccuparsi di aggiungere altro e il silenzio li accompagnò fino all'arrivo all'Ocme.

Mentre entrava e parcheggiava in uno spazio libero, ricordò la prima visita con Sally, quando aveva una fottuta paura di avvicinarsi a quel luogo di morte ma anche di inaspettate rivelazioni.

Notò che anche il suo nuovo partner non si sentiva a proprio agio.

Lo anticipò nel varcare il portone d'ingresso e si rivolse alla segretaria di turno chiedendo del dottor Ballard.

«Chi devo dire?»

«Detective Makarov e Derek.»

La donna annuì e li annunciò all'anatomopatologo.

«Siete fortunati, vi riceverà subito. Ha da poco terminato un'autopsia.»

«Lo sappiamo, grazie. Conosco la strada.»

La donna fece una smorfia ma non aggiunse altro.

I detective fecero alcuni passi ed entrarono nella prima stanza a sinistra. La porta era aperta e il professor Ballard seduto alla scrivania. Indossava ancora il camice per i suoi interventi ed era tutto meno che immacolato. Sembrava esausto.

«Dottore,» sussurrò Peter come se non volesse disturbarlo.

«Oh, detective.» Il suo viso si allargò in un sorriso. Derek ne rimase colpito; non lo aveva mai visto in quel modo.

Poi l'anatomopatologo si alzò in piedi, si allungò oltre la scrivania e gli strinse la mano calorosamente.

«Sapevo che era riuscito a tornare sano e salvo, che ogni accusa a suo carico era caduta ma non mi aspettavo di vederla così in forma. Dio sia lodato.»

Makarov contraccambiò la stretta come segno d'intesa e affetto.

«Grazie. È stato complicato... il recupero, intendo, ma ora sono qui.»

Il dottore guardò Derek.

«E con un nuovo partner, ottimo.»

Strinse la mano anche a Richard e poi si accomodarono.

«Dovete scusarmi ma ho appena terminato un'autopsia che mi ha portato via del tempo e un po' del mio solito buonumore.»

Poi prima che i due uomini potessero dire qualcosa, aggiunse: «Ma lei non aveva come partner quella donna con tutti quei capelli, un viso un po' sofferto, uno sguardo furbo... che fine ha fatto?»

Ballard non era molto interessato ma cercava altri argomenti per distrarsi. Era sinceramente colpito, come se quell'autopsia fosse stata la prima della sua carriera.

«È diventata un'agente di una delle tante intelligence che abbiamo.»

«Be', complimenti. Certo è strano passare dalla polizia a un'agenzia, deve aver avuto qualche conoscenza influente...»

«Non solo,» lo interruppe Peter. «Collabora con noi per l'omicidio del professor Van Vogt.»

Lo sguardo di Ballard s'incupì ulteriormente.

«Quando ci sono di mezzo le agenzie, non c'è mai nulla di buono. Diciamo che l'omicidio non è mai così... 'lineare'.»

«Cosa vuol dire esattamente?» Chiese Derek.

«Voi della polizia ragionate in linea retta: delitto, movente, assassino. Loro ragionano su cosa comporta quell'omicidio piuttosto che un altro. La loro coscienza non è mai così chiara, vivono in una dimensione più... diciamo filosofica, se volete passarmi il termine.»

I detective rimasero affascinati da quella riflessione. Quest'uomo non smetteva mai di stupirli. Aveva a che fare con la morte tutti i giorni, ma sapeva della vita più di ogni altro.

«È come se avessero un disegno più ampio in cui contestualizzare il crimine e questo gli permette di passare sopra anche a tanta violenza. E a girare le cose a loro piacimento,» disse ancora il professore.

«Le ragioni dietro a un omicidio non sono mai così lampanti, intende?»

Questa volta fu Peter a porre quella domanda. Sembravano due alunni che pendevano dalle labbra del professore.

«Nascondono sempre altro e a volte non piace a nessuno andare a vedere. E poi non è solo questo. C'è di più.»

«Ossia?»

«Vedete, loro possono manipolare la realtà, farci credere una cosa piuttosto che un'altra, e questo è possibile perché controllano l'informazione. In questa nostra epoca dove tutto è on line, tutto è notizia, il loro potere raggiunge una dimensione nuova, anche inventata a loro piacimento.»

«Le fake news...» disse Derek.

Rimasero un attimo in silenzio.

«Il potere può tutto, anche non esistere...» mormorò Peter guardandosi le mani. Un ricordo, improvviso come uno squarcio di sole in un cielo di nuvole cariche di pioggia, lo colse all'improvviso e sentì un senso di straniamento opprimergli le tempie. La testa cominciò a girargli, lievemente. Lo stomaco si chiuse, alzò gli occhi e una parte di lui gli sussurrò: 'Vai via da lì, questi uomini non ti appartengono.' Sbatté più volte gli occhi e in un istante tornò in sé.

Ballard lo stava fissando.

«La sua frase è molto forte ma anche molto concreta. Praticamente sì, hanno un potere enorme ma potrebbero esserselo creato manipolando la realtà attraverso l'uso esclusivo dell'informazione. Addirittura potrebbero crearle dal nulla per favorire il loro giudizio.»

«È un po' complicato, non trova dottore?» Chiese Derek che non aveva notato nulla di strano nel suo partner.

«A prima vista sì, ma ci sono filosofi mondiali che hanno spiegato come la falsità di un giudizio sia insita nel giudizio stesso. Provi a pensare, per esempio, a quello sintetico che è di per sé non veritiero, in quanto considerato una scorciatoia del pensiero, ma che nella nostra epoca sia invece il gioco più diffuso grazie al web e alla necessità di rendere tutto concentrato, uno slogan, un concetto in centoquaranta caratteri. Ebbene, in questo modo misurano la realtà falsamente ma noi non potremmo più farne a meno, ed ecco allora che viene preso tutto per buono. Ammettere che sia falso vorrebbe dire negare la vita stessa, rinunciarvi. Diventa quindi una condizione della nostra esistenza anche se vuol dire andare contro il consueto intendere del pensare, dei sentimenti, del fare in modo giusto.»

«E come si riesce a capire dov'è la verità?»

L'uomo sorrise. Le sue parole avevano colpito le menti di chi gli stava di fronte.

«Cambiando la prospettiva filosofica; non concentrandosi sul come si è arrivati a ciò e alle sue conseguenze, ma sul perché, e una volta trovata la motivazione, non giudicare ma porsi in modo equidistante, al di là del bene e del male.»

I due detective si guardarono; non erano sicuri di aver capito bene ma sicuramente la visione di quell'uomo contribuiva a rendere tutto più chiaro. Ecco perché la NASA tramite la DARPA aveva voluto mettere un piede dentro a quell'indagine. E Rachel Thompson, oltre a sapere più di quello che gli aveva detto, nascondeva un altro fine, come aveva detto Ballard 'al di là del bene e del male.'

«Torniamo alle cose più terrene, dove, ahimè, il giudizio è estremo e definitivo... perché siete qui?»

«Per Alejandro Gomez.»

Il professore tirò indietro la testa, neanche avesse preso un palo in piena faccia.

«Ma non ho ancora scritto il referto, ho appena terminato l'autopsia...»

Makarov alzò una mano più per tranquillizzarlo che per interromperlo. Respirava lentamente.

«Ho conosciuto la nonna che ha denunciato la sua scomparsa alcuni giorni fa. Per questo siamo qui, vorremmo seguirlo noi.»

L'uomo sembrò soddisfatto di quella spiegazione e quindi disse: «Vi dirò quello che ho potuto scoprire ma è così... assurdo che non mi capacito. Il ragazzo stava benissimo, aveva solo ventotto anni e ogni organo era sano. Ma da come è stato ucciso...»

Il dottore scosse la testa.

«Come professore?» Chiese Peter. La sua lucidità era di nuovo totale, anzi sentiva che stava per succedere qualcosa, come se avesse fiutato una rivelazione.

«L'assassino gli ha spezzato il collo, da dietro, una mossa da professionista.»

Anche questa volta i due detective si guardarono, non per concetti filosofici ma per una coincidenza che non si aspettavano.

A Ballard non sfuggì quell'occhiata.

«Cosa c'è? Ditemi, per favore.»

Makarov prese tempo; era una notizia riservata dopotutto. Ma Derek ruppe gli indugi.

«Van Vogt è stato assassinato allo stesso modo. Non vuol dire nulla ma...»

«Quando è stato ucciso, professore?» Chiese Peter.

«Sei giorni fa.»

«Prima di Van Vogt... potrebbero non essere collegati,» disse Derek e Peter concluse per lui: «Ma se lo sono, lo scopriremo. Ne sia certo, dottore.»

Ma il professore sembrava non avesse finito.

«Ecco, non ci sono segni di lotta, non solo, questo ragazzo non conosceva la violenza, sul suo corpo non ci sono cicatrici, né ossa saldate, nulla di nulla. Come può un giovane così pacifico morire in questo modo?»

Già, pensò Peter, e noi come potremo dirlo alla nonna? Un senso di solitudine che lo attanagliava da quando era tornato a casa gli ricordò quanto fosse difficile vivere senza una famiglia. 'Ma cosa dico, io ho una famiglia...'

«Makarov, andiamo?» Derek si era già alzato e aveva appena salutato il professor Ballard.

«Sì, certo.» Peter lo imitò e quando stese la mano al dottore, lui la prese e lo attirò leggermente a sé. Derek si allontanò per educazione.

«Detective,» disse a bassa voce, «è sicuro di aver recuperato? Non intendo nel corpo ma nella mente. Sa, a volte i fantasmi che vi abitano faticano ad andarsene ma forse non è necessario neanche che lo facciano. Bisogna solo imparare a controllarli. Io la chiamo dannazione, ed è di chi ha una spiccata personalità e intelligenza. Parlo per esperienza, si fidi.»

Peter annuì e salutò il dottor Ballard con un cenno del capo. Era visibilmente scosso: scivolò di lato, l'urgenza di andar via da lì lo catturò all'istante. Non aveva scelta. Quel posto non era solo un luogo di morte ma anche una casa infestata dai demoni. Come la sua testa.

Come i detective uscirono dalla stanza, il professore prese il telefono e compose un numero che aveva sulla sua agenda. Dopo alcuni minuti, aveva il comandante della North Manhattan Homicide Squad in linea.

«Capo Hoffman, ho appena avuto una visita dei detective, Makarov e Derek, per il giovane Alejandro Gomez.»

«Ebbene?» Cercò di celare la sua ansia con un colpo di tosse decisamente fasullo. Non era capace a mentire neanche in quel modo.

«Ho avuto l'impressione che Derek soffra il ritorno della vecchia partner. Non so ma è come se si sentisse protettivo e al tempo stesso minacciato.»

Hoffman sospirò e pregò che fosse tutto lì. Aveva intuito che Richard aveva preso una mezza sbandata per Rachel Thompson e un ritorno di fiamma era una cosa facilmente gestibile.

«Ma non è tutto.»

E qui l'irlandese sbuffò rumorosamente. Il professore non si scompose; i suoi pensieri avevano il potere di far arrabbiare le persone.

«Makarov, credo abbia ancora qualche problema di natura psicologica.»

«Ha fatto qualcosa di strano?» Il tono di quella domanda era trattenuto a stento come un'àncora teneva una barca in tempesta.

«No, ma a un certo punto si è estraniato. Ma è il meccanismo che mi dà preoccupazione. È stato per una frase che ha detto. Mi ha ricordato l'effetto dell'ipnosi a distanza, ossia la capacità di portare il cervello in un'altra dimensione.»

«E quale sarebbe questa frase?»

«'Il potere può tutto, anche non esistere.'»

Hoffman ci pensò su, ma non trovò un significato particolare.

«Anche a me non dice molto, se non inserita nella filosofia di Nietzsche, dove il giudizio fasullo giustifica azioni contro il bene perché non riconosciuto come tale.»

Il capitano si era perso.

«Ho capito,» tagliò corto. In realtà, l'unica cosa che aveva compreso era che ora aveva un nuovo problema.

«Grazie per l'avvertimento.»

«Si figuri. Quell'uomo è un elemento molto valido, farei qualsiasi cosa per aiutarlo.»

Non immagina quanto la capisco, pensò Hoffman nel salutarlo. E nell'istante in cui posava la cornetta, gli fu chiaro che poteva coinvolgere solo una persona. Pregò Dio che non lo mandasse al diavolo.

24

Era arrivata a casa subito dopo aver lasciato l'ufficio, cercando di non pensare a nulla. Si era buttata sotto la doccia passandovi quasi venti minuti, e ora, avvolta in un asciugamano, era seduta sul divano con il portatile acceso. Si sentiva esausta per le emozioni che aveva provato in quegli ultimi giorni, ma l'idea del party che sarebbe cominciato da lì a poche ore, non le dava respiro: e se avesse rivisto veramente sua madre?

Elisabeth giocherellò con la medaglia di Robert Palmer e sorrise al ricordo della loro notte d'amore. Il biglietto che le aveva lasciato insieme all'indirizzo del padre non lasciava dubbi: anche lui era rimasto colpito da ciò che era successo.

E allora perché non ti fai vivo?, si disse mentre quasi per caso digitò Robert Palmer; le venne fuori di tutto, dal cantante a qualche folle amante di cavalli, ma nessuna traccia che lo riguardasse.

Allora si concentrò su quello che era riuscita a cogliere nelle ore passate con lui. Quel pazzo di Faruk le aveva detto che la stella poteva essere di un Marine, suo padre era a capo di una squadra Delta, e a quanto ricordava spesso sotto copertura quindi poteva tranquillamente aver reclutato uno di loro. Già, ma da dove veniva il suo Palmer? Cercò di ricordare cosa le aveva detto... Un uomo aveva ucciso la moglie e le figlie perché sorpreso a rubare nella casa di loro due... soldati! Quindi Palmer aveva sposato una militare e se fosse così, o vivevano in caserma oppure in una città vicina, e visto che avevano due figlie...

Digitò le basi dei Marines e subito si avvilì. Ce n'erano più di venti, e altre non specificate potevano trovarsi all'interno di installazioni della Marina. Premette comunque un paio di tasti a caso e nel leggere i profili delle diverse basi, si accorse che erano specializzate sempre in qualcosa... Ma certo, come ho fatto a non pensarci prima!, si disse, mentre cominciò a cercare quella più vicina a Washington. Per suo padre, Palmer era stato sempre a disposizione quindi non poteva vivere lontano dal Pentagono. Doveva essere pronto per ogni missione improvvisa. Cosa aveva detto quella sera? Che doveva partire con il padre il giorno dopo ma rientrando a casa scoprì l'omicidio della famiglia.

Selezionò le basi vicine alla capitale e lesse che quella di Quantico era la più grande, altamente operativa e poteva ospitare le famiglie. Decise di allargare la ricerca. Era il 2002, così le aveva detto e quella drammatica notizia doveva essere da qualche parte. Individuò i giornali locali, ma si rese conto che erano recenti e forse in quell'anno non erano presenti sul web. Poi vide che esisteva un giornale proprio del corpo dei Marines, entrò sul sito e scoprì che l'archivio conteneva gli articoli a partire dal luglio 2012. Niente, anche qui un buco nell'acqua. Si mise a ragionare. La cittadina di Quantico contava pochi abitanti, meno di cinquecento, quindi la famiglia di Palmer viveva dentro la base e un fatto così eclatante non sarebbe rimasto nascosto anzi avrebbe avuto un'eco smisurata. Doveva esserci una traccia da qualche parte. Un triplice omicidio dentro una base militare e con due bambine coinvolte non poteva essere dimenticato. Ritornò sul sito ufficiale dei Marines e con scarse aspettative digitò il primo mese dell'archivio, l'ultimo dal basso. Niente, solo un paio di notizie sulle tecniche di combattimento e su un veterano premiato. Passò al successivo, Agosto 2012 ma anche qui nulla. Cercava l'anniversario, dieci anni dopo qualcuno ne avrebbe potuto scrivere. Cliccò su Settembre 2012 e le sue speranze furono premiate.

«Sì,» urlò, presa da un improvviso entusiasmo. L'articolo titolava: 'Ancora irrisolto l'omicidio di Brigitte Palmer e delle figlie.' Lesse attentamente l'articolo. Era del sergente Rebecca Meyer. Ricordava cos'era successo, la dinamica che l'indagine dell'NCIS aveva ricostruito, alcune parole di Palmer che negava di avere dei nemici, o tantomeno debiti di gioco. E poi cominciava a lamentarsi di come il caso fosse stato abbandonato, come l'interesse fosse scemato poco a poco, forse per dare spazio alla lotta ad Al-Qaeda di quel periodo post 11 settembre. Dopo dieci anni, ricordava la sua amica Brigitte e ancora non trovava accettabile che l'unico caso di una famiglia uccisa in una sede dei Marines potesse non avere ancora un colpevole. Poi citava l'agente speciale dell'NCIS, Frederick Scalzi, che aveva seguito il caso: ancora una volta si era rifiutato di darle notizie o informazioni sul motivo di quella 'dimenticanza' da parte della sua agenzia. Insomma, invitava a riaprirlo per 'avere giustizia e poter seppellire per sempre' l'amica e le bambine.

Elisabeth controllò l'ora. Aveva ancora tempo prima di recarsi al party di Margot Massu. Cercò di concentrarsi, anche se la curiosità di sapere cosa sarebbe successo non le dava tranquillità. Non farti illusioni, magari sarà noioso e senza particolari rivelazioni, pensò anche se lo dubitava fortemente. Selezionò il nome dell'agente speciale che aveva indagato sul caso Palmer ma non trovò nulla se non qualche appunto sull'età e dove lavorava: la sede di Quantico, lo stesso luogo del triplice omicidio. Sentì l'impulso di parlare con quest'uomo, ma senza l'intercedere di suo padre non avrebbe ottenuto nessun contatto. Già, ma quella strada non era percorribile.

Poi le venne un'idea. Prese il cellulare e selezionò un numero. A quanto ricordava, era un numero diretto.

«Pronto?»

«Generale Joe Nisbet, sono Elisabeth Scorsese.»

Se l'uomo si sorprese, non lo fece intendere.

«Mia cara che piacere, come sta?»

«Bene, grazie e spero anche lei.»

L'uomo annuì e poi aggiunse: «Di cosa ha bisogno?»

Dritto al punto, proprio come suo padre. Era abituata anche se continuava a suonarle rude e poco educato. Ne approfittò senza pensarci troppo.

«Dovrei incontrare un agente speciale dell'NCIS.»

«Oh.»

Questa volta la meraviglia nella voce di Nisbet fu forte e chiara. «Posso sapere il motivo?»

Elisabeth non avrebbe cercato scuse, tanto lo avrebbe scoperto comunque.

«Sto cercando Robert Palmer e capire cosa è successo alla sua famiglia, mi aiuterebbe.»

Il generale attese qualche istante e poi disse: «Non fa prima a chiedermi di rintracciarlo per lei?»

«Non è più in servizio o sbaglio?»

«Mia cara, noi riusciamo a trovare chi vogliamo. Solo che devo sapere di più, ecco tutto.»

Come doveva rispondere? Non poteva certo raccontargli che lo aveva incontrato e avevano fatto l'amore fino a sentirsi così intimi che voleva abbracciarlo e baciarlo di nuovo. No... doveva inventarsi altro.

«Ho bisogno di protezione, ho paura.» Le uscì così, senza pensarci, e in un istante continuò: «Devo capire se posso fidarmi. Se quello che gli è successo lo ha reso... inaffidabile, ecco.»

Il generale sospirò e disse: «Mi vengono in mente due cose da chiederle. La prima è perché ha paura e di chi?»

«Non ho voglia di parlarne, mi dispiace.»

«È un po' poco Elisabeth, se vuole il mio aiuto deve dirmi come stanno le cose. Altrimenti è come se non ci fossimo sentiti.»

Cominciò ad arrotolarsi una ciocca di capelli. Lo faceva sempre quando era nervosa e non riusciva a gestire una situazione.

Poi ricordò le parole di suo padre e allora decise per la verità, quella dannata e bastarda verità per cui si muore o ci si incasina la vita.

«Tra poche ore incontrerò una donna che potrebbe portarmi da mia madre.»

«Come si chiama questa donna?»

«Margot Massu. Più di un anno fa, prima che mio padre partisse per la sua ultima missione, si è presentata in un ristorante. Pensavo fosse un incontro casuale, disse che mi aveva riconosciuto come l'avvocato di Jonathan Brimley, ma alcuni giorni fa ho ricevuto un suo invito per un party questa sera.»

«Cosa le fa credere che è in contatto con sua madre?»

«La ragazza che mi ha consegnato l'invito ha detto che Iside sarà presente e quello è il nome che mia madre ha usato per...»

«D'accordo, ho capito, conosco bene la storia.»

«Lo immaginavo.»

Un palpabile silenzio scese tra loro. Una frase di troppo e la telefonata assumeva altri significati, non era più una richiesta di favore.

«Quindi mi aiuterà? Ho paura possa succedermi qualcosa e Palmer potrebbe proteggermi.»

Mentì, sapendo di mentire.

Il generale tirò su con il naso.

«Ho un'altra domanda: come fa a conoscere quello che è successo al sergente Palmer? Non è un segreto certo, ma non si viene a sapere se non si sa dove e cosa cercare.»

Touché. E ora?

Muoio dalla voglia di rivederlo, generale!, avrebbe voluto urlargli, ma si trattenne e rispose: «Me lo ha detto mio padre.»

Come disse quelle parole, voleva riprenderle e mangiarsele velocemente. Nisbet avrebbe potuto verificarlo con una semplice telefonata.

Sospirò per la seconda volta ed Elisabeth pensò che non andava affatto bene.

«Facciamo in questo modo. Io anticiperò la sua visita all'agente Scalzi, farò arrivare al sergente Palmer il messaggio che lo sta cercando, ma lei in cambio mi terrà aggiornato passo dopo passo su ciò che succederà nelle prossime ore. D'accordo?»

Ecco, ci era cascata di nuovo. Due anni prima era stata l'FBI a coinvolgerla ed ora addirittura il capo di tutta la forza militare americana. Cos'aveva detto Joe Nisbet a suo padre in ospedale? Che forse sua madre era coinvolta nei traffici di quel trafficante di droga, Manuel Roja, che quando suo padre stava per ucciderlo lei aveva scosso la testa per fargli capire di non farlo. Era una prigioniera o una complice?

«Elisabeth, è ancora in linea?»

Non poteva consegnare sua madre a quest'uomo. Doveva capire come stavano le cose prima.

«Ci devo pensare,» rispose frettolosamente e chiuse la comunicazione.

Dio, cos'aveva combinato?

Aveva lasciato spazio alle emozioni, si era messa a indagare sul passato di un uomo con cui aveva trascorso solo alcune ore perché l'aveva fatta sentire viva dopo mesi d'isolamento... ma questo era sufficiente per mettere in pericolo sua madre, se mai l'avesse rivista?

Spense il computer e si alzò dal divano. L'asciugamano che l'avvolgeva le scivolò di lato e rimase nuda, il riflesso nello specchio del soggiorno. Si guardò e avvertì una situazione di vulnerabilità interiore più forte di quella esteriore. Sapeva che stava per succedere qualcosa, intuiva che nulla era lì per caso, come l'incontro con Palmer o Margot Massu, o il nuovo caso di Philip Delany, o l'omicidio del professore Van Vogt. Ma quello che non si sarebbe mai aspettata era sentirsi ancora al centro delle cose, come se tutto dipendesse da lei. 'Già, ma perché? Chi sono io?'

Alla fine, aveva scelto un abito che la fasciava completamente. Era un pezzo unico, stile jumpsuit, lasciava libere le spalle e finiva con un pantalone svasato. Le sue forme risaltavano il corpo ben fatto, invidia di molte donne e desiderio di molti uomini, e il colore metteva in risalto i suoi occhi blu. Sopra indossava un piccolo scialle bianco per ripararla dall'aria condizionata. Il trucco era leggero e i capelli sciolti. Si era guardata allo specchio e si era piaciuta. Era pronta.

Aveva optato per un taxi e con un'abbondante ora di ritardo, si era presentata al 15 di Central Park West che erano da poco passate le otto di sera. Un uomo, rigorosamente in uniforme, le venne ad aprire la portiera e in pochi passi entrò in una hall immensa. In realtà, davanti ai suoi occhi se ne aprivano diverse, ne contò tre fino a quando non fu distratta dall'immensità delle sale, sia in larghezza che altezza. Inoltre, le persone in uniforme da portiere che le occupavano erano almeno otto, più quattro guardie di sicurezza e almeno cinque facchini. Un esercito di gente al servizio dei facoltosi proprietari di quegli appartamenti. Fece il nome di Margot Massu mostrando l'invito al portiere che le sorrise come si avvicinò alla reception. Questi chiamò un suo collega che la scortò all'ascensore sotto gli occhi ammirati di buona parte degli uomini presenti. Trattenne il respiro per un secondo e poi lasciò andar fuori l'aria; questa sera la sua bellezza le trasmetteva un senso di forza e non immaginava quanto ne avesse bisogno.

La Penthouse, ultimo piano, ovvio.

Le porte si aprirono direttamente nell'appartamento e comprese perché era stata accompagnata fino all'ascensore. A quel piano si accedeva solo con un invio dedicato e non doveva salire nessun altro se non era atteso. Un altro piccolo segno di snobismo.

«Avvocato Scorsese, ben arrivata.»

Una ragazza dalla pelle olivastra le si era avvicinata apparendo quasi dal nulla.

«Non mi riconosce? Le ho consegnato l'invito. Venga le faccio strada.»

«Grazie ma faccio da me.»

La donna sorrise e si allontanò.

Si guardò intorno e si accorse di quanto l'appartamento fosse pieno di gente. Cominciò a muoversi e come passò un cameriere afferrò la prima flute di champagne. Bevve un sorso, era favoloso. Lo riconobbe per il suo colore leggermente ambrato, delicato ma al tempo stesso trattato come un vino d'annata. Era Krug e questo le ricordò quella sera a cena con...

«Elisabeth, che piacere rivederla.»

... Christopher Brimley, appunto.

Quasi sprofondò. Si aspettava delle sorprese ma questa proprio no. Sorrise e strinse la mano che le porgeva. Si sentì leggermente a disagio.

«Quanto tempo è passato? Un anno? No, direi di più.»

«Già.»

«Come sta? Mi dica.»

«Nel pieno delle cose.»

«Come sempre.»

Lui alzò appena il calice e lo inclinò verso di lei in segno di brindisi. Lo imitò, i bicchieri si toccarono e i loro occhi rimasero agganciati per un istante. La buona educazione come la scaramanzia obbligavano a fissarsi mentre si brindava a qualcosa o a qualcuno.

«È qui accompagnata? Mi scusi tanta spudoratezza ma non vorrei sottrarla a nessuno.»

«Sono sola. Ho ricevuto l'invito dalla signora Massu.»

«La splendida Margot.»

Christopher lanciò lo sguardo intorno a sé e poi aggiunse: «Sarà qui da qualche parte. Nel frattempo, faccio gli onori di casa, venga con me, le mostro l'appartamento e la splendida terrazza.»

Elisabeth si lasciò guidare, notando come l'uomo si muoveva in assoluto agio e dispensava saluti a uomini e donne senza mai fermarsi veramente.

L'affiancò.

«Conosco Margot da molto tempo e abbiamo le stesse visioni.»

«Immagino anche gli stessi investimenti.»

«Esatto, non tutti ovviamente ma sono molto coinvolto nei suoi progetti.»

«Soprattutto quelli in Africa.»

L'uomo si bloccò e si girò fino a esserle di fronte.

«Lei non smette di sorprendermi. Come fa a saperlo... insomma, sono notizie riservate e...»

«Sono qui sola e invitata direttamente dalla nostra signora Lumière... lei cosa dice?»

Brimley fece per dire qualcosa ma poi sorrise.

«E allora cosa ne pensa? Dell'investimento intendo.»

Fu la volta di Elisabeth di sorridere senza distogliere gli occhi dai suoi. Se solo si fosse accorto che stava bluffando, sarebbe fuggito a gran velocità. Non che la cosa le dispiacesse ma stava ottenendo informazioni direttamente dalla fonte e si stava anche divertendo. Le sembrò di fare il lavoro dei suoi genitori, quello della spia. D'altronde come si diceva: 'Tale madre, tale figlia.'

«Mi sembra che non manchi molto per i primi risultati, no?»
Lui s'illuminò.
«Lei sa qualcosa che Margot sta tenendo riservata. Dice che è questione di giorni ma che ha in mano un asso imbattibile.»
«Se lo dice è vero. Questo lo sa meglio di me, Christopher.»
E così dicendo gli sfiorò le dita con le sue. Brimley non si mosse, ma la testa non rimase ferma, ebbe come un leggero sussulto. Non la ricordava tanto audace.
«Vedo che il tempo l'ha fatta riflettere nella giusta direzione da prendere.»
Elisabeth preparò il colpo finale, come l'ultima frase dell'arringa, ma anche come l'unica e sacrosanta verità.
«Perché sottrarsi al proprio destino?»
L'uomo strinse gli occhi e disse: «Giusto, Elisabeth. Io...»
«Eccoti qui, mia cara, tra le grinfie del giovane Brimley.»
Si girarono e la voce scintillante della padrona di casa li catturò entrambi. Margot si comportò come se conoscesse Elisabeth da sempre.
Sorrideva e così fecero loro mentre si avvicinava. Abbracciò la giovane donna e poi si ritrasse. Vestiva un completo bianco Chanel, largo quel tanto per essere discreta ed elegante. Era ancora una donna di fascino, lo sapeva bene, ma cercava di mantenere un basso profilo anche se tutt'intorno a lei diceva il contrario.
«Vedo che state bevendo. Ottimo, mi unisco al brindisi per la tua presenza qui Elisabeth. Non ero certa che saresti venuta.»
Brimley aggrottò la fronte ma lei fu pronta a rispondere: «Sai bene che non mi sarei mai persa al mondo questo party, neanche ci fosse Iside in persona.»
Margot Massu annuì visibilmente con un cenno del capo mentre Brimley si rilassò definitivamente. Era diventata anche ironica.
«Vorrei chiederle come sta andando con il mio amico Philip Delany. Sa, ci tengo molto e non solo io, giusto Margot?»
La donna francese lo guardò appena e poi puntò lo sguardo sull'avvocato Scorsese.
«Credo che faremo causa alla NASA e comunque cercheremo d'interrompere il loro progetto. Giusto Margot?»
La signora Lumière questa volta spalancò gli occhi.
«Oh, mia cara, io lascio queste cose agli uomini, che decidano loro, non si prendono mai le proprie responsabilità. Piuttosto, come sta tuo padre? Lo ricordo in splendida forma.»
Elisabeth non nascose la sua tristezza.

«L'ultima missione lo ha lasciato profondamente ferito, ha perso un occhio, l'uso di una gamba e ha il cuore malato.»

«Oh mio dio!» Esclamò Margot portandosi una mano alla bocca. «Non immaginavo che fossero queste le conseguenze.»

E prima che Elisabeth potesse chiedere di spiegarsi meglio, Brimley s'intromise: «Signore, scusate, ma di cosa state parlando? Quale missione? Non ditemi che ha a che fare con il nostro investimento in...»

«No, no, no,» si affrettò a dire Elisabeth per tranquillizzarlo. Stava andando su un terreno scivoloso e aveva bisogno di sottrarsi da quel gioco di finzione. E poi, la donna che aveva di fronte nascondeva qualcosa, o forse anche di più.

«Scusatemi ma sto morendo di fame, e vorrei mangiare qualcosa.»

«Certo, mia cara, il buffet è nel salone di fronte alla terrazza. Noi ci vediamo dopo. Porti ancora un po' di pazienza.»

Le strinse leggermente il polso, fece un cenno d'intesa a Brimley e si allontanò. L'uomo invece disse: «Posso accompagnarla se vuole. E dopo aver mangiato qualcosa, deve vedere la libreria. Sa, le nostre origini non ci abbandonano mai.»

«Grazie Christopher ma se non le dispiace vado prima alla toilette. Chiedo scusa.»

Gli sorrise e si dileguò.

Non cercò il bagno, ma con un giro piuttosto largo riuscì ad arrivare al buffet. Diversi camerieri servivano una cucina internazionale, dal sushi al fusion, dai piatti italiani a quelli francesi. Per rimanere vigile e leggera, Elisabeth optò per una caprese e un po' di agnello appena scottato con alcune patate arrosto. Prese il suo piatto e si diresse verso la terrazza. Aveva bisogno di rimettere insieme le idee. Come mise piede all'aperto, si meravigliò della grandezza della terrazza. Saranno più di cinquecento metri quadrati, pensò mentre vagava con lo sguardo in cerca di un luogo appartato e soprattutto di un tavolino libero. Lo trovò e come si accomodò sulla sedia di fronte, cominciò a mangiare. Il vocio era alto, le persone chiacchieravano e ridevano in quella bellissima serata di luglio dove il caldo finalmente era calato ma lei cominciò a pensare alla padrona di casa. Sapeva che era di buona famiglia e che gestiva una società importante e molto ricca come la Lumière a Parigi, ma quest'appartamento aveva un valore fuori dalla sua portata. Poi c'era stato lo scambio di battute con Brimley. Cosa stava facendo in Africa di tanto importante da tenerlo nascosto anche agli investitori? E perché diceva che mancava così poco? E perché aveva detto quella frase su suo padre circa la missione dove una bomba lo aveva colpito mentre rivedeva sua madre? Che non si aspettava tali 'conseguenze'... E infine, l'ultima frase 'porti pazienza.' Per cosa? Cosa ne sapeva di quello che Elisabeth si aspettava da quella sera?

«Ho visto che il suo bicchiere è vuoto e se non le dispiace, ecco un altro bicchiere di champagne.»

Lei trasalì e alzando la testa disse infastidita: «Grazie, ma vorrei rimanere so...»

Lo guardò e quello che vide erano due occhi verde smeraldo, un sorriso perfetto e un sms che ancora custodiva, mandato in un tempo passato.

«Non volevo spaventarti, Elisabeth...»

L'uomo le porse il bicchiere.

«Brian... sei tu?»

«Così pare.»

Lei afferrò la flute e lasciò che le loro dita si toccassero.

«Mio angelo custode.»

«Così pare.»

Lei bevve un sorso di vino.

«Non sai dire altro? Insomma, sono passati mesi e non ti sei mai fatto vivo.»

«Non potevo.»

«Perché?» Mentre lo diceva, Elisabeth realizzò che un'altra domanda era in cerca di risposta. Fece una smorfia che a Brian non sfuggì.

«Cosa c'è, lo champagne non è buono?»

«No...» rispose lei cercando di prendere tempo, «è che ho bisogno di spiegazioni, ecco tutto.»

«A volte è più semplice di quello che si creda. Basta chiedere.»

«Be', detto da un uomo misterioso, che si è camuffato spacciandosi per un altro e che poi si è dileguato in un istante, c'è poco da credere. Sei inaffidabile, lo sai?»

«O forse è proprio il contrario, te lo sei chiesta? Dovevo proteggerti e l'ho fatto, e quando eri finalmente salva sono tornato da dove ero venuto. La mia missione era terminata.»

«Quindi ero questo, un pacco da custodire e fare attenzione che non si facesse male?»

Non c'era rabbia nelle sue parole ma solo curiosità. Sentiva che l'esigenza di capire superava la delusione per essere stata abbandonata.

«Elisabeth, sai bene che ero sincero e non ho fatto nulla per ferirti. Io...»

«Brian!»

Entrambi si girarono verso quella voce. Era la ragazza che l'aveva accolta al party. L'uomo si mosse verso di lei. Parlottarono per pochi istanti e poi lui tornò da Elisabeth.

«Vieni con me.» La prese per il gomito e cominciò a camminare veloce. Lei si fece portare per qualche passo e poi si bloccò.

«Non vengo da nessuna parte. Devo vedere Margot Massu.»

«È impossibile. Ti prego fa come ti dico.»

«No, Brian, te l'ho detto, di qui non mi muovo.»

Lui sbuffò.

«Senti, dobbiamo uscire di qui e subito.»

«Perché?»

«Stanno salendo degli agenti federali, vogliono parlare con Margot, non possono trovarti qui altrimenti...»

«Lei mi deve delle spiegazioni e intendo parlarci anche davanti a mille poliziotti.»

Lo guardò negli occhi e cercò di non farsi catturare dal loro fascino com'era successo a Londra.

Lui sbuffò.

«Vieni con me se ti porto da tua madre?»

Allora era viva *veramente*.

Annuì e si misero a correre tra le persone che li guardavano in modo strano. Attraversarono l'intero l'appartamento fino a un secondo ingresso. Appena furono fuori, presero le scale.

«Non vorrai che scenda trentacinque piani con queste scarpe, vero?»

«Fidati, per favore.»

Riluttante, lo seguì. Superarono un paio di piani e poi al trentatreesimo uscirono nel corridoio, percorsero a grandi passi pochi metri e poi si fermarono davanti a una porta. Bussò tre volte, poi attese tre secondi e bussò ancora per cinque volte, attese cinque secondi e poi bussò per la sesta volta. Dopo sei secondi la porta si aprì.

Le offrì la mano ma lei rifiutò e gli passò davanti. L'appartamento era identico all'attico e l'arredamento era lussuoso senza essere pretenzioso. Libri ovunque, quadri di John Chamberlain, Roy Lichtenstein e Gerhard Richter si alternavano alle pareti, alcuni pezzi di Britto e una statua di Iside alta almeno due metri troneggiava un lato del salone. Si avvicinò e si accorse che tratteneva il fiato. Era bellissima. Raffigurava la dea della fertilità in ginocchio e con la mano destra alzata in segno di promessa o anche di saluto.

Subito sotto, una targa riportava un testo che lesse ad alta voce:

> Io sono la Natura madre di tutte le cose, signora di tutti gli elementi, origine e principio dei secoli, divinità suprema, la prima tra gli abitanti celesti. Sono l'archetipo degli dèi e delle dee. *È la mia volontà a governare la volta luminosa del cielo, il soffio salubre dell'oceano, il silenzio lugubre dell'inferno.* Potenza unica, sono adorata nell'universo intero in mille modi, con cerimonie diverse, sotto mille nomi differenti. Ma coloro che per primi sono rischiarati dai raggi del sole nascente, i popoli dell'Etiopia, dell'Asia e gli Egizi potenti d'antico sapere, quelli mi venerano nel modo dovuto e mi chiamano con il mio vero nome: Iside Regina.

Fece un passo indietro. Quelle parole le aprirono la mente; erano un'espressione dell'io ma anche un monito. Sembravano una dichiarazione di guerra. Si accorse che intorno a lei regnava un silenzio totale, come se quella casa fosse insonorizzata. Si girò e la vide.

Era di fronte, in piedi e a pochi metri di distanza. La stava fissando.

«Elisabeth.» Caterina Scorsese non riuscì a dire altro.

«Mamma...» Suonava come una domanda; era la sua incredulità a parlare. Mosse più volte la testa e poi scattò in avanti con le lacrime che cominciavano a rigarle il volto.

Iside l'accolse in un abbraccio senza fine.

25

Ci sono emozioni che si annidano dentro di te e sono capaci di starsene lì per un tempo che sembra non muoversi, e poi in un attimo escono fuori come un uragano senza controllo. Una potenza inaudita che solo le cose manifeste possono contenere, come un corpo umano squassato dal dolore e dalla gioia allo stesso momento. Così si sentì Elisabeth nel momento in cui la madre la strinse a sé: una presa forte e costante, come se li unisse una calamita scossa da un voltaggio elevato. Poi il silenzio, che l'avvolse quando riuscì a contenere gli spasmi che l'attraversavano, la riportò alla realtà.

Si ritrasse quei pochi centimetri per vederla bene negli occhi del suo stesso identico colore. Era leggermente più alta di lei e questo le permise di squadrarla per bene. Dio, come le somigliava... le piccole rughe sulla fronte e intorno agli occhi e alle labbra, erano le poche differenze tra loro. Osservò i capelli, le orecchie, il collo...

«Cos'è? Una vivisezione?»

Caterina le sorrise, i denti perfetti e bianchissimi.

Scosse la testa e si staccò da lei. «Ancora non riesco a rendermene conto.»

«Vieni, siediti.»

La prese sottobraccio e con pochi passi raggiunsero un divano. Elisabeth si guardò intorno.

«Tutto questo...» E con un braccio disteso indicò il salone.

«È mio, tesoro.»

Alzò le sopracciglia, totalmente incredula. Per quello che sapeva lei...

«Come è stato possibile? Insomma, sei stata in una prigione in Venezuela per tredici anni, poi in fuga non so da chi, la bomba che vi ha colpiti, io...»

La madre la bloccò alzando leggermente una mano.

«Un attimo, poi ti spiegherò tutto. Ma ora dimmi, come sta tuo padre? Non so neanche dove sia finito...»

«È in uno chalet nel Vermont, vicino a Morristown, solo e pieno di ferite. Dentro e fuori.»

«Spiegati meglio.»

Elisabeth sospirò.

«Ha una gamba offesa, la trascina e non riesce più a muoverla. Il cuore sta male, non può fare sforzi eccessivi anche volendo...»

S'interruppe bruscamente.

«Continua, per favore.»

Caterina le strinse le mani che teneva in grembo. La sua preoccupazione era evidente.

«Ha perso un occhio.»

«No!» La madre si portò una mano alla bocca che aveva spalancato.

«Non solo, mi ha cacciato via, non vuole più vedermi.»

Gli occhi le si velarono di lacrime.

«Sei stata brava.»

«A fare cosa?»

«A trovarlo.»

«È stata una fortuna, sapevo solo l'indirizzo di una casella postale ma poi lungo la strada ho incontrato una persona, e lui mi ha aiutato.»

Caterina la fissò per un istante e poi la tirò a sé.

«Sei un tesoro. Abbracciami, amore mio.»

Elisabeth respirò il suo odore. Sapeva di buono, di calore, di casa. Tuffò ancora di più il viso nei suoi capelli; se avesse potuto si sarebbe addormentata in quella posizione. E sarebbe crollata.

Invece si ritrasse, la curiosità più forte dell'abbandono.

«Dove sei stata tutto questo tempo? Cosa ti è successo?»

Fu il suo turno di sospirare.

«È una storia lunga e dolorosa. Sei sicura di volerla sentire?» Mentre parlava, le sue mani tornarono libere. Sua figlia avvertì una reticenza, come se un senso di colpa la bloccasse. Si alzò di scatto e guadagnò alcuni passi di distanza. Si fermò dandole le spalle e osservando la statua di Iside.

«Per favore. Devo sapere. Sono più di due anni che cerco la verità e prima lo zio Thomas...»

«Non nominarlo! È lui che mi ha spedita laggiù...»

«Scusa. Ma tutto quello che mi è successo in questo tempo mi riportava sempre a te.»
«Lo so e mi dispiace.»
Si girò fino a quando i loro occhi non s'incrociarono di nuovo. Elisabeth sentì l'autorevolezza che l'aveva sempre contraddistinta, il piglio di chi sa comandare, l'astuzia di chi sa vivere nelle stanze del potere. Poi si ricordò le parole di Omar Faruk 'che entrava e usciva dallo Studio Ovale come voleva.' Si accorse che ora, senza averla vista per quindici anni, conosceva più cose di lei che non quando vivevano insieme.
«Non dispiacerti per me ma raccontami cosa è successo.»
«Dal principio?» La domanda di Caterina nascondeva una richiesta d'aiuto: voleva evitare di rivivere una parte della sua vita oppure c'era dell'altro?
«Come è possibile che una spia rapita quindici anni fa e tenuta prigioniera per tredici anni in Venezuela, possa essere oggi una ricca e bella newyorkese che gira libera per il Paese e si fa chiamare Iside? Non solo, ma non c'è traccia sul tuo viso di tanti anni di denutrizione e isolamento, e ti muovi come se avessi un esercito personale che ti venera...»
«Vedo che sei cresciuta.»
Caterina si ritrovò a sorridere.
«Rispondi mamma.»
Le sue labbra ora erano tirate, pronte a esplodere in un urlo se ce ne fosse stato bisogno.
«Ogni cosa a suo tempo, Elisabeth.»
«No.» Scattò in piedi e le si avvicinò furiosa. «Sono stata aggredita, un ex fidanzato mi ha quasi ucciso, sono stata in coma per giorni e sono stata minacciata con una pistola non più tardi di questa mattina...» L'urlo si era fatto realtà. «Ho perso anche l'unico che mi ha protetto e salvato la vita, il tuo caro marito che si è rifiutato di dirmi cosa vi siete detti dopo tutto quel tempo che ti ha cercato... Voglio sapere perché.»
«Mi dispiace...»
«Mamma, basta per favore!»
Elisabeth alzò entrambe le mani e scosse la testa. Non poteva rimanere nell'oscurità, doveva sapere. Anche a costo di perderla di nuovo. Era troppo; troppo quello che aveva passato e che aveva provato nel superarlo.
«Va bene. Dimmi solo chi ti ha minacciato con una pistola, poi risponderò a quello che vorrai.»

Sospirò. Un'altra richiesta da esaudire e lei piena di domande.

«Omar Faruk.»

Incrociò le braccia, il corpo su un fianco. Era in attesa.

Caterina si girò verso la statua di Iside, le diede le spalle.

«Durante la prigionia ho dovuto barattare delle informazioni che sapevo per rimanere in vita, ho cercato di non compromettere la nostra intelligence ma qualcosa ho svelato. Piano piano ho acquistato la fiducia di chi mi teneva incatenata facendogli capire quanto potessi essere d'aiuto. Ho offerto la mia collaborazione, ho scoperto che il caro generale Henry Thomas, colui che si faceva chiamare tuo zio, mi ha venduto a un uomo losco vicino al Governo venezuelano che si occupava di affari sporchi.»

Buttò fuori l'aria trattenuta fino a quel momento. Poi riprese a parlare, il tono piatto come se raccontasse la trama di un film amaro e drammatico.

«Sono stati anni duri, non avevo acqua per lavarmi o un bagno dove andare, la mia dignità non esisteva più, come la mia persona. Solo i ricordi di te e tuo padre non mi hanno fatto impazzire. Ho provato anche a suicidarmi quando ho capito che non mi avrebbero ucciso o liberato da quell'inferno. Per contare i giorni disegnavo sul muro una stella, era una promessa fatta tra me e tuo padre su di te, 'sarà una stella,' mi disse, 'la nostra stella; perché quando saremo lontani, lei ci unirà. Basterà guardare il cielo in una notte sgombra di nuvole e noi saremo lì, con lei, uniti per sempre'.»

Fece una pausa come a voler mandar via una malinconia che apparteneva al passato.

«Ma poi anche le pareti finirono e così la mia tenacia, mi persi definitivamente e scivolai nell'oblio. Credo che il mio cervello, addestrato a subire colpi di ogni sorta, come il mio corpo, si fosse messo in stand by per proteggersi. Se avesse continuato a girare com'era abituato, sarei impazzita.»

Gemette, piegandosi leggermente.

Elisabeth fece per muoversi ma un braccio alzato la bloccò di colpo.

«Lasciami andare avanti, è giusto che tu conosca la storia dal principio per poter capire cosa è successo.»

Caterina sospirò e continuò a parlare dandole le spalle e fissando intensamente l'Iside che aveva di fronte.

«Sai tesoro, ero un'ottima spia, lavoravo per qualsiasi agenzia avesse bisogno del mio aiuto e non temevo una missione, né chiedevo spiegazioni. Ero forte e questo mi ha tenuto in vita, soprattutto mi ha fatto intravedere la luce per poter fuggire da quella situazione. Non so quanti anni ho passato in quello stato, direi vegetativo, fino a quando quel venezuelano non ha cominciato a farmi dei regali e in quelle condizioni anche un pettine è oro puro. Mi ha fatto capire che poteva darmi sempre di più, a patto che gli fornissi informazioni su alcuni nostri piani segreti, quelli che conoscevo ovvio. Mi disse che Thomas Henry mi aveva tradito, mi fece vedere i versamenti dei bonifici che faceva per tenermi lì, Dio sa perché poi...»

«Io lo so.»

Caterina accennò a voltarsi e sua figlia vide il profilo delle labbra; tremavano.

«Posso dirtelo.»

«Non ha più importanza. Ho scoperto anche altro di marcio, di come sono stata usata per missioni che nascondevano nefandezze che un Governo non dovrebbe mai sognare di fare.»

«Le miniere di grafite.»

«Anche. Mi hanno fatto uccidere degli innocenti, troncare vite a poveri ragazzi ingenui e assolutamente all'oscuro di ciò che tramavano alle loro spalle. Ed ero in quell'inferno a causa loro, anzi per loro volontà. In quel momento promisi a me stessa che ne sarei uscita e avrei trovato un'altra soluzione.»

«Vendetta,» mormorò appena Elisabeth, come se si vergognasse di quella parola.

«No, mia cara, è troppo poco per me. La vendetta è desiderio di chi non riesce ad andare oltre, a vedere il disegno più grande che muove le cose. No, volevo costruire qualcosa che portasse giustizia nel mondo, unire le forze economiche con una filosofia di vita sostenibile, di rispetto delle minoranze e delle religioni, della democrazia e dello Stato libero, ma libero veramente.»

Elisabeth ebbe un brivido e si massaggiò istintivamente le braccia. Poi cominciò ad arrotolarsi una ciocca di capelli. Ebbe la netta sensazione che qualcosa di importante le stava per essere detto. E detto da sua madre, spia scomparsa quindici anni prima e ora riapparsa come anima di una dea egizia. Sembrava follia ma invece era realtà. Sperava in cuor suo di riuscire a capirne la portata.

«Aspetta!»

Ora Caterina si girò del tutto, sul suo volto uno sguardo interrogativo.

«Non so se sono in grado di comprendere quello che mi stai dicendo. Io...»

«Non sei forse uno dei migliori avvocati di New York? Non sei colei che senza una madre non si è mai tirata indietro davanti a nulla? Colei che si vanta di non aver perso mai una causa? Che ha messo sotto scacco la polizia e l'FBI lo scorso anno? Che ha rischiato la vita e ne è uscita più forte di prima?»

Fece una pausa e poi aggiunse: «Non sei per caso figlia mia e di tuo padre?» Non attese risposta e concluse: «Non solo capirai bene cosa intendo, Elisabeth, ma saprai apprezzarne il valore e prendere la giusta decisione.»

In quel momento bussarono alla porta.

«Avanti.»

La porta si aprì e Brian mosse alcuni passi verso di loro.

«Abbiamo un problema, signora.»

«Cosa succede?»

L'uomo esitò imbarazzato e allora lei aggiunse: «Parla pure, al punto in cui siamo mia figlia deve conoscere ogni cosa.»

«Hanno arrestato Margot Massu. Per via di quello che è successo in Francia.»

«Chi è stato? Ossia quale agenzia?»

«La DARPA.»

Caterina rimase in silenzio, come colta di sorpresa non per la notizia in sé ma per l'intelligence che c'era dietro. Doveva muoversi in fretta, Margot era un tassello fondamentale per completare il suo disegno.

«Chi è il direttore?»

«Jeremy Vance, viene dall'FBI.»

«Lo conosco!» S'intromise Elisabeth e Caterina la guardò con ammirazione. La ragazza era una miniera d'informazioni e opportunità.

Sorrise.

«Allora potresti darmi una mano, sempre se ne hai voglia.»

Elisabeth ci pensò su e annuì. Era un'occasione per capire come stavano le cose.

«Ti ringrazio, senti perché hanno fermato Margot e falla uscire prima possibile, per favore.» Non c'era autorità nelle sue parole, piuttosto un persuasivo e contagioso convincimento.

«Va bene.»

«Ora devo occuparmi di questa cosa, se non ti dispiace. Brian ti accompagnerà a casa e ti dirà quello che ti serve. Per contattarmi usa il suo numero, lui sarà il nostro tramite.»

«Perché non possiamo sentirci noi, direttamente?»

Caterina le prese entrambe le mani e l'attirò a sé.

«Devo ancora dirti tante cose e allora tutto ti sarà chiaro, porta ancora un po' di pazienza, va bene?»

Elisabeth annuì e si abbracciarono.

«Mi sei mancata come l'acqua nel deserto, amore mio.»

«Anche tu, mamma.»

La commozione stava tornando più forte di prima e per non lasciarsi andare si staccarono senza fretta.

Elisabeth si mosse verso Brian che le fece strada per uscire. Come fu sulla soglia, si girò e chiese: «Quando ti rivedrò, mamma?»

«Prestissimo, figlia mia, prima di quanto immagini.»

E alzò un braccio in segno di saluto. In quella posizione, somigliava all'Iside che aveva vicino. Seguì l'uomo fuori dalla stanza e un pensiero la colse all'improvviso: Caterina Scorsese era stata una donna capace di sopravvivere all'inferno e riuscire a uscirne con un progetto di una società libera e giusta. Cosa aveva fatto per trovarsi fino a quel punto? E soprattutto, chi era diventata sua madre?

Scesero in ascensore fino al piano dei garage senza dirsi nulla. Si sentiva stanca e svuotata, come se le fosse passato sopra un camion di dimensioni eccezionali.

Come le porte si aprirono, Brian la precedette rispettando il suo silenzio e i suoi pensieri. Una volta in macchina, mise in moto e come imboccò l'uscita, disse: «Margot Massu è il braccio destro di tua madre, la società che usano per il loro progetto si chiama Lumière e ha sede a Parigi.»

«So tutto.»

L'uomo girò la testa verso di lei.

«Credi che solo tu sai giocare alla spia? E che venissi a questo incontro senza informarmi?»

«Complimenti.»

«Grazie.» Gli disse guardando fuori dal finestrino. Era una notte calda ma tirava un forte vento che portava un po' di refrigerio.

«E allora saprai che tua madre non può perderla, lei è fondamentale per il suo progetto.»

Elisabeth rimase in silenzio per alcuni istanti e poi disse: «Ho voglia di camminare, lasciami sulla Quarantesima all'angolo con Park Avenue, grazie.»

«Ho l'ordine di portarti a casa ed è quello che ho intenzione di fare.»

Elisabeth non aveva voglia di discutere e così attese di essere abbastanza vicina e come Brian si fermò al semaforo sulla Trentottesima, si slacciò la cintura, aprì la portiera e scendendo disse: «Vai al diavolo.»

Uscì sbattendo la porta. Quell'uomo le aveva fatto intendere di provare qualcosa per lei e poi era sparito. L'aveva presa in giro, non meritava nulla.

Cominciò a camminare verso casa, cercando di tenere lo scialle che le copriva parte delle spalle. Voleva rimanere sola, erano troppe le emozioni che quella serata le aveva regalato. Si voltò un paio di volte e notò come il suo accompagnatore la seguiva in macchina. Dopo una ventina di minuti, fu sotto casa, al 319 di Park Avenue, gli rivolse un segno di saluto, più per beffeggiarlo che altro, e salì al venticinquesimo piano.

In ascensore si guardò allo specchio. Era esausta e non nascose uno sbadiglio. Di punto in bianco realizzò che aveva mangiato poco e sentì lo stomaco gorgogliare.

Le porte si aprirono e mise piede sul pianerottolo.

«Elisabeth.»

Cacciò un urlo e fece un salto indietro.

«Scusami, scusami, sono io.»

La sorpresa la lasciò senza respiro e come riconobbe il suo volto, la rabbia che provò svanì all'istante.

«Palmer... sei tu.»

L'uomo annuì. Copriva completamente la porta del suo appartamento, proprio dietro di lui.

«Mi hai spaventato.»

«Perdonami, ma non sapevo dove aspettarti. Mi hanno detto che mi stavi cercando ed eccomi qui.»

Lei abbozzò un sorriso, il cuore non aveva smesso di accelerare.

Non essere imbranata, togliti da questa impasse, si disse mentre si fissavano. Non riusciva a dire nulla, la lingua le si era incollata al palato. Lo scialle le scivolò di lato e cadde a terra. Non mosse neanche la testa per vedere dove fosse finito, lui fece altrettanto. I loro occhi erano uno dentro l'altro, e non c'era modo di liberarli.

'Anche tu, gigante, fai qualcosa, no? Cosa stai lì impalato, neanche fossi un dio di pietra.'

E Palmer, come se l'avesse sentita, fece un passo avanti e la baciò.

26

La notte l'aveva passata muovendosi da una parte all'altra tanto da svegliare Peter per ben due volte. E quando era arrivata la prima luce dell'alba, si era sentita finalmente libera dai pensieri e si era alzata.

«Dove vai a quest'ora?»

Il tono assonnato di Peter l'aveva bloccata.

«Scusa, non volevo svegliarti. È presto, dormi ancora.»

«Per questo ti sto chiedendo cos'hai intenzione di fare...» Aveva gettato un'occhiata all'orologio sul comodino. «Sono solo le cinque e quaranta. Sarah si è lamentata?»

«No, no,» si era affrettata a tranquillizzarlo. «Sta dormendo da più di tre ore, va tutto bene. Anche Katie non si sente.»

«E allora cosa ti preoccupa?»

Lei lo aveva osservato nella luce che filtrava dalle finestre. Lo illuminava appena, ma quel tanto per vedere che il suo corpo si era irrigidito.

«Tu.»

Aveva risposto senza pensarci troppo. Voleva che rimanessero sinceri, uno con l'altro.

Lui sospirando appena, si era tirato su.

«E perché mai?»

Gli si era avvicinata e si era seduta vicino a lui.

«Hoffman mi ha chiesto di collaborare all'indagine.»

«Questo lo so già. Eri presente all'interrogatorio di Delany.»

Sally aveva scosso il capo e aggiunto: «No, in quell'occasione ero semplice spettatrice, giusto per dare la mia opinione, oggi vuole che partecipi con voi. In prima linea.»

Peter l'aveva guardata stupita.

«Sai il motivo?»

«Ha detto che è rimasto molto colpito dal lavoro che ho fatto con Elisabeth Scorsese per riportarti a casa. Visto che quella donna è 'ancora tra i piedi', sue parole, posso tornare utile per diverse ragioni.»

«Ossia?»

La domanda era esplosa come un colpo secco.

Sally gli aveva preso una mano e la stava accarezzando. Aveva cominciato a farlo dal periodo della convalescenza, quando lui urlava di notte. Quel gesto lo rassicurava.

«Abbiamo una certa confidenza e crede che il tuo rapitore possa essere ancora una minaccia...»

«Mio padre?»

Peter aveva ritirato la mano e Sally aveva sentito la freddezza farsi strada velocemente tra loro.

«No, non credo... o almeno non lo so, non me lo ha detto.»

«Però hai accettato.»

Gli occhi chiari di lui l'avevano fissata, cercando d'indagare il suo stato d'animo.

«Peter, per favore, non rendere le cose più complicate di...»

«Di cosa, Sally?»

Lei aveva sbuffato. Si era alzata e chiusa in bagno mettendo fine a quel risveglio pieno di significati...

E ora era lì, che lo guardava discutere con il suo capo, il testardo irlandese.

Stava trattenendo il respiro e non si accorse che il partner di suo marito le era affianco.

«Vuoi che entro dentro e ascolto quello che si stanno dicendo?»

Da come Peter muoveva le mani sembrava abbastanza infuriato.

«No, lo posso immaginare. Sono io la causa.»

«Posso sapere perché? Se è lecito chiederlo.»

Sally lo guardò negli occhi. Derek l'era piaciuto fin dal primo giorno che lo aveva incontrato nel suo ufficio di assistente del procuratore, quando si era schierato con Peter nell'accusa di concorso in omicidio. Era passato del tempo ma a quanto sembrava le macerie erano ancora lì.

«Sarò la vostra partner. È un desiderio di Hoffman.»

Richard emise un fischio e fece uno dei suoi inconfondibili segni. Sally non riuscì a coglierne il significato ma pregò in cuor suo che non fosse diretto a lei. A pensarci bene, lui si sarebbe trovato tra moglie e marito, e non era certo una posizione invidiabile.

«Sono lì dentro da molto tempo?» Chiese più per curiosità che per interesse.

«Da più di venti minuti. E il capo ha già mandato giù il primo sorso della mattinata.»

Il detective mugolò qualcosa e poi sbuffò. La giornata non partiva per il verso giusto.

«E tu che stai facendo?»

Lei gli gettò un'occhiata e sorrise. Quell'uomo a volte la sorprendeva per la semplicità. Le era simpatico.

«Aspetto.»

Derek mosse la testa a destra e poi a sinistra e disse: «Giusto. Mi sembra la cosa più ovvia.»

Dopo un istante, si mosse verso la scrivania e le chiese: «Vuoi un caffè?»

«Nero, grazie»

Rimasta sola, pensò che era il caso di lasciar perdere. Non poteva rischiare di perdere il suo uomo dopo che aveva rischiato la vita per farlo tornare a casa. Lei e le sue figlie.

Stava per fare un passo ma sentì due dita di Derek sul suo braccio destro.

«Ecco. Come lo hai chiesto.»

Lo ringraziò con un cenno del capo e poi disse: «Sei stato veloce.»

«Non volevo perdermi...»

Non fece in tempo a terminare la frase che la porta dell'ufficio del capitano Hoffman si spalancò e li invitò a raggiungerlo con un cenno della mano. «Questo!» Quasi esultò per il suo tempismo perfetto.

Sally fece un respiro profondo ed entrambi si avvicinarono.

Come furono dentro, l'irlandese disse: «Derek chiudi la porta e accomodatevi, per favore.»

Lei evitò di guardare Peter negli occhi mentre il suo partner gli fece un cenno di saluto dopo aver eseguito l'ordine.

«Ieri sera, ho chiesto a Sally Armstrong di unirsi a noi per l'indagine sull'omicidio di Van Vogt. Considerata l'unione che c'è tra lei e Makarov, metterò in chiaro di cosa si occuperà esattamente.»

Fece una breve pausa, il tempo di riempire il bicchiere di Lagavulin e tracannare il contenuto in un lungo sorso.

«Comandante, io vorrei dire...»

Hoffman alzò una mano e lei si bloccò.

«Ho già chiesto al procuratore di riammetterla in servizio e di trasferirla momentaneamente qui da noi. Il caso le è già stato affidato, non può rifiutarsi... almeno credo.»

Non era proprio così, ma Sally decise di rimanere in silenzio. Avrebbe potuto farlo in un secondo momento se le cose si fossero messe male.

«Voi due continuerete l'indagine a tutto campo mentre tu, Sally, lavorerai nelle retrovie sostenendo o meno le loro teorie. D'accordo?»

«Quindi non li seguirò ovunque?»

Hoffman scosse la testa. «Sarai il terzo occhio. Rileggerai i rapporti, i nostri appunti, le deposizioni e via dicendo, e ci dirai la tua opinione. So che sei una donna molto intuitiva, lo hai dimostrato più volte, ed è per questo motivo che ti ho voluto con noi.»

«Solo per questo?»

Il tono di Peter fu glaciale.

Gli occhi del capitano della North Manhattan Homicide Squad divennero due fessure. Stava perdendo la pazienza.

«Che tu ci creda o meno, Makarov, questo è il motivo. E comunque di quello che pensi non me ne frega un cazzo. Ora, se non avete domande, alzate i vostri bei culetti e mettetevi a lavorare. Se non sbaglio, avete anche un altro caso d'omicidio, giusto?»

Sally spalancò la bocca per la sorpresa. Peter non le aveva detto nulla e Hoffman se n'era ben guardato dal farlo la sera prima durante la loro telefonata.

«Come sarebbe a dire? C'è un altro morto collegato al caso?»

«Forse,» si affrettò a rispondere Peter prima di guadagnare l'uscita. Gli altri lo seguirono senza aggiungere nulla. Chissà cosa si sono detti, pensò Sally mentre osservava camminare suo marito che stringeva i pugni ripetutamente. Era visibilmente arrabbiato e questo le dispiaceva. Ne avrebbero parlato più tardi, una volta soli. Cercò di non pensarci e si avvicinò ai detective che avevano preso posto alle rispettive scrivanie.

«Non so dove tu possa sederti, ma cercherò una soluzione presto. Non ti aspettavamo...»

Derek le strinse l'occhiolino facendole capire che era dalla sua parte. Lei accennò a un sorriso e disse: «Sono una donna discreta e un'ottima spalla, giusto Peter?»

Makarov bofonchiò qualcosa che sembrava un cenno di assenso e poi, dopo aver guardato il suo computer, aggiunse: «Richard, mentre lei legge i file del caso Van Vogt, noi andiamo a fare visita alla parente più stretta di Gomez, sua nonna. Dobbiamo darle la notizia e non sarà piacevole.»

«La conosci?» Chiese sorpresa Sally.

Lui fu costretto a guardarla dritta negli occhi, cosa che aveva evitato fino a quel momento.

«È venuta qui un paio di giorni fa per denunciarne la scomparsa, l'ho incrociata per caso e l'ho indirizzata alla persona giusta, tutto qui.»

Sally sospirò. Quando faceva così lo detestava. Le ricordò i momenti prima di catturare Andrej il Rosso, quando le aveva a malapena rivolto la parola, escludendola da quella che poi sarebbe diventata la sua cattura. Era stato grazie a lei che un pericoloso criminale era finito dietro le sbarre. *Sembra che a volte ti dimentichi chi sono, Peter,* pensò con una punta di amarezza. Non fece in tempo a replicare perché Derek aggiunse: «Siediti alla mia scrivania, ti ho aperto i file del caso, puoi leggerli da me mentre ti sistemano da qualche parte.»

«Grazie,» le rispose sorridendo.

Peter la guardò trafficare nella borsa e prima che potesse incrociare il suo sguardo, si mosse diretto all'ascensore. Il suo partner le lanciò un'occhiata alzando le spalle. Le cose a volte si prendono come vengono, inutile cercare di cambiarle.

Sally attese che entrambi entrassero in ascensore e poi si sedette.

Era ansiosa di cominciare. Pannolini, ciucci, ninna nanna non erano quello che riteneva un impegno 'soddisfacente'. Era incomprensibile come moltissime donne, una volta divenute madri, perdessero completamente il senso delle cose che c'erano prima: lavoro, socialità e rapporto con gli uomini. Era come se cambiassero pelle annullando una parte fondamentale dell'essere un individuo completo e stimolante, per sé stessi oltre che per gli altri. Lei era riuscita a contenere il cambiamento che le aveva portato l'arrivo di Sarah, e ora questo compito era la giusta occasione per sentirsi di nuovo padrona del proprio tempo e della propria indipendenza.

Recuperò il file aperto del caso Van Vogt e cominciò a leggere gli appunti presi dai detective e condivisi dall'agente della DARPA, Rachel Thompson. L'agenzia del Governo incaricata dello sviluppo di nuove tecnologie per uso militare aveva mandato un agente che solo un anno prima era stata una detective della Omicidi... Una coincidenza?

Si collegò alla rete e scoprì che Jeremy Vance ne era il nuovo direttore da sei mesi prima del trasferimento della Thompson! Ecco chi l'aveva voluta nella sua nuova agenzia, l'ex direttore dell'FBI che aveva contribuito al ritorno a casa di Peter e smascherato una potente società come gli Scribi.

Il passato che ritorna..., pensò sentendo un brivido correrle lungo la schiena. Il suo cervello memorizzò quell'informazione e l'associò a quello che già sapeva: Elisabeth aveva difeso, e con successo, il primo sospettato dell'omicidio Van Vogt. Un'altra coincidenza?

Scrisse il nome di Elisabeth. Dopo quello che era successo a Londra, si erano sentite più vicine e questo avrebbe potuto rivelarsi controproducente.

Riprese a leggere il file.

Scorse attentamente la cronaca dei fatti, le prove raccolte, le interviste fatte ai vari dipendenti dell'hotel, il modo in cui era stato ucciso, il referto dell'autopsia, il motivo per cui il professore era a New York e infine vide le immagini che avevano portato all'interrogatorio di Philip Delany, al quale aveva assistito anche lei. In realtà c'era poco. Gettò un'occhiata all'orologio; era passata più di un'ora, tante pagine ma nessuna pista concreta. La stessa Thompson sembrava svanita nel nulla, come se la preoccupazione dell'agenzia che la rappresentava fosse diminuita di colpo. Perché?

Aggiunse 'DARPA' sotto il nome della Scorsese sul suo documento personale.

Tornò a concentrarsi sul file e cercò qualcosa che non gli quadrasse. Non era un'esperta d'indagini ma questo le sarebbe stato d'aiuto. 'Guarda le cose da un'altra prospettiva...' Era quello che le aveva suggerito la sera prima Hoffman.

Sfogliò le pagine relative alla dinamica dell'omicidio. Un uomo di grande corporatura si era introdotto nell'albergo passando per il piano strada, quello che usavano i dipendenti per entrare. Quelle porte di accesso avevano bisogno di un badge per entrare e nessuno aveva visto un estraneo indugiare lì davanti o intrufolarsi mentre un altro usciva. Le telecamere dei garage confinanti l'entrata secondaria non avevano ripreso uomini di grossa corporatura aggirarsi perdendo tempo e quindi i detective avevano abbandonato questa pista. Ma se fosse entrato utilizzando il badge di un altro?

Poi si concentrò sul motivo della visita di Van Vogt in città e il furto del guanto come movente dell'omicidio. Troppo debole per tutti, era ovvio, non si uccide per rubare qualcosa a meno che non si è costretti e il killer avrebbe potuto semplicemente farlo svenire, non premere fino alla morte. Quindi il movente era un altro ma il guanto centrava qualcosa, ed ecco l'interesse della DARPA; a detta del file era stata incaricata dalla NASA, proprietaria di quella nuova tecnologia, e lo stesso professore collaborava con l'agenzia spaziale.

Corrucciò le labbra, scrisse 'NASA' e pensò che due agenzie governative rappresentavano un grosso problema sia per le indagini che per il risultato finale. Lesse i nomi che si era segnata e ne aggiunse uno che sembrava essere passato inosservato.

'Killer'.

Se era veramente un uomo addestrato a uccidere e con tanto di muscoli, cervello e allenamento, era un ex di qualcosa, corpi speciali o intelligence. Oppure era uno che lo faceva di mestiere, una sorta di mercenario.

Sospirò. Uno o l'altro erano profili che si adattavano perfettamente ai giochi sporchi dell'intelligence o della CIA.

Sotto a 'Killer', aggiunse il nome della terza agenzia governativa. Davvero troppe.

Cos'altro mancava?

Ovvio, la cosa più importante: il nome della vittima. Se voleva capire dove cercare il movente, doveva partire da lui.

Cercò la pagina da cui iniziava la descrizione del suo profilo e rilesse con maggiore attenzione.

La sua formazione partiva da lontano, dalla sua specializzazione all'università, dai suoi studi in ingegneria spaziale, ma quello che la colpì fu una parola: crittografo.

Un sorriso le si formò sulle labbra. Recuperò dalla mente le poche cose che conosceva sulla materia e poi si affidò di nuovo alla rete.

La crittografia era una branca della crittologia, frutto dell'unione di due parole greche che significavano scrittura nascosta, ossia l'uso di metodi in grado di 'offuscare' il reale significato di un messaggio attraverso la creazione di codici. Solo chi era autorizzato ad avere accesso ai codici riusciva a decifrare il vero messaggio.

Scrittura, messaggio, codici... un'unica parola che li unisse: spia.

Sally gettò la testa all'indietro.

Non poteva crederci.

Guardò l'elenco che aveva scritto sul suo iPad:

Rachel Thompson
Elisabeth Scorsese
DARPA
NASA
Killer
CIA
Samuel Van Vogt
Spia

Cosa voleva dire tutto questo?

Non lo sapeva, ma l'unica cosa certa era che il movente e quindi il mandante dell'omicidio del professore, erano collegati con una di queste parole.

Le rilesse e sospirò. Ognuna di queste avrebbe portato a chissà quale situazione o comunque la esponeva a qualcosa che non sarebbe stato niente di buono.

Una nuvola passeggera aveva fatto scoppiare un improvviso temporale e il caldo opprimente aveva di poco abbassato la propria morsa anche se l'aria era diventata irrespirabile.

L'umore di Peter, già messo a dura prova, peggiorò di colpo e bofonchiò qualcosa, rompendo il silenzio che andava avanti fin dal distretto.

«Cos'hai detto, scusa?»

«Niente, Derek, niente.»

L'uomo alzò le spalle. Non era certo il tipo che andava a infilarsi in un litigio tra moglie e marito, anzi si mise a guardare fuori dal finestrino la città finalmente bagnata dalla pioggia. La signora Gomez viveva a Brooklyn e avevano da fare un po' di strada. Vide il ponte avvicinarsi e pensò agli spazi, a quanto l'uomo amasse conquistare aree incontaminate, sottraendo al mondo luoghi di verde, paesaggi meravigliosi dove potersi perdere e cercare un po' di pace...

«Hai sentito il tuo amico, quel Kirk?»

Derek tornò in sé dopo un paio d'istanti. Si era completamente isolato.

«Ehi, Richard, tutto bene?»

Il detective mosse la testa annuendo e nel frattempo mise ordine nella sua mente.

«Sì, sì, aspetta una mia chiamata. Possiamo vederlo anche più tardi. Scusa, ma ero sovrappensiero.»

«Pensavi alla Thompson?»

Derek abbozzò un sorriso. Questa era una classica domanda tra partner. A modo suo gli fece piacere. Makarov era rimasto fino a ora un po' sulle sue e quindi decise di dargli un po' di corda.

«Non proprio, ma ora che me lo chiedi, la sua apparizione mi ha fatto un certo effetto.»

«Lo posso immaginare, anche io oggi...» disse tra i denti Peter.

«No, no, scusami, non volevo darti brutti pensieri.»

«Lascia perdere. Non condivido le motivazioni di Hoffman anche se devo ammettere che Sally è una in gamba e può esserci utile. Ha un ottimo intuito e vede dove di solito noi non riusciamo.»

«Il cambio di punto di vista.»

Ora fu Peter a meravigliarsi.

«Cosa hai detto?»

«È tipico della fantascienza, descrivere le cose da un lato diverso, fuori dal mondo conosciuto. E questo è possibile se usi l'immaginazione ma anche la deduzione logica. Per questo si chiama fantascienza.»

Makarov lo guardò come se lo vedesse la prima volta. Era stupito. Gli era sembrato un tipo strano ma neanche troppo, ora lo giudicava capace di andare oltre. Gli fu chiaro il motivo per cui Hoffman aveva desiderato che lo affiancasse: la sua mente era pragmatica e metteva in gioco il sentimento mentre, Derek poteva dare quel valore aggiunto grazie a una diversa analisi degli eventi.

«Hai ragione,» si limitò a dire.

Poi ci pensò su e aggiunse: «Mi stavi dicendo della Thompson. Cosa non ti convince?»

Derek fece uno dei suoi gesti che il partner aveva smesso di decifrare.

«Non è tanto lei, ma chi rappresenta. Il suo capo si è fatto vivo subito dopo l'omicidio di Van Vogt, lei lo ha seguito a ruota e poi...» Si voltò quel tanto per guardare Peter negli occhi. «Più nulla.»

«Si è limitata a condividere un file già preparato e poi è sparita.»

«Esatto. Mi chiedo perché. L'ho conosciuta come una donna volitiva ed estremamente puntigliosa, una che non molla oltre ad avere una capacità deduttiva non comune. E ora?»

Sbuffò e poi aggiunse: «Sembrava un delitto eccellente, il nostro noto professore, ma a quanto pare alla NASA o alla DARPA interessa tutto relativamente.»

Peter frenò di colpo.

«Ma cosa fai!» gli urlò il partner.

«Hai ragione Richard.»

Accostò la macchina fino a un vicino parcheggio come se non fosse successo nulla. Derek continuava a fissarlo come fosse impazzito.

«Non si fa più viva perché non ne hanno bisogno,» sentenziò Makarov.

Ora fu l'uomo che sedeva alla sua destra a strabuzzare gli occhi. Chi gli era capitato come nuovo partner? Ma non era lui lo 'strano' della coppia?

Stava per aprire bocca, ma vide che Makarov scendeva dall'auto.

«Vieni, siamo arrivati.»

Lo seguì e accelerò per affiancarlo.

«Scusa Peter,» cercò di controllare la sua frustrazione, «ma non capisco... perché la Thompson è sparita?»

Makarov stava guardando con attenzione i civici e quando vide il numero che cercava si fermò e gli si parò davanti.

«Perché sanno già chi è l'assassino, Richard. L'unica cosa che vogliono è tenerci fuori da questa storia controllando la nostra indagine. Tutto qui.»

Gli diede una pacca sulla spalla e sorrise. Poi, senza aspettare una sua reazione, si voltò e salì i pochi gradini che lo distanziavano dall'abitazione della signora Gomez. Ora erano lì per un altro dannato motivo. Derek lo raggiunse e gli si affiancò. Sapeva che la fantascienza andava oltre la realtà, ma questa volta avrebbe fatto fatica a capire dove finiva una e iniziava l'altra.

27

Il silenzio che precedeva un interrogatorio era sempre lo stesso. Carico di aspettative, pregno di una loquacità che sarebbe esplosa in pochi istanti, portatore di un confronto che non avrebbe lasciato nulla d'intentato e un'unica decisione finale. Soprattutto se era di quelli per confermare o meno un arresto.

Elisabeth era stata svegliata di buon'ora quella mattina da una telefonata di Brian e non si era potuta sottrarre alla sua richiesta.

«Caterina ha bisogno del tuo aiuto.» Sei semplici parole appena sussurrate, senza altro prima o dopo. Si era illusa, la sera prima accolta dall'abbraccio di Palmer, di poter passare alcune ore in più con lui, lontano dalla realtà che la stava sempre più opprimendo. Prima il maltrattamento del padre, poi l'incontro con la madre erano state due scosse di emozioni contrastanti e mai immaginate. Non aveva riflettuto quando aveva chiesto a Brian il motivo e l'aver accettato senza pensare troppo alle conseguenze l'aveva portata in quella stanza, presso gli uffici della DARPA a New York.

Si era dovuta far spiegare quale agenzia avesse portato via Margot Massu dal party e quale era l'accusa ma lui non era riuscito a soddisfarla pienamente. Il motivo per cui si trovavano lì era ancora sconosciuto.

Guardò la donna che aveva deciso di assistere mentre entrava, accompagnata da una guardia. Non aveva le manette e indossava ancora i suoi vestiti. Per fortuna, non era in stato di fermo.

In cuor suo, si rasserenò. Si alzò in piedi.

«Come sta, Margot?»

Sembrava provata; il trucco della sera prima aveva ceduto visibilmente.

«Ho dormito un paio d'ore e su una sedia, ma ne ho passate di peggiori, mia cara.»
Le prese le mani.
«Grazie di essere qui.»
Accennò a un sorriso; nei suoi occhi Elisabeth vide la dignità di una donna forte e risoluta, abituata ad affrontare situazioni di ogni tipo, anche una come quella in cui si trovavano.
Bene, questo mi aiuterà, pensò mentre si accomodavano.
La guardia uscì lasciandole sole. Una telecamera le stava riprendendo. Elisabeth si chinò verso di lei e le chiese: «Cosa è successo? Intendo qui, stanotte.»
La donna si morse un labbro e la fissò. Sembrava stesse valutando cosa dire.
«Si deve fidare di me, sono il suo avvocato, se lei me lo permetterà.»
Margot Massu scosse la testa e per la seconda volta in pochi istanti quasi sorrise.
«Non è questo, Elisabeth. Ci sono cose che devono aspettare.»
Le posò la mano su un braccio. «Prendi tempo, è tutto quello che ci serve e non ti preoccupare per me, sono solo una pedina in un gioco ben più grande e importante. E ricordati... ognuno è sacrificabile.»
Elisabeth non capì.
«Qual è il gioco? Cosa c'entrate lei e mia madre?»
«Le risposte le troverai al momento opportuno, ora fai come ti ho detto. E non lasciarti intimidire, ci provano sempre.»
Non appena terminò quella frase, la porta si aprì.
Entrambe si voltarono e il primo uomo che entrò stava sorridendo.
«Ci incontriamo di nuovo, avvocato Scorsese, sembra sempre una coincidenza, non trova?»
Elisabeth tirò indietro leggermente la testa, decise di fingersi sorpresa.
Lo seguivano una donna e un altro uomo.
Le porse la mano che lei strinse e poi tutti si accomodarono.
«Come mai l'FBI è coinvolta? Di quale crimine avete intenzione di accusare la mia cliente?»
Il sorriso di Vance era appena accennato, pronto a trasformarsi in un ghigno deliberato. Elisabeth capì che si sentivano forti e sicuri. Si concentrò.
«Sono il direttore di quest'agenzia, ora. E qui con me c'è l'agente Rachel Thompson e il direttore della NASA, Morgan Williams.»

Entrambi fecero un cenno di saluto. Lei rimase impassibile. Aveva riconosciuto anche la donna. Lavorava al caso Brimley con il detective della Omicidi. E cosa ci faceva lì il direttore della NASA? Anche Margot si girò per fissarla; sembrava una statua tanto era immersa nei suoi pensieri. Le ricordò la madre e chiuse gli occhi per mandar via un brutto pensiero.

Vance invece non nascose il suo risentimento. Quel silenzio era segno di maleducazione. Scrollò le spalle e dopo pochi istanti disse: «La sua cliente, Margot Massu, è complice di un rapimento, ed esattamente quello della dottoressa Debbie McRoland, una scienziata che lavora per la NASA.»

Questa volta fu Elisabeth a rimanere contrariata.

«Di cosa sta parlando?»

Il direttore della DARPA alzò una mano e lei si bloccò.

«Mi lasci spiegare.»

Lanciò un'occhiata a Williams, il quale gli fece un impercettibile cenno col capo.

«Alcuni giorni fa, la dottoressa McRoland è stata rapita a Parigi mentre rientrava in albergo dopo una festa organizzata dall'ambasciata americana. L'uomo che l'ha prelevata si è lasciato dietro una scia di morti. Riteniamo che sia un killer professionista. Ha lasciato Parigi e si è rifugiato in una villa a Chamonix, ai piedi del Monte Bianco. La polizia francese e i corpi speciali intervenuti sul luogo hanno rilevato due figure presenti in una villa che doveva essere libera. Fatte le dovute verifiche, hanno atteso l'alba e sono intervenuti ma l'uomo è riuscito a fuggire con la dottoressa usando alcuni stratagemmi, diciamo, insoliti.»

«Non mi ha ancora detto cosa c'entra la mia cliente.»

Vance sbuffò.

«Vedo che non ha perso il vizio d'interrompere. Mi lasci finire!»

Elisabeth tirò indietro le braccia a mo' di scuse.

«La villa in cui l'uomo si era nascosto è intestata alla società Lumière, con sede a Parigi ma con proprietà in tutto il mondo, anche qui a New York, e la sua cliente ne è l'amministratrice. Tutto chiaro, ora?»

L'avvocato Scorsese guardò Margot ma lei non si scompose.

Fece un respiro e disse: «Altri dipendenti della società potrebbero essere coinvolti.»

Il direttore mosse la testa. «Quando le ho detto che l'uomo è fuggito con stratagemmi particolari intendevo dire che la casa stessa era attrezzata per essere un rifugio in situazioni del genere. Mi dispiace, avvocato, ma non si dota una casa di quelle difese o vie di fuga senza che l'amministratore non lo sappia, non trova?»

Elisabeth si slegò i capelli e poi li raccolse di nuovo, il tutto per prendere tempo. Di solito nelle aule di tribunale funzionava ma stavolta non le venne nessuna idea. Decise d'improvvisare.

«Qualcosa non mi torna...» disse guardando la donna. Non sapeva perché ma sentiva che era l'elemento più vulnerabile.

«Ma lei non era alla squadra Omicidi lo scorso anno? Ci siamo incontrate per il caso Brimley.» La donna annuì ma il suo capo s'intromise prima che potesse rispondere.

«Cosa c'entra con il nostro caso, avvocato?»

«Mi chiedevo cosa ci facesse qui, se per caso non voleste incriminare la mia cliente anche di omicidio...»

«Non faccia dell'inutile sarcasmo. Ora lavora per la mia agenzia.»

«Capisco... E lui? Ora lei è direttore anche della NASA?»

Vance alzò gli occhi mentre Margot le lanciò un'occhiata veloce. Era riuscita a togliersi dall'angolo.

«Vuole fare la spiritosa, per caso? Le riesce solo questo?»

«No, direttore, vorrei sapere perché un rappresentante della NASA si trova qui e cosa c'entra con il rapimento della dottoressa McRoland.»

«Non è un'informazione che possiamo...»

Morgan Williams diede un finto colpo di tosse e Vance si fermò.

Tutti lo guardarono.

«Lavora per me, la dottoressa intendo. Sta portando avanti un progetto importante per la nostra agenzia ed è per questo motivo che si trovava a Parigi quando è stata rapita. Ci sentiamo coinvolti e personalmente mi sento in colpa, sono stato io a insistere affinché vi andasse... ecco il motivo per cui sono qui.»

«E perché lo avrebbe fatto?» Lo incalzò Elisabeth.

«Io... noi...»

«Morgan per favore, non dire più nulla,» intervenne duramente Vance. Poi rivolto alla donna, aggiunse: «A quale gioco sta giocando avvocato? Qui le domande le faccio io, chiaro?»

Per la seconda volta, Elisabeth tirò indietro le braccia ma accompagnò il gesto con un mezzo sorriso. Lo stava innervosendo ma non era abbastanza.

«Allora, signora Margot, vuole dirci cosa sa di questo rapimento?» Chiese Rachel Thompson prendendo tutti di sorpresa. Anche il suo capo si girò a guardarla ma lei non si scompose.

«Assolutamente nulla, ragazza.»

«Ma conosce la casa di Chamonix?»

Elisabeth stava per anticiparla ma lei le posò due dita sul braccio per fermarla.

«Certamente, agente. Ci sono stata diverse volte, è un posto incantevole. E spesso ho invitato persone importanti, anche gente del vostro Governo.»

«Sapeva delle misure di sicurezza della casa?»

Margot Massu sorrise e nessuno si sentì di dire nulla.

«Sì, mia cara. Come le ho appena detto, è stata frequentata da persone importanti che ricoprono tuttora un ruolo primario nell'amministrazione del vostro Paese. La sicurezza era una condizione obbligatoria per averli miei ospiti.»

«Ma ha previsto anche una via di fuga così estrema? Oltre al sistema anti intrusione...»

Le parole di Vance rimasero a mezz'aria; sembrava si fosse calmato.

«Quella è la prima cosa cui si pensa, direttore, quando si deve progettare una casa sicura.»

«E le armi?»

«Semplice precauzione per una difesa... come ha detto? 'Estrema', sì, mi piace...»

Sorrise di nuovo ed Elisabeth l'ammirò per la tranquillità che trasmetteva.

Fu lei ora a intervenire.

«Come vede, la mia cliente non si sta sottraendo a nessuna domanda e se non avete altro da chiederle, vorremmo andare via.»

«Un attimo, non abbia fretta, avvocato.»

Vance sospirò, chiuse gli occhi e poi cercando di rimanere calmo, chiese a Margot Massu: «Come mai l'uomo che è entrato con la McRoland conosceva i codici di accesso alla casa? E così quelli che hanno disattivato i vari allarmi?»

La donna alzò le spalle.

«Non ne ho idea. Io non li conosco e quindi, anche volendo, non potrei comunicarli a chicchessia. Mi spiace.»

«Chi ha accesso ai codici?»

Di nuovo alzò le spalle.

«C'è un ufficio competente, credo faccia parte della segreteria o qualcosa del genere. Abbiamo diverse abitazioni in giro per il mondo, le utilizziamo come foresteria per i nostri dipendenti oppure per ospitare persone con cui siamo legati. Può chiedere a loro oppure a un'agenzia che si occupa della villa proprio a Chamonix. Veda lei.»

«Quante persone lavorano in questo ufficio?» Le chiese Rachel.

«Una quarantina, mia cara.»

«Perché tutte queste domande, direttore Vance?» Fu Elisabeth a interrompere quell'interrogatorio.

«Semplice, avvocato, voglio sapere quanto è coinvolta la sua cliente.»

Reclinò leggermente il capo per sottolineare il tono ironico. Non aveva dubbi che la donna conoscesse tutta la storia.

«Lei non sta dimostrando un bel niente, e fino a prova contraria siamo libere di andarcene.»

«Non corra troppo...» A parlare era stato il direttore della NASA.

Elisabeth lo guardò.

«Lei non ha l'autorità a fare domande e quindi a pretendere risposte.»

«Ha ragione, ma potrei dirle alle persone qui presenti che le farebbero per me. Non è più semplice permettermi di chiarire alcuni punti?»

Le due donne si guardarono e alla fine Margot annuì.

«Va bene, proceda.»

«Grazie avvocato Scorsese.»

Gli occhi di Morgan Williams sembravano luccicare come quelli di un bambino il giorno di Natale davanti a un dono nuovo.

«Signora Massu, vorrei farle i complimenti per gli studi e le operazioni che la sua società Lumière porta avanti.»

La donna fece un piccolo movimento della testa e lui continuò.

«Ho potuto analizzare, ma solo velocemente, i settori in cui siete impegnati come la ricerca scientifica nel campo della medicina e in quella delle nuove tecnologie applicate alla fisica e alla matematica.»

Margot non si mosse ma Elisabeth avvertì una piccola tensione.

«Chi oggi non sta investendo nelle nuove tecnologie, direttore? E poi applicate? Mi sembra il minimo, suvvia.»

«Certamente, certamente... ma entrambi conosciamo le somme ingenti che ci vogliono, oltre alla disponibilità di mezzi e menti eccellenti in ogni specializzazione. Ecco, cosa non mi torna. Dove trova i soldi?»

Margot scoppiò in una risata che sapeva più d'imbarazzo che non di una reale sorpresa ed Elisabeth cercò di mascherare quella sensazione aprendosi in un sorriso e dicendo: «Cos'è ora, volete aprire un'indagine sui conti della società?»

Nell'istante successivo, nessuno rispose e l'atmosfera sembrò raffreddarsi.

«Perché no?»

Fu l'esclamazione con cui Vance catturò l'attenzione. «Vede signora Massu, noi non abbiamo giurisdizione per agire in questo senso, ma i nostri colleghi francesi lo stanno già facendo. Da qualche ora a questa parte sono scattate le misure necessarie per mettere sotto custodia tutti i vostri computer della sede di Parigi e degli uffici collegati in Francia. Sono stati fermati e portati in gendarmeria o in qualche ufficio segreto i suoi più vicini collaboratori e stia sicura che troveremo qualcosa...»

Il direttore della DARPA lasciò cadere il discorso, Margot Massu era sbiancata.

«Il suo quartier generale è nelle mani del ministro degli Interni. Ha perso due uomini oltre ad avere un killer fuggitivo per il Paese. Direi che è molto incazzato. Troveranno quello che cercano...»

«Devo andare,» riuscì a dire la donna accigliandosi e scivolando in avanti sul tavolo. Sembrava avesse perso tutta la sua fermezza in un istante. Era piegata come una bambola rotta.

«Non è facile come sembra, signora,» sentenziò l'uomo. Sentiva la vittoria in pugno.

Elisabeth le toccò un braccio e prima che Vance potesse continuare, chiese: «Perché? Se permette...»

«Certo, mia cara. Noi possiamo tenerla qui per un tempo direi abbastanza lungo. Non è incriminata di nulla negli Stati Uniti, ma è in stato di fermo per le relazioni che ci sono tra noi e la Francia. Se la lasciassimo andar via, potrebbe fuggire e quindi deve aspettare che vengano formulati dei capi d'accusa, poi va notificato l'arresto qui da noi e infine che venga firmata l'estradizione.»

«Non posso aspettare così tanto, devo rientrare!»

Margot si era ripresa e sbatté un pugno sul tavolo. Elisabeth non capiva perché tanta fretta, l'attendeva comunque un arresto e chissà cos'altro a Parigi.

«Si calmi, signora. Una soluzione ci sarebbe e prenderebbe il primo aereo questo pomeriggio come libera cittadina.»

Elisabeth guardò fisso Jeremy Vance come poche volte aveva fatto. Le venne in mente quando le aveva fatto i complimenti e chiesto scusa su come l'aveva trattata nel caso Brimley. Sembrava sincero ma ora aveva davanti a sé un rettile pronto a colpire.

«Sentiamo.»

Sussurrò appena, tanto che Rachel Thompson si mosse in avanti per sentire.

«Ci consegni la dottoressa McRoland e noi la scorteremo immediatamente al JFK.»

Elisabeth sembrò risvegliarsi dal torpore.

«Sa bene che questo non è possibile, la mia cliente...»

«Signora Massu, conosce Caterina Scorsese?»

La domanda di Rachel Thompson colse tutti impreparati. Questa volta fu Elisabeth a sbiancare e non riuscì a dire nulla. L'agente della DARPA si affrettò e aggiunse: «Abbiamo ragione di credere che lei sia in contatto con Caterina Scorsese, ricercata dalla nostra intelligence. Lei rimanga negli Stati Uniti fino a quando non troveremo il collegamento, a meno che...»

Una mano la bloccò e Margot Massu avvicinò le labbra all'orecchio del suo avvocato. Sussurrò qualcosa.

«Ci dia qualche ora e la possibilità di usare il telefono senza essere controllate.»

«Lei può fare quello che vuole, avvocato, ma la sua cliente rimane qui...»

Vance sorrise, era quasi divertito. Non si aspettava una resa così facile. Chissà cosa nascondeva la Lumière a Parigi di così importante e quanto la Massu fosse vicina alla spia più ricercata del Paese.

«... e senza contatto con l'esterno.» Poi, prima di perdere l'effetto del colpo di teatro, aggiunse: «Ma se vuole può parlarci qualche minuto ancora, noi usciamo, avvocato.»

Il trionfo nei suoi occhi era evidente quanto accecante.

Si alzò e lo seguirono Rachel Thompson e il direttore della NASA.

Una volta sole, si girarono per essere una di fronte all'altra.

«Margot, cosa sta succedendo? Dimmi tutto per favore.»

«Non posso mia cara. Devo tornare per fermare questa indagine della polizia francese e capire come rimediare.»

«Rimediare a cosa?»

La donna mosse la testa sconsolata.

«Non doveva andare così...»

«E come, Margot, come?»

La incalzò Elisabeth.

«Noi non abbiamo rapito Debbie McRoland, L'abbiamo liberata, ma nel farlo sono morti due agenti del ministro. Una tragica conseguenza, inevitabile.»

Elisabeth rimase un istante in silenzio. Ancora morti e sempre tragiche conseguenze. Le venne in mente il duplice omicidio della moglie e delle figlie di Palmer. Possibile che tutte queste vittime erano solo incidenti?

«Chi voleva rapirla?»

Si ritrovò a chiedere come fosse parte del gioco.

Margot la fissò, intenta a chiedersi quanto potesse confessare.

«Le stesse persone che sono in questa stanza.»

Elisabeth trasalì.

«Com'è possibile? Ma se già lavorava per la NASA e quindi per la DARPA?»

La donna le prese le mani tra le sue.

«Provi a pensare, mia cara. Chi nasconde un secondo fine per un'onorevole causa? I governi, nessuno escluso.»

«Ho capito, ma...»

«Non posso aggiungere altro, ma sua madre le dirà quello che vorrà sapere. Vada da lei, si fidi ciecamente anche se tutto le sembrerà assurdo, ma a volte la verità è così nascosta che bisogna cambiare modo di vedere le cose altrimenti ci sfuggirà sempre. Non è questo forse che le è successo finora?»

Elisabeth sospirò. Margot aveva ragione. Si sentì più vicina a questa donna che conosceva solo da poche ore. Lei se ne accorse e le strinse le mani poi disse: «Brian sa rintracciare l'uomo che cercano, fatti dire dov'è e dove lascerà la dottoressa. Quando lo riferirai a loro, io sarò libera di andarmene.»

«Ma troverai la polizia in aeroporto...»

«Lo so, mia cara, ma la mia influenza e le mie conoscenze sono molto vicine a chi comanda. E comunque non posso rimanere in questo Paese, non mi lascerebbero in pace fino a quando non consegnerei tua madre... E questo non è proprio possibile.» Prese fiato e aggiunse: «Non dubitare, me la caverò. Non bisogna mai disperdere le proprie energie, concentrati su un unico obiettivo e lo raggiungerai. Non dimenticarlo, ora la Lumière ha bisogno di me.»

Alzò lo sguardo verso la porta d'uscita e il volto di un agente fece capolino dal vetro smerigliato incastonato dentro.

«Ma anche di te, Elisabeth.» Fece una pausa e poi aggiunse: «È ora di andare, fai come ti ho detto. E segui i miei consigli.»

La baciò sulla fronte come fanno i genitori quando mettono a letto i bambini e lei si sentì confusa. Ancora una volta aveva la sensazione che le stava fuggendo qualcosa.

Si alzarono e uscirono insieme dalla stanza. Lei prese accordi con

Vance e in pochi minuti fu fuori. Alzò il braccio per fermare un taxi anche se non sapeva dove andare. Margot Massu aveva sacrificato la sua libertà per non svelare il luogo in cui sua madre viveva. L'aveva protetta quando lei invece era stata sul punto di tradirla. Si lasciò andare sul sedile, sconsolata, mentre il cervello stava ancora pensando a come scovare ciò che cercava da tempo: la verità.

28

Il silenzio sapeva di pace ma dentro di lei c'era altro. Quando avevano lasciato la Val d'Aosta, il primo posto che l'era venuto in mente per trovare rifugio, apparteneva al suo passato. Aveva cercato di dimenticarlo, di seppellirlo tra mille formule, un matrimonio, la nascita di una figlia e la carriera ma a nulla era valso. Quel luogo l'aveva richiamata come fosse un magnete e non si era potuta sottrarre a tale forza.

Ora che era seduta sul prato di fronte alla casa dallo stile medievale, ammirava le Alpi Carniche che facevano da cornice. Non c'era luogo più bello che avesse visitato insieme ad Andrea, ai tempi dell'università e del loro amore.

«Perché mi hai portato qui?»

La voce di Cobra la fece sussultare e rabbrividì.

«Volevi un posto lontano dai centri abitati, isolato e dove due persone potevano passare per turisti... Eccolo qui,» fece un movimento con la mano stesa come ad abbracciare quel panorama da sogno.

«Sai bene quello che intendo.»

L'uomo si mosse sedendosi vicino a lei. In quegli ultimi giorni non avevano parlato molto, ognuno in attesa degli eventi: Cobra impegnato a capire quanto fossero in pericolo, lei costretta alla sua compagnia e a cercare di dimenticare quanto le mancasse la sua famiglia. Ma non aveva scelta; non poteva lasciare quest'uomo che dopotutto l'aveva salvata e più di una volta.

Fece un respiro profondo.

«Avete scoperto chi vuole uccidermi?»

«Non ancora. E comunque non hai risposto alla mia domanda.»

Debbie lo guardò appena e poi tornò ad ammirare le montagne.

Strappò un filo d'erba e se lo mise in bocca. Un refolo di vento le portò l'odore delle stalle e il nitrire lontano la fece sorridere.

«Amo i cavalli, li ho sempre adorati. Sono libertà assoluta e sono un tutt'uno con il cavaliere o l'amazzone.»

«Non divagare.»

Si girò di scatto verso di lui.

«Sai essere sempre così brutale?»

Lui alzò le spalle. Gli sembrava tutto così assurdo. Erano in fuga da chi voleva ucciderli e se ne stavano seduti in un agriturismo di montagna come due amici in vacanza.

«Mi dispiace... diciamo che sono stato via molti anni e sono un po' arrugginito, ecco.»

«Non importa, anche io non sono tranquilla. Sento che tutto questo ha un significato ma non riesco ad afferrarlo.»

«Potrei aiutarti se me lo concedessi.»

Lei arricciò le labbra e lui accennò un sorriso. Era una donna che esprimeva femminilità solo in rari momenti e questo la rendeva ancora più attraente. Un mistero continuo.

«Come potresti, se non sai neanche chi mi vuole male?»

Cobra sospirò. Era a suo agio in mille azioni o combattimenti, ma non certo nel tener testa a una donna intelligente e furba. Si costrinse a mantenere la concentrazione.

«Non girare le carte. In Francia sei tu che non hai mantenuto il patto che avevamo fatto. Sono io quello che non si può fidare.»

Si guardarono. Lei con la coda dell'occhio, lui perfettamente frontale. Anche quella posizione rifletteva i loro stati d'animo.

«Non dire cazzate.» Si girò fino ad affrontarlo. «Ti ho dimostrato fiducia seguendoti, anzi ho fatto in modo che passassimo il confine italiano senza essere presi. Potevo dire chi ero o urlare e non saremmo qui... Ma ti credo e se sono ancora con te è perché non mi fido di nessun altro.»

Ecco, lo aveva detto. E quasi rimase a bocca aperta.

Lui ne approfittò.

«Cosa è successo, Debbie?»

Lei tornò a guardare le montagne e il sole che stava scendendo: un'altra notte di incubi e lacrime.

«Non posso...» Riuscì a dire poco dopo.

«Perché?»

Cobra la incalzò, una mano le sfiorò il polso. Lei non nascose la sorpresa; avvertì una piccola scossa, come se a toccarla fosse stata energia pura. Non immaginava quanto fosse vero ma ci credette. Quell'uomo era pieno di risorse e aveva una forza inesauribile. Nella sua vita non aveva mai incontrato un tipo del genere, forse per questo motivo lo stava seguendo ovunque.

Fece un respiro profondo e cominciò a parlare.

«Tanti anni fa, frequentavo l'università di Padova, facoltà di Fisica e Astronomia, e mi occupavo di fisica quantica. Non ero sola nella ricerca e sviluppo; studiavo con un ragazzo prodigioso, un piccolo genio, italiano e dopo un po' ci innamorammo. Ho passato gli anni più belli finché un giorno lo hanno ucciso.»

Rimase un attimo in silenzio, come a prender fiato, lo sguardo fisso in avanti.

Lui le osservava il profilo e cercava di non fare rumore. Ora il silenzio era accompagnato dal sole che stava tramontando.

«Ero lì, alla stazione di Venezia, ad aspettarlo. Dovevamo festeggiare l'invenzione di un algoritmo che avrebbe rivoluzionato il mondo e non vedevo l'ora di abbracciarlo. Ma non me lo hanno permesso. Degli uomini mi hanno trascinata via mentre altri lo circondavano... Ho sentito il mio nome urlato a squarciagola, la sua paura e disperazione... Ho lottato ma quegli energumeni non dicevano nulla, si muovevano come uomini di acciaio e mi portarono via, da mio padre, alla base di Aviano.»

«Quando è successo?» Chiese Cobra in un soffio. Lei si meravigliò di come quella montagna di muscoli sapesse modulare la voce in quel modo; sembrava un tocco di delicatezza, inconcepibile per un assassino.

«Era il 19 dicembre del 2001, non lo dimenticherò mai.»

Cobra trasalì, ma lei non se ne accorse. Ritirò la mano, come se fosse stato trafitto da un artiglio.

«Capisco,» disse e non smise di fissarla.

Le montagne si tinsero di arancione e la roccia sembrava brillasse. Il viso di Debbie si accese e a lui non sfuggì una lacrima scendere sulla guancia.

«Non è tutto. Fui portata subito a Washington con un volo militare solo per me e quando arrivai fui trasferita a Quantico.»

Lui annuì ma lei non lo vide. Aveva portato le gambe al petto e con le braccia le stringeva. Cominciava a sentire freddo ma non aveva intenzione di muoversi. Doveva continuare a parlare, solo così avrebbe capito.

«Quello che io e Andrea avevamo creato era considerato di importanza nazionale... come dissero... per la sicurezza nazionale, e doveva rimanere un segreto. Da quel momento in poi fui messa in condizione di studiare e sviluppare più progetti contemporaneamente. Feci carriera, divenni importante, lavorai a stretto gomito con le principali agenzie governative. Avevo accesso a dati sensibili, a informazioni top secret, ottenni fama e soldi. Ma dentro di me mi sentivo sporca... Anzi, mi sento sporca.»

Ora si girò a guardarlo e le dita cercarono le sue. Provò a intrecciarle ma l'uomo sembrava si fosse solidificato. Non ci fece caso più di tanto e continuò.

«Credo che Andrea sia stato ucciso per quella formula, l'origine da cui tutto si è sviluppato. E io mi sento in colpa.»

«Non dovresti...» Riuscì a dire. «Non sei tu che l'hai ucciso,» mormorò appena e lei fece uno sforzo per capire.

«Quegli uomini si sono preoccupati di portarmi via e nessuno è corso a salvarlo.»

«Forse era troppo rischioso. Eravate in una stazione, hai detto, piena di gente...»

Lei alzò una mano e lui si bloccò. Ora stava scendendo la notte ma riuscì a percepire il suo smarrimento.

«Non credo. Quello che penso è che fossero d'accordo, gli assassini e i miei salvatori.»

Cobra rimase in silenzio. Si fissarono anche se la luce era sempre più debole. Dalla casa lontana e dalle scuderie arrivò un po' di chiarore e lui si accorse che stava tremando.

«Comincia a rinfrescare, entriamo.»

Debbie scosse la testa.

«Questa è l'ora che più amavamo.» Fece un sospiro e aggiunse: «Venivamo qui perché l'aria è pulita, il silenzio è assoluto e il rumore del vento ti fa dimenticare lo stress della città e i suoi impegni. Andrea aveva una passione per i cavalli e mi ha avvicinata a questi animali. Si dice che sia il più intelligente... sicuramente è il più fedele. Lui non tradisce, mai.»

Tirò indietro le spalle e si alzò.

Cercò di scrollarsi di dosso quella tristezza.

«Vieni. Andiamo a dire alla signora Claudia che ceneremo qui. È una cucina tipica ed è molto buona.»

Cominciò a camminare verso l'edificio che ospitava le loro stanze. Cobra attese qualche secondo e le lasciò un paio di metri di vantaggio. Non sapeva bene perché, ma sentiva un senso di vuoto assoluto. Avrebbe dovuto continuare a indossare la maschera che portava da sempre e per la prima volta provò rigetto. Perché continuare a mentire?

Erano seduti a tavola da quasi due ore ma avevano parlato poco. Ognuno faceva i conti con il proprio passato, e il presente sembrava non esistesse.

Si erano fissati più di una volta, si erano anche scambiati un sorriso o avevano cercato di discutere di cose come il luogo in cui si trovavano o la cucina friulana. Il tutto per evitare di discutere ancora su quello che stava accadendo. Non era più una fuga, stava diventando qualcosa di più preoccupante e forse anche più pericoloso. Questo avevano avvertito entrambi e questo li stava unendo.

«Ti sono piaciuti veramente?»

Cobra alzò leggermente il mento e i suoi occhi gli si allargarono. Non era abituato a fare conversazione con una donna.

«Intendevo i cjalsons, quei ravioloni che abbiamo preso come primo piatto.»

Lui annuì.

«Sono una vecchia ricetta del luogo, qui le chiamano le ricette della nonna. Si faceva con gli avanzi della giornata, a volte era un piatto salato condito con olio e parmigiano e altre era un dolce. Dipendeva da quello era rimasto. Squisiti, no?»

«Deliziosi.»

Lei sorrise.

«Non ti si addice.»

«Cosa?»

«Quella parola. Insomma, sei così... rude e grosso, mentre delizioso è un termine delicato...» Scosse il capo. «No, proprio non fa per te.»

«Non mi sottovalutare.»

«Mmm... sembra una minaccia. E detta da uno come te...»

Debbie si bloccò e s'irrigidì.

«Cosa c'è che non va?»

Lei spostò lo sguardo altrove.

«A volte mi dimentico chi siamo e cosa stiamo vivendo.»

Lui si protese in avanti.

«È normale. Il cervello si protegge, si mette in una sorta di stand by, altrimenti rischierebbe di impazzire e soffrire ancora di più.»

«Parli come se ne fossi esperto.»

Cobra lanciò un paio di occhiate ai pochi tavoli occupati. Nessuno sembrava fare caso a loro e la figlia della proprietaria, nonché cuoca, era impegnata dietro il bancone.

«Per ben tredici anni, sono stato rinchiuso in un carcere di massima sicurezza in Siberia. Un inferno dove pregavi di poter morire. Prima di essere liberato, ho ucciso il mio compagno di cella, glielo promisi il giorno in cui fui portato lì. Per dieci mesi all'anno vedevamo la neve, la temperatura scendeva di quaranta gradi sotto lo zero, e non c'era riscaldamento, nulla per coprirsi se non qualche coperta lacera. Chi resisteva diventava matto. Non c'era altra soluzione.»

Continuava a fissarla, ma in realtà era come se vedesse oltre i suoi occhi. Lei se ne accorse e cercò di capire quale anima albergasse in lui. Si sentiva attratta e al tempo stesso smarrita.

Bevve un po' di vino per cercare di rallentare la sua confessione ma lui non ci fece caso. Continuò: «Non so perché fui mandato in quel posto, ero uno dei migliori, ma so solo che il mio capo di allora è morto in un'esplosione a Washington lo scorso anno. Quando mi hanno liberato, è stato per affidarmi un'altra missione, l'ho portata a termine a patto che poi diventassi un uomo libero.»

Si fermò, e fu il suo turno di bere.

«Lo sei ora... Cobra?»

Non lo aveva mai chiamato fino a quel momento, e quel nome così assurdo le suonò familiare.

Lui scosse la testa.

«Non lo sarò mai. Sono prigioniero delle menzogne che ho detto, delle persone che ho ucciso, della verità che ho sepolto e spesso ho ignorato.»

Debbie si lasciò andare a un gesto istintivo; si protese in avanti e posò una mano sulla sua.

«Del tuo passato, come io lo sono del mio.»

Lui abbozzò un sorriso.

«È ben diverso; tu puoi farti chiamare con il tuo vero nome, hai una famiglia e dei genitori che ti aspettano, una carriera che ti permette di girare il mondo senza bisogno di guardarti dietro le spalle...»

«Fino a pochi giorni fa.»

Lo interruppe e anche lei smise di parlare. Era vero; con le dovute proporzioni erano nella stessa situazione. Ed entrambi nascondevano un segreto.

«Cosa posso portarvi?» Chiese la ragazza che li aveva serviti fino a quel momento.

«Io voglio qualcosa di forte,» rispose Debbie in un perfetto italiano.

Lei sorrise. Era sicura di averla riconosciuta, ma fece comunque finta di nulla. Ora aveva un nuovo compagno e a giudicare da come si guardavano o toccavano di sfuggita sembravano innamorati.

«So cosa portarvi.»

E le fece l'occhiolino. Chissà perché dormivano in due stanze separate, si chiese mentre si allontanava.

«Crede che siamo una coppia.»

«Veramente?» Cobra allargò gli occhi cercando di rendersi simpatico ma gli venne fuori una smorfia.

«Be', non potrebbe essere?»

«Impossibile. Tu sei così...»

«Stai attento a come parli.» Afferrò un coltello e glielo puntò sorridendo.

In quel momento, un ragazzo arrivò con una bottiglia trasparente, dentro un liquido verdognolo e due bicchieri.

«Ecco il vostro Cjariei.»

Posò tutto sul tavolo e se andò velocemente.

Cobra aprì la bottiglia dal tappo in sughero e riempì i bicchieri. Alzò il suo verso l'alto e disse: «A una tregua.»

Debbie lasciò andare il coltello, sorrise e lo imitò.

Entrambi bevvero tutto in un solo sorso.

«Oddio, ma è fortissimo,» esclamò lei quando riuscì a parlare.

Cobra non si mosse, né disse nulla, mise solo il bicchiere sul tavolo.

«Ma reagisci sempre così?»

Si sentiva impreparato, avrebbe preferito scalare l'Everest a mani nude. Però continuò a fissarla e a godere dei suoi occhi come del sorriso.

«Così come?» Riuscì a chiedere.

«Immobile, freddo e distaccato, direi quasi un calcolatore.» Così dicendo, si versò un altro bicchiere e senza pensarci due volte, lo scolò.

«Attenta che ti ubriachi.»

«E allora? Ci sei tu a proteggermi.»

Cobra accennò a un sorriso e mosse un po' la testa.

«Ma allora non sei finto... ti muovi!»

«Sei una sciocca.»

«E vedo che sei anche in vena di complimenti.»

Lui sbuffò e distolse lo sguardo. Non riusciva a resistere; voleva baciare quella piccole labbra a forma di cuore.

«Va bene, me ne vado a dormire.»

Si alzò, gli passò vicino e con un dito percorse il suo braccio fino alla spalla.

«Vigila su di me, mio androide.» Poi si chinò verso il suo orecchio, quasi a sfiorarlo. «Per tutta la notte, mi raccomando.»

Si fece di nuovo dritta e cominciò a camminare verso le scale che portavano al piano di sopra. A quel punto, anche lui si mosse. Allungò il passo e le fu dietro. Lei sentiva la sua presenza e sorrise. Ringraziò quel liquore e si morse un labbro. Ma cosa stava per fare?

Salirono in silenzio fino a quando lei si fermò davanti alla porta della propria camera. Lui fece altrettanto.

Si girò fino a quando non furono perfettamente di fronte. Gli arrivava al petto e fu costretta ad alzare bene gli occhi prima di sussurrare: «Grazie, ora posso andare da sola.»

«Ne sei sicura?»

Lui era immobile, ma dentro di sé il cuore batteva all'impazzata. Debbie appoggiò la fronte al suo petto e lui abbassò il mento fin quasi a toccarla. Lei mosse la testa e i capelli gli sfiorarono la barba che era ricresciuta quel giorno.

«Ma cosa sto facendo?»

Le sue mani trovarono i suoi pettorali e si distaccò quel tanto da permettergli di alzarle il mento con un tocco delle dita. I loro occhi s'incontrarono di nuovo e Cobra sentì che poteva finalmente lasciarsi andare. Le accarezzò una guancia e lei corse a baciargli il palmo della mano. Mille interrogativi correvano nella testa, ma il cuore batteva sfrenatamente e lo stomaco cominciava a chiudersi. Voleva fermarsi ma finalmente dopo tanto tempo si sentiva di nuovo viva. Forse perché entrambi erano prigionieri della loro stessa vita...

Dischiuse le labbra e sentì Cobra chinarsi verso di lei, le braccia che la prendevano per sollevarla. Il primo bacio fu un timido tentativo, una veloce esplorazione dell'umidità della bocca. Poi lei gli afferrò la nuca e spinse dentro la lingua, sentendo l'eccitazione crescere senza più resistenze. Lui la spinse contro la porta, l'erezione che spingeva forte contro di lei, un'emozione che lo travolse con tutto il suo peso, sopita per oltre quindici anni...

Il telefono che aveva nella tasca del giaccone squillò e Debbie quasi imprecò.

«Tempismo perfetto.»

Lui parve rinsavire, e ritornando in sé l'adagiò a terra con attenzione. I suoi occhi erano così aperti che a lei sembrò un altro. Chissà cosa c'è dentro di te, Cobra, pensò mentre abbassava la vista, quasi intimorita da tanta rivelazione.

«Scusami, devo rispondere.»

Si allontanò mentre schiacciava un tasto e cominciò a parlare. Il tono era professionale.

Lei rimase ferma, imponendosi di essere impassibile. Stava succedendo tutto così in fretta e non pensava che...

«C'è un problema,» disse lui avvicinandosi e a bassa voce.

Lei attese che le fu quasi addosso, non desiderava altro in quel momento, e poi gli chiese: «E quale sarebbe?»

«Devi tornare in America, subito.»

Debbie spalancò la bocca. Non era più così sicura che quello fosse il suo primo desiderio. Scosse la testa e sentì un senso d'impotenza salirle dallo stomaco. No, era tutto così incomprensibile ma quei giorni in fuga con quest'uomo solitario e temibile l'avevano fatta sentire per la prima volta padrona del proprio tempo.

«Non posso.»

Lui sgranò gli occhi e le indicò la porta della stanza. Entrarono dopo pochi istanti e come lui la richiuse, esclamò: «In che senso? Spiegati per favore.»

Lei si allontanò alcuni passi da lui; per riuscire a parlare doveva stargli lontano.

«Non ce la faccio, va bene?» Cominciò ad alzare la voce e lui la lasciò fare. «Devo prima capire cosa cazzo sta succedendo, lo capisci? Io, tu... chi sei, perché sei qui, cosa vuoi da me?»

Gli urlò in faccia la sua disperazione. Si sentiva persa, ed era colpa di quell'energumeno che aveva di fronte. Lui si avvicinò.

«Non toccarmi.»

Cobra si bloccò e parve accusare il colpo. Alzò le mani in un gesto di scuse e rimase fermo.

«Non ci crederai ma sono contenta di quello che mi è successo... non ce la facevo più a vivere in quel modo. Tutti ti chiedono un miracolo, ti nascondono il reale motivo per cui ti sostengono, ordinano, vogliono, esigono... cosa, cazzo, cosa? Che rivoluzioni il mondo con un algoritmo, e poi? Diventeranno ancora più ricchi e potenti, bravo il mio Governo, ed io sono ancora qui a piangere Andrea...»

Si lasciò cadere per terra contro il muro. Ora il suo fisico sembrava aver perso consistenza e alcune lacrime le scesero sulle guance. Piangeva in silenzio con una dignità come solo le persone sincere sanno fare: quelle che accettano le proprie colpe. E lui, Cobra, ne sarebbe stato capace?

Si riscosse e le si avvicinò.

«Vieni.» Le porse la mano che lei afferrò quasi subito. Era inutile avercela con lui. Si tirò su e invece di muoversi, attese che lui la stringesse. Era di nuovo tra le sue braccia, ma il momento e le emozioni erano diverse.

Cobra cominciò a dondolare leggermente, i loro corpi aderirono alla perfezione. Rimasero così, ad ascoltare i loro respiri.

Dopo alcuni minuti, gli sussurrò: «Ho paura. Per questo non voglio tornare.»

«Di cosa? Di chi?»

«Di me stessa. Non ho più voglia di fare la cosa giusta.»

Lui sospirò e le diede un leggero bacio sulla fronte.

«E perché?»

Debbie arricciò le labbra e Cobra pensò che in un altro momento le avrebbe baciate.

«Perché non voglio più essere prigioniera. Lo devo ad Andrea, a me stessa, a mia figlia e a tutti quelli che vivono credendo nella giustizia.»

«È una sfida difficile.»

«Lo è.» Rispose lasciandosi coccolare dal quel continuo movimento. Si sarebbe potuta addormentare tra le braccia di quell'uomo. «Ma ci sono abituata.»

«Allora sei pronta.»

Lei si staccò. «Cos'è, una domanda o un'affermazione?»

«Entrambe, Debbie.»

Pronunciò il suo nome e se ne meravigliò.

Lei sbuffò e allontanandosi, chiese: «Quando dovrei partire?»

«Il prima possibile. Aviano è a pochi minuti, gli dirai chi sei e credo che in poche ore sarai in volo per Washington.»

«Aviano... il passato non mi lascia via d'uscita.»

«Così sembra.»

«Di bene in meglio. Dalle braccia di un killer all'abbraccio di un Governo che mi ha già tradito una volta.»

Cobra alzò le spalle. Non si offese; quello che diceva era vero. Comprendeva il suo disappunto, la sua rabbia e reticenza.

«E tu, cosa farai?»

«Non lo so. La mia missione è finita, ti ho protetto e consegnato a chi mi è stato ordinato di fare. Ora potrò riscuotere il mio premio.»

«E sapere chi ti ha tradito.»

Lui annuì. Erano nella stessa identica situazione e Debbie se ne rese conto. Quasi sorrise.

«Mi sembra tutto così inverosimile. Siamo due persone distanti anni luce eppure siamo uniti dalla stessa maledizione.»

«Non credevo che esistesse una donna come te, mi hai sorpreso.»

Lei si passò una mano tra i capelli e disse: «Spero sia un complimento.»

«Lo è, ne puoi stare certa.»

Debbie si godette quel momento e decise di avvicinarsi. «Posso chiederti una cosa? E non accetto un no come risposta.»

«Allora, va bene, faremo come dici tu...»

Gli mise un dito sulle labbra e lui si zittì all'istante.

«Voglio che tu mi protegga anche in America. Posso pagarti quello che vuoi.»

Cobra le intrecciò le dita e rispose: «Non voglio i tuoi soldi.»

«Allora cosa vuoi in cambio?»

«La tua libertà.»

La tirò a sé e la baciò di nuovo, questa volta con meno stupore e con la consapevolezza che il prezzo che lei avrebbe pagato, era quello che lui desiderava di più al mondo. Per lei, certamente, ma anche per sé stesso.

29

Come aveva suonato alla porta, si era reso conto di essere tornato a tempo pieno al suo lavoro di sempre. Aveva sbirciato il partner e capito in un istante che il tempo passa, ma con lui non passa la capacità di stupirsi come la prima volta. In certi lavori la consuetudine non maschera l'emozione e in quel preciso momento, quando la porta si aprì lentamente, Peter Makarov comprese che la tristezza lo aveva di nuovo avvolto.

L'anziana donna che aveva aiutato al distretto il primo giorno del suo ritorno, lo guardò con tale intensità da sentirsi trafitto. Poi gettò distrattamente un'occhiata a Derek. Il volto dalle profonde rughe si fece ancora più scuro.

«Signora Gomez, si ricorda di me?»

Lei fece un cenno con la testa, lasciò la porta appena aperta e sparì all'interno.

I detective si guardarono e a un cenno d'intesa, la seguirono. La casa era arredata in modo semplice ma con gusto. Ogni cosa al suo posto, tutto perfettamente in ordine, sembrava rispecchiare una vita fatta di pace e tranquillità. A Peter sarebbe spettato il compito di stravolgerla.

La donna gli fece strada fino a un piccolo salone dove un divano e due poltrone ne occupavano gran parte.

«Accomodatevi.» Lo disse facendolo seguire da un gesto della mano e poi si mosse lentamente. Continuava a non guardarli come se potesse cancellare la loro presenza. O forse stava proteggendo una parte di sé, prossima alla disperazione.

Come furono tutti e tre seduti, Peter si protese leggermente in avanti cercando un contatto visivo. Come l'ottenne, cominciò a parlare piano: «Signora, siamo qui per suo nipote, Alejandro. Lo abbiamo ritrovato ma...»

«No no no...»

L'urlo della donna sembrò scuotere le pareti e Derek si lanciò in avanti per cercare di sostenerla: stava cadendo in avanti. Scoppiò a piangere e non smetteva di dondolare anche se era tra le braccia del detective. Piegò la testa in avanti come a voler nascondere le lacrime che scendevano senza sosta fino a che in un attimo non si placò. Il dolore come era arrivato improvviso sembrò andar via. Ma non era così; si era immobilizzata solo perché le forze l'avevano abbandonata.

«C'è qualcuno che possiamo chiamare?»

Lei sbarrò gli occhi e guardò Makarov come se fosse lui l'assassino...

«Mi spiace signora, non sa quanto,» si sentì in obbligo di scusarsi e lei comprese che quel povero diavolo di poliziotto non centrava nulla. Distolse lo sguardo. Riprese a dondolare come Derek la lasciò andare e riuscì appena a dire: «Mia nipote, Sonja... lì nella rubrica.»

Indicò un piccolo tavolo dove un telefono di un tempo trascorso per sempre giaceva in attesa di essere usato. Vicino una rubrica.

Derek non si fece attendere e una volta trovato il numero della nipote la chiamò pregandola di venire subito a casa della nonna.

«È la sorella di suo nipote?»

La donna annuì. «Erano molto legati,» sussurrò.

«Purtroppo, non è morto per cause naturali. Lo hanno ucciso e noi vogliamo trovare il colpevole.» Peter lo disse tutto d'un fiato ma la donna non sembrò aver capito. Si era già chiusa nel dolore che vedeva come un muro insormontabile. Era una reazione diffusa; prima il rifiuto, poi l'accettazione della realtà e infine l'astrazione, l'allontanarsi da quello che ti circonda. Aveva fatto tutto troppo in fretta come se avesse intuito già qualcosa.

«Non l'ho sorpresa più di tanto, vero?»

Makarov cercò di usare più tatto possibile ma quelle parole suonarono comunque irrispettose. Alzò di nuovo lo sguardo su di lui.

«Lei... mi ha accolto al distretto quel giorno, la ricordo. Mi ha promesso che l'avreste ritrovato e così è stato. Ma Alejandro ora è morto.» Chiuse gli occhi e così anche la sua anima. Cominciò a piangere in silenzio sprofondando ancora di più nella poltrona.

Pochi istanti dopo, suonarono alla porta. Derek si mosse e in un attimo fu di ritorno accompagnato da una ragazza bruna e di carnagione scura.

«Cosa è successo, nonna?»

Lanciò un'occhiata a Peter e si chinò verso la donna che rimase con gli occhi chiusi. L'abbracciò e poi con un gesto della testa, fece la stessa domanda a Makarov.

Lui stava per rispondere ma Derek lo precedette.

«È per suo fratello che siamo qui.»

Lei lo fissò cercando di capirci qualcosa.

«Cosa ha combinato?»

«Sonja.» La donna si riscosse e le strinse un braccio. La ragazza le si avvicinò.

«È morto, Alejandro è morto.»

La sorella cacciò un urlo e fece un balzo indietro portandosi la mano alla bocca. Cadde quasi tra le braccia di Derek che si spostò di lato, attento che non si facesse male.

«No, non è possibile.»

Peter si alzò.

«Ci spiace, signorina. Noi siamo dell'Omicidi e stiamo indagando sulla sua morte.»

«Ma come...» Si gettò tra le braccia della nonna che aveva ripreso a dondolare e anche lei scoppiò in lacrime. I due uomini si guardarono, sentendosi di troppo.

Peter si avvicinò alle donne e chinandosi, disse: «So che è un momento difficile ma dobbiamo farvi alcune domande. È importante agire subito in questi casi.»

Sonja tirò su con il naso e annuì con un cenno della testa. Anche Derek si posizionò per entrare nel suo campo visivo e la nonna cercò di sedersi meglio. Quello fu il segnale che Makarov attendeva.

«Che lavoro faceva Alejandro?» Chiese Derek mentre prendeva il solito taccuino.

La ragazza fu la prima a rispondere.

«Lavorava in una software house, era un tecnico, credo... o qualcosa di simile. Roba di computer, insomma.»

«Si ricorda il nome?»

La donna scosse la testa.

Peter s'intromise. «Ora devo chiedervi alcune cose che vi faranno soffrire. Vi prego di capire che sono solo domande di rito, va bene?»

Nonna e nipote annuirono.

«Aveva vizi particolari o amicizie strane?»

La signora Gomez gli piazzò gli occhi in pieno viso. «Era un bravo chico, tutti gli volevano bene.»

«Non usciva quasi mai, era sempre al computer,» aggiunse Sonja.
«Aveva una fidanzata?»
«No, o almeno non credo.»
«In questi ultimi giorni come lo ricordate? È successo qualcosa di strano?»
Entrambe le donne fecero un gesto eloquente. Non c'era nulla di particolare.
«Anzi,» disse la nonna, «è rimasto chiuso in camera sua per molte ore. Sembrava dovesse lavorare anche a casa.»
«Quindi viveva qui con lei?»
«La sua camera è dietro quella porta.»
L'indice che i detective seguirono con lo sguardo, era della nipote.
«Possiamo dare un'occhiata?»
«Certo,» rispose la signora Gomez. Era esausta.
Peter le prese la mano e le disse semplicemente: «Grazie. Faremo di tutto per avere giustizia.»
Lei annuì e gli toccò una guancia. Era il suo modo per mostrargli gratitudine.
I detective entrarono nella stanza del ragazzo e capirono subito di trovarsi davanti a un maniaco di numeri. Sulla parete più grande c'era appeso un albero disegnato con tante cifre, una dietro l'altra. Dei rami terminavano con dei numeri e s'intuiva che avessero un senso preciso che a entrambi sfuggiva.
Derek fotografò il quadro. Per il resto, era un perfetto figlio del tempo, totalmente connesso e digitale. A Peter venne in mente la figlioccia Kate e alla naturale capacità che avevano i giovani di usare tablet, computer e congegni elettronici di ogni specie.
«E questo cos'è?» Derek catturò la sua attenzione. Sotto una campana di vetro c'era un oggetto dalla forma rettangolare, un parallelepipedo di acciaio e colorato di blu.
Makarov si avvicinò e lo guardò da vicino.
«Non ne ho mai visto uno simile, ma credo abbia un certo valore per essere custodito in questo modo.»
«Okay, lo fotografo.»
«Credo che dovremmo portarlo con noi.»
Si girò e dopo pochi passi fu davanti alla scrivania. Un laptop chiuso giaceva spento. S'infilò i guanti.
«Ed ecco l'oggetto che Alejandro preferiva.»
Derek lo aprì sollevando lo schermo. Era acceso e l'immagine che gli apparve come fondo li lasciò a bocca aperta.

«È quello che immagino?» Gli chiese Peter anche se sapeva già la risposta.

«Può essere un caso. Ci sono milioni di fan in tutto il mondo e come ti ho detto, è uno dei personaggi più amati.»

Makarov sospirò.

«Un elemento in comune può essere una strana coincidenza, due diventano una maledetta verità. Prima il modo in cui è stato ucciso, e ora questo volto. Gli omicidi potrebbero essere veramente collegati.»

Derek annuì e continuò a fotografare ovunque.

«Non solo,» disse a voce alta, «ma era dipendente di una software house che oggi lavorano anche sulle app, ossia sugli algoritmi.»

«Ecco un altro elemento in comune con Van Vogt.»

La sorpresa di avere una nuova pista per l'omicidio del professore li galvanizzò ulteriormente. Ora avevano la possibilità di risolvere contemporaneamente due casi.

«Scopriamo il nome della società.»

Peter aprì un armadio e poi una serie di cassetti. In uno di questi trovò una maglietta con un logo di un negozio di elettronica e componenti per pc, Electric dreams.

«Potrebbe essere questo.»

Derek prese il cellulare, digitò in rete e come trovò il numero li chiamò. Dopo pochi istanti avevano la conferma. Non si faceva vedere da giorni, ed erano preoccupati.

«Dobbiamo andarci presto, mi sono sembrati piuttosto nervosi.»

Makarov annuì quasi distrattamente; era concentrato su quello che stava setacciando. Doveva esserci altro, qualcosa che li portasse a fare un passo avanti. Non voleva lasciare quelle povere donne perse nel dolore e nella consapevolezza che il killer del loro ragazzo fosse ancora in libertà.

«Senti Derek, dobbiamo capire se ci dice qualcosa di diverso. Qualcosa che...»

«Ho capito. Cambiare il punto di vista. Quello che fa tua moglie.»

Peter fece una smorfia. Forse il suo capo non si era sbagliato del tutto a coinvolgerla.

«Cosa vedi?»

Derek rimase in silenzio e cominciò a osservare ogni angolo di quella stanza. Un calendario romano, la formula di Einstein, una tabella dei numeri primi, erano solo alcune cose fissate alle pareti. Poi c'erano alcuni attestati di corsi frequentati, tutti sulla matematica e statistica. Nulla sembrava fuori posto.

«Per essere uno giovane d'oggi mi sembra piuttosto ordinato,» disse Peter dopo qualche istante.

«Non solo, anche molto preciso,» aggiunse Derek. «Guarda come sono messi questi quadri... forse compongano loro stessi un'immagine.»

«È vero, e i numeri non sembrano altro che i profili di un disegno più grande...»

«Ci sta dicendo qualcosa?»

Peter sollevò le spalle ma entrambi rimasero ancora su quel pensiero. In loro si fece strada la sensazione che l'omicidio nascondesse qualcosa d'inafferrabile e difficile da capire.

Derek fotografò ancora e Peter continuò a cercare nei cassetti. Mentre era chino sull'ultimo vicino alla scrivania, spostò alcuni fumetti che erano stati poggiati alla rinfusa. È strano per un tipo così preciso, si disse mentre un paio di lettere catturarono la sua attenzione. Erano una S e una T, in bianco su un fondo nero. Sollevò le copie fin a quando non ebbe davanti la rivista che voleva.

«Derek, guarda qui, non è...»

«*Guerre stellari*, certo. E questo è il numero uno. Una rarità e un indizio, Makarov.»

«Ossia?»

«Questa copia è del 1987 ma la targhetta è più recente. Nel 2004 è nato un fan club ufficiale chiamato 'Hyperspace' e chi era iscritto riceveva anche questa rivista.»

«Come fai a saperlo?»

Derek fece uno dei suoi gesti e Peter aggiunse: «Ho capito, lascia perdere. Ma perché è un indizio?»

«Lo collega definitivamente a Van Vogt ma anche a Delany, sono fan di vecchia data come lo era Alejandro. E credo anche a un altro nome.»

«E chi sarebbe?» Chiese Peter che cominciava a impazientirsi. Avere a che fare con i fan della fantascienza era decisamente sfiancante.

«Kirk, l'uomo cui affideremo anche il suo portatile. Anche lui ha quei bracciali per pochi eletti.»

Il partner annuì. «Vale molto?»

«Non lo so di preciso, immagino di sì, ma ha soprattutto un valore simbolico. È come dire 'io c'ero fin dal principio.' Un vanto, insomma.»

«E non ti sembra strano che una cosa così preziosa la tenesse in un cassetto alla rinfusa?»

Derek annuì e si chinò a sua volta. Rovistò e sul fondo trovò una cartellina. Sembrava professionale. Sulla copertina era scritto in stampatello COPERNICUS 2.0.

L'aprì.

Si susseguivano fogli pieni di formule, appunti scritti un po' ovunque e una serie infinita di numeri.

«Sembrano dei calcoli, e anche complicati. Portiamoli con noi.»

«D'accordo, Makarov.»

Rimasero ancora qualche minuto ma non trovando altro, uscirono.

Le due donne erano nella stessa posizione in cui le avevano lasciate. La nipote stava cullando la nonna. Peter si avvicinò.

«Noi torniamo al distretto. Vi terremo aggiornate e se vi viene in mente qualcosa vi prego di chiamarci.» Cercò il suo biglietto da visita, ma poi si ricordò che erano andati persi, inghiottiti dal suo passato. Derek gli diede il suo.

Ora sapevano dove rintracciarli.

«Grazie,» dissero le due donne all'unisono e l'anziana fissò Makarov con maggiore intensità. Lui non si mosse e aggiunse. «Ci faremo vivi presto, può contarci.»

Dopo pochi minuti, furono di nuovo alla macchina.

«Dove si trova esattamente il luogo in cui lavorava? Andremo lì. Nel frattempo convoca il tuo amico al distretto.»

Derek tirò fuori il cellulare prima di allacciarsi la cintura di sicurezza mentre Peter metteva in moto e si inseriva nel traffico.

«Electric dreams, a Manhattan, giù a Spring Street.»

Il partner annuì e prese la giusta direzione.

Come fu fermo in coda selezionò il numero di sua moglie, l'aggiornò sul possibile collegamento con l'omicidio di Van Vogt.

«Credo che potresti fare una ricerca sul negozio. Ci stiamo andando ora.»

Le diede tutti i riferimenti e poi si salutarono. Derek non disse nulla e per alcuni minuti rimasero in silenzio.

«Cosa stai pensando, Richard?»

L'uomo si ravvivò i capelli, un gesto che non gli aveva mai visto fare, e poi rispose: «A quello che mi hai detto prima di suonare dalla signora Gomez, che la DARPA, e quindi la NASA, sanno già chi è il mandante.»

«Ma non chi è l'assassino...»

«Ed è per questo che vogliono la nostra indagine,» concluse per lui il partner.

«Non ne sono sicuro, ma potrebbe essere una strada, e poi più andiamo avanti, più troviamo collegamenti a Van Vogt e a loro.»

«Ci tengono d'occhio. E quale scelta migliore se non una ex detective?»

Makarov gli lanciò un'occhiata. C'era un senso di delusione in quella domanda.

«Cosa non mi stai dicendo?»

Questa volta il partner fece uno dei suoi soliti gesti, seguiti da una smorfia. Peter attese e quando stava per ripetere la stessa domanda, Derek rispose: «Oggi sono arrivato più tardi perché ho preso un caffè con lei.»

Il partner sospirò. «Cosa vi siete detti?» Chiese senza troppe cerimonie.

«Abbiamo parlato un po' di lei, di quello che aveva fatto in questo tempo e della mia vita... insomma, come due vecchi amici...»

«Ma...?»

Il detective lo guardò. Non voleva deludere il nuovo partner.

«Gli ho detto che non avevamo neanche una pista e che Hoffman era incazzato.»

Peter scoppiò in una risata e Derek sorrise di rimando.

«E bravo Richard. Fidarsi è un bene, non fidarsi è meglio.»

«Così pare,» disse e il buonumore parve sparire.

Peter guidò per altri dieci minuti senza aggiungere altro ma cercando di rimanere concentrato sul caso. Come giunse a Spring Street, individuò il portone e parcheggiò poco più avanti.

«Sei fortunato. Questa è una via stretta e sempre trafficata.»

«La fortuna aiuta gli audaci,» rispose mentre scendeva dall'auto. Derek lo imitò.

Una targa in bronzo riportava il nome della società per cui lavorava Alejandro e i due detective si avvicinarono. Makarov suonò il citofono. Attesero qualche istante ma nessuno ripose. Dopo un paio di tentativi, mise la mano sulla maniglia esterna e tirò a sé la porta.

Era aperta.

«Attento,» gli suggerì Derek. Entrambi impugnarono la pistola e con velocità entrarono. Le luci erano rimaste accese e alcuni fili che scendevano dall'alto si stavano ancora muovendo. Il locale, un loft grande circa quattrocento metri quadrati, era deserto.

Avanzarono tenendo alte le pistole, ma non videro nulla di strano se non alcuni fogli a terra. Non c'era traccia di computer o raccoglitori; sembrava un luogo ripulito a dovere.

«Se ne sono andati e considerando quello che hanno lasciato erano già pronti,» disse Derek.

«La telefonata gli ha dato il via. Questo vuol dire solo una cosa: era un ufficio di facciata.» Makarov raccolse i pochi fogli rimasti a terra, e aggiunse: «Chissà cosa nascondevano...»

«Non solo,» s'incupì Derek, «chi era Alejandro Gomez?»

Si guardarono.

Era tempo di rientrare al distretto e aggiornare Hoffman. Peter sbuffò sconsolato: non c'era pericolo maggiore se non sapere mai qual era la prossima mossa. E adesso, cosa dovevano fare?

30

C'è un momento quando tutto sembra finire. Ti si chiude lo stomaco, il cervello pensa ma non trova una via d'uscita e il corpo ti fa male, come il cuore. Non senti disperazione ma solo un grande senso di smarrimento, ogni cosa sembra procedere senza un ordine preciso e tutto ti sovrasta.

Fu per quel motivo che decise di tornare a nuotare. Se è vero, come è vero, che l'acqua è il nostro elemento naturale, dove tutto è sospeso come il tempo che passa, allora anche la mente può giovarne.

S'immerse con delicatezza, come se quel gesto fosse un saluto di rispetto al silenzio che la circondava. Mancava poco alle sei della mattina, lo Sport Center a Chelsea aveva aperto da meno di mezzora ed era sola. L'acqua era una tavola e lei pronta a 'tagliarla'. Le venne in mente quel giorno che il padre le aveva spiegato come un corpo in forma aiuta la mente a rimanere concentrata su ciò che serve. L'allenamento, ecco cosa ci voleva.

La prima bracciata fu il preludio per un piacere che avrebbe provato per la prossima ora. Così, riunì la propria energia e cercò il giusto ritmo, quello che le serviva per liberare la testa dai brutti pensieri.

Chi sono oggi?, si chiese, quando la mano perfettamente in linea con il braccio spariva sotto la superficie. Negli ultimi tre anni la sua vita si era complicata. Non era più l'avvocato più temuto del foro, ma una donna che aveva rischiato di essere uccisa varie volte. La violenza l'aveva circondata senza possibilità di evitarla. E il tradimento. Prima del suo vecchio fidanzato, poi di suo padre. Due figure importanti, soprattutto la seconda. Cos'altro le rimaneva? Aveva ritrovato sua madre... già, ma Caterina chi era veramente? Si costrinse a contare le vasche che si susseguivano. Non per un motivo particolare, ma perché scandire i numeri era come lasciare gocciolare via quelle delusioni. Cercò nella sua mente un'àncora di salvezza e si concentrò sulla razionalità, la forza della logica. Partì dal principio. Philip Delany voleva che lo aiutasse e questo avrebbe fatto; sua madre le aveva chiesto di supportare Margot Massu e chissà se ora era già a Parigi e infine suo padre le aveva detto di tenersi alla larga da lui. 'Sissignore, signor sì,' si disse, mentre una parte del suo pensiero abbozzò un sorriso. Non sembrava complicato. Ma qualcosa le sfuggiva. Magari fosse stato tutto così semplice. Ricominciò da capo e vicino al grosso genio matematico ci mise chi lo aveva raccomandato, Christopher Brimley, uno Scriba. E lui era anche al party di Margot, entrambi coinvolti in un progetto prossimo a realizzarsi in un Paese africano, forse l'Algeria, vista la storia della famiglia Massu. E sua madre, Iside, la dea della fertilità e della magia, era sopra a Margot, quindi a capo del progetto. Espirò e tante bollicine le uscirono dalla bocca. Toccò il bordo e diede una spinta. La piscina nel frattempo si andava riempiendo.

Poi c'era quella donna rapita da sua madre e per la quale la signora Lumière si era consegnata alla polizia francese e che volevano il Governo, i servizi segreti e la NASA. Perché? Lo avrebbe chiesto a Caterina direttamente. E infine l'omicidio di quel professore, l'uomo che lavorava per l'agenzia spaziale e che aveva comprato l'algoritmo da Delany...

Cosa centro io con questo Van Vogt?, pensò quando cominciava a sentire le braccia pesanti, nulla, proprio nulla. Decise di cambiare stile e così anche linea di pensiero. Robert Palmer. La novità che tutto mescola e fa ripartire. Un uomo dolente ma pieno di risorse, un'umanità repressa per molto tempo e che ora sembrava un fiume in piena pronto a travolgere ogni cosa sul suo incedere. Già, e se avesse portato via anche lei? La stanchezza di vivere il presente unita a un desiderio di abbandonarsi alle meravigliose sensazioni che aveva provato con lui, le fece prendere la decisione che da tempo desiderava: lasciarsi trasportare dal quel ritrovato sentimento d'amore.

Le bracciate cominciavano a farsi sentire e anche il resto del corpo era più pesante ma la mente era libera e di nuovo sapeva quello che voleva fare. Avrebbe seguito la pratica Delany e aiutato sua madre, ma soprattutto sarebbe andata fino in fondo per capire chi era l'uomo che stava entrando nella sua vita.

Stava rivedendo le ultime sentenze in materia del diritto d'autore e sinceramente non provava molta fiducia. Dimostrare che la vendita della formula base inventata da Philip Delany fosse vincolata al risultato finale tanto da giustificare una richiesta di denaro o addirittura la restituzione, non era una strada facile da seguire. Inoltre doveva verificare quanto e come la RoboTech l'avesse sviluppata e questo era praticamente impossibile, sia perché era morto il proprietario della società e poi perché era materia protetta da segretezza. Neanche un'ingiunzione del tribunale l'avrebbe aiutata in quel senso. Se doveva vincere era solo nel merito.

Sospirò e in quel momento il suo cellulare vibrò. Numero sconosciuto.

Non rispose.

Passò qualche istante e il telefono sulla scrivania suonò. Non si sorprese, la vita è di chi insiste nell'ottenere ciò che si propone.

«Lara. Dimmi tutto.»

«Elisabeth, è in linea il direttore della NASA, Morgan Williams. Vuole parlarti.»

«Su cosa, esattamente?»

«Su Philip Delany.»

Si fece più attenta.

«Passalo pure.»

In un istante, la voce del numero uno dell'agenzia spaziale era in linea.

«Direttore, come sta?»

«Bene e volevo ringraziarla per averci aiutato con la signora Margot.»

«Non ho fatto altro che seguire i desideri della mia cliente, tutto qui. La vostra collaboratrice è rientrata?»

«È in viaggio ed è al sicuro, questo è un ottimo risultato.»

Elisabeth non disse nulla, non ce n'era bisogno. Dopo pochi istanti, Williams aggiunse: «Mi chiedevo se potesse dedicarmi alcuni minuti. Sono ancora a New York e vorrei incontrarla.»

«Non vorrei essere scortese ma ho la giornata piuttosto impegnata, potrebbe anticiparmi il motivo della sua visita?»

Il suo distacco era evidente; non avrebbe fatto nulla per agevolarlo.

«Ho saputo che un suo cliente, Philip Delany, vorrebbe avere indietro il suo algoritmo...» L'uomo fece una pausa ed Elisabeth si domandò da chi lo avesse saputo. «Ma questo non è possibile.»

«Dipende.»

«Da cosa, avvocato? Lei sa meglio di me che...»
«Dalla legge.»
Il direttore della NASA cercò di controllarsi. Odiava essere interrotto.
«Le stavo dicendo che la legge è dalla nostra parte e...»
«Ma non il polverone che alzerò.»
Williams digrignò i denti. Sembrava che questa donna lo facesse apposta. S'impose di rimanere calmo.
«Cosa vorrebbe fare?»
Elisabeth non era nuova a certe soluzioni. In passato e più di una volta, si era occupata di casi disperati ma grazie a una strategia che agiva sull'opinione pubblica, era riuscita a spuntarla. Le venne in mente il caso Corvino e sorrise tra sé.
«In questo momento siete stati tirati in ballo sull'omicidio del vostro collaboratore, Samuel Van Vogt, e non vi farebbe un'ottima pubblicità una causa su un algoritmo che proprio il professore stava sviluppando... Come mai viene ucciso e la NASA si oppone a riconoscere la giusta proprietà?»
«Cosa c'entra questo? Sa bene che sono due cose completamente a sé stanti.»
«Sì, forse...» Buttò lì Elisabeth, «ma le assicuro che per i media sarebbe un ottimo spunto per assurde teorie su complotti governativi, servizi segreti deviati, funzionari corrotti...»
«Basta così!»
L'avvocato Scorsese sorrise. Il primo punto era a suo favore.
Contò fino a cinque e poi chiese: «Qual era il motivo per cui mi ha chiamato, direttore?»
Percepiva che la mente di Williams stesse girando velocemente per cercare una soluzione accettabile e quindi non mollò la presa.
«Va bene, quando saprà cosa dirmi, mi richiami pure, le risponderò volentieri. Se non sarà troppo tardi. Sa, vedo il mio cliente tra meno di un'ora e sarà felice di sapere che domani depositerò l'atto in tribunale...»
«Aspetti un attimo.» Non c'era esortazione nelle sue parole, solo una semplice richiesta. Williams sembrava aver ripreso il controllo.
«Mi dica pure.»
«Posso mettere Delany a capo del progetto che era di Van Vogt.»
Elisabeth rimase in silenzio. Non si aspettava una proposta simile.
«Oppure?»
«Oppure cosa, avvocato?»

Lei si prese un istante per pensare.

«Ci date indietro l'uso dell'algoritmo.»

L'uomo sbuffò. «Sa bene che questo non è possibile e se anche subiremo un processo mediatico, non sarà nulla rispetto a quello che otterremo con il nostro lavoro.»

Bene, pensò l'avvocato Scorsese che alzò il tiro.

«Potremmo fare in questo modo: il mio cliente recupera la proprietà dei diritti, riceverà un compenso adeguato al suo ruolo di nuovo referente del progetto con la libertà di decisione che gli compete, e vi cede per un periodo di cento anni l'uso esclusivo. Può andar bene?»

«La cifra, avvocato.»

«Quella per il compenso da responsabile del progetto deve essere identica a quella concessa a Van Vogt...»

«Chiaro. E per l'uso esclusivo?»

«Un milione all'anno, cento milioni.»

«Lei è fuori di testa.»

Elisabeth sospirò come se le pesasse quella trattativa.

«Provi a pensare. Si tiene il controllo del progetto, porta con sé l'unico scienziato in grado di svilupparlo e potrà usufruire dei risultati per cento anni a venire. Direi che è un periodo sufficiente per ammortizzare qualsiasi costo iniziale, non trova?»

«Cinquanta milioni.»

«No, mi spiace. Andremo avanti con la causa. La saluto.»

Fece per chiudere la comunicazione ma Williams la precedette.

«Settantacinque milioni.»

«Affare fatto, parlerò con il mio cliente più tardi e le farò sapere.»

Si salutarono velocemente e in un silenzio quasi irreale, l'avvocato Scorsese si concesse un sorriso.

Aveva colto un'occasione e chiuso una faccenda che rischiava di complicarsi.

Ora non mi resta che parlare con il genio dell'informatica, pensò mentre afferrava la cornetta del telefono per chiamare la sua assistente.

Ma in quel momento, la spia di una chiamata in arrivo si accese di nuovo.

«Lara, ti stavo per chiamare. Ho bisogno d'incontrare il prima possibile Philip Delany.»

«D'accordo ma c'è qui il capitano Hoffman.»

«Come?»

Elisabeth non si era accorta che aveva quasi urlato.
«Scusa... mi hanno detto che ha chiamato qualcuno dal distretto per sincerarsi che tu fossi qui. È successo meno di venti minuti fa e ora il loro capo è in sala d'attesa.»
Non avevano fatto in tempo ad avvisarla, non era colpa di nessuno. Cercò di ritrovare il buonumore di prima ma qualcosa le diceva che stava succedendo tutto troppo in fretta. Non era mai successo che un comandante così in vista venisse a cercarla nel suo ufficio.
«Da quanto è qui?»
«Da poco, perché?»
«Raggiungimi subito.»
Il tempo di chiudere la comunicazione e attendere qualche istante, e di fronte aveva la sua collaboratrice.
«Non ti sembra strano,» esordì come lei le piantò i suoi occhi scuri e indagatori, «che un uomo del genere si scomodi e anzi non mi abbia convocato da lui?»
Lara alzò le spalle. Non voleva liquidare la faccenda così velocemente ma la curiosità che provava la spingeva ad accorciare quei momenti.
«Credo che non dovremmo farlo aspettare...»
«E perché? Si è presentato senza un appuntamento e potrei anche non riceverlo. Tu sai quanto odio chi si fa avanti senza avvisare, lo trovo assai maleducato oltre che arrogante.»
«Appunto.»
Il suo capo la guardò in tralice.
«Fai un ragionamento veloce. È un uomo burbero, abituato a far muovere gli altri, non sa bene cos'è l'educazione tanto che fuma quei sigari puzzolenti davanti a tutti accompagnandoli con dosi massicce di whisky... Insomma, se viene qui vorrà pur dire qualcosa, no?»
«E quindi che dovrei fare secondo te?»
Lara sorrise.
«Alza la posta.»
Elisabeth annuì; avrebbe fatto anche di più se ne avesse avuto l'occasione.
«Fallo entrare.»
La sua amica in un attimo fu fuori. Il tempo di sistemarsi i capelli e la figura imponente dell'irlandese riempì la sagoma della porta del suo ufficio.
Lei si alzò e con un sorriso smagliante gli andò incontro.
«Comandante, che piacere vederla.»

L'uomo grugnì qualcosa che sembrava un saluto, le strinse la mano e senza attendere oltre si sedette. Le due donne si guardarono; le abitudini sono difficili da dimenticare.

«Prego, faccia come se fosse a casa sua,» esclamò Lara ma Hoffman non ci fece caso. Sembrava visibilmente a disagio.

«Cosa posso fare per lei?» Gli chiese Elisabeth dopo che anche lei si era seduta, imitata dalla sua collaboratrice.

«Caro avvocato, non so bene da che parte cominciare.» Le due donne si lanciarono uno sguardo; ora appariva come un orso scoperto a rubare il miele dagli alveari. Non lo ricordavano certo in quel modo.

Rimasero in silenzio e lui continuò.

«Prima di tutto, vorrei scusarmi per l'interrogatorio di due giorni fa e per la presenza di Sally Armstrong ma siamo obbligati a considerare ogni pista...» Lasciò il discorso a metà ed Elisabeth lo finì per lui.

«Questo lo so bene, non si preoccupi. Vada avanti.»

«Be', ecco, vorremmo chiedere al suo cliente di aiutarci nel caso Van Vogt.»

«Come, scusi?» La domanda che uscì con una forza inattesa, venne da Lara Donovan. Stava per aprire di nuovo bocca, questa volta per scusarsi ma una mano alzata del suo capo la bloccò all'istante.

«Comandante, cos'ha in mente?»

L'irlandese lanciò uno sguardo oltre le spalle della donna e vide la foto del padre che lo stava osservando. Come spinto da un nuovo impulso, parlò: «Non crediamo che Van Vogt lavorasse solo per la NASA, ma anche per l'agenzia di ricerca avanzata di difesa di nome DARPA e quindi il suo omicidio potrebbe avere a che fare con una minaccia ben più grande di un assassinio isolato. Scagionata la pista di gelosia per il possesso di un algoritmo, siamo molto propensi a pensare che ci sia un progetto più ampio dietro tutto questo.»

Elisabeth abbozzò un sorriso.

«Non mi ha risposto.»

L'uomo s'impose di rimanere calmo.

«Vorrei che Philip Delany mettesse le sue capacità al nostro servizio, in modo da illuminarci su quale progetto potrebbe essere. Così facendo, ci fornirebbe una nuova pista da seguire.»

«Ho capito. Non avete in mano niente e vi rivolgete a me. Non è la prima volta, mi sembra.»

Un guizzo di trionfo passò negli occhi dell'avvocato Scorsese.

Hoffman tirò indietro le spalle e disse: «Non è proprio così.»

Elisabeth rimase in silenzio senza staccargli gli occhi di dosso ma il comandante non si lasciò impressionare.

«Vuole che continuiamo a guardarci tutto il giorno o mi dice le cose come stanno?»

L'uomo rumoreggiò e poi sospirò.

«Penso che il suo cliente possa strappare alla NASA informazioni top secret e anche aiutare a decodificare alcuni elementi che abbiamo raccolto. Come sa, tra scienziati o maghi dei computer, parlano una lingua a noi incomprensibile, e quindi la sua sapienza ci risolverebbe un problema non di poco conto.»

«Come crede che possa avere informazioni segrete dalla NASA?»

Hoffman si protese in avanti.

«Questo tipo di persone sono in perenne contatto, si scambiano favori, suggerimenti, si odiano ma al tempo stesso non possono fare a meno una delle altre, quindi sono sicuro che un modo lo troverà.»

Il capitano non aveva tutti i torti.

«Supponiamo che riesca a convincerlo, cosa ci guadagno?»

L'irlandese avrebbe voluto farsi un gran sorso prima di rispondere, ma non avendo il Lagavulin a portata di mano, si limitò a dire: «Farò in modo che avrà indietro il suo brevetto.»

Elisabeth fece per aprire bocca ma poi la richiuse. Quest'uomo o stava bluffando, oppure aveva in mano qualcosa che lei non sapeva. Non lo conosceva abbastanza bene ma non aveva motivo di dubitare delle sue parole; dopotutto era conosciuto per la sua risolutezza e integrità. Dal contatto che aveva avuto con lui ai tempi dell'arresto di Makarov, le era sembrata una persona onesta e pulita. La ruvidezza era solo apparenza per nascondere la sua vera natura.

«Le farò sapere. È tutto?»

L'uomo annuì e si alzò con uno scatto che impressionò entrambe le donne. O voleva andare via velocemente oppure era un tipo imponente ma agile.

«Le lascio il mio cellulare, spero che possa chiamarmi presto.»

Fu il turno di Elisabeth di fare un cenno con la testa, prendendo il biglietto da visita, e Hoffman uscì seguito dalla sua collaboratrice.

Dopo pochi minuti, Lara rientrò nella sua stanza.

«Non ci sto capendo più nulla. Prima lo accusano di avere a che fare con l'omicidio e poi lo vogliono come collaboratore promettendo una cosa che ha dell'impossibile.»

«Non solo, mia cara. Prima che arrivasse qui Hoffman ho ricevuto un'offerta dalla NASA.»

La sua collaboratrice spalancò gli occhi.
«E sarebbe?»
«Settantacinque milioni per utilizzare l'algoritmo di Delany e lui a capo del progetto che era di Van Vogt.»
Lara rimase senza parole e scuotendo la testa si mise seduta. Elisabeth la imitò.
«Da non crederci,» sussurrò senza smettere di muoversi.
«Esatto.»
Nessuna delle due parlò per alcuni minuti, ognuna persa nelle cose che stavano succedendo.
«E ora cosa facciamo?» Domandò alla fine Lara sentendo l'esigenza di bere un Cosmopolitan. Tutto d'un tratto comprese il fascino irresistibile dell'alcol; era il compagno fedele di situazioni estenuanti. Proprio come quelle che stavano per affrontare.
«Andiamo a bere?» Aggiunse, quasi senza rendersene conto.
Elisabeth la guardò con aria meravigliata e accennò un sorriso.
«Non ti perdi d'animo,» disse senza nascondere il suo apprezzamento, «ed è un'ottima idea ma prima dobbiamo vedere una persona, ricordi?»
L'appuntamento con Delany, certo.
In quel momento squillò il telefono sulla scrivania.
Elisabeth rispose e dopo un istante disse: «Me lo passi pure.» Coprì con la mano la cornetta e sussurrò all'amica: «La ciliegina sulla torta.»
«Avvocato Scorsese, grazie per aver risposto alla mia chiamata.»
«Christopher Brimley.»
Lara si spostò in avanti. Il Cosmopolitan ora era d'obbligo. 'Questa poi...' sembrava che si fossero dati appuntamento tutti quel giorno.
«Ho bisogno di avere delle rassicurazioni e ho pensato a lei.»
Il tono era concitato, come di chi ha fretta di risolvere ciò che lo tormenta.
«Mi dica.»
Lei invece si mantenne neutra, distaccata ma non troppo.
«Ho cercato Margot al cellulare ma inutilmente. La governante mi ha detto che è tornata a Parigi e visto che l'altra sera è sparita con uomini che sembravano agenti federali, volevo sapere se lei sa qualcosa di più.»
«Doveva sbrigare alcune questioni urgenti in Francia. Ma perché è preoccupato?»
L'uomo parve perdere la poca pazienza che gli era rimasta.
«Ma come, non capisce? Il nostro progetto è quasi concluso, sono

anni che investiamo tempo e denaro, e a quanto dice Margot siamo ormai prossimi a vederne i risultati. Dovrebbe saperlo bene anche lei, o sbaglio?»

Elisabeth guardò intensamente Lara come se da lei potesse venire l'ispirazione per la giusta risposta.

«Certo, certo, non deve preoccuparsi. Tutto procede come previsto. Questo viaggio di Margot non rallenterà nulla. Anzi...» Lasciò che quell'allusione facesse l'effetto voluto.

«Cosa può dirmi? Iside le ha detto qualcosa? Ha avuto modo di conoscerla?»

La sequela di domande investì Elisabeth che si meravigliò della reazione di Brimley. Era decisamente spropositata, o forse no... Cosa nascondeva la donna francese e quanto era importante questo progetto? E soprattutto, come mai Brimley non sapeva che Iside fosse sua madre?

Sentì un brivido salirle per la schiena; troppe domande.

Guardò di sfuggita Lara che colse il suo disorientamento.

«Ora non posso rivelarle nulla ma le assicuro che è tutto sotto controllo.»

L'uomo rimase in silenzio per alcuni istanti e poi sospirò. Non era molto convinto.

«Gli investimenti che sono stati fatti e le aspettative che noi abbiamo riposto nel progetto, meritano una rassicurazione maggiore. L'assenza di Margot ha destato preoccupazione e ho bisogno di una prova concreta che non siano insorti problemi. Lei faceva da garante, non so se mi spiego.»

«Capisco,» riuscì a dire Elisabeth.

«Mi dispiace ma non posso fidarmi solo delle sue parole. Lo riferisca a Iside.»

In quel momento, l'avvocato Scorsese comprese che era stata raggirata. Con la sua finta angoscia, l'aveva ingannata costringendola a confessargli che lei conosceva chi era a capo di tutto. Giusto, ma lui non conosceva l'identità di Iside...

«Vedrò quello che posso fare.»

«Come procede con Philip Delany?»

Il cambio di discorso fu tanto repentino da prenderla di nuovo alla sprovvista.

«Come, scusi?»

«Le ho chiesto se sta esaudendo le richieste del mio amico.»

Elisabeth riacquistò una parte del suo storico piglio.

«Come sa bene, il rapporto tra cliente e avvocato è di assoluta segretezza, quindi non posso rivelarle nulla.»

Brimley ridacchiò. Non capì se la stava deridendo o faceva un apprezzamento alle sue parole.

«Giusto, e lei è un avvocato molto in gamba, dicono la migliore. Sono certo che non ci deluderà, neanche con la questione dell'algoritmo.»

Elisabeth rimase in silenzio. Cosa voleva dire questa volta?

L'uomo non le diede il tempo di replicare; aveva raggiunto il suo scopo.

«La saluto e stia bene.» Senza attendere riposta, chiuse la comunicazione.

«Follia...» mormorò mentre riponeva la cornetta al suo posto.

Guardò l'amica che le chiese: «Cosa è successo?»

Elisabeth arricciò le labbra. «Vuole che incontri mia madre per i loro affari, quelli che stava portando avanti Margot Massu.»

«Ma cosa dici?» Lara balzò in piedi, trascinata da tutto quello che una domanda del genere comportava.

«Quello che ho detto.»

La sua amica scosse la testa e lei continuò: «Credi che anche io non abbia paura o non capisca di essermi infilata in un gran casino?»

Sbuffò, sconsolata.

«È quello che sei, mia cara.»

«In che senso?»

«Un gran casino.»

Si guardarono e sorrisero. Era vero, ma era anche molto di più.

Elisabeth ripensò alle parole di Palmer 'non puoi farci nulla, sei destinata a soffrire e ad amare intensamente' e lo rivide nella sua mente, nudo, steso vicino a lei, bello come un dio. Lo desiderò come non l'era mai successo prima e si sentì avvampare, gli occhi che si facevano più grandi. Aveva bisogno di lui.

Lara fece per parlare ma si girò senza aggiungere nulla e camminò fino alla porta. Prima di uscire disse: «Chiamo Delany e lo convoco qui prima possibile.»

Elisabeth annuì distrattamente. Il suo cuore stava impazzendo come anche il suo cervello. Era tornata a vivere, su questo non c'era alcun dubbio.

31

Non riusciva a togliersi dal viso il sorriso che ormai lo accompagnava da un paio di giorni. Si era anche ritrovato a canticchiare sotto la doccia quella mattina, godendosi ancora una volta il momento di gloria.

«Direttore Vance,» aveva detto Mr Liberty, «complimenti per la rapidità con cui ha portato a casa la nostra scienziata. Non lo dimenticherò.»

Poche, semplici parole e dal presidente in persona.

Gli venne in mente quando quasi due anni prima aveva accettato l'offerta di Alex Sanders di diventare capo di quell'agenzia che pochi consideravano strategica nella difesa del Paese, e che ora era la sua ribalta, il palco da cui avrebbe spiccato il volo.

Sorrise di nuovo tra sé per la centesima volta. Era stato anche maledettamente facile. Ora mancava solo l'assassino del professore, ma quello era un compito che spettava alla squadra di Hoffman e la sua agente era lì per controllare che non avesse sorprese. Il suo compito era finito.

Ripassò le mosse che aveva compiuto da quando Debbie McRoland si era presentata alla base di Aviano, in Italia, ed era stata caricata su un volo organizzato immediatamente per riportarla a casa. Aveva addirittura avvisato il generale Nisbet, i suoi familiari, il direttore Williams, oltre che il suo diretto superiore e lasciato che la notizia giungesse per vie formali alla Stanza Ovale.

Lo squillo del telefono lo destò da quel pensiero. Rispose velocissimo.

«Direttore, è arrivata. La stanno aspettando nella sala stampa.»

«Bene.»

Si alzò e si guardò nello specchio. E ora andiamo ad accogliere la nostra celebrità, si disse mentre cominciò a camminare con passo spedito verso il suo momento di trionfo. Tutto era stato predisposto affinché l'abbracciasse davanti alle telecamere di mezza America. Un gesto che avrebbe commosso milioni di spettatori e reso il suo nome famoso quanto il suo volto. Mentre camminava per il corridoio della sede di Arlington come fosse sospeso da terra, l'addetta alle relazioni con la stampa le venne in contro. Era visibilmente scossa.

«Cosa succede?»

L'apostrofò prima che potesse dire qualcosa.

«La donna, la McRoland... si rifiuta di farsi vedere in pubblico. Ha detto che è stanca e vuole andare subito a casa.»

Vance si bloccò di colpo. Addio al suo successo.

«In che senso?»

La donna lo guardò come si guarda un bambino che fa i capricci.

«Dice che è molto provata dopo tanti giorni di fuga e vuole solo riposare.»

Come darle torto, pensò Vance mentre valutava la mossa successiva.

«Ma non possiamo farla andare via ora. A parte i giornalisti, di cui te ne occuperai tu, trova una scusa che regga, devo interrogarla.»

«Conosco il programma, direttore,» rispose la donna: sembrava infastidita. Vance non capì se per la sua reazione o per il nuovo compito che l'attendeva.

Tirò indietro le spalle, sospirò e poi le ordinò: «Faccia condurre la nostra scienziata nella sala riunioni e predisponga le attrezzature per un interrogatorio formale. Poi la manderemo a casa.»

Non attese la sua risposta e le passò oltre senza degnarla di uno sguardo. Decise di anticipare tutti senza perdere altro tempo.

Entrò per primo e si accomodò il più lontano possibile dall'ingresso: voleva avere il massimo del tempo per capire con chi aveva a che fare. Fin da ragazzo, aveva dimostrato di riuscire a comprendere una persona già dal solo modo di camminare. 'La postura,' le aveva sempre detto sua madre, 'insieme al movimento sono segni di un carattere piuttosto che di un altro. Osserva con attenzione e partirai avvantaggiato.' Poche parole ma dritte al punto; lo stesso pensiero lo attraversò per la seconda volta in quel giorno.

Entrarono un paio di addetti alla telecamera di registrazione. La montarono e gli spiegarono come attivarla ed eventualmente ridurre l'immagine. Li ringraziò e si mise di nuovo comodo.

Non dovette attendere molto.

La sua segretaria stava entrando seguita da una donna minuta, un uomo più anziano, Rachel Thompson, il direttore Williams e il generale Nisbet. Cosa ci faceva qui? Non lo sentiva da quando lo aveva aggiornato del suo incontro con la Massu e il suo avvocato, Elisabeth Scorsese. Era convinto che quella donna fosse in contatto con Caterina Scorsese... cose che a lui non interessavano. Restava il fatto che nessuno lo aveva avvertito della sua presenza. S'infastidì ma sul suo volto apparve un sorriso. Si alzò e andò incontro al gruppo che si stava avvicinando.

«Dottoressa McRoland, sono felice di vederla a casa. Sono il direttore Jeremy Vance.»

La donna lo fissò, fermandosi a poca distanza. Era stanca ma anche molto attenta. I suoi occhi mostravano un'intelligenza vivace e un continuo interesse. Curiosità mista a pragmatismo, un mix vincente, si disse il direttore della DARPA mentre le stringeva la mano.

«Quindi è lei che mi ha riportato indietro?»

Lui abbozzò un sorriso, ma il suo sguardo lo teneva inchiodato.

«Non sembra contenta.»

In quell'istante Debbie sembrò destarsi come se un senso di malinconia l'avesse lasciata improvvisamente.

«No, no... grazie, grazie mille. Sono felice di essere qui.» Si girò e sorrise a suo padre. Lui le si avvicinò e si presentò al direttore.

«Prego accomodatevi.»

Nisbet parlò per primo.

«Vedo che vuoi registrare quest'incontro,» disse indicando la telecamera pronta per essere attivata.

«È la prassi per un'investigazione in corso, generale. Nulla di particolare. Lei ha qualche problema, dottoressa?»

La donna guardò di nuovo il padre e poi rispose: «Nessuno.» Il tono era di nuovo professionale e distaccato. Vance fece partire la registrazione.

«Cercherò di rubarle poco tempo e poi lasciarla andar via...»

«Voglio vedere mia figlia,» lo interruppe la donna guardando nell'obiettivo.

Il generale McRoland le toccò un braccio e lei sembrò rassicurarsi.

«Sì, comprendo. Sarò il più veloce possibile e mi scuso per queste domande ma lei è stata rapita e...»

«Non è vero.»

Vance quasi saltò su dalla sedia e così fecero i presenti. Ci fu un leggero mormorio e Rachel Thompson si alzò, sedendosi più vicina alla donna.

Fu il direttore il primo a riprendersi.

«Come ha detto, scusi?»

«Ho detto che non sono stata rapita.»

«Vuol dire che lei è stata via tutti questi giorni, cercata dalla polizia di mezzo mondo, per sua volontà?»

La donna guardò di nuovo l'obiettivo, come se Vance non esistesse.

«Non ho detto neanche questo.»

«Mi scusi, dottoressa,» s'intromise l'agente speciale della DARPA, «potrebbe raccontarci cosa è successo? Se non le costa fatica...»

Non c'era traccia di biasimo nelle sue parole e Debbie volse la sua attenzione per la prima volta su questa donna dai caratteri duri. Quello che vide, le piacque.

«Sono stata salvata da un uomo, poco prima che due killer mi uccidessero. Ma questo lo sapete, immagino.»

Rachel annuì.

«L'uomo che l'ha presa con sé li ha eliminati senza scrupolo.»

«Era l'unico modo, credo.» Abbassò gli occhi. Il cranio spappolato di uno dei due le riempì il campo visivo. Mosse più volte la testa, come a liberarsi di quell'immagine sanguinolenta e continuò: «Mi ha portato in un luogo sicuro, a Chamonix, ai piedi del Monte Bianco.»

«Sappiamo anche questo.»

«Non mi ha mai fatto del male o usato la forza. Sono io che ho deciso di seguirlo fino a quando non mi ha lasciato ad Aviano.»

Nessuno fiatò. Erano tutti sconvolti da quelle rivelazioni. Non l'avevano recuperata; aveva solo deciso di tornare.

Il silenzio s'impadronì della sala, disturbato solo dal ronzio della telecamera.

«Perché?» Chiese Vance dopo un tempo che sembrò un'eternità.

Debbie alzò le spalle e lo fissò. «Volevo capire cosa stava succedendo. Mentre ero con lui, ha ricevuto una telefonata e gli hanno detto che Samuel Van Vogt era stato ucciso... ecco, ho pensato che tornare subito poteva essere pericoloso.»

Gli uomini nella stanza si scambiarono più di un'occhiata. Solo Rachel continuava a fissarla.

«Più di quello che stava vivendo? Era in fuga con un killer professionista e in un Paese che non conosceva, anzi in più di uno...»

Questa volta era stato Joe Nisbet a parlare.

«Vi ripeto; non ero in fuga, né in pericolo. E in Italia siamo stati in un luogo che ho scelto io e che conosco bene.»

Vance scattò in avanti come se fosse stato punto da una vespa inferocita.

«Mi scusi dottoressa, ma quello che sta dicendo ha dell'incredibile. Sono stati uccisi sei uomini, quattro ne ha fulminati il suo salvatore con una precisione che lo colloca come uno dei killer più temibili, è fuggita alla polizia francese con espedienti che ricordano i film di *007*, non ha dato sue notizie per giorni mentre tutte le agenzie investigative di più Paesi la stavano cercando... e mi viene a dire che tutto questo è stato solo per capire dove fosse il pericolo? Tra poco mi verrà a dire che eravate in luna di miele?»

«Direttore, la prego...» s'intromise Rachel, cercando di calmarlo. Lui sbuffò e si mosse pesantemente sulla sedia. Non aveva tutti i torti e ognuno dei presenti lo sapeva bene.

Debbie lo guardò ma poi rispose fissando l'obiettivo.

«Sembra un'assurdità, è vero ma quello che è successo dopo che l'uomo mi ha preso con sé a Parigi, l'ho fatto nella più assoluta libertà e devo anche ringraziare chi mi ha salvato.»

«È pazzesco, semplicemente,» esclamò Vance, che poi aggiunse: «Può dirmi almeno chi è quest'uomo?»

«Non conosco il suo nome, non me lo ha detto. Parla diverse lingue, è un professionista, è stato reclutato da una società che ha sede a Parigi.»

«La Lumière.»

«Esatto. La casa di Chamonix è una loro proprietà e devo anche ringraziarli. Gli manderò una nota questa sera. Se non fosse stato per il loro intervento sarei stata uccisa a Parigi. Potete dirlo ai vostri omologhi francesi, anzi portate le mie condoglianze e saluti al ministro degli Interni. La morte di due suoi uomini è stata a causa mia...» Debbie abbassò lo sguardo come fosse in preghiera. Attese qualche istante e prima che chiunque potesse chiederle altro, aggiunse: «E ora se non avete altre domande, vorrei andare da mia figlia.»

Fece per alzarsi e prendendo atto che nessuno diceva nulla, si mise in piedi. L'interrogatorio era finito. Non c'era nessuna investigazione da fare, nessun reato o crimine commesso nei suoi confronti. Inoltre i vari assassini erano avvenuti in Francia e quindi non erano di loro competenza. Il caso era chiuso e anzi dovevano anche delle scuse a Margot Massu.

Vance spense la telecamera e il ronzio cessò immediatamente. Il buonumore del primo mattino era andato a farsi benedire.

«Morgan, grazie per essere qui. Domani sarò di nuovo da voi e prenderò in mano il progetto da dove lo avevo lasciato prima della conferenza.»

«Debbie, se vuoi...»

Lei lo bloccò con una mano e nessuno aggiunse altro. Era una professionista ed era tempo di tornare alle sue formule. Uno a uno uscirono dalla sala riunione. Vance chiudeva la fila e poco prima di lasciare gli uffici, Debbie McRoland si girò verso di lui e lo raggiunse in pochi passi.

Gli offrì la mano per un saluto e lui la prese.

«Vorrei ancora ringraziarla per quello che ha fatto.»

Lui si sorprese a dire: «In realtà, non ho fatto niente...»

Lei si alzò sulle punte e gli sussurrò a un orecchio: «Cobra la pensa diversamente.»

Il direttore s'irrigidì all'istante.

Debbie si staccò da lui sorridendo e quello che Jeremy Vance vide nei suoi occhi, azzurri come il ghiaccio, lo fece rabbrividire. Ebbe la certezza che anche un corpo congelato potesse in realtà ancora muoversi, come il suo in quel momento. La piccola donna svanì come tutto il resto dell'edificio e in lui non rimase che rinchiudersi in un muto silenzio. I fantasmi del passato erano tornati a chiedere il conto. Anzi, era uno soltanto, ma come aveva appena ammesso a quella dannata scienziata, era il più temibile, il primo della lista. Ed ora cercava proprio lui.

Come l'agente speciale della DARPA rimase sola, compose un numero che sapeva a memoria e attese tre squilli e poi chiuse la comunicazione. Lo digitò di nuovo e questa volta attese cinque squilli per poi riagganciare. Infine, lo compose per l'ultima volta e al sesto squillo una voce rispose: «Allora?»

«La nostra amica ha scagionato la città delle luci.»

«Non va bene.»

«E non ha detto altro.»

«Di nuovo, non va affatto bene.»

Rachel rimase in silenzio. Un buon addestramento insegna quando è il momento di parlare.

«C'era anche il generale Nisbet.»

Un'altra pausa.

«Rimani a disposizione e tieniti pronta.»

«Devo lasciare l'agenzia?»

La voce ebbe un'esitazione. Scegliere sempre il male minore.

«Lo so. Ci penso io.»

L'agente speciale percepì una nota di apprensione. Era la prima volta ma cercò di non badarci. Certi poteri erano invincibili.

Non ebbe il tempo di aggiungere altro perché la linea fu muta. Strinse le spalle e si mise di nuovo a camminare verso l'ufficio. La sua vita da quando era alla DARPA le aveva dato grandi soddisfazioni e quel nuovo lavoro sicurezza e indipendenza, oltre che un senso di euforia continuo. Sapeva bene che i demoni che abitavano il suo cuore non l'avrebbero mai lasciata, tanto valeva viverci assieme, questo si era detto quando aveva accettato quella doppia vita. Gettò la sua folta chioma all'indietro e si preparò ad affrontare il direttore: ogni cosa aveva un prezzo e lei lo avrebbe pagato fino all'ultimo centesimo pur di placare quel senso di inadeguatezza che l'attanagliava.

32

Sparita. Il cellulare ripeteva sempre lo stesso messaggio 'non raggiungibile' e lui diventava matto. Si era spinto a chiamare l'agenzia per cui lavorava, ma si era sentito rispondere che aveva preso un periodo di ferie. Ma com'era possibile? Non era l'agente di collegamento tra il loro lavoro e la DARPA? Non era abituato a essere nervoso come a desiderare una donna in quel modo e più ci pensava, più impazziva. Ma era invaghito fino a questo punto? Forse non si era reso conto di quanto fosse profondo il sentimento che provava per lei, e ora che non riusciva a sentirla, tutta la portata lo stava investendo come uno tzunami con una piccola imbarcazione. Ecco, anche lui si sentiva ormai alla deriva.

«Derek, ci chiama Hoffman, andiamo.»

Makarov lo distolse dai suoi pensieri e quasi dondolando lo seguì fino all'ufficio del capo.

Con lui c'era anche Sally; stavano parlottando quando i detective entrarono.

«Accomodatevi pure, facciamo il punto della situazione. Ho alcuni aggiornamenti,» disse l'irlandese senza troppe cerimonie.

Derek guardò marito e moglie e gli sembrò di cogliere un'aria più rilassata: un problema in meno.

«Ho ricevuto una telefonata dal direttore Jeremy Vance e mi ha confermato che non ci sarà più un'indagine congiunta. Loro cercavano di capire come l'omicidio di Van Vogt fosse collegato al rapimento di Debbie McRoland ma ora che lei è tornata a casa, non è più di loro interesse.»

Entrambi i detective non sembrarono sorpresi; anche Sally, dal canto suo, non mostrò alcuna emozione.

«Non le sembra strano, capo?» Chiese Derek facendo poi uno dei suoi soliti segni. «Insomma, piombano qui, ci danno informazioni e ce ne chiedono, cominciamo una collaborazione e poco dopo rinunciano solo perché una di loro è sana e salva?»

Rispose Sally anche se la domanda non era rivolta a lei. «La tipa in questione è un pezzo grosso della NASA, a capo di un progetto franco-americano, una sorta di genio, amica di Van Vogt. Se hanno deciso di sospendere la nostra collaborazione è perché c'è dell'altro.»

«Non solo,» aggiunse Peter, «ma c'è la questione del guanto scomparso. Sbaglio o sembrava essere di estrema importanza per il direttore dell'agenzia spaziale?»

Hoffman li osservò. Erano tutti sulla stessa lunghezza d'onda e se ne compiacque. Avrebbero sicuramente scovato le risposte che cercavano.

«Se è per questo c'è anche l'omicidio di Alejandro Gomez, di cui loro non sono a conoscenza,» concluse Makarov.

Ora il capitano aveva tre paia d'occhi puntati su di lui.

«Proviamo a fare un passo indietro. Vediamo cos'abbiamo raccolto. Sally comincia tu, per favore.»

La donna accese il suo iPad, si alzò e in un paio di passi coprì la distanza che la divideva da una lavagna intonsa.

Cominciò a scrivere l'elenco che si era fatta durante la prima analisi dei file del caso Van Vogt:

Rachel Thompson
Elisabeth Scorsese
DARPA
NASA
Killer
CIA
Samuel Van Vogt
Spia

Aggiunse poi il nome di Alejandro Gomez e la società per cui lavorava, l'Electric dreams.

«Vi viene in mente altro?»

«Il progetto di Gomez, Copernicus 2.0. Ha un significato sicuramente.»

«Io metterei anche il nome della dottoressa McRoland e il guanto elettrico. Potrebbero essere collegati,» rispose Derek.

Sally annuì e seguì il consiglio dei detective.

«Puoi spiegarci come sei arrivata a stilare questa lista?» Il tono di Peter non nascondeva altro se non semplice curiosità e sua moglie ne fu felice. Aveva confidato nella capacità di comprendere il suo ruolo in quella faccenda, e non si era sbagliata. Gli sorrise e in cuor suo lo stimò ancora di più.

«La prima cosa strana che ho notato, è che l'agente affidatovi è una vostra ex detective, e guarda caso il suo capo non è altro che l'ex direttore dell'FBI con cui avete lavorato al caso Brimley. Inoltre è stata la partner di Derek quindi a piena conoscenza dei dettagli e dei metodi che utilizzate. E ora si è volatilizzata, su volere di Jeremy Vance, immagino.»

«Ci ha detto ben poco...» Ammise Derek.

«Vi ha dato quello che voleva e ha preso in cambio totale collaborazione. Insomma, oggi possiamo dire che si è presa gioco di voi.»

Guardò Hoffman che strinse gli occhi e le fece cenno di continuare.

«Poi c'è l'avvocato Scorsese che guarda caso è sempre presente... prima ha come cliente Brimley, poi Delany... un caso anche questo? Van Vogt è collegato a Delany, quindi Brimley potrebbe essere collegato a Van Vogt e al suo omicidio.»

«Jonathan Brimley è stato ucciso su mandato di Yuri Baranov, se ben ricordi.»

«Lo so bene, capo, ma ha un figlio, Christopher che ha ereditato il ruolo del padre e forse anche i suoi oscuri affari.»

L'irlandese alzò le spalle mentre i due detective si guardarono. Nei loro occhi c'era ammirazione mista a curiosità; chissà dove sarebbe arrivata questa donna.

Come se avesse letto il loro pensiero, scrisse il nome di Philip Delany vicino a quello di Van Vogt e Cristopher Brimley vicino a quello di Elisabeth Scorsese.

«Il nome successivo è quello della DARPA. Cosa c'entra un'agenzia per i progetti di ricerca avanzata di difesa per scopi militari con l'omicidio Van Vogt?»

«Lui lavorava per la NASA, la quale a sua volta segue i progetti della DARPA, il collegamento è questo.»

«Giusto, Peter. Ma perché non hanno mandato l'FBI? Potevano svolgere loro l'indagine, hanno mezzi ed esperienza superiori e in un momento successivo relazionarsi con la DARPA. Perché proprio Vance e quindi la Thompson? Cosa c'è dietro? Quale progetto stava seguendo Van Vogt per la NASA tanto importante da scalzare l'FBI?»

Fece un segno anche vicino al nome dell'agenzia spaziale.

Nessuno seppe rispondere. Dopo un paio d'istanti, continuò.

«Non solo. Il nostro killer evita le telecamere, si fa aprire dalla vittima come se lo conoscesse, cosa esclusa, è un professionista, forse un ex agente, addestrato a uccidere nel modo in cui ha preso Van Vogt.»

Segnò anche il nome Killer.

«Ho fatto un altro ragionamento e ho pensato che se quest'uomo avesse lavorato per un'agenzia d'intelligence del nostro Paese, la più probabile sarebbe stata la CIA. È vero, è solo una supposizione ma forse è una strada.»

Alzò le spalle come a liquidare la faccenda, sottolineò l'acronimo dell'agenzia e passò oltre.

«Ma chi era veramente la vittima? Il nostro esimio professor Van Vogt era un uomo di grande esperienza e capacità, non solo scientifiche. Aveva accordi con molte aziende, principalmente con la NASA cui aveva partecipato al programma che conosciamo. Un uomo ambizioso, molto bravo con i numeri...» Sorrise e continuò: «Così ho letto la sua formazione, come sappiamo è un crittografo e la crittografia è una branca della crittologia. Viene dal greco e significa scrittura nascosta, analizza metodi per oscurare un reale significato di un messaggio attraverso la creazione di codici.»

«No...» Mormorò Derek anticipando quello che avrebbe poi aggiunto Sally.

Lei lo guardò

«Esatto Richard. Chi è che in tempi di guerra e poi con la Guerra Fredda o anche oggi ha bisogno di nascondere un messaggio?»

Non attese la risposta e marcò sulla lavagna la parola: 'Spia.'

«E questo ci riporta alle righe precedenti,» disse Makarov alzandosi in piedi e muovendosi verso la moglie. «Se il killer è legato a una delle agenzie potrebbe essere la CIA o la DARPA e considerando che la seconda è quella che si è tirata indietro come ha recuperato la dottoressa McRoland, altro nome nella nostra lista, l'uomo che cerchiamo potrebbe essere uno di loro.»

«Ne dubito.» Le parole di Hoffman spiazzarono tutti.

«La DARPA è un'agenzia che si occupa di sviluppo di nuove tecnologie, non ha agenti operativi sul campo. La escluderei. Sono una sorta di cervelloni.»

«E allora perché hanno assoldato Rachel Thompson? Una che veniva dalla Omicidi?»

Le domande di Derek rimasero nell'aria finché fu Sally a intervenire.

«Come ha detto, capo? Che la DARPA usa i cervelloni, certo, quindi Van Vogt, la NASA, ovviamente, e il povero Alejandro Gomez, ucciso con lo stesso metodo del professore, si suppone dalla stessa persona.»

«Quindi escludiamo quest'agenzia come mandante degli omicidi, potrebbe essere la CIA ma non abbiamo nulla quindi è una strada senz'uscita,» disse Makarov lapidario.

«Certo, ma possiamo indagare sulla connessione tra Gomez e Van Vogt. Derek hai dei punti di contatto tra le prove raccolte?»

Fu la volta del detective di prendere il suo iPad mentre il partner e Sally tornarono a sedersi vicino a lui e di fronte a Hoffman.

«Be', se parliamo di numeri abbiamo solo l'imbarazzo della scelta. Sembra che quel ragazzo non pensasse ad altro. Le pareti della sua camera sono tappezzate di formule e così i suoi appunti.»

«È troppo vasto, stringi il campo.»

Derek annuì, certo di avere un asso in mano.

«La rivista di *Star Wars*, il numero che aveva Gomez è da veri collezionisti, una sorta di tessera per esserne socio. Credo che Van Vogt ne facesse parte.»

«Come fai a esserne così sicuro?»

«Lo chiederò a Kirk, sa, quello che mangiava patatine mentre...»

Hoffman alzò la mano.

«Avevano entrambi un braccialetto, lui e il professore, che appartiene alla saga e non è in commercio... Un oggetto fatto fare per pochi prescelti.»

«Non solo, lo aveva anche Delany il giorno che è venuto qui...»

«L'appartenenza,» disse Sally quasi parlando a sé stessa.

«Cosa intendi, scusa?» Le chiese Makarov.

«Sentirsi parte di qualcosa, di un gruppo come di un progetto, condividere gli stessi obiettivi, le stesse passioni, essere un insieme di qualcosa. È anche un concetto matematico, banale ma efficace.»

«Quindi potrebbe essere che Kirk conoscesse Gomez?»

Lei annuì.

«Credo sia venuto il momento di chiamare questo signore,» sentenziò Hoffman.

«Non solo, capo, deve anche aiutarci a entrare nel portatile del ragazzo.»

«Chiamalo subito.»

Derek si alzò e lasciò l'ufficio in un attimo.

«C'è anche un'altra cosa che abbiamo trovato, anzi, due cose che suonano particolari, diciamo così,» aggiunse Makarov come il partner fu uscito.

«Un oggetto sotto un vetro, tenuto come fosse una reliquia, un pezzo importante insomma.»

Hoffman spalancò gli occhi.

«Cosa cazzo me ne faccio di un pezzo d'antiquariato, Peter?»

Il detective fece finta di non sentire e aggiunse: «Poi la cartellina con un nome scritto sopra a mano, COPERNICUS 2.0. Dentro numeri e formule a non finire. Era nascosto in fondo a un cassetto e sotto quella rivista da collezione.»

Sally gli si avvicinò. «Questo è interessante, vuol dire che ci teneva più della rivista, come quell'oggetto, capo.»

L'irlandese fece una smorfia. Forse aveva parlato troppo presto.

«Chi può capirci qualcosa? Delle formule intendo,» chiese Sally.

Makarov si rivolse al suo comandante.

«Ti ricordi capo, se potevi intercedere con l'avvocato Scorsese su Philip Delany...»

«Già fatto.»

Moglie e marito rimasero a bocca aperta.

«Ogni tanto anche io ragiono, miei cari.» In quel momento, entrò Derek che, vista la scena, esclamò. «Mi sa che mi sono perso qualcosa d'importante...»

«Ti aggiornerà il tuo collega. Ora cerchiamo di andare avanti. Voi due state addosso a Kirk e capite se c'è qualche legame di Gomez con Van Vogt. Tu, Sally, cerca cosa potrebbe significare 'Copernicus'...» Hoffman alzò lo sguardo verso la lavagna, «e se quell'oggetto ha un qualche legame con il caso.»

Nessuno si mosse e lo fissarono.

«E va bene, io cercherò di capire chi ha mandato l'assassino e perché Vance è sparito nel nulla. Contenti?»

«Le manca un punto, mister,» rispose Sally sorridendo.

«Electric dreams che sparisce in pochi minuti, neanche fosse nell'Area 51...»

L'irlandese sbuffò.

«Aggiungerò anche questo alla lista delle cose da fare. E ora toglietevi dai piedi, fuori!»

I tre uscirono di gran volata e Hoffman si lasciò andare sulla poltrona. Sospirò mentre afferrava la bottiglia di Lagavulin. Un sorso sarebbe stato il perfetto viatico per quella telefonata che sapeva lo avrebbe portato solo ad altri favori e compromessi. Che palle, tanto alla fine vince sempre lui, si disse e buttò giù d'un fiato la prima dose. Neanche fosse una medicina, anzi è molto di più. Schioccò il palato come a premiare quel gusto inconfondibile e poi afferrò il telefono. Certe cose era meglio non rimandarle.

Come raggiunsero le loro scrivanie, i due detective furono informati che Kirk li attendeva nell'atrio. Non era voluto salire. Decisero di farlo portare nella stanza degli interrogatori mentre Sally si accingeva a concentrarsi su quello che Hoffman le aveva ordinato di fare.

«Comincio io, tu lo conosci troppo bene,» disse Peter prima di entrare e Derek annuì. Non aveva voglia di mettere sotto torchio un uomo che considerava un amico. Cercò di concentrarsi prima di seguire il partner. Una parte del suo cervello gli stava dicendo di chiamare Rachel...

«Eccoci qui.»

«Perché sono in questa stanza?»

Kirk sembrava impaurito.

«Non c'è ragione per essere nervosi. A meno che non ci nascondi qualcosa.» Il tono di Peter non lasciava dubbi. Aveva scelto la linea dura.

«Io non so niente.»

«Niente di cosa? Di Van Vogt o del guanto rubato? Della NASA? Parla Kirk.»

L'uomo si guardò intorno e i detective pensarono che ricominciasse con la paranoia del complotto.

Peter sbuffò e fece per parlare ma Kirk lo precedette:

«Cosa volete sapere?»

«Quello che sai di un gruppo di fan dal nome 'Hyperspace',» gli rispose Derek.

L'uomo allargò le braccia e si rilassò.

«Siamo degli appassionati di *Star Wars*, tutto qui.»

«Van Vogt ne faceva parte?»

L'uomo annuì.

«E Alejandro Gomez?» Chiese Makarov a bruciapelo.

«Chi?» Fece di rimando Kirk.

«Spiegaci come funziona,» s'intromise di nuovo il partner.

«Ogni aspirante socio chiede di poter entrare, gli viene fatto un test e se lo supera lo arruoliamo.»

«Chi lo fa?»

«I soci più anziani, i fondatori.»

«E chi siete?»

«Io, Van Vogt e Philip Delany. Lo abbiamo fondato nel 2004.»

Makarov riprese il controllo dell'interrogatorio. «Quanti siete?»

«1097, è un numero primo,» rispose con orgoglio Kirk.

I detective si scambiarono un'occhiata.

«Siete in pochi per essere un fenomeno mondiale...»

L'uomo alzò le spalle. Si consideravano un élite.

«Come dialogate tra di voi?»

«Ognuno ha un profilo, un nickname e i più capaci un avatar. Al sito si accede con una password e da lì si può chattare oppure lasciare domande aperte, a uno o più soci. Semplice.»

Derek era curioso di sapere cosa si dicessero ma lasciò perdere e invece gli chiese: «Hanno tutti un nickname oppure alcuni sono iscritti con il loro vero nome?»

Kirk sorrise. Poteva sfoggiare le sue conoscenze ed era contento di sentirsi utile.

«Diciamo che i più esperti e facoltosi si nascondono dietro un altro nome, chi invece desidera far vedere che appartiene a una rigida selezione e vuole vantarsi, usa il proprio.»

«Ti ripeto la domanda, un certo Alejandro Gomez è iscritto?»

L'uomo scosse la testa. «Mai sentito e non ho mai selezionato uno con quel nome.»

I due detective si guardarono, delusi.

«Abbiamo il suo portatile, dovresti cercare di entrarci.»

Kirk alzò le spalle. Per lui andava bene.

Derek lasciò la stanza e Makarov ne approfittò per chiedergli: «Un socio con il nome 'Copernicus' lo hai mai sentito?»

L'uomo ci pensò su e poi rispose con un no secco.

«Sai cosa potrebbe essere?»

«È un progetto europeo di servizi, lo chiamano 'gli occhi dell'Europa sulla Terra'.»

«E come funziona?»

Kirk sembrò concentrarsi come se pescasse i dati da qualche file salvato nel cervello.

«Hanno una serie di satelliti che chiamano 'Sentinelle' e raccolgono dati per le analisi meteo, sull'aria, i mari o sullo stato d'inquinamento del nostro pianeta. Sono al servizio dei cittadini oppure offrono servizi commerciali per società private che hanno bisogno di questi dati.»

«Qualcuno in America potrebbe averne?»

Makarov si fece attento.

«Non saprei, credo di no, anche se ormai ogni Paese è collegato. So che hanno organizzato da poco una conferenza sulla sicurezza a New Orleans...»

Peter alzò una mano.

«Ma non si occupano solo di clima?»

In quel momento entrò Derek e Kirk attese qualche istante prima di rispondere.

«Controllando gli oceani e il territorio per eventuali maremoti o terremoti, hanno sviluppato una sorta di mappatura di tutto il mondo e quindi si scambiano dati riservati su diverse nazioni. Sa com'è quando ti scambi un dato, puoi essere intercettato e allora hanno sviluppato una rete di sicurezza che forniscono a chi serve.»

«Di cosa state parlando?» Chiese il partner a Makarov.

«Di Copernicus, è un progetto europeo di satelliti.»

«Interessante,» fece Derek mentre si sedeva. Poi aggiunse: «Eccoti il computer, aprilo, smontalo, rimontalo, fai quello che vuoi, ma entraci dentro. Ci serve tutto, okay? E subito.»

Kirk afferrò il laptop che gli porgeva e annuì non molto convinto.

I detective si alzarono.

Fecero per uscire dalla stanza quando Peter si fermò e gli chiese: «Sai dove è la sede di Copernicus?»

«In Francia, credo vicino a Parigi.»

«Grazie e buon lavoro.»

Si scambiarono un'occhiata e Makarov seguì Derek fuori dalla stanza.

Dopo un paio di passi, disse: «Ce la farà?»

«Non saprei. Quel Gomez mi sembrava uno sveglio ma qui non sai mai chi è il più bravo. Questi genialoidi ti sorprendono sempre, hanno delle risorse inimmaginabili.»

Si avvicinarono alle loro scrivanie. Sally era seduta poco distante e stava china sul computer come se dovesse entrarvi dentro.

Peter le si avvicinò e le posò una mano sulla spalla. Strinse appena le dita e lei, senza muoversi, sorrise. Poi prese una sedia e le si accomodò vicino. In quel momento erano così uniti da poter sussurrare.

«Perché sei qui?»

Lei si girò fino a quando le punte del naso quasi si sfiorarono.

«Per aiutarvi.»

Le piantò gli occhi dentro ai suoi.

«Dimmi la verità.»

«Per aiutarti.»

Sospirò. «Pensi che ne abbia bisogno?»
«Io no, ma lui sì.» E indicò il suo capo. Poi prima che Peter potesse dire qualcosa, aggiunse: «Ti vuole bene e io mi fido di lui. Se non fosse stato per la sua caparbietà, non saresti tornato.»
Lui scosse la testa. «Non solo, anche per il tuo fiuto. Tu hai collegato gli Scribi a Iside e quindi a Elisabeth Scorsese e...»
«Fermo!»
«Cosa ho detto che...»
«Aspetta.» Sally fece un balzo mentre anche Derek si avvicinò. Afferrò il suo iPad, e in un attimo ebbe di nuovo la lista davanti ai suoi occhi.
«Ma certo, che stupida a non pensarci prima. A Londra Elisabeth Scorsese era in pericolo perché era legata a Iside, uno dei capi degli Scribi. Ora qui a New York ha contatti con Delany, Jeremy Vance e la stessa Rachel Thompson, tutti collegati all'omicidio di uno Scriba per eccellenza, Jonathan Brimley. Ecco, sono loro, sono tornati. Sono l'elemento che unisce questa lista.»
Derek la rilesse ad alta voce aggiungendo gli ultimi nomi.

Rachel Thompson
Elisabeth Scorsese
Cristopher Brimley
DARPA
NASA
Killer
CIA
Samuel Van Vogt
Philip Delany
Spia
Alejandro Gomez
Electric dreams
McRoland
Guanto elettrico
Iside

«Quindi sono loro i mandanti,» esclamò Peter quasi incredulo. Il solo sentire di nuovo quel nome lo fece rabbrividire.
«Ma come possiamo scoprire il loro volto?» La domanda era di Derek.
«Non è questo il punto. Dobbiamo prima capire cosa li unisce, qual è il loro scopo e ripartire dall'unica persona informata dei fatti, non di tutti ma di una buona parte.»

«Ancora lei,» sentenziò Derek, quasi infastidito.

Sally scosse la testa. Avevano una nuova pista. C'era in lei una sorta di eccitazione ma anche di tristezza: quella donna era diventata un'amica.

Fu Peter a toglierla dall'imbarazzo.

«Dobbiamo chiamare Elisabeth Scorsese.»

33

Quando squillò il cellulare, Elisabeth Scorsese stava facendo una cosa che non faceva da tempo: immergere il dito in un barattolo di Nutella. In preda al desiderio assoluto di dolci, aveva camminato fino al 200 della Quinta strada, al Nutella bar di Eataly. Aveva visto in vetrina la confezione più grande e in men che non si dica, n'era uscita con tante di quelle calorie sotto il braccio da farle perdere il senso delle cose.

Aveva preso un taxi diretta al suo ufficio pregustando il primo assaggio, poi si era chiusa nella sua stanza velocemente, evitando di rispondere a chi la chiamava. Lo aveva piazzato davanti a sé, tirato su una manica della camicetta leggera che indossava, e... voilà. L'indice era pronto, le labbra leggermente aperte, gli occhi spalancati davanti a tanta bontà...

«No.»

Sbuffò.

Con riluttanza, lo afferrò, 'Numero sconosciuto'. No, non avrebbe risposto e sarebbe tornata al suo bisogno di 'dolcezza'. Ma poi pensò che poteva essere Palmer e allora schiacciò un tasto ridendo, neanche fosse una ragazzina.

«Sei tu, soldato?»

Chiese con il sorriso sul volto. Aveva voglia di vederlo e di...

Un grugnito la riportò alla realtà.

«Avvocato Scorsese, sono il generale Nisbet.»

Dio, voleva seppellire lei altro che il telefono. 'Che idiota che sono, neanche una quindicenne...'

«Mi dica,» riuscì a dire.

«L'ultima volta che ci siamo sentiti, ha chiuso la telefonata in malo modo. Devo aspettarmelo anche ora?»

Già, era vero. Si era fatta prendere dal panico ma ora non sarebbe successo.

«No, assolutamente. Mi scuso ma a volte succedono cose che non ci fanno riflettere...»

«O forse abbiamo solo bisogno di tempo per pensare.»

«Cosa desidera?»

«Voglio aiutarla.»

Elisabeth rimase per un attimo interdetta.

«Non capisco. Chi le dice che ne ho bisogno?»

Nisbet sospirò. Per come lo ricordava, era la massima espressione che concedeva.

«Se non sbaglio, voleva sapere di più sul passato di Robert Palmer, su come rintracciarlo e su quell'agente dell'NCIS Frederick Scalzi.»

«Esatto. Ma lei mi ha chiesto di mia madre e io non accetto ricatti. Mi dispiace.»

Il generale rimase qualche secondo in silenzio ed Elisabeth pensò che stavolta avrebbe riagganciato lui.

«Facciamo in questo modo. Io le mostrerò la mia disponibilità, sia con Scalzi che con Palmer e poi le racconterò una storia che non conosce. Lei deciderà la prossima mossa.»

Una resa totale. Cosa c'era sotto?

«Perché lo fa?»

«Per suo padre e perché mi fido di lei.»

S'irrigidì. Mai credere a chi ti lusinga... Ma in fondo cos'aveva da perdere?

«D'accordo. Sentiamo.»

«Sa chi è Debbie McRoland?»

Si bloccò di colpo. Il direttore della DARPA aveva fermato Margot Massu perché cercavano questa donna, una scienziata che lavorava per la NASA.

«No, perché?»

Silenzio.

«Avvocato Scorsese, io le mostro onestà, lei faccia altrettanto, altrimenti non andiamo da nessuna parte.» Poco dopo, il generale aggiunse: «Ha sentito parlare di questa donna?»

«Sì.»

«Bene. Quando e perché?»

Elisabeth sbuffò. «Generale, non ricominciamo con questi giochetti. Se vuole delle informazioni lo dica e basta, non stia qui a far finta di concedermi qualcosa. È lei che mi ha cercato.»

Di nuovo silenzio anche se il rumore dei pensieri di Nisbet sembrava occupasse la linea.

«È come suo padre.»

Non più, mio caro, non più... Si disse pregando in cuor suo di non fare la stessa fine.

«Debbie McRoland è tornata a casa e riprenderà presto a lavorare su un progetto per conto della NASA. Stava per essere uccisa a Parigi ma un uomo l'ha salvata, protetta, portata in Italia e poi è venuta da noi.»

«Perché mi racconta questo?»

«Vance mi ha aggiornato sul vostro incontro e Margot Massu.»

Elisabeth accusò il colpo. Ora le Forze militari collaboravano con un'agenzia come la DARPA? Cosa stava succedendo? Chi era questa donna?

«L'ascolto.»

«Ci sono molti punti oscuri. Samuel Van Vogt era uno dei corresponsabili del progetto insieme alla McRoland e come sa, è stato ucciso una settimana fa. La mia domanda è: a cosa stavano lavorando veramente?»

«Generale, io sono un avvocato, lo chieda alla NASA.»

Nisbet sospirò.

«Elisabeth non sminuisca il suo ruolo. Al vostro incontro con la Massu c'era anche il direttore, Morgan Williams.»

«Non crederà che ora faccio affari anche con la NASA...»

«Non lo so, me lo dica lei.»

«No.»

«Bene.»

Elisabeth trattenne il fiato. Non le piaceva dire bugie ma doveva capire cosa stava succedendo.

«Vada avanti,» esclamò buttando fuori il fiato.

«Solo se lei mi promette che mi darà una mano. Quello che sto per dirle non lo conosce nessuno.»

Stava per replicare con la stessa irruenza di pochi attimi prima ma poi decise di prendersi qualche secondo per pensare. Forse Nisbet aveva ragione; per scoprire la verità doveva sapere.

«D'accordo, l'aiuterò.»

«Grazie.» Poi senza attendere oltre, continuò: «Quando la McRoland era in fuga con quell'uomo ha chiesto di poter far sapere ai suoi familiari che era viva. Le hanno scattato una foto che ha ricevuto il padre, un mio amico, un generale in pensione. Lei è riuscita a mandare un messaggio incrociando le dita in un modo che solo il padre riuscisse a comprendere.»

Nisbet si fermò per respirare mentre Elisabeth aveva smesso.

«Era un segno per ricordare uno studio che lei aveva portato avanti all'università con il suo fidanzato di allora, un certo Andrea Carli. Fu ucciso nel 2001 alla stazione di Venezia mentre lei lo stava aspettando in fondo al binario...»

«Oddio,» riuscì appena a dire Elisabeth.

«Non è tutto, oltre ad aver assistito all'omicidio, Debbie McRoland è stata portata via con la forza da uomini che potevano essere dei servizi segreti alla base di Aviano e subito caricata su un aereo diretto a Washington. Da quel momento in poi, le sono state aperte le vie del successo; una carriera folgorante e ogni progetto di suo gradimento. Gli avvenimenti di Parigi e di Van Vogt a New York, sembrano essere collegati con il progetto del 2001.»

«E la morte di Andrea Carli.»

«Esatto.»

Elisabeth cercò di capire meglio quello che aveva appena sentito.

«E lei vuole che io in qualche modo possa scoprire il collegamento?»

Il generale Nisbet rispose:

«Non le chiedo tanto, ma di far tesoro di quest'informazione per capire se esiste un modo per scovare cosa c'è dietro a tutto questo e tenermi informato.»

«Va bene.»

L'uomo emise un grugnito. Era un segno di apprezzamento.

«Le mando per sms quello che le avevo promesso, e il mio numero privato. Lo aggiunga alla rubrica e non esiti a chiamarmi a qualsiasi ora del giorno e della notte. Non dimentichi che dopo il presidente degli Stati Uniti, sono la più alta carica militare del Paese.»

«D'accordo... Posso farle una domanda prima di salutarci?»

«Mi dica.»

«Come si chiamava il progetto?»

«Copernicus.»

Si era sciolta i capelli mente si sedeva alla scrivania. La prima cosa che aveva fatto, era quella di verificare cosa fosse Copernicus e la rete le aveva confermato che era il nome di un progetto che riguardava i satelliti.

Un'azienda europea con sede a due passi da Parigi.

La seconda invece era stata quella di convocare urgentemente Philip Delany. Non poteva più rimandare, troppe cose premevano per essere comprese.

Aveva riposto la sua preda prelibata in un armadio mandando al diavolo il desiderio di felicità che voleva e aveva fatto una chiamata.

Ora era in attesa.

La voce le riempì l'orecchio e la sua testa aumentò di calore come se all'improvviso fosse apparso un sole caraibico. Chiuse gli occhi e s'immaginò la sua bocca che si apriva in un sorriso.

«Sono io,» disse prima che rispondesse.

«Giusto.»

Era sorpreso ma non troppo.

«Ho bisogno di vederti.»

Lui attese un istante e poi rispose: «Anche io.»

«Ti aspetto per l'ora di cena.»

Il sergente Robert Palmer ridacchiò. «Non dirmi che sai cucinare...»

«Ti meraviglierò, soldato.»

«Lo hai già fatto. Anzi mi hai folgorato per dirla tutta.»

«A dopo.»

Chiuse la comunicazione senza smettere di pensare a lui e a quello che gli avrebbe fatto quando avrebbe varcato la soglia del suo appartamento.

Bussarono alla porta.

Era Lara.

«Dimmi pure, mia unica salvezza.»

«Vedo che sei in un buon momento, ottimo. Mi sono persa qualcosa?»

Elisabeth soppesò se era il caso di raccontarle tutto ma poi scosse la testa.

«Nulla, mia cara, è che sono tornata a vivere, finalmente.»

L'amica mimetizzò un gesto di disaccordo e poi disse sillabando: «C'è qui una persona per te ma...»

Elisabeth la bloccò con un gesto della mano.

«L'ho chiamato io, lo aspettavo, fallo accomodare.»

Lara rimase impalata. Non si aspettava una tale risposta. Un pensiero le attraversò la mente: il suo capo l'aveva tagliata fuori.

«Elisabeth io... vorrei sapere; va tutto bene?» Chiese con delicatezza.

Lei la guardò. Sembrava volesse aggiungere qualcosa.

«Sì, non preoccuparti. E ora fai accomodare il nostro ospite, grazie.»

Lara alzò le spalle e uscì.

La porta si aprì e lei si preparò a un'accoglienza calorosa. Fece il giro della scrivania e dopo pochi passi s'immobilizzò.

«Tu.»

Puntò i piedi come se a fermarla fosse stato un muro di cemento armato.

«Elisabeth.»

«Esci fuori di qui immediatamente.»

«Ho un messaggio di tua madre.»

Lei fece un passo indietro ma rimase ferma nel fissarlo.

«Io...»

Alzò una mano.

«Riferisci e sparisci.»

Gli occhi di Brian, verdi come lo smeraldo, cominciarono a sondarle l'anima. Rimase ferma quasi a sfidarlo ma poi abbassò la testa.

«Non provarci nemmeno,» disse ma con meno sicurezza. Quello sguardo l'aveva catturata fin dal primo momento. Ma poi era sparito facendo intendere chissà cosa.

«Altrimenti cosa fai? Mi prendi a calci?»

«No, dirò solo a mia madre che mi hai fatto del male.»

Brian sbiancò di colpo. Rimase immobile qualche istante e poi sussurrò: «Non è colpa mia. Non volevo deluderti, non potevo fare altro...»

«Cosa fai ora? Implori il mio perdono? Non ti vergogni? Sei anche un codardo oltre che...»

Cercò di far scappare via quell'ultima parola con un movimento della mano mente spostava lo sguardo via da lui.

«Oltre cosa, Elisabeth?»

Il tono di Brian era tornato fermo e sicuro.

«Non osare chiamarmi per nome.»

Lo stomaco cominciava a chiudersi, la furia stava montando come anche le lacrime, lacrime di rabbia.

«Non hai risposto alla mia domanda.»

«Un impostore, un bugiardo, un falso, chiamati come vuoi, non fa differenza.» Si trattenne da mostrargli il suo dolore.

Non aggiunse altro e Brian ne approfittò.

«Ho fatto solo quello che mi è stato ordinato da tua madre: proteggerti.»

«No, hai fatto di più ma non te ne sei neanche accorto.» Scosse la testa come a cacciar via quei ricordi. «Lasciamo perdere, cosa vuole mia madre?»

«Ti chiede se puoi andare da lei questa sera, per le sette.»

«Non posso.»

Brian spalancò la bocca.

«Cosa c'è? Iside non accetta un no come risposta?»

L'uomo annuì.

«Ti credevo un uomo forte e invece ti scopro sempre di più un debole. Uno dalle mille facce, come quel bastardo di Omar Faruk.»

Brian sembrò risvegliarsi.

«Perché conosci l'iracheno?»

Elisabeth gli girò le spalle e camminando lentamente si rimise seduta.

«Non sono affari tuoi. E ora vattene.»

Lui non si mosse. «Mi hai paragonato a un ex colonnello di Saddam Hussein, feccia sulla terra, devo sapere perché lo conosci.»

Fu il turno di Elisabeth di rimanere in silenzio. Questa non se l'aspettava. Ma non era un amico di suo padre e sua madre? Chi faceva il doppio gioco ora?

«Mi ha puntato una pistola due giorni fa nel suo negozio. Ha minacciato di uccidermi se non me ne fossi andata. Contento ora?»

Lui sospirò.

«Allora, cosa dico a tua madre?»

«Verrò domattina per le nove, nel suo tempio.»

Brian abbozzò un sorriso e lasciò la stanza.

Come fu uscito, Elisabeth scattò in piedi e si gettò verso l'armadietto dei super alcolici. Prese una bottiglia, e poi un'altra lasciandole su un ripiano.

«Cosa stai facendo?»

La voce di Lara la fece sobbalzare.

«Ehi, sei tesa come una corda. Ho provato ad avvisarti ma mi hai mandato via.»

«Perdonami ma pensavo si trattasse di Philip Delany. Ora ho bisogno di riprendermi e...»

«Non puoi bere ora. Lui è qui.»

La guardò reclinando il capo e quasi ammonendola, chiese: «Quale lui, se non ti dispiace?»

«Il tuo tanto atteso scienziato.»

La sua fedele collaboratrice sorrise.

«Bene. Fallo accomodare e rimani con noi.»

Lara fece per andar via ma si bloccò e disse: «Sei sicura di essere pronta?»

Elisabeth scosse la testa. «Come sempre, no?»

Poi la invitò ad affrettarsi con un piccolo gesto della mano.

La mole dell'uomo che entrava nel suo studio, la strappò dai suoi pensieri e lei gli strinse la mano prima di dire: «Bentornato.»

«È un piacere vederla, qui e non in un distretto di polizia.»

Tutti si accomodarono.

«Non avevano nulla, semplice routine per loro. Ci sono abituata.»

L'uomo abbozzò un sorriso e cominciò a muoversi leggermente.

«Se non ricordo male, c'è stato un periodo che li ha ridicolizzati... Non la vedranno di buon'occhio.»

Elisabeth sorrise. «Acqua passata. Ora andiamo d'amore e d'accordo. Anzi, ne approfitto per dirle cosa mi hanno proposto.»

Delany strabuzzò gli occhi. «Ma chi, i poliziotti? Pensavo di essere qui per il mio algoritmo...»

«Un attimo, ci arriviamo. Porti pazienza e mi lasci spiegare.»

Lanciò un'occhiata a Lara che le rispose con un breve gesto del capo. Era pronta a cogliere le reazioni di quel genio grande e grosso.

«Ho ricevuto la visita del comandante del distretto, il capitano Hoffman, il quale mi ha chiesto se lei è disponibile a collaborare con loro al caso Van Vogt. In cambio le offre il suo aiuto per recuperare il brevetto.»

«Cosa vuole che faccia praticamente?»

«Sanno che Van Vogt lavorava per la NASA ma anche per la DARPA a un progetto molto ambizioso e che questo sia il movente dell'omicidio. Con le sue capacità potrebbe scoprire di cosa si tratta.»

«Impossibile,» sentenziò Delany. «Per capire qualcosa, devi avere accesso ai loro archivi.»

«Credono che lei abbia qualche conoscenza che le consentirebbe di avere questo tipo d'informazioni. Si chiedono come ha fatto a sapere quale albergo avesse prenotato il suo collega...»

«Aspetti. Questa è una supposizione idiota. Io e Samuel siamo i fondatori di un fandom da oltre quattordici anni; lo conoscevo molto bene, abitudini incluse. Che stupidaggine. Mi ha fatto venire per questo, avvocato?»

Si protese un po' in avanti e la sedia lo fece con lui.

Entrambe le donne rimasero sorprese dalla reazione decisamente sopra le righe. Lo ricordavano come un uomo mite, e ora si ritrovavano davanti un arrogante. Cos'era successo nel frattempo?

Elisabeth fece finta di nulla e continuò, stando ben attenta a dosare le parole.

«Mi ha chiamato Morgan Williams...»

«Quel farabutto e ladro.»

«Mi lasci parlare, la prego.»

Delany non aggiunse nulla e lei continuò: «Le offre indietro i diritti dell'algoritmo a patto che lei prenda il posto di Van Vogt al progetto cui stava lavorando, e che quindi lo dia in concessione esclusiva a loro per cento anni. Le garantirebbero 75 milioni di dollari, più lo stipendio che era quello di Van Vogt.»

L'uomo rimase interdetto.

«Questa è bella.» Cercò di stendere le gambe ma non gli riuscì. Quasi imprecò, come se non fosse colpa della sua mole.

«La polizia vuole che io scopra delle informazioni sul progetto della NASA, e la NASA vuole darmele pagandomi anche un bel po' di soldi. Divertente, non trova?»

Sorrise scuotendo la testa.

Lara si sentì chiedere: «Perché lo trova così divertente?»

«Perché potrei accettare entrambe le proposte e non farei un danno a nessuno.»

Elisabeth era sconcertata e non fece nulla per nasconderlo.

«Signor Delany, non è proprio così. Se lei firma un accordo con la NASA, questo sarà vincolato alla segretezza assoluta delle informazioni in suo possesso. Quindi o uno o l'altro.»

L'uomo rimase deluso e mosse più volte la testa.

«Lei cosa mi consiglia?»

Lara cercò di attirare l'attenzione del suo capo ma l'avvocato Scorsese non sembrò farci caso.

«Lei è venuto qui con un obiettivo: riavere indietro il suo algoritmo. La NASA le offre anche di più. Mi disse che era il DNA di un figlio; lo ha concepito ma non lo ha visto crescere. Ora potrebbe ottenere entrambi oltre alla cifra importante che le riconoscono.»

«Ma dovrei continuare a svilupparlo con loro.»

Elisabeth non aggiunse nulla.

Delany sembrava pensare ma Lara non ne era certa.

«Mi scusi se m'intrometto, posso farle una domanda?»

L'uomo la guardò come se la vedesse per la prima volta. Non le rispose.

«Avvocato Scorsese, quante possibilità ho di ottenere indietro il mio algoritmo con una causa legale?»

«Pochissime. Ho approfondito la proprietà sul diritto d'autore, analizzato il suo contratto di cessione alla RoboTech e non rilevo atteggiamenti inadempienti da parte dell'azienda. Non solo ma con la NASA hanno sviluppato un progetto che di fatto snatura il suo algoritmo sorgente. È vero, senza la sua invenzione nulla sarebbe successo e forse questo potrebbe portare il giudice a liquidarci una parte degli introiti della RoboTech, quei famosi cento milioni, ma non giustificherebbe il ritorno a lei della proprietà. Sono stata chiara?»

L'uomo annuì. «Ma li farebbe rallentare... mi spiego meglio, senza Van Vogt a capo del progetto, e con una causa in corso, avrebbero dei problemi o sbaglio?»

«Cosa mi sta chiedendo esattamente? Signor Delany non riesco a capire dove voglia arrivare.»

«Il giudice può sospendere l'avanzamento del progetto se intentiamo una causa?»

«Potrebbe ma non ne sono convinta. Vede, il merito della causa è nel riconoscimento o meno della proprietà intellettuale non nel suo utilizzo. Quello è sacrosanto, sancito da un contratto tra lei e la RoboTech che ne poteva disporre a suo piacimento, e così ha fatto.»

Delany sbuffò.

«Non ne esco come volevo.»

«E come voleva uscirne?» Gli chiese di getto Lara Donovan.

Scese un silenzio che durò qualche istante. Delany chiuse gli occhi e poi cominciò a parlare lentamente.

«I numeri non sono solo semplici strumenti di calcolo, sono la vita, e la loro successione comporta scelte che possono andare in più direzioni. Ogni numero racchiude un concetto e rappresenta un comportamento umano. Ha un significato proprio e vanno usati a seconda di una personale visione d'insieme.»

Sentendo quelle parole, Lara si pentì di aver fatto la domanda. Lanciò un'occhiata a Elisabeth che invece lo ascoltava con interesse e gli chiese: «Lei non è d'accordo su come Van Vogt ha sviluppato i suoi numeri.»

Delany riaprì gli occhi e li piantò nei suoi. «Esatto.»

«E vuole ricominciare da zero.»

Senza volerlo aveva usato un numero per semplificare la questione. Abbozzò un sorriso e aggiunse: «E ha trovato chi la pensa come lei, chi ha la sua stessa filosofia dei numeri, pronto ad assecondarla.»

L'uomo si meravigliò di una tale sintesi e annuì vistosamente. La sua contentezza era evidente ma non contagiosa. Entrambe le donne rimasero impassibili.

«Temo che questo non sia possibile, signor Delany.»

La delusione dell'uomo fu tanto repentina quanto evidente.

«Perché?» Chiese con un filo di voce.

«Lei ha venduto un algoritmo specifico, ci ha detto che era per recuperare i satelliti in disuso, e quindi poco si presta a diversa interpretazione...»

«Oppure non ci sta dicendo tutto.» Le parole di Lara bloccarono sia il suo capo che lo scienziato. Ma era vero.

«È così, signor Delany?»

Gli occhi blu di Elisabeth lo inchiodarono alla sedia.

Lui si mosse, sembrava volesse alzarsi ma il suo peso glielo impediva.

«Provo a dirle io qualcosa, prima che se ne vada. Lei non vuole accettare un accordo milionario con la NASA perché conosce già il progetto cui stanno lavorando, non è così? L'evoluzione del suo algoritmo sorgente non le piace, non so, non la condivide e quindi vuole farne altro. È un suo legittimo desiderio, non posso biasimarla.»

L'uomo rimase a fissarla per qualche istante e poi disse: «Posso andare?»

«Un attimo soltanto. Perché non vuole aiutare la polizia? Potrebbe dare loro le informazioni che già possiede e affidarsi ad altre leve per avere indietro quanto desidera?»

Delany non rispose e a fatica si mise in piedi. Ma non ce n'era bisogno, Elisabeth conosceva già come stavano le cose.

Lui cominciò a camminare verso la porta ma lei fu più veloce e con uno scatto gli si parò davanti. Si fermarono a pochi centimetri.

«Cosa sa di Copernicus?»

Il viso di Delany non fece una piega ma una scintilla attraversò i suoi occhi.

«Mi lasci passare, avvocato Scorsese.»

Provò a capire cosa stava passando nella mente di quell'uomo che aveva cercato di usarla per altri scopi, ma poi si spostò di lato.

Lui si mosse e uscì.

«Cosa è successo, Elisabeth?»

Le due donne si ritrovarono una di fronte all'altra.

«Stronzo. Ecco cos'è, un gran bastardo.»

«Ma non capisco... cos'è Copernicus?»

Stava per replicare ma fece un gesto con una mano e tornò a sedersi alla scrivania.

«Quell'uomo voleva solo mandarmi un messaggio, ecco cosa. Sapeva fin dal principio che era impossibile recuperare il suo algoritmo ma voleva farmi capire da che parte stava.»

Lara le si avvicinò.

«Non capisco, ma cosa stai dicendo... messaggio, da che parte stare... spiegati per favore.»

Elisabeth fece due respiri profondi e poi disse: «Non posso, hai sofferto troppo a causa mia, non voglio coinvolgerti.»

La sua amica si sedette rimanendo protesa in avanti.

«Non puoi trattarmi in questo modo e lo sai bene. Abbiamo condiviso insieme tanti momenti importanti, abbiamo gioito e ci siamo disperate insieme, ti ho sostenuto e aiutato come una sorella. Non puoi tagliarmi fuori così, come se nulla fosse.»

La sua rabbia era evidente quanto graffiante.

«Mi dispiace ma voglio proteggerti.»

«Oh certo, ora torni a essere quella che decide cosa è bene o male per gli altri. Come osi farmi questo?»

«Io... non posso, cerca di capire.»

«Cosa devo capire, quanto sei diventata egoista e giudice delle scelte degli altri. Lascia decidere a me cosa fare o meno, o questo è chiederti troppo?»

Lara si era alzata in piedi e la fissava furente. Elisabeth non riuscì a sostenere il suo sguardo e alla fine abbassò gli occhi. Doveva resistere, non poteva rischiare che le succedesse qualcosa. Questa volta doveva affrontare ogni cosa da sola anche se avesse dovuto perdere la propria amica.

«Tu non capisci...»

«Eccome. Sei tu la stronza e non quell'uomo che è andato via ora. Me ne vado, non cercarmi più. Riceverai le mie dimissioni tra poco.»

E senza attendere oltre, Lara uscì di corsa dallo studio.

Elisabeth sprofondò nella poltrona. No, questo non doveva succedere. Era troppo. Sentì un senso di smarrimento impadronirsi di lei, un misto di rabbia e dolore. Scosse la testa furiosamente, si portò le mani al volto e pianse.

34

Lo shopping sulla Quinta Avenue era diventato da anni una tradizione solo per i turisti, anche americani. I newyorkesi ormai si muovevano in tutt'altre zone, prediligendo un quartiere piuttosto che un altro per la comodità o il negozio preferito. Mentre camminava davanti al Rockefeller Center e incrociava l'ennesimo negozio Banana Republic, si sentiva come un marziano sceso sulla Terra altro che turista in vena di fare acquisti. Non ricordava l'ultima volta che era stato nella Grande Mela ma ebbe la sensazione che poco fosse cambiato. La città che non dorme mai, ma neanche cambia, si disse mentre era costretto a evitare la campanella di una donna dell'Esercito della salvezza. Si fermò al primo incrocio e acquistò una bustina di arachidi pralinate notando come il prezzo cambiasse per zona e orario. Ogni occasione era buona per far soldi, anche un solo dollaro in più.

Concesse ancora uno sguardo a questa famosa via che s'inclinava verso sud sparendo alla vista e poi attraversò la strada al primo semaforo verde. Camminò ancora in direzione Central Park fino a quando non arrivò davanti a Emporio Armani. Gli aveva detto di andare in quel negozio e comprare ciò che voleva; doveva essere elegante per il loro incontro, vestito made in Italy. E sarebbe stato ospite della Lumière.

Entrò.

Da tempo non indossava un completo ed era arrivato il momento di farlo. L'occasione lo reclamava. Avrebbe scelto gli stessi colori che indossava quando l'aveva vista l'ultima volta a Pisa.

Gli abiti si trovavano al pianterreno da cui partiva una scala bianca, un modello che gli ricordò un film che aveva visto vent'anni prima, *Gattaca*.

«Posso esserle utile?»

Una ragazza mora vestita in modo elegante gli stava sorridendo.

Cobra la degnò appena di uno sguardo e poi rispose: «Ho bisogno di rifarmi il guardaroba. Un completo blu, camicia bianca, cravatta blu e scarpe nere. Lucide.»

«Complimenti! Lei è sempre così deciso?»

«Sempre,» rispose, questa volta guardandola e ammirando il suo viso. Lei si sottrasse velocemente da quegli occhi scuri e disse in un soffio: «Mi segua.» Attraversarono lo spazio principale fin quando una serie di abiti gli apparvero davanti.

«Ha in mente un modello particolare, non so classico o più moderno?»

«Quale mi starebbe meglio secondo lei?»

La moretta fu costretta a guardarlo per bene e non riuscì a nascondere il suo apprezzamento.

«Credo... più moderno.»

«Perché?»

Stava cominciando a divertirsi e non avrebbe mollato facilmente. Era colpa di quella dottoressa che aveva salvato pochi giorni prima; gli aveva risvegliato il desiderio di una donna e ora si sentiva un animale, affamato e voglioso.

«Be', ha un bel fisico e quindi un abito moderno è più fasciante.»

«Mette in mostra le forme.»

Lei sorrise, le gote leggermente rosse. Lui la squadrò. Anche le sue forme erano perfette. Lei non si sottrasse a quel gioco e lo sfidò tenendo gli occhi puntati sui suoi.

«Bene,» disse Cobra. «Seguirò il suo consiglio.»

La commessa si mosse in fretta, valutò la taglia e gli tirò fuori un paio di abiti.

«I camerini sono poco più avanti. Nel frattempo le vado a prendere un paio di camicie.»

Lui annuì e le sorrise. Lei si allontanò sventolando appena la mano.

Cobra prese gli abiti e si fermò davanti a un commesso che ammiccando gli indicò il camerino libero. Mi spiace per te, amico mio, ma preferisco la tua collega, si disse mentre si chiudeva dentro. Si tolse la giacca, fece attenzione a lasciare la pistola in vista, e si provò il completo. Aderiva perfettamente. La ragazza se ne intendeva.

Sentì bussare.

«Le lascio le camicie qui fuori.»

Cobra aprì la porta.

«Aspetti. Mi dica come mi sta, per favore.»
Lei alzò gli occhi al cielo ma rimase ferma dov'era. Lui fece un passo avanti e disse: «Allora?»
La ragazza si costrinse di nuovo a guardarlo, ma questa volta con maggiore curiosità.
«Le sta molto bene. Lo prenda.» Poi prima di andar via, fece scivolare lo sguardo sul piccolo tavolino interno su cui era poggiata la pistola e trasalì.
Stava per scappar via ma Cobra fu più veloce. L'afferrò per un braccio, senza stringere troppo, solo per farle capire di rimanere ferma. Guardò velocemente se il suo collega fosse nei paraggi ma non vide nessuno.
«Sono un agente segreto. Non si spaventi.»
La ragazza era terrorizzata. Stava sul punto di urlare. Lui le si avvicinò e le mise l'altra mano su una spalla.
«Le faccio vedere il tesserino, per favore non gridi, sono sotto copertura.»
E finalmente le sorrise. Lei sembrò rilassarsi.
«Ora la lascio andare, posso fidarmi?»
Cobra non attese risposta, fece due passi indietro senza staccarle gli occhi di dosso e prese la giacca. Armeggiò fino a quando non prese il tesserino di Jack Folson, l'agente della CIA che aveva ucciso a Seul. Ringraziò il giorno in cui aveva gettato sul cadavere di Yuri Baranov a Zurigo il suo passaporto.
Glielo mise davanti agli occhi, abbastanza lontano da non farle capire bene. Il logo della CIA era comunque inconfondibile.
«Va bene ora?»
Lei fece un segno con la mano. Girò la testa prima a destra e poi a sinistra, poi tirò fuori il cellulare che teneva in una tasca dei pantaloni e gli scattò una foto.
Diavolo di una donna!, pensò Cobra mentre metteva via il tesserino.
«Ecco, così sono a posto. Se farà qualche scherzo lo invierò subito alla polizia, anzi in rete, forse è meglio, così addio alla sua copertura.»
«Ma tu leggi thriller per caso?»
Lei alzò le spalle.
«Non solo, ma devi comprare almeno altri due abiti. Ora ti porto qualcosa di meno formale, mia cara spia. Aspettami qui.»
E in un batter d'occhio se ne andò. Stava per chiamarla indietro ma il suo istinto gli disse che poteva fidarsi. Ma per tenerla tranquilla

doveva spendere una fortuna. Avrebbe messo tutto in conto alla Lumière.

Dopo circa mezz'ora, si recò alla cassa con la ragazza sorridente e sicura di sé e lui sempre più sbalordito. La sua mancia sarebbe stata di quattro cifre, altro che stipendio mensile.

Attesero che la cassa finisse di fare il conto, firmò una ricevuta per l'addebito sul conto della Lumière sempre piantonato dalla bella moretta e come fu carico di pacchi fece per uscire. Poi gli venne in mente un particolare non indifferente. Si fermò prima di lasciare il negozio.

«Come ti chiami?»

«Jessica.»

«Posso chiederti di cancellare la foto? Sai non vorrei che qualche tuo amico o amica...»

«Certo.»

Fece quello le aveva chiesto davanti a lui e poi gli disse: «Soddisfatto?»

Gli sorrise. Ora che si era rilassata, era molto più affascinante.

«Non ancora, ho bisogno dell'ultimo favore.»

«Certo, dimmi tutto, agente segreto.» Gli occhi le sorridevano e Cobra vi vide un pizzico di malizia.

«Sono arrivato questa mattina e non ho ancora preso l'albergo. Devo andare a un appuntamento, vorrei cambiarmi qui, lasciare le mie cose e poi prima di sera, vi dico dove consegnarmele. Si può fare?»

«Certo e non dovrai pagare nulla in più. È un servizio compreso nel prezzo. Sai, spia, sei un uomo fortunato. Il negozio chiude alle 19, chiama prima, mi raccomando.»

Gli fece l'occhiolino e lo lasciò solo.

Dopo pochi minuti, Cobra uscì dal negozio e chiamò un taxi. Mancava un'ora al suo appuntamento, e non sarebbe arrivato tardi per nulla al mondo.

Aspettava quell'incontro da oltre quattordici anni e mentre saliva nella prima vettura gialla che si era accostata, pensò a com'era strana la vita. Era stato arrestato a Pisa appena lei aveva lasciato il ristorante dove si erano dati appuntamento, accusato di aver ucciso Andrea Carli e quindi rimandato in America grazie all'intercessione della CIA; era passato per l'inferno della Siberia, salvato la vita della fidanzata di Carli dopo tutto quel tempo e per poco aveva rischiato di venir smascherato da una commessa di un negozio.

Follia.

Come tutto quello che aveva fatto fino a quel momento.

E Caterina gli avrebbe dato le spiegazioni che cercava, altrimenti la follia si sarebbe trasformata in una furia incontenibile e assassina. Le parole di Debbie McRoland lo colpirono come una fucilata. Aveva ragione. D'altronde, chi era lui se non un killer?

Il 15 di Central Park West non era un indirizzo qualsiasi. Non solo per il suo alto valore commerciale ma anche perché era strutturato come un edificio fortezza. Cobra lo aveva studiato da lontano con la mente militare cui era abituato; l'unica via d'entrata o uscita più il personale che ci lavorava, tra guardie di sicurezza, portieri e facchini, lo facevano sembrare più un check-point che non un edificio di lusso. Entrava solo chi era autorizzato. Si era avvicinato diverse volte cercando di non dare nell'occhio e non aveva notato nulla di strano. Aveva anche fatto il giro dell'isolato e prima che potesse sudare dal gran caldo, si era rifugiato in uno Starbucks per un doppio solo. Nessuno lo seguiva e tutto sembrava tranquillo. Si toccò il leggero rigonfiamento all'interno dell'abito, sopra la cintura, e la Glock era dove doveva essere. Alla fine era l'arma che preferiva.

Le quattro del pomeriggio. Era ora.

Lasciò il caffè e a grandi passi si diresse all'entrata. Non si guardò intorno, ormai il più era fatto. Il portiere che stava sulla strada gli fece un cenno di saluto e lui rispose facendo altrettanto. Gli aprì il pesante portone e in un attimo fu dentro. La hall era immensa ma nulla sembrava muoversi. Lo stavano tutti guardando. Forse non si aspettavano tanta eleganza. Indugiò un attimo ma poi si diresse verso la portineria. Tre uomini erano seduti subito dietro. Non sembravano agenti, tanto meno armati.

'Mai dire mai...'

«Sono stato convocato. Lei mi sta aspettando.»

«Il suo nome, per favore?»

Cobra non rispose e attese che facessero qualcosa.

Gli uomini si scambiarono uno sguardo veloce. Sembravano nervosi. Mosse gli occhi da una parte all'altra attento a tenere ferma la testa e intravide due guardie che si stavano avvicinando. Dal passo e dalla postura, li avrebbe eliminati in pochi secondi. Non erano un pericolo.

«Un attimo soltanto.»

Uno dei tre uomini fece un segno a un facchino che si avvicinò.

«Accompagna il signore al trentatreesimo piano.»

L'uomo deglutì, impressionato dalla mole del nuovo ospite.

Attraversarono l'atrio e attesero che l'ascensore arrivasse. Una volta saliti, il facchino eseguì gli ordini. Cobra si piazzò dietro di lui. Gli dispiaceva, ma in caso di scontro a fuoco era uno scudo perfetto.

Come le porte si aprirono, un uomo li stava aspettando. Non sembrava minaccioso.

«Grazie. Da qui ci penso io. Prego, mi segua.»

Avanzarono qualche metro con le mani bene in vista. Cobra imprecò per quel vestito troppo 'fasciante' anche se il pensiero di Jessica gli stuzzicò una parte del cervello che teneva lontano da tutto e tutti. Era quello l'allenamento che gli aveva permesso di sopravvivere in Siberia.

Si fermarono davanti a una porta senza numero. L'uomo bussò tre volte, poi attese tre secondi e bussò ancora per cinque volte, attese cinque secondi e poi bussò per la sesta volta. Dopo sei secondi la porta si aprì.

Una ragazza dalla pelle olivastra li accolse e disse: «Ben arrivato, venga che la faccio accomodare nel salone. Brian, lei ha detto che puoi aspettare qui.»

L'uomo annuì e si fece da parte. Cobra lo aveva soppesato come lo aveva visto e così fece con la ragazza. Valutò che lei era più pericolosa.

Entrarono in un salone immenso dove una figura di Iside occupava un lato. C'erano libri antichi e quadri ovunque, di sicuro valore, e l'arredamento era elegante senza essere altezzoso.

Nel suo completo, s'integrava perfettamente con l'ambiente. Comprese perché gli aveva dato precise istruzioni su quale abito acquistare dicendo che era a sue spese. Voleva che anche lui fosse in armonia con quel luogo. Ed era vero; si trovava a proprio agio, pronto a rivederla.

Si girò.

Era solo.

Poi apparve.

Sembrava fluttuare tanto si muoveva leggera. Gli stava venendo incontro con le braccia aperte a mo' di preghiera e un sorriso dolce e sincero. Era ancora bellissima.

«Partner,» sussurrò e lui lo avvertì appena. Il suo cervello stava battendo all'impazzata, o era il suo cuore? C'era stato un momento, in una delle loro innumerevoli missioni, in cui si era chiesto se l'amava o se era solo attrazione fisica, stima, complicità, condivisione, fiducia... Non era riuscito a capire, come ora non comprendeva cosa gli stava succedendo.

Lei coprì la distanza che li separava in un battito di ciglia, il tempo che il suo ultimo pensiero impiegò a fermarsi sulle labbra di lei.

Caterina se ne accorse. Indugiò un attimo allargando gli occhi e poi, come se fosse la cosa più naturale del mondo, lo baciò.

Dapprima fu solo una piccola pressione, poi come lui accennò a rispondere, lei allargò le labbra e iniziò a punzecchiargli la lingua con la sua. Cobra tratteneva il respiro, sentì che la mente si stava liberando di tutta la tensione di quel momento, di quegli ultimi anni, del tempo che erano rimasti separati. Le loro lingue s'intrecciarono e lei gli si premette contro. Lui fece per stringerla ma lei saltò indietro di due passi.

«Hai una pistola?»

Si voltò e si allontanò.

«Scusami... io...» Si sentì un cretino. Non si era fidato della sua partner che lo aveva protetto e aiutato in mille occasioni.

Mantenendogli le spalle, Caterina disse: «Come ti fai chiamare? Cobra, giusto? Di nome e di fatto.»

«Aspetta.» Le si avvicinò ma prima che potesse toccarla, lei si allontanò di nuovo. Avanzò fino al mobile bar e tirò fuori una bottiglia di rum. Lo versò in due bicchieri. Prese il suo e si accomodò. Lui fece altrettanto ma rimanendo un po' distante.

«Bevi che così si parla meglio di lavoro.»

Il tono non lasciava dubbi.

Cobra si scolò il contenuto in un unico sorso.

«Buono.»

«Cosa pensavi, che ti avvelenassi?»

«Piantala Caterina. Non sapevo cosa aspettarmi, va bene? Sono quattordici fottutissimi anni che non ho tue notizie e di quello che mi è successo, potresti essere tu la responsabile.»

«Sei patetico.»

«E tu una maledetta stronza.»

Fu il turno di lei di bere tutto d'un fiato. Cobra si alzò, riempì entrambi i bicchieri e tornò a sedersi.

«Quando siamo riusciti a trovarti e Margot Massu ti ha contattato, cosa ti ha offerto?»

«Il nome di chi mi ha tradito e fatto spedire in Siberia.»

«Appunto. Come fai solo a pensare che potessi essere stata io?»

Lui bevve e lei fece altrettanto.

«A Pisa, come sei uscita, quegli italiani mi hanno arrestato.»

Lei scosse la testa. «Li ho visti entrare ma non potevo fare niente. Erano in quattro, addestrati e armati. Li avremmo dovuti uccidere, così, a sangue freddo e in un ristorante pieno di gente. Tu avresti fatto la stessa cosa. Noi non siamo degli assassini.»

Cobra la fissò.

«Ne sei convinta?»

Dopo qualche istante, aggiunse: «Il tuo cellulare squillò subito dopo che ti eri messa seduta. Chi era?»

«Te lo dissi allora, mio marito.»

Continuò a guardarla; le stava sondando l'anima.

«Quel giorno mi sentivo persa, distrutta. Dovevo scoprire chi ci aveva tradito e ti aveva catturato. Mi informai sull'omicidio per cui ti incastrarono...»

«L'ho ucciso veramente Andrea Carli, Caterina!,» urlò Cobra, come se la sua coscienza si risvegliasse per la prima volta. Lei attese che lui tornasse a respirare, colpita da una tale reazione.

«Tu stavi eseguendo un ordine, hai eliminato un possibile terrorista.»

Cobra si alzò di scatto. «Cosa stai dicendo? Era un ricercatore dell'università, aveva creato una formula in grado di agire sui satelliti, una roba del genere, credo. Era solo un ragazzo.»

Si versò un'altra dose ma come fece per portare il bicchiere alle labbra, lei gli ordinò: «Fermati.»

Lui si bloccò e poi lo ripose. Era teso come una corda e solo lei poteva allentarla, non certo l'alcol.

«Dopo che ti hanno riportato in America, ho cercato di sapere, capire cosa era successo e dove fossi finito. Volevo tirati fuori ma ogni volta trovavo una porta sbarrata. Fare domande su di te era diventato sconveniente. Ti hanno fatto sparire dalla Siberia.»

«Eri amica del presidente, potevi tirarmi fuori da quel buco di merda.»

Si alzò e gli si avvicinò, ammirando le sue spalle ancora forti. Era un uomo che non passava inosservato per il corpo, la forza che esprimeva e il fascino di chi ha vissuto. Era esattamente il suo omologo ma nell'altro sesso. Una coppia perfetta.

«Anche il presidente mi invitò a smettere di chiedere.»

A quel punto si girò e se la ritrovò vicina, troppo vicina. Le guardò di nuovo il viso. Le labbra piene, quelle rughe intorno agli occhi, belli come il mare aperto, il naso perfetto. Una dea, Iside, la dea della fertilità. E invece lui aveva conosciuto il suo lato oscuro.

«Perché?»

«Perché cosa?»
«Mr Liberty non sa mai un cazzo di spie e giochi di poteri, gli viene tutto nascosto così possiamo sporcarci le mani come e quando dobbiamo...»
«O vogliamo.»
Lui annuì. «Quindi?»
«Allora era un gran casino; le Torri erano state colpite da poco e le agenzie si scaricavano le colpe. FBI con la Sicurezza nazionale e via dicendo. Solo una persona godeva della sua fiducia, l'allora direttore della CIA, colui che aveva comunque segnalato la presenza di possibili terroristi in America, rivelatesi poi i veri kamikaze.»
«Come si chiama?»
Caterina si allontanò da lui. Camminava piano e sfiorò un divano con la punta delle dita.
«Dimmelo. Me lo devi. Era nel patto che abbiamo fatto. Ho salvato Debbie McRoland per questo momento. E ora lo voglio. Com'è vero che esiste l'inferno.»
Lo guardò.
«Sembri un dio travestito da umano. Sembri Horus, il dio Sole, quello dell'ordine, colui che è sopra ogni cosa.»
«Non dire cazzate, Caterina.»
Lei non fece caso a quelle parole e continuò: «Il suo antagonista era Seth, il dio del Caos. Sai che cercò di violentare sia Horus che Iside, due facce della stessa medaglia. Come lo siamo io e te. Non macchiarti di una colpa che non ti appartiene.»
Cobra sospirò. Stava perdendo la pazienza, ma conosceva bene chi aveva davanti. Se voleva quel nome, doveva cambiare tattica.
«Quella scienziata, Debbie McRoland era la fidanzata di Andrea Carli. Ha assistito alla sua morte, era lì quel giorno. Alcuni dei nostri l'hanno portata via, imbarcata su un aereo e costruita come la macchina vincente che è ora. Le hanno dato fama e soldi, carriera e opportunità. Lei ha preso tutto, forse per dimenticare, ma adesso è tornata e vuole capire cosa è successo anni fa.»
«Non puoi dirglielo.»
Fu lui che questa volta le si avvicinò.
«Devo farlo.»
Caterina lo guardò ammirata. Ancora una volta, il suo giudizio era giusto. Lo era sempre stato, e quando lei lo aveva perso, aveva smarrito quella parte di ragione e verità. Nella coppia, era lui il più forte e lo stava dimostrando.

«E devo portargli il nome di chi è stato il mandante. Solo così, forse, la mia anima sarà salva.»

«Lo ucciderai.»

Cobra scosse la testa.

«No.»

«Perché ne sei così sicuro?»

«Lo farai tu per me.»

Caterina spalancò la bocca per la sorpresa. Ora sembrava aver perso il senno, altro che dio dell'Ordine.

Lui indicò la statua di Iside che troneggiava in un angolo.

«Intendevo che lo farà lei con i suoi scorpioni.»

Ora fu la volta di spalancare gli occhi.

«Cosa ne sai tu di antico Egitto e divinità?»

Cobra sorrise. Era tornato ad essere la macchina da guerra che lei conosceva.

«Iside riuscì a fuggire da Seth grazie all'aiuto di sette scorpioni. Tre avanti, due ai lati e due dietro a proteggerla da tutto e tutti. E a vendicarsi contro chi si metteva sul suo cammino e l'ostacolava. Loro elimineranno il bastardo che mi ha spedito in Siberia e fatto uccidere un innocente. Tre li ho conosciuti ma altri quattro ti sono fedeli fino alla morte. Uno di loro colpirà quando tu glielo ordinerai.»

Sorrise e lui fece altrettanto.

«Mi stai chiedendo qualcosa d'importante: un omicidio.»

«È una morte per la causa...»

«Di quale causa parli, scusa?»

«Della tua, di Lumière e di questo.» Allargò un braccio per mostrare quanta ricchezza aveva accumulato.

«Tu non sai nulla. Quel giorno anche io a Pisa avevo appena ucciso un ragazzo che non aveva colpe. Sono stata tradita dopo di te, rinchiusa per anni in una cella...»

Le si avvicinò e prima che potesse aggiungere qualcosa, le mise un dito sulle labbra. Lei sentì il suo odore penetrarle dentro e lo aspirò a pieni polmoni. Avevano sofferto entrambi ed erano stati vicini anche nel dolore più assoluto. Gli poggiò la fronte al suo petto, com'era abituata a fare dopo che avevano fatto l'amore al termine di una missione. Era per sentirsi ancora vivi, come in quel momento.

«Non so nulla, è vero ma conosco te. Posso capire quello che hai passato, questo lo sai bene e allora ti darò qualcosa che desideravi avere e ora ti sembra perso.»

Lei alzò lo sguardo.

«Cosa?»
«Non cosa, ma chi: Debbie McRoland. La porterò da te.»
Caterina non disse nulla.
Si staccò da lei. Avevano suggellato un patto.
Camminò verso la porta da cui era venuto.
«Aspetta. Dove stai andando?»
Si sentì di nuovo persa.
Cobra rimase fermo e la fissò. Il loro non era un amore terreno. Lei abbassò lo sguardo.
«Brian ti darà il mio numero e le istruzioni per usarlo,» sussurrò.
Guadagnò l'uscita in pochi istanti e attese che lo scorpione facesse quanto la sua dea gli ordinò. Poi scese e si ritrovò a camminare per strada. Aveva bisogno di un albergo e una doccia fredda; non solo per il caldo che non dava tregua ma anche per sgombrare il cervello.

Aveva scelto il Knickerbocker per la sua eleganza e sobrietà: la hall era piccolissima, appena illuminata anche di giorno, solo un bancone marrone scuro a riceverlo, oltre che gentilezza e sorrisi. E poi perché aveva letto in rete che al primo piano il barman preparava un Martini cocktail degno del premio Oscar. Aveva chiamato il negozio Armani e attendeva da un momento all'altro quello che aveva acquistato. Il bagno, grande quasi più della stanza da letto matrimoniale, aveva una doccia in vetro e specchi che gli avevano rimandato il suo corpo tonico e per niente invecchiato. Si era avvolto con un asciugamano dopo oltre venti minuti trascorsi sotto il getto dell'acqua e ora era disteso a ricordare gli attimi che aveva vissuto con Caterina. Averla rivista lo aveva semplicemente inebriato. Quel bacio iniziale... perché lo aveva interrotto? Perché non si fidava di lui. Era stato uno stupido. Dopo tutto quello che avevano passato insieme, come aveva potuto dubitare di lei?
E il suo profumo, il suo volto, i capelli... era ancora la bellezza di cui aveva sempre goduto per tanti anni. Chissà ora che era tornata cosa era successo con suo marito? Si accorse che la desiderava e comprese che certi sentimenti non muoiono mai, anche se passano secoli. Quando una persona ti è dentro è come se ti appartenesse per sempre...
Il telefono squillò e lui rispose.
I suoi abiti erano arrivati. Poteva prepararsi e in pochi minuti avrebbe assaporato quel gusto aspro e indimenticabile di un Martini cocktail, oltre al calore che apre lo stomaco.

Bussarono alla porta e andò ad aprire.
Si ritrovò davanti Jessica.
«Ehi spia ma che si apre così, senza neanche una pistola?»
Cobra rimase impassibile. Questa poi, non se l'aspettava per nulla al mondo.
«Non sono in servizio,» bofonchiò e lei, sorridendo, fece un paio di passi avanti ed entrò.
Lui chiuse la porta.
«Dove posso posarli?»
Verso le tende c'erano un paio di poltroncine. Gliele indicò e rimase ancora fermo.
«Cos'è? Hai perso la parola?»
«Non mi aspettavo venissi tu. Non avete un facchino, un corriere, insomma qualcuno per le consegne?»
Lei alzò le spalle. «Sembri dispiaciuto.»
«No, tutt'altro.»
Gli sorrise ma nessuno dei due fece un passo. A dividerli c'era solo il letto, bianco come il latte.
«Ho capito, me ne vado. Perdonami.»
Lei si mosse verso la porta ma doveva passargli davanti e Cobra non era certo un tipo facile da saltar via. Come gli fu vicino, cercò di mettersi di traverso e abbassare un po' la testa ma lui fu più veloce e con un braccio la fermò, cingendole la vita.
«Sei sicura che hai voglia di andare via?»
I suoi occhi nocciola incrociarono quelli di lui.
«Dovrei... non ci è permesso intrattenere relazioni con i clienti...» Le tremava un po' la bocca mentre parlava e contemplava la sua.
Cobra sentì l'erezione farsi largo tra i due lembi dell'asciugamano che cominciarono ad aprirsi. Lei si costrinse a fissarlo mente lui la trascinava verso di sé. Con il fianco toccò il suo membro duro e allora Jessica gli si lanciò addosso. La sua lingua cercò quella di lui, le mani gli tolsero l'accappatoio e il corpo che aveva intravisto e desiderato al negozio, ora lo aveva lì davanti a lei.
«Aspetta,» le disse e cominciò a spogliarla. La giacca del completo che indossava volò via in un attimo e così la maglietta color perla e il reggiseno dello stesso colore; le sbottonò i pantaloni mentre lei calciava via le scarpe, e con un gesto solo glieli sfilò insieme alle mutandine. Era più bella di quanto immaginava. Una giovane donna con un corpo sodo e forme armoniche. Il seno non era grande ma si alzava sui capezzoli, rendendolo una coppa perfetta.

«Sei bellissima.»

«E tu sembri un toro.»

La spinse sul letto con delicatezza e lei lo portò giù con sé. Come le fu sopra, si prese alcuni istanti per ammirarla. Le spalle erano dritte, i muscoli degli addominali ben scolpiti, i fianchi modellati e le cosce forti.

«Sei in ottima forma.»

«Ci tengo al mio corpo... e anche tu non scherzi.»

Le voleva dire che l'allenamento era stato uno dei motivi per cui era uscito vivo da mille situazioni ma invece rimase in silenzio. Cominciò a baciarle il collo gustandosi il corpo che fremeva. Non aveva fretta e anche lei sembrava volersi prendere tutto il tempo del mondo. La sua lingua cominciò a scendere e lei gli immerse le dita tra i capelli. Cobra leccava quel corpo e pensava; la sua mente persa nei ricordi del sesso con Debbie e nel bacio con Caterina. La sua eccitazione cresceva a ogni immagine che si sostituiva nella sua testa. Sentiva il suo membro farsi sempre più voglioso, e cominciò a morderla vicino alle cosce. Jessica scattò appena all'indietro. Non si aspettava quel gesto ma lui la fermò con una leggera pressione sull'addome.

«Stai calma, non ti farò del male, anzi...»

«Fammi godere,» gli sussurrò con voce roca. Si stava trasformando grazie a quello che provava. Stava sentendo la parte animale uscirle fuori e prendere il sopravvento.

«Contaci.»

Cobra le afferrò le natiche con entrambe le mani e avvicinò le labbra in mezzo alle cosce. E cominciò a baciarla come fosse una sorgente di piacere, pura e vergine. Lei spinse il bacino in avanti e inarcò la schiena puntando le mani sul letto. Lui si mosse con più velocità, la presa sul sedere sempre più forte e dolorante. Piacere e dolore, era quello di cui si cibavano.

Jessica cominciò a fremere e cercava di tendersi sempre di più come una molla pronta a scattare.

«Così, spia, così...» Quasi urlò dal piacere che l'avvolse e si lasciò andare all'indietro tirandolo per la nuca. Cobra non oppose resistenza e seguì il suo comando. Mentre ancora stava venendo, entrò in lei con una velocità e forza che le bloccò il respiro. Il suo membro era grosso, pulsava e il suo orgasmo aumentò come se una scossa elettrica lo avesse accelerato. Strinse le cosce e Cobra cominciò a spingere con colpi secchi e ritmati. Jessica perse il controllo. Gli occhi le volarono all'indietro e le sue grida si fecero più acute. Cobra era concentrato a godersi ogni attimo e ogni angolo del corpo di lei che si muoveva con lui. Le afferrò la testa da dietro e cercò la bocca. Lei non si fece pregare, le loro lingue s'intrecciarono mentre lui aumentava il ritmo. Cobra si staccò per riprendere fiato e iniziò a mugugnare, prima piano e poi sempre più forte. Il ritmo si fece furibondo, mentre lei resisteva ai suoi colpi e lui con le braccia tese e i muscoli gonfi sosteneva la sua mole. E la guardava. Il volto di lei divenne quello di Debbie prima e Caterina poi, in un gioco immaginario di cui era l'unico protagonista. Per fermare quella follia, chiuse gli occhi e affondò ancora di più. Jessica si accorse che l'uomo voleva godere.

«Dai, spingi, vienimi dentro,» lo incitò e Cobra aprì gli occhi. Quella voce, bassa e penetrante lo eccitò ancora di più. Si rese conto della sua foga e allora decise che l'avrebbe accontentata. Si concentrò su quello che sentiva, sul viso di lei che lo incitava, e la guardò sudata e piena di vita. Era uno spettacolo di femmina. A quel punto, si lasciò andare e venne, urlando come un ossesso. Durò qualche attimo e subito dopo le cadde addosso.

Lei scoppiò a ridere.

«Ehi campione, sei un vero spettacolo lo sai?»

Lui si trattenne dal dirle qualcosa e rimase fermo. Quel contatto gli piaceva. Sentiva che si sarebbe divertito se l'avesse fatto di nuovo.

«Anche se sei un po' pesante...»

«Devo spostarmi?»

«Magari, ma prima baciami.»

«Agli ordini, Jessica.»

Le labbra s'incontrarono e si ritrovarono immediatamente. Prima leggermente aperte e poi aderendo sempre di più. Sembrava un bacio da amanti. Lei tirò indietro la testa all'improvviso.

«Ehi, non esagerare, va bene?» Il suo tono era divertito, quasi canzonatorio.

«Scusami, è che faccio questo effetto.»

Lei gli fece una smorfia.

«Presuntuoso. Ora muoviti che voglio farmi una doccia.»

Le permise di alzarsi e le ammirò il fondoschiena. Era tondo e sodo, un po' in fuori. Sembrava un'opera d'arte.

Sospirò e decise di seguirla al bagno.

Stava regolando l'acqua e in piena luce le mostrava il suo splendore. Si appoggiò allo stipite della porta. Era un uomo fortunato; finalmente la vita stava tornando a girare nel modo giusto.

Fece per avvicinarsi con il desiderio che stava montando, ma Jessica, da sotto l'acqua, lo fermò con un gesto.

«Aspetta, d'accordo? Ho fame e devo mangiare. Vieni con me?»

Lui sorrise. Non aveva di meglio da fare e Debbie McRoland poteva aspettare.

«Ma prima un drink qui al bar.»

«D'accordo.»

Jessica uscì dal box doccia, lasciando l'acqua aperta. Si avvolse in un asciugamano e gli disse: «Tocca a te, ti aspetto.»

Gli passò davanti e si fermò quell'attimo per guardarlo ancora una volta. Aveva trovato un animale come lo era lei, pronto a infiammarsi come sentiva una preda.

Poi lui si mosse e s'infilò sotto l'acqua.

Come fu in camera, Jessica si rivestì. Quell'uomo era una forza della natura ed era stato del gran sesso. Ora l'aspettava un aperitivo e poi una cena in un posto esclusivo. Aveva agganciato il suo obiettivo. Mai una missione era stata così gratificante ed eccitante. Essere una spia era un lavoro elettrizzante e la sua maestra l'aveva istruita per bene. Prese il cellulare che era finito a terra e inviò un sms. Sorrise. Alla fine, essere uno scorpione aveva tanti vantaggi. Bastava saper cogliere l'attimo.

35

Aveva ancora un paio d'ore prima che lui arrivasse per cena. Con il cuore in subbuglio, cercò tra i messaggi del generale Nisbet e trovò il numero che cercava.

«Parlo con l'agente speciale Frederick Scalzi.»

«Non più, mi spiace, e da molto. Ora sono in pensione.»

«Sono l'avvocato Elisabeth Scorsese, la chiamo da New York.»

L'uomo rimase in silenzio un istante e poi chiese: «La figlia del maggiore James Scorsese?»

Aveva usato il grado con cui lo chiamavano gli uomini che avevano combattuto al suo fianco. Ridurre la distanza dei ranghi li rendeva più uniti.

«Sì, esatto.»

«Che piacere conoscerla. Suo padre mi parla sempre di lei. Dice che è molto in gamba, forse troppo.»

«Come, mi scusi?»

La telefonata stava prendendo un'altra piega, decisamente inaspettata.

«Lei ha figli?»

'Oddio, adesso cosa c'entra tutto questo?'

«No, perché?»

L'uomo ridacchiò. «Allora non può capire.»

«Cosa?»

«Sa, i genitori tendono a fare delle cose spesso poco comprensibili. Sacrificano tutti sé stessi, stravolgono la propria vita pur di fare felici i figli.»

'Già, è proprio così.'

«E lei pare che sia molto capace, e questo è un problema.»

Elisabeth rimase in silenzio; era il miglior modo per farlo parlare.

«Rende qualsiasi loro comportamento più complicato. Comunque... mi dica, perché mi ha chiamato?»

«Volevo alcune informazioni su un vecchio caso di cui si è occupato. Riguarda l'omicidio di Brigitte Palmer e delle figlie.»

L'uomo respirò rumorosamente.

«Sia inteso, signorina, parlo con lei solo perché me lo ha detto il generale Nisbet.»

«Solo per questo?,» e non perché le sta a cuore scoprire la verità? Pensò Elisabeth.

«No, anche per suo padre. Gli devo molto.»

Pensò a lui per la seconda volta in pochi secondi e ora le si strinse il cuore.

«Mi dica allora,» tagliò corto lei.

«Un pazzo si è intrufolato nella loro casa per rubare ma è stato sorpreso dalla donna e l'ha uccisa, insieme alle bambine...»

Le sembrò di cogliere la voce rotta di Scalzi.

«E lei ci crede?»

Lui rumoreggiò con la gola.

«Le indagini furono approfondite e le prove non dicevano altro. Lo so che è difficile da digerire ma sembra sia andata proprio così.»

A Elisabeth venne in mente l'articolo che aveva letto sul decimo anniversario dell'omicidio.

«Rebecca Meyers non la pensa allo stesso modo. Scrive sul sito dei Marines che le cose furono risolte troppo sbrigativamente, forse per la pressione del momento, in lotta con Al-Qaida.»

«Le assicuro che le procedure sono state seguite correttamente e nulla è stato tralasciato. Abbiamo approfondito abbastanza.»

«Ma scusi, non le sembra strano che un ladro s'introduca in un'abitazione di un Marine all'interno di una base come quella di Quantico? Per rubare cosa poi?»

L'uomo sbuffò e poi aggiunse: «Certo che mi sembra strano ma non c'era altro che dicesse il contrario.»

«Perché non avete pensato a un'altra spiegazione.»

«Come osa insinuare che non abbiamo fatto tutto il possibile?»

Scalzi si stava arrabbiando.

«Cosa sa della medaglia al valore del sergente Palmer?»

La furia dell'ex agente dell'NCIS si spense in un attimo ed Elisabeth ne approfittò.

«Non si è chiesto come mai il ladro non l'avesse afferrata prima di fuggire quando si trovava in bella vista?»

«Chi glielo ha detto?»

«Sono o no la figlia di James Scorsese? Non lo dimentichi. Lei sa bene che posso arrivare alla verità...» rispose alludendo alla sua amicizia con il generale Nisbet. «Allora?»

«Ci è sembrato strano, sì, ma nella furia della lotta forse...»

«Come la furia della lotta? Non ha detto che il ladro dopo aver ucciso Brigitte Palmer e le figlie sia poi fuggito?»

«Sì, ma prima di soccombere la moglie del sergente ha lottato.»

Elisabeth sentì crescere in lei una rabbia incontrollata.

«Non potrebbe aver lottato per difendere le figlie quando ha capito che l'uomo era lì per uccidere e non per rubare?» Gli urlò al telefono e se avesse potuto, lo avrebbe attraversato per prenderlo per il bavero e scuoterlo.

«Io... noi eravamo pressati. Sa, in quei mesi c'era ancora una lotta tra agenzie, tutti si scaricavano la responsabilità dell'attacco alle Torri Gemelle...»

«La storia la conosco. Mi dica chi ha fatto pressioni perché chiudeste subito il caso.»

L'uomo rimase in silenzio e lei rincarò la dose.

«Agente Scalzi, se lei non mi dice chi è, le giuro su mio padre che farò il possibile per perseguirla per condotta insufficiente, spenderò tutto quello che ho per trovare le prove che la schiacceranno e la farò sbattere dentro.»

Poi prese fiato. «Mi dica quel nome.»

«La Casa Bianca.»

Elisabeth rimase senza parole. Scalzi chiuse la comunicazione.

Il suo cervello cominciò a girare come fosse sulle montagne russe. Perché il presidente degli Stati Uniti aveva insabbiato un caso d'omicidio avvenuto a Quantico nella sede dei Marines? Per non farlo trapelare troppo all'esterno? Per non avere un altro problema interno in un momento di crisi internazionale? Oppure per coprire qualcosa di più grosso?

Si mise seduta sul divano, stava male. Avrebbe dovuto dirlo a Robert da lì a poche ore e non era certa di riuscire a farcela.

Doveva verificare una cosa. Un pensiero le si era formato all'improvviso. Cosa le aveva detto Maja Nicholls l'anno prima quando si era recata al New York Yacht Club, che spesso sua madre si trovava nella Stanza Ovale per questioni delicate, top secret. Già, e anche la Nicholls era stata uccisa, un possibile testimone eliminato... No Dio, fa che non sia così, ti prego...

Accese l'iPad e riprese l'articolo della Meyers e controllò le date.

Settembre 2002. Tirò un sospiro di sollievo, sua madre era stata rapita ad Aprile durante il tentato golpe venezuelano contro Chavez, non poteva esserci lei dietro tutto questo.

E allora chi?

Poteva chiamare Nisbet e dirgli quello che aveva scoperto... ma si fidava di lui? E anche se lo avesse fatto, il generale non le avrebbe detto nulla. No, c'era solo una persona che poteva aiutarla, che forse sapeva qualcosa ma le aveva detto di non chiamarlo mai più. Suo padre.

Si sentiva mortificata ma doveva reagire.

Si alzò e aprì una bottiglia di Cabernet Sauvignon. Sorseggiò il vino cercando di concentrarsi. Perché avevano ucciso la famiglia di Robert Palmer? Cosa c'entravano? Che ruolo svolgevano? Ammenoché la moglie non fosse coinvolta in qualcosa di poco chiaro, cosa di cui dubitava conoscendo il marito, la risposta era semplice: nessuno.

E allora perché?

Bevve un altro sorso, questa volta ben più lungo.

Cosa le aveva detto Palmer quella notte in albergo? Che stava partendo per una missione con suo padre, una fuori dai radar, in incognito, che avevano una pista e doveva prendersi due settimane di congedo...

Lo avevano fermato.

Quella pista che avevano scovato, era costata la vita alla famiglia dell'uomo di cui si era innamorata. Era così e sentì l'urgenza di parlare con suo padre... già, ma come?

Portò alle labbra il bicchiere ma poco prima di assaporare un altro po' di vino, urlo: «Ma certo che stupida, l'emporio!»

Afferrò di nuovo l'iPad e cominciò a ripetersi: «Come si chiamava il tipo del negozio... Dai Elisabeth ricordatelo, dai...»

Ripensò a quando aveva fatto cadere quelle matite, lui si era infuriato ma poi vedendola, si era aperto in un sorriso... Ed! Ecco il nome.

Digitò in rete Emporio+Ed+Morristown, e le apparve un unico indirizzo e un numero di telefono. Prese il cellulare e lo chiamò.

Pregò che fosse ancora aperto.

Al terzo squillo, una voce rispose: «Pronto?»

«Parlo con il signor Ed?»

«In persona, e grazie per il 'signore'.»

«Non so se si ricorda di me. Sono passata da lei mentre andavo da mio padre e le ho fatto cadere delle matite a terra...»

L'uomo ridacchiò.

«Certo, l'angelo venuto da New York?»

«Già, sono io.»

Era sollevata, fin qui tutto bene.

«Avrei bisogno di un favore.»

«Per lei questo e altro.»

Elisabeth sorrise; era un uomo di altri tempi.

«Devo recapitare un messaggio a mio padre e i mezzi, diciamo, pratici non funzionano, lei potrebbe farlo per me? Mi ha detto che manda un ragazzo a casa sua quando lui ordina quello che gli serve.»

L'uomo rimase un istante in silenzio e poi rispose: «Certo, mia cara.» Non disse altro, non chiese come mai non usasse un telefono o un computer. Un gentiluomo discreto.

«Ha carta e penna?»

«Un attimo, signorina. Ho una cliente. Rimanga in linea.»

Posò la cornetta ed Elisabeth pregò che facesse in fretta. Sentì in lontananza una voce di donna che chiedeva una mappa della zona, Ed che rispondeva annuendo e poi lei che pagava e salutava... No, non poteva essere, quella voce l'aveva già sentita, non era possibile.

«Mi dica, mio angelo, scusi se l'ho fatta attendere.»

Elisabeth deglutì e si concentrò sul messaggio. Prima di ripensarci mandò giù un gran sorso di vino rosso.

«Scriva: 'Io amo Palmer e devo sapere della sua famiglia, chiamami.'» Lo disse così, tutto d'un fiato.

L'uomo ci mise un po' e poi disse: «Fatto.»

«Posso contare sulla sua discrezione?»

«Certo che sì, non sarei Ed, e che diamine.»

Elisabeth sorrise. Quest'uomo le piaceva sempre di più.

«Sa una cosa? Se non avesse l'età di mio padre la inviterei a cena.»

«Poi Palmer mi ucciderebbe, non trova?»

Entrambi scoppiarono a ridere. Si stava rilassando e gliene fu grata.

«Quando glielo può consegnare? È urgente.»

L'uomo prese un attimo, forse per guardare che ora fosse, prima di rispondere. «Il sole è ancora alto. Chiudo tra poco e glielo porto, okay?»

«Perfetto, grazie. Un'ultima domanda: la donna che le ha chiesto quella mappa, è giovane, mora e con molti ricci? Sa, il tipo di capelli che non si lasciano domare facilmente.»

Ed si batté una mano sulla coscia ed emise un fischio bello acuto.

«Mi sa che lei è un diavolo travestito da angelo... come fa a saperlo?»

Fu la volta di Elisabeth di ridacchiare.

«Caro Ed, una domanda così non è da lei, è troppo invadente, non trova?»

L'uomo balbettò qualcosa e poi la salutò. Lei fece altrettanto ringraziandolo.

Chiuse la comunicazione, ora doveva solo aspettare. Se anche quelle parole non lo avessero scosso, non sapeva cos'altro fare.

Guardò l'ora. Mancava meno di mezz'ora alle diciannove, doveva darsi da fare per la loro prima cena insieme. Che sia l'inizio di molte, mio eroe, si disse mentre canticchiando cominciò a spogliarsi. Quello che ci voleva come prima cosa, era una doccia calda e lunga. Canticchiò una vecchia canzone dei Simon and Garfunkel, *Bridge over Troubled Water,* lanciò i vestiti sul letto e mentre si sfilava le scarpe, si bloccò di colpo.

Cosa ci faceva Rachel Thompson da suo padre? E come aveva fatto a scoprire dove si trovava?

Si era costretta a mettere da parte le mille domande che martellavano la sua testa. Dopo la doccia aveva scelto una maglia larga di colore bianco e un paio di jeans. Ai piedi un paio di sandali marrone, ricordo di un viaggio di anni prima a Grand Bahamas.

Quando ero ancora spensierata e ingenua, si disse mentre li controllava per la trentesima volta. Non sapeva se avesse fatto bene ma sentiva un calore ai piedi che un altro paio di scarpe non le avrebbe mai trasmesso.

Aveva deciso per un trucco leggero e raccolto i capelli con un semplice elastico. Appariva quello che voleva essere: semplice e accogliente.

Poi guardò la tavola. Aveva preparato una cena italiana e scelto il vino rosso che più le piaceva, di cui la prima bottiglia era già poco sotto la metà...

Suonarono alla porta e si meravigliò.

Andò ad aprire, erano le sette in punto.

Come lo vide, gli sorrise e lui fece altrettanto.

«Vieni,» e si spostò di lato.

Palmer entrò e per un attimo riempì la sua visuale. Era decisamente imponente; vicino a lui spariva, come la maggior parte delle persone.

«Non capisco come hai fatto a saltare i controlli del portiere...»

«Non l'ho fatto. L'ho solo convinto a non annunciarmi.»

«Non mi dire che lo hai ridotto in polvere?»
Lui alzò le mani, enormi anche quelle.
«Ho usato l'intelligenza, mia cara.»
Gli si avvicinò e lo baciò tirandolo verso di sé. Lui non si fece pregare; ricambiò e la sollevò da terra. Le tolse il respiro ma gli fu grata. Erano anni che non le capitava.
«Mettimi giù e togliti questa giacca altrimenti te la strappo.»
Palmer mugugnò qualcosa ed eseguì l'ordine.
«Hai fame?»
«Molta ma ho sentito che hai già bevuto, non è educato, lo sai?»
Lei si mosse verso la tavola apparecchiata e prese il suo bicchiere.
«Rimedierò subito, mio eroe,» gli rispose mentre riempiva anche il suo. Per fortuna che ne aveva altre due. Pensò a Lara e un'ombra la rabbuiò. 'Niente prigionieri... sic.'
S'impose di sorridere.
Si avvicinò e fecero un brindisi guardandosi negli occhi. Poi bevvero insieme il primo sorso.
«A cosa devo l'onore di questo invito?»
Il suo tono era tranquillo, rilassato.
«Avevo voglia di vederti, tutto qui.»
Si mosse verso la cucina e lui la seguì.
«Sei una donna molto più complessa, avvocato Scorsese, non me la dai a bere. Non solo, prima che arrivassi ti sei scolata più di metà bottiglia, quindi... me lo dici o no?»
Lei abbozzò un sorriso. «Forse quando aprirò la seconda bottiglia e comunque dopo aver fatto l'amore.»
«A quello possiamo rimediare immediatamente,» disse lui mentre la prendeva per i fianchi e la spingeva contro il frigorifero.
Le insinuò la lingua senza indugio nella sua e le sfilò la maglietta. Elisabeth rimase senza fiato, sia per la foga che per il desiderio che provava. Si slacciò i jeans, mentre lui le toglieva il reggiseno. In un attimo fu nuda. Sulla schiena sentì il freddo dell'acciaio ma non ci badò. La tenne inchiodata con la sola pressione delle labbra mentre con le braccia libere cercò di togliersi i pantaloni e i boxer.
Lei si divincolò quel tanto per sussurrargli: «Ti voglio nudo.» La lasciò libera e l'accontentò.
Poi lei guardò verso il basso e vide che era già pronto. Sembrava una scultura tanto era perfetto.
«Cosa stai aspettando?»
Palmer sorrise appena. «Ti stavo ammirando...»

«Uffa!» Gli si gettò al collo, le gambe a chiudersi intorno al bacino, la bocca di nuovo sulla sua. Lui la tenne con delicatezza, roteò su sé stesso e con due passi raggiunse il tavolo della cucina. La sdraiò sopra e cominciò a leccarle il seno mentre lei gli passava una mano tra i capelli cortissimi.

«Prendimi subito, per favore.»

Palmer non perse tempo e in un attimo fu dentro di lei. Cominciò a muoversi fino a quando non vide i capezzoli di lei farsi sempre più duri. Staccò una mano dal tavolo e cominciò a toccarli, prima con delicatezza e poi sempre meno.

«Dio, quanto mi piaci, Robert.»

Lui non disse nulla ma cominciò a spingere sempre di più. Sembrava in visibilio tanto era rapito dalla sua bellezza. Era come se si unissero due divinità, impossibili da fermare, uniti per la vita.

«Ancora, soldato, più veloce, più veloce...»

Lei portò le mani dietro la testa e cercò di spingersi contro di lui. Stava per venire e voleva sentirlo tutto dentro. Palmer se ne accorse e aumentò l'affondo.

«Dai, così Elisabeth... aspettami.»

«Non riesco.» Lui sorrise e lei fece altrettanto e poi i loro occhi s'intrecciarono come due estremità di una stessa fune. Erano fatti per stare insieme, per amarsi e questo lo avevano capito da quella notte nel Vermont.

«Ecco io sto per...»

Lei lo sovrastò con un urlo che lo riempì di piacere e lui fece altrettanto. Durò qualche secondo ma se avessero potuto, sarebbe durato un'eternità.

«Sei meravigliosa,» le sussurrò all'orecchio mentre prendeva a baciarla sul viso.

Lei rideva e lo lasciava fare, certa che quei momenti niente e nessuno li avrebbe cancellati. Li memorizzò nel suo cuore prima che nel cervello e ringraziò il giorno che l'aveva salvata. Aveva rischiato di conoscere l'inferno e invece aveva trovato il paradiso, perché era lì che ora si sentiva.

Si staccò da lei e prima che potesse lamentarsi tornò con due bicchieri colmi di vino.

«Ora brindiamo all'imprevedibilità, quella che ci ha fatto conoscere. Se quel giorno non fossi intervenuto, questo non sarebbe mai successo...»

«Giusto.»

I bicchieri si toccarono e il rumore che produssero fu secco quanto veloce, troppo veloce.

Palmer si girò e recuperò da terra i suoi vestiti. Lei fece altrettanto mentre continuava a guardarlo.

In quel momento, il campanello del forno suonò.

«Cos'è?»

«Lasagne, mio caro, come non le hai mai mangiate. Non dimenticarti che mia madre è italiana e che ho vissuto a Roma per tanti anni. Stasera cena del Belpaese, okay?»

Palmer annuì.

«Vai a tavola. Apri la seconda bottiglia. Ora arrivo.»

Si allontanò e lei rimase sola. Si maledisse. Aveva rilevato che sua madre era viva... 'No, non posso vivere così, non con lui...'

«Vieni?»

«Eccomi.» Preparò due piatti fumanti, si armò di un gran bel sorriso e lo raggiunse.

Si era seduto e la guardava con gli occhi che luccicavano.

«Sembri commosso.»

«Sono emozionato. Vedi per me questo è un vero lusso. Non mi succedeva da anni.»

Lei gli fece una smorfia, servì i piatti e cominciarono a mangiare.

«È buonissima, complimenti.»

«Grazie.»

Continuarono a guardarsi e sorseggiarono, come se l'imbarazzo che stavano provando potesse andar via da solo. Quando i bicchieri furono di nuovo vuoti come il piatto che avevano davanti, lei gli chiese: «Ne vuoi ancora?»

Lui annuì. Di colpo sembravano una coppia alla loro milionesima cena insieme.

Tornò con il secondo piatto. Lui ne divorò la metà senza smettere di guardarla e rispondendo a monosillabi, mentre lei parlava di tante stupidaggine messe insieme.

«Chi comincia?»

«A far cosa, Robert?»

«A dire la verità.»

Aveva smesso di mangiare. Era fermo, con le braccia distese e continuava a fissarla.

«Se fai così mi metti paura.»

Si alzò e andò verso il divano, portando il bicchiere con sé.

«E va bene, comincio io. Ma non interrompermi, va bene?»

Lei annuì e deglutì. Questa volta non si sarebbe fatta sopraffare ma avrebbe ascoltato.

«Ti seguo da oltre quattordici anni, ossia da quando tuo padre me lo ha chiesto. Sono stato io a farti le fotografie che poi hanno incastrato la Corvino con il marito sotto lo studio di Villani e De Marco, ricordi? Non rispondere, fammi finire, scusami. Lui vuole proteggerti e quando posso, sono io a farlo per lui. È quello che stavo facendo anche l'altra sera. Il fatto che lui si sia ritirato non vuol dire che non tiene a te, anzi avermi chiesto di continuare a farlo è perché ha paura che possa accaderti qualcosa. Questo non vuol dire che quello che ti ho detto e ho fatto con te, non sia vero. Non c'è nulla di falso, nessuna fiducia tradita. Ti ho aperto il mio cuore perché credo in quello che ti ho detto e sento che provo per te un sentimento...»

Elisabeth aveva alzato una mano. I suoi occhi erano pieni di lacrime e una cominciò a scendere su una guancia. Lei rimase seduta anche se avesse voluto colmare quella distanza in un nanosecondo. Ma ora era il momento della verità.

Lui fece per alzarsi...

«Non muoverti, stai fermo dove sei,» riuscì a dire. Lui si bloccò e rimase immobile.

«Oggi ho fatto due cose che ti faranno incazzare. Dopo che te le avrò dette, puoi andare via, non ti tratterrò.» Afferrò il bicchiere e si scolò il contenuto. Lui non fiatava, era come se non esistesse.

«Il generale Nisbet ha chiesto il mio aiuto per un caso che sto seguendo, gli ho chiesto in cambio il numero dell'agente Scalzi...»

Palmer scattò in avanti e fu come se si fosse mosso un iceberg. Lei chiuse gli occhi, raggelata da tanta irruenza e pronta a qualsiasi sua reazione.

Si fermò a pochi centimetri dal suo viso, le mani che si stringevano a pugno, più volte.

«Perché?» Sussurrò come se fosse un animale ferito.

Lei aprì gli occhi scuotendo appena la testa.

«Volevo sapere tutto di te. Capire perché hai sofferto così tanto, conoscere quello che era successo... scusami.» Non osò toccarlo tanto il suo sguardo era di fuoco e ghiaccio al tempo stesso. Stava combattendo con un demone che credeva di aver annientato.

«Perché?»

La stessa domanda che non chiedeva la stessa risposta. Esigeva la verità, era quello che le aveva chiesto poco prima.

Mise gli occhi dentro i suoi, fece un grande respiro e disse:

«Perché ti amo, Robert.»

Lui inspirò profondamente e trattenne il respiro. Si staccò da lei e le diede le spalle, le braccia stese lungo i fianchi.

Passarono alcuni istanti in cui lei cercò di asciugarsi le lacrime e lui di trovare la forza di andare via. Qualcosa lo tratteneva.

«La seconda...?»

«L'ho detto a mio padre.»

Si girò di scatto e questa volta le strinse le spalle.

«Cos'hai fatto?»

Non c'era violenza nelle sue parole e forza nelle sue braccia. Se avesse voluto, l'avrebbe stritolata. C'era incredulità e un misto di ammirazione. Lei se ne accorse e mantenne lo sguardo, fiera di quello che aveva fatto.

«Non mi pento, non ho avuto paura di nascondere quello che provo per te.»

Gli tolse le mani dalle spalle, afferrò la bottiglia, si versò del vino e si alzò diretta al divano.

«Questa è la verità, soldato. Ora sei tu che devi farci i conti. Te la senti?»

Lui non la seguì. Non si decideva ad andar via ma rimaneva in piedi, lontano da lei.

Quel silenzio fu interrotto dal suono del cellulare di Elisabeth.

Era suo padre.

'Oddio, e ora cosa faccio, rispondo?'

Lanciò un'occhiata a Palmer il quale la invitò a farlo con un gesto quasi impercettibile.

«Papà?»

«Ho ricevuto il messaggio. Cosa vuol dire?»

Elisabeth era quasi senza più forze, squassata dalle emozioni che stava provando. Ora aveva al telefono e di fronte gli uomini cui teneva di più. Uno lo aveva perso e l'altro lo stava deludendo. No, non poteva permetterselo, doveva reagire.

«Quello che ho scritto, è la verità.»

Mentre parlava, non staccava gli occhi dall'uomo che aveva di fronte.

James Scorsese non disse nulla, stava valutando la portata di quella novità.

«Elisabeth...»

Lei avvertì una nota d'amore come se l'umanità che lo aveva sempre contraddistinto, trovasse spazio fuori da quel corpo ferito e umiliato.

O forse era solo rassegnazione.
«Cosa intendevi con l'altra parte del messaggio?»
«Devo sapere.»
«Perché?»
Esitò. Non poteva rispondere, la reazione di Palmer la spaventava, qualunque fosse stata.
«Passamelo.»
Elisabeth sospirò e scosse la testa. Era in caduta libera, niente e nessuno poteva salvarla, stava facendo del male alle uniche due persone che non lo meritavano. Come con Lara...
Con un fio di voce, disse: «Papà... ti prego.»
«Ho detto passamelo.»
Lei allungò il braccio e protese il cellulare verso Palmer.
Lui lo prese, spinse il tasto del vivavoce e disse: «Sono qui, signore.»
«Ascoltami bene. Tu per me sei come un figlio e ti ho sempre affidato la sua protezione. Siete le persone a cui tengo di più al mondo. Mia figlia mi ha detto di amarti...» La voce parve scemare, come se tutto ciò gli costasse fatica. L'uomo dalle mille missioni, aveva di fronte a sé il muro del sentimento, il più difficile da superare.
Continuò: «Ti conosco nel profondo, so ogni cosa di te, non posso che sperare che tu provi la stessa cosa ma se non fosse così, esci da quella casa e non voltarti indietro. Fallo per lei e poi per me. Non cambierebbe niente e la tua onestà sarebbe ancora una volta premiata dalla mia stima assoluta. Elisabeth capirebbe. È una donna forte e piena di risorse.»
Ancora una pausa. Elisabeth non stava respirando, suo padre la stava di nuovo meravigliando.
«Se invece rimani,» aggiunse con qualche difficoltà. Sembrava stanco ma in realtà era il peso delle parole che lo stava opprimendo, «devi affrontare con lei il buio che hai dentro, l'ultimo ostacolo alla tua piena liberazione. Scoprire chi ha ucciso tua moglie e le tue bambine.»
Silenzio. Solo il rumore che qualcosa si stava rompendo dentro quel gigante. Lei se ne accorse ma non si mosse: la decisione era solo sua.
«Ripeto, se non ti senti pronto, nessuno di noi due te ne farà una colpa. Tutto rimarrà come prima, e per me sarai ancora un figlio qualsiasi cosa tu scelga. Ma se decidi di farlo, sappi che non hai persona migliore al mondo per affrontare la verità...»

Palmer vacillò e le lacrime cominciarono a scendere sulle guance di Elisabeth, lentamente. Aveva conosciuto suo padre, o almeno così pensava, ma oggi lo scopriva per la prima volta.

«E io sarò al vostro fianco. Sempre.»

Il gigante non riuscì a dire nulla come neanche Elisabeth.

«Sapete dove trovarmi.»

La voce di James Scorsese lasciò il posto al suono di una linea interrotta.

Lei attese qualche secondo e poi si alzò. Gli andò incontro, finché gli fu di fronte. Gli prese il telefono dalla mano. Evitò di toccarlo. Lui aveva gli occhi chiusi.

'Lascialo decidere da solo, non fare niente...'

Si girò e andò verso la camera da letto. Non sapeva cosa fare e l'unica cosa che le venne in mente fu quella di stendersi. Si mise su un fianco e ricordò che in quella posizione suo padre le aveva raccontato del suo buco nel cuore, quando a cinque anni aveva affrontato un'operazione per chiuderlo, e quanto loro due, James e Caterina, avessero sofferto.

Già, i suoi genitori, oggi separati e agli antipodi. L'amore si trasforma, a volte in qualcosa di più grande, altre volte sparisce. Ma continua a vivere comunque, si disse mentre pensava alla dichiarazione d'amore di poco prima di suo padre, o all'abbraccio di sua madre dopo tanti anni. Le volevano bene e lo stavano dimostrando. Di loro si poteva fidare.

Sentì un rumore ai piedi del letto ma non si mosse e trattenne il respiro. Poi la figura imponente di Palmer le si sdraiò a fianco. Si mise nella stessa posizione facendo in modo che i loro visi fossero alla stessa altezza.

Elisabeth lo guardò, respirando piano e lui fece altrettanto. Continuarono a non toccarsi. Era talmente esausta che se avesse chiuso gli occhi si sarebbe addormentata all'istante. In quella giornata erano successe tante cose.

«Non farmi del male.»

La voce un sussurro, la portata di quelle parole assordante.

«Non tradire la mia fiducia. Non mentirmi, non riuscirei a reggerlo. E stammi vicino, ho bisogno di te per non crollare.»

Quel gigante si era fatto piccolo, non aveva avuto paura di mettersi a nudo con lei, non le stava offrendo solo il cuore ma anche l'anima. Era tanto, era quello che aveva sempre desiderato da un uomo perché lei avrebbe fatto altrettanto con lui.

«Io farò tutto questo a te, crederò in quello che mi dici e non permetterò a nessuno di ferirti, a costo della mia vita.»

La potenza di quelle parole le riempì ogni angolo del proprio corpo, come se una scossa l'avesse risvegliata. Non era solo amore, era un patto per la vita.

Allungò una mano e gli sorrise.

«Anche io ti amo, Elisabeth.»

Le carezzò una guancia e poi si lasciò scivolare fino a poggiare la testa sul suo petto.

«Non avrei mai immaginato che in un corpo come il tuo ci fosse tanta ricchezza,» sussurrò.

«Neanche io. Tu mi stai costringendo a uscire dal mio nascondiglio.»

Lei premette le labbra sulla sua camicia.

«È quello che mi riesce meglio. Con me le persone non riescono a fingere. Faccio in modo che accada. Non so neanche perché, ma succede.»

«Non fare l'ingenua. Lo sai eccome, sei tutto meno che una sprovveduta.»

Alzò la testa e l'avvicinò al viso di lui.

«Come ti permetti? Solo perché hai questa stazza pensi di poterti prendere gioco di me?»

Fece il viso imbronciato e lui l'attirò a sé.

«Ti farò quello che voglio, ma soprattutto non ti lascerò mai più.»

Lei gli sorrise, strofinò il naso sul suo e poi lo baciò.

Palmer aprì le braccia e l'avvolse completamente come fosse un gioiello tanto prezioso quanto raro.

Entrambi avvertirono l'estasi di un nuovo sentimento.

Il loro amore era appena cominciato ed era forte. Ma non sapevano che lo avrebbero messo a dura prova. Molto prima di quanto potessero immaginare.

36

Si sentiva imbrigliato. Era riuscito a chiudere un caso delicato che avrebbe portato a conseguenze imprevedibili, ma il ritorno a casa di Debbie McRoland si era chiuso amaramente.

Cosa c'entrava Cobra?

L'unica spiegazione possibile era che la dottoressa lo avesse conosciuto durante la sua fuga e quindi era lui l'uomo che l'aveva salvata e protetta.

Già, ma perché quella donna aveva detto quella frase prima di uscire dai loro uffici?

Fece una smorfia.

C'era Cobra dietro l'omicidio di Yuri Baranov, e forse anche dalla sparizione del direttore, Robert Randall, e di un agente della CIA, un certo Folson. Era un uomo senza scrupoli, fuori da ogni controllo e ora sembrava che ce l'avesse con lui. Ma perché?

Rivalutò tutte le connessioni legate a quell'uomo e solo un nome li univa: Alex Sanders, il capo di tutte le agenzie riunite, l'uomo vicino al Presidente, colui che lo aveva voluto in quella posizione. Era stata sua l'idea di affidare la morte di Baranov a Cobra...

Inoltre, lo aveva incaricato di reclutare il primo agente operativo della DARPA indicandogli Rachel Thompson, e non solo informatici o agenti della sicurezza.

Già, un'altra domanda si univa alle precedenti: lei dov'era finita?

Il giorno dopo l'incontro con la McRoland aveva chiesto un periodo di ferie di quindici giorni, il giusto premio per l'obiettivo raggiunto, e lui glielo aveva concesso. Ma dopo quella frase che lo aveva raggelato, l'aveva cercata, lasciato un messaggio sul cellulare ma niente, non si era fatta viva.

E poi c'erano state le continue telefonate del capitano Hoffman al quale non aveva risposto. Gli ordini che aveva ricevuto da Sanders erano chiari: lasciare che la polizia risolvesse da sola il caso Van Vogt.

Selezionò il suo cellulare e attese che il capo rispose.

«Vance, cosa c'è?»

Saltò i convenevoli.

«Volevo sapere se va tutto bene con la professoressa McRoland.»

L'uomo rimase un attimo interdetto.

«In che senso?»

Vance sbuffò senza farsi sentire. Mai che una volta gli rendesse la vita facile.

«Durante l'incontro che abbiamo avuto, mi è sembrata nervosa, come se non ci dicesse tutto.»

«Se devi dirmi qualcosa, fallo e basta.»

Il direttore della DARPA stava per replicare ma qualcosa gli disse di tacere. Sanders non era mai così aggressivo, tanto meno sbrigativo. Era un uomo di agenzie, ma anche un politico abituato a dosare le parole e a mostrare pazienza anche quando non l'aveva.

«No, niente è che spero che sia tutto a posto anche con la NASA.»

«Il tuo lavoro si è concluso egregiamente, il nostro progetto può andare avanti e comunque non sono affari tuoi.»

Vance non aggiunse nulla, stava per salutarlo ma poi gli chiese: «Sa niente di Rachel Thompson? Non riesco a rintracciarla.»

Sanders sospirò. Sembrava che parlare con lui gli costasse fatica.

«Un uomo che non sa tenere a bada i suoi agenti, che direttore è? Vance, faccia attenzione.»

E il capo chiuse la comunicazione.

Il direttore rimase a bocca aperta. L'uomo che un anno e mezzo prima lo aveva fortemente voluto e gli aveva affidato il compito di far diventare la DARPA come una nuova agenzia su cui puntare per il rafforzamento delle difese del Paese, ora lo aveva quasi intimorito. No, senza il quasi. La sua testa cominciò a vorticare alla ricerca di una spiegazione.

Come mai le carte gli si erano girate contro?

In quell'istante, suonò il telefono sulla scrivania.

«Cosa c'è?» Chiese furente.

«Mi dispiace disturbarla, ma c'è ancora in linea il capitano Hoffman. Ha detto che non vuole più aspettare e che prenderà il primo aereo...»

«Me lo passi,» disse tra i denti Vance, pronto a mandarlo al diavolo.

«Cosa c'è capitano, senti la mia mancanza?»

L'irlandese fece finta di non cogliere quella provocazione e rispose: «Sei prezioso direttore, neanche fossi il Presidente.»

«Ho da fare, come tutti noi.»

«In realtà non mi sembra, ve la siete svignata in pochi giorni.»

Vance si fece più accorto.

«Qual è il problema?»

«Vorrei sapere il motivo.»

Hoffman era stranamente gentile.

«Perché, se è lecito chiedertelo?»

«Immagino che non ti abbia aggiornato la Thompson visto che fai questa domanda.»

Il direttore della DARPA sospirò. Odiava essere colto impreparato. Nel momento in cui l'avesse trovata gliel'avrebbe fatta pagare.

«No,» disse appena.

«Allora, il modo in cui il killer ha colpito dimostra che è un professionista e che potrebbe essere un ex agente di qualche nostra agenzia.»

«Hai una fervida immaginazione, non trovi?»

«Non solo, anche come si muove senza lasciare traccia.»

Vance si mosse sulla poltrona.

«Non potrebbe essere qualcuno che voleva danneggiare il lavoro di Van Vogt? Anche un agente straniero?»

«Abbiamo setacciato la sua vita, i conti in banca, i suoi computer, non c'è nulla che lo colleghi a un Paese che non sia il nostro.»

«Continua.»

Hoffman rimase un attimo in silenzio per godersi il primo round.

«Ha ucciso ancora.»

Questa volta fu Vance a rimanere zitto. Si alzò e si mise a camminare vicino alla scrivania.

«Stesso *modus operandi* ma con un'aggravante.»

«E sarebbe?»

«Tortura. Ha cercato di far parlare un ragazzo, un matematico collegato al professore. Più tardi saprò anche come e quanto. Ti sembrano due omicidi di qualche Paese canaglia?»

«Cosa vuoi da me?»

«Quello che ho chiesto. Perché hai lasciato subito l'indagine? Non dovevate recuperare il guanto o era tutta una cazzata?»

Jeremy Vance aveva semplicemente eseguito gli ordini: prima aiutare la NASA e avere notizie sull'indagine e poi recuperare Debbie McRoland.

«Ho fatto quello che mi hanno chiesto.»
«E chi sarebbe, se è lecito?» Lo canzonò Hoffman.
Vance si godette l'attimo.
«Il presidente degli Stati Uniti.»
Ora i round erano pari. Hoffman rimase zitto e il direttore lo sentì mandar giù un po' di liquido... Lagavulin, senza dubbio.
«Siamo a un punto morto, caro mio capitano.»
Abbozzò un sorriso.
«Non credo proprio, direttore.»
«Come sarebbe?»
«Mi hai confermato che c'è dietro la Casa Bianca. Non so come ma ora ho una pista. Devo anche parlare con la tua agente come ci farà l'onore di farsi viva.»
Vance sbuffò; Hoffman lo aveva preso all'amo. Cominciò a pensare velocemente. Se lui era con le spalle al muro, forse questa situazione gli poteva tornare utile.
«Sai bene che non ne caverai nulla, sei destinato ad arenarti.»
Hoffman era sì un uomo orgoglioso ma anche un pragmatico. La sua era una vittoria relativa, ossia una sconfitta. Non sarebbe arrivato da nessuna parte.
«Cosa vuoi per aiutarci?»
«Accesso alle informazioni e riservatezza. Assoluta.»
«Non capisco.»
Vance tossì come per schiarirsi la voce.
«Nessuno dovrà sapere che io collaborerò con voi.»
Per la seconda volta in pochi minuti, Hoffman si ammutolì.
«Ti aspetto a New York,» aggiunse poco dopo.
Si salutarono velocemente.
Il direttore della DARPA rimase impassibile per alcuni istanti. Cosa stava succedendo? Poi pensò a come era stato isolato, dal capo a Morgan Williams. C'era sotto qualcosa e tutti gli anni all'FBI avevano affinato il suo fiuto. Annusava qualcosa di grosso e non se lo sarebbe fatto scappare. Ora come non mai aveva bisogno della sua agente, ma chissà dove si era cacciata. Le donne, pensò, mentre cercava il primo volo per la Grande Mela, sono impossibili da capire. Decise in cuor suo di aspettare qualche giorno, poi avrebbe diramato una comunicazione ufficiale.

Come aveva liquidato il direttore della DARPA, Alex Sanders cercò per la trentesima volta Rachel Thompson. Aveva una missione da compiere ma non dava segni di vita. E inoltre doveva vedere il presidente entro poche ore. Il recupero della McRoland lo aveva tranquillizzato ma a questo punto voleva saperne di più.

Guardò l'orologio e sorrise. Gli appuntamenti lo mettevano sempre di buon umore e chi stava per arrivare ancora di più: era da tempo un alleato fedele e capace, molto qualificato.

Il suono del telefono lo avvisò con una puntualità quasi maniacale. Anche questo gli piaceva di quest'uomo: la precisione.

D'altronde con il lavoro che svolge, non potrebbe essere altrimenti, pensò sogghignando.

Diede il via libera premendo un tasto e attese il suo visitatore in piedi. Era un segno di rispetto.

«Ben arrivato Morgan, accomodati.»

Si strinsero la mano e il direttore della NASA non si fece pregare. Sembrava raggiante. Sanders lo imitò e disse: «Spero che porti belle notizie.»

Williams si sentì come al cospetto di un re e quasi senza volerlo, si spinse leggermente in avanti, neanche fosse un inchino.

«La nostra amata scienziata ha ripreso a lavorare di buona lena. Pare non abbia risentito dei fatti francesi.»

«Quindi la data di lancio verrà rispettata?»

L'uomo annuì.

«Molto bene.» Fece una pausa come se avesse bisogno di trovare il tempo giusto, e poi chiese: «Il resto come procede?»

«Le comunicazioni quantiche sono state testate dalla Electric dreams su indicazioni della McRoland e tutto funziona. Non solo gli hacker non potranno intercettarle e tradurre, ma il doppio invio a un nano secondo di distanza elaborato dalla nostra amica, permetterà all'informazione di giungere a destinazione.»

«Eccellente. E ingegnoso, non trova?»

«Sì, ma anche ingenua,» rispose Williams con gli occhi che s'illuminavano.

«È una prerogativa dei geni, o sono boriosi come lo era Van Vogt che voleva controllare tutto per forza, a costo di far saltare il progetto, oppure naif come la nostra Debbie. Lei serve il Paese come anche noi, d'altronde.»

«Ma le nostre vedute sono differenti.»

«Visioni, Morgan, visioni. Appartengono a pochi ma sono quelle che ti fanno stare sempre un passo avanti...»

Sanders lasciò che le sue parole girovagassero per la stanza fino a posarsi nel cervello del direttore.

«Non solo,» disse infine quest'ultimo.

«Esatto.» Il grande capo sembrava in estasi. «Mi dica, come procede l'altra parte del progetto?»

«Abbiamo l'algoritmo pronto. Quel ragazzo era un prodigio, peccato che non ha capito fino in fondo. Condividere è la nostra arma segreta...»

Si fermò e sorrise. Non potevano essere usate in un modo più appropriato.

«È un patto, mio caro. E comunque apprezzo l'uso delle sue parole.»

Prese fiato e poi chiese: «Riuscirà a terminare tutto la McRoland, allora?»

«Sì, signore.»

«E lei saprà come agire poi?»

L'uomo annuì ma Sanders lo guardò di sbieco.

«Lo farò personalmente, stia tranquillo. Mi serviranno pochi minuti, la scatola è posizionata in un lato facile da raggiungere.»

«E sarà sufficientemente forte, immagino.»

«Grazie al suo intuito, direttore.»

Alex Sanders portò le mani dietro la schiena. Le cose si stavano finalmente realizzando. Erano più di quindici anni che lavorava a questo progetto; era riuscito a neutralizzare più di un oppositore, da quelle due spie particolarmente capaci, al direttore della CIA, e tramite loro aveva eliminato chi poteva far saltare il progetto. Gli spiacevoli effetti collaterali ci sono sempre, si disse mentre salutava il suo interlocutore.

Ora non gli restava che relazionarsi con il presidente, nella speranza che il generale Nisbet fosse impegnato altrove. Lo dubitava ma per ora non era una minaccia. Aveva fatto in modo di renderlo innocuo colpendo il suo uomo più vicino, il maggiore Scorsese, e sciogliendo la sua squadra Delta.

Aveva pensato a tutto?

37

L'irlandese lo aveva tampinato per un giorno intero, fino a quando non aveva raggiunto un accordo ed ora era lì che pensava se avesse fatto bene o male. Sarebbe arrivato nel giro di un paio d'ore, il tempo per aggiornare i suoi.

Al diavolo!, si disse. Non aveva avuto scelta. Ma non era quello che lo stava facendo riflettere; perché Jeremy Vance aveva fatto quella proposta? E perché tanta segretezza? Fece un gesto con le mani come se avesse voglia di strozzare il tempo. Sapeva che lo avrebbe scoperto presto.

Doveva distrarsi.

Chiamò la segretaria e le disse che voleva parlare con Elisabeth Scorsese.

Dopo pochi minuti era in linea.

«Avvocato, buongiorno.»

«A lei capitano Hoffman, spero sia un buon inizio.»

«Dipende da quello che mi dirà.»

Sentì una specie di risolino divertito. L'avvocato si era svegliato di buon umore. Meglio, ne avrebbe tratto vantaggio.

«Se mi chiama per la sua proposta a Philip Delany, devo darle una brutta notizia. Non ha accettato di collaborare con voi.»

Hoffman quasi sbatté un pugno sul tavolo.

«Potrebbe insistere? Mi farebbe un grande favore.»

«Se potessi, lo farei molto volentieri ma non è più mio cliente.»

Il capitano della North Manhattan Homicide Squad rimase sorpreso. Non era abitudine che un avvocato del suo calibro perdesse un cliente in così poco tempo.

«Cos'è successo, se posso chiederlo?»

«Segreto professionale, mi dispiace. Ora la saluto e le auguro...
«Aspetti!»
Avvertì che la Scorsese si era improvvisamente fermata.
«Cosa c'è?» Chiese guardinga.
«Vorrei chiederle un parere... insomma, avere da lei un consiglio su come procedere con il caso Van Vogt.»
Elisabeth scoppiò in una risata.
«Capitano, io non so un bel niente di numeri e formule magiche, non posso aiutarla.»
«No, non è per quello. È su come possa o debba procedere.»
Ora l'avvocato Scorsese sembrava essersi improvvisamente infastidita.
«Lei può avvalersi dei migliori penalisti della città grazie al procuratore distrettuale, anche la dottoressa Armstrong può essere di supporto. No, mi dispiace. Oggi ho una lunga giornata e non sono disponibile. Provi a richiamarmi nel 2050, forse sarò libera.»
Hoffman la stava perdendo.
Doveva inventarsi qualcosa e farlo in fretta. Lanciò un'occhiata alla lavagna che aveva di fronte e sulla quale era impressa ancora la lista di Sally.

Rachel Thompson
Elisabeth Scorsese
Cristopher Brimley
DARPA
NASA
Killer
CIA
Samuel Van Vogt
Philip Delany
Spia
Alejandro Gomez
Electric dreams
Debbie McRoland
Guanto elettrico
Iside
Copernicus

«Copernicus,» disse, come se si trattasse di una bomba pronta a esplodere in pochi secondi.
Capì che aveva fatto centro da come il silenzio riempì il suo orecchio. Sembrava che Elisabeth avesse smesso di respirare.
«Lei cosa ne sa?»

«Venga da me oggi e le spiegherò tutto,» anche se non aveva un accidente di niente da dire.

«Ci vediamo per le due, va bene?»

«L'aspetto.»

Mise giù e si lasciò andare a un urlo di gioia. Qui ci vuole un sorso, si disse, mentre gettò un'occhiata al tavolo dei due detective. Stavano arrivando.

Bene, la giornata cominciava con il piede giusto.

Stavano per entrare nell'ufficio di Hoffman dopo essere stati convocati, quando Sally lo prese per un braccio costringendolo a rallentare.

«Non hai parlato molto stamattina, cos'è successo?»

Peter bofonchiò un 'Nulla' e tirò diritto. Sembrava infastidito di tanta attenzione.

Lei fece cadere l'argomento ma lo osservò camminare davanti a sé. Si muoveva come un automa.

Notò che nello studio di Hoffman c'era Jeremy Vance.

Entrarono e dopo i vari saluti, il capitano disse: «Il direttore della DARPA parteciperà a questa riunione per cercare di darci una mano a capire i lati oscuri. Noi, da parte nostra, lo renderemo partecipe di ciò che sappiamo. La sua presenza qui è strettamente confidenziale, okay?»

Lanciò uno sguardo ai presenti e poi al loro ospite; ognuno annuì.

«Bene. Cominciamo.»

«Posso farlo io con una domanda...» Disse Makarov e senza attendere risposta, chiese: «Perché vi siete defilati dall'indagine?»

«Ordini dall'alto.»

Il tono di Vance non dava adito a repliche.

«Allora, conferma la teoria che il vostro interesse iniziale era solo per capire da che parte stavamo andando, ossia come saremmo finiti in un vicolo cieco.»

«E la Thompson era solo lì per tenerci d'occhio. A proposito che fine ha fatto?» Chiese Derek senza nascondere una punta di sarcasmo.

«È in licenza.»

Sì certo, missione sotto copertura, pensò Hoffman, ma rimase zitto. 'Un altro segreto. Ma perché con le agenzie governative è sempre così?'

«Vediamo i nostri dubbi e facciamo alcune considerazioni,» disse per smorzare la tensione che stava salendo. Con un movimento della testa indicò la lavagna. «Sally, pensaci tu, per favore.»

La donna si alzò stirandosi la gonna. Era molto concentrata.

«Direttore Vance, questo elenco nasce da una serie di riflessioni che ci fa pensare che il killer sia stato armato da una nostra agenzia.»

«Vedo ma mi sento di escludere la CIA e così la mia...» Abbozzò un sorriso anche se non sembrava molto convinto. Poi continuò:

«Posso provare a capire se e chi potrebbe aver avuto interesse ma fatico a trovare una spiegazione.»

Sally alzò le spalle.

«Sa niente di Electric dreams?»

«Mai sentito. Chi è Alejandro Gomez?»

«Un ragazzo, un piccolo genio che lavorava per questa società. È stato ucciso come Van Vogt, e ci sono altri elementi che collegano i due casi d'omicidio ma con una differenza.»

«Quale sarebbe?» Chiese Vance apprezzando la capacità di sintesi della donna.

«Gomez è stato torturato.»

Quelle parole suonarono come una sentenza inappellabile. Scese il gelo nella stanza del capo come se avessero visto le immagini di Guantanamo.

«Chi arriva a tanto?» La domanda di Vance non era diretta a nessuno in particolare...

«La CIA,» fu la risposta di Hoffman, lapidaria e indiscutibile. «È lì che devi cercare, Jeremy, un ex agente della Cia. O qualcuno collegato.»

L'uomo annuì.

«Dobbiamo anche chiederci perché. Cosa sapeva Gomez?»

«E qui, posso aiutarvi io,» s'intromise Derek. «Ho la relazione del nostro aiuto informatico. È riuscito a entrare nel portatile del ragazzo e ci sono formule incomprensibili ma molto significative.»

«Ossia?» Stavolta la domanda era del suo partner.

«Kirk ci ha detto che la sera dell'omicidio di Van Vogt stava lavorando per lui su una parte di progetto circa il recupero di satelliti in disuso nello spazio. Ci sono più di quindicimila satelliti da recuperare e chi ci riesce porta a casa un bel bottino...»

«È quello cui sta lavorando la NASA con Debbie McRoland; ecco perché era importante recuperarla,» lo interruppe Vance. C'era altro ma lo tenne per sé. Ricordò le parole del Presidente sulla segretezza assoluta del vero obiettivo della scienziata.

«Sempre il nostro informatico ci ha detto che Van Vogt chiedeva ai suoi collaboratori di risolvere solo una parte del progetto, questo per tenerli il più concentrati possibile e avere prima la soluzione.»

«Ebbene?» La domanda fu di Hoffman, che cominciava a perdere la pazienza. A volte la calma del detective gli dava sui nervi anche se nel profondo lo apprezzava anche per questo.

«Ci sto arrivando, non è stato semplice. Kirk ha confermato che Gomez stava lavorando sull'idea di inviare dei micro satelliti su quelli in disuso. Una volta ancorati a questi, avrebbero emesso un segnale di attivazione a quello principale e creato così una perfetta connessione. Il recupero quindi sarebbe stato guidato dal satellite madre.»

«Geniale,» disse Sally.

«Non solo, ma ci collega a quello che abbiamo trovato nel cassetto di Gomez. Copernicus 2.0,» intervenne Makarov che sembrava si fosse appena risvegliato. «È un progetto europeo che usa tanti satelliti come sentinelle, il concetto è lo stesso. Sono tutti connessi e inviano dati per la ricerca o servizio,» terminò di spiegare Peter.

«C'è altro, sicuramente, altrimenti perché torturarlo?» Chiese Sally con un velo di cinismo.

«Giusto. E le strade sono due,» aggiunse Vance. «O perché sapeva di più o per accertarsi che non lo avesse detto a nessuno.»

«Proviamo a seguire entrambe. Cos'altro abbiamo?»

«Capo, le email del portatile finiscono tutte a Electric dreams. Sono continui scambi di dati, niente di particolare. Non ci sono altre comunicazioni con l'esterno.»

«Vuoi dirmi che un giovane nell'era del digitale non aveva rapporti social?» Hoffman si stava arrabbiando.

«In effetti, qualcosa ci sarebbe ma è un po' azzardato... Peter, vuoi dirlo tu?»

«Come... si scusa, ecco...» fece un colpo di tosse, sbatté gli occhi più volte e poi continuò. «Gomez faceva parte di un gruppo di fan, Hyperspace, tra cui lo stesso Kirk, Van Vogt e Delany, tutti appassionati di *Guerre Stellari*. Ci ha detto che tra loro usavano una chat e così siamo risaliti al nickname che usava, ossia 'Luke'. L'ultimo messaggio che ha lasciato è una sola parola: 'Sciame'.»

«E cosa significa?»

Makarov alzò le spalle. «Dobbiamo ancora capirlo. Ma sappiamo a chi lo ha spedito. A 'Leila', un altro nickname.»

«Cosa diavolo vuol dire tutto questo?» Il direttore della DARPA condivideva la stessa frustrazione di Hoffman.

«È semplice. Sono due personaggi della serie, Luke Skywalker e la principessa Leila, fratelli gemelli separati dalla nascita. Diventano entrambi protagonisti dell'Alleanza Ribelle, la principessa per un periodo è anche una spia, poi viene rapita...»

«Basta così, Derek.» La mano alzata del capitano lo ammutolì. «Qui siamo sulla Terra.» Poi si rivolse a Vance: «Jeremy, puoi aiutarci a risalire a questo indirizzo e a chi c'è dietro? Tu hai i migliori hacker del Paese...»

«Sarà fatto.»

Sally prese il pennarello per aggiungere la parola 'Sciame' alla lista sulla lavagna. Cominciò a scrivere nel silenzio assoluto e quando arrivò alla quinta lettera, si bloccò.

«Scusate, cosa avete detto prima? Che Copernicus usa satelliti chiamati sentinelle, quindi saranno molti, e se il progetto della McRoland si rifà a questo, vuol dire che hanno intenzione di mandare molte sentinelle a recuperare quelli obsoleti, quindi manderanno... uno 'sciame'. Sono satelliti e anche piccoli...» Si mosse velocemente verso il proprio iPad. La sua abitudine a scaricarsi tutte le prove sul suo device le fu d'aiuto. Lo consultò velocemente e soddisfò la curiosità degli uomini che la stavano guardando.

«Eccolo!» Esultò e fece girare l'immagine verso di loro. Tutti si avvicinarono. «Vi presento una parte dello sciame.»

«E cosa diavolo è?»

Sally seguì una facile intuizione.

«Se va nello spazio deve essere per forza un satellite, ma così piccolo è un nanosatellite... Bingo!» Sorrise e di nuovo lasciò gli uomini ammutoliti. Li guardò uno a uno e poi aggiunse: «Ah, le donne... come fareste senza di noi? Sareste persi.»

«Touché,» disse Peter che la fissò ammirato. Se mai avesse avuto un cedimento, quella era la sua donna e la sua casa dove rifugiarsi. Ne aveva bisogno e si sentì un cretino per averlo solo dubitato.

Vance fece una smorfia e riportò tutti alla realtà.

«Cosa ci faceva con un oggetto del genere dentro casa?»

«Non solo, ma lo custodiva sotto vetro, tanto era importante per lui.»

Si guardarono e rimasero di nuovo senza parole.

Sally andò alla lavagna, completò 'Sciame' e aggiunse 'Nanosatellite'.

«Vedrò di capirci qualcosa e vi farò sapere,» disse Vance considerando la riunione chiusa. Li ringraziò e poi si rivolse a Hoffman:

«Mi sembra che ci siano cose su cui lavorare.» Gli strinse la mano e il capitano avvertì la stessa sensazione sentita per il patto che avevano concluso più di un anno prima per riportare Peter a casa.

Si salutarono e il direttore della DARPA fece per uscire ma poi si girò e guardò Makarov negli occhi: «Detective, sono contento che lei sia tornato in servizio. Stia concentrato, andrà tutto bene.»

Peter abbassò leggermente lo sguardo. Quando lo alzò di nuovo, Vance si era volatilizzato.

«Allora?»

«Sa più di quello che ci ha detto,» rispose Sally. «Perché non ha detto che alla NASA non serve più il guanto elettrico?»

Hoffman sospirò. «Con le agenzie è sempre così ma dobbiamo accontentarci. Ha preso impegni precisi e non è uno che molla. Ci porterà novità, vedrete.»

In quel momento, bussarono alla porta. Un agente fece capolino.

«Comandante, c'è un cadavere, giù nel Greenwich.»

«E noi cosa c'entriamo?»

«L'uomo prima di morire ha scritto un nome e quindi hanno detto di chiamarla.»

«E chi sarebbe?»

«Scorsese.»

La riunione fu sciolta immediatamente.

38

Dopo aver chiuso la telefonata con Hoffman, un senso di agitazione l'aveva colta all'improvviso. Reduce da una notte in cui aveva dormito con Robert Palmer e provato una sorta di pienezza, quell'unica parola le sembrava con un colpo di vento che fa oscurare il sole per le nuvole che porta.

Altro che vento, una raffica direi, pensò mentre un taxi la lasciò alle nove in punto davanti al 15 di Central Park West. Un portiere le venne incontro sorridente.

«Buongiorno, signorina,» le disse tirando il portone verso di sé.

«Anche a lei.»

Elisabeth entrò e ancora una volta fu impressionata dalla grandezza della hall.

Andò dritta verso l'ascensore senza farsi annunciare ma un uomo la bloccò.

«Mi scusi, sono della sicurezza, dove sta andando?»

Il tono era gentile ma esigeva una risposta.

«Al trentatreesimo piano da...»

Poteva dire il nome della madre? Se era qui sotto copertura? Non era stata una spia dopotutto?

Sospirò. Il tempo passava ma era ancora prigioniera del passato.

L'uomo la tolse dall'imbarazzo.

«Un attimo, aspetti qui.»

Si allontanò diretto verso l'accoglienza e dopo pochi istanti tornò con il viso ben più rilassato. Elisabeth si accorse che era armato. 'Una pistola!'

Questa volta scosse la testa. Un appartamento da sogno, un edificio mozzafiato, sculture e opere d'arte, libri antichi... un tesoro, ma poi sua madre era costretta a vivere in questo modo.

«Può salire. Al piano le verranno incontro.»

Ringraziò e dopo poco fu in ascensore. Aveva sentito tutti gli occhi puntati su di lei, sguardi che non le erano piaciuti. Più passavano i piani e più avvertiva un senso crescente di preoccupazione. La pace di poche ore prima era scomparsa del tutto.

Cercò di rilassarsi e quando le porte si aprirono, fece un salto indietro.

«Mi scusi, non volevo spaventarla.»

Era la ragazza dalla pelle olivastra, quella che l'aveva accompagnata la notte dell'arresto di Margot Massu.

«No... va bene. È un periodo complicato.»

«Lo immagino,» disse e sorridendo, aggiunse: «Venga con me.»

Le fece strada e come furono dentro l'appartamento della madre, le sorrise e la lasciò sola.

«Vieni Elisabeth.»

La voce di Caterina era calda e accogliente. La seguì fino a quando non se la ritrovò di fronte.

«Amore mio.»

Aprì le braccia e l'accolse in un abbraccio forte e pieno d'affetto.

Elisabeth si lasciò andare e le paure di poco prima svanirono. Il profumo di sua madre sapeva di pulito, luminosità e appagamento.

«Sei felice, mamma?»

«Come non mai.»

Si staccarono; avevano entrambe gli occhi lucidi.

«Sembriamo due scolarette,» disse Caterina asciugandoseli e scuotendo la testa. Elisabeth la imitò e poi scoppiò a ridere. «E siamo due gocce d'acqua,» aggiunse.

«Come sempre, figlia mia. Tuo padre era già geloso di me e più crescevi, più lo diventava anche di te. Per lui è stato un inferno.»

«Già,» si limitò a dire Elisabeth.

Caterina la guardò di lato. «Lo hai più sentito?»

La figlia scosse la testa e non rispose.

«Mi dispiace tanto, amore mio.»

«Anche a me.»

Non aggiunse altro, non voleva tradirsi. Sentiva che doveva fare così. Dai retta al tuo istinto, le disse una volta suo padre. Mai momento più indovinato.

«Vieni, sediamoci. Prendi un caffè?»

«Volentieri.»

Dopo poco, la stessa ragazza gli portò due tazze fumanti.

Elisabeth attese che uscisse, e poi chiese: «Chi è lei? Chi sono loro?»
«Loro chi, amore mio?»
«Questa donna e Brian, per esempio.»
Caterina si passò una mano tra i capelli.
«È giusto che tu sappia chi sono oggi.» Allargò le braccia e continuò. «Quando sono riuscita a sottrarmi dalle grinfie del Governo venezuelano, mi sono ricreata una nuova identità. Ne ho usate moltissime e non ho avuto problemi. Sono andata a Parigi, dovevo ancora nascondermi e non potevo farti sapere che ero viva. Solo quest'ultimo anno, sono riuscita a muovermi come volevo anche se devo ancora stare attenta.»
«Non capisco, mamma. Sei o no una donna libera?»
Caterina la guardò per un paio di istanti.
«Non è così semplice.»
«Allora spiegati, per favore.»
La madre si alzò e cominciò a camminare. Prendere le distanze le serviva per trovare le parole giuste. Iside era in difficoltà solo davanti alla sua creatura.
«Caterina Scorsese è oggi data per dispersa, ma so per certo che se uscissi allo scoperto, farebbero in modo di arrestarmi. Troppe cose non sono chiare negli affari del Governo e delle varie agenzie e io conosco tante sporche faccende.»
«E allora?»
«Con l'identità che mi sono creata riesco a fare ciò che devo per costruirmi un'assicurazione che mi permetta di andare dal presidente e dire 'Ehi, sono qui, sono viva, chiedo l'immunità.' Ma non perché sono colpevole ma perché potrebbero incastrarmi. Ti è chiaro adesso?»
Elisabeth annuì.
«E loro sono la mia protezione. Ex agenti pronti a sacrificarsi non per me, ma per quello che rappresento.»
Questa volta la guardò sorpresa.
«In che senso?» Si sentì domandare.
«Vedi, figlia mia, non potevo più sopportare le ingiustizie del nostro Governo e volevo che quello che è successo a me non potesse mai più ripetersi. Allora, ho fatto in modo che la mia assicurazione diventasse un progetto in grado di dare lavoro, innovazione, e un po' di ragionevolezza.»
Si fermò per prendere fiato e dire: «Ho creato la società Lumière per fare del bene grazie all'aiuto di uomini potenti e ricchi.»

«Gli Scribi.»

Caterina annuì e abbassò gli occhi.

Elisabeth le inveì contro. «Quei bastardi hanno armato un detective della Omicidi che stava per uccidermi! Come hai potuto...»

«Non lo sapevo!» Caterina spalancò gli occhi. «Non conoscevo la loro alleanza con la mafia russa e quando l'ho scoperto, ho agito di conseguenza.»

«Cosa hai fatto?»

«Ho difeso quello che avevo costruito e stretto alleanze più forti.»

«Christopher Brimley?»

«Anche ma non solo lui. Sono riuscita a far smantellare la loro anima criminale, a ricompattarli su un nuovo progetto che ci porterà forza e voce. Dovranno ascoltarci.»

«Oh, mamma, ma cosa hai... fatto.» Non era una domanda ma una semplice constatazione. C'era amarezza nella voce di Elisabeth, e anche un po' di disperazione.

«Tu non... ero morta, questo almeno riesci a capirlo?»

Caterina le si parò davanti. Sembravano due facce della stessa moneta tanto erano simili quanto diverse.

«Ogni cosa in cui credevo era stata spazzata via dal tradimento dei miei capi, i più alti vertici di questo Paese, coloro che hanno mandato me e altri a morire o uccidere per loro. A fare il lavoro sporco in nome di una libertà o democrazia che non c'è, non esiste. Mi hanno tolto te e tuo padre, le cose in cui credevo, le uniche che amassi veramente. E cosa ti aspettavi che facessi? Ritornassi dall'inferno perdonando tutti e dicendo 'Vieni qui, figlia mia, mamma è tornata e ogni cosa sarà come prima'?»

«Non lo so...»

«No, non sai chi ero prima di sparire in quel buco di merda. Non ho mai potuto o voluto dirtelo per proteggerti e appena sono riuscita a resuscitare, sei stata il mio primo e unico pensiero.»

Elisabeth la guardò di nuovo negli occhi.

«E papà?»

Caterina scosse la testa e sembrò mandar giù un boccone amaro. Si avvicinò alla finestra e guardò un punto fisso davanti a sé.

«Lui, l'eroe delle forze americane, un salvatore, un combattente, il migliore...» lo disse senza nascondere tutta l'ironia possibile. «Un servo del sistema che è andato avanti senza affrontare la realtà. È un assassino e non lo sa.»

Quelle parole la scossero, non se lo aspettava.

«E tu, mamma?»

Lei si girò e tornò a guardarla negli occhi.

«Chi non lo è nel nostro lavoro? Perché credi stia facendo questo?»

«Per redimere la coscienza.»

Caterina non aggiunse nulla, non ce n'era bisogno. Elisabeth si sentiva a disagio. Non si era illusa di poter amare sua madre senza prima capire cos'era diventata, ma non si aspettava ciò che stava vivendo.

«Mi aiuterai?»

Quella domanda la colse impreparata.

«Io... non lo so, e poi non saprei neanche come.»

«Con Margot Massu lo hai fatto. Ora è a Parigi e sta facendo in modo che la Lumière vada avanti. Salvando lei, hai salvato la mia creatura.»

«In realtà non ho fatto molto.»

La madre fece una smorfia. «Ti sottovaluti.»

Elisabeth sospirò. Cominciava a innervosirsi.

«Sentiamo, cosa dovrei fare?»

Caterina abbozzò un sorriso.

«Brimley mi ha detto che stai rappresentando un cliente per una causa contro la NASA, un certo Philip Delany.»

«Non più. Se ne è andato via quando gli ho detto che non avrebbe mai vinto.»

«Questo è il punto. A noi serve che quella causa venga fatta.»

Elisabeth scosse la testa.

«Delany è un bastardo presuntuoso e non c'è nessuna possibilità di vincerla. Sta con Brimley e quindi con te.»

«Io non sto con nessuno, mia cara. Ma Delany ci serve per poter portare avanti un progetto ambizioso e ora che la NASA ha perso il suo miglior scienziato, lui è la carta più forte.»

«Per te è una pedina.»

Caterina non rispose.

«Non posso farla, non avresti possibilità di vincerla.»

«Non mi serve vincerla mi serve averla.»

«Come moneta di scambio.»

Iside la fissò per qualche istante e poi annuì.

Elisabeth era avvocato da troppo tempo e sapeva bene come andavano avanti certe cose. La madre aveva ragione.

«Posso accettare solo se mi aiuterai.»

«Dimmi pure.»

«Ho bisogno di sapere chi ha insabbiato l'indagine per l'omicidio di un soldato donna e delle sue figlie alla base dei Marines a Quantico nel settembre 2002. Lei si chiamava Brigitte Palmer.»

«È tutto quello che sai?»

«L'agente dell'NCIS che ha indagato, mi ha detto che la pressione ad archiviarlo come un tentativo di furto è arrivata direttamente dallo Studio Ovale e quindi tu dovresti saperlo...»

Caterina alzò una mano. «Sai bene che in quei mesi ero già in mano ai venezuelani.»

«Lo so, ed è per questo che ti ho escluso dai possibili responsabili.»

«Ti ringrazio.»

Il sorriso di Iside era gelido.

«Mamma, per favore, non rendere tutto più difficile.»

«Scusami. Continua pure.»

«Chi in quel periodo poteva influenzare il presidente tanto da ottenere quello che è successo?»

Caterina si sedette sul divano e battendo una mano vicino a lei, la invitò a raggiungerla.

Attese che prendesse posto e poi le rispose: «In quei mesi il presidente non si fidava di nessuno. Ogni direttore di un'agenzia gli faceva rapporto direttamente per cercare di coprirsi le spalle per quello che era successo alle due Torri. L'FBI scaricava sulla Sicurezza nazionale e viceversa. L'unica che ne riuscì a rimanere fuori fu la stessa che mi spedì in Venezuela. La CIA.»

Elisabeth rimase impassibile, ma dentro di sé quasi esultò. Aveva trovato il marcio.

«Come si chiamava il direttore?»

«Alex Sanders.»

Trattenne il fiato e prima che potesse tornare a respirare, la madre le disse: «Non puoi fargli nulla, oggi è il numero due del presidente. Da allora c'è stata una ristrutturazione e dal 2004 il presidente sceglie un uomo che è il coordinatore di tutte le agenzie, una sorta di super direttore, il capo di tutti, che si relaziona solo con lui. Una volta era automaticamente il direttore della CIA. Oggi quell'uomo è Alex Sanders.»

«Potente come allora.»

«Molto di più. Ha praticamente accesso ai file della Stanza Ovale e tra lui e Mr Liberty c'è solo il generale Joe Nisbet, che comunque è un suo parigrado.»

«Lui è un uomo onesto.»

Caterina annuì. «Ma Sanders è una serpe. Scaltro, ambizioso e molto pericoloso. Devi stare attenta.»

Le prese le mani tra le sue e aggiunse: «Non puoi condividere le mie idee, lo so e non posso biasimarti ma ti prego di darmi il tempo per dimostrarti il mio fine, che è di bene e non di violenza.»

Si guardarono. E poi Elisabeth si allungò e le diede un bacio su una guancia.

«Sono felice che tu sia tornata.»

Si alzò e camminò verso l'uscita.

«Comincerò a impostare la causa e chiamerò Delany. Lo faccio solo per te, per dimostrarti che ti voglio bene, nonostante tutto.»

Caterina le sorrise.

«Però devo chiederti una cosa. Cosa sai di Copernicus?»

Il viso di Iside non mutò e quindi rispose: «Nulla mia cara, perché me lo chiedi?»

«Niente, lascia stare.»

«Allora la faccio io una domanda: perché ti interessa Brigitte Palmer?»

«Non è lei che mi interessa, mamma.» E le sorrise di rimando.

Poi se ne andò.

Rimase sola, Caterina si fece subito seria. Chiamò la ragazza dalla pelle olivastra.

«Ho bisogno che Tefen venga qui, subito.»

«Sarà fatto, mia signora,» rispose il suo scorpione Befen mentre si allontanava.

Lasciò il divano sfiorando il tessuto su cui si era seduta sua figlia.

Guardò New York dall'alto e mormorò appena: «Anche io ti voglio bene, Elisabeth. Nonostante tutto.»

Elisabeth non amava arrivare tardi ma neanche molto in anticipo e così si fermò un paio di strade prima di quella del distretto di Hoffman. Avrebbe continuato a piedi.

Prese il cellulare e selezionò il numero di Joe Nisbet.

«Avvocato,»

«Può chiamarmi Elisabeth, generale.»

«Già lo faccio, mia cara, e da tempo.»

Era stranamente affettuoso.

«Volevo aggiornarla su quanto ho saputo.»

Pensò velocemente; non avrebbe mai tradito sua madre.

«Mi dica.»

«È venuto da me colui che ha inventato l'algoritmo sorgente, un certo Philip Delany, e mi ha chiesto di recuperare indietro i diritti di sfruttamento. Li aveva venduti a Van Vogt che a sua volta, li aveva dati alla NASA.»

L'uomo rimase in silenzio ed Elisabeth continuò: «La NASA è d'accordo a restituirli a patto che Delany continui a svilupparli ma lui non vuole.»

«E perché secondo lei?»

«Vuole farlo con altri investitori. Mi ha parlato di un modo diverso di leggere i numeri... mi è sembrato un discorso folle, ma lui è il cliente, e lui decide.»

Nisbet rimase qualche istante in silenzio.

«Lei cosa farà?»

«Il mio mestiere, generale. Farò causa alla NASA.»

Il capo delle Forze militari congiunte sospirò.

«C'è altro?»

«Gli ho chiesto se conosceva Copernicus, se lo aveva mai sentito e ha negato. Non so cosa dirle di più...»

«Quindi Delany e i suoi partner non possono essere una minaccia.»

Elisabeth si fermò. Guardò l'ora, aveva tempo.

«Sia più preciso, per favore.»

«Tra pochi giorni verrà messo in orbita il primo satellite quantico. Il progetto franco-americano, Copernicus 2.0 è capitanato dalla McRoland. Riteniamo che ci siano altre persone interessate a boicottare il lancio. Non vorrei che il motivo di tentare la causa sia questo.»

Elisabeth sgranò gli occhi. Sua madre lo sapeva, ne era certa e l'aveva bloccata per questo.

«Ma Copernicus centra qualcosa con il lancio?»

«Non lo so di preciso, io non ho rapporti con la NASA, lo segue direttamente la Stanza Ovale.»

«E chi precisamente?»

«Alex Sanders.»

'No!' L'uomo che aveva insabbiato la verità sull'omicidio Palmer era lo stesso che oggi affiancava il presidente... proprio come allora. Poteva nascondere qualcosa anche con il lancio del satellite?

«Elisabeth, è in linea?»

«Sì, sono qui. Stavo pensando come scoprire se Sanders sa di Copernicus.»

«Perché vuole saperlo? Gliel'ho detto, lo chieda a Morgan Williams. Lo ha conosciuto e immagino sia in contatto.»

Elisabeth annuì. «Lo farò senz'altro.»
«Cosa le ha detto l'agente Scalzi?»
Sospirò. Il generale sapeva come non dare tregua.
«Mi ha confermato quello che pensavo. La morte della famiglia di Palmer è stato omicidio.»
«Ne è certa.»
«No, ma è l'unica spiegazione. Perché insabbiarla se fosse stato diversamente, ossia un vero tentativo di rapimento?»
«Le ragioni possono essere tante...»
Nisbet non sembrava molto convinto. Conosceva bene l'intuito di James Scorsese e se la figlia aveva preso da lui...
«Anche se fosse vero, chi lo avrebbe fatto?»
«La Casa Bianca.»
«Impossibile.»
Elisabeth sbuffò.
«Le sto dicendo quello che mi ha detto Scalzi. Le pressioni per archiviarlo come tentata rapina vennero dalla Stanza Ovale.»
«Ora mi è chiaro. Sono due cose diverse.»
Elisabeth non sapeva come andare avanti. Se avesse chiesto di verificare per lei la posizione di Sanders in quel periodo, avrebbe tradito la fonte, ossia sua madre.
Stava per salutarlo quando le venne in mente un particolare che fino a quel momento non aveva considerato.
«Scusi generale, posso chiederle di chiamare mio padre e sentire se sta bene?»
«Certo. C'è una ragione in particolare?»
«Un'agente della DARPA, una certa Rachel Thompson, ieri si stava recando da lui. Non conosco il motivo ma non vorrei ci fossero problemi.»
L'uomo esitò. Lo aveva preso alla sprovvista.
«Grazie, farò un controllo.»
«A lei e a presto.»
Si salutarono e lei affrettò il passo. Il cervello le stava girando troppo velocemente e una domanda la martellava: perché sua madre le aveva mentito?

«Cosa ci fa il mio nome su quella lavagna?»
Hoffman non si era ancora ripreso dall'averla vista entrare come una furia, che si sentì investire da tanta rabbia.
«Si calmi, avvocato, ora le spiego tutto. Si accomodi.»

Lanciò un'occhiata a Sally Armstrong e con un segno della testa la invitò a raggiungerli.

«No, fino a quando non mi dice tutto.»

«Va bene...»

In quel momento, l'assistente del procuratore distrettuale entrò.

«Elisabeth...» la salutò ma lei non la degnò di uno sguardo.

«Capitano, sto aspettando.»

Lui le indicò la sedia e lei sbuffando si sedette.

«Sally, per cortesia spiega cos'è quella lista all'avvocato Scorsese, grazie.»

La donna si avvicinò alla lavagna.

«Credo tu sappia come funziona qui. Sono elementi legati all'indagine sull'omicidio di Van Vogt e Alejandro Gomez.»

«Chi, scusa?»

«Era un giovane tecnico informatico, un geniaccio anche lui, lavorava per la Electric dreams,» iniziò a spiegare la Armstrong con molta calma e indicando i nomi man mano che li pronunciava, «è stato ucciso con lo stesso *modus operandi,*» puntò il dito su 'Killer', «di Van Vogt ma è stato torturato, forse perché sapeva qualcosa che non doveva. Nella sua stanza è stata trovata una cartellina con un nome e una serie di formule dentro, Copernicus, un progetto che coordina Debbie McRoland per conto della NASA.»

«Cosa c'entra la DARPA e la Thompson?»

«Hanno indagato con noi ma una volta che la McRoland è tornata a casa sono spariti...» Si fermò. Stavano entrando i due detective. Fecero un cenno di saluto e si accomodarono vicino. Nessuno disse nulla e Sally riprese: «Idem per la NASA e il guanto elettrico che gli è stato rubato, anche loro non si sono fatti più vivi.»

«E perché, secondo voi?»

«Pressioni dall'alto.»

Elisabeth rimase in silenzio. Di nuovo.

«E chi c'è sopra la NASA o la DARPA?» Fece quella domanda sapendo la risposta e Sally si limitò ad alzare le spalle. La Casa Bianca. No, ovvio, come aveva detto il generale Nisbet, la Stanza Ovale.

«Continua per favore.»

L'assistente del procuratore annuì. «Van Vogt era un crittografo ossia si occupava di come rendere un messaggio nascosto, metodi usati da sempre dalle spie. Ecco perché c'è la parola spia, potrebbe essere una pista visto che il killer è un professionista, forse un ex agente governativo.»

«Christopher Brimley?»
«Ora ci arrivo...»
«Philip Delany?»
Elisabeth la bruciò sul tempo, come se non volesse sentire quella risposta.
«Conosceva Van Vogt e forse anche Gomez; tutti fanno parte di un club esclusivo di appassionati di fantascienza. Stiamo cercando di capire quali altri legami possano esserci.»
Stavano ancora investigando... Bene, questo la metteva un passo avanti.
«Mancano le ultime due parole.»
«Sono collegate. Gomez stava lavorando al lancio di tanti nanosatelliti messi insieme, uno sciame appunto. Ma qui ci siamo fermati perché non abbiamo altre informazioni.»
La lista era finita.
«E io cosa centro?»
Sally le sorrise e lasciò la lavagna.
«All'inizio ho scritto il tuo nome perché difendevi il primo sospettato dell'omicidio Van Vogt ed è rimasto in lista ma poi, man mano che questa si allungava e venivano fuori vari ragionamenti e il puzzle andava formandosi, ho capito che potresti essere coinvolta senza saperlo.»
«In che senso?»
Elisabeth si mise sulla difensiva.
«Guarda la lista. Chi può avere interesse a fermare un progetto come Copernicus, a uccidere per avere il controllo di un mega appalto con la NASA come quello del recupero di satelliti in disuso, chi ha accesso a dati, chi manovra ex agenti, chi ha capitali immensi per coprire le proprie tracce, chi elimina Gomez per non farlo parlare?»
La guardò. Nessuna delle due aveva il coraggio di dire quel nome.
«Gli Scribi e... Christopher Brimley,» sussurrò Elisabeth.
«Esatto, ma tua madre in particolare, Iside. Oggi è lei al comando, e come recita il culto ha i suoi sette scorpioni, uomini e donne disposte a tutto per lei, anche a uccidere o sacrificare le proprie vite. Denaro, spie addestrate e movente, non manca nulla Elisabeth.»
Quel pensiero la stordì. Alludeva forse alla donna dalla pelle olivastra, a Brian o alla stessa Margot che per coprirla aveva affrontato l'arresto a Parigi?
«No!»
Fece quasi un salto dalla sedia e cominciò ad arrotolarsi i capelli.

«Mia madre non centra nulla con questi omicidi. Io so chi è.»

Hoffman scattò in avanti e Makarov si alzò in piedi per cercare di fermarlo. Aveva paura commettesse qualche sciocchezza.

Ma il capitano si fermò a pochi centimetri dal viso dell'avvocato Scorsese e le disse: «Parli subito e non tralasci nulla altrimenti, quanto è vero Dio, la sbatto dentro e la rovinerò per sempre.»

Elisabeth trasalì.

Conosceva bene quell'uomo e sapeva che sarebbe stato in grado di farlo. Pensò a Lara, a quando si era trovata in quella stanza un anno e mezzo prima. Lei era lì e invece ora aveva fatto di tutto per allontanarla. Sono stata una stupida; pensò mentre ne avvertiva la mancanza. Si costrinse a placare il senso di smarrimento che la stava opprimendo.

Guardò di nuovo la lista.

«Vi dirò quello che so, ma prima ho bisogno di una spiegazione.»

«Non è nella posizione di fare richieste.»

Elisabeth guardò Sally. All'assistente del procuratore tornò in mente quel pranzo al Pier A Harbor House, quando l'aveva contattata per ritrovare Peter e lei l'aveva accolta nella sua squadra permettendole poi di portare a casa suo marito.

«Hoffman... per favore.»

L'irlandese non si mosse ma fece andare gli occhi da una parte all'altra. Poi annuì.

«Grazie,» disse e poi rivolta a Sally, chiese: «Perché c'è il nome della CIA?»

Sally fu sorpresa da quella domanda. E ora cosa c'entrava?

«Quando ho pensato a quale agenzia potesse appartenere il nostro killer, ho pensato che la CIA è quella più incline a occuparsi di affari 'sporchi'.»

Alzò le spalle.

Elisabeth annuì e poi guardando dritto negli occhi Hoffman, disse: «Era come pensavo.»

Hoffman si appoggiò alla scrivania, incrociò le braccia e disse: «Ci spieghi. Ora.»

«Alex Sanders è oggi il direttore della Comunità d'intelligence del nostro Paese, il numero due del presidente insieme al generale Joe Nisbet, da cui ho avuto queste informazioni. Sono certa che è lui l'uomo che ha fatto pressioni affinché la DARPA e la NASA sparissero nel nulla.»

«Tutto qui?» La domanda fu di Derek.

Tutti si voltarono a guardarlo.

«Mi spiego meglio. Lei crede di sviare i nostri forti sospetti su sua madre, accusando un tipo del genere e senza uno straccio di prova?»

Elisabeth fece un bel respiro e poi rispose: «E voi credete di fare una supposizione, chiamarmi qui con un tranello e pensare di convincermi che mia madre è colpevole di due omicidi senza uno straccio di prova?»

Guardò Derek e poi fece lo stesso con ognuno di loro. Hoffman non disse nulla e tornò a sedersi. Come raggiunse la sua poltrona, si versò due dita di Lagavulin, sprofondò e poi borbottò: «Cosa vuole che faccia?»

Elisabeth spalancò gli occhi mentre il capitano si tracannava il suo whisky.

«Non capisco.»

«Vuole che vada a Washington ad arrestare il numero due del Governo? Oppure emetto un mandato di cattura per sua madre.»

«È dispersa, lo sa bene.»

«Certo, certo...» liquidò Hoffman la faccenda con una mano. Sembrava la prendesse in giro.

«Senta, comandante...»

«Aspetta Elisabeth. Non dire nulla di cui potresti pentirti. Siamo qui per aiutarti come tu hai fatto con noi e con me, soprattutto.» Le mise una mano sul braccio e lanciò un'occhiata a Peter. Era impassibile.

«Cerchiamo di capire meglio, va bene?»

Lei annuì.

«La prima cosa da fare è eliminare una delle due piste da seguire,» s'intromise Makarov. «O la Scorsese oppure Sanders. Guardiamo dove ci portano le prove e capiremo.»

«C'è una cosa che dovete sapere,» disse Elisabeth e riprese a toccarsi i capelli. La mano di Sally era ancora sul suo braccio.

«Tra pochi giorni ci sarà il lancio del primo satellite quantico. Il progetto, Copernicus 2.0, andrà in orbita e la McRoland vedrà realizzata la sua creazione. È lei che ha sviluppato l'algoritmo sorgente insieme a Van Vogt, il quale è stato ucciso e lei rapita.»

«Qualcuno voleva impedirlo,» disse Derek.

«Questa è l'idea più plausibile.»

«Non solo,» continuò «Ma anche Gomez è morto per la stessa ragione. Lavorava per l'Electric dreams e potrebbe essere legato alla McRoland.»

«Rimaniamo su quello che sappiamo, Richard. Elisabeth vada avanti, per favore.»

«Chi controlla il lancio è la NASA, ovvio, ma chi controlla la NASA come la DARPA è Sanders. È lui che segue e relaziona tutti i progetti significativi al presidente, come lo fa il generale Nisbet per quelli militari.»

«Non riesco a capirla, avvocato. Che interesse ha il direttore della Comunità d'intelligence di sabotare un progetto così importante? E se fosse come dice, perché poi incarica la DARPA di salvare e riportare a casa Debbie McRoland? Quello che lei insinua non ha senso, è smentito dai fatti.»

«La McRoland non l'ha salvata Sanders. È tornata in America con un volo militare dopo che è stata trattata come donna libera nei suoi giorni di 'prigionia' in Europa. Non è stata rapita, ha scelto lei di rimanere nascosta.»

Tutti la guardavano senza fiatare. Se fosse stata un'altra persona, l'avrebbero mandata a quel paese. Ma Elisabeth Scorsese aveva dimostrato più volte di avere ragione.

«Come fa a saperlo e perché?» Le chiese Derek.

«Me lo ha detto il generale Nisbet. Nel 2001 la McRoland era a Venezia e con il fidanzato, nonché ricercatore universitario, crearono Copernicus, il primo algoritmo. Lo uccisero alcuni uomini dei servizi segreti americani davanti ai suoi occhi mentre altri la portavano via. Lei è rimasta in silenzio tutto questo tempo per finire il progetto, ma poi a Parigi ha capito che la minaccia era ancora viva. Lo ha segnalato al padre attraverso una foto.»

Nessuno fiatò. La storia era così assurda da poter essere vera.

«L'allora capo della CIA era Sanders e gli unici agenti abilitati a operare in paesi stranieri sono quelli della CIA. A voi le conclusioni.»

Sally cacciò fuori l'aria e quasi fischiò.

«Aspetti,» s'intromise Hoffman, «chi le ha detto che la McRoland non l'ha liberata Sanders?»

«Ho trattato con Jeremy Vance la liberazione di Margot Massu. Era stata fermata qui a New York perché nella loro fuga, un uomo e la McRoland avevano trovato rifugio in un'abitazione di una società, la Lumière, di cui l'amministratrice era appunto la Margot. Vance ha acconsentito a farla tornare a Parigi a patto che la scienziata tornasse qui. E così è stato.»

«Ha detto che erano in fuga, perché?»

«A Parigi hanno cercato di uccidere la McRoland, ma la Lumière l'ha salvata.»

Di nuovo silenzio. Derek si alzò e prese posto davanti al computer di Hoffman che lo lasciò fare. Quella verità appena rivelata pesava come un macigno e non sarebbe stato semplice dimostrarla.

«Ma perché Sanders avrebbe dovuto far uccidere due ingegneri quando sta portando comunque avanti il progetto Copernicus 2.0?»

La domanda fu di Peter e rimase a mezz'aria finché Sally non la fece sua e rispose: «Perché il progetto nasconde altro, ecco perché. Così, anche le torture a Gomez acquistano un senso. Dovevano essere sicuri di chi ne fosse a conoscenza.»

«Quindi Gomez lo sapeva, diciamo... era corrotto?»

«Forse... oppure era solo una pedina ignara,» disse Derek dalla consolle, «e quando se n'è accorto...» si fermò. «Certo ha avvisato Leila, la principessa ribelle.»

«E chi sarebbe questa?» Domandò Elisabeth abbastanza contrariata.

«Debbie McRoland,» rispose Hoffman.

Poche ore prima aveva ricevuto un sms da Vance. I suoi hacker avevano trovato il nome della scienziata dietro il nickname di Leila Organa.

Tutto tornava.

«Giusto, ma sciame cosa significa? Dobbiamo scoprirlo...»

Hoffman sbuffò.

«Ogni volta che la incontro, avvocato Scorsese, devo affrontare sempre cose più grandi di me. Mai un caso che rimanga in città... quando si trasferisce altrove?»

La battuta sciolse un poco la tensione ma la concentrazione rimase alta.

«Bingo!,» esclamò Derek quasi esultando.

«Cosa hai trovato?»

«Una conferma, partner. Il progetto Copernicus, il primo, quello europeo per intenderci, ha sede a venti chilometri da Parigi, al numero 10 del corso Louis Lumière, a Vincennes. La Lumière sapeva quindi di Copernicus e di Debbie McRoland.»

Elisabeth si sentì sprofondare: l'indirizzo. Ecco perché la madre aveva scelto di chiamare la società in quel modo: reclamava vendetta. Quindi lei sapeva del progetto fin dal principio e le aveva mentito. Sentì il respiro farsi corto ma cercò di calmarsi. Non ora, non in quel momento, avrebbe capito presto. Poi un pensiero la colpì all'improvviso e sbiancò. Sua madre sapeva anche di Andrea Carli; sua madre lavorava per tutte le agenzie, sua madre era quindi a Venezia, sua madre aveva ucciso il fidanzato della McRoland. Sua madre era un'assassina.

«Cosa ti succede, Elisabeth?»

Gli occhi delle due donne s'incrociarono.

Non riuscì a rispondere e con quello sguardo era come se le implorasse aiuto.

Sally comprese che qualcosa non andava e disse a Hoffman: «Capo, se abbiamo finito, l'avvocato Scorsese potrebbe andar via...»

«Mi dispiace, ma ho ancora una cosa da chiederle.»

Elisabeth evitò di fissarlo; aveva paura che le sondasse l'anima e capisse cosa le stava accadendo.

Con un cenno del capo lo invitò a parlare e Hoffman le chiese: «Conosce Omar Faruk? Ha un negozio giù a Greenwich.»

Quella domanda la fece reagire. Ora cosa c'entrava quel bastardo che le aveva puntato contro una pistola solo pochi giorni prima?

«È un amico dei miei genitori.»

«Da quanto non lo vede?»

«Da un po'... ma perché mi fa queste domande?»

«È stato ucciso ieri.»

Elisabeth spalancò la bocca e poi gettò la testa tra le gambe. Voleva fuggire da quel posto immediatamente.

'No... non è possibile.'

«Mi ascolti bene. Mi dica la verità, glielo consiglio.»

Il tono di Hoffman era grave ma paterno al tempo stesso.

Lei alzò lo sguardo. Si sentiva distrutta. Un altro medesimo pensiero le si stava formando in testa. Sua madre. Lo aveva detto a lei e a Brian, uno dei suoi uomini.

«L'ho visto due giorni fa, credo. Avevo bisogno di un'informazione su una medaglia al valor... Aspetti!» Il viso tornò a prendere colore.

«Gli ho chiesto notizie che mi hanno portato a un caso del settembre 2002, quando la moglie di un soldato di mio padre e le loro bambine sono state uccise da un ladruncolo. Grazie a quello che mi ha detto ho scoperto che la Stanza Ovale...»

Hoffman alzò la mano e lei si bloccò, le labbra leggermente aperte.

«Avvocato, la prego. Abbiamo il video con tanto di audio. Sappiamo ciò che vi siete detti e della pistola che ha tirato fuori.»

«Allora, cosa vuol sapere?»

«Peter,» lo chiamò Hoffman e Makarov si alzò. Le andò vicino selezionando alcuni tasti del suo telefono.

«Elisabeth, provi a sentire queste ultime parole, grazie.»

La registrazione partì e si sentì la voce di Omar Faruk: 'Il mio tempo è finito da un pezzo, avvocato, ma stia attenta al suo, o a quello dei suoi genitori. Vi manca poco, ve lo assicuro.'

Peter gliela fece ascoltare un'altra volta. «Cosa mi dice?»

Lei scosse la testa.

«Mi ha minacciato.»

«Non solo lei, anche i suoi genitori.»

Lo guardò. Come un condannato guarda il boia prima del colpo mortale.

«Sua madre è viva, avvocato.»

Lei non si mosse, sentiva la lama scendere. Chiuse gli occhi. La voce di Hoffman le arrivò come in lontananza.

«Prima di morire, Faruk ha scritto con il sangue il nome del suo assassino.»

Hoffman fece una pausa e il mondo le sembrò sparire come se quel peso nell'anima lo avesse risucchiato una volta per tutte.

«Scorsese.»

Il sibilo si fece più acuto e tutto le sembrò girare vorticosamente.

Buio.

39

«A cosa stai pensando?»

La voce di Jackie la fece sussultare e la figlia le si gettò vicinissima sul divano.

«Ti ho spaventata?»

Debbie McRoland sorrise e la tirò a sé. Lei si lasciò prendere e con una mano le toccò il ventre.

«Sei troppo magra.»

«Non dire fesserie, sto benissimo.»

Rimase così, a coccolarla, come se quell'attimo potesse durare per sempre. C'era stato un momento che aveva rischiato di non vederla mai più, quando quell'uomo le aveva puntato la pistola a pochi centimetri... e poi aveva visto tutto quel sangue, anche tra i suoi capelli.

Chiuse gli occhi e il viso di Cobra le apparve, come succedeva da diverse notti ormai.

Gli aveva scritto, un paio di giorni prima. Era irrequieta, doveva vederlo.

«Sai cosa penso, mamma.»

«Cosa, dolcezza?»

Jackie si staccò da lei e guadagnò quello spazio che solo i teenager sanno calcolare al millimetro. Rimangono distanti quel tanto che basta, né troppo né troppo poco. Una magia, pensò guardandola con amore infinito.

«Che non ti ho mai voluto così bene come in questi giorni. Quando non c'eri ho pensato che fossi morta, che non ti avrei mai più rivista. Nonno diceva sempre che saresti tornata, era sicuro, ma io...»

Le si gettò ancora contro e lei l'accolse come solo una madre sa fare con una figlia: aderendo perfettamente, molecola su molecola.

«Perché tuo nonno era così sicuro?»
«Diceva che eri troppo importante e che te la saresti cavata perché sei forte e intelligente.»
Le sorrise e Debbie la baciò.
In quel momento, bussarono alla porta.
Jackie guardò l'orologio; mancavano pochi minuti alle sette.
«Questo è il cambio di guardia... uffa.»
«Non dire così, ci proteggono. È normale sai. Vedrai che tra qualche mese tutto si sistema.»
«Se lo dici tu.» Si alzò per andare ad aprire e l'indolenza della sua età venne fuori come un uragano. Tipico, si disse smorzando un sorriso.
Giurò a sé stessa che non l'avrebbe lasciata sola, mai più.
Dopo pochi istanti, tornò con un pacco di Amazon.
«È arrivato questo. Ha passato i controlli, non c'è nessuna bomba.»
Glielo diede e poi s'immerse nel cellulare, il suo mondo. Curiosità zero. Il momento di empatia era finito.
Debbie lo aprì e tirò fuori un cellulare. Lo accese. Era un prepagato.
Non attese più di due minuti, che le arrivò un sms: 'Tra trenta minuti al Barcelona Wine sulla Quattordicesima.'
Non rispose, non ce n'era bisogno. Sapeva che era lui.
Salì le scale diretta in camera. Si sentiva sollevata. Era ancora vivo. Cercò nell'armadio qualcosa da mettersi, ma poi realizzò che non era certo un appuntamento.
Ma cosa sto facendo? si disse, quando per la seconda volta in pochi minuti un rumore la spaventò.
«Chi è il tipo?»
'Jackie, chi altri?'
«Nessuno, ma cosa dici...»
La ragazza si gettò sul letto e cominciò a punzecchiarla.
«Sei silenziosa da quando sei tornata. Ti alzi di notte come se non riuscissi a dormire, cosa mai successa prima del tuo... viaggio. Ti arriva un regalo, ricevi un messaggio e corri in camera ad aprire l'armadio.»
Si alzò e le si avvicinò. La superava di venti centimetri buoni, ma rimaneva sempre la sua bambina.
«Cosa è successo a Parigi e poi in Italia, mamma?»
«Lo sai quello che ci siamo detti. Non parliamone più o per lo meno non ora. Lasciamo passare un po' di tempo.»

Il tono di Debbie era leggermente stizzito.

«Ti sei innamorata?»

«Ma cosa dici? Si vede che hai quindici anni, ormoni a mille, eh?»

Jackie alzò il dito indice e muovendolo più volte uscì dalla stanza dicendo: «Tu non mi racconti tutto...»

Era vero ma non poteva, non lo faceva neanche con sé stessa. Non poteva ammettere che quell'uomo dai mille nomi l'aveva fatta sentire finalmente viva dopo tanti anni. L'aveva costretta a fuggire, è vero, l'aveva spaventata e messa in pericolo più di una volta, ma se avesse potuto, in quel preciso istante avrebbe fatto le stesse cose. Senza cambiare neanche una virgola. E tra poco lo avrebbe rivisto.

Decise di rimanere così com'era, Jackie non gliel'avrebbe fatta passare liscia.

Prese la borsa e scendendo le scale, disse a voce alta: «Esco per mezz'ora, ci vediamo tra poco.»

«Certo, mamma. Ti devo aspettare sveglia?»

Debbie sorrise. 'Stupida, ma adorabile.'

Aprì la porta e urlò.

«Mi scusi dottoressa,» si affrettò a rassicurarla l'uomo in divisa. «Tutto bene?»

Lei annuì.

«Volevo solo dirle che c'è stato il cambio.»

«Bene, esco per un po' di tempo. A dopo.»

L'uomo si fece da parte e lei passò oltre.

Coglione, pensò mentre le scappava da ridere. In meno di dieci minuti, era scattata come una molla per almeno tre volte, senza contare la reazione al suo messaggio.

Guidò piano, senza fretta, gustandosi il momento. Erano anni che faceva ogni cosa velocemente ma l'aver visto la morte in faccia, le aveva suggerito di cambiare strada.

Vide il Barcelona Wine a poche centinaia di metri e fece per accostare ma le arrivò un altro sms: 'Ti seguono, parcheggia ed entra dentro, ti aspetto sul retro.'

Sentì un'emozione mista a paura; da una parte le sembrava un gioco ma dall'altra eccitazione pura. Esattamente quello che era Cobra.

Fece come gli aveva scritto.

Si ritrovò sul retro. Era buio fino a quando una macchina la illuminò. Si accostò e una voce dal finestrino le disse di entrare. Era la sua.

«Eccoti qui.»
«Già,» rispose lui partendo immediatamente.
Non era certo il saluto che si era immaginata.
«Ti ho cercato al numero che mi hai dato.»
«Lo so ma non potevo venire prima.»
Guardava dritto davanti a sé. Lei notò che era vestito in modo informale ma elegante. Non era abituata a vederlo in questo modo. Era decisamente affascinante.
«Perché?»
«Ho dovuto sistemare delle cose.»
Rabbrividì e rimase zitta.
«Non è quello che pensi. Non vado mica in giro ad ammazzare la gente.»
Debbie fece una smorfia.
«A me è sembrato il contrario.»
Ora lui la guardò e scosse la testa, sorridendo.
«Siamo arrivati.»
Era una caffetteria, una come tante.
Parcheggiò e scesero dalla macchina. Lei lo anticipò e come furono dentro scelsero un tavolo ad angolo e lontano dall'entrata. Lui si sedette in modo che la tenesse d'occhio.
Ordinarono due caffè.
«Come ti senti?» Le chiese parlando a bassa voce.
«Non molto bene. Sono preoccupata.»
Lui annuì e lei continuò.
«Ho mandato il messaggio a Jeremy Vance. È impallidito,» lo disse quasi sorridendo e Cobra lo apprezzò. Sembrava aver preso una maggiore sicurezza e un poco di cinismo.
«Perché mi cercavi?»
«Ho un collaboratore che non risponde ai miei messaggi. Il cellulare risulta spento e il modo in cui comunicavamo... be', non ho ricevuto la notifica che ha letto il messaggio. Sembra scomparso.»
«Come si chiama?»
«Alejandro Gomez.»
Cobra prese il cellulare dalla giacca interna, scrisse qualcosa e inviò un messaggio.
«Ora mi faranno sapere qualcosa.»
«Tu invece, come stai?»
L'uomo sembrò guardarsi intorno come se volesse evitare la risposta.

«Sono preoccupato per te.»
Lei gli sorrise e toccò la sua mano. Era diventata anche audace, ora. Debbie pensò a quello che avrebbe detto Jackie vedendola fare quel gesto.
«Non devi esserlo, sto meglio. E grazie a te.»
Lui la ritrasse.
«C'è una cosa che devi sapere.»
Arrivarono i caffè ed entrambi rimasero un attimo in silenzio. Lo sorseggiarono, come a rimandare l'inevitabile.
Ma Cobra si era preparato e decise di parlare per primo.
«I tuoi dubbi del 2001 erano fondati. La CIA mandò a Venezia alcuni agenti per neutralizzare Andrea Carli e portarti via. Dopo le Torri Gemelle, tutti gli americani all'estero vennero tenuti sotto stretta osservazione per evitare altri attacchi, tra cui voi. Scoprirono la vostra tesina, capirono il potenziale e l'uso anche militare e quindi decisero di mettere a tacere uno di voi due.»
Debbie fissò il caffè che rimandava la luce del locale, fioca e smorzata com'erano i suoi sensi in quel momento. Non disse nulla e Cobra continuò.
«L'uomo che diede l'ordine, era in quel momento il più vicino al presidente. Non si è mai saputo se la Casa Bianca avesse avallato o meno tale decisione, io non credo; quello che so per certo è che la persona che cerchi si chiama Alex Sanders.»
Lei si riscosse, come se quel nome non le fosse del tutto nuovo.
«Chi è? Cosa fa oggi? Dove lo trovo?»
Cobra scosse la testa.
«È il direttore della Comunità d'intelligence, il numero due del presidente per il controllo di tutte le agenzie investigative. È l'unico che si relaziona con lui e insieme decidono cosa fare.»
«Merda.»
E bevve un sorso di caffè.
«Quindi è anche il mio capo...» Vedendo che l'uomo non diceva nulla, aggiunse: «Se controlla anche la NASA che mi ha assunta, vuol dire che controlla anche me.»
«Diciamo che è così, sì.»
«Lavoro per lui.»
Cobra non parlò, non ce n'era bisogno.
«Puoi colpirlo se vuoi.»
Debbie lo guardò per bene per la prima volta da quando erano entrati in quel locale.

«Mi stai per caso suggerendo di assumerti per farlo fuori?»
Cobra alzò le mani.
«No, per carità. È qualcosa di più di una semplice vendetta. È una scelta di campo.»
«Ossia da che parte stare.»
«È così.»
Entrambi ripiegarono sul caffè. Era un bel modo per riflettere prima di parlare.
«Non conosco il tuo progetto, ma so che nascondi qualcosa. Tu hai sempre saputo perché volevano ucciderti a Parigi e perché con me eri al sicuro. Mi ci sono arrovellato il cervello, ho pensato a mille cose diverse ma non sono riuscito ad arrivare a niente. So che è qualcosa di grosso, da scomodare la Casa Bianca, ossia Alex Sanders. Lui ha mosso mezzo mondo per riaverti indietro.»
Debbie lo guardò negli occhi. Quell'uomo aveva ragione. Il suo Copernicus 2.0 era tanto prezioso quanto unico. Era la mossa che cambiava le regole del mondo. E lei lo sapeva bene, lo aveva sempre saputo.
Stava per parlare ma l'arrivo di un sms la fece stare zitta. Era il cellulare di Cobra.
Lui spinse un tasto e lesse in silenzio.
«Lo hanno ucciso. Come Van Vogt, stesso assassino.»
«No!»
Le lacrime le salirono velocemente e scoppiò a piangere abbassando la testa. L'uomo le strinse le braccia; era il suo modo per esprimere affetto.
«Ma chi è stato... chi...» Si zittì di colpo. Il suo ultimo messaggio come Luke era solo una parola: 'Sciame'. Perché lo aveva scritto? Cosa le voleva dire? Che era in pericolo?
«Mi dispiace... chi era lui per te?»
«L'unico che sapeva tutto.»
«Oltre te, ovviamente e Van Vogt.»
Lei scosse la testa asciugandosi le lacrime.
«No, Samuel conosceva solo la parte dei messaggi in codice, il doppio binario, come lo abbiamo elaborato. Alejandro invece conosceva il vero motivo e...»
Spalancò la bocca. Li avevano uccisi perché sapevano troppo.
«Williams, lui è l'unico che sapeva di loro, oltre me.»
«E Sanders. Sono loro i mandanti.»
Debbie avvertì un freddo improvviso come se una folata di aria gelida fosse entrata nel locale. Rabbrividì.

«Io sarò la prossima...»
«No, devi stare tranquilla. Fino a quando il progetto non è concluso, sei al sicuro. Se avessero voluto, lo avrebbero fatto in Francia o come tornavi in America.»
«Ci hanno provato.»
Cobra scosse la testa.
«Credo fosse un diversivo per depistare le indagini su Van Vogt e Gomez. Hai avuto la sensazione che quell'uomo ti avrebbe veramente sparato?»
Debbie si risentì.
«Mi ha minacciato puntandomi una pistola a due centimetri...»
«Lo so, l'ho vista. Ma se avesse voluto ucciderti, non avrebbe aspettato tutto quel tempo. No, il loro compito era farti sparire e poi in un bel momento Sanders ti liberava e si prendeva il merito. A quel punto tu gli saresti stata fedele per sempre e avresti fatto quello che voleva.»
«Geniale.»
«E diabolico.»
Lei abbozzò un sorriso. «Ma non ha fatto i conti con il diavolo in persona.»
Gli disse indicandolo e Cobra annuì.
«Senza volerlo gli hai mandato a monte un bel giochetto.»
Lui bevve un sorso di caffè e disse: «Non sono intervenuto per caso. Ti tenevo d'occhio da quando sei atterrata a Parigi. A dir la verità ti aspettavo. Sapevo perché eri lì e cosa dovevi fare.»
Debbie si diede della stupida. In tutto quel tempo passato insieme, non si era mai chiesta perché l'avesse salvata.
«Per chi lavori e cosa vogliono?»
«Per la Lumière, questo lo sai, e vogliono che ti unisci a loro.»
La donna alzò le spalle.
«Perché dovrei farlo?»
«Il tuo Paese ti ha tradito sia nel 2001 che oggi. Incontra la persona che ha creato la Lumière, senti qual è il suo scopo. Anche lei ha subìto lo stesso trattamento, come il sottoscritto d'altronde. Poi deciderai. Si trova a New York e per te è sempre disponibile.»
«Quindi hai ottenuto quello che cercavi, vendetta. Sanders è l'uomo che ucciderai?»
Cobra scosse la testa.
«Troppi morti, basta così. Se ne occuperà lei...»
«Una donna è al comando di Lumière?»

Lui sorrise.
«Sì ma è molto di più. Era una agente segreto, una donna importante, lavorava a stretto contatto con il presidente, ma poi Sanders l'ha spedita in una missione che era un'imboscata, in Venezuela. È riuscita a tornare dopo oltre tredici anni passando per l'inferno. Alcuni mesi prima si era sbarazzato anche di me.»
«Ha fatto piazza pulita per avere libero accesso al potere che ancora detiene.»
«Esatto. Ha eliminato un concorrente e chi poteva essere d'intralcio e smascherarlo.»
Debbie prese la tazza del caffè, quel poco che c'era era ormai freddo.
«E ora volete ottenere giustizia.»
Annuì.
«E se tu accetterai, l'avremo grazie al tuo aiuto.»
Si guardarono e lui le prese la mano. Gli occhi erano agganciati.
«Sai...,» Debbie sospirò. «Non so neanche come ti chiami.»
«Nessuno lo sa.»
«Non è un buon motivo per non dirmelo.»
Lui rimase impassibile e lei continuò: «Quello che è successo tra noi... ecco, io non riesco a dimenticarlo.»
Cobra aveva superato qualsiasi forma di dolore ma quello che provava ora lo stava devastando. Doveva fermarlo.
«Aspetta, non dire altro, sistemiamo questa faccenda e poi ne parleremo.»
Fece per muoversi ma lei lo bloccò stringendogli la mano.
Lui la interrogò con uno sguardo.
«Perché siete così sicuri che Sanders è colpevole della morte di Andrea a Venezia?»
Lasciò le mani di lei e raddrizzò le spalle. L'avrebbe ferita e delusa, ma non poteva nasconderle la verità. Era pronto, come un uomo che va verso il patibolo.
«Perché ero uno degli agenti mandati a Venezia. Sono io che ho ucciso Andrea Carli.»

Non ricordava come avesse fatto a uscire da quella caffetteria, come fosse scesa dall'auto e poi tornata a casa. Come aveva messo un piede dopo l'altro per salire gli scalini che l'avevano portata in camera. Si muoveva come in trance e a nulla erano valse le domande di Jackie.

Prima di sdraiarsi sul letto, era andata in bagno e aveva vomitato.

Poi era scoppiata a piangere.

La morte la perseguitava e così il dolore che portava.

Da sempre.

Nella sua testa ripassarono i momenti in cui intravedeva Andrea, il suo nome urlato a squarciagola, l'ultimo sguardo di paura e aiuto, lei che urlava e veniva trascinata via...

E poi le mani di Cobra che la toccavano come nessuno aveva mai fatto prima, i suoi baci ruvidi come di chi non fosse abituato, ma pieni di sensualità. Il suo corpo grande e muscoloso contro il suo, piccolo e magro, 'un fascio di nervi' come amava definirlo.

E gli occhi. Scuri, profondi, minacciosi e rassicuranti, protettivi e animaleschi.

Odiava quell'uomo che le aveva cambiato la vita ma cercava di pensarlo in modo diverso anche se alla fine, era quello che gli aveva detto quella notte a Parigi; un assassino.

Non c'era via d'uscita.

E ora lei poteva colpire chi lo aveva armato.

Prese il cellulare e senza dare tempo al tempo di cambiare idea, scrisse e inviò.

'Accetto'.

40

Rantolava, cercava di muoversi ma era bloccata. La stanza era in penombra e tutto quello che riusciva a vedere erano i contorni di una sedia. Solo che lei era a terra. Provò a respirare per prendere più aria ma la gola le bruciò e in quel momento realizzò che anche l'esofago come lo stomaco erano in fiamme.

Allora si concentrò sul resto del proprio corpo e comprese che non era messa meglio. Puzzava di urina e feci, se l'era fatta sotto almeno un paio di volte, per quel che ricordava, e le ossa ferme nella stessa posizione da giorni dolevano come se avesse mille spilli infilati dentro.

«Peggiorerà.»

La voce la raggiunse da dietro; cercò di girarsi per vedere chi fosse ma non ci riuscì.

«E stasera morirai. È l'effetto di non bere per due giorni e mezzo.»

Provò a parlare e sussurrò: «Bastardo.»

L'uomo avanzò lentamente. Sembrava trascinasse una gamba.

«Non si entra in casa di altri senza suonare, non glielo hanno mai detto? Eppure, lei mi sembra una donna educata.»

Non rispose. Decise di mantenere le forze per i momenti successivi.

«Lei è stata addestrata in un corpo di polizia, poi come agente della DARPA nell'ultimo anno e mezzo. In entrambi i casi non insegnano come affrontare un problema come il suo: cercare di vivere senza acqua e cibo. Vero, signorina Thompson?»

Sbarrò gli occhi. Era vero. Ti mostravano le torture più conosciute, ti descrivevano per filo e per segno come reagire, come riconoscere i primi sintomi di cedimento e cercare di reagire o morire con dignità. Ma no, la mancanza di acqua e cibo non era contemplata.

«Se mai sopravvivrà, cosa che dubito, potrà dirlo al suo superiore.»

Di nuovo un attimo di silenzio.

«Ora me ne vado. Ci vediamo stasera, quando tornerò a prenderla per seppellirla. Le piace il lago? Le troverò un posto proprio vicino alla riva.»

James Scorsese fece per muoversi ma poi aggiunse: «Dimenticavo, stia tranquilla, non se la farà più addosso. Non si può espellere ciò che non si ha dentro, giusto?»

Si mosse nella direzione opposta alla sua, stando ben attento a non toccare il filo della telecamera che la riprendeva. Lei non poteva vederla né sentirla: era di ultima generazione, un altro regalo di Joe Nisbet. Quando avevano costruito quel covo iperprotetto e tecnologico, con tutte le difese necessarie e all'altezza del nemico che dovevano stanare, sapevano che prima o poi qualcuno sarebbe arrivato. E ora ci era finito dentro. Lui aveva vissuto come esca per tutto quel tempo, costretto a un sacrificio più grande di quello che pensava possibile: rinunciare anche a sua figlia.

Glielo aveva detto che per conoscere la verità avrebbe dovuto privarsi del bene più prezioso, l'amore.

Ma ora stava per essere ripagato. Era questione di ore.

«Aspetta...»

Anzi, forse di minuti.

Si fermò.

«Acqua.»

Le si avvicinò e la guardò con l'unico occhio sano. Sembrava Polifemo chino su Galatea e pronto a vendicarsi per il suo amore non corrisposto.

«Solo se mi dirai chi ti manda.»

Lei rantolò nuovamente e chiuse gli occhi.

Il maggiore attese. Un po' di tempo in più non avrebbe spostato nulla alla sua sofferenza. Quando lui e Nisbet avevano capito che stavano portando avanti una battaglia ben più grande di loro, avevano escogitato quel piano: trasformare un eremo in una trappola e usare il silenzio come arma per individuare chi ci fosse dietro quel complotto.

Ed escludere Caterina, pensò in cuor suo. La storia tra loro era finita il giorno che l'avevano rapita anche se lui se n'era reso conto solo quattordici anni dopo, quando l'aveva ritrovata. Comunque restava la madre di sua figlia e una donna che aveva amato più della sua stessa vita.

Scosse la testa. Quanto dolore. Ma aveva fatto qualcosa di buono? Pensò a Elisabeth e alla sua storia d'amore. Gli si strinse il cuore. Chissà se l'avrebbe recuperata...

«Chiami Vance, lui le dirà...»

«Cazzate. Stai perdendo tempo e io non ho fretta. Sei tu quella che ha sete.»

La guardò e pensò a quanto fosse labile il confine del bene e del male. Ma esisteva veramente? In questo momento chi era la vittima o il carnefice?

Si mosse verso l'uscita.

«Aspetti...»

«Lo hai già detto. O mi dici chi ti manda o ci vedremo nell'oltretomba. Conto fino a dieci.»

Rachel respirò e poi urlò, o almeno ci provò. Ogni centimetro del proprio corpo faceva male e reclamava acqua.

«Non preoccuparti. In un paio d'ore non avrai la forza di parlare e neanche di muoverti. Il cuore si fermerà ma non sentirai dolore. Prima perderai conoscenza.»

Lei lo fissò. Non c'era rabbia in quello sguardo ma forse una presa di coscienza.

«Sai Rachel, ci sono stati momenti in cui anche io avrei voluto morire per raggiungere quella pace tanto desiderata... mettila così, ti sembrerà di soffrire meno. Pensa che meraviglia, l'oblio assoluto.»

I suoi capelli ricci si mossero come se volesse dire qualcosa ma rimase zitta.

Scorsese sospirò.

«Salutami l'inferno.»

E camminò trascinando la gamba offesa, dritto verso l'uscita.

Rachel si sentì persa. L'avrebbe veramente lasciata crepare? Sapeva che era un eroe, un uomo d'onore, non l'avrebbe mai fatto... ma se le ferite che aveva riportato lo avessero cambiato?

Sì, certo, era così. Non poteva appellarsi alla bontà di quel soldato pluripremiato nei vari anni della sua carriera.

Per questo motivo si era rifugiato in quel luogo lontano da tutti ed era diventato un derelitto umano.

Nel corpo come nell'anima, senza più dignità o pietà verso il prossimo.

Nella sua testa si formò la consapevolezza che l'avrebbe abbandonata per il semplice fatto che non aveva più nulla da perdere.

E poi l'avrebbe seppellita in riva al lago.

Il panico cominciò a impadronirsi di lei.
Chi sapeva che era in quel posto?
Solo una persona, il suo unico capo, colui che l'aveva voluta come agente incaricato di controllare che tutto procedesse come lui voleva. E lo conosceva bene. Chi sbagliava veniva tagliato fuori. Come Van Vogt...
Era spacciata.
«Va bene...» Riuscì a dire ma nessuno era in ascolto. Sentì scenderle una lacrima e allungò la lingua con il desiderio di afferrarla ma quella, incurante, passò oltre. Nessuno badava più a lei, neanche il proprio corpo.
«Non... voglio morire. Aiuto...»
Cercò di muovere le dita di una mano ma si accorse che rimasero ferme, come se il contatto con il cervello fosse saltato.
Sentì la porta riaprirsi e quel bastardo tornare. Ma ora era il suo salvatore, o almeno così sperava.
Le fu vicino e si chinò verso di lei.
«Un'ultima possibilità. Chi ti manda?»
Rachel aprì la bocca e parlò. Ma non venne fuori nulla.
«Più forte.»
«Alex Sanders.»
Ora fu chiaro.
«Perché sei venuta da me, il general maggiore James Scorsese?»
«Per ucciderla.»
«Era l'ordine di Alex Sanders?»
«Sì...»
Scorsese si spostò un po' di lato.
«Ripeti più forte agente Rachel Thompson.»
La donna non capiva ma fece come le fu detto.
«Ero qui su ordine di Sanders per ucciderla... bastardo.»
L'uomo si alzò e attese.
«Per me è sufficiente.»
Una voce tonante riempì quel silenzio assoluto. Le luci si accesero tutte insieme e tanto furono accecanti che Rachel fu costretta a chiudere gli occhi. Alcuni uomini furono subito su di lei, indossavano un camice bianco. Le slegarono i polsi e le gambe, le diedero da bere pochissima acqua mentre una donna le infilava una siringa in vena. Una barella apparve come d'incanto. Fu alzata da mani forti e decise, adagiata con delicatezza e portata via.
«L'elicottero è pronto, signore. Se la caverà.»

Il maggiore annuì.
«Grazie soldato.»
Stavano per muoversi ma lei mormorò appena: «Fermi.»
I suoi occhi cercarono quelli di Scorsese.
«Mi ha giocato. Non mi avrebbe mai lasciato morire...»
«Non sono un assassino e mai lo sarò.»
Le lanciò un'ultima occhiata. Sarebbe stata incriminata per tradimento ma almeno era viva.
Fece un cenno agli uomini che uscirono di corsa mentre il rotore dell'elicottero si sentiva in lontananza.
«Joe, ci sei?»
«Non ti ho mai lasciato. Con quello che abbiamo, non credo che la sua immunità reggerà.»
Scorsese sorrise.
«Andiamo a prendere quel bastardo, fratello.»
«Con molto piacere.»
Quell'elicottero era anche per lui.
L'esilio era finito.

La telefonata di Hoffman del giorno prima lo aveva colto di sorpresa. Non erano passate che poche ore e i suoi uomini avevano capito che il messaggio 'Sciame' di Alejandro Gomez era stato inviato alla dottoressa Debbie McRoland. Lui da parte sua invece, era stato impegnato a capire perché la CIA avrebbe dovuto mandare un suo agente a torturare quel giovane ragazzo... Non c'era nessuna ragione comprensibile e quindi era un lavoro sporco, questo era ovvio.
Se avesse chiamato l'agenzia e messo al corrente il suo omonimo, questi avrebbe preso in mano il caso e se c'era del marcio, non sarebbe mai venuto a galla. 'I panni sporchi si lavano sempre in casa propria,' avrebbe giustificato il direttore.
Questa mattina doveva trovare un'altra via per capire cosa stava succedendo.
Cercò la scienziata ma le dissero che era via tutto il giorno, non sarebbe venuta. Lasciò il messaggio di essere richiamato anche se dubitava che l'avrebbe fatto.
Perché le aveva fatto il nome di Cobra?
Era veramente lui l'uomo che l'aveva salvata a Parigi?
Cercò nella sua mente chi poteva conoscerlo oltre al suo capo Alex Sanders... no, non poteva essere vero. Chi conosceva bene Cobra

era la sua storica partner, Caterina Scorsese, data per dispersa anni prima ma mai dichiarata morta.

Che fosse ancora viva?

Impossibile.

Allora come era potuto succedere?

Lo avrebbe chiesto alla McRoland direttamente.

Si concentrò su un altro aspetto. Gli uomini di Hoffman non sapevano che il vero scopo del progetto legato al lancio del Satellite quantico nascondeva il doppio binario su cui correva la stessa informazione: il primo sarebbe stato intercettato dagli hacker, ma il secondo, a un nanosecondo di distanza, sarebbe arrivato a destinazione.

Ma allora perché Gomez aveva inviato quel messaggio alla scienziata? Cosa c'entrava lo sciame dei nanosatelliti?

Alzò il telefono.

«Mi chiami il direttore della NASA.»

Attese qualche istante e Williams era in linea.

«Jeremy, qual buon vento.»

«Caro Morgan, ti chiamo per sapere se il lancio del satellite verrà rispettato. Sai con quello che è successo a Parigi.»

«Tutto come da programma, grazie.»

«Bene.»

Doveva trovare uno stratagemma e farlo in fretta.

«Senti,» aggiunse, «devo stilare il rapporto per il presidente, sai dopo la nostra riunione alla Casa Bianca...»

«Certo, certo.»

«E avrei bisogno di alcune conferme.»

Silenzio. Il direttore della NASA sembrava svanito.

«Pronto?»

«Sì, ci sono dimmi pure.»

«Vorrei sapere se il doppio binario è stato confermato?»

«Assolutamente sì.»

«Bene. Cosa sai dirmi invece del lancio dello sciame dei nanosatelliti? Anche quelli sono confermati?»

Williams si schiarì la gola. «È top secret e a quanto mi risulta non hai l'autorizzazione per...»

Gli venne in mente quando alcuni giorni prima, Sanders lo aveva invitato a farsi gli affari propri...

«Morgan rilassati. Sai bene chi è il mio capo, no? Lui è ai massimi livelli e decide a chi dire quello che vuole.»

L'uomo sospirò. Si sentiva confuso e qualcosa gli diceva di stare attento.

«È tutto a posto,» si limitò a dire. Vance non aggiunse altro; gli era sufficiente. Copernicus 2.0 nascondeva altro.

«Sai dirmi dov'è oggi la nostra scienziata? La segreteria del presidente mi ha fatto sapere che vorrebbe conoscerla prima del lancio per ringraziarla e farle i suoi auguri personalmente.»

«Oggi è a New York.»

«Hai un suo cellulare? Così lo passo alla Casa Bianca.»

Morgan Williams glielo dettò.

Si salutarono e Vance sorrise.

Chiamò la segretaria e le disse di mandargli su il miglior tecnico che avevano. Dopo pochi istanti, un ragazzo con tanti capelli e una barba lunga entrò.

Era decisamente emozionato.

«Come ti chiami?»

«Jeremy.»

Vance lo guardò di traverso.

«Mi prendi per il culo?»

«Non lo farei mai, signore.»

Manteneva lo sguardo basso.

«Prendi questo numero e agganciolo al mio cellulare. Voglio sapere dove si trova ora e ogni volta che si muove. Chiaro, Jeremy?»

Il ragazzo annuì.

«Vai pure, grazie.»

«A lei, signore.»

Bene, ora la nostra scienziata non sarebbe andata lontano e lui si sarebbe fatto trovare pronto. Era tempo di tornare a New York.

Come lo salutò il direttore della DARPA, Morgan Williams compose un numero che sapeva a memoria, attese tre squilli e poi chiuse la comunicazione. Lo digitò di nuovo e questa volta attese cinque squilli per poi riagganciare. Infine, lo compose per l'ultima volta e al sesto squillo una voce rispose: «Cosa succede?»

«Vance mi ha chiesto dei nanosatelliti.»

«Com'è possibile?»

«Mi ha fatto intendere che sapeva il vero scopo del satellite quantico.»

La voce dall'altra parte si prese qualche attimo prima di dire: «Vai avanti come ci siamo detti. E non preoccuparti.»

Morgan sospirò. Per un momento, aveva temuto il peggio. Tirò su le spalle, che non erano mai state il suo forte, e si allontanò. Doveva fare ancora dei controlli, il tempo stava per scadere. Mancava solo una manciata di ore al lancio e lui aveva l'ultimo atto da compiere.

41

Era atterrata in orario, alle dieci e venti, con il volo Delta delle nove e ora era diretta verso la Grande Mela. Si era girata almeno dieci volte da quando aveva lasciato l'aereo, nella convinzione che qualcuno potesse averla seguita.

Una paranoica, ecco cosa sono diventata, si disse mentre guardava i grattacieli avvicinarsi. Non veniva a New York da molti anni e provò un'emozione particolare. Era come se quella città appartenesse un po' a ogni persona, anche a chi, come lei, era una perfetta straniera. L'aria che si respirava, ti avvolgeva facendoti sentire parte di un insieme più grande e vibrante. Ecco cos'era: una città con un cuore che batteva forte. E c'era spazio per tutti.

Spense il televisore posizionato di fronte al sedile e si lasciò cullare dal traffico di quell'ora, sempre intenso.

Non aveva dormito molto, fino a quando non aveva sentito Jackie scivolarle vicino e come se i ruoli si fossero capovolti, l'aveva sentita sussurrare abbracciandola: «Non so cosa ti è successo laggiù. So solo che non eri prigioniera, si vede... Sei tornata con un'altra luce negli occhi e forse è per questo che stai soffrendo.»

Poi, con l'istinto di una giovane donna, aveva cominciato ad accarezzarle i capelli, come si fa tra amiche.

«Per me, sei la mamma migliore al mondo e qualsiasi cosa farai sarò sempre con te.»

A volte sembrava più piccola o più grande dell'età che aveva, e questo le fece pensare che l'aveva ritrovata. Quando sembrava non aver più un canale di comunicazione... *boom*, ecco Parigi e quello che era venuto dopo.

Le ville Lumière, la città delle luci. Era curioso che la società che l'aveva salvata e protetta, portasse lo stesso nome. Forse non era un caso.

Guardò il taxi infilarsi sotto il tunnel della riva est, e considerò che mancava poco a questo inatteso appuntamento.

Lui si era dileguato dopo averle fornito l'indirizzo e la conferma dell'orario.

Non lo avrebbe mai più rivisto, lo sapeva bene e in un certo senso ne era dispiaciuta. Non lo avrebbe mai perdonato per quello che aveva fatto, ma una parte di sé lo giustificava: aveva seguito un ordine dopotutto.

Gran cazzata, Debbie, piantala. È un assassino, si disse alzando la testa all'insù. I palazzi erano così alti che in movimento non si riusciva a vederne la fine.

Poi le vennero in mente gli occhi, scuri e magnetici.

'Ma dovevo innamorarmi proprio di un gran bastardo...'

«Signora, ci siamo.»

L'uomo, un nigeriano dal sorriso aperto, la riportò alla realtà.

Debbie pagò la corsa stando attenta a lasciare una lauta mancia e poi scese di fronte al 15 di Central Park West.

Un portiere le aprì la porta e come fu dentro un uomo della sicurezza controllò che non avesse armi addosso con un metal detector manuale. Le sembrò eccessivo ma lasciò correre. Aveva altro cui pensare.

«Dottoressa McRoland, venga con me. Grazie.»

Lei annuì e lo seguì, ammirando la grandezza e bellezza di quella hall.

Come furono davanti agli ascensori, l'uomo le disse: «L'aspettano al trentatreesimo piano.»

Le fece un mezzo inchino e se ne andò. A lei ricordò un saluto militare. Entrò e dopo pochi istanti le porte si aprirono di nuovo.

Una ragazza le venne incontro sorridendo.

«Buongiorno, mi segua per favore.»

Tutto sembrava elegante e pulito.

Si fermarono davanti una porta senza numero o segno alcuno. La ragazza bussò tre volte, poi attese tre secondi e bussò ancora per cinque volte, attese cinque secondi e poi bussò per la sesta volta. Dopo sei secondi la porta si aprì.

Un codice binario, pensò Debbie seguendola. Se uno dei due sbaglia una sequenza, diventa un avvertimento per entrambi. Ingegnoso.

L'appartamento che le si aprì dinnanzi, era semplicemente maestoso. Non solo per la veduta che girava tutt'intorno, ma per l'arredamento, i quadri, le librerie e le sculture. Oltre al patrimonio che regnava in quella casa, si sentiva come il denaro appagasse un gusto fine e da intenditori.

«Noto con piacere che la mia casa è di suo gradimento.»

Quella voce calda la costrinse a girarsi e Debbie vide una donna di una bellezza impressionante. Le stava sorridendo mentre le veniva incontro.

«È bellissima.»

La donna alzò le spalle.

«È fatta con amore, tutto qui.»

Sembrava scontato ma non era affatto così.

«Ci vuole intelligenza, non solo amore.»

«Anche per capirla.»

Si strinsero la mano e poi la padrona di casa disse: «Mi chiamo Caterina Scorsese. La Lumière è la mia creatura.»

Fatta con amore e intelligenza, pensò Debbie ma lo tenne per sé.

I suoi sensi percepirono un profumo particolare e li tenne in ascolto.

«Sembra...»

«Mandarino. Lo adoro. Quando ero ragazza, a Roma, la mia città, ne mangiavo una quantità inimmaginabile. Ora lo uso per preparare un infuso unico. Lo vuol provare?»

«Volentieri.»

Si accomodarono e Caterina scelse il divano che aveva di fronte la statua di Iside.

«La dea della fertilità e della magia,» disse Debbie.

«È quella in cui mi ritrovo di più. Sono stata madre, poi tradita, violentata, sottomessa, ma sono risorta. Ho trovato anche i miei salvatori, i sette scorpioni.»

Debbie era attenta a cogliere le sfumature di questa donna così particolare.

«Quando Seth, il dio del Caos, fratello di Osiride, imprigionò Iside dopo averlo ucciso, lei riuscì a fuggire grazie all'aiuto di sette scorpioni...»

«Esatto. Loro esistono, sono i miei protettori.»

Gli occhi della scienziata si allargarono.

«E quell'uomo... che mi ha salvato, è uno di loro?»

Caterina scosse la testa. «No, mia cara, con lui ho condiviso la prima parte della mia vita, quella in cui tutto mi sembrava chiaro. Il bene da una parte, il male dall'altra.»

«Lei era una spia.»

Iside si sorprese e non lo nascose. Nessuno lo aveva capito in così poco tempo.

«Il codice, entrando. A doppio riconoscimento.»

Arrivò il tè al mandarino ed entrambe rimasero in silenzio fino a quando non furono di nuovo sole.

«Abbiamo molte cose in comune, Debbie, se posso chiamarla così...»

Lei annuì e Caterina continuò.

«Amore, intelligenza, progetto, una figlia, nessun partner in vista, e il tradimento.»

«Non è poco.»

Iside sorrise. Sembrava veramente una dea, ma questa volta Afrodite.

«Direi di no.»

«Però non è sufficiente...»

Debbie lasciò la frase a metà e Caterina rispettò la scelta. Sorseggiò il suo tè.

«Perché Lumière? Da dove viene il nome?»

Caterina si alzò e si mise a fianco della statua. La luce del mattino entrava dalla loro destra e prima colpiva la donna. Il suo profilo l'avvolgeva come un mantello.

«Ho conosciuto il buio, quello che ti penetra dentro e gela l'anima, il freddo che invece blocca il tuo corpo, l'oscurità che copre la poca luce che la tua mente riesce ancora a generare... promisi a me stessa che se fossi riuscita a vivere, avrei fatto un monumento alla luce. E così è stato.»

Si chinò verso la targa che era sotto la statua e lesse: «È mia la volontà a governare la volta luminosa del cielo.»

«Ma non solo.»

Si rialzò.

«Nella vita non si può prendere solo ciò che desideriamo.»

Debbie posò la sua tazza.

«Perché vuole che l'aiuti?»

Caterina mostrò per la seconda volta di essere colpita da tanta immediatezza.

«Lei è una scienziata, una pragmatica, giusto...» Lo disse quasi per giustificarsi. Poi prese fiato e aggiunse: «Perché con il suo progetto avrò un'arma per piegare il mondo al nostro volere.»

Debbie si voltò ad ammirare la statua e senza guardarla negli occhi, aggiunse: «Quindi è un semplice gioco di potere.»

«Lo è, lo è sempre stato ma questa volta saremo noi a condurre il gioco.»

«Ammiro la sua onestà, mi creda, ma perché parla di noi? Non vuole essere lei l'unica a governare la luminosità celeste?»

Caterina si mosse e le andò vicino. Era molto più alta ma qualcosa in lei annullava quella distanza.

«Il potere di uno è sempre e solo distruttivo. Lo abbiamo capito sulla nostra pelle. Insieme saremo razionali e giuste. Non commetteremo errori. Aiuteremo chi contribuirà a un mondo migliore, a un'economia sostenibile, a eliminare le armi e salvaguardare l'ambiente.»

«Un progetto ambizioso.»

Caterina sorrise e mandò indietro i capelli.

«Non lo era anche il suo quando ha cominciato? E non solo, avrebbe mai pensato di raggiungere questo momento?»

Debbie mosse appena la testa, non c'era bisogno di altro.

«Cosa sa di Copernicus 2.0?»

«Non molto, quello che si può reperire in rete.»

«E allora perché mi teneva d'occhio? Perché ha mandato quell'uomo a salvarmi?»

«Non stavo tenendo d'occhio lei ma la NASA e Van Vogt. Poi quando ho capito che era lei la responsabile di qualcosa di estremamente importante, ho chiesto a Cobra di proteggerla. Lui non le ha salvato solo la vita, ma anche la coscienza. Io e lei abbiamo scoperto il marcio, lo abbiamo subìto, oggi possiamo fermarlo, dobbiamo fermarlo,» aggiunse Iside. I suoi occhi erano larghi e pieni di vita.

Quelle parole la colpirono. Era la verità. Se avesse fatto in modo che il satellite quantico rimanesse sotto il controllo di Sanders, non se ne sarebbe mai data pace.

«Copernicus 2.0, applicato al satellite prossimo al lancio, ha due funzioni, entrambe militari al momento. La prima è quella dell'informazione che viaggia alla velocità quantica ed è quindi non intercettabile dagli hacker. La possono fermare ma non leggere. Io ho introdotto un doppio binario, ossia un secondo invio a un nanosecondo di distanza. Questo microtempo non permette all'hacker di intervenire nuovamente e quindi l'informazione arriva a destinazione.»

«Ha praticamente creato un sistema inattaccabile.»

Debbie ripensò all'intuizione che era stata di Andrea, e che per quel motivo era stato ucciso da chi ne avrebbe poi tratto vantaggio.

Ma non più; ora sarebbe stata lei e questa donna incredibile a gestire la loro creatura.

«E il secondo fine qual è? Mi scusi la curiosità ma sono così di natura, non riesco a trattenermi...»

«Si figuri.»

Debbie notò quanta limpidezza brillava negli occhi blu di Iside.

«Il satellite trasporta con sé uno sciame di nanosatelliti, ben quindicimila, tanti quanti sono attualmente i satelliti in disuso da recuperare. Sappiamo il numero esatto e dove sono localizzati. Il mio algoritmo sorgente permette a ogni singolo nanosatellite di raggiungerne uno. Una volta agganciato lo può manovrare e quindi fare andare a suo piacimento.»

Caterina era sempre più elettrizzata.

«Lei è un genio.»

Debbie alzò le spalle. «Così dicono...»

Lasciò la frase a metà e sorrise.

«Non è tutto, vero?»

Il genio scosse la testa.

«Le dirò tutto a due condizioni.»

Caterina annuì e la invitò a continuare.

«Diventerò amministratrice della società con tutti i benefit previsti ma l'algoritmo rimarrà di mia proprietà. Cederò alla Lumière solo lo sfruttamento ma con la clausola che se non verrà adoperato con fini di pace, lo perderà immediatamente.»

Iside sentì che il passo era ormai vicino. Avrebbe governato veramente la luminosità del cielo, come l'oscurità degli inferi. Era anche arrivato il tempo di sostituire Margot Massu e lasciare Parigi.

«Va bene, ha la mia parola.»

«I quindicimila nanosatelliti sono dotati di un'arma molto sofisticata, da poco disponibile all'esercito americano. È chiamata 'Bomba E', ossia una bomba elettromagnetica, progettata per mettere fuori uso i componenti elettronici di altri satelliti. I quindicimila nanosatelliti piazzati sui satelliti in disuso coprono l'intero diametro della Terra.»

«Vuol dire che qualsiasi satellite di qualsiasi Paese può essere attaccato?»

«E reso inerme, sì. In questo modo controlliamo le comunicazioni di tutto il modo, perché lo sciame si muove su impulsi elettromagnetici ed è in grado di captare qualsiasi movimento elettrico.»

Caterina spalancò la bocca; stavolta la sorpresa era totale.

«Ecco perché tutti la vogliono, Debbie McRoland. E da quello che sento, mi sa che è solo l'inizio.»

«Può contarci. L'uso dei soli due algoritmi può portare a transazioni commerciali di miliardi di dollari.»

Anche per Iside era oltre qualsiasi immaginazione. Con quell'arsenale di bombe, avrebbe piegato chiunque al suo volere...

«Le chiedo un'ultima cosa.»

«Mi dica.»

«Dovrà fermare Sanders. Lui si vendicherà e non voglio correre rischi.»

Caterina annuì.

«C'è altro?»

«La NASA. Deve ritardare il lancio del satellite quantico, manca pochissimo tempo.»

La donna sorrise.

«Non c'è problema. Mia figlia è un potente avvocato di New York, troverà lei la strada.»

Si strinsero la mano.

«Rimanga in città, sarà mia ospite. Brian l'aiuterà a sistemarsi. Tra qualche ora possiamo firmare l'accordo, va bene?»

Debbie annuì. Finalmente si sentiva tranquilla. Il patto era stato siglato, il mondo sarebbe cambiato.

42

La prima cosa che vide quando mise a fuoco la vista, furono due grandi occhi neri.

«Tu!»

Quando la donna si ritrasse, le chiese: «Cosa ci fai qui?»

Poi si guardò intorno e capì di essere in un ospedale.

«E io cosa ci faccio qui?»

Quasi urlò.

«Elisabeth calmati. Sei svenuta al distretto e ti hanno ricoverato. Ti hanno dato dei sedativi per farti dormire, ti hanno fatto alcune analisi per capire cosa ti era successo...»

«E cos'hanno trovato?»

Lara scosse la testa. «Nulla, sei sana come un pesce.»

E le sorrise.

In quel momento si calmò. O almeno così parve.

«Vieni qui.»

Abbracciò l'amica stringendola forte.

«Sono stata una stronza. Ti ho allontanato e lasciato fuori, perdonami... come mai sei qui? Non mi hai risposto.»

Lara si staccò da lei, aveva gli occhi lucidi.

«Ehi, non fare così, sto bene, me lo hai detto tu, no?»

L'amica abbozzò un sorriso e disse: «Mi hai spaventata. Quando mi ha chiamato Sally Armstrong dicendomi che ti portavano in ospedale perché ti eri sentita male... ecco, ho rivissuto i giorni dell'incidente in cui sei stata in coma.»

Le prese le mani.

«Ho rischiato di perderti allora, non volevo succedesse ancora.»

«Non accadrà.»

«Non tagliarmi più fuori. Io ti voglio bene, sei come una sorella e questo lo sai.»

Elisabeth la fissò per qualche istante e poi disse: «L'ho fatto per proteggerti...» Poi fece una smorfia, «e guarda dove siamo arrivate.»

Sospirò.

«Non succederà più, te lo prometto.»

Si sorrisero.

In quel momento, entrò un dottore accompagnato da un'infermiera.

«Signorina Scorsese, come si sente?»

«Bene, grazie.»

«Ottimo. Le riassumo quello che abbiamo trovato, ossia nulla. Le analisi sono perfette, il suo cuore sta bene e crediamo che lo svenimento sia stato l'effetto di uno stress improvviso. È possibile? Intendo dire, quando era al distretto ha ricevuto notizie che l'hanno sconvolta al punto di perdere i sensi?»

In un istante ricordò. Sua madre era un'assassina e una bugiarda. Sapeva di Copernicus, era a Venezia per Andrea Carli e aveva fatto uccidere Omar Faruk.

Sentì che il suo cuore stava accelerando e si costrinse a rimanere calma.

«Ho avuto un cedimento, tutto qui,» riuscì a rispondere e poi si piazzò sul viso quel sorriso che aveva aperto mille porte. Irresistibile e persuasivo.

«Sa, è un periodo molto intenso in ufficio...»

Alzò le spalle.

«Capisco, una donna in carriera.»

«Esatto. Le prometto che rallenterò, glielo assicuro.»

L'uomo annuì anche se non era affatto convinto.

«Sa cosa penso?» Non attese risposta e continuò: «Quando si è ragazzi si cerca di plagiare i genitori e da adulti i dottori e gli avvocati. E dato che lei è un avvocato...»

Le sorrise di rimando e dopo aver dato disposizioni per le dimissioni, lasciò la stanza.

«Ce ne andiamo,» sentenziò Elisabeth e Lara quasi scattò sull'attenti. Le venne da sorridere, a volte la sua capa mostrava dei tratti squisitamente autoritari. Era tipico del ruolo e di chi fosse diventata ma anche la dimostrazione di un'educazione pragmatica ed efficiente. Se non fosse stata così risoluta, non si sarebbe mai trovata in una situazione del genere. Chissà se era un bene o meno...

«Ti muovi?»

Elisabeth si era vestita alla velocità della luce e ora batteva i piedi.

«Andiamo a casa mia, mi faccio una doccia, mi cambio e ti aggiorno. Preparati, non sarà una passeggiata.»

Lara annuì e le fu a fianco. Accelerò il passo. Non sapeva ancora perché ma le sembrò che il tempo stava per concludersi.

Non si era fermata un attimo. Aveva continuato a parlare anche sotto la doccia, e se l'avesse cronometrata, avrebbe battuto il guinness dei primati in velocità.

«Ma cosa ti hanno dato in ospedale? Altro che sedativo.»

Elisabeth la guardò di traverso mentre si toglieva l'asciugamano e cercava della biancheria intima pulita.

Lara non riuscì a trattenersi. «Certo che sei veramente bella, ci credo con il soldato Palmer si sia innamorato... sembri una diva del cinema.»

La guardò di traverso e le sorrise.

«Grazie ma spero che oltre alle mie curve, apprezzi altro, non trovi?»

«Non credo tu abbia bisogno di complimenti, sai perfettamente chi sei e il fascino che hai.»

Lei non aggiunse nulla e si vestì. Un paio di jeans, una maglietta bianca e scarpe da ginnastica. Poi in bagno un trucco leggero e la coda ai capelli. Semplice e scattante, quello che voleva essere oggi.

«Sono pronta, prendiamo un caffè e poi ci muoviamo.»

«Perché tanta fretta?» Chiese Lara.

Non le rispose fino a quando non inserì la prima cialda nella macchinetta appena accesa.

«Il lancio del satellite è previsto per domani, se non ho fatto male i conti. Questa mattina dovremmo depositare i documenti per ritardarlo ma voglio essere sicura che mia madre non mi nasconda altro. Quindi, cara mia, andremo da lei.»

Preparò anche la seconda tazzina e cercò qualcosa da mangiare. Trovò un pacco aperto di biscotti che forse era lì da un secolo; se ne infischiò e cominciò ad assaggiarli.

«Non te li offro, è meglio.»

Lara annuì. Dopo quello che aveva sentito, le si era chiuso lo stomaco ed era anche preoccupata.

«Ma sei sicura di voler andare da lei? Insomma, dopo quello che mi hai detto...»

Elisabeth le lanciò uno sguardo. Non era in vena di essere contraddetta.

«Pensi ci sia un'altra soluzione?»

«Sì, credo di sì. Chiami il generale Nisbet e gli racconti ogni cosa. Gli dici dove si trova tua madre e lasci fare a loro. Poi chiami Palmer e lo fai venire qui a tenerti compagnia.»

«Sì, e vissero tutti felici e contenti!»

Il suo sarcasmo era pari alla rabbia che sentiva per essere stata tradita. Questa volta da sua madre, e dopo che suo padre l'aveva abbandonata cacciandola via. Di bene in meglio.

«Elisabeth...»

«Piantala.»

Si mosse velocemente, prese il cellulare e stava per selezionare un numero quando si decise a parlare.

«Senti Lara, capisco che tu abbia paura, che sia preoccupata per me, ma ricordi come stavo prima che cominciasse questa storia? Da cani, ecco come stavo!»

L'amica rimase zitta e lei sbuffò.

«Credi che mi faccia piacere andare fino in fondo e cercare di capire dove cazzo è questa fottuta verità? Scoprire certe cose di mia madre che ho rivisto dopo oltre quindici anni? Subire la frustrazione di mio padre, tanto rovinato da dimenticarmi? Trovarmi invischiata in cose che riguardano la Casa Bianca e i loro sporchi giochi di potere? Io, un semplice avvocato...»

Lei non rispose ma continuò a fissarla.

«Te l'ho detto e te lo ripeto. Questa è la mia battaglia e se vuoi starmi vicino te ne sono grata, ma non dirmi cosa devo o non devo fare. No, mi spiace, ma le cose ormai non si possono fermare.»

Lara allargò le braccia. Si era arresa.

«Grazie,» le disse piano Elisabeth e buttò fuori l'aria.

Avvicinò il cellulare al viso e selezionò il numero di Morgan Williams.

«Direttore, buongiorno.»

«Avvocato Scorsese, come sta?»

Sul fondo sentiva dei rumori piuttosto forti, come di grandi ventilatori che si muovevano velocemente.

«Non la sento bene, possiamo parlare? Ma dove si trova?»

«Sono a Cape Canaveral, mia cara.»

'Ovvio, e dove altrimenti?'

«Le devo chiedere una cortesia.»

«Doveva darmi prima una risposta.»
'E va bene, l'hai voluto tu, bastardo.'
«Il mio cliente Philip Delany è onorato di accettare l'incarico ma mi prega di non divulgare la notizia fino a quando il contratto non sarà firmato.»
«Benissimo e complimenti,» sentì l'uomo sorridere. «Non credevo ci sarebbe mai riuscita. Sa, i matematici sono gente particolare, credono a una serie di magie...»
«Certo, certo. Senta direttore, il lancio è confermato?»
«E perché non dovrebbe? È tutto pronto, sto solo controllando le ultime cose. Aspetto da un momento all'altro la dottoressa McRoland.»
«Ecco il favore che le chiedevo. Prima di firmare, Delany vorrebbe parlare con lei, è possibile avere il suo cellulare?»
L'uomo rimase in silenzio per qualche istante. Poi valutò che non c'erano problemi e glielo diede.
«Non credo le risponderà. Oggi non era in laboratorio, forse si sta preparando per venire qui. Domani è il grande giorno.»
«La ringrazio comunque e a presto.»
Chiuse la comunicazione e guardò Lara.
«In un mondo di bugiardi, bisogna adattarsi.»
«Giusto.»
Elisabeth compose il numero che aveva appena avuto e la chiamò.
«Dottoressa McRoland?»
«Sono io, chi parla?»
«Elisabeth Scorsese.»
«Oh, buongiorno, ho appena lasciato sua madre. Mi chiama per il lancio, giusto? Dobbiamo farlo ritardare...»
Elisabeth spalancò gli occhi e mise in vivavoce. Questa poi..., pensò cercando di concentrarsi sulla prossima cosa da dire.
«Sì, certo. Vorrei incontrarla, ha impegni nelle prossime ore?»
«Sono qui con una delle persone che lavorano con Caterina, chiedo a lui.»
Le due donne sentirono come allontanava il microfono e chiedeva informazioni. La voce di risposta gli disse che era Brian.
«Non ci sono problemi, possiamo vederci anche tra un'ora. Mi accompagnerà lui.»
«Bene.»
«Vuole chiedermi informazioni circa l'algoritmo?»
«Esatto. La chiamavo per questo. Vediamoci nel mio ufficio, Brian sa dove si trova.»

«Perfetto.»

Si salutarono e come chiuse la comunicazione Elisabeth esclamò: «Non ci capisco più nulla. La McRoland è a New York e incontra mia madre, quando dovrebbe essere in Florida per il lancio. Cosa sta succedendo?»

Lara si alzò e le andò vicino.

«Non solo, ma sa che tua madre vuole ritardare il lancio.»

«Lavorano insieme e quindi sanno entrambe di Sanders. La McRoland vuole punirlo per i fatti del 2001 e mia madre le vuole dare una mano usando la mia tentata causa.»

L'amica annuì.

Era così.

«Ma cosa ci guadagna tua mamma?»

La domanda di Lara era semplice ma assolutamente pertinente.

«Copernicus 2.0, l'evoluzione del progetto che lei conosceva. Era questo il suo obiettivo... fin dal principio.»

«Cosa vuoi dire, Elisabeth?»

«Semplice. Nel 2001 mia madre era vicina al presidente, viene a sapere di questo algoritmo e decidono di intervenire con l'aiuto della CIA. Sanders manda lei e altri agenti a Venezia per eliminare Carli e prendere la McRoland. Poi Sanders capisce che può guadagnare potere se gestisce la cosa da solo e si libera di mia madre, mandandola in Venezuela. Ma lei resuscita e torna per vendicarsi. Si allea con gli Scriba e i loro soldi sporchi e grazie a questi gli ruba il progetto sotto il naso mettendosi d'accordo all'ultimo minuto con Debbie McRoland.»

Lara prese qualche secondo per metabolizzare il tutto. Poi fece una smorfia e disse: «Non mi torna una cosa, anzi due. Perché Sanders fa uccidere Van Vogt e Gomez?»

«Per metterli a tacere perché Copernicus 2.0 non è solo quello che sembra, nasconde qualcosa... e noi lo chiederemo a colei che lo ha inventato.»

Ora sembrava tutto chiaro ma Lara era lì per aiutarla a ragionare.

«Scusa, cosa mi dici dell'omicidio di Faruk e di quel guanto rubato?»

«L'iracheno mi ha minacciato ed è stato punito, roba da non credere ma è la legge del crimine. Per il guanto non ne ho la più pallida idea.»

«Quindi tua madre è colpevole dell'omicidio di Faruk?»

Elisabeth stava per rispondere ma poi le venne in mente quel giorno in ufficio...

«Forse,» rispose con gli occhi che si illuminavano, «lo sapeva anche Brian, potrebbe essere un suo gesto isolato. E anche questo lo scopriremo presto.»

«Come scusa?»

«Glielo chiederà Hoffman quando lo fermerà tra poco.»

Le sue parole erano così determinate che non lasciarono replica.

Ma poi Lara ci ripensò; era lì per questo, era da sempre stato il suo lavoro con Elisabeth, fare l'avvocato del diavolo.

«E se Brian ammette l'omicidio e dichiara che è stato incaricato da tua madre?»

«Non lo farà.»

«Perché ne sei così certa?»

«Perché è uno scorpione.»

Mancavano una ventina di minuti all'appuntamento con i suoi ospiti ed Elisabeth ne approfittò per fare un'ultima telefonata. Rispose al primo squillo.

«Dove sei?»

«A Quantico, perché?»

Doveva immaginarlo. Non lo vedeva o sentiva da più di un giorno e non sarebbe stato con le mani in mano.

«Mi manchi.»

Evitò di raccontargli cos'era successo, ora le premeva dirgli altro.

«Anche tu.»

Fece un sospiro profondo e gli chiese: «Perché sei lì?»

«Dovevo vederle.»

Le si strinse il cuore. Quell'uomo aveva una sensibilità non comune per essere dell'altro sesso.

«Sei in linea?»

«Sì, scusa, stavo pensando a te. Vorrei esserti vicino.»

«Lo sei Elisabeth. Gli ho parlato di te, a tutte e tre. Brigitte mi ha suggerito di amarti, mentre le mie creature di rigare dritto. Così hanno detto.»

Avvertì che la sua voce si era rotta sull'ultima parola. Si commosse in un attimo. Quello che stava passando quell'uomo era di una tristezza profonda.

«Non so quando tornerò...»

«Lo faremo insieme, amore mio.»

Lui tirò su con il naso. Non era certo un raffreddore.

«Volevi dirmi qualcosa?»

Elisabeth fu combattuta. Non sapeva se rovinare la magia di quel momento. Ma poi pensò che tanto dolore reclamava e meritava la verità.

«Ho il nome di chi ha insabbiato il tuo caso, Robert.»

Lui rimase in silenzio, in attesa.

«Si chiama Alex Sanders. Allora era il direttore della CIA, oggi è il numero due della Stanza Ovale, il direttore della Comunità d'intelligence.»

«Grazie.» Riuscì a dire in un sussurro.

«Ci vediamo questa sera?»

«Certo, ti chiamo come atterro.»

Si salutarono e in quel momento entrò Lara.

«Sono qui.»

«Falli accomodare.»

Si ravvivò i capelli e sorrise a sé stessa, specchiandosi. Aveva notato come ogni occhio dei suoi numerosi dipendenti avesse scrutato il suo abbigliamento. In tanti anni non aveva mai vestito in quel modo, così informale e semplice.

Le cose cambiano, pensò mentre una donna minuta e dal portamento elegante entrava, seguita da Brian.

«Dottoressa McRoland.»

«Avvocato Scorsese.»

I piccoli occhi chiari della donna s'illuminarono.

«Lei è identica a sua madre. Sono veramente stupita.»

«Lo prendo come un complimento.»

«Lo è! Siete due gocce d'acqua, tranne qualche differenza d'età, ovvio. Questa mattina sono stata colpita ma ora sono... meravigliata.»

Si sorrisero e dopo essersi strette la mano, si accomodarono.

«Prima di cominciare la nostra chiacchierata, chiederei a Brian di lasciarci sole. Sa, l'avvocato a volte è custode di confessioni private ed è giusto rispettarle. Non crede?»

L'uomo la guardò senza nascondere il suo disappunto, poi cercò negli occhi della McRoland un po' di supporto, ma ricevendo un'occhiata di freddezza, lasciò la stanza.

«Lara accompagna Brian nel salottino privato. Lì sarà più comodo,» ordinò Elisabeth alla sua amica.

'E finirai nelle mani di Hoffman, figlio di puttana assassino.'

Mantenne un sorriso sul suo volto e poi sfiorò un pulsante che teneva sotto la scrivania. Un apparecchio registrava le conversazioni con i clienti. Non lo aveva mai usato e ringraziò suo padre che aveva insistito.

«Allora, Debbie, posso chiamarla così dottoressa McRoland?»
«Per me va bene, Elisabeth.»
«Ottimo. La relazione che mi avete chiesto per fermare il prossimo lancio del satellite previsto per domani a Cape Canaveral ha bisogno solo di alcuni chiarimenti e per questo le farò alcune domande.»
La donna annuì.
«Ho pensato a un approccio sul merito, ossia se l'algoritmo da lei inventato e poi elaborato negli uffici della NASA, sia da attribuire come proprietà a lei o all'agenzia spaziale. In sostanza, se la formula sorgente, e quindi per associazione l'algoritmo derivato, siano da considerarsi a tutti gli effetti suoi e quindi da regolamentare con un contratto di cessione alla NASA. Cosa che immagino non esista, giusto?»
Debbie sbatté gli occhi e poi esclamò: «Eccellente.»
Abbozzò un sorriso e aggiunse: «No, non esiste. Ho percepito sempre uno stipendio come responsabile del progetto, anche importante e mai nessuno ha sollevato un quesito sulla proprietà.»
Elisabeth ringraziò Philip Delany. Le aveva dato la possibilità di studiare quella materia così ostica e piena di interpretazioni e ora poteva giocarsela a suo piacimento.
In quel momento, il telefono sulla scrivania suonò.
«Un attimo, mi scusi.»
Elisabeth rispose.
«Sì?»
«Sono Lara. Sono andati via con Brian. Vi aggiornerete più tardi.»
«Ottimo, grazie.»
Si sentì sollevata. Ora doveva solo capire cosa nascondeva Copernicus 2.0 e pensare velocemente a una strategia.
Sorrise.
Doveva usare la stessa arma di sua madre...
«Allora, vediamo se ho capito bene cos'è Copernicus 2.0. Ho parlato con mia madre, la quale mi ha detto alcune cose ma non avevo molto tempo, mi perdoni, e poi ha usato alcune parole come sciame, satelliti in disuso e la città di Venezia...»
«È così.»
«Potrebbe raccontarmi tutta la storia fin dal principio? Le prometto che prenderò appunti.»
Debbie fece un bel respiro mentre Elisabeth incrociava le dita sotto la scrivania.
«Va bene, ma a un patto?»

«Mi dica.»

«Deve trovare una persona per me. Non ho avuto il coraggio di chiederlo a sua madre. Anche lui lavora per la Lumière.»

Elisabeth mantenne le dita incrociate, anzi le strinse fino a sbiancarle. Non era abituata a mentire e quel leggero dolore l'aiutava a rimanere concentrata.

«Certo. Di chi si tratta?»

Debbie evitò di guardarla.

«Si fa chiamare Cobra.»

Elisabeth stava per scoppiarle a ridere in faccia. Ma che nome era? Poi si trattenne. In un mondo di spie e assassini tutto è possibile, altro che in un romanzo.

«Va bene. Qual è il messaggio?»

Fece attenzione a non usare nessun pronome.

«Le dica che l'ho perdonato e voglio rivederlo.»

Sciolse le dita e disse: «Glielo prometto.»

La donna la ringraziò con un cenno del capo. Ne era innamorata, come lei di Palmer.

«Bene e ora mi racconti tutto.»

E così Debbie McRoland parlò.

Non aveva fatto una domanda, non si era mossa di un millimetro. China sul bloc-notes aveva scritto quei pezzi che le mancavano e piano piano tutto le fu chiaro. Le sue supposizioni, quelle di Lara, le indagini dei detective di Hoffman, i ragionamenti di Sally Armstrong... tutto prendeva corpo e come un puzzle da quindicimila pezzi tanti quanti i satelliti in disuso, andava componendosi. Ripensò a suo zio Thomas Henry, morto suicida, il primo a svelare una trama dietro il rapimento di sua madre, poi a Marco De Marco, Sharon Corvino, Jeff McKinley, Jonathan Brimley, Maya Nicholls, le missioni di suo padre, il suo ferimento e i giorni in coma, per non parlare di quello che era diventato oggi.

Ogni colpo sparato, ogni lacrima versata, ogni brivido di paura, ogni speranza naufragata, ogni attimo di vita di quegli ultimi anni assumevano un significato che il suo cervello faceva fatica a contenere.

La democrazia era stata minata dalle fondamenta e il tutto per un desiderio spropositato di potere.

Come la piccola donna seduta di fronte a lei concluse, si accorse che era esausta.

Debbie McRoland invece manteneva ancora il piglio di chi sa comandare, una scienziata geniale e imprevedibile, una donna ferita nel profondo e ora in preda a una sete disperata di vendetta e riscatto.

«Come siete rimaste? Lei e mia madre intendo.» Riuscì a chiederle quasi sussurrando.

«Mi ha detto che Brian mi riporterà da lei per firmare il contratto...» Lanciò un'occhiata all'orologio, «credo tra poco. Perché me lo chiede?»

«No, nulla in particolare.»

«Bene, vuole sapere altro?»

Elisabeth stava per rispondere quando sentì un tafferuglio provenire fuori dal proprio ufficio.

«Ehi, ma cosa sta succedendo?»

Si alzò e andò verso la porta ma non fece in tempo ad arrivare che questa si spalancò.

«Scusa Elisabeth ma non sono riuscito a fermarli...»

La figura imponente di Hoffman occupò la sua visuale e poi subito dopo vide entrare il direttore Jeremy Vance.

«Cosa volete?» Urlò furente.

Nessuno dei due le badò. Avevano occhi solo per la McRoland che nel frattempo si era fatta tanto piccola come se volesse sparire.

«Finalmente l'ho raggiunta,» disse Vance che le si mise di fronte.

«Eccola qui,» rincarò la dose l'irlandese.

«Signori, vi prego di dirmi cosa diavolo sta succedendo?»

Fu Vance a prendere la parola.

«La dottoressa ci deve delle spiegazioni. Dobbiamo sapere cosa nasconde il lancio del satellite quantico, perché lo 'sciame' mandato da Alejandro Gomez era così importante da ucciderlo?»

Non fece in tempo a smettere di finire la domanda che Hoffman aggiunse: «E dobbiamo sapere se lavora per la Lumière oppure per Alex Sanders? Chi dei due è coinvolto con lei negli omicidi di Samuel Van Vogt e il giovane Gomez?»

Debbie McRoland sbiancò e le sembrò di cadere a terra. Si ancorò alla scrivania di Elisabeth con entrambe le mani e la guardò, implorando aiuto senza emettere alcun suono.

Elisabeth rimase immobile. Non aveva paura, tanto meno soggezione di quei due uomini ma si sentiva impotente perché sapeva che stava per consegnare sua madre alla polizia. E quindi al Governo. Sapeva anche che loro non avrebbero mollato e che alla fine avrebbe dovuto consegnare la sua registrazione.

C'è un momento in cui tutto sembra fermarsi, che le molecole dell'aria smettono di muoversi, che ogni rumore sembra svanire e solo una decisione può rimettere ogni cosa in movimento. E in quell'attimo lei comprese che non aveva più dubbi.

«Debbie McRoland è qui perché è una mia cliente. È venuta a New York perché vuole raccontarvi ogni dettaglio, ma chiede in cambio l'immunità e che tutto resti come è ora. Vi ricordo che è stata quasi uccisa per questo Paese.»

Gli uomini si guardarono.

«Solo una domanda.»

Era Hoffman, Elisabeth ci avrebbe giurato. Pregò che non fosse quello che pensava.

«Caterina Scorsese è viva?»

Tirò un sospiro di sollievo.

«E dove si trova?» Le parole di Vance la gelarono. Non poteva evitare l'inevitabile ma poteva rimandarlo. Era sempre sua madre, nonostante tutto. Fece finta di non aver sentito.

«Vi ho detto che la dottoressa parlerà solo dopo il nostro accordo, che siglerete in questa stanza prima di cominciare a interrogarla.»

Hoffman sbuffò e la guardò in tralice. «Per me va bene.»

«Lei direttore?»

Il suo viso mostrava un sorriso beffardo. «D'accordo.» Poi poco dopo aggiunse, «Ho avuto quello che mi serviva.»

Prese il cellulare, premette un paio di tasti e dopo poco esclamò, trionfante: «Il 15 di Central Park West.» Il localizzatore del giovane Jeremy aveva funzionato.

La stanza era finalmente vuota e poteva concedersi un po' di pausa. I due uomini avevano raccolto la testimonianza della McRoland, l'avevano subissata di domande fino a farla disperare, ma lei era riuscita a calmarla e fargli ottenere ciò di cui avevano bisogno. Aveva saputo da Hoffman che alla fine Brian aveva confessato dicendo che aveva ucciso Faruk perché si era permesso di puntarle addosso una pistola. Non ne era certa, ma una confessione come quella era inconfutabile e l'irlandese aveva chiuso il caso. Così come era stato individuato Alex Sanders come mandante degli omicidi di Van Vogt e Gomez, anche lui lo avrebbero arrestato presto.

E sua madre? Cosa le sarebbe successo?

Per quello che sapeva lei, nulla. Non c'era nessun capo d'imputazione che potesse esserle formulato, aveva solo chiesto a lei di ritardare un lancio di un satellite e chiuso un accordo con una scienziata e non rientravano certo in fatti perseguibili per legge.

Le aveva mentito, è vero, ma non si va in galera per una bugia a una figlia.

Guardò l'ora: le sette di sera. Ed era un mercoledì. Poteva chiedere a Lara se aveva voglia del solito Breaking Night, ma poi ricordò che Palmer stava tornando da Quantico e l'avrebbe aspettato a casa.

Alzò il telefono.

«Lara?»

«Dimmi.»

«Vado a casa. Stasera torna Palmer e ho voglia di stare con lui.»

L'amica ridacchiò.

«Divertiti anche per me, oggi è stata dura.»

Elisabeth sorrise e stava per salutarla quando le tornò in mente un pensiero sospeso da tempo.

«Posso chiederti una cosa?»

«Spara.»

«Hai una storia con Simon Sallis?»

Silenzio. Uno, due, tre, quattro... contò mentalmente e poi scoppiò a ridere.

«Touché,» mormorò Lara.

«Lo sapevo!»

Esultò Elisabeth neanche avesse fatto meta.

«Come hai fatto a capirlo?»

L'avvocato Scorsese assunse un'espressione seria e rispose: «Mia cara, ti sei tradita quel giorno che ho telefonato a Sallis mentre andavo da mio padre.»

Lara non nascose la sua sorpresa.

«E come avrei fatto?»

«Mi hai chiamata subito dopo la mia prima telefonata chiedendomi se andava tutto bene. Hai mostrato una preoccupazione esagerata, come se già sapessi cosa stavo combinando... Eccesso di zelo, signorina Donovan.»

«E potevo esserlo solo se ero presente alle telefonate con Simon, e dato che era un giorno di festa...»

«Brava la mia detective, ci sei arrivata.»

«Brava tu, mio avvocato. Ti voglio bene.»

«Anche io. Ma lo ami?»

«Mi piace e ci sto bene... aspetto e poi decido.»

«Non farlo, seguì l'istinto.»

Lara sorrise e si salutarono.

Ora lei seguiva il suo filo di Arianna che l'avrebbe portata a Palmer per poter rifugiarsi insieme nell'emozioni che li animavano.

Si accorse che per la prima volta dopo tanto tempo era felice.

Prese l'ascensore e passò quel poco tempo, facendosi le linguacce allo specchio. La faceva divertire, era una cosa che faceva con suo padre quando era piccola.

'James...'

Le porte si aprirono e si ritrovò davanti due donne. Si fermò di colpo. Una era la ragazza dalla pelle olivastra e l'altra... dove l'aveva vista?

«Non si sforzi troppo.» Le sorrise come se le avesse letto nella mente. «Ero la guida del commando di suo padre diretto in Messico alla ricerca di sua madre. Mi chiamo Carmen Mendoza, in arte Tefen. Lei è Befen.»

L'altra donna le fece un sorriso radioso.

«Deve venire con noi, sua madre le vuole parlare.»

All'improvviso, realizzò che erano due dei sette scorpioni. Avrebbero fatto di tutto per soddisfare la loro dea.

La felicità si trasformò in panico. Gettò un'occhiata al banco della reception ma il portiere era chinato in avanti. Sembrava dormisse.

Doveva reagire. Prese il cellulare dai jeans e prima che potesse premere un tasto, Tefen le ficcò una siringa in un braccio iniettandole un liquido mentre Befen la prese da sotto le ascelle per evitare che cadesse.

«Venga avvocato, l'aiutiamo noi. Non si preoccupi.»

Il cellulare le cadde di mano, la testa cominciò a girarle e gli occhi le si chiusero dopo pochi secondi. Svenne.

Iside aveva ottenuto ciò che voleva.

43

La villetta che sorgeva al 2036 di George Washington Road, aveva tutti i confort che desiderava. Un ampio parcheggio per la sua macchina e per quelle di qualche ospite, sei camere da letto, un triplo salone con camino, uno studio, una cucina ben organizzata e un ampio giardino per il suo amato fox terrier. Per questi motivi, quando lo avevano invitato più volte a venderla per acquistarne una più prestigiosa e sicura, aveva sempre rifiutato.

È vero, dava direttamente sulla strada, non aveva particolari antifurti, ma che diamine, lui era un direttore di agenzia, anzi il capo supremo, chi poteva fargli del male?

Sorrise quando a pochi metri dalla sua abitazione, Alex Sanders premette un tasto e il basculante del garage cominciò ad aprirsi. Si ricordò che la moglie era a casa di amiche per il solito bridge settimanale, e quindi si pregustò lo scotch on the rocks che avrebbe bevuto tra poco. La macchina della scorta che lo seguì, si parcheggiò al solito posto, leggermente più avanti. C'era una piccola strada sterrata che finiva in una sorta di parcheggio, un luogo ideale per un appostamento perfetto. Sanders non li degnò di uno sguardo, per lui erano superflui. La sera stava ormai prendendo il posto del giorno e quello era il momento che gli piaceva di più. Poterlo passare in compagnia di un drink, solo sulla sua poltrona a pensare a come stava portando avanti le cose... be', quello era il massimo. E poi quel preciso momento sarebbe stato speciale. Mancava una manciata di ore al lancio, tutto sembrava pronto. Entrò in casa e staccò l'allarme. Premette un paio di tasti sul computerino a parete e questo gli confermò che non c'erano state intrusioni né tentativi.

Bene.

Il fox terrier abbaiò più volte.

Sorrise. Lo aveva sentito arrivare e reclamava la cena. Avrebbe pensato a lui e poi a sé stesso. Era l'unico che metteva prima delle proprie esigenze; non aveva voluto figli, era troppo egoista, e tollerava sua moglie solo perché senza una donna una parte di lui si sarebbe annoiata. A chi avrebbe potuto rendere la vita impossibile ogni giorno?

Prese il pacco del cibo e lo vide scodinzolare fuori dalla finestra. Per il resto era fermo, come se non riuscisse a muoversi.

Strano, si disse. Forse si era fatto male, stupido di un cane.

Aprì la grande porta finestra e uscì in giardino respirando la brezza della sera.

«Vieni qui, Fox,» lo chiamò. Il cane fece per muoversi ma rimase fermo. Abbaiò. Chiedeva aiuto.

«E va bene, vengo a liberarti. Chissà dove ti sei cacciato.»

Si avvicinò e quei passi gli furono fatali.

Una canna di pistola gli si poggiò sulla nuca.

«Se urli, ti ammazzo.»

Sanders alzò le mani in segno di resa. Gli venne spontaneo, come se avesse mille colpe.

«Rientriamo. Al cane penserò io, dopo.»

Eseguì l'ordine cercando di pensare a come uscire da quella situazione. In qualche modo percepiva dietro di sé una presenza importante. Doveva essere alto e imponente. Una lotta era da escludere. Passò velocemente in rassegna tutti i luoghi dove teneva un'arma e si sentì sollevato. Forse poteva farcela.

Entrarono in cucina.

«Accedi la luce e non ti muovere.»

Sanders l'accese e rimase fermo.

Passarono un paio di minuti e si concentrò sul respiro dell'uomo dietro di lui. Era controllato e regolare.

Cazzo, pensò.

Era addestrato quindi non avrebbe sparato in preda a una crisi ma al tempo stesso era uno che andava fino in fondo.

«Di quale agenzia sei?»

«Stai zitto. Ora spegni e vai in salone e accendi la luce vicino alla poltrona.»

Furbo, si disse, così chi guarda da fuori non si accorge di nulla.

Esitò ma la pressione dell'arma lo costrinse a fare ciò che doveva.

«Se ci fosse stata mia moglie, l'avresti uccisa?»

L'uomo non rispose. A volte il silenzio vale mille parole.

Accese la luce e si sedette. A quel punto lo guardò. Aveva il viso scoperto. Altro brutto segno.

Fece alcuni passi indietro e rimase nell'ombra. Da quella distanza non poteva comunque sbagliare.

«Hai pochi minuti, dopodiché ti sparo.»

Sanders sospirò. Mi sa che era finita veramente.

«Posso bere almeno l'ultimo scotch? Non si nega al condannato...»

«No.»

Merda! Imprecò. La pistola era a pochi centimetri dalla bottiglia. Quell'unica brillante idea vanificò all'istante.

«Cosa vuoi?»

«La tua vita.»

Come? Era abituato a trattare la morte o meno di qualcuno, in un paio di occasioni anche la sua, ma non si era mai trovato davanti al patibolo.

«Perché?» Fu tutto quello che gli venne da dire, più per ritardare l'inevitabile che altro.

Non ci giurò ma sembrò che l'uomo sorrise.

«Cosa c'è ora, non posso sapere perché mi ammazzi?»

«Lo sai bene. Prova a pensare a quante vite ti sei preso per il tuo fottuto potere.»

Sanders posò la testa all'indietro. Era vero. Il suo lavoro era sempre stato quello di decidere il male minore a vantaggio del proprio Governo e del presidente. E aveva mandato molti a morire.

«L'ho fatto per il Paese, lo sai bene, sei uno di noi.»

L'uomo negò con un movimento della testa, quasi impercettibile. Sembrava respirare a pieni polmoni quel momento, come se l'attesa fosse durata un'eternità.

«Lo ero. Poi mi avete stufato, mi avete tradito.»

Eccone un altro, si disse Sanders, uno che si sente un martire della causa. Che palle.

«Anzi sei tu che mi hai tradito.» Il tono era rauco, graffiante, ma anche doloroso. Dove c'è dolore, c'è redenzione; e dove c'è redenzione, c'è il perdono.

Sanders vide uno spiraglio. Forse quella massa di muscoli poteva essere battuta.

«Quando lo avrei fatto? Se poi sono stato io, magari era un altro e hai un'informazione sbagliata.»

«Tu allora eri il direttore della CIA, l'unico che il presidente ascoltava. Avevi il potere che hai oggi ma con molta più libertà.»

Sanders abbozzò un sorriso. «Ho preso tante di quelle decisioni in vita mia. Se attribuirmene una in più ti pulisce la coscienza, fa pure ma saresti un codardo.»

L'uomo rimase in silenzio qualche istante tanto che Sanders si chiese se stava per sparare. Fece per parlare ma l'uomo lo precedette.

«Hai fatto uccidere una donna soldato e le sue figlie nella base di Quantico il 13 settembre del 2002.»

Sanders sbiancò. Quella decisione fu la più dura da prendere; l'aveva accantonata ma ci aveva messo più tempo del previsto.

«E poi hai insabbiato il caso per coprirti il culo.»

Era vero. In quell'istante comprese che sarebbe morto.

«Allora, direttore, non dici nulla ora?»

Il tono della voce dell'uomo era incredibilmente basso, come se parlasse dall'inferno.

«Io... è stata una decisione difficile... dovevo...»

«Fermarmi, lo so, per fermare il maggiore Scorsese. Eravamo vicini a scoprire dov'era la moglie e se l'avessimo liberata, lei avrebbe denunciato le tue nefandezze. Non sapevi come far saltare la nostra missione. Così hai fatto uccidere la mia famiglia.»

Sanders fece uscire l'aria dai polmoni lentamente. Non sapeva cosa dire, era la verità e da quando aveva accettato questo lavoro, aveva rinunciato al pentimento. Ne conosceva i rischi e la morte era uno di quelli.

Peccato, avrebbe voluto almeno bere l'ultimo drink.

«Il mio scotch...»

Allungò una mano ma l'uomo alzò la pistola anche se non ce n'era bisogno. Lo avrebbe centrato al cuore a occhi chiusi. Il braccio era teso e pronto.

In quel momento, si spalancò la porta d'ingresso e contemporaneamente alcuni uomini sfondarono la porta finestra. Puntarono i loro mitra contro Palmer.

«Fermo! Metti giù la pistola o spariamo!»

Gli intimarono ma lui non si mosse.

Lo sapeva che sarebbe morto quel giorno perché in realtà era già morto. Non era andato a salutare le sue ragazze ma a dirgli che l'avrebbe raggiunte presto. Non ce la faceva più.

«Ripeto,» urlò più forte quello che doveva essere il capo del commando.

«Abbassa la pistola, subito!»

Palmer era addestrato ai massimi livelli. Si era trovato in quella situazione tante volte, anche se dall'altra parte, e sapeva bene che l'ordine era attendere cinque secondi e poi sparare.

Cinque, quattro, tre, due...

«Fermo, Palmer.»

Quella voce lo immobilizzò e il braccio fremette. Il dito sul grilletto si bloccò all'istante.

«Lascialo a noi.» Parlò piano come si parla ai bambini che non vogliono capire ma sanno bene cosa stanno sentendo.

«Siamo qui per arrestarlo per tradimento. Finirà i suoi giorni in galera.»

Palmer non si mosse ma i suoi occhi sbatterono più volte.

«Hai la mia parola, io non ti ho mai tradito. Sei come un figlio e lo sai.»

James Scorsese avanzò strascicando la gamba malata. Era a pochi passi. La tensione era al massimo, gli uomini dietro di lui tirati come una molla.

Concentrò il suo occhio non coperto sulla mano di Palmer e comprese che non ce l'avrebbe fatta, doveva essere più vicino e guadagnare tempo.

«Pensa a Elisabeth...» e fece un passo, «al dolore che le darai...»

Sentiva che Palmer combatteva per la vita e la morte, ma non certo per quella di Sanders.

«Non tradirla...» Un altro passo e sarebbe stato pronto. «E non tradire me...»

Quasi lo implorò e Palmer girò appena il viso per averlo quasi di fronte. Si fissarono e Scorsese sapeva bene che avrebbe centrato il bersaglio anche senza guardarlo.

Si poggiò sulla gamba malata come fosse un segnale di resa e poi respirò a fondo.

Scattò in avanti con una velocità che Palmer non si aspettava e una mano colpì il braccio. Il colpo partì ma non centrò il bersaglio. Caddero vicini e gli uomini della squadra Delta si mossero. Immobilizzarono Alex Sanders e furono su Palmer.

«Fermi!»

Il maggiore si tolse la benda: vedeva da entrambi gli occhi. Si rimise in piedi. Palmer era incredulo.

Scorsese si rivolse al direttore della Community: «Volevi eliminare Caterina, poi hai provato con mia figlia e alla fine anche con me. La prima volta quando ho rivisto mia moglie in quel bunker... non ti sembrava vero, eh? Due obiettivi con un colpo solo. Ma questa volta, ti è andata male, figlio di puttana.»

Poi disse ai suoi uomini: «Ammanettatelo, leggetegli i suoi diritti e portatelo via.»

Si piegò un paio di volte sulle gambe con Palmer che continuava a fissarlo.

«Mi dispiace non avertelo detto, ma non potevo.» Si alzò la maglietta e tirò via strati di gomma che erano la sua pancia appesantita. E così fece con il sottomento e le finte guance che gli riempivano la faccia.

«Quando mi sono svegliato dal coma e ho ricostruito quello che era successo con Nisbet, abbiamo capito che l'unico che poteva sapere della nostra missione in Colombia era Sanders. Dovevamo escogitare un piano che lo facesse venire allo scoperto. Eravamo convinti che ci avrebbe riprovato ma per farlo doveva convincersi che ero diventato debole e non ero più...»

«L'eroe che tutti onoravano.»

Scorsese sorrise. Era così.

«Ero troppo in vista, la mia morte avrebbe scatenato una caccia senza precedenti. Se invece moriva un uomo che aveva perso la funzionalità del proprio corpo, i suoi affetti più cari, la sua dignità, il suo eroismo... allora sarebbe stato diverso. Dovevamo solo aspettare che succedesse qualcosa per cui lui si sentisse ancora minacciato e agisse.»

Gli allungò la mano e Palmer l'afferrò per rimettersi in piedi.

«Per questo abbiamo creato un fortino in quel luogo isolato, per tendergli una trappola. E ieri ci è cascato.»

«Perché si è mosso solo ora?»

James Scorsese lanciò uno sguardo al gruppo che era rimasto con loro.

«Maggiore, cosa dobbiamo fare?»

«Andate. Il sergente Robert Palmer ci ha aiutato a catturare un traditore. È uno dei nostri ed era in missione per me, sotto copertura. Chiaro?»

Tutti annuirono e un paio di loro gli diedero una pacca sulla spalla. Non lo avevano mai dubitato.

Come furono soli, Scorsese rispose alla domanda di Palmer.

«Tra poche ore ci sarà il lancio del primo satellite quantico da Cape Caranavel; Jeremy Vance ha detto a Joe Nisbet che c'è qualcosa sotto, sta cercando la scienziata responsabile del progetto, Debbie McRoland per interrogarla, mentre Elisabeth era stata incaricata da un altro scienziato che reclamava il diritto sull'algoritmo sorgente del progetto, e quindi chiedeva di fermare il lancio.»

«Una sorta di sabotaggio legale.»

«Esatto. Ma non sappiamo come sono collegate... Se Sanders ha mandato qualcuno a uccidermi, è perché sente la minaccia di nuovo vicina, e sia io che Nisbet sappiamo che Caterina potrebbe essere viva ma non dove si trova...»

Gli squillò il telefono.

Era il capo delle Forze armate congiunte.

«Dimmi.»

«Ho saputo che lo avete preso, complimenti. E senza difficoltà...»

«Esatto, è filato tutto come previsto. Era a casa solo e si è fatto arrestare senza opporre resistenza.»

Scorsese schiacciò a Palmer l'occhio tornato a 'vederci'.

«Mi ha chiamato di nuovo Vance. Hanno preso la McRoland, ha rilasciato una dichiarazione su tutto ciò che il progetto Copernicus 2.0 è per il Governo. Sanders ha armato il satellite con bombe elettromagnetiche, ben quindicimila che andranno ad ancorarsi ai quindicimila satelliti in disuso.»

«Cosa? Ma è un arsenale che vale il doppio delle bombe nucleari del nostro Paese e della Russia.»

«È così. Se Sanders lo avesse controllato, avrebbe potuto ricattare chiunque al mondo, anche noi. Una bomba elettromagnetica rende inoperante qualsiasi satellite quindi addio a tutti i sistemi di difesa e comunicazione. Se pensi che ci saranno attivi millecinquecento satelliti...»

«Dieci volte il numero. Una forza impressionante.»

«Ma noi lo abbiamo fermato.»

Scorsese sorrise. Era tempo che non lo faceva. Era tutto finito e poteva tornare alla sua vita. Alla fine era stata questa la missione più dura. Pensò a Elisabeth, a quel giorno che era stato costretto a cacciarla via e a farla soffrire. L'avrebbe mai perdonato?

«Non è finita, James.»

Gli venne un tuffo al cuore. Cosa c'era ora?

«Vance ha la posizione di Caterina. È a New York, a Manhattan. Sto mandando una squadra a prenderla. Questa mattina ha cercato di portare dalla sua parte la McRoland e il codice sorgente per poter controllare lei quell'arsenale. E non solo. C'è lei dietro alla causa che avrebbe dovuto fare tua figlia.»

«Ma Elisabeth non è andata avanti, non si è macchiata di nulla, giusto?»

«No, per fortuna no. Anzi ha fatto in modo che la scienziata raccontasse tutto a Vance. Quindi Sanders dovrà rispondere anche di questo.»

Scorsese sospirò. Alla fine sua figlia aveva fatto la scelta giusta anche senza lui al suo fianco. Era ormai indipendente e forte; una donna giusta e matura. Si sentì orgoglioso di lei e comprese quanto l'amasse. Le mancava da morire e doveva parlarle.

«C'è altro?»

«Ti terrò aggiornato su Caterina. Grazie ancora, James, so quanto è stata dura quella recita.»

Scorsese non disse nulla. Nisbet ormai era come un fratello.

Chiuse la comunicazione e guardò Palmer. I suoi occhi sorridevano e il soldato se ne accorse.

«Ci ha fottuto alla grande, maggiore...»

«Già, già. Sono stato bravo, eh?»

«Fino all'ultimo minuto... io avrei sparato, lo sa vero? Certo che lo sa... è per questo che si è avvicinato e io gliel'ho permesso perché non la vedevo come una minaccia. Proprio come Sanders.»

Il maggiore annuì. Mai un piano era riuscito in quel modo.

A volte i miracoli succedono. Basta crederci, pensò.

«Se non era per la sorpresa del suo scatto, sarei diventato un assassino.»

James gli afferrò entrambe le spalle anche se era più alto e imponente. Lui evitò il suo sguardo.

«Ma non lo sei. Ora hai l'occasione per affrontare i tuoi sensi di colpa. Sono loro che ti hanno rovinato la vita e stavano per farti sparare, lo sai questo, vero?»

Attese che Palmer lo guardasse nuovamente.

«Ma non hai ucciso tu Brigitte e le tue bambine, né la nostra missione, né il tuo lavoro. È stato quel bastardo di Sanders e ora lo abbiamo preso. Dopo anni, puoi tornare a vivere.»

Palmer fissò quegli occhi così intensi e profondi e comprese da chi aveva preso la donna che stava cominciando ad amare. Si sarebbe affidato a loro, la sua nuova famiglia.

«Bene,» disse Scorsese, «Chiama Elisabeth, andiamo da lei. Arriveremo tra più di un paio d'ore ma ne varrà la pena.»

S'immaginava già la sua faccia quando lo avrebbe visto 'risorto'. E sperava nel suo perdono.

«Non risponde.»

Palmer si rabbuiò.

«Prova ancora.»

Scorsese trattenne il fiato.

«Niente.»

«Aspetta.» prese il suo cellulare e chiamò Nisbet.

«Joe, ho bisogno che agganci la posizione del cellulare di Elisabeth. Non sta rispondendo alle nostre chiamate.»

Il generale non si scompose e disse: «D'accordo. Serve altro?»

«Un elicottero pronto tra dieci minuti, visori notturni, tenute da combattimento e armi di supporto. Io e Palmer andiamo a New York. Mandami le coordinate.»

Non attese la risposta di Nisbet e scattò in avanti, seguito da Palmer.

Altro che finita. Con Caterina poteva succedere di tutto.

Strinse i denti per placare la furia che lo stava assalendo. Ringraziò l'allenamento che aveva fatto quell'anno per mantenersi in forma. Era di nuovo in missione. Si girò e incrociò lo sguardo di Palmer. Gli fece un cenno.

Non era solo.

44

Dall'alto della sua postazione, dietro al vetro della centrale operativa, Morgan Williams si riempì i polmoni e tirò indietro le spalle. Respirò un misto di felicità e orgoglio. Il progetto stava per essere realizzato. C'erano voluti anni di duro lavoro, rapporti diplomatici, accordi sotterranei, finanziamenti leciti o meno. E qualche danno collaterale, come Van Vogt e Gomez. Era dispiaciuto questo sì, ma cos'erano due vite davanti a quello che Copernicus 2.0 rappresentava?

Nulla in confronto alla prosperità che ne sarebbe derivata. In mano alle giuste persone, rette e lungimiranti, degli illuminati come li aveva definiti, il suo progetto avrebbe cambiato radicalmente gli equilibri del mondo intero. Mai più stati canaglia come la Corea del Nord, ricatti dalla Russia o dall'Iran, il doppiogioco degli Emirati Arabi, o la polveriera del Medio Oriente. E chissà cosa sarebbe successo all'Africa dove quei pochi dittatori sarebbero caduti in meno di un minuto. Come il suo sciame armato di bombe elettromagnetiche avesse terminato di caricare i satelliti in disuso, gli uomini giusti avrebbero mandato il primo segnale proprio nel continente meno influente, tanto per dimostrare che potevano colpire chi volevano.

E sarebbero piovuti soldi, tanti, molti, infiniti.

Il suo cellulare suonò e aprì il messaggio: 'Addebito di dieci milioni confermato.'

Ecco i primi, solo l'acconto per dimostrare da che parte stava.

Sorrise e controllò che la borsa, preparata da tempo, fosse ancora vicino alla scrivania. Nessuno aveva chiesto cosa mai ci tenesse di tanto importante, era il direttore dopotutto.

Sospirò. Il momento era arrivato. Il countdown correva velocemente. Le televisioni di mezzo mondo erano pronte da giorni e così i giornalisti ammessi non vedevano l'ora di intervistarlo. Ma lui era stato categorico: solo dopo il lancio e fuori dal pericolo di rottura o esplosione. Stavamo parlando del primo satellite quantico, e che diamine!

È vero che i cinesi erano avanti e già in orbita, ma il loro non conteneva ciò che portava Copernicus 2.0.

E pensare che era nato tutto in Italia.

Ricordò ancora il punto di partenza: la telefonata del suo amico, il generale McRoland, il quale elogiava il lavoro della figlia e di quel suo fidanzato italiano, dicendo che era rivoluzionario e geniale. Erano state quelle parole che gli avevano acceso la giusta curiosità confermata poi da una sua telefonata al rettore dell'Università di Padova.

Le persone parlano senza conoscere il reale significato delle loro parole, si disse, mentre lasciava quella visuale favolosa e imponente.

Prese il casco, gli occhiali da protezione, indossò il camice bianco e afferrò la valigetta. Uscì dal suo ufficio e scese le scale. I gradini erano molti ma lui si godette quella discesa con una tranquillità inverosimile. Attorno al satellite e al razzo che lo avrebbe portato in atmosfera centinaia tra ingegneri, tecnici, operai e addetti vari terminavano gli ultimi controlli. Mandavano un segnale al computer centrale che registrava lo stato di ogni singolo controllo. Quando sarebbe stato tutto verde, voleva dire che i test erano terminati.

Non mancava molto.

Prese la ricetrasmittente che teneva nel taschino e chiamò il capo ingegnere addetto al server. Il satellite era enorme, occupava la parte centrale e aveva più accessi ma a lui serviva il più comodo da raggiungere.

«La parte nord è sigillata?»

«Sì, dottor Williams.»

«Bene, ma voglio fare ancora un controllo.»

«Le mando qualcuno.»

«No, faccio da me, grazie.»

L'uomo annuì e il direttore chiuse il contatto.

Si avvicinò a un montacarichi, ci salì e lo fece partire. Dopo pochi istanti, si fermò, fece un paio di rampe piuttosto ripide e arrivò a toccare l'acciaio del satellite. Lo accarezzò come un figlio che non si vuol lasciar andar via e individuò il lato che cercava. Si mosse con passi lenti cercando di non dare nell'occhio. Il fermento era tale che nessuno badò a lui. Era un puntino bianco, con casco e occhiali come tutti, e perfettamente mimetizzato con il fondo del satellite.

Doveva essere veloce. Sarebbe scattato un allarme e prima che individuassero il motivo, lui avrebbe richiuso il piccolo portello.

Era incredibile come quel mostro di potenza e tonnellate fosse così vulnerabile. Bastava conoscere il punto giusto, come quando trovi nel vetro l'esatta tensione e un colpo leggero lo sbriciola.

Aprì la borsa e tirò fuori il guanto elettrico. Lo accese e come i led furono tutti verdi, ci infilò dentro il braccio. Prese un cacciavite dell'esatta dimensione delle viti a scomparsa e cominciò a farle girare in senso antiorario. Fece attenzione a toglierle tutte memorizzando l'esatta posizione di ognuna. Come il piccolo portello fu libero, vi applicò sopra una maniglia magnetica, esattamente al centro. Poi, usando sempre il guanto lo sollevò. In quel momento, nella sala controllo si era accesa una spia. Aveva pochi minuti.

Prese dalla tasca un convertitore in grado di sostituire i comandi, grande quanto un pugno chiuso, e lo applicò con altri piccoli magneti alla scheda centrale. Lo accese. Il flusso dei dati passava per il vano del server, ma era sufficiente deviarlo in qualsiasi punto per poter dare un nuovo comando. Aveva sostanzialmente creato un by pass. Ora bastava usarlo la prima volta e da quel momento il controllo del satellite dipendeva da quel piccolo oggetto.

Rimise a posto il pannello, riavvitò le viti nella giusta posizione e tolse la maniglia. In quell'istante la luce rossa si sarebbe spenta e un controllo esterno non avrebbe riscontrato nessuna anomalia.

Era soddisfatto. Fece il giro dalla parte opposta per scendere.

Camminava senza fretta. Non voleva dare nell'occhio.

Ora doveva inviare solo il codice di accesso al convertitore e tutto sarebbe finito.

Ecco il Codice Lumière, pensò mentre cominciò a concentrarsi.

Recitò il suo mantra a bassa voce: «Io sono la Natura madre di tutte le cose, signora di tutti gli elementi, origine e principio dei secoli, divinità suprema, la prima tra gli abitanti celesti. Sono l'archetipo degli dei e delle dee. *È la mia volontà a governare la volta luminosa del cielo, il soffio salubre dell'oceano, il silenzio lugubre dell'inferno*. Potenza unica, sono adorata nell'universo intero in mille modi, con cerimonie diverse, sotto mille nomi differenti. Ma coloro che per primi sono rischiarati dai raggi del sole nascente, i popoli dell'Etiopia, dell'Asia e gli Egizi potenti d'antico sapere, quelli mi venerano nel modo dovuto e mi chiamano con il mio vero nome: Iside Regina.»

Lui era stato il primo discepolo, fedele negli anni, colui che era stato toccato da tanta benevolenza e fortuna.

Si fermò alla base del satellite, prese il cellulare, selezionò il numero, digitò il codice e lo inviò.

Ora la regina poteva finalmente regnare.

45

Era distesa davanti a lui, ancora una volta.

«Prendimi.»

«Non sei sazia?»

Fece una smorfia. «Con te, mai.»

Allora si alzò e le fece cenno di non muoversi.

Lei sentì un fremito in mezzo alle cosce. Non aveva mai incontrato un animale del genere. Non era solo un corpo perfetto, era un misto di selvaggio e controllo. Chissà cosa le avrebbe fatto...

Tornò con la cintura dell'accappatoio.

«Ora siamo al sadomaso.»

Le fece un mezzo sorriso, più per compiacerla che altro. Lei vide che si stava eccitando. Le tirò su le braccia e le legò insieme alla sponda del letto. Lo lasciò fare, allargando un po' le gambe. Si stava eccitando al solo pensiero.

Quando fu ben stretta, lui si alzò di nuovo. Cercò nella sua borsa e dopo un po' che rovistava, tirò fuori una mascherina, di quelle che danno in prima classe per far dormire i passeggeri in un volo intercontinentale.

«E ora questa.»

Le disse piano. Lei sorrise e piegò la testa per farla scivolare meglio. Ora era al buio. Solo uno spiraglio di luce entrava dal basso.

«Ancora una sorpresa ma la terrò per dopo...»

«Mmm, sei pieno di risorse.»

Lo sentì muoversi e fare qualcosa con lentezza. Sperò che il piacere fosse altrettanto lungo.

Poi si distese vicino a lei e cominciò ad accarezzarla solo con i polpastrelli. Lei sentì i brividi dove passava, sui seni, sui capezzoli e sull'addome.

«Hai un fisico scolpito, allenato. Cosa fai per mantenerlo così?»

«Prova a indovinare, spia.»

Lui ridacchiò. E la mano scese più in basso.

«Vediamo... pilates?»

«No,» riuscì a dire senza tradire l'emozione che stava provando. Voleva resistere perché lui continuasse fino a farla cedere. Un dito si avvicinò alle sue cosce. La sfiorò appena al centro e lei mugolò.

«Palestra?»

Lei scosse la testa.

«Jogging?»

Chiuse le gambe, non ce la faceva più.

«Così finisce il gioco...»

Non terminò la frase che scese con la testa fino alle sue cosce e con le spalle le bloccò le gambe. Gliele allargò e fece pressione.

«Ma così non posso muovermi, non è giusto.»

«Ne sei sicura?»

Cominciò a baciarle l'interno delle cosce e lei si concentrò per rimanere ferma. Non voleva arrendersi subito ma sentiva che il piacere stava crescendo velocemente.

«Pugilato?»

La lingua di lui s'infilò in mezzo e lei fece un salto, o almeno ci provò ma la sua forza la tenne giù.

Ansimò e gemette, premendo il bacino contro le sue labbra.

Lui si staccò.

«No, perché?»

Alzò la testa ma non poteva vederlo. Tirò le corde ma le mani si spostarono di pochi millimetri.

«Voglio baciarti, toccarti... lasciami andare. Non ce la faccio più.»

Sorrise appena e le disse: «Non mi hai risposto.»

«Uffa... ci sei andato vicino.»

«Bene.»

E si chinò su di lei. Riprese a baciarla in più punti. Accelerava e poi, come le aumentava il piacere, si fermava, stava immobile per alcuni secondi e poi riprendeva.

Lei gemeva e cercava di muoversi ma non otteneva nulla.

«Basta... mi arrendo, hai vinto tu. Vienimi sopra... ho voglia di te.»

«Lo so ma devi resistere.»

E ricominciò con lo stesso ritmo, come se nulla fosse lasciato al caso.

«Kickboxing?»

«Sì, sì, sì... contento ora.»

«Lo immaginavo, Jessica.»

«E allora perché non me lo hai chiesto prima? Questa è una tortura. Sei un gran bastardo...»

Smise di toccarla, le spalle premute sulle gambe. Allungò una mano come a prendere qualcosa e poi sussurrò: «Mai quanto te. Chi sei Mestet o Mestetef? Tefen o Befen?»

Jessica si bloccò di colpo e Cobra avvertì il piacere trasformarsi in paura. Il suo odore, vagamente dolciastro, si fece acido.

Provò a muoversi ma sapeva che era inutile. Iside l'aveva messa in guardia e lei non era stata abbastanza attenta.

«Come hai fatto a scoprirlo?»

«Tante cose. Il negozio Armani poteva essere una trappola, tu che mi vieni incontro anticipando un altro commesso, la tua reazione alla pistola, ben fatta ma troppo recitata, lo sguardo di sfuggita al tesserino, il tuo corpo così scolpito non certo da chi fa la commessa e ha poco tempo per allenarsi, e poi l'errore più grande...»

Jessica strinse i denti. Non voleva ammetterlo ma la curiosità la stava divorando. Tutto di quest'uomo gli piaceva: anche il suo modo di vincere.

«Quale?»

«Non hai mai chiesto il mio nome.»

Cazzo!, pensò dandosi della stupida. Ovvio, a ogni appuntamento o incontro anche occasionale è la prima cosa che si chiede.

«Nessuno lo conosce, lo sapevi e per questo non me lo hai domandato.»

Ridacchiò.

«Cosa c'è di così divertente?»

«Stavo ripensando a tutti i modi in cui mi hai chiamato quando siamo stati insieme o come evitavi di farlo. A volte ti contorcevi per guardarmi negli occhi.»

«Sono stata una cretina.»

«Non hai esperienza, devi crescere. A letto però hai finto bene.»

«Vaffanculo.»

Cobra aumentò la pressione delle spalle sulle gambe e lei s'irrigidì. Avvicinò le labbra alle sue cosce.

«Non provarci.»

«Non potresti impedirmelo, lo sai questo,» le sussurrò. E lei si tese ancora di più.

«Sta a te la scelta. O mi dici perché Caterina ti ha incaricato di starmi attaccata al culo, oppure affondo le mie labbra.»

Lei alzò la testa. «Ma che cazzo di gioco è questo? Io... no!»
Cobra l'aveva baciata proprio in mezzo alle gambe.
«Sei un porco, un sadico, un figlio di puttana!»
«Poco prima eri di un'idea diversa. E per essere una che sa fingere, potresti farlo ancora e non sarebbe una tortura, non trovi?»
Rimase qualche istante in silenzio e visto che lei non si muoveva o diceva nulla, aggiunse: «Oppure non fingevi affatto e allora potresti trasformarlo in piacere e non dirmi nulla.»
Jessica era sbalordita. Era stata addestrata ad affrontare il dolore, a sopportarlo, a estraniarsi mentre il suo corpo subiva violenza ma questa situazione era nuova.
Doveva combattere il piacere.
«Sei malato,» riuscì a dire.
«Perché, Jessica? Dimmelo e finirò questo gioco.»
«Come avrò libere le gambe, ti spaccherò la testa.»
Cobra si limitò a respirare. La sua posizione non era cambiata di un centimetro, la sua forza era impressionante. Si abbassò quel poco per farle sentire il fiato contro la pelle. Jessica puntò i piedi ma affondò nel letto ancora di più. Lui eliminò quella distanza in un batter di ciglia. Non aveva scampo. Cobra la baciò ancora ma questa volta entrò con la lingua.
«No... non farlo... no.»
Il corpo di Jessica provava a muoversi ma la morsa di lui non le permetteva di fare molto. Cobra si spinse ancora più dentro e lei cominciò a reagire contro la sua volontà.
Non voleva godere, cercò di opporsi in tutti i modi ma il piacere tornò a salire e il bacino si rilassò. Lui sentì che l'aveva in pugno. Attese ancora qualche secondo e quando lei cominciò a fare pressioni sulle sue labbra, si staccò.
«No, Cobra, no!»
Fece schioccare le labbra.
«Ora va meglio, almeno mi hai chiamato per nome.»
«Cosa vuoi da me?»
«Lo sai, rispondimi e sazierò il tuo piacere.»
«Non posso, mi ucciderà.»
«Se è per questo lo farò anche io. Ma almeno prima avrai goduto.»
Jessica scosse la testa. «Magra consolazione.»
Cobra sospirò.
«Mi hai stufato.»
Con una mano le affondò una siringa in una coscia. Lei urlò e sentì

un liquido entrare. Era dolorosissimo. Provò a muovere la gamba ma non ci riuscì.

«È un veleno, viene dal fegato del pesce palla, agisce immediatamente sulla corteccia motoria. Tra poco ti si bloccherà anche l'altra e nel giro di un minuto tutto il corpo, anche il cuore. Se parli, ti inietto l'antidoto.»

Il panico l'assalì; stava per morire.

«Mi ha chiesto di capire se sospettavi qualcosa.»

«Su cosa?»

«Copernicus 2.0. È lei che lo governerà, non Sanders.»

«Per quello voleva che lo eliminassi, per toglierle un concorrente.»

«Lui è l'unico che poteva fermarla. Lei lo sapeva fin dall'inizio...»

«E quindi ha fatto in modo che ricadesse la colpa sempre su di lui.»

Jessica cominciò a rallentare il movimento della bocca.

«Non è stato difficile, lui è un bastardo e l'ha mandata a...»

La bocca si bloccò leggermente aperta. La lingua si arrotolò su sé stessa e la stava soffocando. Cobra le premette una mano sul naso.

Un istante dopo, uno scorpione era morto.

Iside li aveva manovrati tutti.

Si alzò e si vestì in fretta.

Sentì un messaggio arrivare sul cellulare di Jessica.

Lo prese e si accorse che per aprirlo ci voleva l'impronta digitale. Lo passò sotto il dito della donna e lo schermo si aprì. Un'app aveva una nuova notifica. Sempre usando l'indice dello scorpione cliccò sopra e si aprì un messaggio.

«Siamo al 103 di Lloyd Harbor Road. Vieni subito.»

Prese il suo iPad e controllò la mappa. Dal suo albergo a quell'indirizzo ci avrebbe messo almeno un'ora e mezza di macchina.

Doveva muoversi. Controllò le armi che aveva: una Glock e un pugnale. Jessica non sembrava avesse nulla con sé. Si era sopravvalutata ancora una volta.

Chiamò la reception e chiese un noleggio immediato. Avrebbe avuto una macchina entro una ventina di minuti.

Avvolse il corpo della ragazza con le lenzuola e lo portò in bagno, lasciandolo nella cabina doccia. Sembrava un fantasma che dormiva.

Gettò uno sguardo allo specchio e incrociò i suoi occhi. Freddi e calcolatori. Aveva ucciso di nuovo e con una determinazione che aveva escluso qualsiasi altra scelta. Aveva ragione Debbie, era un assassino. Poi, un pensiero lo colpì all'improvviso. Cosa gli aveva detto Ghost prima che la eliminasse? 'Lavoriamo per la stessa persona.' Ricordò che in quell'istante aveva indugiato ma poi non le aveva dato peso. Ora quelle parole assumevano un altro significato. Era stato manovrato, che idiota. La sua efficienza e rigore lo avevano distratto dal capire il vero senso delle cose.

Raccolse le sue cose, uscì e chiuse la porta mettendo il cartello 'Non disturbare'.

Quando la donna delle pulizie si sarebbe decisa a entrare, lui sarebbe stato lontano.

Mentre aspettava l'ascensore, cercò nella rubrica un numero. Sperava fosse rimasto lo stesso ma non ci giurava. Lo selezionò e premette il tasto di chiamata.

A volte l'aiuto può arrivare da dove meno te lo immagini.

46

La villa occupava uno spazio che a vista d'occhio sembrava infinito. Poi, di notte, con le luci dell'immenso giardino a sfumare i reali confini, era come se l'oscurità la divorasse completamente. Tutto era immobile ma Cobra sapeva che non era solo. Un leggero vento faceva muovere le foglie dei tanti alberi, e quello era l'unico rumore che si sentiva.

Doveva rimanere immobile anche se la tentazione di raggiungere Iside era forte. Era arrivato circa mezz'ora prima, aveva controllato l'ingresso principale. Al cancello c'erano due guardie per la sicurezza, non uomini di Caterina, che chiacchieravano in attesa che venisse giorno. Aveva fatto un giro più largo e quando aveva capito che non c'erano allarmi si era calato da un'altezza più agevole e si era trovato una posizione da dove potesse tenere sotto controllo le vie principali di accesso e fuga.

Controllò l'ora; dai suoi calcoli non mancava molto. Ripensò a quello che lo aveva portato in quella casa, alle donne che aveva avuto e soprattutto a Debbie McRoland. Alla fine, si era unita alla persona sbagliata e pregò per lei che se la sarebbe cavata. Era una donna che meritava altro dalla vita, l'unica che era riuscita a toccare il fondo della sua anima. Le rivolse un pensiero affettuoso e in quell'istante colse un rumore nuovo.

Erano arrivati.

Vide che una delle due guardie della sicurezza aveva lasciato il cancello e si stava muovendo verso una zona più in ombra. Non sarebbe tornato.

Come fu lontano dalla vista del compagno, quattro uomini in mimetica e armati di tutto punto gli si avvicinarono dal lato opposto.

Indossavano visori notturni, il mitra spianato. Lo presero di sorpresa e lo addormentarono in pochi secondi.

Semplice e veloce.

Via libera.

Entrarono muovendosi come se aleggiassero; quello che si percepiva, era solo un leggero scalpiccio. Uno rimase di guardia.

Dovevano essere in sei, non di più.

Quando anche gli altri cinque furono in posizione e quindi pronti a entrare si mosse.

Aprì gli occhi e vide un'infermiera in bianco con delle pennellate di verde sulla divisa, sempre su fondo verde. Un quadro che le era familiare. Li sbatté più volte per ricordare dove l'avesse già visto ma un mal di testa improvviso e lancinante la fece imprecare.

Cercò di tirarsi su ma una mano le toccò una spalla. Sua madre le stava sorridendo. Sembrava un angelo...

«Ma cosa mi hai fatto?»

«Prendi questa pillola, agirà immediatamente.»

Elisabeth se la ritrovò sul palmo e indugiò. E se fosse un altro sonnifero?

Al diavolo!, pensò e la mandò giù. Il dolore era troppo forte.

Si massaggiò la testa e attese qualche secondo prima di dire: «Ho sete.»

«Datele un po' d'acqua, subito.»

Una delle due ragazze scattò immediatamente. Elisabeth la seguì con lo sguardo e riconobbe la casa.

«Ma questa è la villa di Christopher Brimley!» Esclamò senza nascondere la sua meraviglia.

«Siamo suoi ospiti.»

Cercò di alzarsi in piedi ma la testa le girava ancora. Respirò a fondo.

«Ma cosa cazzo mi hai fatto?»

Caterina spalancò gli occhi. «Cerca di moderare i termini, tesoro.»

Elisabeth non poteva credere alle proprie orecchie.

«Mamma, mi hai fatto rapire da quelle due iniettandomi una dose che avrebbe stordito un cavallo e ora sei qui a farmi gli occhi dolci.»

Iside stava per rispondere ma poi si girò verso i suoi scorpioni e ordinò: «Andate a fare un giro di controllo.» Il tono era leggermente allarmato ed Elisabeth ne approfittò.

«Cos'è, hai paura che vengono ad arrestarti?»

Caterina attese che rimanessero sole e poi sibilò. «Non dire scemenze. Non c'è motivo e tu lo sai bene.»

«Non ti credo, mamma. Mi hai mentito.»

Sostenne il suo sguardo e la invitò a continuare con un cenno della testa.

«Sapevi del progetto Copernicus fin dal principio ma a mia precisa domanda hai negato, sei una bugiarda. Potresti avermi mentito anche ora.»

Il viso di Iside era glaciale.

«È vero... perdonami, dolcezza» le disse con sarcasmo.

«Ora mi tratti come una ragazzina. Di bene in meglio.»

La madre si allontanò da quella figlia che le somigliava come una goccia d'acqua ma che il destino aveva voluto essere completamente diversa.

«Lo sei, Elisabeth. Pensi ancora che il mondo sia tutto onestà, lealtà e verità? Credi che esista il bene? Sei un'illusa, ecco perché non capisci come stanno le cose.»

Elisabeth si alzò e riuscì a stare in piedi. Ora si sentiva bene.

«E tu in cosa credi?»

«Nel male minore.»

Scosse la testa; lei non era disposta ad accettarlo.

«Lo so che per te è difficile comprenderlo. Sei cresciuta senza dover mai affrontare certe scelte ma io e tuo padre sappiamo bene cosa significhi.»

«Non tirare fuori lui adesso...»

«Già, il tuo eroe...»

Poi le si parò davanti e con fare sprezzante, aggiunse: «Hai visto come si è ridotto per quello in cui credeva? Un relitto umano.»

«Lui era in missione per te!» Le urlò in faccia Elisabeth. «Non ha mai smesso di amarti e cercarti e quando ti aveva trovato tu cosa hai fatto? Lo hai respinto, ecco cosa.»

Era furibonda. Si sentiva priva di ogni forza, come se accettare quello che era diventata sua madre l'avesse svuotata del tutto.

Respirò a fondo e poi le chiese: «Perché mi hai fatto rapire?»

Caterina le si avvicinò e cercò di prenderle la mano, ma lei la scostò con rabbia.

«Non toccarmi e rispondimi.»

«Volevo spiegarti che...»

«Basta!»

Sentì che le stavano salendo le lacrime agli occhi. Non ce la faceva più.

«Tu non sei mia madre, hai smesso di esserlo quando sei sparita.»

Attese che Caterina le dicesse qualcosa, ma il suono del suo cellulare attirò l'attenzione di entrambe.

Le era arrivato un messaggio.

Sul suo viso apparve un sorriso trionfante.

Elisabeth se ne accorse e scosse la testa. Si era già dimenticata di lei.

«Sei un'egoista. Non meriti nulla, me ne vado.»

Le passò davanti e fece alcuni passi verso l'uscita. Per fortuna che conosceva la direzione. E pensare che qui ci era venuta per parlare con Christopher Brimley dopo l'omicidio del padre.

Pura casualità, si disse mentre accelerava il passo ma poi si fermò di colpo.

«No, non è possibile...»

Il cervello le si illuminò, tutto le fu chiaro.

Cominciò a roteare su sé stessa. I quadri alle pareti... erano degli stessi pittori che sua madre aveva in casa sua a New York. I libri antichi... anche loro erano in entrambi i luoghi. L'arredamento... tra moderno e antico, come aveva detto lei a Christopher 'per non dimenticarlo più...', era un segno indelebile di una personalità articolata e complessa, che voleva sfidare chiunque. Il destino di una regina, la dea Iside.

Poi un flash dopo l'altro le illuminò la mente.

Il suo lavoro allo studio Villani&De Marco, la traduzione, Sharon Corvino e Yuri Baranov, il gruppo 356, Marco De Marco, la missione di suo padre con Carmen Mendoza, Jonathan Brimley e gli Scriba, la condanna e la droga di Peter Makarov, Omar Faruk, la CIA e l'FBI, e poi Andrea Carli e Debbie McRoland...

Aveva manovrato tutto.

Si fermò e puntando il dito, le urlò contro.

«Come hai potuto architettare questo? Come hai potuto fare del male a chi ti voleva bene? Come hai potuto far morire tanta gente? Perché... perché... perché?»

Caterina gonfiò il petto alzando le braccia.

La sua bellezza era folgorante, la sua personalità devastante.

Fece per parlare ma all'improvviso dei colpi di mitra risuonarono all'esterno.

Elisabeth non fece in tempo a capire cosa stesse succedendo che una finestra andò in frantumi e la porta del salone si spalancò.

Due uomini in mimetica entrarono puntando il mitra contro sua madre.

«Stia ferma. Non si muova!» Gli intimò quello più vicino.

Non li degnò di uno sguardo.

Elisabeth sentì un braccio forte prenderla per un gomito.

«Stai bene?»

Quella voce...

Si girò e incrociò i suoi occhi.

«Robert...»

Gli si gettò contro, lo abbracciò e con lo sguardo raggiunse sua madre.

Aveva gli occhi fissi in un punto oltre le sue spalle. Sembrava bruciassero tanto era l'odio che ne usciva lasciando una scia di fuoco.

Seguì quella scia di fuoco e rimase di pietra.

Suo padre avanzava con la pistola in pugno camminando perfettamente, entrambi gli occhi puntati su sua madre. E non c'era traccia di un corpo trascurato, come delle conseguenze di abuso di alcol e fumo.

Le passò davanti e le lanciò di sfuggita uno sguardo. Lei si era staccata da Palmer ma non riusciva ancora a crederci. L'uomo al suo fianco le strinse il polso, come a dirle di aspettare. E così fece.

«Caterina, ci rivediamo.»

La donna riprese a respirare normalmente.

«James...» disse con un tono di voce appena controllato. «Ti trovo in gran forma.»

Si guardò intorno.

«Non arriverà nessuno. Le abbiamo immobilizzate. Grazie per la Mendoza, tra l'altro.»

Iside sorrise.

«Devi venire con noi.»

«Non vedo perché. Siete piombati in questa casa senza un mandato e se non hai nulla per arrestarmi, vattene.»

«Hai rapito Elisabeth, questo è un motivo valido.»

Fece un passo in avanti e Caterina alzò una mano.

Lui si fermò ma disse. «Non muoverti più o la prossima volta spareranno.»

«Non ne sono capaci.»

«Non sfidarli.»

Il suo sorriso si trasformò in un ghigno e lo sguardo di fuoco scomparve. Ora stava calcolando quante erano le possibilità di cavarsela.

«Elisabeth,» disse ad alta voce. «Ti ho per caso preso con la forza o contro la tua volontà?»

Come sentì il suo nome, si staccò da Palmer e si mosse. Quando era a metà tra loro due si fermò.

Li guardò per qualche istante. I suoi genitori si stavano fronteggiando.

«Mi hai ingannato, cacciato quando avevo bisogno del tuo aiuto, trattato come fossi una sconosciuta, peggio... ero a terra, piangevo e ti supplicavo di parlarmi, di accogliermi... e cos'hai fatto? Mi hai cacciato via!»

«Elisabeth, dovevo farlo...» Le disse James Scorsese con lo sguardo ancora fisso su sua moglie.

«Per cosa? Per scoprire che mia madre è una traditrice, assassina e bugiarda?»

Lui annuì e lei cominciò a scuotere la testa.

«Certo e per farlo, cosa hai scelto? Rispondi, cosa cazzo hai scelto?»

Le lacrime le rigavano gli occhi e non riusciva a star ferma.

«Elisabeth, per favore, cerca di capire...»

«Basta!»

Gli puntò l'indice contro e gli urlò in faccia:

«Hai scelto il male minore, ecco cosa. Peccato che ero io quello che doveva essere sacrificata... tua figlia!»

Si piegò sulle ginocchia, il dolore era lancinante. Intravide Palmer che si stava per muovere.

Scattò di nuovo dritta e lo gelò con un'occhiata. Lui si bloccò.

Poi lo sguardo si mosse sui suoi genitori.

«Voi due... siete identici, ecco cosa siete.»

Fece per andarsene ma poi si fermò: «Sapete cosa vi dico? Sono stanca dei vostri giochi di potere, del vostro concetto di bene o male... sono stanca di voi. Fate quello che vi pare, ma fatelo senza di me.»

Si girò verso la finestra spalancata e passò vicino ai soldati che ancora tenevano sotto tiro sua madre. Quando stava per scomparire nel buio della notte, si fermò di colpo. I suoi piedi si mossero all'indietro e rientrò con una pistola puntata al petto.

«Fermati.»

Cobra entrò dopo di lei.

Nessuno osava fiatare. La sorpresa era stata tale per tutti, anche per Caterina.

«Se vi muovete, la uccido. E sapete che ne sono capace.»

«Moriresti subito dopo,» disse Scorsese puntandogli l'arma contro e così fecero i suoi uomini. Ora era lui l'obiettivo principale.

«Certo ma tu la piangeresti per la vita, ti sentiresti un dannato.»

Aveva ragione.
«Cosa vuoi?»
«Caterina vieni qui. È anche tua figlia, dopotutto.»
La donna lo fissò e per la prima volta James Scorsese vide che aveva paura.
«Non fare sciocchezze,» disse a sua moglie ma in realtà era un ordine.
«Tu non lo conosci come lo conosco io.»
Elisabeth non poteva vederli, fissava la canna della pistola e pregava.
Poi pensò a quell'uomo grande e forte che la stava guardando e che sicuramente stava soffrendo per lei.
Basta.
«Mamma,» ordinò, «fai come dice. Io voglio vivere.»
Caterina abbassò appena le spalle.
Sospirò e si avvicinò.
Come fu davanti all'uomo che per anni era stato il suo partner e amante, accennò a un sorriso.
«Lo so che non sei contenta di vedermi, vero? Pensavi che il tuo scorpione riuscisse a fottermi, eh?»
«Non è come dici.»
Lui sorrise ed Elisabeth provò paura.
Ora aveva capito chi era.
«Non ucciderla.»
Cobra le guardò entrambe, prima una e poi l'altra.
«Ci ha tradito,» disse con gli occhi puntati su Elisabeth.
«Per favore...» Si scoprì a pregarlo come fosse una bambina.
Lui fece un passo verso Caterina, la costrinse a girarsi e puntandole la pistola alla testa, le sussurrò: «Sai che non devi neanche provarci, vero?»
Lei annuì con un leggero cenno del capo. Era la prima volta che suo marito la vedeva terrorizzata.
«Ora noi ce ne andiamo. Non seguitemi o la ucciderò.»
Fecero tre passi indietro e sparirono nella notte.
Palmer scattò verso Elisabeth e la strinse a sé. Scorsese radunò gli uomini. Attese qualche istante. Non voleva mettere in pericolo la vita di sua moglie.
«Proviamo a uscire e dividiamoci. Sarà qui con una macchina, lo intercetteremo mentre...»
S'interruppe di colpo.
Uno sparo lacerò il silenzio della notte.

Epilogo

Venezia, 25 settembre 2018

Il clima era stato clemente; la pioggia attesa fin dalle prime ore della mattina aveva deciso di andare altrove e il sole le aveva accompagnate fino alla sera. Avevano camminato per ore e dopo aver visitato la mostra del Settecento Veneziano presso il Palazzo Rezzonico e il Palazzo Ducale, avevano deciso di prendere un aperitivo in una calle poco lontana, verso l'albergo.

«È l'ora dell'ombra, mia cara.»

«Ossia?» Le chiese Elisabeth.

«Un cicchetto, no?»

Poi Debbie sorrise.

«Ma ti sembra normale che un'americana venga a spiegare a me, italiana, una tradizione di questo posto?»

«Rilassati, mia cara, è così che va il mondo. 'Non ti curar di loro, ma guarda e passa'.»

«Oddio, adesso anche Dante. Sei proprio una professoressa.»

Scoppiarono a ridere. Alla fine erano diventate amiche.

Si erano supportate a vicenda, avevano affrontato tutto quello che era venuto dopo, e ora si stavano riprendendo.

Debbie McRoland aveva ripreso il comando del progetto franco-americano, il satellite Copernicus 2.0 era in orbita come previsto e svolgeva il suo lavoro egregiamente, e aveva deciso di tornare alle sue origini di studi approfittando di un invito dell'università di Padova.

«Accetto, solo se vieni anche tu.» Le aveva detto prendendola alla sprovvista.

E lei aveva risposto: «Perché, pensavi di andare da sola?»
Da quel momento era stato tutto più semplice.
Si sedettero al primo tavolino libero e ordinarono del vino rosso della casa con tanto di tartine al baccalà, ai gamberi e al prosciutto.
«Ti ho mai detto grazie?»
«No, mai. E sarebbe ora,» le rispose Elisabeth.
Arrivò il vino, attesero che il proprietario del locale riempisse i loro bicchieri e dopo averlo assaggiato, fecero il primo brindisi.
«A te che mi hai salvato, allora.»
«E alla nostra amicizia.»
Bevvero il primo sorso e Debbie disse: «Ma è buonissimo.»
«Pare che venga da un suo vigneto poco fuori Mestre. Se vuoi, ne puoi ordinare un po' di bottiglie.»
«Non credo che te le spediscano in America.»
«Dipende dalla quantità non dai chilometri, mia cara.»
Debbie accusò il colpo. In effetti, i migliori ristoranti americani importavano vino italiano.
«Non prendertela, non puoi essere un fenomeno in tutto.»
«Giusto.»
Osservarono le persone che passavano e come i più giovani continuavano a guardare Elisabeth.
«Mi togli una curiosità?»
«Spara.»
«Come si porta a spasso una tale bellezza? Insomma, hai notato come ti guardano?»
Lei alzò le spalle.
«All'inizio ne ero contenta, lusingata, poi crescendo mi dava fastidio e alla fine ti abitui a fare finta di nulla. Non li vedi, tutto qui.»
«Perché hai fatto l'avvocato? Potevi fare la modella, oppure l'attrice, o la conduttrice televisiva...»
«Il cervello, amica mia; è quello che fa la differenza. Un bel corpo ti aiuta, per carità, ma se non hai testa, quello prima o poi ti abbandona...»
Debbie le sorrise.
«Mi stai facendo un complimento?»
«Tu cosa dici?»
I loro bicchieri si toccarono di nuovo.
«Dopo vorrei andare a mangiare in un ristorante in cui andavo spesso con Andrea.»
«Mi sembra un'ottima idea.»

«Devo solo ricordarmi bene la calle, perché non si vede, c'è un sottopasso e ti ci ritrovi davanti.»

«Lo troveremo e sarà un modo per rendergli omaggio. Senza di lui, non saresti quello che sei diventata.»

Debbie annuì.

«Vado in bagno, scusami.»

Elisabeth la vide camminare con passo sicuro. Era una donna intelligente e aveva reagito agli eventi affrontando le proprie paure e i sensi di colpa. Era andata oltre, grazie anche a quella figlia meravigliosa.

Lei aveva fatto lo stesso e Robert si era dimostrato un aiuto prezioso e fondamentale. Lo amava come non le era mai successo prima.

Poi pensò a suo padre, al tentativo che aveva fatto per riconquistarla e all'amarezza che ancora albergava nel suo cuore. Col tempo lo avrebbe ritrovato.

Abbozzò un sorriso portando il bicchiere alle labbra.

All'improvviso un uomo occupò la sedia libera di Debbie.

Elisabeth fece per dire qualcosa ma rimase a bocca aperta.

«Non ho molto tempo, sta per tornare e non voglio farmi vedere.»

«Ci stava seguendo...?»

Era spaventata.

«Be', diciamo che vigilo su di voi.»

Sospirò.

«Cosa vuole?»

Tirò fuori dalla tasca un cellulare.

«Pensavo volesse riaverlo, era di sua madre.»

Elisabeth abbassò lo sguardo. Quello che era successo quella notte era ancora vivido nei suoi ricordi.

«È stato furbo. Lasciare indietro un ostaggio ferito, vuol dire rallentare l'inseguimento.»

«Una semplice precauzione. Nessuno è morto quella notte.»

Poi lanciò un'occhiata al telefono e lo interrogò con un'occhiata.

«Perché credo sia la persona giusta per decidere cosa farne. C'è dentro il codice per controllare il satellite e quindi rendere attivo il progetto folle di sua madre. Decida lei.»

Cobra fece per alzarsi

«L'amava?»

Lui si guardò in giro. Un uomo così grande e grosso, forte e spietato, era in imbarazzo.

«Molto.»

«Non l'avrebbe mai uccisa.»

«Ovvio.»
Si mosse ma lei fu più veloce.
«Aspetti. Ho un messaggio per lei. Debbie l'ha perdonata e vuole rivederla. L'ho resa una donna libera e soprattutto evitato che si macchiasse di colpe non sue.»
Cobra fece un cenno con la testa. Si portò due dita alla fronte e le fece un mezzo inchino.
«Scusi, ma qual è il suo nome?»
L'uomo si allontanò di qualche passo e le sorrise.
«Anche lei me lo ha chiesto. La curiosità è proprio femmina.»
«Non solo, Cobra, non solo...»
Sorrise e dopo pochi metri sparì, confuso tra la folla di turisti.
«Chi era quel tipo?»
La voce di Debbie la fece trasalire.
«Ehi, non volevo spaventarti.»
Si mise di nuovo seduta.
«Non dirmi che ha cercato di rimorchiarti.»
Elisabeth alzò le spalle.
«In realtà, lo conoscevo...»
Fu la volta di Debbie di rimanere a bocca aperta.
«Cosa? Come? Qui a Venezia incontri un tuo amico per caso...»
«Non ho detto che era un mio amico e né per caso. Era qui per te.»
L'amica sprofondò nella sedia e cominciò a muovere la testa.
«Senti, se è uno scherzo, è di cattivo gusto. Sei inquietante.»
Elisabeth si scolò il suo bicchiere e si versò altro vino.
«Come non detto. Se non mi credi, lasciamo perdere.»
Bevve ancora un sorso e così fece Debbie.
Rimasero in silenzio mentre Elisabeth cominciò a contare dentro di sé. Uno, due, tre, quattro, cinque...
«E va bene, hai vinto. Chi era?»
«L'uomo senza nome. E gli ho riferito il tuo messaggio.»
Arrossì.
«Cos'hai fatto?»
Elisabeth alzò le spalle. «Quello che mi hai detto di fare. Te lo avevo promesso, no?»
«Ma le cose che sono successe dopo...»
«Ferma, donna. Sei innamorata di quel tipo e anche se è un assassino, una spia, un gran bastardo, è l'unico che ti ha trattato con onestà. E lo ha fatto anche con me. Quindi non fare troppo l'altezzosa e accetta quello che provi per lui, va bene?»

Debbie non credeva alle sue orecchie.
«Altezzosa io? Sembri mia figlia.»
«Io lo detesto,» disse Elisabeth facendo finta di non aver sentito, «ma tu lo ami e credo che lui saprebbe trovare quel ristorante che tanto cerchi. Poi secondo me è pure uno simpatico e a letto ci sa fare...»
Le guance di Debbie diventarono rosso fuoco. Si scolò il suo bicchiere.
«Lo è.»
Elisabeth sorrise e le diede un colpo leggero su una spalla.
«E allora andiamo a cena, amica mia. La vita va avanti.»
Si alzarono, pagarono il conto e ridendo presero direzione San Marco.
Il cellulare di Caterina era nelle mani di Elisabeth. Sua madre era stata fermata, suo padre aveva portato a termine la sua ultima missione, la più dolorosa sicuramente, tanta gente era stata uccisa, lei stessa aveva sofferto ed era stata vicina alla morte, più volte.
Sorrise senza che Debbie se ne accorgesse e ricordò gli insegnamenti dei suoi genitori. L'unica cosa che avevano dimenticato di dirle, era quella di guardarsi da chi le stava vicino, molto vicino. La sorpresa viene sempre da dove non te lo aspetti e loro avrebbero dovuto saperlo bene visto quello che avevano passato.
Lei era riuscita a reagire, anzi aveva fatto molto di più. Fingendosi disperata, bisognosa di protezione, riottosa ai consigli di chi le era stato vicino come Lara, ribelle all'intelligence e a tratti insopportabile, recalcitrante verso le istituzioni, aveva fatto in modo che anche le spie più esperte ci cascassero, come i loro comandanti. Quando le era servito, era stata una figlia adorata, un'esca perfetta, una donna in carriera senza scrupoli, un'amica paziente e un'amante passionale, sempre presente nei momenti importanti ma facendo sembrare a tutti che non era mai stata lei a decidere. Aveva manovrato i più alti poteri fingendo di essere ingenua e in preda al panico. E gli altri si erano prodigati per aiutarla fornendole ciò di cui aveva avuto bisogno. Le avevano dato amore, affetto, sentimenti e informazioni, riportandola sempre al centro delle cose. E dove non era stata tirata dentro, aveva fatto lei le mosse giuste per non perderne il controllo.
L'esca della sua nuova amica americana era stata l'ultima trovata in quei giochi di potere, per attirare il più sfuggente, l'uomo più difficile da piegare. Anche lui, per amore e per un senso di rivalsa, alla fine si era arreso consegnandole le chiavi del mondo.
Ora poteva decidere se usarle o meno, a suo piacimento, per fare

del bene o del male. Sentì una forza nuova crescere dentro di lei e quasi perse un passo tanto lo stomaco si contrasse. Avvertì un senso di vertigine, seguito da una nausea improvvisa. Il nemico, pericoloso e reale, si annida dentro di te ed è l'unico da vincere.

Basta, si disse.

Come passarono il primo ponticello, lo gettò nel canale.

«Ma cosa hai fatto? Non era un cellulare quello.»

«No, era peggio, molto peggio.»

Alzò una mano verso tutti e nessuno, e l'agitò più volte.

L'uomo senza nome si mosse dietro di loro.

Dal catalogo Fanucci Editore

Timecrime

Noi siamo qui di Michael Marshall
Alta velocità di David Jackson
Nemico di Tom Wood
La frode di Michael Sears
Mente criminale di Karin Slaughter
Tracce di morte di Tim Weaver
Indagine mortale di David Levien
Sotto protezione di Chris Ewan
Sutler di Richard House
Scomparsa di Linda Castillo
Non guardarti indietro di Clare Donoghue
Il mistero della cripta sepolta di Mark Pryor
Una sporca faccenda di Robert Littell
Diari di sangue di Chuck Driskell
L'invisibile di Karin Slaughter
Colpo mortale di Vince Flynn
Assassino di Jonathan Kellerman
La sfida di David Baldacci
Svanito di Tim Weaver
Il gioco di Tom Wood
Libero arbitrio di Allison Leotta
Deadline di Chris Ewan
La maschera di Dante di David Hewson
Il suo ultimo respiro di Linda Castillo
La rabbia degli angeli di John Connolly
Codice cinque di J.D. Robb
L'orlo del baratro di Karin Slaughter
Senza pietà di John Gilstrap
Il barone della droga di Stephen Leather
Jihad di Jean-Marc Ligny
Oro bianco di Rachel Amphlett
Doppio delitto al Grand Hotel Miramare di Emilio Martini
Tracce dal passato di Linda Castillo
Il manuale dello stagista killer di Shane Kuhn
Nessun ritorno di Tim Weaver
Un'anima che brucia di John Connolly
Voci soffocate di Beppe Quintini
Complotto in riva d'Arno di Parigi & Sozzi
El Diablo di Allison Leotta
L'occhio di Dio di Andreas Eschbach
Tutto ciò che muore di John Connolly
Il Golem di Hollywood di Jonathan e Jesse Kellerman
I misteri del passato di David Hewson
Lo spettro dei Borgia di Elena e Michela Martignoni
La caccia di Tom Wood
Cerimonia di morte di J.D. Robb
La resa dei conti di Andrew Pyper
Il ciclo delle stagioni di John Connolly
Il ministero delle Ultime Ombre di Mariangela Cerrino
Una rete di inganni di Nikki Owen
Senza via di fuga di Douglas E. Richards
Chiudi gli occhi di S.K. Paisley
American Blood di Ben Sanders
Una fuga sospetta di Mason Cross

Oscure verità di Tim Weaver
Gente che uccide di John Connolly
Noir di Richard Matheson
Connessioni di sangue di Val McDermid
Indagine su un mago senza testa di Enrico Caria
Dopo la tempesta di Linda Castillo
La ragazza senza nome di Sandra Block
Segreti sepolti di Linwood Barclay
Il sangue dei baroni di Matteo Strukul
Ogni quindici minuti di Lisa Scottoline
Il manuale dello stagista killer. L'avversario più letale di Shane Kuhn
Il giorno più buio di Tom Wood
E morì a occhi aperti di Derek Raymond
Aprile è il più crudele dei mesi di Derek Raymond
L'ultima tentazione di Val McDermid
Il lupo in inverno di John Connolly
Triplice omicidio di Tim Weaver
Sei ore e ventitré minuti di Domitilla Shaula Di Pietro
Come vivono i morti di Derek Raymond
Il mio nome era Dora Suarez di Derek Raymond
Tra i malvagi di Linda Castillo
Chance di Kem Nunn
Il museo dell'inferno di Derek Raymond
Quando cala la nebbia rossa di Derek Raymond
La bugia perfetta di Emily Elgar
Lontano dalla verità di Linwood Barclay
Il tormento degli altri di Val McDermid
La canzone delle ombre di John Connolly
Il collezionista di Nora Roberts
Cuore infranto di Tim Weaver
Non dire niente di Brad Parks
False identità di Lisa Scottoline
Testimone ostile di Rebecca Forster
Un cliente innocente di Scott Pratt
L'assassino americano di Vince Flynn
Ossessione di Nora Roberts
Il silenzio uccide di Dean Koontz
Colpo mortale di Vince Flynn
In buona fede di Scott Pratt
Doppia verità di David Baldacci
Il giustiziere della notte di Brian Garfield
Una strada oscura di Linda Castillo
Charlie Parker indaga tre volte – La trilogia di John Connolly
Tre omicidi per Kate Burkholder – La trilogia di Linda Castillo
Lo straniero di Stephen Leather
Il penalista di Francesco Gradozzi
Nessuna scelta di Tom Wood
Testimone silenzioso di Rebecca Forster
Ventitré di Linwood Barclay
La notte uccide di Dean Koontz
Codice Lumière di Sergio Fanucci

Per consultare il nostro catalogo
visita il sito www.fanucci.it
e iscriviti alla newsletter
per essere continuamente aggiornato
sulle nostre pubblicazioni.
Seguici su:

e sul blog Timecrime, www.fanucci.it

Finito di stampare nel giugno 2018 presso
Puntoweb - via Variante di Cancelliera snc - Ariccia (RM)
Printed in Italy